U0843568

本書由全國古籍整理出版規劃領導小組資助出版

國家清史編纂委員會・文獻叢刊

桐城派名家文集

5

管同集

吴敏樹集

主編　嚴雲綬　施立業　江小角

時代出版傳媒股份有限公司
安徽教育出版社

圖書在版編目(CIP)數據

桐城派名家文集. 第5卷,管同集、吴敏樹集 / 嚴雲綬,施立業,江小角主編. —合肥:安徽教育出版社,2014
ISBN 978-7-5336-7879-1

Ⅰ.①桐… Ⅱ.①嚴…②施…③江… Ⅲ.①中國文學—古典文學—作品綜合集—清代 Ⅳ.①I214.91

中國版本圖書館CIP數據核字(2014)第143582號

桐城派名家文集 ⑤管同集、吴敏樹集
TONGCHENGPAI MINGJIA WENJI

出 版 人:鄭 可
質量總監:張丹飛
策劃統籌:吴壽兵 錢 江 夏業梅
責任編輯:佘金鎖
裝幀設計:何宇清
責任印製:王 琳

出版發行:時代出版傳媒股份有限公司 安徽教育出版社
地 址:合肥市經開區繁華大道西路398號 郵編:230601
網 址:http://www.ahep.com.cn
營銷電話:(0551)63683011,63683013
排 版:安徽創藝彩色製版有限責任公司
印 刷:安徽新華印刷股份有限公司

開 本:787×1092 1/16
印 張:39.75
字 數:552千字
版 次:2014年10月第1版 2014年10月第1次印刷
本册定價:328.00元
全套定價:5480.00元

(如發現印裝質量問題,影響閱讀,請與本社營銷部聯繫調换)

國家清史編纂委員會出版委員會

主　　任　戴　逸
執行主任　馬大正
委　　員　卜　鍵　朱誠如　成崇德　郭成康
　　　　　潘振平　徐兆仁　鄒愛蓮
學術秘書　赫曉琳　李　嵐

總序

戴逸

二〇〇二年八月，國家批准建議纂修清史之報告，十一月成立由十四部委組成之領導小組，十二月十二日成立清史編纂委員會，清史編纂工程於焉肇始。

清史之編纂醞釀已久，清亡以後，北洋政府曾聘專家編寫清史稿，歷時十四年成書。識者議其評判不公，記載多誤，難成信史，久欲重撰新史，以世事多亂不果。中華人民共和國成立後，中央領導亦多次推動修清史之事，皆因故中輟。新世紀之始，國家安定，經濟發展，建設成績輝煌，而清史研究亦有重大進步，學界又倡修史之議，國家採納衆見，決定啓動此新世紀標志性文化工程。

清代爲我國最後之封建王朝，統治中國二百六十八年之久，距今未遠。清代衆多之歷史和社會問題與今日息息相關。欲知今日中國國情，必當追溯清代之歷史，故而編纂一部詳細、可信、公允之清代歷史實屬切要之舉。

編史要務，首在採集史料，廣搜確證，以爲依據。必藉此史料，乃能窺見歷史陳迹。故史料爲歷史研究之基礎，研究者必須積累大量史料，勤於梳理，善於分析，去粗取精，去僞存真，由此及彼，由表及裏，進行科學之抽象，上升爲理性之認識，才能洞察過去，認識歷史規律。史料之於歷史研究，猶如水之於魚，空氣之於鳥，水涸則魚逝，氣盈則鳥飛。歷史科學之輝煌殿堂必須巋然聳立於豐富、確鑿、可靠之史料基礎上，不能構建於虛無飄渺之中。吾儕於編史之始，即整理、出版文獻叢刊、檔案叢刊，二者廣收各種史料，均爲清史編纂工程之重要組成部分，一以供修撰清史之用，提高著作質量，二爲搶救、保護、開發清代之文化資源，繼承和弘揚歷史文化遺産。

清代之史料，具有自身之特點，可以概括爲多、亂、散、新四字。

一曰多。我國素稱詩書禮義之邦，存世典籍汗牛充棟，尤以清代爲盛。蓋清代統治較久，文化發達，學士才人，比肩相望，傳世之經籍史乘、諸子百家、文字聲韻、目録金石、書畫藝術、詩文小説，遠軼前朝，積貯文獻之多，如恒河沙數，不可勝計。昔梁元帝聚書十四萬卷於江陵，西魏軍攻掠，悉燔於火，人謂喪失天下典籍之半數，是五世紀時中國書籍總數尚不甚多。宋代印刷術推廣，載籍日衆，至清代而浩如烟海，難窺其涯涘矣。清史稿藝文志著録清代書籍九千六百三十三種，人議其疏漏太多。武作成作清史稿藝文志補編，增補書一萬零四百三十八種，超過原志著録之數。彭國棟亦重修清史稿藝文志，著録書一萬八千零五十九種。近年王紹曾更求詳備，致力十餘年，遍覽群籍，手抄目驗，成清史稿藝文志拾遺，增補書至五萬四千八百八十種，超過原志五倍半，此尚非清代存留書之全豹。王紹曾先生言：『余等未見書目尚多，即已見之目，因工作粗疏，未盡鈎稽而失之眉睫者，所在多有。』清代書籍總數若干，至今尚未能確知。

清代不僅書籍浩繁，尚有大量政府檔案留存於世。中國歷朝歷代檔案已喪失殆盡（除近代考古發掘所得甲骨、簡牘外），而清朝中樞機關（内閣、軍機處）檔案，秘藏内廷，尚稱完整。加上地方存留之檔案，多達二千萬件。檔案爲歷史事件發生過程中形成之文件，出之於當事人親身經歷和直接記録，具有較高之真實性、可靠性。大量檔案之留存極大地改善了研究條件，俾歷史學家得以運用第一手資料追踪往事，了解歷史真相。

二曰亂。清代以前之典籍，經歷代學者整理、研究，對其數量、類别、版本、流傳、收藏、真僞及價值已有大致瞭解。清代編纂四庫全書，大規模清理、甄别存世之古籍。因政治原因，查禁、篡改、銷燬所謂『悖逆』、『違礙』書籍，造成文化之浩劫。但此時經師大儒，聯袂入館，勤力校理，盡瘁編務。政府亦投入巨資以修明文治，故所獲成果甚豐。對收録之三千多種書籍和未收之六千多種存目書撰寫詳明精切之提要，撮其内容要旨，述其體例篇章，論其學術是非，叙其版本源流，編成二百卷四庫全書總目，洵爲讀書之典要、後學之津梁。乾隆以後，至於清末，文字之獄漸戢，印刷之術益精，故而人競著述，家嫻詩文，各握靈蛇之珠，衆懷崑岡之壁，千舸齊發，萬木争榮，學風大盛，典籍之積累遠邁從前。惟晚清以來，外强侵凌，干戈四起，國家多難，人民離散，未能投入力量對大量新出之典籍再作整理，而政府檔案，深藏中秘，更無由一見。故不僅不知存世清代文獻檔案之總數，即書籍分類如何變通、版本庋藏應否標明，加以部居舛誤，界劃難清，亥豕魯魚，訂正未遑。大量稿本、鈔本、孤本、珍本，土埋塵封，行將澌滅。殿刻本、局刊本、精校本與坊間劣本混淆雜陳。我國自有典籍以來，其繁雜混亂未有甚於清代典籍者矣！

三曰散。清代文獻、檔案，非常分散，分別庋藏於中央與地方各個圖書館、檔案館、博物館、教學研究機構與私人手中。即以清代中央一級之檔案言，除北京第一歷史檔案館所藏一千萬件以外，尚有一大部分檔案在戰爭時期流離播遷，現存於臺北故宫博物院。此外，尚有藏於沈陽遼寧省檔案館之聖訓、玉牒、滿文老檔、黑圖檔等，藏於大連市檔案館之内務府檔案，藏於江蘇泰州市博物館之題本、奏摺、録副奏摺。至於清代各地方政府之檔案文書，損毁極大，但尚有劫後殘餘，璞玉渾金，含章蘊秀，數量頗豐，價值亦高。如河北獲鹿縣檔案、吉林省邊務檔案、黑龍江將軍衙門檔案、河南巡撫藩司衙門檔案、湖南安化縣永曆帝與吴三桂檔案、四川巴縣與南部縣檔案、浙江安徽江西等省之魚鱗册、徽州契約文書、内蒙古各盟旗蒙文檔案、廣東粤海關檔案、雲南省彝文傣文檔案、西藏噶廈政府藏文檔案等等，分別藏於全國各省市自治區，甚至清代兩廣總督衙門檔案（亦稱葉名琛檔案），英法聯軍時遭搶掠西運，今藏於英國倫敦。

清代流傳下之稿本、鈔本，數量豐富，因其從未刻印，彌足珍貴，如曾國藩、李鴻章、翁同龢、盛宣懷、張謇、趙鳳昌之家藏資料。至於清代之詩文集、尺牘、家譜、日記、筆記、方誌、碑刻等品類繁多，數量浩瀚，北京、上海、南京、廣州、天津、武漢及各大學圖書館中，均有不少貯存。豐城之劍氣騰霄，合浦之珠光射日，尋訪必有所獲。最近，余有江南之行，在蘇州、常熟兩地圖書館、博物館中，得見所存稿本、鈔本之目録，即有數百種之多。

某些書籍，在中國大陸已甚稀少，在海外各國反能見到，如太平天國之文書。當年在太平軍區域内，爲通行之書籍，太平天國失敗後，悉遭清政府查禁焚燬，現在中國，已難見到，而在海外，由於各國外交官、傳教士、商人競相搜求，携赴海外，故今日在外國圖書館中保存之太平天國文書較多。二十世紀，向達、蕭一山、王重民、王慶成諸先生曾在世界各地尋覓太平天國文獻，收獲甚豐。

四曰新。清代爲傳統社會向近代社會之過渡階段，處於中西文化衝突與交融之中，産生一大批内容新穎、形式多樣之文化典籍。清朝初年，西方耶穌會傳教士來華，携來自然科學、藝術和西方宗教知識。乾隆時編四庫全書，曾收録歐几里得幾何原本，利瑪竇乾坤體儀，熊三拔泰西水法、簡平儀説等書。迄至晚清，中國力圖自强，學習西方，翻譯各類西方著作，如上海墨海書館、江南製造局譯書館所譯聲光化電之書，後嚴復所譯天演論、原富、法意等名著，林紓所譯茶花女遺事、黑奴籲天録等文藝小説。中學西學，摩蕩激勵，舊學新學，鬥妍争勝，知識劇增，推陳出新，晚清典籍多別開生面、石破天驚之論，數千年來所未見，飽學宿儒所不知。突破中國傳統之知識框架，書籍之内容、形式，超經史子集之範圍，越子曰詩云之牢籠，發生前所未有之革命性變化，出現衆多新類目、新體例、新内容。

清朝實現國家之大統一，組成中國之多民族大家庭，出現以滿文、蒙古文、藏文、維吾爾文、傣文、彝文書寫之文書，構成爲清代文獻之組成部分，使得清代文獻、檔案更加豐富，更加充實，更加絢麗多彩。

清代之文獻、檔案爲我國珍貴之歷史文化遺産，其數量之龐大、品類之多樣、涵蓋之寬廣、内容之豐富在全世界之文獻、檔案寶庫中實屬罕見。正因其具有多、亂、散、新之特點，故必須投入巨大之人力、財力進行搜集、整理、出版。吾儕因編纂清史之需，賈其餘力，整理出版其中一小部分；且欲安裝網絡，設數據庫，運用現代科技手段，進行貯存、檢索，以利研究工作。惟清代典籍浩瀚，吾儕汲深綆短，蟻銜蚊負，力薄難任，望洋興嘆，未能做更大規模之工作。觀歷代文獻檔案，頻遭浩劫，水火兵蟲，紛至沓來，古代典籍，百不存五，可爲浩嘆。切望後來之政府學人重視保護文獻檔案之工程，投入力量，持續努力，再接再厲，使卷帙長存，瑰寶永駐，中華民族數千年之文獻檔案得以流傳永遠，霑溉將來，是所願也。

二〇〇四年

前言

桐城派興起於清代康熙之際，延續至民國初年，前後達兩個世紀之久。其陣營之壯大，内涵之豐富，在中國文化學術史上，實屬罕見。近百年來，社會變遷，貶之者較多，譽之者亦不乏人，分歧頗大。自上世紀八十年代以後，在解放思想大潮的推動下，不少學人已不約而同地認識到：作爲清代文化學術領域内一種重大的存在，桐城派是一個繞不過去的話題。可以説，没有對桐城派系統、深入的研究，要想寫好清代文學史、學術史、文化史，當非常困難。而且，不少桐城派作家的社會實踐活動，涉及清代社會的諸多方面，如政治、經濟、軍事、教育、學術、文藝等，有些影響至爲深遠；且其詩文中史料甚豐，值得治史者細心發掘。然而，由於種種原因，桐城派所受到的學術關注，還很難説與其重要的歷史地位、影響相稱。很多研究有待於深化，不少的領域還是空白。文獻資料的搜尋、整理則長期停留在分散、零星的狀態。

桐城派名家文集係國家清史編纂委員會文獻組的規劃項目。此項目的確定與實施，無疑使桐城派文獻資料的整理工作邁入了一個新階段。其便利學人，推進桐城派研究的作用，自不待言。桐城派自興起、形成，歷經發展、變化，兩百多年中，直接或間接與桐城派相關聯的作者，可能近千人。影響所及，北達京都，南逾五嶺，東及吴越。文獻遺存十分豐富。我們此次從其發展過程中選擇各個階段的若干代表人物的文集，編纂整理，試圖爲廣大讀者提供一套大體上能體現桐城派不同階段特徵的文獻資料；在以歷史發展綫索爲主的基礎上，適當兼顧地域的因素。本着上述意圖，文集收入的作家爲：戴名世、方苞、劉大櫆、姚範、姚鼐、吴德旋、陳用光、方東樹、姚椿、管同、劉開、姚瑩、梅曾亮、吴敏樹、曾國藩、龍啓瑞、戴鈞衡、王拯、方宗誠、張裕釗、黎庶昌、薛福成、吴汝綸、賀濤、范當世、馬其昶、姚永樸、姚永概，共二十八人。持此一編，基本上可以感知桐城派演化的不同階段的根本特徵，亦能從中窺探清代社會某些方面的情景。

文集分甲、乙兩編。甲編收入姚範、吴德旋、陳用光、方東樹、姚椿、管同、劉開、姚瑩、吴敏樹、龍啓瑞、戴鈞衡、王拯、方宗誠、薛福成、馬其昶、姚永樸、姚永概等十七位作家詩文集。因爲在本項目擬訂規劃時，上述十七位作家的詩文尚未見到整理本出版，所以此次編纂、整理時，盡力求全：在對其已刊刻作品進行校勘、標點的同時，又儘可能蒐集其未刊稿，希望由此提高資料的完整性。乙編爲戴名世、方苞、劉大櫆、姚鼐、梅曾亮、曾國藩、張裕釗、黎庶昌、吴汝綸、賀濤、范當世等十一位作家的文章選集。上述作家，或爲桐城派開宗立派的大師，或爲推進桐城派轉變、發展的巨匠，其詩文本當全部匯録，但考慮到均已有整理本出版，因此本文集以其文選入編，雖然未能以全貌示人，但經過編者認真選擇、整理的文選，當亦能在基本方面體現出各位作家的文章風貌。

國家清史編纂委員會、國家清史編纂委員會項目中心與文獻組對桐城派名家文集的編纂十分重視，給予了多方面的指導與扶持。安徽省哲學社會科學界聯合會、中共桐城市委員會、桐城市人民政府從始至終對整理工作提供各項支持，諸多實際困難得以化解。顯然，若無上述各方面的關心，文集必然很難完成。時代出版傳媒股份有限公司安徽教育出版社一向重視文化傳承，扶持學術，毅然承當了文集的出版工作。在此，謹對一切關心、支持本項目的機構、人士深致謝忱！

桐城派名家文集乃是文化學術界第一次較大規模的桐城派文獻資料整理工程，難度可想而知。而我們則學力有限，每每有力不從心之憾。因此，文集内難免有不少疏誤之處。出版之後，希望得到廣大讀者的積極回應，給予指正。

嚴雲綬　施立業　江小角

二〇一一年九月廿五日

凡例

一、桐城派名家文集分甲、乙兩編；甲編收入姚範、吴德旋、陳用光、方東樹、姚椿、管同、劉開、姚瑩、吴敏樹、龍啓瑞、戴鈞衡、王拯、方宗誠、薛福成、馬其昶、姚永樸、姚永概等十七位作家詩文集，乙編爲戴名世、方苞、劉大櫆、姚鼐、梅曾亮、曾國藩、張裕釗、黎庶昌、吴汝綸、賀濤、范當世等十一位作家選集。

二、凡收入甲編的名家文集均保持其原刻本編次。不同年代刊行的文集或詩集按其刊刻年代先後編排。有輯佚稿者按文、詩分類編年，附於原刻文集之後；年代不明者，酌情處置。

三、每位作家文集前之整理説明，簡要説明作家、著作版本的主要情况。甲編各文集後附録清人所撰寫的年譜、附記、墓志銘等相關資料。

四、底本之選擇兼顧底本完整性與準確性兩原則。若兩者不能兼顧，則以訛誤少、校刻精之本作底本，其殘缺部分以他本配補。

五、凡底本不誤而他本誤者，一般不出校記。

六、底本之明顯的版刻錯誤，如因形近致誤的『己』、『已』、『巳』之類，可以依據上下文予以辨識者，逕改之，不出校記。

七、凡底本之訛、脱、衍、倒，確有實據者，予以改正，并以符號標識。以圓括號表示誤字或應删之字，改正之字置於括號後；以方括號表示增補之字。

八、文中脱漏、殘缺或難以辨識之處用方框表示。

九、底本與他本文异，但義可兩通、難以取捨者，以校記説明。一般虚字有异而文義無殊者，可不出校。

十、文字盡量保持原貌，通假字、异體字一般均依原文，不改爲現代通行體，亦不求統一。過於冷僻之字可酌改爲通行字。文中如有外文詞語之翻譯與現在通行譯法不同者，不作改動，仍存原譯。同一譯名在文集中前後相异者，亦存原譯，不予統一。

十一、校記力求簡短，摘引正文時僅舉所校詞語。校記置於該篇篇末。

十二、文中引文與原書小异但不失其本意者，不改動亦不出校。節引原書文字大异且失其原意者，出校説明，但不改正。

十三、標點符號依照一九九六年中華人民共和國國家標準標點符號用法的規定使用。考慮到古代漢語的特點，原則上不使用省略號、破折號、着重號和連接號。

十四、凡直接引用的文字用雙引號表示，若引文中復有引文，則加單引號。古人引書多述其大意或節略其文，凡此等處不用引號。

總目

管同集

點校　施立業

整理說明

管同，字異之，號育斋，清江蘇上元（今南京市）人。生於乾隆四十五年（一七八〇），卒於道光十一年（一八三一）。出身書香門第。幼隨祖父宦遊於安徽潁上、鳳陽等地。八九歲時，祖逝父喪，連遭禍難，家庭陷入清貧困頓之中。幼由其母督學啓蒙，稍長師從族兄管雲莊。嘉慶初，與梅曾亮同從姚鼐學於鍾山書院，得為古文之法。以詩文俱佳，被姚鼐視為『異才』。嘉慶九年起，開始遊幕，周歷安徽鳳陽、河南商丘、江蘇寶山、山東濟寧等地。道光五年（一八二五）中舉。後會試不利，終生未仕。道光六年起，應聘擔任鄧廷楨的家庭教師。在陪同鄧子赴京時死於宿遷。

管同是嘉慶、道光年間著名的古文家，與梅曾亮、方東樹、姚瑩或劉開，被後人稱為『姚門四子』。其作品往往起句即長達數十字，中間極少用『也』、『矣』、『焉』等語尾助詞，一氣而下，幾無停頓，叙事雖錯綜而脈絡清晰，雖百轉而連接緊凑，最後常以簡明深刻、富有思想的議論結尾。曲折平直，因篇而設，明朗晦隱，稱情而出，雖低佪而滿紙慷慨，雖沉鬱而全篇豁達。開陳出新，引領文風。姚鼐評論其文，稱『得古人雄直氣』。

他雖出於姚門，但『不屑以桐城軌範自拘』，而能『擴充以極其才』。他與姚瑩旨趣相似，關心時事，倡導『經世之文』。且畢生致力於以古文反應現實，記録民間疾苦、社會變化和人生經歷與感受，議論和評述史事人物、時政風俗，表達自己的見解和思想感情。在『姚門四子』中，其『經世之文』堪稱『首屈一指』。管同認為文章之美分陽剛、陰柔兩大類，且主張『尚陽而下陰，伸剛而絀柔』。『後人為文，不能不師古』，但學習古人文章的最高境界是要『神合』，即要得其内在精神，其次才是『貌肖』，即肖其外在形狀，最次的就是『販其辭』，即抄襲剽竊。他認為作者必須多讀書，尤其是儒家富有陽剛之氣的『六經』，通過博覽熟誦，深造自得後，才能做到左右逢源，無陳言到筆下。

管同的著作，據柯愈春清人詩文集總目提要著録有：因寄軒文集十六卷，内文初集十卷、二集六卷、補遺一卷，附其子嗣復小異遺文一卷（其子死於咸豐間戰亂），有道光十三年刻本、光緒五年重刻本、清鈔本等。又據李靈年、楊忠清人别集総目著録因寄軒文集十六卷，還有光緒九年重刻本；又管異之文，民國二十五年中華書局鉛印音注管異之惲子居文本；因寄軒尺牘（一名管異之先生尺牘）一卷，宣統三年排印尺牘叢刻本；管異之梅伯言尺牘，醫學書局刊本（無錫）等。

本文集選用道光十三年管氏刻本。除將原文分段、標點之外，與光緒重刻本做了比勘。原書卷次順序也一仍舊編，未加改動。為便於閲讀，將一些生僻的異體字、通假字改成了常用字。由於水平有限，錯誤之處在所難免，還請讀者批評指正。

施立業

二〇一〇年八月二十六日

目錄

因寄軒文初集卷八……六九

因寄軒文二集卷五

因寄軒文二集卷六

因寄軒文集補遺……一四七

增刻小異遺文光緒本……一五五

附錄……一六〇

序跋……一六〇

傳記資料……一六二

因寄軒文初集卷一

雜著十一首

原人

天形乎上，日星繫焉；地形乎下，山澤附焉；人形乎中，而禽獸與分處焉。人之異於禽獸也，豈不微哉！雖然，禽獸不可謂人，猶日星不可謂天，山澤不可謂地也，是何也？曰：彼得其偏，此得其全也。天之生物也，狐能首邱，近乎仁，犬能識主，近乎義，其所能者，一德而已，而仁、義、禮、智，人生而幷具焉，其性也不既全乎！蠭蟻但知有君臣，豺獺惟知有父子，其所知者，一倫而已，而君、臣、父、子、夫、婦、昆、弟，人生而幷明焉，其道也不又全乎！惟性之全與道之全，故人之微，屹然立乎三才之位。古之人有言曰：『人受命於天，固超然異於羣生』，君子以爲豈徒異哉？夫人之尊蓋直與天地埒矣。鳥之有鳳、獸之有麟也，譬諸天之景星、地之醴泉也，貴誠貴矣，然其歸終不可以當天地。惟人之生，有天之量，有地之體，其身雖域乎天地之中，而其道足樹乎天地之表。天地不能統，而人甘自棄焉，以自儕於禽獸，豈不哀哉！聖人之德與天地參，而孟子曰：『人皆可以爲堯舜』，是人之身皆可以參天地也。參天地斯爲人。無已，則勉爲景星、醴泉焉，猶不失爲麟、鳳也。下此，則羣凡禽獸而已。夫人也，奈何以參天地之身而甘爲禽獸也哉！

原災

古初之天如嬰孩，虞周如少壯，自漢迄今爲衰，後此爲耄。何由知之？由災異知之。何由災異知之？由災異之多寡知之也。古者，聖人在位，覩災異之來，其德加修，其刑加慎，撤音樂而裁膳食，玉帛犧牲祈禱相望。儒者之說曰：國有失道，則天出災異以譴告之。聖人知夫災不虛生，而欲以弭其變也，是以兢兢深自省爾。然以吾考之，春秋時二百四十二年山崩者二，漢文帝時同日崩者二十有九； 春秋大水者九，東漢一月之閒郡國大水者八； 春秋日食三十有六，唐三百年而日食過百。夫漢唐之禍亂豈能有甚於春秋哉？ 何在春秋則亂已極而災少，而在漢唐則亂未極而災多？ 古之天，嬰孩、少壯也，其氣麗，其力厚，其筋骨堅凝，而豐潤聲色，寒暑之交，傷未足以成劇病。漢以後衰矣，其氣微而力薄，其筋緩而骨虛，盡調劑以輔之猶慮不勝，稍不謹焉，則百病叢生而不可復治。聖人曰： 天之病，衰爲之也； 天之衰，人致之也。世不有耄耋期頤康强而無疾病者乎？ 當吾世而使天至於斯，誰之咎也？ 是故值天之衰，愈恐懼、修省而不敢失道，夫豈敢曰『此定數也，於我無關』與？

原鬼

魂也者，附乎人者也； 鬼也者，離乎人而魂之變也。附乎人，則雖有而不可知其爲有； 離乎人，則雖謂無也而不可徑以爲無。草木之有煙也，加之以斧而不獲，析之爲薪而不獲，及其火爲灰炭而煙斯出焉，謂草木有煙，孰信？ 謂煙不出於草木，雖童子亦知其不然矣。通乎此者，其知人鬼之說乎！ 晉阮氏之言曰： 『無鬼』，唐韓氏之言曰： 『鬼無聲、無形、無氣』，是二者，以爲闕所不知不言怪異則可矣，非篤論也。晉文公之死也，出絳，而柩有聲如牛，鬼豈無聲？ 齊彭生之死也，托形於豕，人立而嗁，鬼豈無形？ 周杜伯之死也，服衣冠，挾弓矢，射王於鄗，中心而殪，鬼豈無氣？ 且世豈無鬼？ 吾故曰二子之言非篤論也。有天地之鬼焉，有人死之鬼焉。視不見而聽不聞者，天地之鬼也，陰氣之常流者也； 視或見而聽或聞者，人死之鬼也，魂氣之未消者也。魂所變，當名神。君子謂必聰明正直者，然後可爲神，則鬼之而已矣。是故韓氏之原〔鬼〕也得其半，而左、墨之所記也不皆誣。雖然，煙之積也，一瞬而散，未見其爲他物也，匹婦匹夫之鬼，其執且不能以久存。而莊、列之言曰： 吾惡知死於此者之不生於彼乎？ 釋氏因之，遂有輪迴之說。信斯言也，則吾不能知矣。

原雷

雷之象，在易爲震。震之用，主於動萬物。故雷雨作，而百果草木皆甲拆焉。故雷也者，所以致物於生，而非所以致物於死也。然則雷之擊物何與？震之發，其端爲怒。怒而散，則觸之者生。故雷雨並作，其於卦也爲解。解之象，君子以赦過宥罪。怒而積，則觸之者死。故雷電皆至，其於卦也爲豐。豐之象，君子以折獄致刑。雖然，取義則然爾。雷電之擊物，豈真有所獄刑哉？謂雷電之擊物爲真有所獄刑者，則雷雨作而果草甲拆，其爲赦宥也何居焉？世之言者皆曰『雷擊惡』，或又曰『雷誅隱慝』，是二者皆偶然，而非雷之專用也。天之於人福善禍淫，總其大綱焉斯已矣，烏能侵人事而代之用刑乎？吾故曰：皆偶然，非其專用。震爲怒，雷稟焉，以其怒也，則所擊宜其所當擊，故雷之震或果爲惡人焉。震爲決躁，雷又兼焉，以其決躁也，則所擊不必其所當擊，故雷之震或鄉氓、或牛畜、或草木無知之物焉，巧乎其相遭，猝乎其不及避焉爾。春秋書『震夷伯之廟』，記異而已，傳附會而以爲罪之，故范甯深譏焉，曰：『左氏失也誣。』

原僊

世有僊乎？君子所不言。世無僊乎？愚人所不決。然則孰爲信？曰有僊爲信。信之者何？曰信吾所信，非信愚人之所信也。國祚之修短，聽乎天者也，而聖人者，力且能祈天永命。故周家卜年七百，其終卒過乎其歷焉。知此，則人之爲僊，夫何足異！人之生同具有精神，同具有筋骨。衆人者，聲色剥其外，貨利伐其中，金石之質，亦將從而銷壞矣。於此，有人焉，不摇其精，不撼其神，去聲色而屏貨利，以求延壽而益齡，彼誠逆天，天亦胡爲而必殺之哉！然則，世所言僊，其爲説誠荒且誕，而至於棲形山谷之中，息影風壒之外，身不死而體常存，古今來未嘗無是人也，夫何足異！雖然，衆人之信矜其智，吾之信憫其愚。捐妻子而背君親，失人之義，棄功名而屏富貴，失人之利；義利交失，則無人理。以是爲僊，亦何樂而必爲之？昔舜之時，鳳皇來儀，及有周，而再鳴岐山，鳳之壽不知其奚若也。而孔子之世，西狩獲麟，且一出而死於世人之手，何年壽之足言！然至今言鳳、麟者，以爲奇祥異瑞，而狐以盜精而長存，熊以引氣而久壽，世並指爲妖怪焉。聖人者，盡其道而必死，死而不死也，鳳、麟也。僊人者，愛其年而不死，不死而死也，熊、狐之妖怪而已矣。夫何足異！

性說三首

人之靈曰心，而頭、足、耳、目與物無殊也。心之靈曰性，而知覺、運動與物雖殊，而未甚殊也。雖然，以心之靈而佐其知覺運動，其知覺運動豈凡物之所能如哉？故率性而修，則人之善可以至乎聖人；悖性而用，則人之惡可以加乎猛獸。猛獸也，聖人也，視吾身之率性不耳。嗚呼！吾人也，而惡加猛獸，吾能無愓與？故爲人而不知治心，則固非所以爲人矣；治心而不知率性，則亦非所以治心矣。

人之性，善乎？惡乎？抑善惡混乎？曰性善。何以言之？曰：忠孝者，性之大端也。其具於性也，不必觀之忠臣孝子也，觀之常人，則固可見矣；其具於性也，且不必觀之常人也，觀之亂臣賊子，則益可見矣。衛甯殖之將死也，自謂得罪於君，屬其子以必納獻公。宋元凶劭之誅也，謂臧質曰：覆載所不容，丈人胡爲見哭。是二人者何以有是言哉？人將死，則本性明；本性明，則悔恨而自知其惡，是以其言如是焉爾。甚矣！人之性善也。如曰性惡，則二人者極於惡而不當復悟；如曰性善惡混，則二人者混於惡而不當復明。今皆不然。甚矣！人之性善也。雖然，能率其性，則孝子忠臣；不率其性，則所爲至於悖逆。嗚呼！可懼也哉。

嬰兒無知，戀其生母，性之善不可見乎？或曰：戀生母者，戀其乳焉爾，如使易人而乳焉，則彼且舍母而戀其乳我之人，是欲也，而可謂善與？君子曰：『太上貴德，其次務施報。』彼乳我而我戀焉，是施報之道也。施報也者，忠與孝所由生也。使聖人爲嬰兒，則固第戀生母而不以乳異。以乳異者，其次也。雖然，其次也，亦善也，而奈何謂之欲與？

永命

國祚之修短，孰爲之？曰：　數爲之。數爲之，則聖人何以動責人君？曰：　修短者，數也。治則修、亂則短者，理也。數定於先，而理遷於後。未有政亂而其祚終修者，未有政治而其祚終短者。天之大權莫加乎數，惟人君能以理勝焉。政亂矣，而數終修，則天爲不明；　政治矣，而數終短，則天爲不公。雖然，吾曩有疑焉。今夫開國之初，後嗣之賢愚渺焉莫定，彼其爲治爲亂，初不可知也，然而精於數者輒能推及其所終，若燭照鑒察，語無不驗，此何故也哉？　宋非高宗不棄汴遷杭，而國終閩廣，明非萬歷且繼以天啟，祚亦不斬於子孫。然當時若陳摶、劉基，則已併其地其人而言之若見，又何奇也？　豈國家之興衰，真定數而不可易移耶？　將人君之圖治肆亂，亦應數而然，而莫克自主耶？　何以云然而果見其然也？　嗟夫！　三代以上，君多賢聖，故人之權重於天；　三代以下，君少賢聖，故天之權重於人。昔者，周公相成王，定鼎郟鄏，其卜世也七百焉而已。既而成、康相承，佐以周、召，文武之澤廣而愈深，故其後也卒過其歷，踰八百年而未止。宋、明之先，其開國既非文武之忠厚，而其後，君無成、康，臣無周、召，此所以天數一定，而毫髮不可復移耳。故周人之卒踰其數，是周人之不爲數限也；　宋、明之卒如其數，是宋、明之自爲數拘也。其理則然，無足怪者。不然，豈陳摶、劉基之學過於周公，而天數亦有時而不驗哉？　祖己之告高宗曰：『降年有永有不永，非天夭民，民中絕命。』召公之告成王曰：　『王，其德之用，祈天永命。』使天不可祈而命不可永，則祖己、召公之說爲怪誕而欺君。夫三代以上，數不勝理，故言數者希。三代以下，理不勝數，故讖緯圖籙言數之書遂紛出而多奇驗焉。置今書於古之世，皆不驗之言也。世不知此，乃以左氏卜年之說爲權辭，不足信。夫左氏言卜年苟不可信，則祖己、召公言永命者先不可信也。祖己、召公言永命者不可信，而獨信言定數者陳摶、劉基，則是陳摶、劉基之學又能過於祖己、召公耶？

窒慾

見美姝，心欲動，思是誠美姝也。年老則色衰，色衰則身死，身死則且爲白骨，以白骨視美姝，吾之心猶動乎哉？釋氏之言窒慾如此。吾聞而陋之：天下之事有是非焉，苟意能顛倒之，則何所爲而不可？今世有正人，或命予害之，予必不能，曰子直以盜賊視其人，則害之易矣。其爲説何以異此？慾也者，起於心者也。心苟正，雖遇美姝不爲動，不正其心，將未遇而其思先涉之矣，況既見焉猶可得而强制耶！是故儒者之道，其窒慾也有方：其未見也，曰『非禮勿視』；其既見也，曰『雖則如雲，匪我思存』。定之以誠，持之以敬，範之以先王之禮，心一正而慾皆窒矣。夫豈有陋如彼説者哉！饑而奪食者，彼於饑誠不能忍也，知羞惡之重於生死，雖饑死且不顧。不告以奪食之爲羞惡，而曰『汝姑視酒肉稻粱如糞溺焉』，彼之饑不可忍矣，能迂迴而念及此乎？

除姦

君子與小人不可以並處。君子與小人並處，非君子去小人，則小人必害君子。然自吾觀之，自古及今，小人害君子如善射者然，發十而中者八九；君子欲去小人，發矢者十，幸而中者一二而已。甚矣！小人之難除而君子之易見傷也。雖然，此何故也？君子持正，不能如小人之善悅其君；孤立無朋，不能如其多羽翼；臨事則聽命，無金帛貨財賂要人而求輔助；直於言而剛於色，不能詭僞欺詐宛轉以求必勝。是數者皆不及小人，而小人兼之，此勝負之所以不戰而分已。而吾以爲猶不止此。天下之事有道焉，有機焉。非道也，無以得事之正；非機也，無以濟事之成。自古君子於小人，平時則疾怒之狀見於顔色，若不可與朝夕處。一旦欲攻擊，則謀之他人，考其事實，遲濡隱忍不能遽發。至於起而攻之，又必昌言於朝，細數其罪，若結訟而上以待聽斷者然。吁！吾謀未成，而彼也預防而爲之地者亦已久矣。若夫小人則不然。彼平日自知不爲君子喜，朝夕思慮經營，待君子之攻吾而爲之備。一旦決發，則驟如雷霆，疾如風雨，巧乎若逢、羿彎弓射跛攣之童稚。嗚呼！竇武屠於曹節，王涯戮於仇士良，元祐諸賢竄於惇、京，天啟諸賢戮於崔、魏，吾讀史至此，未嘗不廢書而流涕也。彼君子者何其失機，而小人者何其機之捷也！天下之人，死於病者十僅三四，而死於醫者十常七八。癰疽，大病也，而未嘗遽死也，無扁鵲之技而決而潰之，則其人乃立死。世之小人，其始意止於患得失。彼既知不爲君子所容，則日夜謀爲自保之計，而倒行逆施無所不至。竇武、王涯之難，身雖死，國猶延；若夫何進之誅宦官，則身死、君奔而國祚幾亾於是日矣。且夫遇小人者，不攻則已，苟欲攻之，則勢當必勝。勝之如何？曰深警捷速。如小人之所以害君子者，而其術得已。夫深警捷速，在小人害君子，則爲姦，爲邪；而君子用以去小人，則爲忠，爲正。吾請證之。昔宋丁謂陷寇準，排李迪，天下諱然不安，莫能去也。及真宗崩，謂爲山陵使，王曾乃入白太后，謂：謂包藏禍心，故擅移皇堂於絕地。太后大怒，而謂幾立誅。明御史攻嚴世蕃也，疏入沈鍊、楊繼盛事，徐階曰：若如是，嚴公子騎款段出都門矣。手削其藁，獨用通海寇；及南昌地有王氣，購爲嵩塋等事，疏一上而世蕃棄市。夫謂固姦邪，曾所言豈事實哉？然而必如是者，不出此，則謂不可去。其用意正與徐階同，所謂機也。而儒者或曰：事不當求必成，曾所爲不足法。嗚呼！去小人者，爲身耶？爲家耶？爲一己之名節耶？爲君父之憂、國家之患耶？今夫擒虎豹者，毒弓矢，設穽械，以求必獲，而人不以爲非者，除害故也。進獵者而告之曰：是非仁術，汝其袒裼搏之，獵者死而虎豹之害日深矣！

因寄軒文初集卷二

論五首　議一首

楚昭王論

楚昭王奔隨，藍尹亹有舟不與，及復國，求見，王欲執之，令尹子西請聽其辭。卒見之，而復其位。世或以昭王能忘舊怨爲善，自君子觀之，昭王蓋甚失矣。今夫臣之於君，豈若常人相與，謂挾私讐、修舊恨爲可羞，而以坦然能忘爲大度哉？夫亦曰正其賞罰焉爾。藍尹之於昭王也，分則君臣，而始也覩其一戰而敗，遂至靳一舟而不與，繼又不知愧恥，而辨言以求復位，以行言則不忠，以識言則不智。不忠不智，而僥倖以希富貴，雖立殺而肆諸市朝，以爲人臣之戒，天下孰得議王之褊心而譏其過甚？而必於復國之初，示含宏之量，則赦其身，於亹已幸，尚何取乎其人而復使之治民而臨政也哉？當是時，王迫甚，其猶得以奔隨者，特幸耳。設使徘徊成臼之津，而子胥、夫槩之徒率練甲而戕之立盡，外無宗族託於强鄰，內則以班處宮，誅屠已盡，雖有包胥、鍾建諸臣，將誰輔以復國？楚之宗祀其由是斬矣。嗟乎！齊桓置射鉤而相管仲，晉文置斬袪而見勃鞮，彼其先分非君臣，彼其恨亦止於一己。藍尹之罪，次及其君上，險使先君累世之靈斬血食而爲不祀之鬼，赦而用之，是失政刑也。事有相同而實異者，其桓文與楚昭之謂也耶？且夫世之小人，其言行反覆辨詐，何常之有！彼其初旣目覩其君之窮蹙而不顧，則苟非挾有强辨，亦安敢貿貿然再至其前，投要領而嘗斧鉞？要其言何足問哉！而子西於亹顧請聽其辭，聽其辭顧曰：『使復其位，以無忘前敗。』何其昧於大體耶！夫苟君臣不忘仇讐，則必明飭政刑以肅紀綱，安有縱釋罪人而可以爲治者？傳曰：『刑罰不中，則民無所措手足。』使楚之臣民親見包胥、鍾建之徒以忠獲賞，亹以不忠而復位，必謂忠姦同受其利。設不幸吳師再至，則相率而去，俟亂定然後徐步而歸耳，其尚可以爲治也與？嘗考昭王失國，始於囊瓦之不仁，成於强吳之侵逼，非素失德昏亂以底滅亾，比及乎復國，其善政又多可紀，然而不能復霸者，意其賞罰類是者多耶。彼子西者，不知裁以大義，乃教其君以小道，其暗於事勢固甚矣，卒召白公以致亂也，宜哉！

蒯通論

使韓信聽蒯通之計，漢之爲漢，誠未可知。雖然，吾不知通之所以勸信者，果何爲也。夫秦自陳涉以來，俊雄豪傑，魚鱗雜襲，飈至而雲起，戰鬬所傷，寡人之妻，孤人之子，屠戮人之父母，民被其毒，甚於始皇二世。數年之間，併而歸於劉、項。劉、項兩雄亟戰乎滎陽、京索閒，丁壯苦軍旅，老弱罷轉餉，使天下之民肝腦塗地，父子暴骨於中野者不可勝數，其爲禍也，通又自言之矣。當是時，天下一日不平，則百姓一日被其毒。毒之去也，待乎劉、項雌雄之決。爲蒯生者，宜教信以速滅項王之策，使四海之內晏然，無復戰鬬之危，而民安其所，則所稱天下士矣。知信之能安天下，而教之以亂，聽其計，成與敗未可知，而於意究何所取乎？兩虎鬬中原，傷人無算，不足，而又驅一虎繼之，彼蒯生者，抑何其不仁也！或曰：生非爲天下者也，其意專於愛信而已。君子曰：蒯生豈愛信？吾觀其意，大抵自爲焉已耳。何以言之？當酈生伏軾說齊，掉三寸舌，遂下七十餘城，而通復說信以擊之。破已服之國，不可謂仁；奪已成之功，不可謂智。內以喪其謀臣，外以勞其軍旅，漢之疑信，自是始矣。使通誠愛信，不宜出此。蓋自戰國秦項以來，縱橫捭闔之徒，無恆產而無恆心，乘天下之有事，說人主出金玉錦繡以取卿相之尊。彼其人皆利天下之危，而不利其安也；利天下之分，而不利其合也。蒯生乘戰國之風，見天下之將一，自度委質事漢，則不過與陸賈、隨何、酈生、平原君等，故樂天下之瓜分，己得藉以爲資，而坐收其利。其始說信以擊齊，是將敗之於漢也，既而不成，則遂危言慄辭以觸動之，必使其反而後已。其陰險叵測，蓋雖高帝爲其所欺，而況其下焉者與？嗟乎！世所貴乎謀士者，爲其能以排人之難也。高帝雖雄心猜忌，蕭相國何用召平、鮑生之計，卒免其疑而脫於禍，使通誠愛信，則必思所以終全之矣。說之以三分，不聽，而遂無復計。是使世之爲人謀者，必使臣子叛其君父，而非是，則無以自全也。彼蒯生者，抑何其不義也！

韓信論

連百萬之衆，戰必勝，攻必取，高帝自謂不如韓信，然其兩奪信軍，若取物於嬰兒，無所用力。信之言曰：『陛下不善將兵，而善將將。』吾竊疑信之將兵抑猶有所未善也。古之爲將者，退軍休舍，堅壁壘，謹斥堠，嚴烽燧，多閒諜，無事之時常如敵至。故曰『名將之兵，堅如山嶽』，言其防禦之嚴，凜然不可犯也。方信與張耳將數萬之衆，軍於修武，漢王自稱漢使，晨馳入壁，即信臥，奪其軍，信猶未起。及信起，乃始知漢王來而大驚。噫！信之將兵，其疏乃至於是與！周亞夫爲將軍，軍細柳，文帝勞軍不能入。其至霸上、棘門，則直馳入壁，將以下騎送迎。帝歎謂亞夫『真將軍』，而謂兩軍爲『兒戲』，可襲而虜。若信之軍，其不幾於兒戲矣乎！當是時，信獨破趙服燕，楚方圍漢於滎陽，而齊之七十餘城抑猶未下，閒有智略之士，設詭譎之謀，用其詐而乘吾疏，輕兵襲於軍門，刺客入於帷幄，信且高臥未起，瞢然以其應漢王者應之，豈不危哉？吾故曰：信之將兵，有所未善。

嗟夫！自古英雄之士，才略不可窮，蓋有值其時，幸而成功，有不值其時，不幸而終無濟者矣。吾觀武侯之將兵，其慎也加於韓信；韓信之將兵，其疏也不及武侯。然而信所值者，魏豹、夏說、龍且、陳餘，率皆淺細迂拘之士，故雖行軍防禦如是之疏，而卒無人焉攻其瑕而蹈其隙。惟其伐趙也，乘勝而去國，遠鬬以出於絕險之井陘時，則有李左車者，教陳餘以奇兵絕其輜重，深溝堅壁，不戰以挫其鋒，使餘聽其計，則信成禽矣。而餘也，棄而不用，使信有成功。武侯所值者，司馬仲達。於魏延異道之謀，終其身不敢用。然愈慎而愈無成功。若是者，皆天，而非人也。世乃謂武侯不從魏延之謀，以爲失計，是徒見韓信之行險獲濟，而不知李左車者之世不乏人也。嗚呼！世以成敗論英雄，固已久矣。

范增論上

蘇子瞻以項羽殺宋義爲弑義帝之兆，而謂增之去當於其時，是不然。范增者，項氏之私人，而輔之以爭天下者耳。其始說梁立義帝，其視帝也，猶奇貨也。及其事羽而事且垂成，其視帝也，猶贅疣也。增且不樂有帝，夫何有於弑兆而去之？雖然，增爲項氏私人，而其說梁以立帝，則亦可爲失計之尤者矣。昔者六國之君，徒務富强而不行仁政，考其所爲，率皆殃民之事。故一旦始皇者出，執敲撲以鞭笞天下，如以猛虎逐羣羊，而六國之民始則倒戈，繼不聞彎弓而報怨，何者？其君暴虐，無以深結於民也。六國之亾，楚爲無罪，自懷王入關不返，楚人憐之。憐之者，特以憤秦之欺，而咎其君拒屈平之讜言、聽子蘭之佞說，輕其身以投虎口也，非有故主之思，遺民之痛。而增之勸立其後，何哉？且夫楚固列國，非天下之共主。項氏之意欲亾秦，而取其天下，則立楚之後，僅足以收其故族之心，鼓其遺民之痛，而所謂燕、齊、韓、趙、宋、衛、中山之邦者，於楚何憐，夫豈可得而悉動耶？增之爲謀，於是乎悖矣。然則梁從其計，而羽竟率天下以亾秦，其故何與？曰：此非爲從增計也。天之亾秦，無智愚皆知之。陳涉、吳廣之起也，詐稱扶蘇與項燕，燕固楚將，而扶蘇親始皇子，欲亾秦而借名其子，夫豈民所樂從者？然而勝、廣起隴畝之中，揭竿一呼，天下雲合響應，嬴糧而景從，遂並起而亾秦族。蓋人心苦秦苛暴久矣，欲爲變，則從之，而豈問其借名之何若哉？夫以匹夫取暴主天下，其名甚正，而必借助於無足重輕之楚後，以自成其簒弑之名，而使天下得以藉口，項氏之用人如此，吾固知其非漢敵也。而蘇氏之論，則愈疏矣。

范增論下

酈生說漢王立六國後以撓楚權，賴張良發難而止。增之勸梁立帝也，其爲失，有以異乎？曰：奚其異！取天下而借實於人，是盗賊因資爲亂者也；取天下而借名於共主，是强臣挾天子以令諸侯者也。英雄豪傑之主崛起草萊，唾手而成帝業，則亦安用是哉！然而由今論之，則酈生說猶可行，而增之謀必不可用，何也？天下之事，實重而名輕。然吾以爲借之以實，實有時而可收；假之以名，名遂無時而可廢。今夫酈生之勸立六國也，其究歸於失實而已，事敗而急圖之，不負惡名於天下。爲漢王者，苟深得操縱駕馭之方，而制之有道，胡爲不可行？若夫共主之名，則天下之所共重者也。昔者，周室既衰，齊桓、晉文之徒，假勤王而成霸業，浸淫至於戰國，共主益微。秦人負虎狼之心，終以刼天子爲惡名，而不敢遽爲吞周之舉。當其時，梁、趙欲歸秦以帝，而魯仲連者，以爲梁未睹秦稱帝之害，既爲言之，而梁人遂止。夫周之王與秦之帝，固皆所謂名焉者矣，觀其事與魯連之說，則共主之重，蓋可知矣。項氏之起，非有尺寸，乘勢崛起隴畝之中，足亾秦而號令天下。既立義帝，則遣將惟其人，立約必從其意，事須報命而後行，惟順與忠斯可，一搖手舉足，天下且羣起攻之。彼夫新城三老之所以說漢王者，其事豈出於意外者乎？故吾謂：爲范增者，度項氏可以終身北面事人也，則是謀無害，如其不然，則伏弑逆之心於始謀之日，增與項氏甘共當之，而不知其非善計也。秦非桓文之時，楚無周室之重，輕奉人以帝王之尊，卒受魯連所言之害，以自蹈於秦所不敢，而使漢王得以爲資，因乎其名而喪乎其實。其失計豈酈生之可比也哉。嗟乎！君臣之義不明於天下，故世以置君爲兒戲，而不知其不可輕也。明太祖之起也，欲奉韓林兒，謀蓋與增相類，其時獨劉基毅然止之。嗚呼！若張良與劉基，則可謂能知天下之計矣。

禁用洋貨議

天下之財統此數，今上不在國，下不在民，此縣貧而彼州不聞其富，若是者何與？曰：生齒日繁，淫侈愈甚，積於官吏，而兼幷於大商，此國與民所以併困也。雖然，是固然矣，而猶有未盡。今鄉有人焉，其家資累數百萬，率其家人婦子甘褕衣食，經數十年不可盡。既而鄰又有人焉，作爲奇巧無用之物，以詖耀乎吾，吾子弟愛其物，因日以財易之，迨其久，則吾之家徒得乎物之奇巧無用者，而吾之財盡入於鄰。今中國之與西洋固鄰居也，凡洋貨之至於中國者，皆所謂奇巧而無用者也，而數十年來，天下靡靡然爭言洋貨，雖至貧者亦竭蹶而從時尚。

夫洋之貨胡爲而至於吾哉？洋之貨十分，而入吾者一，則吾之財十分，而入洋者三矣。昔者聖王之世，服飾有定制，而作奇技淫巧者有誅。夫使中國之人被服紈綺、玩弄金玉，其財固流通於中國之中，而聖王必加之厲禁者，爲其壞人心而財勢偏積也。今中國之人棄其土宜不以爲貴，而靡靡然爭求洋貨，是洋之人作奇技淫巧以壞我人心，而吾之財安坐而輸於異域，其在聖王宜何如？天下之物，取其適用而已矣。洋有羽毛之屬，而中國未嘗無以爲衣也；洋有刀鏡之屬，而中國未嘗無以爲器也。儀器鐘表，彼所制誠精於吾，而爲揆日觀星者之所必取矣，然而舜在璇璣，周有土圭之法，彼其時安所得是物而用之？然則，吾於洋貨何所賴而不可絶焉！國家之制，汎粟出洋者，官吏之罪至於大辟。夫粟之於財，其爲國與民所資也奚以異？以粟而易洋之財與以財而易洋之貨，其爲傷民資而病中華也又奚以異？今也，獨禁粟而餘皆無禁，是知其一而不知其二者也。昔漢之時，匈奴愛漢繒絮食物。有中行説者，教以得漢繒絮以馳草棘中，衣袴皆裂敝，以示不如旃裘之完善也，得漢食物皆去之，以示不如湩酪之便美也。由是匈奴遂大爲漢患。夫欲謀人國，必先取無用之物以匱其有用之財。故表餌交關互市之事，古之人常致意焉。洋之樂與吾貨，其深情殆未可知，就令不然，而中國之困窮，固由於此，則安可不爲之深慮也哉！宜令有司嚴加厲禁，洋與吾商賈皆不可復通，其貨之在吾中國者，一切皆焚毁不用，違者罪之。如是數年，而中國之財力紓矣。

因寄軒文初集卷三

題跋十二首

讀三傳

舊皆言左邱明學於仲尼，公羊、穀梁受經子夏，而作春秋三傳。吾謂不然。今左氏非出邱明所作，朱子嘗言之，世或未然其說。若公羊、穀梁受經，容出一師，而說者以師爲子夏，則非其實矣。始，吾讀孟子，竊怪於左氏無所稱述，而葵邱盟辭及其事，則齊桓、晉文等語，所說略與公、穀同，亦疑二傳誠先孟子。及今思之，孟子謂白圭云：『子之道，貉道也。』下乃詳言貉事。是貉之說，自孟子發之，前所未有。而今公羊『初履畝傳』乃曰『大桀小桀』、『大貉小貉』，穀梁傳曰：『愛人而不親，則反其仁；治人而不治，則反其智；禮人而不答，則反其敬。』穀梁言此本引舊說，故其上加『故曰』之文，而是六語者，又實出於孟子。由是言之，公羊、穀梁皆嘗取孟子爲傳，而非孟子有取於二書也。夫子夏逮見魏文侯，其徒固與孟子相及，而要猶差先，今其書乃有是，是何故哉？周人之說春秋也，初不及三傳，惟韓非書載楚靈弑郟敖，以爲春秋記之，其文乃出左氏，而公羊、穀梁諸書無道及者。至秦博士諸生對二世，始用『人臣無將』之語，然猶不謂出於公羊，蓋公、穀之後於左氏其時多矣。且劉向、班固皆不載二傳在『周相傳』之序，惟戴宏獨言之，謂二子受經子夏，此恐經師附會之辭，不足深信。吾謂公羊、穀梁，皆周末魏惠襄後人，故其書用孟子而又明引尸子。尸子者，其卽商鞅之師，所稱尸佼者與？

讀晏子春秋

陽湖孫督糧星衍甚好晏子春秋，爲之音義。吾謂漢人所言晏子春秋不傳久矣，世所有者，後人僞爲者耳。何以言之？太史公爲管晏傳，贊曰：『其書世多有，故不論，論其軼事。』仲之傳載仲言交鮑叔事獨詳悉，此仲之軼事，管子所無。以是推之，薦御者爲大夫，脱越石父於縲絏，此亦嬰之軼事，而晏子春秋所無也。假令當時書有是文如今晏子，太史公安得稱曰『軼事』哉？吾故知非其本也。唐柳宗元者，知疑其書，而以爲出於墨氏。墨氏之徒去晏子固不甚遠，苟所爲，猶近古，其淺薄不當至是。是書自管、孟、荀、韓，下逮韓嬰、劉向，書皆見剽竊，其詆呰孔子事，本出墨子·非儒篇。爲書者見墨子有是，意嬰之道必有與翟同者，故既采非儒篇入晏子，又往往言墨子聞其道而稱之，是此書之附於墨氏，而非墨氏之徒爲是書也。且劉向、歆，班彪、固父子，其識皆與太史公相上下，苟所見如今書多墨氏說，彼校書胡爲入之儒家哉？然則孰爲之？曰：其文淺薄過甚，其諸六朝後人爲之者與？崇文總目稱晏嬰六篇已亾，今書出後人採掇，其言尢信。

讀墨子

太史公說墨子，或曰並孔子時，或曰在其後。吾觀墨子書稱墨子南游於楚，見楚獻惠王，獻惠王以老辭。楚惠之卒，去梁惠止五十年，而孟子見梁惠時年已老，是則墨子僅差先於孟子。其稱『告子勝仁，譬猶跂以爲長，偃以爲廣』，此『告子』，疑卽孟子之『告子』。韓非言：『自墨子死，有相里氏之墨，有相夫氏之墨，有鄧林氏之墨。』孟子所稱『墨者夷之』，不知其爲三氏之徒耶，抑親受業於墨子者耶？要之，墨與孟時特相近。觀墨子書，文拙而義淺，疑不足動人，然其大意，則欲上下君臣，去差等而均勞苦，彼愚而賤者，豈不欲其術之速行哉？凡異端之惑人，必先有以中人之欲，而墨之與佛，其尢工於煽誘也夫！

讀呂氏春秋

曩嘗疑言嚴酷者必曰秦法，然觀不韋爲相，乃敢廣致賓客以著書，書且詆呰時君爲俗主，至數秦先王之過無所憚，而不聞秦以爲罪也，疑秦法猶寬於後世矣。及讀史記，始皇帝十年，不韋已免相，猶納茅焦之諫，而迎太后於雍，又因李斯上書，除逐客令。然則，秦雖暴，初不罪言者，故用其力，卒以幷天下。至三十四年，用李斯議，始有誹謗者族，偶語詩書棄市之令，曾不旋踵而社稷墟矣。嗚呼！秦之事至惡不足道，然其幷天下也，以能用人言；其失天下也，以不聞其過。秦固如此，後之有國家者其亦知所鑒哉！

讀燕丹子

太史公謂，世言荊軻，其稱燕太子丹之命『烏頭白，馬生角』也太過。『烏頭白』見今燕丹子。然燕丹子要爲僞書，其言丹事，大要剽史記，獨謂荊軻已刧秦王而寬使聽琴，秦王因琴聲遂脫走以殺軻，此所言與史異耳。甚矣哉！兒童之說也。漢·藝文志、荊軻論五篇，司馬相如等論之，無燕丹子，而唐人修隋書乃著錄以傳於世，是可信乎？

讀司馬法

姚姬傳先生嘗謂今司馬法爲東晉後僞書，非漢人所言之本。同謂今司馬法後二篇，文甚古，恐非東晉後人所能僞作。若前三篇，則其辭誠淺，不可謂之洪闊深遠矣。然考魏武序孫子，引是書云：『人故殺人，殺之可也。』故殺，謂有意殺人，今律文猶有是語。今本乃於『人』下增『是』字，而『殺人』下增『安人』二字，則其上語意不可復通。又今本云『國容不入軍，軍容不入國。軍容入國，則民德廢；國容入軍，則民德弱。』上二語，見漢書。下四語，始亦疑其僞作，及觀劉淵林吳都賦『注』，仝引是文，而『民德廢』作『民德䨲』，『䨲』與『弱』對，且語意絕精。作『廢』者，乃以字形相近而譌。愚乃知古書庸淺，大抵傳久舛誤，而淺者以意增損其閒耳，非其書本固然也。夫作僞者不能無依據，故采擷他書，十常八九。今司馬法於漢書、周禮注所引之文，同者僅十一，而不見且十八九焉，使其作僞，夫豈不知多取之而割棄若斯乎？漢·藝文志：司馬法『百五十五篇』，及隋志乃云『三卷』，而李善注文選所引是書多同孫子之文。然則今之五篇尚非隋志三卷之全，其古書所引多不在其中，蓋無足怪矣。又考隋志賈詡注，司馬法三卷。今文選李注載司馬法，曰：『古者，以仁爲本，以義治之之謂正。曹操曰：「古者，五帝三王以來也，仁者生而不名，義者成而不有。」』是此書在唐時猶有孟德注，而隋志無之。然則古書或著錄而亾，或無錄而在者，誠亦眾矣，未可以篇章語句之不符而遂疑其僞也。

讀六韜

姬傳先生嘗據漢志謂六韜非言兵，亦無與於太公。今六韜徵取兵說附太公，而彌鄙陋。同謂今六韜爲僞書，閻百詩已言如此。然考漢人言六韜，其說蓋已相乖異。劉向、班固列周史六弢於儒家，且言惠、襄之閒，或云顯王時，或曰孔子問焉。而後漢書・何進傳乃言太公六韜有天子將兵事，則是六韜果出太公，果言兵而非儒術也。何以乖錯如此？蜀志『注』載諸葛亮集，先主遺詔敕後主云：閒暇歷觀諸子及六韜、商君書，益人神智。又云：聞丞相爲寫申、韓、管子、六韜一通已畢。不知詳此語，是六韜乃類管、商、申、韓，必非儒家之術。不知周史六弢與太公六韜實二書而漢書遺其一耶，抑東漢時六韜已亾而當世人所言者卽僞書耶？是皆不可知也。要之，周史六弢，其書雖不可復見，而莊子載女商云：縱說之，則以詩、書、禮、樂，橫說之，則以金版、六弢。則六弢之文，特約於詩、書、禮、樂，豈言兵而管、商、申、韓之比哉？先生辨六韜言斥言烏，乃魏、晉、齊、梁後語。同謂不待魏、晉、齊、梁，東漢人所言蓋已非其真本矣。惜夫！不克復見先生而更正之也。

辨河閒樂記

震澤任文田，集古書爲述記，而中載河閒樂記九篇。予考河閒樂記不傳久矣。漢・藝文志謂自劉向校書得樂記二十三篇，與王禹不同，其道寖以益微。蓋自今樂記既行，而河閒所采者已寖廢，安得至今而尚存耶？其書以樂氣至樂歌，分爲九篇之目，不知古河閒記乃有樂元一篇。班固白虎通、漢・食貨志『鄧展注』皆載其名矣。食貨志言：『樂語有五均』，鄧展謂：樂語，河閒獻王所傳道。任似見此，故其書亦載五均之說。然臣瓚注引樂語文云：天子取諸侯之士以立五均，則市無二賈，四民常均，彊者不得困弱，富者不得要貧，則公家有餘，恩及小民矣。今任書第言五均，而臣瓚所引者皆不見。此與白虎通所引樂元語二十四句，真古河閒樂記之文也，而任書皆無之，豈可信哉？其書稽古者已疑焉，而淺者或不知，吾故聊爲之辨。若其文辭格致出於近代，而非西漢人書，則知文者可一見決矣。

讀招魂

舊皆謂招魂爲宋玉作。太史公贊屈原曰：『予讀離騷、天問、招魂、哀郢，悲其志。』招魂亦原之爲耳，豈玉作哉！其文之旨，首言魂魄離散，蓋謂故國難安，亦嘗有九州相君之志矣。卜居所云心煩慮亂時也，顧以義不可去，故招使歸來。然招之必託於帝告巫陽者，何也？孝子之於親，天性也。忠臣之不忍離君，亦天命而已矣。其文之中至亂辭之首，乃盛陳楚邦繁盛，則意譏頃襄，猶莊辛論幸臣之旨，父死於秦，不思報復，而乃逞聲色、縱獵遊，侈陳之，正以見王之不道，而難與有爲也。其文辨博閎麗，殊不易曉，故於篇終明見其意曰『魂兮歸來』，哀江南君子之居季世也。欲他去，則於義難安；欲不去，則其憂不可解。在位而極言之，猶冀其君之一悟也，而爲君者必屏棄放逐，遏其身而杜其口，雖不去，亦何能爲哉？則戚戚焉，惟日憂故國之將亾而已矣。哀江南者，即庾信哀江南意也。自王逸以來，率不達其旨，猥以玉招原魂釋之。是文首即曰『朕幼清以廉潔』，玉招原魂而謂原爲朕耶？且數義者，何由可通也？吾觀阮籍詠懷詩，首用湛湛江水上有楓語，而繼之朝雲荒淫，爲黃雀哀等句，蓋嗣宗追咎明帝之昏荒而作詩，以屈原、莊辛自況也。其於斯文殆已得其解與？

讀漢書翟方進傳

漢世三公多以災異免，予讀方進傳及注所言漢家故事。蓋漢制，天地有大變，國家有大故，天子使人賜丞相牛酒，相輒自殺。當時之三公，責何其重與！宋景遭熒惑之變，不忍移諸股肱。漢之爲此，豈其未聞宋事耶？然是事自翟方進外，他無所見。蓋漢亦知其過重，遂減而爲策免。迨其後，且有策免不行而居職任事如故者矣。甚矣！方進之所遭獨不幸也。吾謂漢是制誠不古，然宰相者，位愈尊則責固愈重，居三公位，如何令國家至此？縱君不誅，吾獨無愧於心乎？由是言之，漢策免當矣，居位不可也，苟因是而愈加尊位，彼其人何以能處哉！

讀漢書貨殖傳

班固譏馬遷述貨殖，則崇勢利而羞貧賤，是雖不識馬遷之意，乃其言抑可謂正矣。雖然，固爲漢書，必效遷而立貨殖之傳，則何爲也？夫貨殖，善者追世好，取世資，惡者掘冢博掩犯姦成富，此其人皆不出乎商賈之行耳。馬遷以一家之言，非爲國作，其錄滑稽、貨殖等篇，比於戲謔，夫何爲不可，而固乃登諸國史中乎？以爲飾變、爲姦宄者足乎？一世之間，守道循禮者不免饑寒之患，列其行事可以傳世變，則散見其人於食貨諸志可矣，何至爲之立傳也？嗟乎！以商賈之卑賤貪汙，其生也，或鬻爵爲大夫，華轂朱輪炫熿天下，而其死也，國史書之，使垂名於後世，天下孰不爭爲商賈之行哉！若夫書爲漢作，而不去子贛、計然、白圭、猗頓之事，則固其失之猶小者已。

重修甘敬侯墓碑記跋

右重修甘敬侯墓碑記，桐城姚先生爲侯裔孫某作者也。某持以示予，且屬跋其尾。予嘗怪風俗莫敝於西晉，史稱士大夫廢職業、尚浮誕，至南渡而其風不息，然一旦王敦作亂，則敬侯、溫太真輩露檄興師，委軀命以赴天子之難，雖其功有就有不就，而忠義皆流千古已。後世士大夫，無晉時清談之弊，顧平時則閉口恐觸忌諱，不幸小值寇警，有惶怖而莫知所出者矣，不知自視於晉人何如也。彼敬侯諸公固拔出於時俗者耶？將天下矜言高尚，敝則甚矣，猶愈於卑靡貪冒之爲耶？抑吾嘗考之，元帝爲琅邪王時，辟召賢俊，敬侯、王導等皆爲掾屬，時人謂之百六掾，其後渡江承基，卒收諸人之用；然則有國家者，非得賢才而蚤用之，固無以得夫仗義急難之臣與？是歲，嘉慶十八年冬十月也。

因寄軒文初集卷四

擬奏議二首

擬言風俗書

臣聞之：天下之風俗，代有所敝。夏人尚忠，其敝爲野。殷人尚敬，其敝爲鬼。周人尚文，其敝也文勝而人逐末。三代已然，況後世乎！雖然，承其敝而善矯之，此三代、兩漢俗之所以日美也。承其敝而不善矯之，此秦人，魏、晉、梁、陳俗之所以日頽也。而俗美則世治且安，俗頽則世危且亂。以古言之，蓋有歷歷不爽者。我清之興，承明之後。明之時大臣專權，今則閣部、督撫率不過奉行詔命。明之時言官爭競，今則給事、御史皆不得大有論列。明之時士多講學，今則聚徒結社者渺焉無聞。明之時士持清議，今則一使事科舉，而場屋策士之文及時政者皆不録。大抵明之爲俗，官横而士驕，國家知其敝而一切矯之。是以百數十年天下紛紛亦多事矣，顧其難皆起於田野之奸、閭巷之俠，而朝宁學校之閒安且靜也。然臣以爲明俗敝矣，其初意則主於養士氣、蓄人材。今夫鑒前代者，鑒其末流，而要必觀其初意。是故三代聖王相繼，其於前世皆有革有因，不力舉而盡變之也。力舉而盡變之，則於理不得其平，而更起他禍，何者？患常出於所防，而敝每生於所矯。臣觀朝廷近年大臣無權，而率以畏愞；臺諫不爭，而習爲緘默；門戶之禍不作於時，而天下遂不言學問；清議之持無聞於下，而務科第、營貨財，節義經綸之事，漠然無與於其身。蓋自秦人，魏、晉、梁、陳諸君皆坐不知矯前敝，國家之於明，則鑒其末流而矯之稍過正矣，是以成爲今之風俗也。上之所行，下所效也。時之所尚，衆所趨也。今民閒父子兄弟有不相顧者矣，合時牟利者是爲能耳，他皆不論也。士大夫且然，彼小民其無足怪。嗟夫！風俗之所以關乎治亂者，其故何哉？臣民之於君，非骨肉也，其爲情本易渙也。風俗正，然後倫理明；倫理明，然後忠義作。平居，則皆知親其上，而不相欺負；臨難，則皆能死其長，而無敢逃避。相繫相維，是以久而益固，永而彌昌也。今自公卿至庶民所懷如是，幸而承平，亦既骳法營私無所顧戀矣，一旦有事，其爲禍安可復言？滑縣之寇，鼠竊狗盜，何足以云哉！揭竿一呼，從者數萬，入京邑，戰宫庭，而内臣至於從賊。非狂寇之智足以大致吾人也，吾之人漠然不知有倫理，稍誘脅之，遂相從而唯恐在後焉耳。臣聞之：天下之安危，繫乎風俗，而正風俗者，必興教化。居今日而言興教化，則人以爲迂矣。彼以爲教化之興，豈旦暮可致者耶？而臣謂不然。教化之事，有實，有文。用其文，則迂而甚難。用其實，則不迂而易。夏、商、成周之事，遠不可言，臣請以漢論之。昔者，漢承秦敝，其爲俗也，貪利而冒恥，賈誼所云，孳子耆利，同於禽獸者也。自高帝、孝文困辱賈人，重禁贓吏，遂不久而西漢之治成。其後中更莽禍，其爲俗也又重死而輕節。光武者，重敬大臣，禮貌高士，以萬乘而親爲布衣屈，亦遂不久而成爲東漢之治。由是言之，移風易俗，所行不過一二端，而其勢遂可以化天下，不爲難也。今之風俗，其敝不可枚舉，而蔽以一言，則曰『好諛而嗜利』。惟嗜利，故自公卿至庶民，惟利之趨，無所不至；唯好諛，故下之於上，階級一分，則奔走趨承，有諂媚而無忠愛。教者，以身訓人之謂也；化者，以身率人之謂也。欲人之不嗜利，則莫若閉言利之門；欲人之不好諛，則莫若開諫爭之路。今天下有河工、災務，國用不足，故競言生財。夫生財，不外乎節用。若其他，非害政之端，即無益之舉耳。近者，皇上憂念庶務，菲食惡衣，以儉聞天下。然臣意以古較今，則猶多可省。漢・貢禹有言：『今宫室已定，無可奈何矣，其餘盡可減損。』宜講而行之。而杜口不言利事，有言利者，顯罪一二人示海内。夫如是，則天下皆知上之不好利。往者，皇上新即大位，嘗命臣民率得上書矣，既而言無可采，遂一切罷去。夫言無可采，其故有二：一曰爵之太輕，故奇偉非常之士不至；一曰禁忌未皆除，故言者多瞻顧依違，不敢盡其說。今日者宜損益前令，令言官上書、士人對策及官僚之議乎政令者，上自君身，下及國制，皆直論而無所忌諱。愈戆愈直者愈加之榮，而阿附逢迎者必加顯戮。夫如是，則天下皆知上之不好諛。夫上不好諛，則勁直敢爲之氣作；上不嗜利，則潔清自重之風起。天子者，公卿之表率也。公卿者，士民之標式也。以天子而下化公卿，以公卿而下化士庶，有志之士固奮激而必興，無志之徒亦隨時而易於爲善，不出數年，而天下之風俗不變者未之有也。天下之士囂囂然爭言改法度。夫風俗不變，則人才不出，雖有法度，誰與行也？風俗者，上之所爲也。有其美而不能自持，故自古無不衰之國，周、漢是也。有其敝而力能自變，則國雖傾覆而可以中興，東漢是也。今者繼世相承，則舉而變之，事易而功倍矣。此當今之首務也。

擬籌積貯書 嘉慶二十三年　代人作

臣聞：京師者，天下之大本；積貯者，國家之大務。今海內飛芻輓粟，歲至京師，意京倉所積穀，多備數十年，少亦宜支數歲。而以臣所聞，不過僅支一歲而止，臣甚駭之。《記》曰：國無六年之畜，曰不足；無三年之畜，曰急。以國家之全盛積貯止此，設不幸東南有水旱，漕不克繼，或淮、徐、兗、濟之閒有大盜如王倫者阻於途，俾不得達，或畿輔倉卒有事，用穀倍常時，三者有一焉，雖有研桑，不知計所從出矣。且夫一州一縣之大，倉庫空虛，則事至而無以辦，況於煌煌帝都，宗廟乘輿之所在者乎？以國家之威、皇上之仁聖，曩所云三患，固萬萬不當有。然而思患豫防，勢之所及也；患既至而後爲之所，勢之所不及也。此臣之所以大憂也。

臣竊惟國家富强本踰前代，當乾隆中歲，京倉之粟陳陳相因，以數計之，蓋可支二十餘歲。乾隆之去今，時既未遠，加以數十年內未闕一州，未損一縣，未加一官，未增一卒，何以曩者備二十歲而有餘，今則僅支一年而不足？論者皆謂：邇年以來，苗賊迭起，水旱閒作，高宗皇帝屢施豁免之恩，皇上數沛停徵之惠，坐是積貯虧缺，不能復舊。臣以爲是固然矣，而抑猶未盡。伏查京倉所放米，曰官俸，曰兵糧，二者去通漕不過十分之六。其一，養工匠歲賜之粟，名曰匠米，匠米在當時去京倉百分之一，今則人數百倍於前，而米去京倉十分之一矣。

其一，國初定鼎，宗臣封親王者六，曰豫、睿、禮、鄭、肅、莊； 封郡王者二，曰順承、克勤； 世宗皇帝之弟封親王者一，曰怡賢。此九王者，皆世襲罔替。七親王之世子，世封親王，其他子則封公，公之子封鎮國將軍。二郡王之世子，世封郡王，其他子亦封鎮國將軍。凡鎮國將軍之子封輔國將軍，輔國將軍之子封奉國將軍，奉國將軍之子封奉恩將軍。凡俸，親王萬斛，郡王五千，公一千，以次降，合而名曰恩米。夫九王之初封，其子孫不過數人，後則愈衍愈衆，至於今，枝繁葉盛，蓋其人已數倍於前矣，而國家封爵賜米必一一如其人數，是以國初恩米去京倉不過百分之一，今則不啻十之三四矣。以通漕十分，官俸、兵糧去其六，匠米去其一，恩米去其三四，是故一歲之漕僅敷一歲之用。漕一不足，則必抽舊積，舊者日絀，而新者無羸。然則京倉之粟日減日虛，二十年而大變於前者，無足怪也。夫國家之大，所賴以辦事者官，所賴以捍患者兵，官俸、兵糧勢不可減。而我朝於滿兵盡人而養之，自乾隆時論者已憂焉，無善計耳。至於工匠，則事不同矣。經曰『既稟稱事』，又曰『考其弓弩，以上下其食』。然則古之工匠食稱其事，初無虛養之時，今之匠役無事而食者蓋過衆。爲今日計，莫若裁汰散遣，僅留其魁若干人，俟有興造，然後及時召募，計其工而賜之食。如此，則下無遊食之民，上無虛糜之賜，而所謂匠米者可以復減如前矣。九王之子孫爵祿豐厚，此自國家追念前勳，恩德至渥。然臣聞之，親親有殺，尊賢有等。以人臣之嗣世，同皇昆弟、皇子之封，其酬勳已至極，而其他子孫又人人食王公之祿，則待之毋乃過優乎？國家享祚億萬年，諸王子孫日衆，海內物力必有不給之時，人臣與國同休戚，主上匱乏而私室豐盈，諸王之靈抑恐未安於地下也。爲今日計，爵則仍之，祿則減之。彼其人果才賢，自可爲國當官，別受在官之俸，而愚不肖者不得濫叨厚賜。如此，則宗室皆知奮勵，而所謂恩米者可以復減如前矣。夫匠米、恩米復減如前，則京倉所積歲已有餘，以數計之，蓋三年則可餘一年之食，九年則可餘三年之食。然則不出十年而京倉之積貯已多矣。論者或謂： 匠米可減也，減恩米恐非聖世所宜行。臣請有以折之： 昔周之初，大封同姓，而武王昆弟、五叔乃無官，矧其子孫，豈容不辨別賢否，而概以王公之禄予之？宋相王安石議減宗室恩例，宗室伺其出，羣譁馬首，安石厲聲斥曰：祖宗親盡則祧，何況賢輩！諸人遂無辭而退。至哉，言乎！不可以人廢也。臣愚以爲此事也，行有五利焉：京師積穀有餘，一利也；匠民散於民間，畿輔穀賤，二利也；諸王子孫不驕惰，三利也；積穀有餘，則徑可停運一二年，而用其閒以大治河工，四利也；旂丁但予坐糧，則所云幫費者省，而州縣之虧空可彌矣，五利也。變一事而興五利，補救之謀，無加於此。若夫興水利、議屯田、裁減滿兵糧額，事體重大，非旦夕所可行，臣今未敢議焉。

因寄軒文初集卷五

序八首

周文忠公集序

周文忠公諱鳳翔，字儀伯，仕明爲左諭德、翰林侍讀，莊烈帝之難，殉國而死，大節與倪、范諸公互相輝映云。初，李賊陷京師，公未知帝所在，急走至殿前，見賊受諸降臣朝賀，大哭趨出。適東華門得帝殯，拜伏哭成禮。然後歸寓，作書別父母及兩弟，又爲書以訓其子，慷慨賦詩，投繯而絕。嗟夫！仗義捐生之士自古聞之，蓋有出於一時之奮激者矣，至若倉猝急遽，命在晷刻，而執禮盡慮，處置不少遺，其視死生直不啻飲食寢興之常事如公者，何以克然哉？彼無他，忠孝之性根於生，學問之功積於素，從容詳盡，而無所難也。

既吾考公生平，又不惟以死節著。始，公爲東宮講官，嘗召對平臺，陳殄寇策。已而，軍需事急，朝臣議稅間架錢，公爭以謂：事至此，宜急收人心，不可奪民財，搖國勢。帝雖悚聽其言，竟不能用。世皆以明亾爲不幸，觀於此，然後知莊烈之必宜亾也。人君之德，莫大乎納諫與愛民。彼雖貧匱已甚，菑害日興，而天子節儉慈仁，采納正言，固民心而不失萬乘之尊，安有遽亾其國者也？莊烈於公等恤民之謀不能一用，加賦於疲農，括財於富室，用小人促訾啜汁之謀，天怒人怨，寇藉爲資，身死而國亾，不可復捄，事有由矣。書不云乎：『知人則哲，能官人；安民則惠，黎民懷之。』經國之謀，誠無加於哲惠也哉。

公之生也，嘗自刊其文集，見於倪文貞公覆公之札，而板失傳。其後百數十年，公之族孫丹徒令君，哀輯遺詩文，得若干篇，刊行於世，而屬予序之。予既歎公之忠與公之識，而並感於明亾時謀國之不臧也，爲斯文，以弁其首。若夫公之他行及其文辭之工，不讀是集者自知之，而皆非所以論公之大也，予故不復云。

槍經序

淮安學博周保緒，棄官歸吳，日肆力於經綸之學，考治亂，究興衰，暇則游心於武藝。於是以其所受於人之槍法，著經十篇以傳世。

昔者，先王既偃武修文，而弓劍五兵之屬，率聽其民之佩習。安居則以制猛獸，而備非常；有事則以設守衛，而施行陣。及至秦兼天下，折鋒刃，銷甲兵，違令收藏者有罪。循習至後世，其禁尤嚴，自非軍人，有莫得而執習者矣。古之時，聽民習兵，底滅亾而無匹夫羣起之禍。秦人反其令，二世之後，而閭左謫戍之徒，耰鋤棘矜，壹倡而亾其天下。今夫善防民者，亦顧其教養如何而已，舍教養而防以法禁如秦人者，其所見與兒童何異？

兵者，國之大事，而五兵之屬，三軍之所宜素習者也。兵不完利，與空手同；中不能入，與無鏃同。而自秦以來，非軍人莫得習兵，而爲軍人者，則又畏愞躐蹜，執干戈而不知何以用。則何怪乎小值寇警，蛾伏豕奔相繼，而識者皆謂兵之不足恃以爲安哉。保緒嘗言：五兵之用，近莫利於槍，而遠莫加於弓矢。其著是經，蓋欲士大夫兼明武藝，而推其法以教天下之軍人。其與世之談劍術、言拳勇者，猶塵堁也。予曩與保緒游時，保緒此經始屬稾。今別一年，計其書當已成就，乃以予所素論者爲之序以貽焉。

舅氏鄒君詩稿序

鄒君，同之舅氏也。少入學，慕司馬相如之爲人，跌蕩不拘小節。中歲客湖北，值寇亂，佐戎帥有功勳，當得六品官，不就。晚乃益困，隱居江寧之南鄉，去城十里，不復與戚友往來，戚友亦鮮相過問者。獨南鄉田父數人稍稍知敬君，以事就問，而舍是門無人蹟云。

同以甥故，歲時必謁君。見所居老屋數椽，塵土滲漏，外則竹樹蒙閉，邱墓環焉，每日落人靜，山風怒號，燐飛鬼嘯，意怛然，謂非人所居。而君隱其閒，作字賦詩，常充然有自得之色，意甚疑之。憶當同之生，君年已四十矣，不復知其少時之事，然猶及見君服鮮衣，從傒僕，彈絲吹竹，酒酣耳熱，自述少年京洛之游，以明得意。今雖忽忽三十年，追憶昔狀，恍如昨日，豈意君之至是也哉！然君少以文學爲賢王鉅公知賞，使其終就場屋，固當登科第，而當其從事幕府，著績戎馬之場，比牒並名者已皆顯貴，君皆不顧，獨晏然處此窮鄉中，非有得而能如是與？

君年已七十，頹然老矣，取其詩命同論定。同之識既不足以知君，而於詩又非所深解也，略述君之生平以爲詩稿序焉。嘉慶二十年五月二日，外甥管同謹序。

嚴小秋詩詞集序

同年十四五，家於城西，先夫人延族兄雲莊教以文學。於時族兄有友數人，曰方、岳、許、莊、袁、蔡，而嚴君小秋往來爲密。君軀幹不踰中人，舒步緩言，面藹然多善氣，閒數日輒一至吾家，與族兄商搉文辭，閒以詼笑。同時甚幼，未知爲文辭，然私喜侍旁，竊聽其議論。其後遷居城東，族兄去吾家，而諸友皆不至。自是不甚見君，獨時聞君詩詞日進，爲簡（齊）［齋］、夢樓諸先生所賞識云。

嘉慶二十二年秋九月，江寧聯司馬璧招海內知名之士二十餘人，結詩會於盋山。同與嚴君皆與其會，因得相聚談者竟日。君見同，訝其蚤衰，席閒數視其髮。是歲也，同蓋已三十有八矣。嗟夫！年十四五侍君於師長之旁，吾兒童，君前輩也，今吾年且四十，鬢髮皓然，是固蚤衰，而君豈不更老矣？夫曩時族兄有友數人，今詢之，惟袁得縣令，蔡以庶常改部郎，自方、岳、許、莊諸君皆困於諸生，岳尤窘急。而如君者，雖其詩詞日進，顧亦屢試屢蹶，行數千里而卒無遇合以歸也。信夫文人少達而多窮，可慨也已！

然自與君相會於盋山，而往來遂密。又三年，君遂以詩詞屬序於同。同於詩詞知之既淺，且君之作爲簡齋、夢樓諸先生所賞識，則亦何俟同言，而言之豈足以重君哉！書其離合之蹤，以紀吾兩人之感慨，其可也。

庚辰雜記序

由百年之後，舍故老傳聞，說高、曾時事，懸揣臆決，自以爲得真，親族鄉鄰未有不聚而譁笑者已而。說古經者獨異於此。

堯舜之書，五千年以上書也，次其時世，則春秋、戰國爲近，兩漢、唐、宋爲遠。然以說經言之，則戰國已異於春秋，唐宋復異於兩漢。今雖不因後人之說遂廢前人，而終不謂春秋、兩漢盡得其真，而戰國、唐、宋之後出無稽而不足據。則說經而必循舊說，非通儒也。蓋經者，理也；理者，心也，人之心豈能彊合乎哉？大丈夫寧犯天下之不韙，而必求吾見之所安，其說經也亦若是則已矣。

吾鄉王小石先生，出所作庚辰雜記一帙以示予，蓋所論者不出虞書。其言堯舜閒事，雖孟子有不信，讀者駭焉。予以爲是無足駭也。湯武弑君，孟子以爲非弑。武成明言血流漂杵，孟子以爲不然。孟子讀尚書，而有時垂世立教則不循尚書之文。然則讀孟子而不循孟子，是爲善尊孟子者矣。惜乎！尚書具存而世終無孟子其人者，遇先生而與面定是非也，是則讀是書之不幸也夫？

送李理問序

大吏自古有參佐，獨布政使司之理問，古無其官。而其職六品，比府通判，視經歷、司獄爲稍尊，由其官轉丞倅至郡守，其勢爲稍易。蓋雖參佐而亦榮矣哉！然吾聞古之人不得志於朝，則仕於郡將使府，爲長官者必待之以禮，爲參佐者必盡心於其職，上無淩下之心，下無阿上之意，由是入仕於朝顯功名者相望，是其官固猶可爲矣。今則參佐體統輕於屬吏。府州縣之於司道也，職雖卑，猶得稍行其意。至若理問諸官，則一惟大吏之從，旦夕束冠帶立大吏門下，閽者呼曰『入』，則謹趨而入，屏氣鞠躬，受意指而退，漫不敢有所建白。是果諸官之輕於官耶，抑亦古今人行不相及也？

滇南李君篠槎，候補陝西理問。君於同丈人行也，而同客河南，甚相契，頃常爲同言：士苟登仕籍，當爲一二節卓卓可傳誦事，若使終身靡然從諸俗吏，後卽榮達，何足言？噫！君之志，古人之志也，而君今之官，則未足以行君之志也。雖然，必如是說，則古之仕於郡將使府者卽不當復有傳人，士亦自顧所樹立者何如，豈古與今真爲異世乎哉！

君行矣，人皆以郡守司道爲君不日所遷擢，同則謂君必大有造於今官，然後擢爲郡守司道，始爲足見君才，而君頃與同言者乃大驗也。

送姚石甫序

吾師姚先生爲予言桐城之士曰：方植之、劉明東。予首識明東，與一見，論尚書，遽別去。而植之來江寧，與之游特久。植之因爲予言：吾鄉之士不止明東已也，有左匡叔者，子苟見，必敬之。不一年，匡叔至。明東之爲人，吾未能知之，其文辭飄忽而多奇，吾見而愛之矣。植之意欲窮理盡性，阨於窮而不能自振也，抑彼可云有志者與！至於匡叔，則吾嘗稱曰忠信。天之生才也不偶，其生異才也尤不偶。桐城一縣，數十年，吾求其才而得者如是，則安知天下之必無才哉？患在不求而用故也，才何由出！雖然，如吾師及三君，彼其才誠未易見，其諸師友淵源之有漸者乎？抑潛、霍、司空、長江之流，靈秀雄奇鍾於是而不可多得者乎？

及今姚石甫來，乃知又有姚石甫。接其人，爽而直，讀其書，辨博而馳騁。甚矣！桐城之多才也。然石甫殊不自足，而慊然求益於吾儕。吾儕之陋，奚能益石甫哉？孟子曰：友一鄉之善士。又曰：思友天下之善士，猶不足，故尚友古之人。守匡叔之忠信，窮植之之性理，兼明東之文辭，廓而大之，精而深之，雖學至吾師猶不止。吾之益石甫者如是。

石甫爲予言：吾鄉同志有十人，今之存者，五人而已。四人者，植之、明東、匡叔、石甫也。其一人者又何人也？吾願因石甫以見之。

送聯司馬序

賢相之孫，名卿之子，連姻天室，年二十而官登五品，文翰之美輝映乎當時，聽訟折獄之才，雖老吏自以爲莫及，世有人如聯君，其亦可以無恨矣。然而中路一蹶不可復起，鬱鬱不得志，引疾以歸。知君者咨嗟慨惜，固其宜哉。自愚觀之，則獨謂不然。人恆過然後能改，困於心，衡於慮，然後作。金玉弗琢鎔不爲器也，松柏弗創於斧斤不爲材也。以君所負高出於衆人，衆人進而君獨退，若難曉矣，庸詎知天之匪薄衆人耶？庸詎知天之匪特厚君耶？進於位者未始不爲退，退於位者未始不爲進，進退之權，天與己實操焉，而他人不能與君行矣，其勉哉！以忠爲基，以信爲輔，謹度而行，謹慮而語，亨也匪甘，困也匪苦，比及三年，吾迓君於江滸！

因寄軒文初集卷六

書十四首

與友人論文書

垂示古文三篇，比前稍進，然終孱弱無勁氣，未得爲佳。既承虛懷相問，則固當明言其塗，而足下擇焉。

僕聞：文之大原出於天。得其備者，渾然如太和之元氣。偏焉而入於陽與偏焉而入於陰，皆不可以爲文章之至境。然而，自周以來，雖善文者亦不能無偏。僕謂與其偏於陰也，則無寧偏於陽，何也？貴陽而賤陰，信剛而絀柔者，天地之道，而人之所以爲德者也。孔子曰：『吾未見剛者。』曾子曰：『士不可以不宏毅，任重而道遠。』聖賢論人，重剛而不重柔，取宏毅而不取巽順。夫爲文之道豈異於此乎？古來文人陳義吐辭，徐婉不失態度，歷代多有，至若駿桀廉悍，稱雄才而足號爲剛者，千百年而後一遇焉耳。甚矣！陽之足貴也。然僕以爲，是有天焉，有人焉。得天之剛，世亦無幾。其餘必進之以學，進之以學者，孟子所云以直養而無害是也。日蓄吾浩然之氣，絕其卑靡，遏其鄙吝，使夫爲體也常宏，而其爲用也常毅，則一旦隨其所發，而至大至剛之概可以塞乎天地之閒矣。如此，則學問成，而其文亦隨之以至矣。

取道之原，『六經』其至極也。而論其從入之塗，則公羊、國策，賈誼、太史公，皆深得乎陽剛之美者，誠熟復之，當必更有所進耳。雖然，是姑就足下所問誦法者言之，若論其至，則必如前之所陳者。舍剛大而言養氣，不可以爲養氣也；舍養氣而專言爲文，不可以言爲文也。惟所養有淺深，則所就有高下。要之，必歸於此而後爲得焉。足下其不謂然乎？敬覆不具。

答某君書

惠書教以專治時文，俟得科名，然後更求實學。異哉！斯言，非僕夙所望於足下者也。

僕聞，古之爲學者，或純，或駁，或廣大、淺細，要皆内治其身，外講明於天下國家之事，用則施諸時，舍則著諸書而垂於後世，未有居庠序、誦先王，而汲汲然徒爲仕進計者。孟子曰：『今之人修其天爵以要人爵。』荀子曰：『小人之學也，以爲禽犢。』凡人之學有爲而爲，則雖正而必見惡於君子。又況舍棄一切日用，力於熟爛之空言，而但以千夫仕進者乎！自明以來，取士者固專用時文，不雜他事。然而推立制者之心，豈真以區區時文足爲天下用與？抑其於天下士猶將有以取之，而姑以時文驗所得與？然則爲士而但務時文，亦士之自甘卑陋而已，固非國家育才官人之本意。

僕自應鄉試來，凡經三黜，其於時文固必不工，然使僕但工時文，瞢然不知有實學，縱由此排金門，上玉堂，僕則榮矣，亦何補於斯世？當今天下雖無人，專治時文者固不乏，又安用增僕一人於其閒哉！僕謂，君子疾沒世而名不稱，不當汲汲求富貴。故願足下姑置時文，稍留心於實學。至於科名，蓋有命而不可求也。

詩曰：『投我以木瓜，報之以瓊琚。』足下所見雖未是，承相愛深，又安敢以無報，幸熟思之。

擬與鳳陽守令書

某家居省會，側聞江淮守令賢者，獨鳳陽諸公，心事卓犖，不與羣輩等。近者北游河洛，路出明公宇下，竊見桑麻被四野，老幼連袂謳吟，恍然與鄉所聞合。幸甚，幸甚！

顧其閒猶有疑者，不可不告。鳳之爲郡，爲河、洛、江、淮咽喉要地，土曠而人衆，悉皆强悍剛猛，輕死生，不循法度，又當明初王侯將相半出其鄉里，其人持是自矜詡，嘗悍然有跋扈飛揚之志。十餘年來，鳳臺康氏、宿州奸民相繼作亂，其人皆鳳人也。近者元惡大憝雖絕蹟，刁悍之風常不變。當某居省會固已微有所聞，頃且一一親見之矣。

經曰『除惡務本』，傳曰『無使滋蔓，蔓難圖也』。守令於百姓，不惟審曲直，聽斷於一時，其於凶民，固當絕其本而防其蔓。今明公爲治之道不下古人，獨於凶民未聞爲豫防之計。非明公智力有所不足，亦以爲是不足畏，而禍且未發耳。

天下之憂，皆成於不足畏，而天下之禍，皆蓄於所未發。使人人見爲足畏，則愚者知防之，世豈復有敗事！而禍惟不發，發則豈復可言哉？今鳳之凶民，某所親見者，納白刃鞾袴中，坐酒肆，片言相搪突，推案而起，拔以從事。甚者，養巨寇，集匪徒，稱霸於一鄉，官吏畏懦慄縮，束手不敢一問。若是者，皆不得謂爲小患也。天下屬極治又得如明公者數輩，落落然參錯一邦爲牧伯。此曹子乘堅驅肥，鬭雞走狗爲樂。一旦小有風塵之警，斬木爲兵，揭竿爲旗，蠭起而雲應者，皆是屬也，其爲可懼孰大焉！

昔周武王誥康叔執拘羣飲，歸於周，予其殺。而周禮·大司寇有治罷民之刑。蓋先王懲凶防亂，其重如此。夫奉法者，守令事也；用法而恆得法外意者，循吏之爲也；賞一以勸百、罰一以懲衆者，政之經也。伏惟急除惡之思，謹滋蔓之戒，體康誥、周官之義，防康氏奸民之起，杜斬木揭竿之萌，以安良民，以全善政，鳳人幸甚！天下國家幸甚！

答花學博書

某頓首毅齋先生几下：倉卒慎陽逆旅，高誼久未報，輒蒙先施書問，慊何可言！乃復津津於奉贈之辭，欲相從以求益，智若夷吾，而因馳以求夫水脈者，夫豈非古人盛節哉！矧明問諄切，敢不報以所知。

記曰：『溫柔敦厚，詩之教也。』夫柔也者，情之所以蹈和；健也者，辭之所以取勝。養溫柔以爲質，積雄健以爲文。景星、慶雲必無耿耿之光，鳳皇、鵷鸞必無啾啾之響。酌之乎雅以範才，養之乎奇以足氣。其始也，縱其所之；其繼也，歸其所舍。使夫識者觀吾之容，肅然無不齊之步；聽吾之聲，鏗然無不諧之律。以是爲詩，雖未能與天爲徒哉，抑其去於人也則遠矣。雖然，是特言詩之末節也。

古之爲詩者，其情與古合，其作與經通，究萬物之情而定以中正，極夷險之變而出以和平，其爲道也，第囿於詩者能之乎？ 彼世之人沈酣聲色之中，而曲得其情狀可以爲詩，而終無與於古作詩者之事。 由是言之，志僅在於爲詩而已，則其詩必未足言也。

蒙先生夙昔高誼，今乖問，雖年少識薄，敢不取所素持者以獻。 惟鑒不宣。

覆康河帥書

某再拜某官執事： 拜別以還，深思嘉誼，眷惠手翰相問，益增欣悚。

頃者黄水泛溢、江淮罹害，天子宵衣旰食，憂憫元元，重簡老臣，授之以視河使者之任。 明公受命以來，止宿隄上，躬親泥塗，相度形勢，率持畚之徒，與同辛苦，訪巖穴之耆民，而因以得知舊隄之所在。 雖古大臣之用心，何以加此！

某於河工，雖不曉其曲折，然竊謂河之爲患，其至也，固以天災，而其防也，要以人事。 夫人之所爲，精勆則成，荒逸則廢。 書稱大禹克勤於邦，遂乃袪巨害，塞洪原，拯九州於溺湛，建萬世之鴻業。 明公職司董督，偉績所樹，固已昭然在人耳目間。 願益淬厲神明，屆耄期而不倦，獎勸屬吏，率之以勤敏，綜覈所支，無俾侵蝕，使夫瀾安隄固，永遠無後災。 則所以上寬天子南顧之憂，而下使江淮之民脱魚禍而登安樂，其爲福德，又豈某一人之私戴乎哉！

某已至山東，頗幸粗適。 冒瀆尊嚴，統惟鑒察不宣。

上方制軍論平賊事宜書

伏聞詔諭起公總督直隸，公辭職不受，而自請率兵以擊賊。 此既見公守禮不失，而又合古經『三年之喪，不避金革』之義，忠孝之道殆兩得焉。 同夙荷深知，遠征當謁送，恐嚴駕已訖，不得盡所懷，輒敢以書上。

乃者，狂寇突發三省，旬日之閒，連破數縣，既乃入京邑，犯宮城，蹀血闕庭，使皇子躬射賊之勢，聖朝下罪己之詔。 異哉！ 悖逆狡悍，今古所希聞，而臣民所共憤也。 比聞山東連獲捷勝，賊已盡平，而直隸、河南之閒勢尚猖獗。計公此行，必直抵彼路，收復失地。擊逆賊而剿除之，公之任矣。復地剿賊，計不容緩。然而，同所慮者，不在乎已興之寇與州縣之已被賊殘者也。

國家承平百七十年矣，長吏之於民，不富、不教，而聽其饑寒，使其冤抑，百姓之深知忠義者蓋已鮮矣。天下幸無事，畏懦隱忍，無敢先動，一旦有變，則樂禍而或乘以起。而議者皆曰『必無是事』，彼無他，恐觸忌諱而已。天下以忌諱而釀成今日之禍，而猶爲是言與，夫豈忠臣義士憂國家者之所敢出與？同觀賊所近處，山東則曹、濟，河南則開、歸，江蘇則徐、邳，安徽則鳳、潁。此皆同所嘗游，知其習俗，大抵其人椎魯勁悍，輕死生而鮮畏刑法。天下極清寧，其間不義之徒，販私鹽，爲巨寇，甚者破邑戕官，如宿州往年之事，一旦有變，彼豈能安坐而不動其心乎？誠恐賊不速平，而此等因之以起，則雲合響應之勢成，而事難卒辦矣。

雖然，以同度之，則賊必速平。何也？用兵之道，疾如雷霆，而成大事者，務廣其地。此古今英雄豪傑所同也。狂賊之起也，布黨翼於三省間，同日而起，則既使吾之聲援不能猝應矣；連得州縣，皆委棄而不守，則彼之勢無所分，力既完而氣益鋭矣。舉事如此，殊可畏惡。然而，兩月以來，賊乃專意京師，不過大河一步。夫京師重兵不下十萬，又懲前事，則守備嚴而環衛謹，賊雖狡，亦何能爲哉？昨聞官軍得賊所執旗有『彌勒開道』等語，由是言之，則狂賊仍白蓮餘黨，假僊佛惑愚氓，未嘗有深謀遠略如衆所疑，是以舉動如斯耳。曩令狂賊渡河而南，煽惑他省，攻無備之城，則易破而難守；處四達之地，則易竄而難防。今皆不然，而倔强大河以北，此坐而待誅之勢也。

然則，破賊之計可知也。狂賊之數或云十萬，或云十餘萬，以人言度之，蓋至寡亦不下二三萬。夫計口食粟，人日一升，則百人日食一石，而萬人當日食百石，苟衆至三萬人，即日食三百石矣。其衣服薪芻諸用稱此。有自山東來者，或云賊但取倉庫，而不擄掠民間。彼狂賊日有數百石之需，又加之以薪芻衣服，今州縣之倉儲庫蓄無實久矣，彼不取諸民間，其蓄積焉得如此之富？然則，不擄掠者，亦暫耳，終固未可保也。夫賊必擄掠而後生，則吾當先絕其生機，而後賊乃可滅。爲今之計，陝西、山西、湖北、江南皆當屯兵，慎守關隘，毋令賊人得竄入而已，不必引軍助剿。而直隸、山東、河南州縣與賊毗連者，宜令其多設閒諜，探賊之來，則堅壁清野，固守其城以待。而三省辦賊之軍，各訓練而分爲兩用。一用以爲剿兵。而其一則專用以爲救兵，屯駐要害，勿與賊爭鋒，而凡州縣有警，則率之往救應，如狂賊圍濬，則卷甲而直趨於濬，狂賊圍淇，則卷甲而直趨於淇。彼州縣之兵雖凋敝不足恃，而急得救援，則旦夕亦未可卒下。然而賊初起時，不旋踵而破吾數縣者，無救故也。夫州縣既可保不破，則賊二三萬人日無所得食，旬日之間，必有自亂之勢矣。道路之言或云賊常夜聚爲亂，旦則仍散爲平民，市薪米，使人不知所在。誠如是，豈官吏乃漫無覺察乎？此必好事者之言，不足信也。彼賊既連破數縣，蟻聚蜂屯，必藉以爲巢穴，吾無以制之，故彼四出侵掠，初無定在。吾既行堅壁清野之法，則逼之而使歸一處，吾乃以重兵搜而擣之。彼掠無所得，竄無所逃，戰則無可勝之謀，退則無可處之地，彼衆至十萬人，亦將隨時而撲滅矣。

昔明末張、李之亂，有論事者略如是謀，而當時不能用，領兵者與賊浪戰而已。及往年湖北、陝西之亂，擾攘者七八年，聞其後卒以堅壁清野而後賊乃平。然則，破賊之謀，固無踰於此策者也。所可憂者，官貪庸而人心涣散，則此策不可成，而雲合響應之禍起，雖有管、樂，亦難爲已。夫今日之賊，不患其聚，而患其流；今日之兵，不難其戰，而難其守。惟人心固，而後守備堅；守備堅，而後賊勢敗。公宜告三省長官，急講民事，利民者行之，害民者去之，其官吏之殃民者急罪而罷之。此事宜非公所得盡與？然天子之待公爲異數，則公於國家之事宜無不言，而何必分乎彼此耶！若夫統馭嚴明，使所至與民無犯，與夫軍中制勝出奇之術，則固公之所素蓄，而無俟人言者也。

同夙荷深知，不以庸人相待，狂瞽之見，不敢不陳。伏惟容納而采擇之，幸甚！幸甚！

與梅孝廉論離騷書

見示離騷解，捧誦經日，欣然抃躍。

同幼好是書，廣覽諸注，尚愧不能盡曉，後乃憤發舍注而專誦本文，誦之僅百餘過耳，第覺其書辭義顯白，始終條理，無世所云難曉之處也。既又取注以解之，則不可曉者仍如故。然則，是書豈有難曉哉？注累之也。古今注騷者，如王逸、洪興祖，其用意固已勤矣，大要專心名物訓詁，置意不求。朱子欲求其意者也，牽於興賦，亦不能盡得。至近世若張鳳翼、林雲銘，蓋無足道矣。夫注騷者，節次不分，則言辭多雜；言辭多雜，則意旨不明，是皆讀之不精之故耳。而猥謂離騷興寄不一，非可言詮，壹以史記所云『三致意』者了之，是使屈子、史公交受過矣。及見尊解，則首能分其節次，節次既分，則言辭不雜；言辭不雜，則意旨隨之而皆明。雖不敢謂古人之意必當如此，而其閒不得古人之意者必已寡矣。此解出，而諸注固當盡掩也。

至命同去其近論時文之語，同思之殊不必。尊解本兼論文，多刪之則不暢，雖近論時文亦無害也。或先於序文中自言其故，可耳。同曩者亦嘗注解其書，其分節幸多與尊意合，今呈上，望教誨之。『反初服』一節，同意不與尊意同。『求女』一節，同意分在上在下者。『巫咸』一節，同謂巫咸勸屈子留以求合，屈子斥之，後所言皆與相應，此皆古人所未言，不知果有當否？至於顧寧人『耿介』之說，則同嘗譏其不明古訓，而不知尊解已引用也，並望斟酌。不一。

答侯念勤書

得手書併寄文二篇，快慰！快慰！文都有意思，而論韓非說尤當。君子之道，接人以誠，而處事以理，彼其機械辯給，揣世故如韓非者，實足以取禍而殺身耳。曩每疑念勤見不及此，今及此，念勤進矣。同比來詩文亦略進否耶？寄數篇相爲正之。餘不一。

同梅葛君上方制軍論賑金事書

伏聞賑金尚餘二萬，鄉大夫建言，請舉而歸諸書院，增諸生薪水之資。同、曾蔭竊以爲過矣。乃者，江寧大饑，勸富戶捐金助賑，其事之難，公在局所深見。其卒輸至乎十餘萬金也，抑所謂幸而集事者也。天災流行不可忌諱，設不幸復饑，殷實之家鑒於前事，慳者必固守而不輸，黠者必設謀而預脫，將何以爲策？且養士，盛舉也，必予之有名，而待之有禮。以富民助賑之餘，益其薪水，是待士無異饑民，而分以所餘之食也。苟爲士者，遂挾策來試，以冀得此金，是自待無異饑民，而爭其所餘之食也。誠如是，其舉豈可謂盛，而其人亦何足厚養哉！盍告制府以此餘金發典生息，擇鄉士大夫謹厚廉潔者掌之，數歲之後，或仿古法建社倉，其造福於江寧者，視此大矣。同、曾蔭聞此信來，已相戒不復入書院。自潔其身，於事無補。蒙公見待之異，是以敢上陳之。伏惟下采鄙言，與諸公計議，念豐穰之無常，懲勸捐之不易，保將頹之士氣，籌未至之民災，而獨造江寧他日之福，幸甚！幸甚！比聞尊體違和，奉計已痊復，敬問，不宣。

又答念勤書

得手書，知抱疾一月乃愈。念甚！念甚！寄示詩文，其佳處在簡潔無膚語，而文爲勝。顧其中有所不足者，念勤亦頗能自知乎？

夫論詩與古文，前人之說已備矣。要而言之，體不直不可以爲傑，勢不曲不可以爲妍，如長江大山，千里萬仞，而峯巒島嶼層見疊起，望之茫然，而卽之竦然。是故養氣必盛，而儲思必深。思深矣，而氣不盛，弱焉而已爾；氣盛矣，而思不深，平焉而已爾。今夫爲文一篇，其始終必貫以一意，此不待能者而後知也，然而，按文之首而可測其尾，讀文之上而便知其下，其陳義遣辭縱使明當，而欲執以論文章之奇妙，遠矣！世之爲文者亦皆知文章貴乎奇妙，而所爲卒至於弱且平者，何哉？讀之不精，而臨文時不知『迎而距之』之說也。僕幼爲文章，私特謂文貴宏毅，具所答友人論文書。近乃知文人之心，控引天地，囊括萬物，神機闢闔不知其故，乃爲能盡文章之極致，而宏毅特其一端耳。年長矣，人事擾之，懼其無所成就。念勤之才數倍僕，而年始逮僕三之二焉，盡心力爲之，亦足以不朽也。

孫君何由知有僕？甚愧其意。然僕之詩文，殊未足示人，必欲見索，卽以此書就正，其可乎！珍重，不一。

又答念勤書

寄示說項王一篇，念勤之意大抵欲以正道爲拒，以閒道、奇道爲取。聽其言若甚偉，然自僕觀之，羽雖用此謀，恐亦不能滅漢。何也？帝王之業，集眾力然後成。羽之於漢，非身在行閒，卽不勝，而當其相距滎陽，則雖羽已不能皆勝漢矣。設使羽舍滎陽而自將出他道，則是曹咎(氾)[汜]水之事也。漢且破羽之將乘勝而東，卽羽首尾不能自顧矣，如使自距滎陽而閒道、奇道屬之他人，度羽將如曹咎等皆非漢敵，雖四出無能爲也。夫羽之失在乎不能用人，而不在乎出兵之非地。當其奪漢甬道，急圍滎陽，使是時終用范增，度漢王未必可脫。而羽乃聽漢之閒，顧疑增而奪其權也，何其謬哉！高帝之說，以爲己能用三傑，羽有一范增而不能用，以是爲得失天下之機，誠不易之論矣。夫用閒，出奇兵之妙道，然使將不得人，又不能料敵，而輕師以出於險阻，是覆軍禽將之術也。吳濞之反，其臣田祿伯欲以五萬人別循江淮而上，收淮南長沙，入武關，與吳王會，濞不用而終爲漢滅。自今觀之，安知祿伯之必能將兵，而不以其軍予漢乎？世皆謂武侯不用魏延之謀，不能滅魏。吾謂延後終反，而司馬仲達尤知兵，以終反之將當知兵之敵，擅兵而別多他利害，徒自損耳。鄧艾之事，值劉禪之昏庸，而姜維無遠慮耳。使維拒魏劍閣，而豫於陰平別置一軍，艾之來，吾見匹馬、隻輪之不返也。孫子曰：知己知彼，百戰百勝。凡君相不能得人，與臨敵不知彼己，雖奇謀，無所濟。念勤以爲何如？

與朱幹臣書

相別三年，思念不可勝。近聞閣下晉官郎中，執法秉公，無所撓屈，甚慰！甚慰！

而聞諸道路，或謂且得御史，如其然，則同深爲閣下重之。蓋古者諫無專官，自公卿至庶人皆得諫。其後乃專設諫官，而百寮之敢於言事者猶不禁也。今則百寮不復言事，而彈劾諫爭之責，一歸給事、御史。夫爲任既專，則爲責愈重；爲責既重，則當識其大小之分、輕重之序，必實有關於治忽安危、實爲國計民生之所繫託者，舉而陳之，始爲克盡其官，而不負朝廷任使之意。若夫毛舉利害，不及大體，雖後之臺諫習此成風矣，而恐非賢者之所宜出也。閣下剛毅抗直，練達世務，其在部中已卓卓有本末，然則，苟爲臺諫，必大有異於今人。雖然，天下之事不可枚舉。言之矣，而不可行，如不言也；行之矣，而無補於天下國家之事，如不行也。閣下處今之勢，苟爲臺諫，其將何以爲言？

同聞之，世事之頹，由於吏治；吏治之壞，根於士風；士風之衰，起於不知教化。然而，教化云者，非空文而無實具之謂也。以身訓人，是之謂教；以身率人，是之謂化。同鄉者私作議俗一篇，以爲當今之風壞於好諛而嗜利。夫欲人之不嗜利，則莫若閉言利之門；而欲人之不好諛，則莫若開諫爭之路。天下之事，夫豈止此？然必先舉一端，然後人才勃興，而法度可以漸講。顧不知其言果當否爾？今寄上惟采擇焉。

或謂同，子言則近矣，然議俗之說，責難於君，使聽者持子言而得禍，則奈何？斯言也，同竊以爲悖矣。古之直言得禍者，皆其值主不明，而所遭有不幸也。當今天子仁恕恭儉，敬天愛民，雖草茅之士，未嘗親瞻日月之餘光而不知聖質，然近者伏讀官箴，則已窺見九重勵精之意矣。而箴於御史實曰『敢諫不阿』、『忠貞常矢』，然則今之求言，比於懸鞀設鐸，可也。而論者毛舉利害，不及大體，是天子欲人之言，而諫官瘖不言爾，而顧以爲言恐得禍，毋乃誣乎！無求利之思，無好名之見，本之以至誠，而陳之以愷切，持之以至正，而出之以和平，雖在中主，猶能聽受，而況聖君哉！誠恐得禍，則又未嘗無以處。孟子曰『辭尊居卑』，又曰『有言責者，不得其言則去』。慮其難而不居其位，可也；居其位而稍孤其職，則大不可也。

同於閣下相契殊深，雖齒德相懸，而亦近乎朋友之當責善者矣，用敢發其狂言，靡所忌諱。伏惟留意省察，幸甚！幸甚！秋寒，珍重，不一。

答孫淵如觀察書

承惠書併尚書注疏，數月始讀畢。其大要在備列古義，而於其說之不安者，復辨正而無曲徇之謬，斯固舊疏所無，而亦惠、王諸君之所莫及已。至其發明，實多人意所不到，讀之躍喜。

篇中以『金縢秋大熟下』爲亳姑之逸文，此真卓見。同因之有洪範之說焉。洪範『三德』之章，自『一曰正直』至『高明柔克』，其義止矣，而其下忽綴以『惟辟作福』至『民用僭忒』之辭，於『三德』何相關涉？初讀而甚疑之，及後觀韓非子·有度篇，載先王之法曰：『臣無或作威，無或作利，從王之指；無或作惡，從王之路。』始知此十語，乃上皇極章文，舊本在『無偏無頗』之上，而編書者亂其次耳。皇極一章言人君有錫福之事，故承言人臣毋作威福，而所當得爲者，絕偏頗以遵王之義也。苟作福焉，則作好而不遵王道；苟作威焉，則作惡而不遵王路。如此連屬，其文義致爲通貫，知古書本必如此爾。及漢後，簡編錯失，馬、鄭輩乃不能曉，其解『三德』，遂以誅治人臣爲說。夫左氏『甯嬴』引尚書『剛克』，明言治性，安得以爲治人？蓋不悟簡編有悞，遂併其本不悞者而亦牽率解之矣。尊書駁馬、鄭三德極是，要當以此說補之。書中文義違失處，大抵皆抄刻之謌，惟臯陶謨九德鄭注，恐終不出於康成。疏云：鄭連言者，屬上語耳。酒誥、多方之帝乙，先儒以爲紂父。紂父帝乙非無道，射天之武乙也。秦誓疏中引困學紀聞，以周益公爲周密，益公，恐是周必大。此數條，須更檢改。承惠之本金縢闕第十五頁，望補予之。不具。

答朱幹臣書

去臘辱復書，伏悉近祉，慶慰！慶慰！又承不以前言爲繆妄，而采取狂直，且使常獻愚瞽之見。此既見閣下之虛懷樂善，而同亦俛而自幸，幸其不失言而且不失人也。近聞果得御史，遷擢之榮，亦何足賀！而以是人而居是職，其必將罄攄所懷，大有造於斯民斯世已。想望風采，且欣且冀。

前論心蹟利鈍兩說，誠皆有理。顧其中以府志爲比例，則恐有未盡。府志倉猝成書，秉筆者又繁雜非類，即同所分爲，今取視，每惶赧汗下。其致人言，非無因也。枳句來巢而漏舟浸水，小人固好言，不樂成人之美，要豈無故而然哉！夫鄉曲文字之事，得失毁譽，亦何足論！至若居位崇高，所爲關繫宏大，則其發不可輕，而人言不可不畏矣。故曰有一人之是非，有天下之是非，有一時之是非，有萬世之是非。一人一時之是非，賢者不之顧；天下萬世之是非，君子必之爭。彼曰：吾心如是，而蹟有不論，心與蹟豈遽能分乎？此竊恐未然也。至於不計利鈍，則武侯、魏公之所以爲賢，此正閣下所當持，而同所殷然仰望於大君子者。顧願久要不忘平生之言而已。

馬芷君誠佳士，同之學乃未能輔益之，愧甚！不宣。

因寄軒文初集卷七

碑三首　記二十首

德州厫神廟碑

惟嘉慶十五年春二月既望，山東濟、武二府運糧官吏旗丁等，奉醴牽牲致祭於德州水次厫神之廟，仰而言曰：　嗚乎！　我國家受天命，食萬方，薄海之閒，供億輸將惟虞不及。　惟山東於王畿尤密邇，每歲仲秋，我二府官丁挽粟飛芻，會於茲土，迺於河湄卽倉以貯。　時則惟我厫神鑒明德之馨香，矢其精靈以佐我天子，故粟貯之日，不患寇盜，而亦不畏燥溼。　由是方船而上入於京師，于以供玉食，于以爲官祿，于以備民賜，于以給軍儲。　恢恢乎！　御廩之攸需，太倉之攸蓄，未嘗闕也。　則亦惟我神實與相之。　茲者瞻榱桷、睎垣墉，大懼摧頹傾圮，以作我神羞。　匪克新之，何以昭肸蠁妥神靈以佐我國家崇德報功之至意？　僉曰：　俞哉！　於是塗丹雘，飾几筵，築牆修階，不數日而工竣。

謹案舊記：　廟創於前明，失歲月。　修於神宗萬歷二十六年。　攷厥神名，或曰漢相國酇文終侯蕭公何，或曰唐忠州刺史劉公晏也。　嗚乎！　二公轉漕於當年以足厥國用，茲又殫其精爽，陰相我國家，俾無虞匱闕，功績崇大，宜繼此而廟食於靡窮已。

既文於碑，又爲迎神、送神之辭曰：　吉日兮嘉辰，穆將愉兮我神。　盤蘭肴兮既設，尊桂酒兮斯陳。　靈旗飄兮紛翼，翼神來降兮厫之側。　庾何慮兮鼠竊，倉何虞兮雀食。　簫鼓闐兮瑤瑟，希神醉飽兮將何之。　送雲飄兮將粳稻，護運餉兮朝皇畿。

恩縣四女祠碑

山東恩縣之西有四女祠焉。　舊碑云：　漢景帝時，貝州傳清女讀書不嫁，以養其親。　一旦，與其親皆得僊飛去。世咸詆其無稽，然莫能知其所由誤。

陽湖孫使君督糧山東，起痿瞭矇，百廢具作。閒乃觀邑志，披地圖，得是祠而正之曰：此唐貝州清陽宋廷芬之五女，所謂若莘、若昭、若倫、若憲、若荀者也。事具唐書·后妃傳。言貝州，則地符；言讀書，則事合。其去一人，其以若憲被誅之故乎？傳之者謬矣。孫公宏博淹雅，習知古事，千載瞶瞀，一辨而明。於是議者欲毀其像，且去其祠。孫公復諗於衆曰：是無庸。吾聞之狄公焚項羽之祠，道州毀鼻亭之祀，彼皆以淫昏之鬼，汙祀典而敗人心，故剗除之。今是女也，撤其環瑱不嫁，以養父母，是率民而出於孝情者。昔之人深重之，吾豈以其無考而除之？且官之職在乎便章百姓，宣美風俗，今茲縣民不祀淫昏，而孝女是奉，其俗美，其風麗，伊吾與二三子實嘉賴焉。雖然，以爲漢，則荒矣，以爲僊，則誕矣，吾辨之，吾因而存之，凡爾縣民，自今至於後日，其各敦孝弟，黜奇衺，無稽之言皆勿聽。民既喻，則相與頌公之化，曰：我公之明也，千載之神，其舛者能辨之，況吾儕乎！我公之嘉善也，千載之神，因其孝而不忍除之，況吾儕乎！

某時客山東，獲從公游，公令爲之碑，遂書其事而繫以文，曰：有唐宮人，帝曰學士，產於茲鄉，實彰青史。俗語有誤，爰變丹青，班婕之流，化爲緹縈。緹縈有一，今則四之，炎劉之閒，疇則志之。其志誠誣，其行孔嘉，有舉莫廢，毀祠則那。使君之智，燭及於幽，使君之仁，欲去仍留。歷亭縣西，巋然舊宮，神罔時怨，民罔時恫。神之報公，使君壽考，民之報公，比戶忠孝。

吳越廣陵王墓碑

唐室亾而生民受禍，吳越錢武肅王據州十三，傳國四世。始則稱藩固圉，少梁、晉戰奪之勞，終則納土歸朝，無河東、江南屠戮之慘，其於東南民布德施功，甚崇且鉅。於時武肅第六子、廣陵郡王元璙與其子威顯公文奉，相繼爲中吳軍節度使，浚溝洫，課農桑，以爲民利。及至忠懿王納國歸宋，王家亦舉宗入汴，不戀所據，使百姓稍罷枹鼓之驚，則茲郡大蒙其功德。

廣陵之薨也，以王禮葬吳郡城南宮鄉橫山之原，實今蘇州横山球琳隖内。載乎志乘，可諏可稽。歲久弗修，稍以蕪廢，石人猶存，豐碑就漫。嘉慶十五年，乃有粤民張姓者，竊葬其冡旁近地，於是王後裔錢世述等據圖陳書，搆訟經歲。幸值司土者有良有司，懷賢秉公，斷以其地歸諸錢氏。昔宋世君臣念武肅諸王功德，其祖墓在臨安者，官爲整修，迄今弗壞。考茲墓在宋時，鏟石山門亦有樵采之禁，顧至今始數百歲，遭遇豪强，而我王幾不獲保其塋隧，功德同而報施有異，此行道者所爲太息也。

世述等既獲守王墓，又懲前事，思勒石以垂永久，乃屬某文以志之。文曰：唐失其鹿，中原競逐，神器無歸，黔首斯蹙。堂堂異人，馴馬錦衣，射江潮回，蛟龍慴威。異人有子，爲周泰伯，讓弟於邦，勾吴是宅。廣陵既來，威顯繼之，溝渠浚矣，桑麻遂滋。九州風騰，有巢皆覆，時惟吴氓，衣褕食肉。天眷炎精，宗子歸誠，朝野異姓，民方饁耕。王之居吴，嘗顧横山，樂哉斯土，我欲葬焉。暨王之薨，爰卜其居，玉匣珠襦，禮儀則都。天水之君，表忠既渥，王之幽宫，亦禁芻牧。遥遥千年，時殊事遷，輿臺之鬼，侵我壖垣。昔在召南，人懷其樹，有愛如王，而傷厥墓。吏謂流人，歸其後昆，有不從命，女惟大憝。球琳之隖，鬱然新阡，釃酒椎牛，更億萬年。人亦有言，匪私於錢，有功德祀，視此刻篇。

登掃葉樓記

自予歸江寧，愛其山川奇勝，閒嘗與客登石頭，歷鍾阜，泛舟於後湖，南極芙蓉、天闕諸峯，而北攀燕子磯以俯觀江流之猛壯，以爲江寧奇勝盡於是矣。或有邀予登覽者，輒厭倦，思舍是而他游，而四望有掃葉樓，去吾家不一里，乃未始一至焉。

辛酉秋，金壇王中子訪予於家，語及，因相攜以往。是樓起於岑山之巔，上石秀潔，而旁多大樹，山風西來，落木齊下，堆黄疊青，黯若綺繡。及其上登，則近接城市，遠挹江島，煙邨雲舍，沙鳥風颿，幽曠瓌奇畢呈於几席。雖鄉之所謂奇勝，何以加此！

凡人之情，騖遠而遺近。蓋遠則其至必難，視之先重，雖無得而不暇知矣；近則其至必易，視之先輕，雖有得而亦不暇知矣。予之見每自謂差遠流俗，顧不知奇境卽在半里外，至厭倦思欲遠游，則其生平行事之類乎是者可勝計哉！雖然，得王君而予不終誤矣，此古人之所以貴益友與。

過關山記

滁州之關山，上下十五里，由南至巔凡八里，由北至巔凡七里。其巔高峻偪側，旁皆削壁峭立，下臨深澗，置兵守之，一夫當關之勢也。自中原至江南，所經之山，定遠曰磨盤，江浦曰駱駞嶺，與是爲三。磨盤周回四十里，雖迂折，可馬行。駞嶺特一土岡耳，皆不若是山之峻絶。自古割據江東，拒北來兵，水恃長江，而陸以是山爲阨要，信其宜矣。

其巔，石上有蹏痕，深尺許，詢諸土人，皆曰關侯馬蹟。其上有關廟，廟藏刀重八十斤，相傳以爲侯所用云。關山者，古之大峴。水經注『滁水，東經大峴北』是也。五代後，名清流關。於壯繆本無與。此皆不可信。然蹏痕藏刀，究不知爲誰蹟，當更考之。嘉慶九年九月某日夜宿山下記。

游龍興寺記

予世家江寧，而生於潁州，長於鳳陽。鳳之龍興寺，吾童子時所游也。當是時，吾先大父官於是郡，吾父、吾弟皆無恙。每暇日，輒相攜游是寺，歷廊廡，觀碑碣，或與浮屠談釋氏法，興盡而後返。予年甚幼，知游之爲樂，未識天倫相聚之爲樂也。

自予歸江寧，歷十七年，北游河南，道塗經鳳，而外弟王君復相約爲龍興之遊。入其戶，登其堂，幼之所經宛然在目。回憶昔時祖、父、兄、弟同游之槩，了不可得。嗚乎，吾尚忍言游哉！孟子曰：君子有三樂，其一曰父母俱存、兄弟無故。方予幼時，未識此之爲樂。省晨昏，視顏色，稍効犬馬之愚。及稍有知，存者僅皤然一老母，尚不克朝夕侍，奔走四方，求升斗之養。雖天橫降鞠凶，而亦予童昏無識，自貽終身之悔也。爰泣而書之，以志吾罪，以戒王君，且俾後之游者，皆惕然以予爲鑒焉。

龍興寺者，古之皇覺寺也。其殿宇頗宏敞，有花木竹石之勝。鳳之古蹟，舍是殆無足觀者。而予以所感之深，則併此有不暇記也。悲夫！

記潁上張烈女事

張烈女，潁上人，醫者張統萬孫也。許字縣馬氏，未嫁而夫死。烈女聞，輒不食，家人諭之萬方，終不聽。是時統萬外出未歸也，其父母知其志堅，卽泣謂之曰：若死節，爲兩家光，吾今不若奪也，曷姑少食以待若祖之至乎！烈女不得已卽飲水一桮，竟延數日。及統萬歸，乃死。自聞赴以至死，凡絕粒二十餘日，其年僅十有七云。

昔歸熙甫作貞女論，謂未嫁夫亾，而爲之守義或死者，事不合禮經。其論誠當。顧嘗思之，女之適人，猶臣之事君，士之交友也。士委質而後爲臣，古固有未出其身，激忠義而捐軀於上者矣。士樂羣而後爲友，古且有不謀其面，感意氣而刎頸於人者矣。嗚乎！奇節異行，根於至性，豈區區文辭辨說所能解哉！

烈女之事，在乾隆四十年閒。朝廷既予旌表，縉紳先生多爲詩歌詠其事，而潁人猶慮其傳之不廣也，告於予，使爲之記。

商邱濟瀆祠記

河南商邱縣有濟瀆祠。祠之內去地數丈下，流水潛行，其勢湍激，相傳爲濟之伏流云。民以石板覆之，掩以土，相戒不可啟，啟則女多淫逸。惟大旱，不得已乃相率白官一開。其陰氣鬱勃上達，雖旱甚，無不立雨滂沱者。

書·禹貢言：濟入於河，溢爲滎。滎水在今滎澤縣，自康成注書已云塞爲平地矣。觀此，始知濟既過河，仍伏流於地下，其溢出爲滎者雖塞，而伏流者未嘗絕行也。蓋濟性勁悍致遠如此。宋程大昌者乃謂滎非濟水，因濟而溢。意疑濟力不能貫河，豈不謬哉！事不目見耳聞，不可臆斷其有無，此類是矣。然經言濟溢爲滎，而今水乃南至商邱，不知其水自滎而來耶，抑別自曹、鄆貫河而南而其流先出於此耶？經、傳不言，不可考。要之，惟濟伏流，則商邱人稱爲濟水，固不可謂誣矣。

嘉慶十一年，予客河南，觀有司祈雨是祠，乃良驗。商邱有濟水，古所不言，而考水道者亦多未之知，故記而載之，以示他鄉之好古者焉。

游西陂記

嘉慶十二年四月三日，商邱陳燕仲謀、陳焯度光招予游宋氏西陂。

陂自牧仲尚書之沒至於今踰百年矣，又嘗值黄河之患，所謂芰粱、松菴諸名勝，無一存者。獨近陂巨木數百株，蓊然青葱，望之若雲煙帷幕然，路人指言曰： 此宋尚書手植樹也。既入陂，至賜書堂，晤其主人，出王翬石谷所爲六境圖，尤展成、朱錫鬯諸公題詠在焉。折而西，有小屋一區，供尚書遺像。其外則巨石布地如散碁，主人曰： 此艮嶽石也，先尚書求以重價，而使王翬用畫法壘爲假山，其後爲河水所衝敗，乃至此云。聞其言，感歎者久之。

抵暮，皆歸飲於陳氏。仲謀、度光舉酒屬予曰： 子曷爲記。嗟夫！ 當牧仲尚書以詩文風雅傾動海內，一時文士景從響應，賓客園林之勝可謂壯哉。今始百年，乃令來游者徒慨歎於荒煙蔓草之外，蓋富貴固無常矣，而文辭亦何裨於是也？ 士亦舍是而圖其大且遠者，其可已！ 是爲記。

記蠍

管子客商邱，見逆旅童子有蓄蠍爲戲者。問其術，曰： 吾捕得，去其尾，故彼莫予毒，而供吾玩弄耳。索觀之，其器中蓄蠍十數，皆甚馴。投以食則競集，撩之以指，駭然紛起竄。觀其態，若甚畏人者然。於是童子大樂，笑呼持去。

客謂管子曰： 得是術也，可以御惡人矣。夫蠍之毒在其尾，去而蓄之，彼且仰食於人，爲人所戲弄。夫天下之惡人，虺蜴其心，豺狼其性，其爲毒豈非是蠍比哉！ 然其人固有異衆之才能，濟其凶而爲惡，爲君相者能制其毒而用其才，彼且畏服以供吾驅使，而其惡何由更肆乎？ 昔者，孔明之於魏延，高歡之於侯景，彼二子皆英雄，得是道矣。他人則不然，慮惡人之難御，所用皆庸輭易制之徒。國無異才，事或非常，則莫知所措，此其智不且出童子下耶？

管子曰： 子言誠辨然。吾聞諸土人曰，蠍之去尾者，更生則雙鉤，其毒不可療。蓋是童子亦幸而未遭是耳。夫惡人者，久制於人，無所致毒，苟再發焉，其勢將不可復制。魏延服孔明而反楊儀，侯景畏高歡而弑梁武，世有孔明、高歡之智則可，不然，則楊儀、梁武抑可深戒矣。堯舜之世，放殛四凶，皆屏棄遠方，終身不齒。彼四子者，豈獨無異才哉！

吾竊以爲英雄所見不逮聖人也，遂書其言，以爲用人者鑒。

記鴿

葉侯之家獲二鴿，縛其翅而畜之。野狸者知其不能飛也，攫而食其雌，雄者怒，奮其喙啄狸，狸嗥而去。不數日，復獲一雌焉。狸至而又食之。然以前被啄故，若憚雄，不敢近。雄因自恃其强，不爲備，居無何，竟爲狸所食。

管子曰：吾觀狸、鴿之事，有深感焉。當夫狸之始至也，蓋欲攫鴿雌、雄而並食之矣。然而，力疲於雌，又度雄者知必死而致力，則權嗥而去，以避其鋒。兵法所謂『窮寇勿追』、『强而避之』之説也。及其再至，非不欲先食雄，然而知雄必備而雌無備，故先其易而後其難，且示雄以若獨食雌者，而使之不忌。兵法所謂『誘之』、『驕之』者也。至是而雄固已怠矣，乘其怠而突取之，則計無不得。兵法所謂『攻其無備，出其不意』者也。吁！狸所爲悉合於兵法，鴿乃游其術中而不悟也。吾思鴿之與狸，誠爲非敵，然雄啄狸，狸始未嘗不畏，使彼雌、雄者併力相扶，以與狸爲難，狸雖强，何至併爲所食哉？恃一己之强，而不知援其儕類，儕類亾而己亦隨之，可慨也夫！抑吾又思之，夫鴿雖小鳥，然健而善飛，當其懸哨薄雲，雖鷙若鷹鸇莫能害，而何懼一狸乎！以見獲於人而遂不能飛，以不能飛而遂爲狸所食。然則，世之見獲於人者，其亦可爲深慮也已。

悼亾圖記

妻當愛乎？私暱多，而嚴正衰。妻不當愛乎？情義薄，而倫理廢。然則宜何處？曰：君子之於人也，愛其賢也。其人不賢，不以妻故，徇私而相暱；其人誠賢，不以妻故，引嫌而不親。是在其人，吾何容心哉？且夫其人誠賢，當其生，斯愛之矣，及其死，斯念之矣。念則憶其音容而形諸文字，於是有繪像之圖，有悼亾之作，以抒其哀而傳其事，皆人情也。情而合正，雖君子無譏焉。

江寧車君子尊娶方氏，不永年，乃取其先武子事繪爲一圖，繫之以詩文，而屬予爲記。觀車君之作，其室可謂賢矣。昔唐太宗思念長孫皇后而望其陵，而魏鄭公因有獻陵之對。吾謂以長孫而與竇氏比，太宗誠失重輕，然而長孫誠賢，則帝之思念而望其陵者，抑好賢之思，而不徒區區私暱比也。車君殆猶是焉爾。

嗟乎，自天子至於庶人，貴賤雖殊，好賢之思烏可一日忘於懷抱也哉！

寶山記游

寶山縣城臨大海，潮汐萬態，稱爲奇觀。而予初至縣時，顧未嘗一出，獨夜臥人靜，風濤洶洶，直逼枕簟，魚龍舞嘯，其聲形時入夢寐閒，意灑然快也。

夏四月，荊谿周保緒自吳中來。保緒故好奇，與予善。是月既望，遂相攜觀月於海塘。海濤山崩，月影銀碎，寥闊清寒，相對疑非人世境，予大樂之。不數日，又相攜觀日出。至則昏暗，咫尺不辨，第聞濤聲若風雷之驟至。須臾天明，日乃出。然不遽出也，一綫之光，低昂隱見，久之而後升。楚詞曰『長太息兮將上』，不至此，烏知其體物之工哉？及其大上，則斑駮激射，大抵與月同，而其光侵眸，可略觀而不可注視焉。後月五日，保緒復邀予置酒吳淞臺上。午晴風休，遠波若鏡。南望大洋，若有落葉十數浮泛波閒者，不食頃，已皆抵臺下，視之，皆莫大舟也。蘇子瞻記登州之境，今乃信之。於是保緒爲予言京都及海內事，相對慷慨悲歌，至日暮乃反。

寶山者，嘉定分縣，其對岸縣曰崇明。水之出乎兩縣閒者，實大海之支流，而非卽大海也。然對岸東西八十里，其所見已極爲奇觀。由是而迤南，鄉所見落葉浮泛處乃爲大海，而海與天連，不可復辨矣。

游南池記

南池荒蕪近千歲。自先皇帝鑾輅東巡，特重杜子美詩，且嘉忠藎，乃命守臣葺其祠宇，廣堂修亭，翼棘輪奐，表之以龍章，揚之以天語，剔除垢穢，呈露清潔，而觀游遂爲濟寧最。

嘉慶十四年秋七月，同與洪洞李君、江寧方君訪古至其間。溽暑初退，涼颸乍興，菱結實以將熟，荷餘華而未隕，草樹蒙蘢，布列池外。於時，聆其下，則漕舟方過，吳歈〔一〕越吟，畢達牆内。而瞰其上，正見太白樓萃然如飛翬翥鳳，鼓兩翼而下覆斯池者。於是坐小亭，面曲檻，商談古今，閒以詼笑，窮半日之歡，至將昏乃返。

昔杜子美不得志於時，其客任城，日與太白、許主簿輩縱情詩酒閒，更歷千年而才行乃被聖朝之褒采。故知士貴自立，生前之窮達何論哉！惟同與兩君會合非偶，不有所作，使盛游爲虛，是貽園林之愧，遂各爲詩，而同併記之。

【校】

〔一〕原文爲『覦』，當爲『歈』，此據光緒本改。

抱膝軒記

自明祖都江寧，而楊吳城濠圍於城内，其水流日就狹。及其東至竹橋，有水穴城來會，古所謂青谿一曲者也。折而南，流至柏川橋，再會鍾山之水。又稍南，過大中橋，則淮水入東關，與相灌注。楊吳城濠雖就狹，而會是三水，半里之閒，勢猶浩瀚。又其地，北見雞籠，東北見鍾山，而東岸率果園菜囿，雜植桃、杏、韭、菘之屬。山林映帶，舟楫往來。雖居城中，殆無異于郊外。

予自歸江寧，家凡六徙。近乃僦宅居是水之西。老屋百年，塵埃滲漏，每暑日激射，陰雨連緜，蒸炕沾淋，顧視無可逃避，予居之未嘗不適也。獨其屋僅四閒，自奉母處，妻孥置廚爨外，了無燕息之所，意尚闕然。嘉慶十五年，歸自山東，始即第二室屏後一楹地，葺爲小軒，顔曰『抱膝』。借書滿架，置榻一張，偃仰嘯歌，始獲其所。然其爲地，前近市廛，後連闤闠，而左則直接鄰家，不壁而板，凡夫行旅之歌唱，婦孺之譁嘑，雞犬之鳴吠，嘈雜喧闐，殆無時不至。而當予神會志得，抗聲高誦，家人每笑謂其音聒人，三者之聲蓋往往爲所掩也。昔諸葛武侯隱處隆中，抱膝而吟梁甫。時人問其志，但笑而不言。予之名軒，豈敢以武侯自命，蓋亦陶公所云容膝易安之意而已。然予既厭薄文辭，又不汲汲然志在科舉，斗室之間，諷書不輟，有相問者，予將何以答之耶？

軒既葺，居者一年。明年，予爲人所招，不恆在家，而其室遂廢。然一時之興，有不能忘，故追而記之。柏川橋者，與予所居後戶對。其前戶所臨街，稱名多異。或曰：其地古屬繇鄉，名曰繇鄉營。或曰：柏川橋北百餘步外，其地爲明之東廠，至今猶名曰東廠，而此地則明之餉營也。是二說者，今皆不可考云。

餘霞閣記

府之勝萃於城西。由四望磯迤而稍南，有岡巋然而復起，俗名曰盋山。盋山者，江山環翼之區也。而朱氏始居之，無軒亭可憩息。山之側有菴曰四松，其後有棟宇，極幽，其前有古木叢篁，極茂翳，憩息之佳所也。而其境止於山椒，又不得登陟而見江山之美。吾鄉陶君叔姪兄弟，率好學，樂山林，厭家宅之喧闐也。購是地而改築之，以爲閒暇讀書之所。由菴之後，造曲徑以登，徑止爲平臺。由臺而上，建閣三楹，殿以書室。室之後，則仍爲平臺，而加高焉。由之可以登四望。桐城姚郎中爲命名曰餘霞之閣。

盋山與四松各擅一美焉，而不可兼并。自餘霞之閣成，而登陟憩息者，始兩得而無遺憾矣。凡人於事，大抵多爲私謀。今陶君築室，不於家而置諸僧舍，示其可共諸人而已之不欲專據也。而或者疑其非計。是府也，六代之故都也，專據者安在哉？儒者立志，視天下若吾家。一樓閣也，諰諰然必專據，而無同人之志，彼其讀書亦可以睹矣，而豈達陶君之志也哉！

從軍圖記

四川之西，番夷以百數。其大而悍者，曰果羅克。其地踞黄河爲堡寨，西接昆崙，北通青海，喜游牧而嫻弓馬，綽斯甲諸番皆讋而畏之。

西藏之僧，實名曰喇嘛，其尊者號能知來世事。自番夷諸大邦古所稱三十六國者，其君長率稽首膜拜，聽命惟謹。雖中國亦禮之，藉以羈縻異域云。而果羅克獨不之畏。

嘉慶十三年，堪布喇嘛者使其徒達賴入貢，上嘉之，賜黄段、珊瑚、珠玉等物。歸，出關，道果羅克中，爲所奪。於是，天子赫然震怒，特命四川提督豐紳率師致討，而蕭山漁浦陳君實，以鹽場官從參軍事。於時十月，霜虐風嚴，大漠之閒行千里無一人蹟。衆皆謂，異域苦寒，深入非善計，公不聽。君謂兵法攻其無備，出其不意，苦寒，彼無備，時也。力勸諸人從公令。參將沈宗文以阻軍且就戮。君謂宗文嚄唶宿將，宜且貸，以收後効。軍既行，君說豐公曰：綽斯甲、三雜谷諸番，世與果夷讐，而能知其道，重撫而收之，彼將致死助我，成功易矣。豐公用其謀，卒以土兵五千入果羅克城，殲擒其衆。番酋大怖，頓首謝罪，率獻所奪喇嘛諸物，請罷兵焉。

師還，君乃自述從軍始末，屬善繪者爲之圖。是役也，豐公排衆議，成大功，卓然爲今之名將矣。君，書生也，年少始仕，入戎馬之場，乃能識事變，諳戎情，取助於所讐，責功於有罪，卒以殲服豪强，揚天威於萬里之外。世皆謂『書生不足用』。不足用者則有矣，毋亦非所以量如君輩者乎？同竊幸觀君之圖，而樂爲海内服官者道君事也，於是乎書。

有懷堂記

吾鄉處士陳君既歿，其子鈺乞予銘其墓。予爲墓銘，盛稱君之孝行，而鄉里無閒言。蓋處士之孝，其他可能也。其既喪父母，言及輒泣，當祭輒號，思慕悲哀，終其身然後已。夫中人之情，過時則廢。聖人制禮，不以中人所不能者强天下，而使無情實。故制喪以三年爲極者，準中人之情而爲之立制也。若夫孝子之於親，則終身豈有或忘之日哉！故孔子曰：舜，其大孝矣乎！五十而慕。始，處士日思其親，每獨坐，輒泫然泣下。搆堂以居，取小雅詩人之語名曰有懷，而題其額。處士歿，鈺乃將卒，題之，復乞予爲文以記。

當處士病時，鈺嘗籲天，以身求代。父既歿，事母得其歡。家雖貧，必日具甘旨，不獲，則戚然。蓋鈺之事親，有類於處士。其書楹，成父志也。嗚乎！予生八年，先君見背，終其身，常爲無父之人矣。老母幸存，年踰六十，又不能先意承志，以求得親歡，而困頓饑寒，使其親備嘗艱苦，斯天地之罪人也。鈺其何取於予，而欲得其文以爲重也耶！昔晉王裒誦詩至『哀哀父母，生我劬勞』，未嘗不掩卷流涕，門人因之爲廢蓼莪之篇。鈺居此堂，蓋常如詩之所云『明發不寐』者矣。予獨何心，而忍爲作記也？悲夫！

餓鄉記

餓鄉，天下之窮處也。其去中國不知幾何里。其土蕩然，自稻、粱、麥、菽、牛、羊、雞、彘、魚、鼈、瓜、果，一切生人之物，無一有焉。凡欲至者，必先屏去食飲，如導引辟穀者然。始，極苦不可耐，彊前行，多者不十日已可至。至則豁然開朗，如別有天地。省經營，絕思慮，不待奔走干謁，而子女之呼號，妻妾之交謫，人世譏罵笑侮輕薄揶揄之態無至吾前者，儻然自適而已。然世以其始至之難也，平居每萬方圖維，以蘄勿至，不幸而幾至，輒自悔爲人動，故非違世乖俗、廉恥禮義之士，不得至是鄉；非彊忍堅定，守死善道之君子，雖至是鄉，輒不幸中道而反。

昔周之初，武王伐紂，伯夷、叔齊恥食其粟，由首陽山以去，至餓鄉。餓鄉之有人自是始。其後，春秋時晉有靈輒行三日，幾至之矣，終爲賊臣趙盾所阻，反感盾恩，爲所用。而齊有饑民，（郄）［却］黔敖嗟來之食，翩然至是鄉，雖曾子歎其微，而論者以爲賢輒遠矣。孔子之徒，顔、曾爲人賢，原憲爲次。三子者，皆幾至是鄉，而猶未達。及至戰國，於陵子仲立意矯俗，希爲是鄉人，行三日，卒廢然而反。孟子譏之。自戰國秦漢後，教化不行，風俗頹敗，搢紳先生之屬以是鄉爲畏塗，相戒不入，而凶年饑饉，禍亂迭作，自王公貴人下逮田野士庶，遭變故而誤入是鄉者往往而是。梁武皇帝，天子也；趙武靈王，漢趙幽王藩國王也；條侯周亞夫，將且相也；鄧通，中大夫，尚主者也，此其人皆尊崇富厚，志得意滿，無意於是鄉，而其終卒誤入焉，豈非天哉！豈非天哉！然豈與夷齊以下立志自入者同乎哉？故曰：君子無入而不自得焉。又曰：求仁而得仁，又何怨？惟漢龔勝、唐司空圖、宋謝枋得之倫，立志忠義，先後至是鄉，夷齊輩得之，蓋相視而笑，稱莫逆交云。

嗚乎！餓鄉，何鄉也？何其難至也若是！予窮於世久矣，將往游焉，考始末而爲之記。

重修浦口城敵臺記代

浦口在明爲重地。洪武初，設應天、龍虎、武德、和陽、横海五衛，與江浦縣治同處一城。其後遷縣治十八里而西，而城設三倉，與五衛分居如故。宏、正以後，城南壞於江。神宗四十五年，南京兵部尚書黄克纘實始修之，而更築其南，與江稍遠。凡城爲門者四，爲便門者三，爲甕城者一，爲敵臺及山敵臺者五。五臺之中，一踞南城，夏屋三楹，崇翼軒敞，勢九偉壯。臺建之後，一修於崇禎，再修於皇朝順治。然自皇朝代明，五衛廢而三倉亦徙，至於今百七十年，而城與臺且率壞矣。

予嘗觀浦口之地，西控歷陽，東連瓜步，南翼金陵，北挹滁水，是爲東南形勝之區，無庸復論。至其城郭，背負定山，踰乎驄嶺，矗立横列，儼如屏扆；面則幕府、盧龍、鍾、攝、牛首、天印、三山蜿蜒而來，俄起俄伏；其下大江出乎右臂，虹引馬立，愈近愈放，既其當前，萬頃一白，艅艎舳艫，往來如織，雲騰雷匼，直達左臂，合而觀之，狀若斜帶。斯宇内之奇觀，不獨東南之美勝已也。而一登茲臺，則萬象呈於几席之下。

當明之時，留都密邇，置衛屯粟，倚爲保障。今則時異事殊，加以海内清平，灌燧銷鋒之日久，故茲城不爲重地。然予聞之，設險守國，乖乎易象。莒恃城惡，終以被殃。然則當清晏之時，爲繕完之計，杜戎心而安民命，有備無患，道於是在。嘉慶二十三年，予承乏江浦縣事，請於上官，重修茲城，用工若干，用費若干，不數月而完好鞏固，復當時之舊觀矣。而南城敵臺，事與城殊，例不當縻國帑，議者難焉。予以爲滕王之閣，無補於洪都，岳陽之樓，何裨於鄂鎮？而唐宋以來，名賢相繼繕理，矧茲臺也有兩地之壯觀而實資守禦者乎！予於是捐俸若干，大加繕葺。

工既竣，來游者日益眾。或曰：是不可以無文。予因考築城之由，建臺之始，江山登臨之快，前人與今繕修營治之事，有槩有詳，鑱諸壁間，以爲斯記。

課詩圖記

寶山周次立令君大父曰東皐先生。先生中年得危疾，而尊甫先公年甚幼，其大母戴夫人日侍湯藥，未嘗解帶。疾少閒，輒呼子至案側，授以毛詩。如是者經年，先生疾愈，而尊甫之學亦成。其後夫人卒，尊甫念母氏之劬勞，使畫師羅聘追繪爲圖。又其後，令君重裝之，徧覓當時名人題詠，且寄以示同。

同聞之：古之婦人憫其夫有惡疾而專慤一精以事之者，蔡人之妻是已。夫沒教子以禮以詩，敬姜、孟母是已。是二者，世亦有之，若未爲異也。雖然，教子者，安事也；侍疾者，危事也。一於安，則神怡而事，易；一於危，則志壹而事，亦無難。若夫勞瘁之餘、驚憂之際，婦職、母儀兼盡焉，而無少虧闕，則非氣之定、才之長，有不能當之而不亂者矣。

鳴乎！圖繪於乾隆庚子，同生之年也。念幼時祖、父見背，承大母、母氏之愛，授詩書，俾有成立，於今四十一年矣。恩斯勤斯，育子之閔，斯欲報德而昊天罔極，俯閱斯圖，有能不灌然而流涕者哉。嗚乎痛已！

因寄軒記

予舊以抱膝名軒，且爲之記，頗傳於人。後數年，遷居於故居之北。又一年，移於其西，復闢軒焉，爲讀書、會友之所。軒之所據，一院而二屋。院廣四席許，可稍種藝。院北有小門，俗客至，可閉而勿納。屋之爲嚮，一東一西。西窗而東戶，風雨寒暑，可遷坐而相避也，視前軒爲稍適矣。予自藝蘭數十莖，外弟陳生惠、南陽罌粟老友仰韓爲植月季、荼蘼、蘐草、鳳僊之屬。春雨既降，羣綠盡坼，霏紅流香，到我几席。於是予日居之樂甚。

吁！自予歸江寧，遷居者十矣。居是里也，其遷者三矣。每掃一室，則外出也恆多，而安坐也綦少。庸詎知是軒之必爲久居乎？庸詎知是軒之不爲暫居乎？暫居焉，寄也；久居焉，亦寄也。知其爲寄而寄而樂焉，昔人之所謂因也。會游京師，陳侍御希祖書『因寄』二字以贈，遂以名軒，而歸而記之。

投械歸農圖記

泗州陳公囊爲海州營叅將，奉上官令捕販私鹽者，其功常稱最。一日者，率親兵十許，持火鎗，過古寨，驟見販賊數百持械自遠來，親兵大懼，欲回走。是日也，東風，賊適自東至，公命親兵斜行箐竹閒，繞出賊後。然一虛鎗先發之，賊聞聲皆伏地，則又然一虛鎗發之，如是者三，賊以爲鎗悉虛也，競起而前，則十許鎗者悉滿貯鐵丸，臨風而橫發，賊幾殲焉，其脫者皆竄山而走。蓋公與予相見於江寧，親爲予言者如此。

公在海州，捕販私鹽者前後無算，賊畏之，或投械軍門，請爲農，不復出。於是好事者繪圖以贈公，且形之歌詠。嗟夫！棄田而販鹽，販鹽而蹈死，海之民苟無故而爲此，則誠可誅哉。公爲將官，他非所敢問，而顧以致民之死者，使之畏而返其生。儻所謂次，莫如猛得子產之遺意者與！若夫倉卒之閒能行兵法，則雖古名將不能過。惜夫！特遇此曹而其功不能大著也。屬予爲文，於是乎記。

因寄軒文初集卷八

傳九首　行狀二首

先大父家傳

公諱霈，字晴雲，江蘇上元人也。祖軾，縣學生。考嘉穫，國子監生。兩世皆贈文林郎。公生九歲而能文。年十八游京師，貫順天籍，中乾隆甲子科鄉試副榜。其後由教習選爲安徽潁上教諭。積十八年，遷鳳陽教授。又六年，遷爲四川仁壽知縣，而官以終。

初，公在潁時，泗州賑水荒，公奉檄稽查戶口，而知府沈業富議以人數過多，欲裁其半。公爭之執，不聽。公與衆抗言曰：如是，則民且爲亂，亂則罪有所歸，公能任其咎乎？可裁減也？業富驚且悟，遂發賑一如公所查數。泗民無一饑死者。嘗賑亳州，長官遣吏役數人從事。呂吏者，中黠而外愚，公一見知之，曰：此奸吏，不可用。衆不以爲然也。既至州，按籍與賑，公自爲識記，而呂吏不知，遂竊其冊，虛增數十戶。公召至，指示叱曰：若果欺我矣！立予杖，逐之歸。吏民皆股栗。自是無敢舞弊者。公之精明綜覈，皆是類也。亳、泗州民德公甚。比歲熟，各製旗仗以獻，號曰『清官旗』云。

及公教授鳳陽，而屬縣鳳臺連歲大饑。時知府今湖北按察使喬人傑義公之爲，遂檄公及屬官數人往賑。鳳臺知縣陳某者，忘其名，行賑康家邨，保甲白言：康雞子兄弟者故嘗爲偷，例不當與賑。某頷之。雞子怒，顧謂其兄曰：不與賑矣，吾屬且歸耳。歸，遂各持長槍，率家人數十，譟而進，刺某，傷其頭，刼賑金遁去。當是時，衆官行賑他邨者率畏怯，中塗而返，惟公獨進。比入邨，饑民洶洶擁道，且出惡言。公厲聲問曰：若等欲反乎？抑求賑也？皆對曰：求賑耳。公曰：吾始持賑金來，而若等擁道，使吾不進，此其意豈欲賑哉？衆語塞，寂然。公又曰：若知康家兄弟乎？今捕得，禍及同宗矣。若等與其效彼而死，盍若得賑而生。衆雖桀驁，聞公言則立散。迄賑畢而歸，卒無事。

明年，遷知仁壽。未之官而病卒，年六十二。

公少以詩名，在京師日，所與游者，皆一時聞人。比壯，恢奇，多大志。既爲閒官，噤不得發，居常慨然太息，自謂不盡己才云。

公兄弟三人：長，諸生大勇；次，永平知縣敘，皆先喪。公教養諸從子至成立。戚友諸生貧者，必竭力周之。孺人葉氏，贈大夫、河南同知如蘭女。子一人，諱文郁。孫一人，名同。卒之次年，以公柩歸里，葬江寧傅家山。公詩存者濠梁遺集一卷。

孫同曰：先大父存，同甚幼，然已克知其行蹟，私心識之。及公歿後十七年，同北游河南，道塗經鳳、潁，見遺民言數事，皆與同幼所聞無少異，併以先人之故，推及於同，具食相邀無虛日，知公之毓德多矣。惜乎事不盡傳也。昔唐李翺爲其皇祖實錄曰：先祖有美而不知，不明也，知而不傳，不仁也。同雖無翺文，而欲傳先人之美，則不異。是以掇其行蹟爲家傳，以求世之大人君子撰次焉。

陸鴻傳

陸鴻者，江寧王桂芳之僕也。桂芳家鳳陽，館於宿州鹽賈之家，鴻常從。嘉慶七年冬，宿州民亂，殺州官，戕害城中吏民甚衆。時桂芳與主人皆就寢，突聞人聲喧沸，急起，覘於戶隙，則見炬火光中，戴白巾，持利刃，往來呼曰『殺！殺！』聲不絕。衆知有大變，錯愕不能語。鴻曰：事急矣！賊入門，不可活。請升屋以避之。桂芳股栗，不能登，鴻擁以上。棲一日，望見賊氛聚州署，念城門當無賊，遂下屋啟戶而逃。鴻豫以繩從。比至城，則門閉久矣。於是，相與登城，手縋桂芳先下，而已疾躍以從之。

初，桂芳家鳳陽，廬鳳道珠隆阿延掌書記。至是，珠隆阿率衆赴宿州，遇於塗，問亂狀，而桂芳素耳聾，於人言不能悉。鴻急前叩頭，粗舉所見聞以對。珠隆阿大喜。越三日，至鳳陽。先是，桂芳家人聞宿州有亂，謂桂芳已罹禍。至是相見悲喜。既知陸鴻縋城之事，泣曰：

非汝，則主人不克全矣。是時也，珠隆阿入宿州，傷而退。又數日，壽州總兵王壽率兵定亂，盡擒爲變者誅之。事當在國史，予不著，著陸鴻傳云。

贊曰：桂芳之妻，予從姑也。故予在江寧聞陸鴻事，心甚異之。後三年，至鳳陽，不見鴻。及來商邱，而陸鴻奉其主書以至。予視之，循謹樸願，與常奴無少異，而乃能有宿州之事，何與？性不同與？稍知道與？嗟乎！使天下爲官者，其行皆如鴻，則安有違棄君親而不能爲國效力者乎！

施孝女傳

施孝女，杭州人。隨父寓河南。父病革，割左股和藥進，用力猛而筋傷，左手終身短於右者以寸。事在乾隆五十年閒。其後十餘年，管同至河南，或以告。同曰：嗚乎！吾叔母也，當有是。告者愕然。同曰：叔母爲吾從叔文海妻。事吾伯祖母金孺人盡婦職。孺人病，便液污牀席，洗滌扶掖未嘗一日懈。語曰：求忠臣者，必於孝子之門。夫求順婦者，固亦必於孝女之門而已。叔母之事姑，予所及知。其事親，予不及知也。以其事姑，推其事親，子之言其必信，遂愴然而爲施孝女傳。蓋叔母先吾從叔卒，年僅二十餘，生一子，乳名曰『百壽』云。

王礪可家傳

王君名銑，字礪可，常州武進人。七世祖章，明巡視京營御史，崇禎十七年死闖寇難，謚曰節愍。子之柯，以父廕授錦衣衛指揮僉事。其弟之栻，官兵部職方司主事，出爲金衢監軍道，大清兵破義烏，不屈死，後賜謚曰忠節。君則指揮僉事後也。

幼讀書，慕宋明道先生程子爲人，自名曰景顥。補府學生，繼入國子監，乃改今名。君九試於鄉，不得舉。後以四庫館謄録勞，得縣丞，發陝西，權署數縣主簿、典史十餘年，始咨補華陰縣丞。在官不一年，而陝西有教匪之亂。

初，教匪起於湖北，始僅數百人，勢微矣。朝廷命總統、將軍、督、撫諸大官帥兵討賊，計其功當旦夕就。居無何，乃蔓延入川陝數省，騷動訖數年，然後殲滅盡云。

君官華陰，大吏調守山陽豐陽寨。君則糾聚義勇八百餘人，勉以忠義，且教之戰法，不一年，其兵皆可用。嘉慶二年，賊大隊犯陝，一由盧氏入雒南，一由鄖陽入武關，關中大震。是時，山陽知縣高肇普，請調君同守縣城。君得檄，即由豐陽入縣城，預爲死守計，而以所糾義勇隨大營聽調用。義勇遇賊頗爭先，出死力，值將帥非其人，遂盡殲焉。君聞，爲建祠山陽南關，勒文誌名姓，哭而奠之。觀者皆泣下。

明年，君有運餉之役。始，賊既退，君且歸華陰，大吏又調赴洵陽，理撫(邺)[卹]事。知縣某者，貪酷吏也，私約與君分賑項。君駭然，曰：此何時？君安忍言此！某恨甚，思中君，即薦君以是役。二月十二日，君運餉宿鎮安廟溝，驟聞賊首高均德率衆至，兵役懼，勸君逃。君怒叱曰：死，吾分也，逃何爲！明日黎明，君護餉出山溝，後路突有二賊率衆躍馬來，直顛君墜〔一〕地，賊亦下馬，持君手，意殆欲君降。君奮駡曰：我，運餉縣丞王銑也。汝等負國家、爲叛逆，行且誅屠無噍類！即奮左手拔刀砍賊。賊大怒，捽君投坡下，叢刺之，中五十餘槍，剖腹，割耳鼻，死。從役李金亦同死焉。死後七日，知縣蔡灝獲其屍，漢中府知府趙洵視含殮。事聞，敕賜廕(邺)[卹]視他陣亾者有加。

君祖綸，宣學廩生，父承恩，不仕，子韞輝，今襲雲騎尉。

贊曰：君家世居常州奔牛鎮，自節愍、忠節兩公皆殉明難，而君又以死事繼之，人皆謂：奔牛王氏，忠臣家也。雖然，兩公值國破君亾，死何足怪！今天下方享太平，教匪之起，鼠竊狗盜，安足置齒牙間，而顧使清貞强幹之材，用不得施，糜身於盜手。傷已！釀賊禍者誰與？不盡君才而置諸死地者又誰與？或曰：君之生也，其父蓋夜見節愍公，而君幼夢賦詩，已有『壯士忠魂』之語。然則士之死於國事者，其亦天實爲之而初無關於人事也耶？嗚乎！是則予所不知也已。

【校】

〔一〕原文爲『隊』，此據光緒本改。

張大鵬傳

張大鵬，陝西紫陽人。子三人，曰楚常、希賢、紹堂。孫八人，曰應朝、應邦、應選、應達、應祿、應愷、應試、應爵。惟應朝、應邦、應選故嘗入學爲諸生，自餘諸人皆布衣，無爵位。而咸篤於忠義。

嘉慶元年，賊犯紫陽洞、汝二河。是時，官軍未集，賊勢頗張，居民人人惴恐。大鵬獨與其子孫出家財，募鄉勇八百餘人，助有司爲守禦。未幾，賊掠龍形、響水二溝。楚常率衆擊之，殺三人，遂前攻賊寨。值山峻霧作，中傷而歸。後三日，賊至大水溝觀音堂地，紹堂率衆擊殺賊魁王正穆等六十餘人。又三日，希賢與賊戰於桃園，復殺其魁巫雲富等三十一人。

當賊之起，勢特猛鋭，雖官軍亦或避其鋒。至是連見殺傷，意大憤。十一月朔，遂率其黨數千人蠭擁而至。希賢首出逆戰，中槍死。紹堂率衆據險隘，入賊隊中，復爲所殺。大鵬氣益奮，更率其孫應達、應祿、應愷、應試等，持械深入，衝突躍呼，所殺傷甚衆。以衆寡不侔，五人皆戰死。而應爵亦被傷。

於是，應邦、應選走赴陝甘總督宜緜營，請軍進剿。居無何，遂與官軍破賊於米谿。十二月，應選復自募健勇六百餘人，攻賊於五作雲地，賊衆殲焉。事聞，上嘉獎，特命應邦以訓導即選，而應選給予訓導職銜。是歲也，應朝投効四川軍營，渡河溺死。上命與大鵬等皆入昭忠祠。

初，張氏父子及孫凡十有二人，自賊之興，戰死者七人，溺死者一人，傷者二人。至是生而全者，應邦、應選二人而已。及明年，賊犯紫陽縣城，應選復募二百人赴城救援。四年五月，賊犯西鄉。五年十二月，賊復至紫陽，應選率兵防禦，皆有戰功。

贊曰：當賊亂時，諸省士民招鄉鄰，結營寨，助官軍而殺賊者，蓋亦有矣，論忠義之尤，則未有如紫陽張氏者。朱主事桂楨屬予記其事，予因爲張大鵬傳。或疑大鵬身爲布衣，非有官守之責，奈何捐軀縻家，率子孫死賊手？詩不云乎：『率土之濱，莫非王臣。』彼有官而全軀畏死者，則可議矣，若大鵬者，胡忍議之也！

甘節婦傳

節婦金氏，江寧金智洪女。年十七，歸同縣甘元勳，五載而嫠，所生惟一女。節婦忍死養寡姑，立族子文陞爲嗣。文陞娶婦劉，旋卒，亦無子。節婦守義二十八年，年四十八卒。當卒時，女已適人矣，而寡姑猶無恙。婦疾革，謂其子婦曰：吾命將終，不能終事而祖姑，吾死不瞑目矣。歿後五年，族人福遂爲請旌，而述其事，乞予作傳。

婦人嫠居守義，其事蹟比比相同，不必具述。節婦所異者，家有田僅二十畝，能以十畝養寡姑，而以十畝入宗祠爲祭祀費。夫先王之制，卿以下必有圭田，而士無田則不祭。所以尊祖敬宗、緜血食於長久也。今豪富之家，市買膏腴，動連阡陌，而罕置祭田，何者？市田私子孫，而祭田必公諸宗族。迨其久，田入他人，而家益困，則祖宗之靈有不血食者矣。嗟乎！棄根本而欲肥枝葉，豈可得哉？

甘節婦者，於荼苦困阨中，獨能知此義，可舉以風今世士大夫。予故樂爲之傳。

或曰：節婦歿後，常見形如生時，蓋既死而猶念其姑也。其事怪，予不論云。

鄒梁圃先生傳

先生諱森，字元春，別字梁圃。同嘗爲從舅墓誌，所稱『君叔父，以舉人爲安東教諭』者，謂先生也。

性勤學，喜文章，厭與人事。嘗夜讀書舍後水亭，有賊自水潛上，由水亭至中閨，竊衣走。去，家人覺，愠謂：賊自先生側過，寧不聞耶？先生曰：聞之。顧吾時讀書，屬有所得，苟少輟，即失矣。失衣重乎？抑失吾讀書所得者重乎？鄉人至今傳爲美談。家失火，僅餘屋一楹。明日，戚友來弔，則先生方正襟端坐，讀漢賈誼陳政事疏，聲琅然達戶外也。既爲舉人，數會試不第。其同舉友多爲京朝顯官，而入都未嘗一往候。同舉友雅重先生學行，度其來，或先訪之。先生謂人：是君既先施禮，不可拒。亦遂與相對談論。及明日，他人來，則舍館已他遷，不可知其所在矣。凡戚友，必端人始與語。非是，輒對之閉目欠伸，其人自慙不能安而去。

始，國家以時文取士，其意藉以發明經義，制甚美也。顧士無志，多舍古趨時，故文體日壞。先生常謂：經義之名，惟明歸有光、茅坤差不愧。其爲文，常以二家爲法。論者謂簡古清剛，實爲似之。然坐是終身不得第矣。晚選安東教諭，以母憂歸。年五十二卒。子一人，名文殊。

贊曰：竊聞外祖存時，鄉之人多敬之者，然亦未嘗不笑爲迂也。外祖之行，不可謂迂。人以俗情衡之，則見謂迂也宜爾。始，五六年前，江寧重修府志，當事者已采先生學行入文苑傳中矣。惜其事略不詳，故同更以所知者著爲是傳。嗚乎，若先生者，豈非君子正人、孔子所謂古之學者與！

節婦駱氏傳

節婦駱氏，來安人也。淝、滁之鄉，其民嗇而陋。每農畢，輒渡江至江寧，傭於人爲僕婢，其取錢月百數耳。春種則歸，冬又至，不爲恥。凡傭婦，呼曰『嫂』、『室女』，雖其行不同，統呼曰『大』。

婦始以『室女』爲婢於吾姑方氏，方氏呼曰『駱大』云。『大』年十餘，力而勤，方愛之。一日，門晝闢，有丐者潛至中庭，竊一壺走。出，『大』聞，卽急步追奪，推丐踣地上，坐其背拳毆之。丐負痛號呼，市中人皆大笑。其後，『大』歸來安，嫁爲農者婦。未幾而夫死。其夫兄利其田，數勸之嫁，婦固執不從。其夫兄竟潛以許人，受財幣，而婦不知也。一夕，方獨坐，聞有娶婦鼓籥聲，至門而止。婦大驚，遂急戴其夫所遺草冠，袖火走舍後。娶者入索婦，不可得。方大譁，而舍後積薪火起。娶者及鄉鄰羣譁救火，不暇復問婦。婦既戴草冠如男子狀，倉卒雜衆中，亦不可辨識，竟得乘閒遁走，歸其母氏焉。明日，以狀鳴官，官罪夫兄，旌節婦。婦遂以其田依母氏，守義以終。

贊曰：予年十餘時，往來吾姑家，數見節婦。節婦亦一女傭耳，無大異也。獨吾姑喜言其毆丐事，以爲戲笑。及今，來安人來述婦事乃如此。嗟夫！節義者，人情所慕，而古今多敗於垂成者，何哉？智不能定其謀，而勇不能成其事也。若節婦者，其於智勇可謂兼之矣。

羅彬文傳

羅彬文，上元武生也。康熙、雍正之閒，江南人盛言拳技，其尤著名者，曰甘鳳池、夏靈僧。鳳池勇甚，而狀恂雅如書生，其所爲，世盛傳之。然多附會，不足信。靈僧勇亞於鳳池，而喜任俠，借軀報讐，犯法不可悉數，善避脱，未嘗罹於罪。其後江南有陰爲不法事者，獲其籍，所載數百人，然不得主名。官逮眾考訊，悉受重刑，或瘐死牢獄，其主名卒不出。靈僧慷慨歎曰：是事也，本於吾無與，然吾計生平所殺人蓋不下數十百矣，天道好還，吾庸得免乎？今亦何惜餘生而不以易眾命！即自詣官，言『此事，靈僧所爲，無與眾事』。官不信，反覆考訊，刺剟無完膚，終無異辭。獄定，竟獨誅靈僧，而數百人皆獲釋。

彬文者，少學於鳳池，盡其技。嘗日暮獨行山谷中，有狼五，環而欲噬之。彬文手適無兵，遂急把一狼後足，持以擊四狼。四狼與所持皆碎首，無一活。其勇類如此。然彬文懲於靈僧，不與人競。人或有犯者，輒辭謝退避，怯然若無所能狀。嘗曰：今之習拳者，悉以善鬬爲勇。夫所貴乎勇者，爲人排難解紛、抑姧强而扶善弱也。必待鬬乎？則所爲卑不足道矣。吾少時，有相約助鬬於報恩寺者，吾止之，初不聽。兩敵相邀各數十百人。吾後至，解衣，四顧無置處，遂手抱佛殿大柱離礎數寸，以足蹴衣，置其空際，曰：善爲吾守衣。是時殿梁格格有聲，四壁皆震動。眾大駭，不敢鬬而散。彬文言此時年八十，頽然老矣，眾疑其妄。時天適新雨，彬文遂棄杖著屐出行，街滑，石上往來如飛，不傾跌，眾乃信之。

贊曰：予爲兒童時讀書里塾，見彬文，具知其事如此。今彬文死十餘年矣。孔子不語怪力，而太史公書有游俠、刺客等傳。鳳池、靈僧與彬文三人者，抑游俠刺客之流與。彬文有勇，而未嘗妄用，是尤可嘉也。予偶憶其人，遂以幼所知者著爲傳。

原任兵部侍郎都察院右副都御史總督漕運管公行狀

公諱幹貞，字陽復，一字松崖，姓管氏。先世家濠州，南宋時遷武進。六世祖陽春，明禮部侍郎。曾祖淑，祖棟，父景賢，皆贈如公官。公生五歲而孤，母史太夫人手書鑑略以授，年十一已能文。乾隆丙戌科成進士，選翰林院庶吉士，授編修，與撰國史。甲午、乙卯兩科，分校順天鄉會試。丁酉科，主貴州鄉試。旋充教習庶吉士。四十五年，改陝西道鑒察御史，巡視西城。旋改京畿道御史。公爲人勁直敢爲，不徇權要，而尤練明於吏事。爲御史四年，奉命視漕天津。奏增北河楊邨撥運官舟，以免官雇擾民之患。上命如所請。秋，轉掌京畿道御史，仍巡視西城。大學士、九卿、科道會議秋讞，公所議多由重改輕，平反皆得當。冬，奉命巡視南漕。遷戶科給事中。山東、江南久旱，雖浚運河，顧漕舟仍阻滯。公請令有司浚支河以濟運，而言宿遷竹絡壩不當分黃入運，俾黃水勢弱壅沙生後患。得旨諭河臣疏浚諸泉，其黃水不當分，如公議。使還，面奏駱馬湖蓄洩之利，亦得旨議行。五十一年，遷鴻臚寺少卿。旋遷通政司參議。秋，奉命協理漕運總督事，仍兼巡視南漕。明年，遷光祿寺卿、內閣學士兼禮部侍郎，充文淵閣直閣事。又明年，奉命赴山東兖州讞獄。五十四年，充會試總裁官，補授漕運總督加兵部侍郎、都察院右副都御史銜。

公爲漕運七年，其陳奏事宜不可悉數。其要者，謂旗丁有積年守凍截留、交卸借墊之項困累，幾不能出運者，今爲籌減通省浮款，以增其行糧、月糧。又江西諸幫行糧、月糧，石折銀七錢，不能敷半價，所當議增。又嘗請留直隸藩庫借銀十萬，先期與長蘆鹽政，易賣鹽錢文，濟墊諸幫撥價。公之意以謂，丁窮則弊生，弊生則漕壞，故所奏諄諄以恤丁爲急。是爲漕政培本清源之要務，世之刻覈者鮮知之矣。始，諸省之兑糧也，每延至春初，所在多逗遛。公嚴飭弁丁，一復冬兑、冬開之舊制。舟過淮關盤查，多守候。公督運無弊，一投報輒放行，無敢留難者。每年重運北上，公必策馬登岸督催，勤者勞，怠者懲，雖風雨必親涖。以故督漕七年，漕舟之行未嘗或踰限。當時議者或疑公苛急，不知歸次早，則漕卒舟人無苦累，而需索之弊自清，於公私爲兩利也。

嘉慶元年，奉令（甲）［押］江浙白糧悉運於京倉，公謂江南餘米較少，持不可。被議降級，已而奪官。初，公爲人勁直敢爲，不徇權要，其爲京畿御史，嘗劾左翼税局濫罰牧隻，副指揮馬爲玘改供縱犯，且擒治某大僚私人之犯法者。及督漕運，又因公劾，罷督關。至是被議失官，論者謂大學士和珅實陷之云。

公既黜，寓京師，日寫書數百言，不與人事。嘉慶三年四月二十五日卒，年六十五。所著書若干卷，詩文若干卷。夫人某氏。子三人，遹安、遹儀、遹羣。

資政大夫刑部右侍郎致仕王公行狀

王公諱昶，字德甫，一字述菴。世居江蘇青浦。高祖懋忠，明末幾社中之一人也。曾祖之輔，祖瑛，父士毅。士毅徵蘭而生公，故公又自號蘭泉。少有才名。乾隆十九年舉進士。二十三年，上南巡，召試，取第一名。賜內閣中書，行走軍機處。遷刑部山東司主事，擢江西司員外，再擢江西司郎中。連充纂修及會試同考官，三更京察，皆一等，記名以道府用。

三十三年，兩淮鹽使提引事發，坐言語不密免。當是時，緬甸未平，故大學士阿文成公總督雲貴，奏請以公從。未幾，阿公罷，溫公福代爲總督，留公軍營中如故。三十七年，小金川土司僧格桑作亂，上命溫公移師征之，仍奏以公從。會上復起阿公會勦，公又參阿公軍事。凡公在軍中九年，奏檄之作多出其手。以功除吏部主事。擢員外，旋擢郎中。

四十一年，金川平，奏凱還京師，擢鴻臚寺卿，仍依前行走軍機處。上召見詢軍營事，條對甚悉。上喜，命纂平定金川方略，即以公充纂修官。上復問曰：往者溫福軍營潰亂，南路何以獲全軍？公對曰：以臣所見，此副將劉倖、劉輝祖及奎林力戰之功也。且奎林無他長，獨能與士卒同甘苦，士卒感其恩，心皆堅定，故衆潰而彼獨全軍。上笑曰：奎林信有微勞，特性情乖異耳。當是時，奎林蓋不當上意，而公對質直，不詭隨如此。

轉大理寺卿，擢都察院右副都御史，出爲江西按察使。是時，江西多竊盜。公至，下令嚴保甲、禁惰游，不一月而盜減。江西民故善訟，族有祠堂，蓄貲財，爲爭訟費。公曰：祠堂者，所以尊祖敬宗、敦孝弟而講婣睦，奈何用爲奸利藪？再若是，吾當代若祖、父焚之！令既下，爭訟亦稍清。丁母喪歸。

服闋，起爲陝西按察使。石峯堡回民作亂，防禦有功，遷雲南布政使。調江西。入爲刑部右侍郎，執法稱平。累奉命讞獄江南、湖北，務在潔己奉公，杜絕賄賂。

初，公自爲正卿，數以老乞休，上知其才，輒不許。五十八年，公之年已七十矣，上鑒其誠，命以原官致仕。嘉慶元年，高宗皇帝禪位，今上召公入，與千叟宴，賜賚有加。四年正月，高宗皇帝崩，公聞奔赴。上因垂問吏治民情，命繕寫密封以進。公具奏，其語密，世莫得聞。

公既罷官，所餘俸率以修宗祠、置義莊，家無餘蓄。既而分賠雲南銅、鹽虧空，乃盡舉田宅入官，然訖不足償，當事者知之，爲奏請得展限完繳。

嘉慶十二年五月七日，公感疾，知不起，口占遺疏，授其子，遂卒，年八十一。

公少有才名，而性尤好學，雖戎馬蒼黃、羽書旁午，其於書未嘗一日廢。漢、宋之學皆深究之，亦頗覽浮屠家言，然不爲所惑。文學宋、明，務在明道、釋經，非是者，不苟作。詩兼唐、宋諸人之體，讀其辭，和易而優柔，可以見其懷抱也。生平愛獎與後進，而其心則尤以主持風教爲先。當其予告歸里也，適蘇州有撻辱諸生之案。公遺書學使，侃侃責之。又常病士習骫骳，氣節不立，寓書與秦侍郎瀛，索東林志欲刊之，以爲多士勸。論者謂『公之風槩，不愧爲幾社後人』云。生平著述甚多，已行世者春融堂詩文集、金石萃編、湖海詩傳、續詞綜，其餘尚四十餘種，藏於家。公無子，以從弟曦之子肇和爲嗣。

因寄軒文初集卷九

墓誌銘六首

從舅鄒君墓誌銘

君諱彝，字明川。當明世宗時，御史鄒公應龍疏劾嚴嵩之奸，嵩竟以讒死，直聲聞天下。君其後裔也。近世遷江寧，數傳而至君祖。祖二子，長，君父，曰榕；次，君叔，曰森。君叔以舉人爲安東教諭，方正能文，事載江寧府志，則管同之外祖也。故同於君稱從舅云。

君生十餘歲而父遊於蜀，其始也，間數歲一歸，已而不歸者三十餘年，後遂不通書問。君念且痛，一日，謝家人，攜襆被，徒步入蜀訪焉。至成都，不見。見其故人，告曰：尊公去此久矣。問以地，謝不知。君遂渡桔柏，踰五漫，徒步走七月，乃至達州。初，漢諸葛武侯既卒，蜀人哀思如喪父母，其裹首多以白，謂爲武侯制服云。自漢以來，遂相沿不變。君至達州，適郡民有會事，裹白巾者相望。俄見一老翁朱纓而至，君曰：此吾父也已！趨前伏地，以父呼。其人大驚扶掖。既相問，良然，相持大痛不已。遂迎以歸，盡孝養者十餘年。

君生平專爲人司會計，甚貧困，且未嘗深讀書，而頗篤於內行。

嘉慶某年某月某日卒，年六十。妻栁氏，先喪，無子，合葬江寧傅家山，與同祖、父墓相鄰近。同嘗爲記云，吾子孫省墓者，當併祭君及外祖教諭公。銘曰：

猗嗟舅氏，既孝而恭。如何上帝，降以鞠凶。始毀其家，回祿祝融。繼而矜獨，備於一躬。親朋不知，但曰君窮。行韜名晦，識者甥同。萬里迎親，於蜀之中。誰與媲者，壽昌朱公。人視爲窮，天視爲通。鑒此銘刻，毋悲幽宮。

舉孝廉方正李君墓誌銘代

李君名伊晉，字退亭。其先山西屯留人，十一世祖綱遷於山東之鉅野。曾祖嗣沆，康熙壬子科舉人。祖惟允，信陽訓導。父其彭，歲貢生。比數世皆以學行稱貢生。初娶畢氏而生君，繼娶張氏，又娶妾王氏，生子女四人。

君生七歲而喪母，哀毀如成人。及其喪父，號泣於墓者踰祥而後止。事繼母、庶母如生母焉，愛異母之弟娣如同母者焉，鄉里以爲難。君初爲縣學附生，繼補廩生。家甚貧，不足於饘粥，而視之泊如，未嘗事干謁。及遇有節孝事如鉅野徐氏、定陶周氏者，君皆竭力佽佐。具題，得旌表。人以是尤賢之。

嘉慶元年，朝廷有孝廉方正之選。時予以兖沂曹道兼攝山東按察使，素知李君，遂與衆舉之。君力辭，强而後可。至九年六月四日，君遽感疾，卒。於時君年六十八，尚未得官也。

自前世以文辭取天下士，孝廉方正之舉蓋曠典矣。舉矣，或不能得其人；得其人矣，復殞喪而不能見其用。嗟夫！在君子固安於天命，而天使所守不獲一施也，豈不惜哉！

君貌蒼古，通經學，而尤嗜古碑文。山左金石志君與修焉。

妻某氏，子一人某。以某年某月某日葬君於鉅野某所之原。銘曰：

厥曾卻金邑乘傳，乃祖司鐸教以宣，暨君考腹彌便便。三世積績毓君身，外如鼎彝中玉溫，稱于州閭無閒言。膺舉而上宜蜚騫，遽殞疇爲叫帝閽，我銘揭之昭後昆。

資政大夫兵部侍郎都察院右副都御史總督江南河道蘭公墓誌銘代

蘭公諱第錫，字寵章，山西吉州蘭邨里人也。曾祖雲林，祖敦厚，父時隆，皆諸生不仕，後贈如公官。公家甚貧，值歲饑，嘗噉野葛，遇毒幾病死。然力學不倦，每自負行囊，徒步走八百里，肄業晉陽書院。乾隆十九年，中鄉試舉人。大挑二等，授鳳臺教諭。俸滿，保薦擢直隸阜城知縣。調定興，擢大興，旋擢永定河北岸同知，補正定府知府。丁繼母憂。服闋，補授湖南岳州府知府。簡放江西吉南贛寧道。是年，丁父憂。上有命，俟服闋即使署理永定河道。爲道二年，遂署河東河道總督。公自擢縣令以至爲監司，嘗擒巨盜，賑窮黎，修學校以興文教，理訟獄以懲奸民，治績煇如矣。

然公清德尤著聞於天下。高宗皇帝重其清，故上下僅十年，遂自河廳擢爲河督，委任獨深焉。乾隆四十八年，公初履任，奏請挑河南青龍岡，開山東民閘以滋田畝。五十年十月，請修豫省黄河兩岸隄。明年八月，浚微山湖。明年五月，實授河東總督。六月，（睢）［睢］州下汛十三堡隄工漫溢，上命大學士公阿桂等與公會辦，十月堵合。五十三年三月，公入覲。明年二月，調補江南河道總督。六月，淮南廳周家樓隄工漫溢，十月堵合。五十五年〔一〕，上東巡，召公赴山東行在。五十六年正月，請修黄河大隄。自五十五年至五十九年公在官，秋汛悉安瀾，工無大舉。明年二月，公入覲。是年，豐北廳曲家莊隄工漫溢，七月堵合，公奏請撫（邺）［卹］難民。嘉慶元年，今皇帝御極，高宗皇帝重舉千叟宴，召公與，賜賚有加。是年六月，豐北廳豐汛六堡隄工漫溢，上命兩江總督蘇淩阿、山東布政使康基田與公會辦，明年二月堵合。七月，蕭南廳楊家馬路隄工漫溢，八月堵合。是年冬，南河、東河皆大舉挑濬。公積勞病深，以十二月六日卒於清江官署，年六十二。

自公爲兩河總督，大小百餘奏上，皆報可。每奏安瀾，輒蒙議敍。晉階爲資政大夫，銜爲兵部侍郎兼都察院右副都御史，官爲總督江南河道提督軍務，級加十九。公久任河工，嘗歎今之治河殊非上策，愧無遠慮以塞洪源。然而慮國憂民，不存私顧。故黄、運兩水，訖公之身，雖屢決，而不爲巨患。嘉慶三年，上諭天下曰：蘭某居官廉潔清慎，沒後遺產裁踰百金，其當賠工項銀二十萬八千餘兩悉加恩豁免。君子於是歎蘭公之清德重於先皇，而又見知於今上也。

公配劉氏，誥封夫人。子德滋，恩廕六品京官。孫蔭桐、蔭槐。以某年某月某日葬公於某州某所之原。銘曰：

猗美蘭公，揭德振華。幼爲辭章，其書滿家。負笈從師，韓嶺饑踣。幾使巡軍，鞭撻甯越。僡則劇矣，財讓於昆。瞻彼蘭邨，時謂清門。公執其清，爲帝毗輔，帝曰欽哉，汝平水土。北河既載，遂暨南東，九州攸殊，臣心則同。古稱洚水，浩浩滔天，公來治之，視龍如蜓。淮海維揚，桑麻菀舒，伊昔微公，人其蚤魚。宣房既塞，萬福斯來，乾嘉之際，平矣泰階。惟今有人，布衾脫粟，闚彼後堂，乃理絲竹。昔公之來，衣不掩軀，今公之歸，厥子無襦。公不言清，人則有云，鼓鐘於宮，其聲外聞。人清如洫，泥則穢之，公清如泉，沙莫類之。沙莫類之，軫於帝思，曰惟清臣，於赫皇辭。不清匪貞，不貞匪臣，我勵有位，作此刻文。

【校】

〔一〕原文爲『五十二年』，此據光緒本改。

誥封夫人湖南巡撫陸公元配陳夫人墓誌銘代

夫人姓陳氏，江蘇婁縣人，故兵部侍郎都察院右副都御史巡撫湖南吳江陸公之元配也。始歸，陸公猶未得鄉舉。及公貴，誥封夫人。

初，乾隆甲午壽張奸民王倫作亂。時公爲山東運河道，募民兵千餘，教以守禦。夫人則日令家僮具羊酒餱糧備犒賞，民兵歡呼，願効死。賊偵知濟寧有備，遂不敢復南窺。後公爲山東布政使，與巡撫國泰不相能，慨然欲棄官，夫人亦力贊成之。公以原官再起，擢巡撫，而遂卒。喪過漢口，鹺商以萬金爲奠，夫人命其子拒之，曰：汝父在時不受陋規，垂爲家訓，此何可受乎！居無何，鹺弊事發，惟陸公無所染。公既卒，家愈貧，夫人使其子竭蹶完官項，有賻贈者，不以入私囊。又數年，其子得微員，始有祿以養親，夫人誨之曰：官有大小，至爲國爲民則無異，汝其悉力盡職，勿以家爲念。嗚乎！人皆知陸公廉潔精勤，訓子孫以清白，觀夫人懿德嘉言如此卓卓，人既歎陸公之賢，而又多夫人能內助也。

夫人考諱克三，幼喪母，鞠於外氏俞君家，故又姓俞氏。子二人，長恩綬，四庫館謄錄生；次繩，山東單縣主簿。夫人享年八十七，以嘉慶十三年八月十二日卒於山東。以某年某月某日歸葬於吳江某所。銘曰：

冀之敬，仉之遷，伊人一身兼兩賢。險艱雖備，福德全被，翟茀反幽淵。我爲子銘倡其先，瀧岡後來表厥阡。

亾妹壙碣

妹名純，先君之次女也。先君子女四人，長姊，次予，次亾弟虎，又次妹。

姊與予幼時，先大父尚爲官，家雖貧，飽食煖衣，有奴婢任呼使。妹生一年，先大父卒。年三歲，先君遂見背。幼未嘗一日安樂。比長，其困苦殆不忍言狀。嘉慶二年，姊出嫁。明年，予授學婣黨，不獲常歸。其在家，惟母與妹。妹之事母，能先意承志。每當食，母烹飪，則妹執薪坐竈下，俟飯熟乃起。食畢，輒手攜鍼線相隨坐閨闥，而時出笑言以悅母。以是，家雖貧而母尚樂焉。及今年，江寧同知延予教子弟，予歸益稀。二月某夜，忽夢妹雙目白瞪，呼之不一應。醒而大惡之，急走歸。歸則妹患痘疹，不數日而死。其死時，正如予夢中所見狀。然當妹初病時，恐母憂，猶日强歡笑。又以家貧，數戒家人勿市貴藥。及其病篤將死，進以藥，已氣逆不可受。姊與予在旁，呼曰：『吾尚未飯，待汝藥而後飯。』妹遂强咽一匙，而氣絕。時嘉慶九年二月二十七日也，妹之年已二十矣。

嗚乎！予不孝、不弟，不能亢其家，使母與妹備嘗艱苦，又謂妹才德宜配君子，議婚久不就，卒使其困頓饑寒，不克有家以沒。予罪大矣！而其痛曷有終極也耶？妹於禮不可祔祖墓，予終不忍置之他所，請於族人，葬諸繼曾祖母官太孺人墓側。歲致祭，子姓其勿忘！嗚乎！痛哉！

江寧府督糧同知趙君墓誌銘

趙君諱世模，字範菴，一字仰亭，貴州黎平府人也。曾祖諱垣，敕授儒林郎。祖諱邦聰，考諱廷璧，並授奉政大夫。君少而友愛，推產兄弟不受分，而教育其子。乾隆丁酉科選拔貢生，以州同銜謄錄四庫館書。

期滿，發雲南，借補騰越州南甸州判。嘉慶八年大計，薦卓異，題陞雲州知州。煙瘴期滿，又借補霑益州知州。君在雲南，民愛之，有『青天』之目。是時，奸民有張輔國者，其先江西人也，爲僧，曰同金。同金生於孟連，通猓黑〔一〕，刼民寨。官兵禽之，用遁術曳縲絏走。歸，巡撫永公乃招降，賞四品。同金往來彝、漢閒，益導亂，殺官兵，大爲邊患。君獻策上官，謂同金可誘致，請身入猓彝主其事。上官不許。而其後，巡捕官孫策，卒以藥酒獲同金，得功賜藍翎。人皆奇策之謀，而不知其用君計也。

嘉慶十八年，陞順天治中。貧至不能行，未之官，改掣江寧督糧同知。以運木入京師，卒於寓。時二十四年十二月十二日也，年七十有五。

君好客輕財，嘗爲前任官任金三千爲己負。而今登萊總兵劉公清，同年拔貢，君識其人於未達之時，資而助之，劉公卒爲國立大功，稱名臣。

宜人陳氏，先君卒。子三人，先諱、文灼、文炘。以某年某月某日葬君於貴州某所。銘曰：

從君而行三千里，君言往事掌輒抵。渥顏駐目音繚耳，我歸稍先君則死。遺令銘幽不予鄙，撥其紛殽掇其旨，藁爲此辭昭後嗣。

【校】

〔一〕猓黑：光緒本爲『黑猓』。

因寄軒文初集卷十

賦三首　箴一首　贊三首　祭文六首

臺城賦

鬱鬱金陵，依山爲城，有城孔厚，馮於鍾阜。我觀其碑，實名曰臺，裴裒城下，問於居者。對曰：是本吳國，諸孫作宅，有馬爲龍，建臺於中。撫兹蕩蕩，劉蕭繼王，以禦臨衝，堅於崇墉。比及梁武，戕其暴主，遂代齊興，兹城是馮。三江五湖，包絡縈紆，自謂金甌，永完無虞。惟昔聖帝，躬行禮義，彼昏不知，夷鬼是資。於顯明堂，龍文鳳章，懼殘以傷，黼失其光。於昭清廟，血膋腒䐹，懼殄以暴，籩失其貌。每歲季冬，獄彼鞫凶，謂不復生，其泣縱横。噫嘻武皇，既慈以祥，謂命宜長，乃底滅亾。蠢兹跛賊，始臣北國，既孤其恩，惟梁是奔。羣臣諫曰：狼子野心，帝無與親，既入我室，噬臍何及。彼如卵然，翼者惟歡，歡恩不圖，於我何居。帝始不從，乃允桃蟲，及其荓蜂，螫果及躬。叛軍之起，瀰於江汜，擐甲麾兵，直攻兹城。兹城百雉，其登如履，烽落鳶飛，外援罔來。嗚乎梁室，疇得疇失，遂絶餱糧，如彼首陽。是豈可不大傷哉！予聞而悲之，歌曰：降黄屋兮禮西佛，呼荷荷兮慘以殪，謂異教兮可崇，彼臺城兮今猶在目！

弔鄱陽賦

偏干諸侯兮乃至於梁，緬懷往哲兮爰弔鄱陽，遭世溷濁兮讒佞高張，佩實銜華兮狴犴罹殃。嗚乎！天失其情，人違其度，闒茸者親，瓌琦者惡。紉佩碱砆，棄捐寶璐，蕭艾爲香，孰薰蘅杜。壇堂燕飛，鸞皇在籔，驥伏于槽，罷牛駕輅。故以賢，則頭雖白而如新；以佞，則蓋方傾而如故。舉前世而皆然兮，何夫子至今而始悟？且夫盜憎主人，民惡其上，才高行琦，衆流攸詬。彼衆女之齵齒，必交嫉夫蛾眉，形吾射之不精，非殺羿其何爲！

沬勢積而漂山，蚊聲聚而成雷，舉左右而致讒，子孤孑其何歸？彼世之主方好諛而惡直兮，夫孰能深察其是非，儻上書而終不悟兮，嗟瘐死其何追！曩曰國皆可干，何必曳裾於吳主也？去一吳而就一吳，亦未知其所處也。神龍伏於江海，挾霄漢以飛翔，就豢龍而求食，卽烹醢如牛羊。伊昔日之罹殃，亦惟君之自取也。璩曼辭以鳴哀，何不憚夫勤苦也？水可釣而山可樵，子豈遂無鄉土也？就世主以求榮，吾竊爲君子不取也。亂曰：鴻鵠在野任翔飛兮，雖有矰盧將安施兮！戀彼稻粱遭紲羈兮，哀鳴嗷悔曷追兮！我弔古人我心悲兮，明告君子吾將從是以歸兮！

悼亢宗賦幷序

予年二十九，始舉一子，姬傳先生爲命名曰亢宗。幼讀書，頗聰慧。嘉慶十九年，年七歲，患痘殤。作是賦以悼之。

嗟予生之薄祜兮，甫九齡而失怙。惟同氣之四人兮，奉盤匜於哲母。何秋陽之杲烈兮，九天忽墜〔一〕以嚴霜。弟雄强而妹淑嫕兮，蘭桂繼而銷亾。鄉庭幃而孑立兮，恆顧景而憐孤。有嬋娟之伯姊兮，長又歸夫厥家。念中饋之無人兮，幸楊萸其入卜。簟未燠而車已脂兮，嗟形軀受役於口腹。始揚鑣於梁苑兮，中擊檝於吳江。少歸南而偃息兮，北又踰乎東蒙。昔夏后之乘欙兮，聽呱呱而弗子。拯億兆於龍蛇兮，顧私情其可已。予割慈而忍愛兮，嗟何捄於湛澹。上孤恩於跪乳兮，下舐犢之懷慙。伊是子之孩提兮，顧親長而愛敬。世辥語以成風兮，予固虞其無命。及六年而就傳兮，遽焠掌於詩書。汝之父坐是迍邅兮，汝何爲朝瘁而夕劬。不內斂其精神兮，胡始肥而今骨立也。卒受病而莫支兮，予悲其獲不讐失也。思夫人之精魄兮，存則聚而亾則澌。汝一病而輒欲去兮，去悵悵其何之。騷人之說兮曰下幽都，敦脄血拇兮其有其無。汝膽薄而善驚兮，寢息必依乎爾母。侶異物其何堪兮，又況目參而首虎。豈裨海之既度兮，外更有其八州。人之生僅於赤縣兮，其僒也信若拘囚。汝既知夫將去兮，又依依其不舍。執予手而告辭兮，泣紛綸而雨下。嗟夫！物與民胞，先民有志，子之於吾，豈伊獨異？頃狂寇之滔天兮，都民半夷於金鏃。仰宮闕之深嚴兮，鬼啾啾其夜哭。寇既平而災薦降兮，哀鴻徧於河山。紛析骸而敿骨兮，又疇得盡其天年。念赤子之淪胥兮，心殷憂其未已。排閶闔以陳辭兮，虎豹當關而莫啟。亂曰：泰伯采藥弟君吳兮，宣尼夢楹先喪魚兮。嗟予薄躬胡德澤兮，長夜思謇宜誅絕兮。東門不哭傳蒙莊兮，商乎，商乎，毋徒喪爾明兮！

【校】

〔一〕原文爲『隊』，此據光緒本改。

商邱縣箴

巖巖商邱，實惟宋都。相彼星文，大火攸臚。昔在陶唐，君曰閼伯。及夏中葉，相土是宅。惟周之興，建宋上公。亦越於漢，梁邦是崇。建武以來，世爲郡國。宋祖龍興，乃建歸德。赫矣巨鎮，臨（睢）〔睢〕之陽。七鬯伊持，匪侯則王。近古清晏，無分疆埸。乃命賢令，握符綰章。允矣賢令，亦孔之榮。衣稅食租，於彼專城。於何施爲，以答昇平。秉公愛民，毋私是營。或曰茲縣，爲豫之魁。北連河朔，南控江淮。無山無陵，以遏險阻。蹻跖之來，伊誰云處。噫嘻地利，不如人和。吾守吾德，遑恤其他。宋偃之亾，鸇生兆禍。城豈不完，一攻而隳。君鑒於茲，惟仁是思。人亦有言，守在四夷。烈烈唐臣，蹀血睢陽。城豈獨堅，百戰何强。臣鑒於茲，惟忠是申。人亦有言，守在四鄰。眾志維城，矧惟古志。苟曰不然，盍觀舊事。猗嗟賢令，毋迷其趣。從事司箴，敢告僕夫。

文昌神像贊并序

文昌六星，各有所主。世妄以爲司文事，又爲累世爲士夫之說，皆妄言也。蓋其說始出愚民，後遂登祀典，而莫爲辨證，亦可怪已。予客德州，有以神像屬題者，予因爲作贊云：惟帝車次，是謂文昌。觀象於天，如彼戴筐。昔舜受命，禋於六宗。有周槱燎，司中亦崇。湘纍之歌，司命曰少。爰及於今，乃主煬竈。惟神弗歆，人又張之，曰時克幻，代履隆基。俗士不明，復曰文府，奎壁之權，斗魁則主。凡茲譎誕，神罔攸知，歸神文昌，我神則怡。神歸伊何，制於中央，枕參攜龍，有奕其光。執將之權，操帝之祿，爾忱孔良，降爾多福。神游於天，神像在堂，凡民好德，無敢怠荒。

胡君像贊

有美胡生，辱與予游，示我遺容，乃考之休。鶴鳴九皋，翔彼中央，四鳳于從，和聲鏘鏘。初君貨殖，不爲圭朱，以財周人，漢黨之厨。往歲磽瘠，易子齕骨，遺者雖生，其命已忽。嘉君慨起，捐貲育嬰，廣堂則成，家無瓶罌。維時大吏，褒君衷丹，錫之書文，鸞飛蛟蟠。昔聖有志，曰少則懷，虎方噬人，寧穀其孩。伊子之風，足振頹俗，出匡我皇，康衢庶復。令子不匱，丹青是圖，考歸妣從，有嚴簪裾。在召之德，甘棠賦詩，我思仁人，敬其容儀。

臧孝子贊幷序

孝子名禮堂，武進諸生，好學敦行，年僅三十卒。其兄鏞堂私謚曰孝學先生，述其行，求人爲傳誌。予爲作贊云：

稽古研經，文則博矣。敦節重行，禮則約矣。以道其昆，垂涕落矣。以療其親，肱肉割矣。嗚乎斯人，從孔學矣。游夏之徒，淩以躒矣。彼蒼者天，胡大虐矣。冉疾顔夭，予獨薄矣。伊彼哲兄，求表襮矣。凡百君子，闡其略矣。其身雖熸，名則爍矣。壹惠之榮，踰受爵矣。吁嗟今人，不嘗藥矣。聞子之風，亦孔怍矣。

祭王秀才文

嗚乎！吾安得駕赤豹而驂文螭兮，騰風雨而上昇，達號咷於閶闔兮，横涕泗於鉤陳。問下民之壽夭兮，胡偏頗而不均，苟顥穹之過誤兮，降巫覡使招魂。翳今年兮疫作，森奇鬼兮來攫，氓十室兮九菑，君遂逢兮不若。年方壯而未强兮，頎神清而骨卓。慘嚴霜之夏隕兮，使夫芳草不秋而先落。鬱紛綸之才思兮，洵絶類而超羣。譬上帝之陰兵倏下兮，萬國愯而飛奔。結雲旗而驅風馬兮，羌一日而掃夫千軍。人既進與狎處兮，又金渾而瑤溫。恣詼諧與戲謔兮，使咸醉於芳醇。窮與樂其何輕重兮，吾至今而知子之能分。春風燠兮秋月輝，朝予室兮暮予帷。予臥病兮與君違，君無疾兮曷而歸，謂君死兮終疑非。丹旐兮翻翻，送君兮南山。貧無助兮隱懷慙，執君紼兮撫君棺，心悱惻兮涕汍瀾。嗟爲善兮何恃，上寡妻兮下孤子，矧華髮兮孀親，羌誰供兮甘旨。地久兮天長，伊此恨兮無已。嗚乎哀哉！尚饗！

祭檀默齋明府文

嗚乎！自聖不作，其傳爲經，宋精漢博，同炳日星。降爲華藻，數乃奇零，要之質備，終藉丹青。嗟時之人，罔知其故，乃詆通儒，爲儁爲霿。芻狗詞章，塵壒考據，臭首帖耳，躭游是務。有美先生，崛起高平，鹿鳴五策，薄海爲程。既仕而躓，天脫羈纓，鶴逸鴻飛，大放其聲。先生之書，其種數十，始取遺經，昌明綴緝。次及見聞，以哀以集，先生之文，其數萬千。意在獨造，不循古先，至其得意，汪洋如淵。惟今儒林，得君已足，後世猶榮，當時則蹙。始綰印綬，滇南瘴窟，得罪長官，終填牢獄。痛甚遺黎，悲來舊僕，遇赦而歸，齒危髮禿。伊我幼稚，聞名有公，頃歲相逢，於大江東。劃然長嘯，風回蒼穹，奮袂而談，天地爲空。謂當執贄，重仰山崇，天不憖遺，降君鞠凶。吁嗟人生，會合非偶，已矣何言，頌君不朽。君身黃泉，君名北斗，陷君者誰，蠅營狗苟。嗚乎哀哉！尚饗！

祭方明府文

嗚乎！予方總角，其志恢奇，吐今茹古，作爲文辭。出示鄉人，惟曰乖時，其甘其苦，疇則知之。猗偉明公，宗伯之族，我垂其髫，君髮則禿。顧我文章，久注其目，是生吾家，抗希有續。明歸厥舍，贈書乃來，湫湫蓬廬，璠璵夜開。謂予在今，實爲龍媒，不騰天衢，我言爲紿。猗嗟明公，愛予鮮比，我方辭鄉，而君則死。我歸於南，孰爲知己，撫膺長號，自今已矣。凡人爲官，食租衣稅，厥心不饜，猶爲家計。君官滇南，其金瀰地，曁君辭歸，有裘則敝。朗朗清風，今世所無，邈矣蒼天，其毒泰憮。始遭祝融，其家爲墟，比及將亾，有創盈膚。人之君子，天之小人，敢謂上帝，於今則昏。積厚流光，不必於身，惟其不遂，以昌子孫。盛衰之理，自古皆然，獨有知心，其悲莫闌。死不視斂，葬不憑棺，負君則深，夫復何言。嗚乎哀哉！尚饗！

公祭姚姬傳先生文

嗚乎！人之名字，死而弗彰，縱邁期頤，豈曰修長。獨公生則爲師於一時，死則爲師於百世，是身沒而常不朽，而誰謂公亾？蓋公之於學，幼而已嗜，耄而靡忘。上究孔孟，旁条老莊，百氏之書，諸家之作，皆內咀含其精蘊，而外沈浸其辭章。是以詮經注子，纂言述事，刻峭簡切，和適齋莊。澹泊乎若元酒之細蘊，希夷乎若古琴之抑揚。瀏然而來，若幽泉之出於深澗；摽然而逝，若輕雲之漾於大荒。近代文士，曰劉，曰方。及公自桐城再起，遂乃軼二子而繼韓、歐陽。嗚乎！當公年少筮仕，官至部郎，歷資以進，當得御史，而道且大行。會有權要欲薦公，令出我門下，公以故毅然棄官以去。而四十餘年，依山澤以徜徉。蓋寧使吾才韜晦不見，而不使吾身被汙玷以毫亾。然則，公於惡人，蓋幾乎視若將浼而繫馬千駟不顧，得伯夷、伊尹之遺芳。使天下皆如公，難進易退，則貪廉懦立，世且平康。惜乎一退不起，不獲以其身陶風範俗。今之人遂第以文辭相重，而百世以下又孰能得公之蘊藏？然海內無賢不肖，當公之存，考道問業，猶知所歸。一旦公逝，士於何望？竊恐夫畸說閒正，詖言汨真，而他日之後生小子，瞀瞀乎無復知文章之奧、道德之光。嗚乎！公於死生，視若晝夜，雖某等辱知深厚，亦豈敢過悲以怛化？而撫棺號慟慘戚而不能自已者，念老成之彫零殆盡，而內有餘傷。嗚乎哀哉！尚饗！

祭趙司馬文代

嗚乎！自我來南，知交無數，時惟吾兄，蓋傾如故。裘馬與共，室家往來，豈伊友朋，殆同胚胎。我癡而狂，動遭坎軻，罪則自知，言者或過。言僕之短，悅人之胷，悅未必然，而吾坐窮。泛泛悠悠，宜其中傷，亦有親故，化爲豺狼。惟兄爲人，高明忠厚，觀我以心，不隨眾口。始自京江，即承刮目，五載金陵，其交愈篤。珠則有纇，何傷於珠，勿因纖瑕，而棄瓊琚。翼而覆之，剖而白之，人欲兵之，君力格之。拯其屯邅，濟其阽危，知我鮑子，非君〔一〕而誰。自君運木，于役皇都，我餞江皋，其涕漣如。七十之年，五千之路，提攜弱孫，冒觸霜露。我時隱憂，謂君難任，君身去矣，君容在心。渺渺君舟，今艤何郡，急足忽來，開乃凶問。思昔送君，卽茲山麓，生行死歸，往歌來哭。丈夫桑弧，生而志雄，死於四方，是謂令終。矧君運木，抑爲王事，勤官而終，在古宜祀。滔滔大江，天風怒寒，去也執手，歸也憑棺。設祭棺前，涕如江水，不爲君悲，痛無知己。嗚乎哀哉！尚饗！

【校】

〔一〕原文爲『吾』，此據光緒本改。

祭汪君文

嗚乎！自世之降，仁義爲迂。德色誶語，生於箕鉏。庭闈則然，矧在道塗。彼饑彼溺，何與我乎！有求救援，食簞漿壺。手刓色靳，深於剝膚。伊美汪君，產徽之里。大儒有風，猶被桑梓。少貧而學，殫究經史。曰士立功，不在青紫。功由力濟，力詘斯止。肇牽車牛，取資則侈。鄰有屢空，見君而豐。里有餓莩，遇君而飽。恤嫠字孤，日罄所儲。卓然大者，吾請特書。滔滔北江，導源自蜀。日有溺人，下葬川瀆。縋纜而嗥，攀檣而哭。餘音在崖，肉果魚腹。吾儕憫惻，醵錢以贖。力薄如緜，空焉蒿目。君曰嗟嗞，莫大於生。人則死矣，我皇求贏。出其橐裝，惟金滿籯。公等有志，吾襄厥成。自君有倡，援者相爭。援者相爭，君財則傾。吁嗟如君，庶幾義士。胡不百年，而今亦死。君死一身，活者千人。千人匪君，具爲波臣。嗇彼豐茲，是爲定理。君不旄期，以昌孫子。嗚乎哀哉！尚饗！

因寄軒文二集卷一

二集編年而不分類，仍其舊也。

答陳編修書 道光元年

梧岡至，得所惠兩書。伏悉近祉，慶慰，慶慰！見示與鄧鹿耕書，理當而辭工，良深佩服。以同論之，朱子解經，於義理決無謬誤。至於文辭、訓詁、名物、典章，則朱子不甚留神，故其閒亦不能無失。義理之得，賢者識其大也。文辭、訓詁、名物、典章之得，不賢者識其小也。世之善學者，當識大於朱子，識小於漢唐諸儒及近代經生之說，而又必超然有獨得之見，然後於經爲能盡其全體而無遺。求勝焉，曲徇焉，非私則妄，均之無補於經也。同夙持此論，已成四書記聞數卷，而路遠不可致。先生作四書正義，其與同見合乎否耶？敬復不宣。

答甘畸人書

前示大稿，欲同删潤。頃又惠以手書，推之甚而望之深，茫然不知所報。

同聞之師曰：詩之爲道，意欲其高，卑則下；辭欲其雅，俚則俗。夫高必視乎所懷，雅必視乎所學。然則詩之爲道，舍立志、讀書，無他術矣。今之論者，援國風、樂府之作，以爲詩貴性靈，不取學問。夫國風、樂府出於閭巷小夫、幽閨婦女，彼其人皆偶然得之，而執筆不能再作者也。周召之雅頌，屈宋之騷辭，漢魏唐宋十數大家之作，閎闊而典厚，變化而離奇，取之不窮，探之不竭，是則出於學問之詩，而後人之所當效法矣。今爲詩者，不以十數大家自命，而竊附於古小夫、婦女之偶然。小夫、婦女之偶然卒不可得，遂乃率其胷臆，肆其乎口，不根之談，無稽之說，鄙倍纖薄，裒積乎紙上。此今人所以日爲詩，而其詩日不善也。

論者又謂：詩本性情。必學古人，則古人又何學？是大不然。古之聖神觀鳥蹟而造書，覩科斗而作字。今爲書者，舍説文、玉篇，則不能知筆畫。祖述憲章，自孔子不能不師古。而爲詩文者，矜其智出於孔子之上，不亦傎乎！由前之説，可以植詩之本；由後之説，可以得詩之徑。

同之所聞於師者如此，今亦以此告之足下而已。大稿謹奉還，略以鄙意識數語於簡端，未必當也。率復不具。

戎政芻言序

著是書，不能爲是事，無用之空言也。爲是事，不能著是書，用於己，不能公於人，用於一時，不能公於後世，雖愈空言，君子以爲猶未善。古之言兵者，若劉秩、蘇洵、陳亮之徒，皆原本韜略，洞悉古今成敗，作爲一書。讀其言，使人有躍馬横戈、萬里封侯之志，其亦偉矣。然其人未嘗一日立行閒。幸而不用，則蘇洵、陳亮；不幸而用，則唐之劉秩而已。何也？彼著是書，固未嘗爲是事也。至若漢衛、霍、耿、鄧，唐李、郭，宋曹、潘之屬，功業著疆場，勳名垂竹帛，而考其軍謀，其文辭不少槩見。君子又惜之。古之人有言曰，我常恥隨、陸無武，絳、灌無文。諒爲丈夫必當兼是也哉！夫黄帝、太公，尚矣。周之孫吳，漢之淮陰、諸葛，唐之李衛公，皆身爲將帥，著爲兵書，行之也效，故言之也精；言之也精，故傳之也遠，至於今，列爲武經，而用以取士。夫豈偶然！

泗州雨峯陳公，起行伍，至總戎，爲將二十年，功名丕著。性又好學，能詩文，喜親儒士。閒乃以其訓卒行軍之法著一書，曰戎政芻言。如公者，所謂著是書，實能爲是事，爲是事而又能著是書者也。公於是刊而行之，且屬某爲序。

某惟國家承平於今且二百年矣，鼠竊狗盜，閒發卽誅，故天下恬然，鮮言兵事。然某以爲，使四海之內將悉習兵，兵皆知戰，則所謂防禦隱然，絶奸民覬覦之心，而固萬世無疆之業者，詎不愈懿也哉！詩曰：『迨天之未陰雨，徹彼桑土，綢繆牖戶。』古賢聖之用心其深如此，陳公其近之矣。

大魁考序道光二年

科目興而大魁之選貴。自隋迄元，爲歲幾千，相循不易。沿及有明，遂以身出之塗，定其終身仕宦。士苟得大魁，釋褐數年，必登卿相。迄於今，父冀其子，師覬其弟，妻孥故舊，望其所愛與所知，頌禱之辭，舍大魁無別物云。而科第之士，至今謂文有元燈，密相授受。及吾閒問自隋以來士列大魁者姓名事蹟，則得元燈者噤不能答也。吁！抑陋矣哉！

吾友陳君寶田，篤志好學，博覽羣書，業於醫無所發，乃悉取史傳、百家事涉大魁者，抄撮辨訂，爲考數百卷以示人。陳君之意，一何勤也！人物之生也，或數十年而一有，或數百年而一有，或出類拔萃亘千萬年而一有，若大魁者，特三年一有者耳。王沂公、文信國，後世知其賢，不以是選而加榮；姚淶、楊維聰當時以爲笑，不以是選而加辱。大魁之於人，其亦何所輕重也耶。陳君曰：子言固善。然吾聞之，既觀書，則當有所著；既考古，則一事不可遺。彼⿰黑盍其名而迷其本末，而他人又不爲指示，則奈何？予笑曰：如是，則吾無議矣。遂書其言以爲大魁考序。道光二年正月既望，同縣管同序。姚淶云云，據何元朗叢説及閻百詩尚書疏證。後見朱錫鬯明詩綜，乃知其誣也。急正於此。

國朝古文所見集序

予幼聞人言古文辭之善，或並世而數人，或數十年而一人，或數百年而後有一人。自明歸太僕有光死，而世無人焉。侯、魏與汪，皆不得接乎文章之統，他何論哉？及予受學桐城姚先生，先生之文出於劉學博，學博之文源於方侍郎，是三公者，吾黨以爲繼太僕矣。而外人謂阿其所好，或不然焉。外人言不足論。要以見古文之難，從事者希，故知其真者尠耳。

休寧陳君仰韓，篤信好學。一日，示所選文，名曰國朝古文所見集。其言曰：國朝佳文不止此，此據吾之所見而已。集內之作，或因人以存文，或因文以存人，例不必同，亦據吾之所見而已。予觀其目，則自侯、魏三家，下逮近今之作，計已得數十人，而予文亦竊玷其中。

嗟夫，世人之論，謂自太僕後無古文，陳君據所見，其人已至數十之多，是何世人之嚴而陳君之寬耶？ 夫嚴則刻，刻則流於小人之爲； 寬則恕，恕則入於君子之行。是以立論不容苛，而與人無求備。

雖然，數十君子之文，其遂可以繼太僕乎？ 其亦當區別以觀，而抑猶有所待乎？ 陳君知之。予昧於文，不能知也，顧以予之昧於文而所作玷其中，則陳君之寬，其亦毋乃過甚矣哉！ 道光二年正月晦，上元管同序。

書蘇明允辨姦論後

蘇明允辨姦論詆斥荆公，宋方勺泊宅編言其本末甚備。頃見周密浩然齋雅談謂嘗見陳振孫說，此論亦間及二程。此本臆說無憑，而近世闢宋儒者多喜道之，其亦謬矣。

明允之卒，張方平爲墓碣，特載此文爲荊公而作。子瞻有謝書可考也。當明允至京，蓋在嘉祐、治平之世。其時歐公既爲介甫延譽，而潞公爲相，又請不次擢用，以激奔競之風。故論曰，蓋世之名，而賢者有不知，若明道、伊川，則自神、哲兩朝始出仕，其於是論，無一可合焉。夫面垢不洗、衣垢不澣者，介甫之實事。當其少年，嘗見戒於韓魏公矣，世豈有囚首喪面之二程也？ 嗚乎！ 道學之尊，猶天地日月也。縱使明允著論譏之，於二程亦何損？ 又況牽合臆決，絕不考其當時之事，彼振孫與密者亦何心哉？

先墓記略序

同家本蘇州。自明世宗時，敬所府君遷江寧。敬所府君生朗如府君，朗如府君生二子，長曰斂橋府君，次曰敏橋公。三世卒，皆葬南門丁字橋。斂橋府君生五子，長曰成宇府君，成宇府君生輯五府君，兩世卒，皆葬牛首獻花崖。當是時，明室初亾，成宇府君隱不仕，故墓碣題曰『清故處士成宇管公之墓』。其墓近背牛首，遠面方山，高敞壯闊，今俗呼曰管家山云。輯五府君復生四子，長曰書升府君，始入學，爲諸生。書升府君生二子，長曰穎圃府君，始入太學，以子官贈職文林郎。而兩世者又別葬於牛首史家凹。穎圃府君生三子，長曰諸生錀北公，次曰永平知縣須舟公，季曰仁壽知縣晴雲府君。晴雲府君，同大父也，生同父曰西京府君。兩府君與須舟公及須舟公次子經歷紫瀾公又別葬於安德門。故吾家墓地，自一世至二世，曰丁字牆；自四世至曾祖，統曰牛首；吾祖、吾父及伯祖、從叔則稱曰安德門。是皆同之本支。自敏橋公以下分别派者皆不與。

當吾家盛時，每省墓，至者數十人，而男年十六以上不至者輒有罰。後自伯祖出仕，家遭籍沒，叔伯羣從死亾漂泊，同又孤貧，時時羈旅，祭墓之禮，蓋往往不備焉。嗚乎！吾行天下非一地一年矣，每逢春秋，過山隴田畔，見人持楮錢一串、麥飯一盂，躬謁祖宗邱墓，念我先塋誰爲祭掃，車中馬上，常涕下不可禁。悲夫！悲夫！人欲得子孫如我曹者又何益也！

先墓自須舟公長子從九學海公嘗爲之記，然事隔二十年，葬者增多，而守墓之人亦了非舊矣。會學海公孫依外氏於山西，其母書來詢祖墓，同乃詳記以貽之，而并書大略以爲之序。道光二年春三月望日，同謹序。

答侯念勤書

惠書及詩文皆已至，而云前有見懷詩，則至今未見，豈浮沈耶？所示文一篇，雄健勁直，勢如奔馬，在他人誠不解辦。然同謂猶有一病。

後人爲文，不能不師古，上者神合之，次者貌肖之，最下者販其辭。故曰：『惟古於文必己出，降而不能乃剽賊。』今足下作文一篇耳，首一節既用陳壽進諸葛集表，次一節復用漢書·王莽傳贊，次一節復用賈生過秦，結尾二語又用穀梁春秋『春，王正月』之傳。展而讀之，痕蹟顯露。夫陳壽、漢書、賈生、穀梁之調，非不可襲，然曡用之，則似集古人之文，而其中不見己作矣。此一病也。

至所寄詩，亦過襲唐人辭意，而己之卷軸性靈，尋之往往不見。

荀子曰：古之學者聚道。吾輩生來才思有幾？故惟多見古書，博覽而熟誦，重積而遲發，深造自得時，左右逢源，自無陳言到筆下。此非旦夕可爲而勉强可致者也。足下以爲然乎？

伯言文三篇，簡潔而曲有韻趣，今之人豈易及也！率復不具。

送朱幹臣爲浙江按察使序

刑獄之事，起於縣，申於府，轉於道，而定於臬司，以上達於刑部。臬司曰生，則其人不得而死；臬司曰死，則其人不得而生。天下之官，其權有過於是者哉？雖然，官非親民，則情不易得；事統一省，則識不易周。所觀者，詳報之語，則意見先惑；所問者，敲朴創殘之餘，則震讋恐慄，雖有冤，莫敢復辨。由是或失而出，或失而入，一出入，而人命關焉。天下之官，其難爲亦無過於是者已。

吾鄉朱幹臣先生，廉潔正直，處吏部十餘年，轉御史，出爲貴州知府，居官皆著有聲績。皇帝在潛邸，深悉其賢，甫卽位，卽擢爲陝西潼商道。未數月，又擢爲浙江提刑按察使。省親過江寧，猥承枉顧，語次責某以贈言。某倉卒無以應，謹誦歐公文集中語曰：求其生而不得，則死者與我皆無憾也。先生以爲仁厚之言，嘆息首肯者久之。

嗚乎！天下之事，非一言可盡，要而論之，敗於私者半，傷於刻者亦半。以廉潔正直之身，而加之以仁厚，雖至吾前者情僞萬變，而吾所以應之者先有餘矣。斯行也，某見浙人之無冤，而不負聖人委任之意也。謹次其言，以當貧交之餞。

說士上

今之士不外乎三等，上者爲詩文，次者取科第，下者營貨財。爲詩文者，獵古人之辭華，而學聖希賢無其志也。取科第者，志一身之富貴，而尊主庇民、建立功業無其心也。至若營貨財，則輕者兼商，重者兼吏，甚者導爭訟，事欺詐，挾制官府，武斷鄉曲，民之畏之若虎狼毒螫。

歷觀史傳以來，士習之衰，未有甚於今日者也。論者憫焉。或曰：教之無其具也。或曰：養先於教，今士無以養，雖善教，若之何？是二者，皆得其一端，而未知其原本。今夫士之爲物也，其名甚貴，而其品甚尊。其名貴，則其實不得以多；其品尊，則其選不可以濫。

三代以前，茲不具論。考諸漢史，太學之士及所謂郡文學博士弟子員者，合海內而計之，其爲人蓋無幾。是以士風之美，莫如漢世。至唐太宗增廣生員，沿及宋元，其人益衆。循至有明，遂開以貲入監之例。迄今日，而府州縣學閒歲所入，少者十餘人，多者至二三十人，蓋不待十年而一縣之號稱爲士者數百十人矣。嗚乎！何其多也！山有金，水有珠，其爲物不可卒致也，逐日而取之，定數而求之。不問精粗，不論真僞，則砂石之來必百倍於金玉。今取士者，閒歲之閒，一縣輒增數十。夫一縣之大，安得閒歲輒有數十人足以當士名而無慙士品者？上昧昧而求之，則下混混而應之，士之所以雜出不倫、無所不至者，由此故也。而世之人不深維其原本，輒切齒痛恨，歸咎於士習之衰。嗚乎！取砂石以爲金珠，不中用則曰金珠非寶，彼金珠其負屈矣。取非類以當真士，既爲惡則曰士習之衰，彼真士抑含冤矣。

故爲今之計，莫若寡取士。裁其額，遠其期，使一學不過數十人，則士尊貴而其風必變，士風變而益於國家者多矣。古之名臣有言曰：願陛下十年不行科舉，則天下太平。曩嘗疑其過言，以今思之，蓋信。或曰：今取士者，考之以無用之言，定之於一日之際，雖裁其額而遠其期，彼賢、不肖亦何由知耶？應之曰：誠不敢知也。雖然，有國家者，多獲一賢，不若少收一不肖。故取士者，與其廣額而賢、不肖之皆多，不若減額而賢、不肖之皆少。

說士下

廣士之額，不惟多收不肖，而教養皆虛。減士之額，不惟少收不肖，而教養皆實。教之虛實，愚當別論，請先以養言之。今夫爲士之法，不可商，不可吏，不可爭訟欺詐、挾制官府、武斷鄉曲。然則爲士者，舍童子之師，蓋無可爲者乎。童子之師，一縣至數千，有非士而爲之者，有士爲之而不足自給者，然則，爲士者將使閉門而凍餓乎？士固有守死之道，而聖王不以守死責人。且守死者可以得之賢人，而不可得之中材以下之人。

國家知之，是以養士之法，有廩膳，有學租，有書院之膏火，恩德至渥，不可復議。而天下之士，則猶汲汲營貨財，無所不爲。如前之論，若是者，何哉？曰：人衆故也。一縣之士得廩膳、學租者二十人，得書院膏火者七八十人，合之僅及百人，而號稱爲士者，則多至千人。彼百人或生矣，而八九百人者何以自給？孟子曰：『無恆產而有恆心者，惟士爲能。若民，則無恆產，因無恆心。苟無恆心，放僻邪侈，無不爲矣。』今之諸生號稱爲士，而其實十九皆民耳。以民之實，冒士之名，而使無恆產以自給，是以輕者兼商，重者兼吏，甚者導爭訟、事欺詐、挾制官府、武斷鄉曲，放僻邪侈，一如孟子之論也。嗚乎！分五人之食以飼十人，而十人皆餓，不若減去五人，而使五人皆得飽。廩膳、膏火、學租之屬，養千人、數百人則不徧，併而養數十人，則可當中人之產也。

然則，養士者，與其廣額而人人使不足，不若減額而人人使有餘。人人使有餘，斯養歸於實，可以責其不爲非矣。周之時，士有士田，蓋盡人而養之，故其時士貴而多賢。至於戰國，而士有無恆產者，縱横捭闔之流，遂蠭起而不可復禁。孟子以爲有恆心，指其賢者言之耳。沿及後世，士額益多，則擇人而養。

夫擇人而養，不惟無以敦士風，而實足以壞士習。蓋宋胡瑗在太學，舊制士每月有試，瑗曰：學校，禮讓之地，而月使之爭，非所以成就人才也。於是改試爲課，更不差別高下。有不率教者，召而教之而已。夫有試，猶恐其爭，況於廩膳膏火或予或不予，而使之爭利乎哉！鄧志宏言，崇寧以來，蔡京羣天下學者納之黌舍，校其文藝，等爲三品，飲食之給因而有差，旌別人材止付於魚肉銖兩間。學者不以爲羞，且逐逐然貪之。學校之壞自崇寧始。嗚乎！是法也，蔡京爲之也。

陳孝女傳

陳孝女，江寧南城外人也。父陳三，素無賴，有棍子之稱，嘗私鑄及販硝磺。既而私鑄事發，孝女與父謀，身承其事。時女年十餘，美而弱，官疑之，誘嚇使吐實。孝女哭曰：某無知，貪財爲此，不忍誣他人也，況父母乎！經府、縣至臬司，皆自供無異辭。官心知非女所爲，然不復深究。獄定，竟獨殺孝女，而父以不知情論。鄉人哀之，厚葬女於馴象門。乾隆初年事也。

昔漢緹縈上書請贖父刑爲官婢，文帝感焉，遂爲除肉刑。孝女之事視緹縈豈不過與？是獄也，以孟子論舜、臯陶一事斷之，孝女自伸其情，而有司當明折其獄。殺無罪孝女，而使盜鑄之姧民脱然於事外，豈所謂刑哉？然而孝女無憾矣。

烈婦某氏傳

某烈婦，江寧板門人也。夫外出，有舅老而聾，所居樓臨淮水。一日，啟戶下視，值販香者立對岸，見其美，心大動。偵知婦家無人且窶甚，謂可利誘也。遂製爲鮮衣一襲，夜半穴樓而上，至婦寢，持衣挑婦。婦驚起號呼，舅耳聾，殊不覺。婦乃以手格之，販香者急且怒，本衷刃防，不虞，遂拔以刺婦，洞腹出腸，委鮮衣而走。舅至，婦以手指衣，略言其狀，卽時至死。事聞於官，殊不得主名。

經數年，責捕役益嚴急，捕役苦之，共爲禮禱於婦曰：我曹爲夫人受笞撻多矣！夫人義烈有靈，曷示我以爾讐所在乎？一夕，恍惚遇婦板門，急追之。俄不見，則見一舟，數少年劇飲讙呼，醉後恣言妓色。一少年曰：『若輩所言何足論！婦人之美，未有如此閒某氏者也。吾製衣挑之，不從，遂殺之。今數年矣。』役驚喜，急登舟禽焉。訊之，販香者也。獄遂定。

陳君寶曰：烈婦，褚氏戚。而褚氏，吾戚也。褚氏親爲吾母言烈婦事甚詳備，而吾母忘其姓。吾嘗欲問焉，而褚氏今亾矣。可惜也夫！又曰：販香者，蓋湖廣人。既殺婦，遂急遁歸其家。一旦，無故涉江湖走數千里自投。雖天網恢恢不漏，而烈婦之英靈亦甚矣哉！嗟夫！婦姓氏不可知，而其事其人經數十年如昨日也。世有名姓顯赫、一沒世而人無道及者，抑獨何哉？

因寄軒文二集卷二

光祿大夫振威將軍兵部尚書都察院右都御史閩浙總督董文恪公墓誌銘 道光三年　代

董公諱教增，字益其，又字觀橋，江蘇上元人也。曾祖諱某，祖諱某，本生祖諱某，考諱某。三世以公貴，並封光祿大夫、振威將軍、兵部尚書、都察院右都御史、閩浙總督，如公官。公考用績學爲名諸生，晚始得貢司，訓贛榆，位不稱德。遺祉於公，生七歲，能全誦『五經』。十九補諸生，爲少詹錢公大昕所器重。解釋漢書數十事，錢公擷入史考異中。乾隆四十五年，純皇帝南巡，公獻詩賦，欽賜內閣中書。五十二年，成進士，殿試一甲第三名，授職翰林院編修。公自爲中書，嚴正自守，貴顯赫奕，終歲不一履其門。散館，改主事。補吏部考功司主事，升文選司員外郎，充順天鄉試同考官，再擢郎中，掌文選司印。吏部則例繁擾，人不能記憶，公引某事在某條，某條在某冊，嫻熟精當，猾吏莫能舞其文。

嘉慶四年，睿皇帝初親大政，用九卿薦，發四川以道員用。公至四川，甫七日，委署鹽茶道事，旋署提刑按察使。時川匪餘孽竄渡嘉陵江，民逃難至成都。議者謂流民入城易雜奸宄，將閉城，毋聽入。公曰：成都民，吾赤子也，川西民獨非吾赤子乎？急入焉，而日與諸僚分城巡緝，逃者數萬皆獲生，卒無他患。補授提刑按察使。峩眉猓夷滋事，貪功者請進勦。公曰：兵凶戰危，不可妄用。密遣幹吏偵伺動靜，僅擒夷民滋事者六人、漢民搆釁激變者十一人，奏論如法，餘無所誅。調貴州提刑按察使，旋擢四川承宣布政使，再擢安徽巡撫。

公在安徽，熟悉其民多無情之訟，又徽州伴儅、寧國世僕頻年相告訐，屈鬱者眾。公奏請嚴杜妄訟，凡世僕出戶已及百年者，雖有據亦與開釋。上善之，命纂入則例。由是被訐之戶得還爲良家者千百，而爭訟之習爲之頓清。

調陝西巡撫。陝自嘉慶紀元以來，數經寇亂，民氣彫殘。公既至，修棧道，徹官書，弛榆林采墝之禁，併鳳翔鹽課於地丁，壹意撫民。四五年閒，民氣蘇息。初，公在安徽，馭下頗嚴，至陝，乃更行寬大。人乃知公因地制宜、寬猛相濟如此也。再署陝甘總督，旋調廣東巡撫。當是時，河南有滑縣之亂，陝西提督楊公遇春率師往勦，公自蘭州啟行，密念滑賊在圍，勢已窮蹙，而南山老林安定未久，恐因勢煽動，請飭回遇春於陝西。奏甫入，而楊公已奉命赴陝。神算忠謀，若合符契，聞者以爲奇。

撫廣數年，擢授閩浙總督。會匪洋盜，所至肅清。而福清林彌高抗糧數十年，羽翼密布，吏莫敢誰何。公立擒誅之，奸黨遂散。是事也，爲消患於未形，上尤善焉。督閩數年，嘗署浙江、福建巡撫，兩浙鹽政及織造關防，一時兼綰五印，人以爲榮。然公勞劇病矣。病稍愈，奏請陛見。適會睿皇帝崩，公入都哭臨，哀感復病，今上皇帝特命回籍調理。

道光二年七月二十六日薨於上元里第，年七十三。事聞，上軫悼，賜祭葬及碑文，謚曰文恪。

公自爲諸生，不恥疏敝，當守官職，潔己奉公，事上以誠，接下以恕，吏黜浮薄，政務安靖，不邀奇功，亦不貽後悔。三聖相繼，倚爲重臣。

夫人蔡氏，誥封一品夫人，先公卒。子三人，長斯壽，一品廕生； 次斯福，湖南辰州府知府； 次斯廣，尚幼。以道光三年三月二十九日葬公於江寧聚寶門外之姚家山。銘曰：

公在齠齔，遭家弗恤，母氏之喪，泣求窀穸。風嘯雲蒸，爲鯤與鵬，居多士上，至乎大臣。初官京師，棘棘不阿，貴勢所怒，皇心所嘉。畀之監司，授以封圻，公蹟所屆，皇無憂思。公去蠹賊，怒如霆疾，及蘇槁禾，湛湛雨澤。匪公異施，惟民異宜，攻捄殊藥，公誠民醫。西越汶水，東漸閩海，公無他功，民畏民戴。公旂央央，來過故鄉，楚人有言，衣繡晝行。衣繡晝行，於公何榮，公貴卅年，公猶諸生。度今廊廟，揆席方召，重歸幾時，白馬牽旐。姚山之阿，穹碑峩峩，鳳藻龍章，鬼神護呵。蒸蒸孝嗣，斵石更誌，揭此銘辭，永昭後世。

彭城舊雨集序

泗州陳公雨峯先生，初官淮揚之閒，與吳、許、孫、胡、沈、田諸公同僚相善。其後先生官副帥，攝總戎於徐州。而吴公爲觀察，許公、孫公爲太守，胡公爲司馬，沈公、田公爲别駕，曩之相善者皆聚於徐。相與制軍器，講河防，偵伺虞城竄賊，旬月之閒，徐州大治。事畢而去，徐之人扶挈老幼，祖道於郊，多攀轅而流涕者。先生以爲，我譾薄，何以致此？是皆二三僚友之助也。既惓惓於諸公，遂刻彭城舊雨集，而屬序於同。

夫用兵之道，愛克威，不如威克愛。則爲將者，宜乎鷙悍之氣多，而纏緜之意少矣。然考史所載，吴起被譏於魯士，樂羊見疑於魏君。不篤倫常，則且不能獲君上；不獲君上，則遂無以成功名。由是言之，壹意堅忍，而中無悱惻之心者，抑非爲將之所宜哉！同官爲僚，不親於骨肉也，數十年而一聚，泛泛乎若萍轉蓬飄，而適相合也。先生於諸公惓惓如是，其待骨肉何如，其獲君上又何如乎！嗚乎！人之爲人，性情焉已耳。有性情，然後有孝弟忠信，而發爲奇偉非常之蹟，文武一揆也。不然，則浮游磽薄，其爲緩急可恃也難矣夫！道光三年春二月，上元管同序。

龍經序

予嘗校定地理犀精，序而刻之，以爲犀精之書精奥獨闢，洩山川之奇秘，開後人之心胷，言地理者，誠無出乎其右焉。然讀其書，則原本楊、曾、廖、賴，而自景純葬經而外，首推楊公，則龍經其最善已。譬之山，犀精者，嵩、華，而龍經其來脈也；譬之水，犀精者，江、河，而龍經其發源也。龍經之難解者，由於辨星。高文良以爲其病有二，不能以破祿中分兼帶，不能向頭足處認正形，遂以爲按山川而不合，委棄其書而不用也可惜也夫！非深明地理者，蓋不能爲是言。

是書坊本流傳率多譌舛，雖文良公悉力校定，終以未得舊本爲憾。予訪求二十年，獲見明萬歷壬子婺源吴位中刊本，又於孫淵如督糧家假得所藏宋刻本，詳校一過，始復其舊。按龍經之名，後人妄改爲撼龍。昔廖君有言，景純葬經最精，其次則龍經爲妙。由是言之，後人改名撼龍者謬，而吴本仍名龍經者，真善本也。世傳楊君之書不止一種，今詳校龍經，始知是書之外，如斷制粹言及形穴所屬、星象議論等篇悉出後人僞託楊君以爲重耳。故序而刊之，以公同好，使夫讀犀精者因流以溯源，窮端而竟委，地理之學，庶幾大明於世焉。

許叔翹文集序

水之大，江、河、淮、泗。宋金以後，河水挾汴由泗入淮，東流以注海。今鳳陽一郡，多爲其道之所經云。由中原而南來，行數百里始有山。而八公在鳳之壽州，苻堅所望。塗山在鳳之懷遠，禹會諸侯，『執玉帛者萬國』於此閒也。

夫以鳳陽之山川聳拔浩瀚，其氣磅礴而鬱積，意必有魁梧雄傑奇偉非常之士出乎其中，而求之史傳，古罕見其人。明初太祖起濠州，定天下。中山王徐達、東甌王湯和出於鳳陽，開平王常遇春出於懷遠，其餘康茂才、李文忠、吳良、吳禎之屬大率淮南濠、泗閒人，奮其智勇以開明祚，封王封公，貴顯赫奕。數君子者，世以爲應乎山川之氣矣。吾友許君叔翹，以布衣諸生與平宿州之亂。其後滑縣竄賊渡河而南，君又督率鄉兵禦而殲之於境。大吏欲奏而官之，君不可，獨時時鍵戶讀書，研究當時利弊，著文數十篇以待世用。叔翹，鳳陽懷遠人也，其武略有其鄉先賢風，其儒雅清高非其鄉先賢所能及矣。

昔漢高祖既得天下，功臣以次畢封，而四皓、黃石公之流或爲時一出，或終隱不出。三國之時，人才並起，而龐德公、司馬德操隱居不仕，至今人想其風流。嗟夫！王侯將相貴於一時，道德文章名於百世，二者果孰爲優劣哉？由是言之，鳳之郡所謂應乎山川之氣者，吾安知其獨在彼耶？

予幼聞君名，欲一見不可得，君乃訪予於江寧，以詩見贈。及今再來，則遂盡出其文，使予序之。叔翹之文，皆有用之文也。其答胡中丞一書，深慮遠謀，尤爲切於時務。道光二年四月十一日序。

跋鍾元常薦季直力命兩表 道光四年

右鍾元常薦季直、力命兩表，不知何世所刻。薦季直表，世謂宋李公麟僞作欺世，今考之，良然。

魏文帝黃初四年，始以廷尉鍾繇爲太尉，而治書執法，高柔代爲廷尉。彼二年八月繇安得署曰司徒耶？蓋黄初紀元，改相國爲司徒、御史大夫爲司空，而前此華歆爲相國，則是時居司徒者，歆耳。若力命表，則不然。其結銜雖亦曰司徒東武亭侯而不言年月，其表文曰『帷幄愚耄』，又曰『聖恩低徊待以殊禮』，是爲入明帝後自太尉遷司徒時語，其與前表詎可一例論耶？又前表宋時突出，而後表貞觀時已有搨本，朱子嘗見之（見文集），則其真贋固可意決也。然元常書猶當兼有隸體，而後表與白騎等帖，楷則過甚，悉類二王以後書，蓋屢摹而失其真，不盡當時之舊矣。

題康刻古文辭類纂

古文辭類纂七十四卷，興縣康撫軍刻於粤東。道光三年，其姪壻黄修存印以見贈。先師於是書隨時訂正，蓋臨終猶未卒業。是刻所據，乃二十餘年前本，其後增刪改竄抑亦多矣。又其款式批點，多校書者以意爲之，不盡出先師手。予見稾本，知如是。嗚乎！書行世須待暮年，又須躬自讐校；人爲之，不能盡如己意也。雖然，有大力而嗜古好文者，世鮮其人，則康公爲不可及矣夫！

跋惜抱先生手札

右惜抱先生與同手札六通。自丙子迄己卯，題額及跋尾者計六人。當爾時，先生已没，而六君子者皆健無恙。今歲紀甲申，重裝爲卷，則先生没踰十年，題額跋尾者孫督糧淵如、蔡太常生甫、陳侍御玉方三君子者皆下世。嗟乎！人生易盡固如此。惟其仰負師訓，前不逮古人，後無以收名於來世，撫斯卷也，其尤可慨也夫！

道光四年秋八月，門人管同敬跋。

重刻古文辭類纂序代

桐城姚惜抱先生撰有古文辭類纂七十四卷。先生晚年，啟昌任爲刊刻，請其本而録藏焉。未幾，先生捐館舍，啟昌亦以家事卒卒未及爲也。後數年，興縣康撫軍刻諸粤東，其本遂流布海内。啟昌得之，以校所録藏，其閒乃不能無乖異。蓋先生於是書應時更定，没而後已。

康公所見，猶是十餘年前之本，故不同也。

夫文辭之纂，始自昭明，而文苑英華等集次之，其中率皆六代隋唐駢麗綺靡之作，知文章者蓋擯棄焉。南宋以後，呂伯恭、真希元諸公稍取正大，而所集殊隘。迄於有明，唐應德、茅順甫文字之見，實勝前人，然所選或止爲科目文章之計。自茲以降，蓋無論矣。且夫無離朱之明，則不能窮青黑；無夔曠之聰，則不能正宫羽；無孔孟之賢聖，則不能差等舜武、品題夷惠。文辭者，道之餘；纂文辭者，抑教之末也？顧非才足於素、學溢於中，見之明而知之確，則亦何以通古今、窮正變、論昔人而毫釐無失也哉？逞私臆而言之，陋而不可爲也；執一得而言之，狹而不足爲也。自梁以來，纂文辭者日衆，而至今訖無善本，其以是也夫！

先生氣節道德海内所知，茲不具論。其文格，則授之劉學博，而學博得之方侍郎。然先生才高而學識深遠，所獨得者，方、劉不能逮也。蚤休官，旄耋嗜學不倦，是以所纂文辭，上自秦漢，下迄於今，蒐之也博，擇之也精，考之也明，論之也的。使夫讀者若入山以采金玉，而土石有必分；若入海以探珠璣，而泥沙靡不辨。嗚乎，至矣，無以加矣！纂文辭者，至是而止矣。

啟昌於先生既不敢負已諾，又重惜康公用意之勤而所見未備，遂捐金數百，取鄉所錄藏本，與同門管異之、梅伯言同事讎校，閱二年而書成。是本也，舊無方、劉之作，而別本有之，今依別本仍刻入者，先生命也。本舊有批抹圈點，近乎時文，康公本已刻入，今悉去之，亦先生命也。道光四年秋八月謹序。

京江出險圖記 道光五年

道光四年冬十有一月，予抱病自蘇州返江寧，丁酉至丹徒，運河閘閉，翼日越壩入大江。卓午，西風大作，或謂舟人曰：風勢惡，須維舟港汊，江濱不可泊也。舟人固執不聽。日暮，皆宿。夜抵半，突聞排戶呼曰：艙內人速起，舟覆矣！舟覆矣！予驚寤，攬衣而作，舟欹側不可立，第聞風濤如萬鼓齊震，水從櫺隙浸灑入艙中，而哀號呼救之聲莫測其數。予自念『今則死矣』。傳曰：君子死，不免冠。遂明燭整冠以俟。同舟者或號，或誦佛，或追咎舟人而嫚罵。擾攘一炊許，舟忽定。徐問之，則吾舟端正置岸上，去泊所約七里。而丹徒同泊之舟，覆者四十有二，其得免者僅七八舟云。

昔者先民有言曰：兼聽則明，自用則闇。彼舟人者，好自用而不能兼聽，以至吾舟之幾覆也，可憾也哉！或曰：四十二舟之覆，率拒人言耶？曰：是不可知也。雖然，聽正言而舟覆，天命也，盡其道而死也；拒正言而舟幾覆，非天命也，立巖牆也，以人（國）〔圖〕僥倖者也。彼舟人者，吾衆客方託命焉，彼僨事而可以天命解，則將焉用彼爲矣！商邱宋恥夫與予交，善其畫工於摹古人，予嘗欲乞焉而未果。既歸江寧，遂以此事託繪爲圖，而作記以書其後。是難也，戊戌夜分也。越二日庚子，淮水大溢高家堰，東南漕舟至今未濟。

書李伯時聖賢畫象後

右李伯時聖賢畫象一卷，側立合手者孔宣父，年少者顔淵，兩手執卷者閔子騫，拳手者冉伯牛，一手拳一手舒二指者蘧伯玉，手當胷而左視者仲弓，左視而兩手舒者冉有，豐髯大腹提劍立者子路，對立而同觀卷者子羔、宰我，立我後而睨卷者樊遲，目遠望者子夏，右舒掌左執器者子貢，少年朱衣者言游，衣如游而色淡者公晳哀，俛首下視者子張，正立者曾子，右攝衣者澹臺滅明，衣色同而相背立者原思、宓子賤，腰劍者公冶長，青衣者南宫縚，耳若聽者曾晳，兩手交者商瞿，側立左視者漆雕開，與開語者任不齊，一手袖者公伯寮，色黔者顔祖，右顧而左指者有若，朱衣執劍者公西華，朱衣而交手者巫馬施，二人同觀卷，一人立乎前，狀若視之，一人立乎後，狀若聽之，而後有一人獨觀卷者，梁鱣、鄡單、顔幸、冉孺、公孫龍。自孔聖以下悉用分書題名氏，其後署曰『元祐三年二月臣公麟繪草上進』，其别紙有解縉、王穉登兩跋，筆語皆可觀。

謹按：聖賢繪象始於文翁，唐代猶存。故司馬貞釋太史公書據以爲說，而益州刺史張收圖由是出也。伯時所繪，王伯穀以爲正出自收。是則遠有規摹，非其臆造。然文翁廟圖七十二人見於索隱，今圖合孔子計之，數止三十有六，其形狀故實閒合經史而不可考者居大半，是又何耶？豈是圖本全而後人割去其半耶？將姓名乃他人妄題而伯時初不爾耶？要之，自明世宗用張璁之偏議，易廟象以木主，聖賢形容終古湮沒，賴有此圖，猶得以見當時之髣髴，而其圖又出自伯時，是則可云至寶也已。解大紳跋欲去公伯寮，而伯穀以爲聖人道大何所不容。嗚乎！寮之愬行，命也；寮之幸厠諸賢而究之卒不得與諸賢並也，豈命也乎哉？

書李伯時白描追彘圖後

右白描追彘圖，繪古戎王射獵之狀。其前有黔寗王印，其合縫輒有錢氏印，而今歸吾友均之，蓋流傳已數姓矣。本卷之中，初無款識，自元夏溥定爲李伯時筆。觀其人馬擊刺、野彘奔逸，精緻超遠、意態橫出，故非李伯時不解辦此。以此見古人掩名，其名自著；後人標名，其名弗顯。論定有真，初不可以智力取也。卷末題跋，自夏溥至夏泰亨，計十有七人，其彘字悉改爲熊，或竟塗抹刮去。予嘗見小說，明高帝自以國姓爲朱，欲禁民閒畜豕。又嘗有上書用殊字者，帝覽之，怒曰：是以我爲歹朱也？竟不視，而立誅其人。是圖也，明初人藏之，又題者如高啟，方以文字得禍，故宐其多避忌耳。嗟夫！人君威令，其慴人至於如此。生其時者，可懼也哉！雖然，伯時，文士，其片紙經七八百年，人猶寶愛，明社爲墟而人不思也，抑獨何與？抑獨何與？

書明姚孝子題贈卷後

右明孝子姚仲基刲股愈親事蹟，自董尚書其昌以下題詠者十八人。道光五年夏五月，獲見於友人汪均之所，展讀數過，令人感動。予嘗謂：周公，聖人，欲以全軀代武王之命，而韓退之鄠人對謂刲肉療親爲非孝，殆不可謂爲知言。若孝子遠客在外，聞母病，割肉命其姪持歸進母，母服之而輒愈，則其事彌奇，而其發於精誠者九至極矣。宐乎！諸公之激贊之哉。嗚乎！是不可以書畫觀也。

因寄軒文二集卷三

靈芝記

凡木之生，不材則已。材則爲棟梁，爲舟楫，爲凡什器，樹之乎廊廟，泛之乎江湖，陳之乎五都之市，盡其用而無憾，謂之曰幸，可也。其次不爲人用，而產於山林，植於園囿，華以春，實以秋，榮悴開謝以其時，不盡其用而且遂其生，謂之曰幸，亦可也。其下薪之、樵之、斬之、艾之，萌櫱之生又從而踐踏之，彼其機既欲遂而不能，而其氣脈脈緜緜，又若續而不絕，雨暘所被，嘆溼所薰，朽敗之餘於是乎蒸出而爲芝菌，人見芝菌之生，則嘖嘖誇曰瑞物。嗚乎！物誠瑞矣，而以木言之，其幸也與？其亦至不幸也與？

道光四年，予遷居城北老浮橋。庭有楙樹，前主人斵之，明年有芝生於根，一本九莖，五色具備。予觀之而竊有感焉。《詩》曰：『投我以木瓜，報之以瓊琚。』楙樹者，木瓜也。彼見詠於《風》，人知爲材木，而前主人者遏其機，沮其氣，使之處乎至不幸，芝之生豈偶然也？今吾家於此而芝適生，見者因賀爲吾瑞，吾之瑞曷爲乎來哉？爲我告諸公曰：凡天下遇材木者，幸蚤愛惜焉，毋使不幸而至於芝生也，是則可賀焉矣！

書鄂文端公臨米帖後

大學士鄂文端公忠孝功名，薨後數十年，婦孺能言其槩，至乎文章翰墨，則世鮮有知之者也。今其曾孫玉農刑部出所臨米帖見示，古厚蒼勁乃類董文敏晚年之筆。然則公於此等用力深矣，特其名以大節掩焉耳。《秦誓》言：一介臣，斷斷猗無他技。而周公自稱則曰『巧能多材藝』。大臣雖無他技，不害其美矣；大臣而多材藝，則得天獨優，不亦爲美之尤盛者乎？刑部居官，慷慨敢爲，又性酷喜文事，同以部民辱交好，欲其繩祖武而兼厥盛也，謹題是冊以歸之。

董文恪公詩集序 道光六年　代

予於上元董文恪公忝爲翰林後輩，知名數十年，未得一見。及道光紀元，公朝覲入京師，始獲晉謁。然公旋以老病乞歸，未幾而薨於里第矣。又五年，其子辰州太守謁選入都，出公詩集見示，而屬予序之。予讀畢，爲之說曰：

昔昌黎韓公有言：『歡愉之辭難工，愁苦之言易好。』以謂王公貴人志得意滿，則不能與憔悴專一之士所作詩文較毫釐而爭分寸，此其所以難工也。公自幼孤貧，及登第爲京官，廉正自守，不與勢要人通，其工詩蓋猶爲易焉。既而受先皇特達之知，二十年閒，由監司至封疆。其所歷者，川、廣、閩、浙萬里之遙，而所值者，苗寇兵燹羽檄軍書之會，乃能於公務之餘，與同官相唱和，藻麗若春葩，瀏亮如秋水，是豈徒才之偉哉，抑其蘊於中者不同已！昔蜀漢蔣費肆應有餘，董允效之，則機務填積，乃自嘆人才相去之遠。謝安石大敵當前，賭棋游山，若無其事，而卒克苻堅。故曰：小臣以才稱，而大臣以度勝。鎮靜有餘者，大臣之度，而要非庸惰偷安者之所能藉口焉耳。公之事業功勳著在史氏，茲不具論，論其所以爲詩者，而公之度可以想見矣夫！

勸民蠶桑詩說序

古之時，男耕而女織。天下有不耕之男，而天下無不織之女。詠於詩，著於禮，見於左氏、國語敬姜之論，至於今，可考而知也。織則必蠶。其蠶也，自王后、諸侯夫人皆有親蠶之事。蠶則必桑。其桑也，則凡五畝之宅，無不樹之。而宅不毛者有里布。蓋古者，男自農夫而外，貴則爲天子、諸侯、大夫、列士，賤則爲百工、商賈與庶人之在官者，彼皆有事而不能耕，而婦女則雖后、妃之尊，不與外事，舍蠶織固無所爲，而況於民閒之卑賤乎！聖王在上，所以裕民衣食者，教之以自力，杜之以外求，率之以躬行，嚴之以法制，絕其饑寒而杜其淫惰。世之所以家給人足而風俗貞淳者，由此其致也。

自戰國以後，井田墮壞，而樹桑之制隨之。不桑則不蠶，不蠶則不織，由是機杼別爲一工，而婦織移於男子。士庶之家，布帛必購於市肆，而富貴者披綺羅、曳錦繡，亦無一取諸宮中也。夫如是，民安得而不窮，俗安得而不敝哉？

而論者不深維其本末，或曰蠶桑宜東南，不宜西北。是大不然。禹貢言：『青州桑土既蠶。』太史公曰：『齊魯千畝桑，其人與千戶侯等。』是以齊織冰紈，號爲冠帶衣履天下。今則青齊惟産繭布，其一切紈綺之屬皆由吴越而來，而絲縷不能自辦也。若是者，可謂地利之有殊與？可謂東南宜而西北否與？亦民之勤惰不同，而世之居官者未嘗明以導之也。

襄陽太守周公，勸民事蠶桑，著爲詩說。其考據經史，以爲九州之地，無不宜蠶桑，示之以種接之方，告之以飼養之法，治襄數年，而民以殷富。如公者，可謂今之循吏也已。竊嘗論之，古之時，上爲民謀，而後世聽民之自謀。夫爲謀則不得不去逸而就勞，自謀則往往舍勤而趨惰，貧富之不同，實由於此。

抑又有說焉。古者農桑並重，桑則公之，詩說備矣。以農言之，有蓄水之利，有播種之宜，有用器糞田耕耨之理。今東南之民頗知事此，而西北則布種於田，視雨暘以爲豐歉而已。此財賦所以有偏，而饑饉所以常告者也。使西北之爲官者皆如公輩，用其所以勸蠶桑者而更勸農田，則江、淮、大河以北田與吴越同矣，不尤爲生民之至幸也哉！道光六年夏四月某序。

書李毓昌傳後

江蘇候補知縣李毓昌以冒賑欲揭山陽知縣王伸漢，伸漢使僕包祥與毓昌僕李祥、顧祥、馬連升謀縊毓昌以死。事敗，仁宗震怒，殺伸漢、包祥及淮安知府王轂亰、顧祥、馬連升於極刑，而命押李祥至毓昌墓，摘心祭之。天下稱快焉。石士先生爲是傳，言之詳矣。

夫山陽事已爲定獄，世雖有異辭，無足取。愚獨怪李君正人，而一旦死於四僕之手，彼包祥不足論矣，而餘三人者何自而來與？嗚呼！士辛苦得一官，不必矢心爲俗吏，而長官親戚薦僕無算，是猶率數十百之虎狼出山林，入城市，縱之則食人，饑渴之則必反而噬其主，曷足怪哉！曷足怪哉！

元和顧凋蘋嘗謂同曰：古時大家僕皆粥身，主人殺之，無抵罪之法，故僕隨主勢爲盛衰，無敢肆也。今則朝去暮來，視主家如傳舍，士、商、工、賈，易姓名雜其間，是直白日之盜賊耳，攫金足則去矣，而主人者受其害而無如之何。吾嘗擬一法，願隨官者，即同粥身之家奴，主人殺之，置不問。如此則貴賤之分明而廉恥之道立矣。凋蘋此言，其亦有激而云然與？

贈汪孟慈序

得一第爲一官，上之制於長官，下之牽於同僚胥吏，欲行其意，輕則叢謗訕，重則獲罪戾，隨俗俯仰，又寤寐爲之不安。誠若是，則人生至苦之況也。雖由是而登卿相，亦何足言？予少無宦情，得鄉舉則親族勸其仕進，會試來京師，其志將以求官也。嗟夫！孟慈之教我深矣哉！孟慈以舉人官戶部，數數過予，謂予曰：官不可一日爲也。其苦況如前所述。待來年予奉母歸江南，授徒以養耳。嗟夫，孟慈之教我深矣哉！彼有官且退矣，予何爲乎更求之？

與吴子序書

同頓首子序足下：見示大稾，於經術既已湛深，而筆力簡勁，又足以達所欲言，佩服！佩服！海内講義理者，或拙於文辭，工文辭者，又疏於考證。吾師姚先生謂士必兼收焉，然後爲善。然而難覯其人也。足下其聞風興起者與？佩服！佩服！

詳觀諸作，謂天子諸侯有冠禮，謂五祀主五行，有天下一國與有一家者所祀不同，以至九廟緦麻十五升之解，殊皆的當。惟論禘及魯郊禘二篇，則同有疑焉。夫論禘以爲祀天，而天分耀魄寶赤熛怒等名，儒者固以爲漢人之謬說矣。至於王肅、趙匡之解，朱子取焉，似已爲確論。今足下謂商周禘契稷，以湯武配，魯禘周公，以伯禽配。如此，則祭法、國語皆不可信乎？太祖、始祖，皆吾祖也，故詩曰：『皇皇后帝，皇祖后稷。』經豈有謂湯武爲祖，而契稷非祖，特爲祖所自出者乎？禘文從帝，故禘祖所自出，儒者必申以自出之帝。如以爲祭諸侯，則禘何義乎？所謂庶子、王亦如之者，又何說乎？若夫魯禘非禮，則周人已爲是說，而呂覽以爲惠公請之，正欲爲成王、伯禽掩過耳。足下乃謂未嘗非禮，以解論語猶可通，以解禮運孔子之言，則不可通矣。夫經、傳之言固有蕪雜，要當融會周浹，深思其義。禮運、大傳皆周末之書耳，禘祖所出，足下既深信而不疑，魯禘非禮周公，其衰則直斷以爲不出孔子，何以見彼之爲真而此之必爲僞也？凡此皆同之所疑也。

同於禘義，鄉從宋儒，後聞鈞臺任氏之說，頗心折焉。若尊說，則未安於心，不敢不以書布。又前承命作太夫人壽序，同非簡傲而不爲也，凡爲文辭亦宜略自矜重。壽序起前明，其可傳者計惟歸熙甫，然而取讀者誰與？近時序書屏幛，長輒千言、數百言，取文於寒士，而借銜於公卿，主人張堂而弗視，賓客縱酒而不觀，懸不數日而拉雜束高閣矣。故同意甚不欲爲此，惟尊長有命，則服勞爲之，而必不存稾。足下何取於是文哉？勿罪！勿罪！

書薛文清公策問後

薛文清公策問五十八首，前明時八世孫士宏刻於鄠縣，今十一世孫天章、天顔又重刊之。文清，一代大儒，其議論止於如此。予初疑其非公作，及以讀書錄觀之，則公言大抵樸實平易，此策問出於其手無疑也。語曰：『非知之艱，行之維艱。』文清及本朝陸清獻，讀其遺書，似皆不能開發人意，而制行之純，迴非他儒所能及。所謂恥其言而過其行者與！嗚乎！必以高深超妙爲儒言，則異學出矣。

題張頤齋書賀文忠公札後

明江夏賀文忠公，相業未滿人意，然其後乃一門殉國難。嗚乎！觀其札言能固窮如此，而知公之立節非偶然也。丹徒張頤齋先生書此以教其孫，叔淵孝廉能承祖訓，又復畱心經世之務，今且出其才以爲天下用矣，有守有爲，不於公而誰望也與？

與吳仲倫書

在都中偶見陸祁孫續集，有與足下論吾師序王惕甫文事一書。同檢吾師前後集，無此序文，惟後集中有與惕甫一書耳。兩君所爭將無即此？若即此，則同有說焉。

吾師之爲是書也，桐城方植之謂譽之過甚，同意亦未以爲然。吾師終寫而與之者，誘掖獎勸，君子所以成人之美也。惕甫，七十老翁，蚤負海内文譽，以文集求張於吾師，實非如後生之求益也，豈得不稍假借之？天下之道，有理有情。徇情而不依理，固爲非宜；執理而不言情，必蹈於好剛好直不好學者之所爲矣。前輩豈肯出此？昌黎韓公於文最多徇情之作，唐書稱韓宏玩寇，而平淮西碑云『都統宏責戰益急』；順宗實錄備書李實之惡蹟，及自與書，又極口稱之。吾師所論者，文耳，雖曲筆焉，未若昌黎徇情之害理，況乎其言亦尚有斟酌也。且惕甫文誠不能得熙甫之傳，而在近時，要爲好手。但聞其人狂傲暴戾不可嚮邇，祁孫惡其人，遂痛詆其文；痛詆其文，遂謂吾師譽之之爲大過。愛人者，愛及屋烏；憎人者，憎及儲胥，其立論毋乃過甚也乎？吾師於當代公卿不爲過譽，作江上攀轅圖記，但美孫文靖厚於故交；作王文端神道碑，數十年宰相一事不書。惕甫窮老學官耳，何所攀援，何所畏葸，而曲筆諂諛焉？其處此，蓋必有道矣。足下以爲反言譏之，殊非事實。而祁孫攻擊不遺餘力，同以爲皆未然也。

同生平不識惕甫，兼未見祁孫，獨與足下忝同門，使信往來，敢以書辨。見祁孫時，幸即以告之。不具。

答姚石甫書

見示鄒忠公祠碑，欲同刪潤。反覆玩之，覺其立論未愜。鄒意忠公於易后一事，不爭之未易之先，而爭之於既易之後，此爲成事始說，遂事始諫。玉山主人問對責之，本不爲苛也。及至徽宗召還，索其諫草，公對曰『已焚之矣』。陳忠肅聞之，以爲公禍始此。既而奸人果僞爲疏，忠公由是再得罪。是事也，正見忠公愛君切，宅心忠，無避患之思，無沽名之念，視忠肅之以禍福爲言者，誠過之矣。大抵鄒陳二公志完見事遲，而了翁當機警，故公爲姧人所困，而忠肅得禍雖酷，終不能以曖昧傷之。此其分也。

吾輩爲碑文，於易后一諫，固不能貶其失，幾如當時人所說，而於諫草之焚，似當極力發揮，則論允而文字精當。石甫之作，專歸重於諫易后，而於後事反置不言，是以甚費斡旋，而立論終不能的實。如云『未爲不近人情』，又云『善處君臣骨肉之閒』，此明欲爲公彌縫其失，而要之情事，正相違矣。此文欲改，須並其立意改之，是以未能下筆。

鄙見如此，未識以爲何如？敬復，不具。

送李海颿爲永州府知府序

韓之潮，柳之永、柳，歐陽之夷陵，二蘇之瓊、雷，海外文字之工，世皆以爲在乎此也，而子厚之永、柳爲特著。以予論之，諸君子以斥謫之身，處荒遠之境，困頓抑鬱，無聊不平，而發爲文字，其言亦可謂工矣。孔子足蹟，西不越大河，南不踰江、漢。孟子所歷聘者，鄒、魯、滕、宋、齊、梁，劣得今山東、河南一二千里閒地。然『六經』、語、孟之文，卓絕千古，渾然如天之元氣，而韓、柳、歐、蘇皆不及。由是言之，謂文必『窮而後工』，與所謂『得乎山川之助』者，皆文士之文，非聖賢之文也。

桐城李君海颿，以知縣候補知府。天子知其賢，特擢爲浙江督糧道。既而因事降職，當爲知州，天子又特擢爲永州知府。李君，姚惜抱先生高弟子也，工於古文，所作已數百篇。既得永州，則人爭以子厚比之。夫子厚之柳以斥謫，李君之柳以特升。子厚至柳而後工文，李君工文矣而後至柳。古今之事，豈可比同哉？故同舍文士之文，而與君論聖賢之文。

夫所謂聖賢之文者，何也？誠於中也，形於外也，窮則見諸文也，而達則見諸政也。孔孟不得志，其過化存神者，今不可見。大而言之，周公以制禮作樂而爲文，小而言之，滕文公以能行井地而爲文。

李君至永州，革弇陋之風，除囂陵之氣，化鄙夷而爲俊秀，斯則可云聖賢之文已！若夫模山範水，第與子厚並驅爭先，文士之文，同願君以餘力爲之也。

包孝肅公像記代

道光六年，予奉命巡撫安徽。入境至廬州，謁宋參政包孝肅公祠。瞻其遺像，像有二，其一傳爲宋時本，其一則前江西布政使彭君家屏命工重摹，而併歸之祠中者也。像著緋面，微赤，而甚和，與流俗所傳迥異。蓋世之言公者，以爲剛毅廉介，至正無私，而犯顔爭諫，其大節如是止矣。及予觀宋史邸報言，公參知政事，或曰：天下自此多事矣。識者則曰：包公何能爲？今知鄞縣王安石，他日亂天下者，必此人也。已而，果然。夫以孝肅之剛嚴，君子知其無所更變。以荆公之文章道德，而異日之禍，識者早知之。

若是者，何哉？荆公執抝而不近情，孝肅剛嚴而審時曉事者也。北宋至嘉祐，有仁宗以爲君，有韓、范、富、文以爲相，奉法循理，補苴罅漏，雖累世太平可也，何事更變哉？孝肅惟知之，是以所爭惟國本，而他無所言及。至荆公，狹小前人，一變祖宗法度，財利是急，浮薄喜事新進之人是用，曾不旋踵而海內騷然矣。由是言之，謂公之無能爲者，正其識公之深，而知其能安天下者也。夫大臣者，以安天下爲事，而他何知焉！

予少時慕公之爲人，通籍後益思以公爲法。傳曰『思其人，猶愛其樹』，況於親蒞公鄉而拜瞻其遺像者乎！於是命工摹之，藏之於家，而歸其元本。像舊有太傅錢文端公題詩，今併錄之。予亦題詩一篇，而紀其本末如此。

重刻荒政輯要序代

安徽居水陸之區，自安慶、池州、太平以下達滁、和，其地濱大江。鳳、潁、泗州，則淮、泗、渦、(睢)[睢]所出沒，而河水挾汴由泗入淮，往往泛溢諸郡。其處陸而遠水者，徽、寧、六安、廣德，皆山郡也，而民居其閒，每不幸而有蛟害。是故以災言之，中原多旱荒，而安徽多水患。地勢使然，固不盡由於人事也。

國家列聖相承，愛憫黎庶，每逢直省有水旱，輕則免租，重則發金以賑，曠蕩之恩，蓋與天地相符，而爲自古帝王所未有已！然有司奉行往往不力。彼貪墨之官，假冒侵蝕，犯國典而干神怒，固不必言。其或有心康濟，而措置不得其理，或委權於吏胥，或受制於生監，饑者不賑，而賑者非饑。流離死亾非可久待也，而舉報不以其時，婦女老稚非可遠行也，而發貸不當其地，菜色殍面，顛踣哀號，有心者當之，蓋有不忍聞見者焉。嗚呼！爲民父母，不能使家給人足，上稱天子惠養元元之意，每有饑饉，輒仰煩聖慮，朝廷施大惠而有司復視爲具文，縱不得罪，其亦何以能安也！

往年予爲浙江寧波知府，桐城汪稼門尚書適督閩浙，刊有荒政輯要，以一本贈予。予極愛其書，而所至幸無凶歲，未之用也。道光六年，奉命巡撫安徽。值夏秋多雨，淮泗之濱多以水災告者。予思論荒政之書，古今不乏，而掇其菁英，綱明目張，斟酌盡善，鑿然可見於施行者，莫如汪公之輯要。於是特刊其書以貽安徽之牧令。傳曰：『事豫則立，不豫則廢。』語曰：『前事不忘，後事之師。』夫有災而必以聞者，督撫之責也；救荒而必盡其力者，州縣之任也。有法而可循，則易爲功；先事而豫籌，則尢不難爲力。此汪公所以贈予，而予今日所以貽諸牧令者也。愷悌君子，民之父母，讀之者能無深念也夫！

徽州府汪氏祖墓祠碑 代

隋之季，天下大亂，越國汪公崛起閭巷，保障六州，俟天命之歸唐，則舉土以獻，其與漢之竇融、宋之錢氏同有功德於斯民。而知之者少，其故何哉？竇氏顯於東漢，家爲皇后、貴人、大將軍者相繼。錢氏，宋真仁時已登台輔，有文人。而越國雖受爵於神堯，其子孫歷唐、五代，北宋之初猶湮沒，不聞貴顯，茲彰晦所以不同也。然報之速者易盡，報之遲者反長。自宋以後，汪氏多賢士達官，至今其宗鱗布海內，而河西、吳越之族，頗無聞焉。

越國公者，徽人也。其始祖曰文和，相傳爲漢龍驤將軍，又爲會稽令，愛會稽山水，因家焉。孫曰徹，漢封新都侯，始遷徽。晜孫曰道獻，晉黟縣令。又十餘世而生越國公。龍驤之墓在今淳安縣東，子孫世守。新都、黟令則葬今歙東七里之吳清山，墓前有祠，傳爲唐建，而近稍圮矣。夫汪氏之興，源於越國，推越國所由來，則自黟縣。新都以上逮龍驤，皆所謂佑啟後人、垂光錫祚，而今之蔚奕繁衍，皆其遺也。越國與龍驤祠、墓巋然無恙。

茲山在歷代間亦以越國之故，特免其租。苟祠、墓稍有夷毀，則不稱古人報功酬德之意，行道者傷之，而況其後裔也哉！ 予同年友上元教諭汪燡讀禮家居，慨然念祖墓之不修而祠之漸圮也，率其族人廩生澍、太學生之遴、文翥等，捐貲倡修，頓還其舊。諸君皆越國後裔，追遠致恭，固可褒尚，而予方奉命巡撫安徽，職在化導蒸黎，宣美風俗，聞汪氏事，欣然欲舉以風示郡國，俾皆篤念根本，以成仁厚之治，烏能已於言哉！ 爰爲文曰：

隋鹿既失，唐龍未騰，六州之命，伊誰是憑。越國堂堂，表忠有廟，黟縣新都，開先宜報。墓有萊蕪，祠有雀鼠，異人之靈，不安地下。諸孫式孝，既修既治，揭而彰之，使者之辭。

右予爲鄧中丞代作汪氏祖墓祠碑。其祖宗官爵名字，一本其子孫所記錄，而多可疑者。龍驤將軍，爵秩顯矣，爲是官何以又爲會稽令？ 漢諱武帝名，徹爲通，故蒯徹改爲蒯通，後來之臣，安得敢以徹爲名乎？ 王莽始封新都侯，既而定有天下之號曰新。東漢封侯，必不更以新都爲號。大抵六朝以來，譜牒之書多附會，不足信。爲人作文，不能斥其依託謬妄也。然而，辨不可少矣。自記。

因寄軒文二集卷四

黄蛟門傳

黄蛟門，名以旂，江寧府學增生。父名某，家産數千金，没後五子均分，而君以長男不與。然君與其妻無怨色，事繼母愉愉如也，待異母諸弟及弟子雍雍如也。既貧甚，常爲童子師自給，蓋冬無裘、夏無帷幕者至三十餘年。然自諸童子家所奉錢外，一芥未嘗取諸人。人或招飲食，必堅拒逃匿，須要覓牽，持不得已而後至。經數日，輒相酬，其豐腆恆加倍。道光元年，詔舉孝廉方正之士，當事者或諏予以其人，予對曰：他人不敢知，如府學增生黄某者，乃真孝廉方正人也。爲備言其行，當事者亦慨然歎息，然竟不得舉。

古青谿之水出竹橋，而東流過復成橋，與淮水合，其勢清闊，旁有竹林蔬圃。予始與君皆家橋南，每日夕輒相攜步橋上，望鍾山，俟日落乃返。後予遷居城北，遂希見君。及今客安徽，而家有書來報，君病卒矣，六年八月某日也，年六十五。君嘗作詩數千篇，又嘗爲歷算星命之學，欲著書，皆不就。有二子，曰：某、某。

贊曰：予幼聞古人還麥投錢之事，心敬慕之，及識蛟門，然後知今世猶有是人也。君嘗對予舉劉孝標語曰：『聲塵寂寞，世不予知，魂魄一去，有同秋草。』思其狀，甚悲之。然則君之於名，其尚有未能盡忘者耶？予之力不足以舉君，而其文或足以傳君，故稍次爲傳，使天下後世知有蛟門焉。

貞瑨錄後序

聖王治天下，謹貴賤之分，而嚴名器之辨。蓋名器必辨，然後貴賤可明，貴賤必明，然後職位定而人心怗服，天下國家乃可得而理也。有道之士，守國家之制以施於身家，不敢儉，不敢奢，不敢徇私暱而違法令。於是乎，身無不修，而家無不齊。自春秋以後，周之政令不行於天下，士大夫縱欲忘禮，侈踰弗顧。季氏舞八佾，三家以雍徹，賢如管仲，有鏤簋朱紘，三歸反坫，其他僭越奢靡者，何可勝數！孔子傷之，曰：『惟名與器，不可以假人。』蓋名器一假，則貴賤不可以分；貴賤不分，則下可陵上，卑可踰尊，愚不肖可以役賢智，雖有慶賞刑威，豈復能以御天下哉？故曰不可假人也。其意深矣！

陽湖陸恭城令君側室林太孺人，值夫君之喪，排眾議不以虛階殮。其後，年七十五卒，子繼輅祈孫爲時名人，且需次得官矣，而遺命：『勿殯正室。』太孺人之行何其賢也！貴賤名器之失，士大夫僭之於身、濫之於家，亂之於嫡庶，彼婦女者，伏處閨閫之中，以爵秩爲榮，以妾媵爲諱，相習而成風俗也非一日矣，太孺人之志何其賢也！左氏之書有六逆六順之說，而曰：『去順效逆，所以速禍也。』守法如太孺人，其蓋可以無禍矣。夫晏子論齊患曰『惟禮可以已之』。所謂禮者，卽貴賤名器之謂也。守法如太孺人，其更可以無患矣夫！

贈汪平甫序

往年梅伯言歸自京師，示予以贈汪平甫序，其言曰：平甫之志凡三變。始也好科舉之文，繼也好駢麗之文，今也好司馬遷、韓愈之文。其序洋洋過千言，如有寶物者傾囊篋以贈人也，如風雨雷霆之交至也，如倒江河注平地而百竅無不入也。平甫固善變，而伯言可謂善言變哉。不數年，平甫自陝歸，索予贈序。予卒卒未暇爲。明年，遂與同客安徽，其索愈力。予曰：子之志，伯言詳之矣，予雖言，豈能有加於彼上耶！平甫曰：伯言張我甚善，吾更欲得子文以當規誡。予愧其意，則請繼伯言言之。

天地之閒，物變以形，而人變以情。爵爲蛤，雉爲蜃，鷹爲鳩，而鳩復爲鷹，以形變者也。士爲賢，賢爲聖，聖爲天，以情變者也。文也者，在外者也。在外也者，春華而雲麗，鏜鏗而琴和，炳然，訇然，皆形耳，而豈情也哉？是故科舉之文，凡物之形也；駢麗之文，佳物之形也；司馬遷、韓愈之文，異物、尤物之形也。雖然，皆形而已矣，以言情，則未也。士之於賢聖，賢聖之於天，其形傫然人耳，經日觀之，其情則變矣；經時觀之，其情則愈變矣。變之端，始於士；變之極，遂至乎軼賢聖而爲天。然則予於平甫將何言哉！不離於俗，古不可入；不培其中，䫉不可得。而豐用司馬遷、韓愈之作，以形其情；越司馬遷、韓愈之志，程而朱之，周而孔之，堯舜而湯禹之，以情其形，其始止於形合，其繼至於情同。若然，則蒸蒸乎三變之後，吾未知其所終。遂書以贈平甫，併寄伯言，以爲與君之言變者孰拙而孰工也。

客山堂詩集序 道光七年　代

當乾隆嘉慶之間，海宇承平，民物安阜，江南大吏督部如書文勤、孫文靖，方伯如陳東浦，觀察如方坳堂諸公，皆樂育人才，主張風雅，而盧召弓、錢辛楣、姚惜抱諸先生前後爲山長，上下文采之盛，亦遂彪炳於一時。迄今思之，何其盛哉！何其盛哉！

蓋江南爲文物之邦，而我朝重熙累洽，天下文明於斯爲盛，是以人材角出，文教勃興，而諸君子者又幸而同逢其會也。於時泗州毛侯園先生司訓上元，其才爲諸大吏所知，其詩文尢爲諸先生所重，倡和之作，載於集中矣。某時以江寧諸生從先生學科舉文字，每試書院，輒爲諸公賞拔。先生之學與其所以教人者，此小事，未足言，而即此，殆亦可以覘其梗槩也與！

其後先生失官而卒，又後二十餘年，某以兵部侍郎巡撫安徽，而先生諸孫奉其詩曰客山堂稾者屬序。先生之詩蚤爲諸名公所重，其佳妙之境無俟某言，獨憶從先生時年裁二十許，今乃五十有餘矣。往歲以事歸江寧，入諸官舍，徘徊書院之前，追憶少年知己諸公都成異物，而行將以公事過泗州弔先生故廬，訪其子姓，手澤依然，吾師何在？古之人所以聞鄰笛而興悲、撫孤子而悽然涕下者，於今乃深識其情也已！是爲序。

書劉觀察弔武大令詩卷後

偃師武虛谷先生，以擒杖和珅提督番役，失博山知縣而歸，然自是番役更不復出。嗚呼！偵事緹騎之禍烈於前朝，使爾日無先生，其患未知所終極也。然則，先生雖失意，而功德何如哉！松嵐劉公亦今時奇士，賦詩弔先生，極慷慨悲歌之致。

同少時聞先生名，恨不識其面，於劉公則嘗一見於德州耳。今先生子小谷大令訪同里巷，出劉公詩卷，屬題詩，曰：無忝爾所生。夫先生偶一發舒，而功德及乎海內，豈第如世所稱强項令已哉！吾知小谷之所以繼述者矣。

書李伯時孝經圖後

李伯時孝經圖，每章摘繪一二語，其靈幻奇妙，更出聖賢、追毚二圖之上。至其書，則前人謂其力追鍾法，語不虛也。姚惜抱先生自言生長龍眠，而生平未見伯時之畫。今均之數歲中而得其可寶者三焉，物固聚於所好，而亦可以知足矣。

安徽巡撫部院題名記代

自封建易爲郡縣，而外任之官愈加而愈重。蓋秦制莫尊於郡守，御史監之。漢末則加以州牧，唐有節度、觀察等使，宋置轉運，元設行省平章、參政，至於有明，而總督、巡撫之官出矣。

我朝分天下爲十八直省，總督八人，其餘惟設巡撫。其銜兵部侍郎、都察院副都御史；其官自布政、按察兩使，道、府、州、縣無不統；其或兼提督，則自總兵、副將以下咸歸節制；其政事則禮樂教化、錢穀兵刑，巨細之務，壹皆歸而理焉。一官不職，則察吏之疏也；一夫不獲，則安民之闕也。能稱是職者，厥惟艱哉！

十八直省中，安徽不爲繁重。蓋其地本自江南分，其上猶有兩江總督云。然以地言之，處荊豫之交、徐揚之會，於古非一州，其形勢風土極爲區别。省北之府、州，曰廬、鳳、潁、泗，界乎中原，民尚武；省南之府、州，曰徽、寧、池、太、滁、和，濱乎大江，接乎吳越，民多文。文者不可以武治，武者不可專以文爲也。夫守令之事止於郡縣，節度、觀察、轉運、行省所司，一道一路而已。安徽巡撫治及數千里，跨古四州，將以調强弱之情，劑剛柔之性，使民一道德而同風俗也，斯又難已。

道光六年，予自陝西布政使奉命撫安徽，以籍本壽州，引嫌辭，上不許。予既深感上恩，益惴惴，懼無以稱職。考故事，索題名，得前撫臣閔鶚元、廣厚兩記。蓋自順治二年李猶龍至嘉慶十五年廣厚，居是官者七十餘人，而其後闕焉。予思七十餘公，賢否不同，設施各異，而考其得失，約畧可聞。

蓋巡撫之官，治理繁劇，而大要不越乎兩端：一省之事不可偏周也，急得人之爲務；一省之官不可日飭也，急正己之爲務。不得人而恃己者，苛察之吏，不知大體者也；不正己而責人者，利欲之徒，不知大道者也。予不敏，受命以來，無他建樹，要其夙起夜寐，凜凜孜孜，期不負朝廷任使之意者，惟是兩端。雖有不足，不敢不勉。

自廣厚以後，姓名久闕，今考之得十人，爰更補刻爲碑，而記其始末如此。吁！士君子必求宦達，官至巡撫榮矣，其爲官也尊且貴矣。然位有倖居而名不可以妄竊，書名於碑，將使後之人指而議之，曰某公賢，某公不肖，某公吾知之，某公者何其昧昧而無聞也，如是，則吾將悚懼之不暇，而敢以爲榮哉？敢以爲尊且貴哉？既以自勵，併述以告後之人。

方植之文集序

古之所謂三不朽者，首立德，次立功，又其次乃立言。夫苟能立功矣，言不出可也。舜之時，禹、皋陶有言，稷、契輩無言。周之時，周召、太公有言，餘亂臣亦無言。夫苟能立德矣，功不著亦可也。孔子之徒，仲弓以下，皆出仕，有功當時，顏淵、閔子騫不仕者，何功？曾子、子思皆著書，有功後世，顏、閔、冉伯牛、仲弓無書者，又何功？由是言之，性命修於身，勳業皆其末迹也，而況於空言乎！其立言也，皆有故而非得已。明道以教人也，記事以傳世也，吟詠謳歌以陳情而見志也，非是，無苟作者也。孔子贊易作春秋，聖如栁下惠、伯夷，不必其有著述。周召之詩載於國風，陳於雅、頌，伊尹、萊朱、傳說之賢，篇什無傳於後世。故曰：古之立言者，皆有故而非得已。惟有故而非得已，是以出言必當，而其後必傳。

自周之衰，士大夫舍本逐末，諸子百家創說著書，其言虛僞龐雜，文辭工而多失立言之旨。秦漢以降，士益專力爲文。有爲文而猶託於立言者，荀、韓、楊、李是也；有爲文而直外立言者，相如、鄒、枚，文章之士是也。自文章之士出，世愛玩焉，而知道者深詬病之。嗟夫！士生於世，上之不能修孔、顏之德，次之不能建禹、皋、周召之功，敝精疲神，作爲文字，使愛者與俳優併畜，而憎者至以相訾謷，其亦可謂愚也夫！其亦可謂愚也夫！

同少時性喜爲文，與海内文士往來，而桐城方君植之爲之冠。其後同更憂患疾病，四十以來，悟儒者當建樹功德，而文士卑不足爲。以語他人，憮然莫應也，植之獨深然之。蓋植之之學出於程、朱，觀其辨道一論，明正軌，闢歧塗，其識力卓有過人者。宜其文之冠於吾輩也！予嘗論之，道非猝至，而命不可妄求。成聖賢之名而後爲立德，則立德也難矣，强吾心以從善可也；擅公卿之勢而後爲立功，則立功也又難矣，竭吾力以爲善可也。植之之文，庶幾古立言者。且其學日進不已，他日立德、立功，非予所量。予特幸其所見之同也，是以舉是說以冠其文焉。道光七年夏六月，上元管同序。

劉明東詩文集序

予年二十餘，見明東於江寧，與略論古文尚書，遽別去。後十餘年，明東來鄉試，訪予於家，值予他往，歸而往拜之，又適值明東他往，竟不獲見。又數年，讀庚甫挽辭，則知明東客死亳州，且聞其室自縊從死，慨然太息者久之。自古名人，生併時者必數見，予與明東何其蹤跡之疏至此耶？

道光六年，北遊京師，石甫持明東詩文集十數大編，索予序。讀之，辯博馳騁，光氣發露，不可掩遏。予既歎爲奇才，益以生平不再見明東爲恨。或曰：明東學於姚先生，不務守師訓，而奔走公卿形勢，朝上一書以求名，暮進一詩以鑽利，此戰國游士蘇、張之流耳，豈知道者與？石甫曰：不然。明東自負其才，欲爲世用，躓於諸生，身屯而道蹇，借勢王公大人，思以振厲，彼所謂不羞小節而恥功名不顯於天下者也，豈游士倫哉！昌黎韓公數數干貴人，自言凡吾所爲，小得將以具裘葛、養窮孤，大得將以同吾所樂於人。夫明東之志，亦若是而已矣。

傳曰：『不知其人，視其友。』又曰：『信乎朋友有道。』予與明東踪跡疏甚，無以定其爲人。石甫友明東，至於人往風，微不爲羣言搖動，其必有以得其深，而非他人所能識者矣。予信石甫，因以定明東。遂書其言以爲明東集序。

屈子正音序代

楚詞之書，釋者無幾，釋其音者尤無幾。世所通行者，王逸、朱子之注而已。逸注音義未悉，朱子注專用吳才老韻補。明陳季立屈宋古音義已辨其非。然陳書亦簡略脫漏，未遽稱爲善本也。國初至今，音學大明，顧氏創於前，戴氏、段氏、孔氏承於後，三代、秦、漢之字音通於今日，而六朝、唐、宋以來俗音、協音之謬，芟埽而一空之，亦盛矣哉！

桐城方展卿先生博學，工詩文，予從其子東樹處得所著屈子正音三卷。先生之學原本宋儒，是書據韻補以正唐韻之誤，而於吳說之疏謬者，復引經傳古書及儒先之說疏通而證明之，擇善而從，不膠一見，可謂達人君子之用心者矣。

然先生是書作於乾隆壬寅，其時顧氏書行，而戴、段、孔氏之書故猶未出，分部審音，如魚、侯、蕭、尤之類，不能無小失焉。繼起者易爲功，而創始者難爲力，斯亦事理宜然與？

予不敏，於形聲訓詁之學，嘗涉獵而不精，喜先生書可爲學者讀本，因刊刻之，而閒附鄙說於下方。漢·藝文志『屈原賦』別爲書，不曰楚詞。先生所注自離騷至招魂而止，而亦曰屈子正音者，據太史公書不以招魂爲宋玉作也。鄙說附於下方，曰『今案』云云者，朱子韓文考異之例也。

因寄軒文二集卷五

畫龍贊 宋恥夫畫汪均之藏

昔人畫龍，破壁飛空，恥夫摹之，絕藝與同。爪拏鬣張，鏡突兩瞳，如出大壑，奔海而東。懸於中堂，走婦藏童，雖有魑魅，德不敢凶。我謁均之，入門鞠躬，訝君之堂，呼雲噏風。猗嗟神物，天地爲宫，應德始見，誰樊誰籠。狡矣劉累，擾於宫中，受豢而醢，彼雌異雄。磊磊均之，子非葉公，天龍下矣，霖雨奏功。

王淑卿傳

陳君寶田與予善。一日過予，言曰：寶不天，父想盧先生中道見背，母卜太夫人痛哭欲身殉，寶惶怖不知所出也，賴吾繼室淑卿，日跽母前，且泣且勸。母感其誠，始復食。於是，吾父驟喪，吾貧甚，無養母資，時與卿相對泣。淑卿歸，泣露其情於父，父亦感泣，時有以助吾家焉。歲將寒，爲吾母製衣裘必備，而身無絮衣者踰十載。寒則胥束一帶，寒甚則胥加一帶，風雪大寒則胥纍纍束數帶，而强謂弗寒也。其母憐而賜之衣，悉以獻吾母。他日，母問之，泣對曰：兒極知負母恩。然母所欲安者，兒身與兒心也，兒不如是，身雖燠，心不寧矣，奈何！其母亦泣而頷之。吾母病，輒露禱於中庭。一日，母疾作，汗湧體僵冷，寶適外出，返見母狀，益惶怖不知所出。時淑卿方擁母於懷，搖手謂寶曰：君毋亂，姑虚暴脱耳！吾曲其躬，使氣不下洩，急取洋參納諸口，則氣可復矣。或令移諸榻，淑卿泣拒，以爲不可。如其言，歷半日而母蘇。寶自數年來，家稍裕矣。甲戌以前，則淑卿假貸親戚，賴其力者爲多，寶内愧不能言也。淑卿今年四十有五，憂患多病，而知愛子文。寶欲及其生存得子記述，使其及見而稍慰也，可乎？

同謹按：生傳非古，自司馬溫公傳范蜀公始。然考李習之楊烈婦傳，其末曰楊氏『至今尚存』，則婦人之有生傳，自唐已然。遂援例而爲淑卿傳。淑卿，姓王氏，上元人，西安府知府名嘉會之孫、龍游縣知縣名鉞之女。

贊曰：聞淑卿生於庶母，父既沒，而母苦飢。時寶田家稍裕矣，淑卿請粟養母。然不敢多致，乃日自減食遺焉，體遂瘦。寶田廉得其情，至今心惻惻也。嗟乎！婦人内夫家、外父母家，其勢宜然，其用心亦良苦矣。先王之道，睦婣任（邮）［卹］，有無相通，夫安得家給人足，使天下士女無不得盡之情與？

彤史序

天地之道不外乎陰陽。彼陰陽何以分也？晝爲陽，主作；夜爲陰，主息。晝之日爲陽，有暄物之功焉；夜之月爲陰，雖朗照而無所用。春夏爲陽，發生而長養；秋冬爲陰，積於空虛而無用。陰陽之道如是其不同矣。古之聖人得是機以定男女之位，是以男主自立，非才德不爲賢；女主從人，二者皆非所尚。德曰婦德，非男所謂立德也；功曰婦功，言曰婦言，非男所謂立功、立言也。堯之女、舜之妻，宜其聖矣，而尚書載之，第曰『嬪虞』，『禹娶塗山』，書不言其一事。有娀、姜嫄，詩第紀其生子之異，而他亦無聞。周人尚文，善述祖宗功德，於太任則曰思齊，於太姒則曰嗣徽音，百斯男，其與皇矣。生民稱述先王先公者，何其詳略之迥異也！暨乎武王伐商，乃以婦人與十亂之數。婦人者，未知其爲邑姜與？爲太姒與？要之以才見稱。孔子言焉，有深慨矣。

沿及春秋，世故益變，於是乎婦人者，有共姜之守義，有鄧曼之知人，有樊姬之薦賢，有敬姜之習禮，而爲傳記者舉而載之篇中，而謂之賢。嗚乎！羣動夜作，非不勤也，可謂時乎？百穀冬實，非不美也，可謂瑞乎？

後世之士，見理也過，而立論也輕。是故責乎后妃，則曰行侔天地；責乎匹婦，則曰寧餓死而無失節。彼既以聖賢之道望婦人，而婦人者遂日尊日盛，列女之傳，史不絕書。極其歸，遂有女侵男職者，而陰陽爲之易位矣。嗚乎！此古今升降之大端也。

婦女之生也，天付之以荏弱之資、陰柔之性，而聖人制禮使其終身不出閨闥，自酒漿飯食巾櫛衣裳之外，事稍難者皆不使其得與焉。使其才德可以同乎男子，則天地不當區別於其閒，而聖人且爲好異矣。雖然，處此者，有經有權，常與變之謂也。吾觀史策所載，漢呂雉、唐武曌，惡矣，而宣仁宋賴以治；緹縈、木蘭，其父非二女則身刑而戰死。若此之類，又曷可少乎？後之女子，審其時，度其勢，得已，則安於無稱；不得已，然後出於才德，可也。

陳君寶田，集古今婦女之事爲彤史數十編，以示予。予未能知其用意，謹以素所持論者爲序以貽焉。道光二年冬十一月，上元管同序。

孝史序

予既爲陳君寶田序彤史，陳君又集録古今孝子之事爲孝史數十編，以示予。予受而讀，曰：孔子有言：『古者言之不出，恥躬之不逮也。』由是推之，古人凡著一書，必其身有是行，無苟作者矣。孔子之徒，曾子最孝，是以受師之説，著孝經十八章。及東漢，馬融依阿權勢，所至以賄聞，輒不自量，仿孝經而作忠經。嗚乎！彼不自忠而教人以忠，是姣婦而勉人守義，盜賊而勸人毋拾遺金也。誰信之哉？誰信之哉？

陳君之父想盧先生以孝稱閭里，江南總督表其門。陳君少時亦嘗刲股以療親疾。世德相繼，無愧古賢。其著是書，可謂『匪苟知之，亦允蹈之』者矣。吾聞之，忠孝之事，發乎性情，而亦由觀感。彼德色誶語，多出邨甿田婦，而都邑之士犯惡逆卒鮮者，前言往行，有以動乎其心也。使天下幼學日得是編，擩染耳目，則乖戾之習消，和順之氣作，人人可以爲忠孝，而天下平矣。詩曰：『孝子不匱，永錫爾類。』夫愛其親而施及一二人，錫類之小者也；著一書以施天下後世，錫類之大者也。陳君之志可嘉也如此。

嗚乎！予不孝人也。菽水之養不逮我父母，誦蓼莪之篇，悔焉無及。序是書也，雖未比於馬融之忠經，其亦悚然而增愧恨也夫！道光二年冬十一月，上元管同序。

姚庚甫集序

姚君庚甫，吾師惜抱先生之冢嗣也。年二十舉於鄉，四十得縣令。江南屬縣儀徵、江都、泰興，皆世所云好缺也，君連得之，竟不餘一錢。既而因事失官，寓江寧，窮益甚。始猶租屋以居，久負屋值，主人厭而逐焉，乃移家入書院。所居糞牆土舍，上穴旁穿，不蔽風雨。客至，則君衣垢衣，揖坐後，輒抗聲高語，其出如淵泉不竭，多驚絕可喜之論。然久坐或不能具茗飲，客苦之，多不至。庭下草深尺許，岑寂極矣。然君乃更力於學，自義理、經濟、考證，下逮陰陽、星命，皆精究焉。而於詩文尤用意。自失官窮居，所作至數百篇，屬同爲序。

嗟夫！同生稍晚，不及知君少年事矣。顧猶見君爲縣令，服蟒服，冠朝冠，設樂於庭，爲吾師稱壽，賓友雜遝，僮僕輿馬麗都。今數年耳，吾師門生、故舊，富貴者有人，何君乃一窮至此哉！然當君之得意也，其氣甚盛，芴乎不知今之有失意也；及其窮也，氣不少衰，渾乎不知前之嘗得意也。然則如君者，非所謂素位而行、無入而不自得者與？悔鄉者知君甚淺，今而知君入於學者深也。夫詩文之道，氣以主之，學以輔之。君既兼有二者，則所作固不論而可知。昔韓、蘇諸公，皆自斥謫後道益進，文益工，同所望君繼吾師之絕業者在此。若夫憔悴專一，第與後世文士爭毫釐，所就猶淺，殆不足爲君道矣。

觀潮圖記

嘉慶戊辰，予客寶山，鉅野田仲衡爲縣令，荊谿周保緒棄官來游，三人者，相驩無間也。一夕，大月，保緒邀予共步海上。時夕潮方盛，月光照水，倏明倏滅，如龍鱗億萬。遠視崇明諸山，低昂隱見。而海舟數十，遠者如落葉乘風翔舞波際。予甚樂之，以爲天下奇境無踰此者，因作寶山記游，文載集中久矣。道光壬午，予家居，而保緒來游。追憶前事，爲繪斯圖。筆勢雄遠，殆不類今人。當予客寶山時，年才二十有九，今予年四十有三，鬚髮犂然，大半白。保緒閒數載始一過，而田仲衡者遠官陝西，思之了不可見。嗟夫！人生世上能幾何時？彼相好者何其難聚而易散耶！仲衡，名鈞。保緒，名濟，介存者，其別號也。古人書畫題款必以名；字者，他人之相稱耳。子瞻、子昂，宋元人閒自書之，然不足法。今題款曰『介存』，保緒之失也。

管氏族譜序

管氏之先出自周穆王。其後世仕於齊，曰莊、仲、山。山生敬仲夷吾。夷吾生武，子鳴；鳴生桓，子啟方；啟方生成，子孺；孺生莊，子廬；廬生悼，子其夷；其夷生襄，子武；武生景，子耐步；耐步生微。夷吾相桓公，功在天下，子孫世祿於齊，有封邑者十餘世。故左氏春秋稱之爲世祀也。自微之後，名始不可考。其時齊臣又有管于奚，或曰雜人也。而夷吾七世孫修，自齊適楚，爲陰大夫。子孫遂別爲陰氏。六國之世，管氏仕齊者有管燕，其世不顯。而陰氏於秦漢閒，遷居南陽之新野。宣帝時，有陰子方者，至孝，有仁恩，自言子孫必將强大。至東漢，陰識妹爲光武帝后，封侯者數人，家遂大顯。而管氏反無聞。沿及漢末，管寧生於北海朱虛，以高節著。管輅出於平原，以術數顯。南陽陰氏，世奉管仲之祀，稱爲相君。寧與輅者，皆生於齊地，史不能推其先代，要其爲仲後無疑矣。晉宋之後，崇尚門第，陰氏有陰鏗之屬，而管氏無達人。唐之時，有大將管崇嗣。宋之時，有高人管師復。師復者，居今浙江之湖州，世傳其言所謂『滿塢白雲一潭明月』者也。後不知何世遷居江南之蘇州。蘇州之山曰東，洞庭八大姓世居之，而管爲一焉。其後散處，或居常州，或居元和、吳縣。而明世宗時，有諱敬者，遷居江寧之上元。管氏自周至漢，世皆居今之山東，至師復而後居江浙，至敬而後居上元。故溯居上元者，當祖敬。溯居江浙者，當祖師復。溯居山東者，當祖寧。若輅而上推之，以至山與夷吾。然年代悠遠，世系闇昧，直至敬而後可譜。敬生明，明生二子，長曰應科。應科生五子，長曰世富。世富生國瑞。國瑞生四子，長曰軾。軾生嘉穫。嘉穫生三子，長曰大勇，次曰敘，次曰霈。大勇有子三人，而一傳皆絕。敘之後，今居山西之太原。霈生文郁。文郁生同。同生嗣復。同與嗣復，今偕其族仍居於上元焉。

傳曰：『別子爲祖，繼別爲宗，繼禰者爲小宗。有百世不遷之宗，有五世則遷之宗。』蓋古者有大宗，有小宗。大宗者，非天子與始命爲諸侯者莫可當也。小宗則始遷異地，其嫡長皆足以稱之。以宗法論，敬之後，世富爲小宗；世富之後，軾爲小宗；軾之後，大勇爲小宗；大勇絕，敘之子當繼嗣，以承其後，乃合於古。近世宗法不講，而遞推遷絕之次者，以爲長房。故大勇既絕，而敘之後又遷居山西，則居上元者以同、嗣復爲最長矣。

昔唐柳宗元自以得姓來二千五百年，代爲冢嗣，付受所重，常繫心腑。同雖愚，忝居小宗之次，宗祖之念安敢一日忘哉！自五世族祖文秀始創爲家譜，今同與族人將增續焉，謹歷考管氏得姓以來自古迄今約略書之，以爲族譜前序。道光二年冬十二月二十三日，同謹序。

授經圖記

江寧周石生編修，生五歲而孤，母太安人陳氏故貴州巡撫麟洲中丞女也，年裁二十五，挈石生依外氏。中丞居官素廉，沒後無餘蓄，太安人力不能延師，乃自取諸經，晝夜課石生。稍長，外就師，暮歸必檢校日中所誦習，督過無少貸。由是石生經明而學成。道光三年，石生登上第，官翰林。報至家，族黨走賀，太安人顏色如平常，了無喜狀。人皆曰：凡婦人守義教子多得厚報，矧局量宏靜如此！其福祿蓋未有艾也。然不數月而太安人病卒於家矣。

當太安人存時，石生嘗繪母氏授經圖，使同爲記。同諾之而未爲。及今相遇皖上，則太安人卒踰三年矣。石生復申前請。同不天，九歲而孤，先大父每夜課詩書，而先母以女功助家用，勞苦之狀，至今在目中，不忍言說。然不孝訖無所成就，每爲文辭，遇幼年孤露、中閨撫育恩勤之事，執筆哽咽，輒不能成章。昔王荊公爲錢公輔母墓誌，謂公輔登甲科爲顯官，官署有亭臺之樂，皆不足道。其説正矣。然以人情言之，聲名所以顯親，而宦達亦所以娛親，列鼎累裀不逮父母，自子路傷之，何況我輩？嗚呼！此石生所以深悲，同欲爲文而不能遽就者也。雖然，同於石生負宿諾之責久矣，太安人懿節高風不可不志，謹次其言，以爲授經圖記云。

書李氏三忠事蹟考證後

當明之季，宜興李氏有三忠：曰用楫，官兵部侍郎，巡撫肇、高、廉、雷、瓊、羅。弟曰來，官監軍道。先後以抗大兵死。其族大父曰頎，官監察御史，謀誅孫可望，事洩，與大學士吴貞毓等十八人同日遇害於安隆，世所稱爲十八先生者也。入我朝百七十年，侍郎元孫慶來兄弟撰李氏三忠事蹟考證，海内題詠者數十人，而陸君繼輅以見示。同讀之，蓋惕然而有感焉。

嗚乎！殉難死義之士伊古有之，明之季，何其盛也！蓋自元人不知治術，無政無教，玩愒數十年，海内土崩瓦解，明英君出，設科舉而使歸正學，其所用者孔孟之書，而所宗者程朱之説，反是而瑣委怪僻、炫博矜奇者，擯不用。天下之士雖閒有空虚迂滯，而廉恥禮義忠孝之道，知者多矣。自莊烈之殉，天下已非明有，而史閣部、黄漳浦、瞿桂林諸公擁立三王，使明祚幾二十年而後盡。至永明王受制賊臣，卒死於緬甸，其事尤若不足道。然諸君子者奮干戈於瘴癘之鄉，執羈靮於蠻夷之域，絶臆斷脰，死而不悔，此正學之效也。

吾友周保緒跋是編曰：諸君徒死，不能延偏安之局。嗟夫！臨難非死節之臣，平居豈可爲寄命之士？明之亾，坐用賢之不早耳，於諸君子何尤哉！語曰『有天下者定所尚』，又曰『其效可睹』。讀是編者，其各惕然而有感也夫！

餞秋倡和詩序

鄱陽陳叔安賦餞秋詩四首，屬而和者十數人，陽湖陸祁孫致諸公意，欲得同爲序言。同徧讀其詩而笑曰：有是哉！諸公之選事也，秋之終也，不能不去；其去也，莫知其處，方茫茫焉不得其所，而載酒於觴，實殽於豆，歌驪駒而致祖，吾見蓐收之不顧也。雖然，揚子逐貧，韓子送窮，貧與窮不可逐送，而其文則異曲而同工。今觀諸公之作，清思麗語，可喜可愕，安見傳之後世不以置乎騷人九辨之中！昔程正叔與韓持國坐，持國歎日暮曰：老者行去矣。正叔曰：公勿去可也。然則日可去也，而吾可留也。苟衆息而吾不息，羣休而吾不休，將如屈子所云『與日月兮齊光，與天地兮比壽』，歷萬古而常在，又何餞乎一歲之殘秋哉！遂書以應諸公，勿謂狂言而或我嘲也。

與某君書

昨暮得手書，倉卒奉答。今日讀復札，知已采取葑菲，曷勝欣幸！然鄙意猶有未盡者，不可不言。

大凡君子小人之分，不出乎義利。未有小人而好義，未有君子而好利者也。今之奔走干謁、營情財貨者，輒曰：吾不好利，如凍餓何？孔子不云乎：志士不忘在溝壑。己實好利，而以凍餓爲辭，文過孰甚焉！或又曰：吾不好利，如吾父母何？孔子不云乎：『啜菽飲水盡其歡，斯之謂孝。』己實好利，而以父母爲辭，不孝孰甚焉！文過、不孝，此昌黎所謂君子之棄，而小人之歸者也。其爲失，豈小小者與！

僕不幸孤露貧賤，瀕於餓死者屢矣，然公卿貴人非致敬盡禮，則未嘗往見；即見之，亦未嘗妄有陳乞。非敢倨傲，蓋側聞長者之遺風所守在是耳。嘗妄論之，學問之事，固非一塗，然苟義利不明，則雖學如劉歆，文如揚雄，經術如馬融，史才如班、范，詩如謝靈運、沈約、王筠，並世而生，吾亦不能爲之下，又況所長未及數子，而汲汲以求小利者乎？以是自勵，遂以是取人。足下前書所謂一言不智，旋納鄙諫，未至如今所云。然恐足下聽吾言而未明吾意，以爲吾就彼一事而言，則未盡區區直諒之懷也，是以懇切陳之。

答方明經書道光八年

同頓首石伍先生媚丈侍者：賢從孫來，得所贈桐城方氏詩輯一部。次日又獲手書，獎借謙挹，深驚且愧。

同聞之：士不能有爲於天下，便當有爲於鄉里；又不然，猶當有爲於宗族；若都不能，則莊生所謂視皮輒囊虛生而可媿者已。久聞先生伏處龍山，廣交游，重然諾，有古義俠之風。近又蒐刻一族遺詩，使桐城方氏五百年詞章存而不墜，雖不獲見，聞風而企慕久矣。若同者，幼而失學，長而無成，文質楛然，宜爲海內賢士大夫所棄，而貴鄉諸君往往過相稱譽，此真昌歜羊棗之嗜，未易詰其所以然。先生誤采人言，先施之厚禮之環，顧其中實無可以相副者。此其所以深驚且愧也。

詩輯略展一觀，未能卒業。勤襄公詩何以止得一首？曩獲侍時，嘗有見贈之篇，當使家人檢錄奉寄耳。若先生之詩，初似阮亭，後乃酷學簡齋之作，其靈思妙語，殆足媲之。士能有爲，何必以詩重乎？而況其詩佳若此乎！

同與貴族久聯婚媾，其雅翁諱袷曾者，同姑夫也。先生與雅翁爲昆弟，則於同爲丈人行，而稱謂謙甚，殊不能安。相去不遠，容有見時。肅復，不具。

抱甕園游宴記

中丞鄧公巡撫安徽，勤於政務，未嘗留意居室。越一年，政舉刑清，年豐民樂，安徽報治稱最。公於其時，亦稍得暇息焉。署之東偏，舊有園十餘畝，前撫部某公題曰『抱甕』，歲久不修，傾圮蕪穢，不復可游。公既稍得暇息，乃用金二百，浚泉疏池，雜植荷芰，葺舊屋三楹，聚大石而前列之，以爲燕坐之所。其他亭榭僅有遺址者，不復更作。二月上巳，繕治粗完，主客十餘人醵飲以落之。春花正茂，時鳥和鳴，處官府而如在山林焉。或曰『抱甕』之語出於莊生，所謂漢陰忘機者也。

茲以大府之園，而比於治畦之賤業，其爲名也，何不稱如是？應之曰：有機事者，必有機心；有機心者，其實鮮有不僨事。易曰：即鹿無虞，入於林中。物不可欺以得志，而況於人乎？況於家國天下乎？前撫部命園何意，愚不敢知，以公言之，詎非所謂忘機者與？馭吏不以機，故開誠而吏不欺；治民不以機，故布公而民不犯；處事不以機，故酌理準情而事無不舉。由是言之，公其所謂忘機者與？吁！桔槔，小機也，丈人恥爲之；鉤距狙伺，權術大機也，縉紳先生輒用以待人而治天下。然則，我公之賢，固加人數等，而其道，則丈人抱甕之道也。斯名也，又何謂不稱焉！或曰：善。

會客有沈君作詩壽公，同亦輒書其言以爲游宴記。

沈生哀詞

沈鎔，字南金，江蘇上元人。父爲布政使司倉吏，叔父雖爲官，由捐納。鎔意欲以文學振其家，讀書爲文勤甚，然天資魯鈍，不能成。凡學使歲科，試時藝之外，別試詩賦者多，而試經解者罕其人。鎔爲童子，獨就經解試。學使文公奇之。及觀其作，不謂佳，乃不取。而正試時特呼鎔，勸從予學。鎔既從予，凡予解經及爲他生改竄之文，悉手抄而讀之，能成誦。予嘗有文，失其稾，試以問鎔，鎔應口誦終卷，不誤一字。予家有事，鎔黎明輒來爲料理，抵夜乃歸。先母之喪，自小斂至殯，鎔在予家者幾一月，置家事不復問。休寧陳仰韓見而歎曰：服勞於師門如此，不愧古人矣！然鎔數就童子試，竟不獲入學爲諸生。道光八年，予在安徽，家有書來報，鎔病死，其得年及卒之日月未言也。嗚乎！鎔之文誠不佳，雖予不能曲譽之。至於諸經成誦上口，往往兼舉注疏，今之學校中蓋罕見其人。宋時試士有帖經墨義，今乃專主時藝，而試經解爲具文，故樸拙如鎔者，遂不遇。鎔誠數奇，而世風華實之故可感也夫！去年春，予歸江寧，鎔嘗兩來見，其狀依依若不舍者，予心怪之。嗚乎，孰知其遂與永訣也耶！鎔雖死，有五子，予望其能成鎔志。併爲哀詞以哭鎔，其詞曰：

嗚乎！鎔也。世雕琢以爲辭，子不工也；或鑽刺以迎時，子固窮也，人迂我而避之，獨來宗也。奉其說以爲師，不知予心之蓬也。文，吾知其有疵；命，吾憫其未逢也。必舉文以相九，何弋獲者之多庸也？期予室而莫予帷，今茲師弟之終也。乘化委運，子何悲兮！我之心，則有忡也！

因寄軒文二集卷六

宗祠規條序

古者，自天子諸侯大夫至於士官師，皆有廟，惟庶人乃祭於寢。自宋以後，士大夫之有家廟者希矣。古者，天子七廟，諸侯五廟，遞降至於官師一廟而已。後世雖身爲庶人，其家堂木主往往積十餘世而不祧。春秋時祀，上及高、曾、遠祖，而國家不爲之厲禁。古今異時，其禮制不容强合也。然愚嘗論之，後世有家堂而少家廟，其家堂或置於中闈，人神雜糅。且古者宗廟之禮以序昭穆，序事以辨賢，燕毛以序齒，自家廟之禮廢，而五服之親有終歲不相謀面者。尊祖之道衰，收族之情遂失，此家運所以凌夷，而有志之士必汲汲以宗祠爲務者也。

吾管氏自明世宗時敬所府君自蘇州東洞庭山遷於江寧，傳一世而分兩支，至於今，將三百年，兩支分爲數十支，見存者可序爲五世，亦云盛矣！竊聞之，自乾隆中，諸祖諸父卽欲創建宗祠，而力有不逮。道光七年夏四月，族人相會建議，以爲事獨任則難成，財分出則易集，吾宗雖多貧，請各量其力以勉成是舉。皆曰善。於是共捐白金得若干數，市宅於漢西門內，鳩工庀材，粗加繕飾，訖明年而祠屋成，祭有所矣。昔者，成周之制，卿以下必有圭田，士有田則祭，無田則薦。蓋祭必有田，而後粢盛始絜，牲殺器皿始可完。今吾宗之力未足以置祭田，魚菽之薦不能備禮，且懔懔乎懼無以善後焉。雖然，吾宗三百年無宗祠，一倡議而遂有之，庸詎知今之無田者他日不且連阡累陌乎？宗祠之外，置義田以恤孤嫠，設義學以教童稚，取餘財以給貧宗之葬薶嫁娶，吾宗人皆有志焉，庸詎知他日之不一一盡成乎？以尊祖爲心，以收族爲念，人人不私其財，民所欲天有不從者哉？若夫就今言之，則姑易家堂之制，略爲家廟之規，以稍明夫尊祖收族之誼，視爲始事，而勿視爲成事，可也。謹與合族共議，酌爲規條，勒書於壁，而序其緣起如此焉。道光八年夏四月，同謹序。

朱義娥傳

昔歸熙甫作貞女論，以爲未嫁夫亾而爲之守義且死者，事不合乎禮經。近世學者駁焉。予以爲皆非通論也。熙甫所持，未廟見不爲婦者，禮經之正也。駁之者非也。然聖人作禮，以中人爲制。不及中人而悖乎禮者，法之所得加；邁乎中人而至乎過禮者，法之所不得禁。是故有庸行焉，有奇行焉。庸以率天下之中人奇以聽天下之異人！執一而言之，豈通論與？予客安徽，聞朱義娥事，以爲奇之又奇焉。

義娥者，寧國舉人朱元鼎女。生一歲失乳，就養於其戚僊大葵家。大葵次子孫栟，長女二歲，因許字焉。道光四年，義娥年十歲，與孫栟同患痘創，而孫栟竟殤死，僊氏愛義娥，不令知也。義娥疑之，問其姑曰：小哥病何如？胡不聞其醫藥耶？姑不語，固問之，哭曰：小哥死矣！義娥大慟，卽自爪胷臆閒，創盡潰。姑驚愕，急以好言慰之。義娥曰：吾奉父母命爲小哥婦，小哥死，我何用生爲！竟不食，三日而死。小哥者，義娥平時以呼孫栟之稱也。嗚乎！義娥幼甚，安知所謂禮經？彼以奉父母命而爲人婦，則夫死當與俱死，是豈非性至情極得於天而不參人事者乎？何其奇也！何其奇也！

古之人有言曰：聖人爲善，如火之必然，泉之必達。其不爲不善，如騶虞之不殺，竊脂之不穀。是故聖人者，生而知乎衆德者也。古孝子忠臣烈女貞婦，生而知乎一德者也，不待學而能焉，不由勉而至焉。是在天地本爲閒氣，烏容以常論衡之！

而以予所知，貞義之女又有數人焉。長洲朱貞女者，予婦翁朱君姑也，許字溧陽潘生。潘生死，貞女欲身殉，父母止之，乃往守四十餘年而卒。予童時猶及見之。裘貞女者，上元人，許字同縣童某。童某死，其家欲改字之，女以翦刀自刺其喉，家人遂懼而不敢强焉。童氏聞，乃以綵輿鼓籥迎女歸。是爲道光五年事。

而予同歲生歐陽長海之妹，許字冷君夔言子。冷子死，女父母皆先亾矣，夔言又貧甚，女聞信痛哭，謂長海曰：兄容我守，我請在家以鍼黹自活，不累兄。不容我守，請以一死報冷氏。長海哀而敬之，誓養以終身。事與裘貞女同時。始，女在家聞冷子貧且病，終日默默，不華飾，勤鍼黹，市而蓄其錢，人不測何意。至是，乃知其豫爲守義計也。嗟夫！有定力，然後有成事。奇女子固然，士大夫宜何以自處哉？

陳仰韓生壙銘

同既爲黄蛟門傳，老友仰韓三以書來請，曰：蛟門得子文，當不朽，願子爲吾銘墓，及吾之目見之也。同曰：豫凶事，非禮也。雖然，漢趙臺卿、隋王無功、唐傅遊藝皆自爲墓誌，君子疾無稱而不諱死，是可銘。

仰韓者，徽之休寧人。曾祖諱某，祖諱某，考諱某，世豐財而好義。仰韓爲貢生，以休寧山縣寡見聞，乃渡江至江寧，讀書鍾山書院。初從盧學士文弨、毛訓導藻學時文，有聲。卒從吾師姚郎中受古文法，而學大進焉。爲人樸素簡訥，壹主於信。與人約，自度不能，輒不應；苟應矣，即事勢於身不利，必踐言然後已。晚年財大匱，仰韓不以屑意，市宅近青谿，搆日涉園，植果樹數十株，讀書其中。同嘗於元旦日未出過其門，書聲琅琅達牆外，立聽之，蓋太史公六國表序云。

孺人某氏，生子曰某，徽諸生。妾某某氏，生三子，曰某某。置嫡子於徽，而以庶子隨居江寧。且自營墓地某所，謂同曰：昔蘇子瞻自言葬海外，後不果而葬汝。某徑埋骨貴鄉，他日風清月朗，與諸君子魂魄往來，不亦快乎？其言可謂達也已！所著書曰蘭軒文鈔若干卷、國朝古文所見集若干卷，皆刻行於世。

仰韓，名兆騏，姓陳氏，今盛清道光八年，年六十九，尚無恙。銘曰：

猗吾仰韓乎，世諱死而惡言，子達觀乎！丐吾文以揭墓，允其傳乎！富既失而貴不登，中坦然乎！嗟聲名其何用，足控摶乎！死而有知，尚其與我盤桓乎！凌太虛以共度，駕赤豹而驂青鸞乎！

痘科圖說序

同鄉吳生竹坡以所作痘科圖說乞序。予覽畢，爲之序，曰：

瘟之爲字，說文所無。瘟之爲病，素問、難經、張仲景方所未有。蓋創始於六朝，而大盛於元明，以至今日。醫家以爲由胎毒，是誠然矣。顧胎毒也，何以古無而今則有與？

昔者，唐虞三代，飲食有時，起居有制，取火於木，而掌以司爟，藏冰於冬，而職以凌人。其養人者如此其悉，而又導之以禮，以防其弛縱；和之以樂，以宣其湮鬱。猶懼其未也，凡夫奇技淫巧以至食物之不時者，皆不得粥於市。分至之日，至使官徇於路，警之以不戒容止，生子不備。若此者，皆今之所謂迂而可笑者也。然其時教布於上，化行於下，民之嗜欲淡泊，血氣和平，生則盡其天年，而無札瘥夭昏之患，又安有所謂胎毒者與？

漢魏以後，禮樂隳壞，一切隨之。藏冰諸典，世多不行，而壹取火於猛烈之石，其所食者多害人之物，其所行者皆縱情極欲傷生之事，蓋人至授室之年，而臟腑鮮有無病者矣。胎毒之說，由此其興也。

嗟夫！天下之事，亦探其本而已矣。本之既壞，而欲其後之無傷，凡事皆不能。疾病，其一端也。是故以瘟言之，其受毒淺者，名醫可治也；其受毒深者，雖扁鵲、倉公復起，無能爲也。吳生之書，予未能盡通其說，觀其引證箋釋，條鬯通達，其諸今之名醫與昔吾鄉有戴麟郊著瘟疫論，吳生之書殆可與抗行與！得其說而善用之，是在其人。而予之意，更欲使賢者究古昔教養之旨，不泥其法而通其意，使人淡嗜欲、平血氣，自保其身，而因之保及赤子也，不亦善夫！

禱雨城隍神文

惟明有官，惟幽有神，其爵愈貴，民望彌殷。浩浩江淮，神佑我巡，萬姓之命，託於兩身。惟茲六月，天久不雨，蚤稻既登，晚禾未布。日跋於天，有暘靡澍，蘊隆爞爞，伊旱是懼。古言求雨，縱陰閉陽，察獄以情，敢乖其方。豈吏之辜，抑民之殃，罰吏及身，毋民是殃。神既聽止，達於皇天，沛我甘澤，惠我下人。禾苗獲蘇，以慶豐年，牲腯醴馨，報祀孔虔。

禱雨龍神文

天膏澤兮吾氓，司厥事兮惟神。屯其膏兮弗沛，不神愬兮誰陳。伊六月兮徂暑，將晚禾兮植土。赤日麗兮丹霄，雲英英兮不雨。肥𧔦伺兮山之阰，魃一足兮思出游。腹雷霆兮不吐，將無作兮神羞。謂霖雨兮天所施，匪有天帝兮涓滴不可。私爲烝黎兮請命，雖獲譴兮奚辭。我禱于天兮天諒許，惟明神兮庶予輔。帥水族兮波臣，揚蛟旂兮振鼉。鼓苗欲槁兮重蘇，慶豐年兮樂有餘。民既飽兮孔晏，河海奠兮神安居。

禱雨關廟文

伊當今之祀典，蓋莫貴乎尊神。赫英靈以佑國，當眷顧此烝民。嗟甘霖之不沛，今已過乎兼旬。更愆期而弗降，咨民命其堪憐。惟城隍與應龍，祝致告其孔殷。日再禱而莫獲，豈位卑而難專。惟尊神之至貴，呼吸通乎上天。儻爲民而請命，諒無澤之不捐。仰甲馬之威靈，常顯著乎行間。人一飽而氣靖，曷默佑於機先。惟我皇之至仁，憫一夫之饑寒。體斯意以相助，昭祀事之孔虔。

再禱龍神文

惟天有雨，神則主之。惟民有求，神實予之。芃芃禾苗，待神興之。求而弗獲，何以登之。伊神於民，豈其釁之。噓氣成雲，又豈靳之。靳必不然，釁民招之。憫茲蠢蠢，神護調之。獲釁者誰，請獨殃之。不在此數，毋連傷之。土欲焦矣，誰其注之。惟神有靈，亟氾布之。

暑賦

皇天平分四時兮，至今歲而如忘。夏已徂而秋遘兮，羌有暑而靡涼。鑄九垓以爲鑪兮，鼓大火於中央。風師扇而弗輟兮，六宇灼灼其炎光。山焚焦而石爛兮，海熬竭而塵揚。大鵬遭爆而翼墮兮，鯤魚遘沸而鬐傷。坐陰室疑處甑兮，浴寒水駭探湯。喘如峯鳴而谷噏兮，汗如潮汐之溢乎錢唐。思乾坤之博大兮，涼一篳其何鄉。有冰雪之可吞兮，吾又何憚乎遐方。晝思逃而靡所屆兮，夜十起而倒衣裳。吾不難坐以待烹兮，誠不忍萬彙之戚戕。抽予骨以爲筆兮，裂予皮以爲章。溘埃風予上達兮，灑涕泗于天閶。曰下民之暍死兮，敢多求于上蒼。惟霖雨之及時兮，足以蘇困而存亾。皇天哀此悃悰兮，詔陽烏使閟藏。碎肥蟦而爲葅兮，糜黑蜧以爲餦。雷砰訇其鼓震兮，電煜煜而蛇翔。九龍騰而雨注兮，勢若倒乎銀潢。顧芸芸之物類兮，習焦額以爲常。倏招魂於一夕兮，初不藉乎巫陽。彼奄奄而忽振兮，此圉圉而旋洋。予心閒而無所事兮，蘧蘧乎臥一枕於羲皇。

天寧寺禱雨龍神文

嗚乎明神，禱者數矣。霖之不興，伊何故矣。青青之苗，暵其枯矣。雨而弗降，曷由蘇矣。苗弗蘇矣，人弗飽矣。民之仳離，不可道矣。惟官爲民，情孔殷矣。司雨者神，盍上陳矣。頃者禱祈，恐弗潔矣。易地而壇，庶其得矣。紺宇寶幢，神格思矣。惠我滂沱，毋後時矣。

重刊佐治藥言學治臆說序代

治民之官，莫親於牧令，而刑名錢穀之友佐之。牧令賢，然後州縣治，所聘之友賢，然後有以佐州縣而成其治。是三人者，位不同而爲民所託命同也。今也可異焉。爲牧令者，或未學而仕，坐堂皇，懵然莫辨，專賴一二友。爲其友者，大抵業儒不成，去學律例，求要人薦入幕，衣服傔從麗都，於公事則鹵莽滅裂，累及主人，無愧意。以不知治之友，佐不知治之官，一州縣，偶然，久之，天下多然。而其害有不忍深言者矣。蕭山汪龍莊先生，以諸生處人幕下，撰佐治藥言一書。其後以進士爲牧令，又撰學治臆說一書。其言平實簡易，無甚高難行之事，而依而爲之，則治民之與佐治，其庶幾乎！先生四子，主事繼培，爲予乙丑分房所薦士，贈予是書。茲予巡撫安徽，特校而重刊之，以貽牧令及刑名錢穀之友同觀焉。

是兩書者，重大纖細畢具。約而言之，佐治與治民，其要同歸於自治而已。非廉潔無以植其基，非勤慎無以盡其任，是其道必先由自治始。揚子雲曰：大器猶規矩準繩。先自治而後治人，讀是書者，其知之！

題王悔生文集

古人著書必自稱名。易、大傳、論語諸書，則每篇稱子，其始蓋門人所記錄，而沿及周末，則著書無不自子者矣。其在古未必然也。然以周人創之，則其例可用。唐宋人文柳子厚稱柳子，蘇子瞻稱蘇子，王介甫稱王子，依仿古書，其稱爲有據。若夫字以表德，出於朋友之相呼。論語記顏淵、子貢云者，大抵他人所載述。古人著書必無自標其字者也。頃見惲氏大雲山房文集動於篇中署『惲子居曰』四字，意甚以爲不典。惲氏孤學無師，無足怪耳。桐城王悔生，從海峯游，於此等宜素講，今其集首孟獻子論亦自署『王悔生曰』，是豈合古人之義法哉？悔生文專學海峯，其序事頗有佳者。此則不當律令，予是以辨而書之。

蘊素閣全集序

文辭者，人之所自爲也。自爲之，則宜有工拙之殊，而不當有真僞之辨。而古之人有言曰『別裁』、『僞體』，此何說也哉？無得於己而剽販古人，是謂無情之辭；無當於道而塗澤古語，是謂無理之作。之二者，是爲僞體而已矣。文辭之有僞體也，豈獨明中葉爲然？精而言之，子雲之法言，猶剽販也；元和之雅頌，猶塗澤也。設使後世復有刪定之聖人，則二者亦必歸諸僞體。何者？爲其專事詩文，而情理中有不足故也。

予同年友盛君子履，篤於天倫，交游遍海內，爲教諭，不自閒其官，日與諸生講解論說，暇則研究經史，著蘊素閣詩文集數十卷。蓋子履之爲人，深於情而不悖於理者也。其論文也，以望谿方氏爲隘，頗不循其義法。予則未知其何如？要之，子履之文，舉其所學而筆之於書，無依傍之心，無摹擬之迹，大抵力求其真而不爲僞體。是則其所長而已矣。若夫駢體詩餘，其製不同於古文，而君之爲之，則壹以其爲文之旨，聯而貫之者也。

予與子履别有年矣。今年秋，子履訪予於安徽，出其全集屬序。予讀訖，因掇其爲文之大旨爲序以貽之。

道光八年冬十月，某序。

安徽通志序代

兩江總督之職，兼督江南、江西。而江南又分爲二省，曰江蘇、安徽，設巡撫部院二、布政使司三、按察使司二，統治府廳州縣。而兩江總督總其成焉。自山川、風俗、人物、貨産以逮歷朝沿革、建置，劃然而分有上下江之别，而其書獨有江南通志二百卷。乾隆以後，又久置不修。夫豈非闕事也哉？

道光五年，巡撫臣澍會前督臣奏請創修。志局既開，規模牣定，適臣澍調任江蘇，臣師誠繼爲皖撫，未幾内用侍郎以去，而今撫臣廷楨實繼其任，則賡續爲之。採訪撰校，閲三歲而書成。繕寫上進，天子嘉焉。臣澍、臣廷楨咸荷議敘之命。時臣攸銛以大學士總督兩江，臣廷楨以序文見屬，例得弁言。

昔三代之治，莫盛於成周。成周之治，醇厚文雅，非一人一時之所克成也。周公始營洛邑，而畢公君陳保釐東郊，不改其政，是以化成而俗美。其爲書也周官五篇，雜有西東兩周之制。蓋掌其事者增益而成之。謂其盡出於姬公，非篤論矣。漢唐以後，偎薄怠玩，無敬事後食之風。國史重事，讀劉知幾、栁宗元所論，當時朝士坐縻廩禄，前後推諉，有數十年而不成一書者。國史如此，則郡國之志乘可知；一書如此，則當時之政事抑又可知已。惟我國家立法宏大，中外大吏急病而讓夷。前有興之，誠利矣，後不敢輟也；後有除之，誠害矣，前不敢護也。事惟其官，不惟其人。觀兩撫臣踵成志書，不畫畛域，此一事耳，詎不繼美成周、駕漢唐而超乎其上也耶！

書曰：『同寅協恭，和衷哉。』唐虞之臣，相尚以和，簫韶九成，鳳儀獸舞。臣以閣臣任總督，誠樂見同官之和衷，以受有天子之寵命，是以爲序文者若此。若夫險踞江淮，廣連荊豫，典制之繁，古今之異，與夫秉筆之姓名，爲書之體例，則本書及兩撫臣之序言之詳矣，固無俟乎臣言也。

王氏兩節母傳

吴孺人，上元人。考貽僊，與同里王太公以成善，因以女許字其子，例贈文林郎君和樂。未嫁，而贈君疾卒。時吴孺人年十九，聞赴乞往弔，至則撤環瑱，請衰絰爲婦。不復返。衆難之，吴孺人慷慨言大義，遂許焉。

而王氏貧甚，未幾，太公與其仲叔兩子皆卒，存季子又病聾。吴孺人以紡織事君姑，養送無闕禮。守三十年五十，而周孺人以遺腹子世培嗣焉。周孺人者，贈君從兄諸生君和羹之副室也。諸生君娶杜孺人，生二男一女，又娶周孺人。周孺人十六歸王氏，歸十二年，而諸生君卒。喪際，有以人衆食艱説杜孺人者，杜孺人意未決也。初，杜孺人憐所生女是時在室未嫁，周孺人立志守義，私念已有遺腹，不可以死爭。一日，斂篋笥釵服計值數十金跽獻於杜孺人，曰：主人長逝，所未了者某姑耳，主母年高復多病，某姑嫁，願事主母如母，以此助某姑奩費，且表其心也。且語且泣下，於是杜孺人及某姑皆相持痛哭，不復許人理前説。及期，世培生，周孺人又請曰：主人既有後，是呱呱者安用空與兩兄爭屋產？比屋吴大姑待嗣三十年不可得，胡不使承其後。吴大姑者，吴孺人，里俗貞女之稱也。杜孺人以告吴孺人，吴孺人大喜，立要族姻定其議。世培生彌月，嗣爲吴孺人子，吴孺人撫如己出。而周孺人在家操作益勤苦，冬夜衣破衣，爇竹爐供杜孺人寢。已就寢，輒手執女紅，至四更猶不輟。又時翦紙書字往教世培，督之誦讀。而又以其暇説古今節義事，博杜孺人之歡。蓋其勞瘁如此。世培年十四，杜孺人疾篤，所生子在側不顧，獨執世培手，指周孺人哽咽而沒。是年世培請於兩兄，延兩孺人處一室。明年，吴孺人卒。又四年，周孺人病勞瘵卒。

嘉慶某年，鄉里人具吴孺人貞節狀，請旌表，建坊於宗祠之側。道光五年，世培舉於鄉，就禮部試，始爲周孺人請旌，亦樹坊於祠側。

贊曰：世培，字星儔，同之同歲生也。高才能文，談論恢廓。同嘗兩與北上，每語同寓士，座無星儔，使人不歡。然偶言及兩母事，輒嗚咽，神色不怡者久許。嗚乎！兩孺人之節，皆天下之奇節也，而以其處境言之，周孺人可謂苦心曲盡者矣。何其賢哉！何其賢哉！《詩》曰：『夙興夜寐，無忝爾所生。』星儔固知之矣。道光十年秋九月，年家子管同頓首拜撰。

因寄軒文集補遺

對用刑說

世皆謂今之用刑輕於古昔，故民不畏，而犯法者多。其說曰：漢高之法，殺人者死，傷人及盜抵罪。今之律例，有故殺，有誤殺，有下手加功之殺。故殺者死，而誤殺者未有或死者也。下手加功者，仍以致命、不致命爲分，致命者或幸不死，而不致命者未有或死者也。其法如此，用法者大抵避重而就輕，故殺人者往往不死。民見殺人者之猶可以不死也，彼何憚而不殺人，故不畏而犯法者多。今當一效漢法，直曰『殺人者死』可也，奚用多律！爲是論也，愚請折之。

今士大夫之家有器皿焉，一奴故壞之，一奴誤壞之，一奴謀壞焉，而一奴助之，是數奴者，主人將以一例處之乎？故壞與謀壞者，笞而逐之，可也；助而壞之，其輕譙罵足矣；彼誤壞者，遇牛宏則且曰爛女手，遇韓琦則爇鬚無言而俾執燭如故，何罪之有焉！人命之重，固非若器皿之輕也。然其中實有故殺、誤殺之分，實有下手加功之異，情事懸殊，用法者安得以一例處之？漢高之興，庶事草創，約法三章。然未幾法不足用，故必命蕭何造律。設使初法可行，漢有天下後，奉行三語足矣，造律何爲？若是者，豈獨漢爲然。尚書、呂刑，孔子錄以垂教者也，其言五刑之屬至於三千。古之明王，豈其不樂於簡哉？世故日降，人情日紛，不多爲科條，不足以盡天下之情而窮天下之變。今不問其情事之何如，第曰『殺人者死』，是荒陋之說，不應經典者也。

天下之事，名實而已矣。今之制法緩既死之辜，重失入之罪，仁厚邁乎前世。要之，『殺人者死』，必有主名抵罪者，是名實在也。名實在，則民已知懼矣，何慮乎不畏之多？卽使幸而不死，人命株及，亦必遭毒刑，入牢獄，拘禁如犬豕，少者一年，多者二三年，然後減爲徒流，或竟逢赦宥，雖不死而懲之者極矣。如此而仍犯法，非人情也。謂此可以僥倖不死而樂效，其犯法者尤非人情也。世固有桀鷔凶悍、愍不畏死者，然如此人，雖峻法，豈能使其變更哉？蓋經有之『與其殺不辜，寧失不經』。

自古聖賢皆言省刑，未有或言峻法者也。漢以文景爲盛，網漏吞舟之魚。宋以仁宗爲盛，所用者或止於鞭朴。惟商鞅治秦，王猛佐苻堅，皆教之峻法，以殺人致二秦之祚不長。國家慎重人命，曠古未聞。蓋古者，富俠酷吏者操生殺之權，今雖宰相不能妄殺一人。古者，人命繫乎刑官而已，今自州、縣、府、司、督、撫以内達刑部而奏請勾決焉，殺一人而文書至於尺許，民之感激也深，天之垂佑也至，社稷延長端賴於此。有識之士，不當於此時而議嚴刑也。

刊刻敬敷書院課藝序 代

安慶一府，據古皖、桐、舒、黃諸國地。昔在周、漢，屈、宋、景差、唐勒楚詞，淮南王安羣臣賦，無名氏廬江小吏詩，文字之奇豔稱千古者，率出其鄰郡，而茲地無聞焉。其文士著名史傳者，宋李公麟輩數人而已。地僻隘，化導無人，雖有奇士，（末）〔未〕由而自振也。及我朝奄有區夏，分安徽別爲一省，而以安慶府治爲省城，撫部、藩、臬、首郡之太守皆駐焉。其後又建立敬敷書院，召諸生肄業其中，延賢士大夫退居林下者爲山長以主之。四大吏合山長，月二課，撫部歲一甄別，皆用意，不視爲文飾具。由是，安慶文才日邁乎前代。世言我朝古文桐城有三家，懷寧則詩人輩出，篆隸有先秦東漢風，至若帖括經義應試之辭，故宜人人能之，而工者不可悉數也。化導有方，人材遂日盛。天下風俗，亦何地不可轉移哉？

予自奉命撫安徽，尤留意書院，試之日，輒集諸生於院署，手評其文，面教焉。諸生既樂奉予教，久之，請曰：書院之文不刻者七十年，請公用他省例，許刻而爲序之。予曰：諾。觀諸生應試之辭，則既已工矣，其於科第可操券獲矣。雖然，猶有進，安慶東接江東，孔子傳易弟子曰江東馯臂子弓。或曰，矯子庸疵，亦江東人。其東南過一郡，曰徽州，實宋朱文公故里。之二者，文之源也，應試之辭所從出也。諸生今日蓋知以屈、宋、景、唐、淮南羣臣自勗矣，吾願更有志希此兩鄰郡先賢焉。

則敬敷書院者，其盛豈止如今哉！雖與緇林、鹿洞齊名可也。

復陸祈孫書

承問矜字今聲，何以菀柳柔桑入之真臻先部。同按：說文：『矜，矛柄也，从矛，今聲，居陵切，又巨巾切。』讀居陵切，則入今蒸部。生民之詩，所以與登升歆韻也。讀巨巾切，則入今真部。菀柳柔桑，所以如來教也。然此據二徐所定說文言之。同竊意此字自古誤書。蓋古矜字本從令，而不從今。令字古入今之真韻，盧令令以韻其人美且仁矣，音一轉而爲憐，有馬白顛，以韻寺人之令。加草爲苓，古讀與蓮同。采苓采苓，以韻首陽之顛，則皆入今之先韻矣。真、先兩部，古與寒刪部通，是以矜字通作鰥寡之鰥。尚書、毛詩其文可證。然則，此矜字古必從令；若從今而讀居音切，則諸部不復可通，而說文居陵、巨巾兩切，亦不知其何以然矣。同於形聲之學所得甚淺，據臆見言之如此，俟見中丞，當詳問以告耳。

義山古詩雖有可取處，然學人而不能脫化，故不及其近體，如韓碑，極力摹韓，終不免艱難勞苦之象。若其他，則太似長吉者多矣。此亦同之私見，而非蹈襲歸愚也。韓孝女事奇甚，俟病愈當爲詩頌之。率復，不具。

矜，從令不從今，段懋堂所定說文如此。孔㢲軒說同。鰥入刪，偏旁從罤，省卽入元，皆真之轉，故矜可讀鰥也。

段氏說文云：漢石經、論語、溧水校官碑、魏受禪表皆作矜。同今始見其說，附告。

繼園記

國家既下江南，改黔寧王居爲總督尚書之署。東望有高峯，矗立如屏，出乎林際者，鍾山也。水出後湖，西流而環於署側者，潮溝也。稍折而南，有水西出與相會，而合注於淮者，古青谿之一曲也。兼是三勝，雄秀而宏遠，於建牙也宜，於觀游也必爲美。而園囿池臺闕於署後，匪士庶所得瞻，喜事者悵焉。

署之西門，有大姓曰李氏，自厥祖至於今富三世矣。始者，其尊人南康太守欲於家爲園而不就，今其子紉秋兄弟乃繼爲之。凡園爲水者十之一，爲石者十之三四，爲亭、爲臺、爲樓、爲閣者十之四五，而爲工幾至於二年。城中多勝地而少園，督署有園而非盡人所得至，是園成，而觀游之美略備矣。於是，紉秋兄弟飲予而請名。予見其前軒，春卉條達，氣燠以和，遂名曰芳藹之軒。旁建小室，啟牖戶以達園，曰窺園之室。由是以入，有門焉，步曲廊，登高樓，曰通幽之境。循徑而上，有亭翼然，西城諸峯涵翠而拱竢，曰挹翠之亭。南嚮之樓，背見山也，曰達觀之樓。北嚮之閣，山相面也，曰屏山之閣。南樓之下，曰綠淨之居。池側之齋，曰畫舫之齋。石之上下，復有二亭焉，高多梅，庳際水，高曰霏香，庳曰斂碧。穴垣如月勢，置屋三楹，朱魚出游從容，取莊、惠濠梁之意，曰觀魚之堂。凡此者，皆園之勝境也。然要皆繼先志以爲之，故合而名曰繼園。

吾嘗觀世豪富之家，凡有興創，父子兄弟輒多同異，故聚族也難，而保家也不克遠。書曰：『若考作室，既底法，厥子乃弗肯堂，矧肯構？』『厥考翼其肯曰，予有後弗棄基。』此雖喻言，而周公播爲大誥矣。然則，李君之事不既賢乎哉？抑予聞之：繼其志者，不若繼其美之爲九懿也。李氏雖世以富聞，而祖父以來，多善行，鄉黨稱焉。戊亥之歲，江南大饑，君兄弟本先志，捐數萬金，活疲氓以萬數。此其善繼前烈，足以風世勵俗，而其美豈盡於一園乎？仁恕以將之，恭儉以持之，世世子孫，其皆有繼也已。

陳竹如詩序

先君之姑適河南葉司馬公，而先大母實葉公之姊。兩姓世爲婚，故司馬之女家，於同爲至戚焉。司馬之女四，長適張，處山東；次適李，處江右；又次適陳、適吳，皆浙人，而處江南，於同家爲至近。吳氏姑年少，猶無子。李氏姑有子矣，年尚幼。張氏姑子則年長而又吾徒也，僻處東海，不相見者且十年。惟陳氏姑子竹如，同里往來，與同交爲至密。至戚也，至近也，至密也，無所長，吾猶將夸之，矧其能詩而又殷然索序於予耶？始，吾及見君祖運使公，狀貌嚴毅，如淵渟山峙，非常人也。獲侍尊甫明府君，樸儉溫煦，金和玉節，有養君子也。晚見竹如，清美文秀，蘭生於庭，貴家之子也。世苟未識君詩，吾請觀於其人；世苟未得君之爲人，吾請徵於其祖、父。抑聞古之人稱世家子者，必曰麟鳳。麟鳳之文，天下之至文也，而又不徒以其文也！竹如之詩今固美矣，吾之意則欲益進其詩，而并不欲君之以詩限也。竹如以爲何如？

書梅伯言馬韋伯詩後

同少時求友於鄉中，其先得而交厚者二人：强圉而不移，深沈而不露，處事精明勁悍，是梅君伯言之行也，吾交而厚之。喜事而尚義，於衆人也汎以愛，於良士也折以親，是馬君韋伯之行也，吾交而厚之。是二君者，跡未嘗合也，情未嘗符也，動靜未嘗相似也，吾壹交而厚之，何哉？曰：其爲賢且才，則一也。君子之取友也，取其賢且才焉者爾，志之不同如其面，吾烏乎能一之？同始與二君學爲古詩詞、雜文。伯言之於詩也，意欲其深，詞欲其粹。一思之偶淺，必鑿而幽之，一語之稍觕，必礱而精之，賦一詩或累日踰時而後出。韋伯則不然，其言曰：詩也者，形吾之意者也。吾意止是，而宛轉以深之，其爲意也已僞矣。僞，吾奚取焉！故韋伯爲詩，稱心而言，如雲出潮湧，下筆數千言立就。

吁！同交二君二十餘年矣。憶少時，嘗共宿棲霞，又嘗乘月登雞籠，夜半，謌吟嘯呼，聲震林樾，見者以爲僊。今二君踰壯，而同且老矣，何生平議論猶未能歸於一也與？雖然，是二君者，其得名同也，其宦達同也，其爲海內識者所珍愛同也，烏知伯言之是而韋伯之非耶？烏知韋伯之是而伯言之非耶？烏知伯言、韋伯之無是非而吾與世人妄是非之耶？是亦無傷也，非亦無傷也，天下之事有大乎詩者！韋伯與伯言共勉焉，其可也。

歐陽文忠公畫像贊

安徽滁州有宋歐陽文忠公遺像，李端叔、晁悅之兩贊在焉。高宗皇帝南巡題以宸翰，州牧王景恆敬摹諸石，而元本貯於庫中。道光九年，高君垂慶權滁州，摹一本以見贈。晏元獻言文忠貌似昌黎，昌黎少鬚，而公像豐髯。又世傳公耳白過面，脣不掩齒，觀此像，殊不然。

不知摹者失耶？抑宋人所爲雜說多僞造而不可憑耶？要之，蘇文定稱公容貌秀偉，此雖摹本，諒必得其萬一之似。思其人猶愛其樹，況乎實得其形之髣髴者與！愚故寶而藏之，且爲之贊，曰：

文壞八禩，篤生韓公，繼漢以唐，轢遷陵雄。韓去歐起，化奇而易，如彼菽帛，終古莫棄。嘉祐治平，爲炎宋隆，廬陵之文，相州之功。荊舒詆公，肆彼狂狡，祭公有辭，莫掩公道。當公之生，人疾如讐，至今公文，重如共球。嗟余鞠凶，如公幼狀，不拜瀧岡，愧拜公像。噫嘻百世，豈無曾蘇，我思古人，喟然長吁。

跋團勇助軍約記

同嘗序許君叔翹文，述其助平宿州及擒滑縣逸賊楊七郎事。今觀此卷，乃益得其詳。叔翹今年六十有八，意氣談論未衰。然窮甚，歲謀衣食頗不給。嗟夫！天下有事，則勇略奇士唾手而成封侯之業，顧安所得窮？奇士而至於窮者，宇內承平，才無可見故也。然則今日於叔翹爲窮，於天下事則爲福，叔翹又何憾！雖然，取其法與其人，以待不時之需，抑所謂有備無患者與！

五月五日八箴堂小集序

中丞鄧公開府皖上，善政齊乎君奭，多藝幾於公旦，如瞻宗廟肅肅禮樂之陳，如觀武庫森森矛戟之列。然猶虛以受物，實能容人，好爲一一之聽，不拒九九之見，由是覽輝鳳下，振翼鵲起，田文衆客各署其能，竇融諸子分教以藝，幕府人才於茲爲盛。

道光八年夏五月，值五日之令節，會八箴之新堂，石榴粲花，菖蒲拜竹，民登仁壽，絲無取乎續命，士抱聰明，糉何遺於益智。不觀舟於江口，不鑄鏡於江心，於是擺落常調，盤桓佳日，分請諸君，各輸素藝。或文騰藻麗；或詩耀葩采；或師小令於溫、韋；或仿八分於李、蔡；或蟲書玉篆，撫炎漢太學之文；或工碁善畫，奏李唐翰林之技。魚魚雅雅，麟麟彬彬。會上媲於蘭亭，罰下唫乎金谷矣。夫四美罕具，二難尠并。七子鄭郊之餞，僅賦風詩；諸人洛水之戲，惟談元理。何圖今日獲逢羣彥，超盛軌於南皮，邁芳蹤於西邸。笑參軍之依蠻府，但詠娵隅，陋詞客之在酒筵，惟歌栲栳。茲蓋恭遇我公，巖巖萬仞，汪汪千頃，夙容司馬之狂，不惜蘭奢之喚，以故游鱗景附，逸翮飈起，桃李盛於門中，芝蘭芳於階下也。不然，孝標見棄，僧虔遭嫉，樓君卿之輩，口舌徒騰，谷子雲之流，筆札敢出。吾見景宗在座，競病無爭，處仲揚搉，意色空惡而已。是知山高貨集，海深珍聚，秦誓美休休有容，漢史戒沾沾自喜。騄耳溫驪，多產渥洼之澤；柴胡桔梗，必求梁父之陰。豈不然哉！豈不然哉！

同燭武無能，田光況老，飲酒則子布在前，授簡則相如居右，拆線同嘆，無復一條之長，穿縞徒思，終成強弩之末。忝茲盛會，厠彼英流，傳觀七寶之鞭，甘讓五花之管，欲逃曳白，姑事研朱，上巳彈琴，聊效序文於韓愈，八風獻舞，差勝惡狀於欽明云爾。上元管同序。

佩文廣韻匯編序從原編補入

自切韻、廣韻兩書後，一修而爲祥符之廣韻，再修而爲景德之韻略，三修而爲景祐寶元之集韻。今之存者廣韻、集韻而已。江北平水劉淵、元初黃公紹輩加以併省，而陰氏時中、時夫著韻府羣玉，其字較廣韻存十四，較集韻存十二。自明以來，文士通用之。我聖祖仁皇帝聖明天縱，知陰氏學殖淺陋，不足名書，特命儒臣就其韻而加注釋，徵引鴻富，攷訂精密，命名曰佩文韻府，頒之學官，同文一道之盛，斯其一大端已。

同嘗妄論：音韻之學，古今有五變焉。自唐虞至東周，聖賢之徒爲詩書者悉出乎中原以北，及屈、宋爲楚詞，則必參以南方荊楚之音，此一變也。漢魏學者承詩、騷後，又自相如、揚雄，下逮陸機、陸雲輩，其人或西或南，經劉、石、苻、姚之禍，中原大率西北人，則音愈總雜，此再變也。江左建國自晉至齊、梁，士大夫土斷二百年，周彥倫始作四聲切韻，沈約繼爲四聲譜，其音大抵南音矣，此三變也。隋壹海內，陸法言、劉臻、顏之推論定古今，撰爲切韻，其中又兼有南北人，唐人因之，以行乎後世，此四變也。自唐韻至集韻，名雖屢更，體例不易。蓋其韻總爲二百六部，劉、黃併省，陰氏兄弟復併上聲之拯部爲一百六部，此五變也。

由是言之，音韻自古至今凡更五變。唐宋不得拘六朝，漢魏不能守三代，非惟人事，亦天道、地利使然。《佩文增陰氏故實，而部分姑用其書，聖人所以爲時中，卽此可以仰瞻萬一矣。然我朝學兼今古，當康熙時，顧絳、毛奇齡已著書言古韻，乾隆中，戴、孔、段氏益暢厥旨，國無厲禁。此如經義功令，用宋元之說，初不廢漢注、唐疏。而世之學者，第知有考試官韻，問以三鍾、六脂之名，輒瞪目不能答。是亦豈可謂通與？

同友李君鳳洲，常論而病之，暇日恭取《佩文》抄錄於前，附列《祥符廣韻》於後，標題釋義，開帙瞭然。書成，名曰《佩文廣韻匯編》，使同爲序。昔漢初儒者得壁中經書，以隸古寫定，說者謂用隸爲遵時，存古爲可慕，故兩漢儒者有古文、今文之學。鳳洲是書，錄《佩文》以遵今制，列《廣韻》以存古音，雖韻書也，可謂得漢儒之家法者矣。道光十年閏月，上元管同序。

右序原集無之。刊已竣，或持《匯編》屬補入。閱之，筆氣不相輔，視集中諸作涇渭顯然，且疵類抑甚，殆假託者爲之。然疑以傳疑，故既補刊而識之如此。

坿刻小異遺文 光緒本

上元管嗣復著　合肥張士珩楚寶校

張炳垣傳

張繼庚，字炳垣，江甯府學廩膳生，性深多謀，自幼善會計，貧而能自振。湖南布政使潘公鐸與其父故湖南桃源縣知縣介福爲同年生，君往依焉，潘公甚器重之。值湖南軍興，君以省母辭歸。未幾，賊犯武昌，東下，金陵戒嚴，布政使祁公(宿)[寯]藻聞君諳兵事，呼與語，大悅。凡祁公所舉防堵團練諸政，君陳說爲多。無何，城潰，君陷在賊中。

里人吳偉堂賈漢中久，楚賊多所素識，佯受僞職，而實陰圖反正。君偵知其情，遂因吳君與諸僞官結納爲忘形交。一日謂諸僞官曰：公等毁家室，去鄉里，身經百戰，攻下十數城，以有今日。然祿才足果腹，父母妻子不相見，以公等之才，顧不能謀一飽耶？何鬱鬱久居此也？皆不答，有泣下者。君知其可用，遂反覆勸以反正，且曰：事成，公等受上賞；不成，請殺我。與吳君以爲說，皆感諾。於是，君與吳君糾合鄉人數千，諸僞官又各率所部以應之。君密陳欽使，請期進兵，而己爲内應。欽使許之。四年二月壬辰，君率衆登(誠)[城]，殺守城賊爲號。時官兵已抵城下。適賊新設木柵，襲城門，内扃鐍甚固。君啟城稍遲，官兵疑慮不敢進，整隊而退。君知事不就，急令各回賊館，以泯其跡，爲後圖。時賊亦倉卒，不知起事端倪，無從究詰。有劉鴉頭者，君所募健兒，能手刃十數人者也，隸賊官沈獸醫下，慮事泄禍且不測，欲逸出。而賊法：凡因事出入，皆有僞官符券以爲憑信，謂之關憑，非是，則守城賊拒不令出入。劉恃沈素同里閈，當援救己，密以情告，冀得關憑爲脱身計。沈賺得事實，遂以報於僞東王楊秀清，拘君至，詰同謀，鞭撻炮烙備極慘酷。君詭承楚、粵黠賊不與其謀者，秀清疑曰：汝所糾獨無江甯人耶？君應曰：江甯人素怯弱，不可與圖大事。凡我所糾，皆尊要大官，身經百戰者也。於是賊誤殺其黨百數十人，然卒斃君於杖下，復裂其尸以狥。上元諸生賈鍾麟與是謀，聞難逸出，投大營陳君死狀。欽使聞之，嗟嘆泣下，許以其事聞於朝。

贊曰：炳垣沈默寡言，慮事多中。是役也，糾合六省之衆，謀之半載而後發，親至大營，陳說機宜，書狀絡繹，賊中竟無知者，機事可謂密矣。時會一去，卒隕其身，惜哉！余至西善橋，聞村人言劉鴉頭被執時，謂人曰：事泄由我，願以一身當之，甯死不波累人，所以報張君也。及被賊榜掠，無完膚，矢口不吐同謀一人。炳垣至，教之曰：汝盍誣稱沈獸醫與同謀，賊必並殺沈，不猶愈於徒死乎！劉從之，沈聞劉反噬己，急遁去。賊信沈果與其謀，購捕甚急。時城外官民聞沈媚賊債事，皆切齒，亦懸金購之。沈夜伏林箐間，皇懼無措，自投村民求救。村民縛送大營，支解之。賊亦殺沈黨與在城內者數十人。炳垣事雖不就，然自是羣賊互相猜疑，輒自戕殺，勢始渙散，旬日間反正者不可勝計。厥功亦偉矣哉！

仲姊曹宜人事略

宜人諱懷珠，字藏真，先君次女也。幼時嬉戲，好以行善積德爲己任。先君嘗戲呼其乳名曰：『祐生，汝閒暇無事，盍與而翁謀積德耶！』性聰慧，塾師課嗣復讀孔雀東南飛詩，宜人從戶外竊聽，輒能背誦。與姊弟處，讓逸競勞，或先妣分給瓜果之屬，必少嘗之而悉推以與姊弟，以示性所不愛，非辭讓也。先君見背早，門祚衰薄，宜人助先妣撫藐孤，理家事，如成人。猶憶嗣復年十四五時，先妣忽中暍，昏不省人事。時家僅一老嫗，又他往，嗣復伏牀側號泣，宜人奉湯以灌。適李君東甫枉過，排闥入內室，見先妣譫語呢喃，兩兒驚哀無措，爲欷歔泣下者久之。

其後嗣復爲諸生，家稍振，而宜人適同里今坐補陝西清澗縣知縣曹士鶴，隨宦秦中。三千里外，寄書慰問先妣起居，不遺纖悉，如在室時。道光丙午，姊夫以乞養去官，宜人歸有日矣，先妣病風痺不起，日望宜人遄至，宜人舟車中亦日日屈指計歸期，比抵里門，先妣已於半月前棄養。姊弟麻衣相見，聞者悲之，而宜人每語及，必哀啼如嬰兒聲，終身無間也。

越五年，姊夫奉諱服闋赴都歸部需次，約真除後挈眷之官。無何，逆匪洪秀全犯金陵，城中沸騰。宜人謂嗣復曰：姊夫食君之祿，吾義不可屈於賊，汝當相機爲脱身計，幸勿戀家室也！吾有書，煩汝寄姊夫，可乎？嗣復泣諾之。及城陷，宜人閉戶自盡家中，救解不殊，夜半復密取大石自碎其首，血涔涔下。夫兄森聞之，遂相與計議，次早假朱氏祠屋，率家人同往畢命，戒守祠者勿救解。守祠者佯諾而出，急呼鄰人共入視，則男女數十人皆懸屋樑，死者已過半，而宜人及夫兄森、森妻李宜人別經後園樹上死矣。時咸豐三年二月十三日也。

宜人自署其衣衿曰：『陝西清澗縣知縣曹士鶴之妻管氏爲國捐軀於此。』賊闖入見之。賊素讎官，以爲必有官藏匿，搜索甚力。鄰里慮禍及，皆遠徙。越日，嗣復聞難，往潛瘞宜人樹下，並瘞森與李宜人。未有棺衾，僅取舊帳半幅包裹而已。其後，賊據朱氏祠屋爲僞署，無由祭奠，夏秋閒潛往視之，則骸骨皆暴露，犬噬蠅嘬，令人泚顙。復取瓦礫覆蓋，未知三人骴骼今尚有存否也。宜人臨終時，以白金幷書一冊函識，遺嫗（賚）［賫］至嗣復家，塗遇賊，攫去。嗣復意度，書一冊當是先妣遺稿，白金蓋以遺嗣復爲避難資，惟不知所書識者云何也。哀哉！宜人生於嘉慶二十年三月二十一日，歿時年三十九。其死難事，有司當以聞於朝。是年冬，嗣復竄身徽、浙閒，南北隔絶，無由以遺書達於姊夫，姑述之，而並及其在室時事，以寫哀，且冀留心義烈者表揚之也。

附録遺書：

妾管懷珠襝衽季皋夫子清覽：違別以來，思有萬緒，日望夫子早日補官，同到秦中，闔家完聚。何期逆匪倡狂，直抵金陵！伏念舉家共沐國恩，萬一危城不保，更有何地可以藏身？無如人心皇皇，爭欲爲遷避之計，現已移寓鷹揚營蔡姓園戶屋內。此非妾之意也。茲聞賊氛日熾，危在旦夕，妾以死自誓，斷不爲小醜所屈。伏念得侍箕帚十餘年，未有絲毫裨益於夫子，祗此爲國捐軀，差堪仰慰耳。惟願夫子努力功名，勿復以妾爲念。臨紙嗚咽，書不盡言。

孫澤遠傳

孫澤遠者，故大學士山西興縣孫文定公諱嘉淦曾孫也，字春如。父鑄，爲兩淮鹽官，寄家金陵，君遂占籍爲上元諸生。幼孤貧，幾不能存活。今大學士祁公寯藻、河南布政使沈公兆澐，慨念文定一時賢相，子孫式微，皆有意振拔之。君亦慷慨自負，性介而狂，外示和易，而實有不可一世之概。獨嘉嗣復諒直，晨夕相過從。然議論往往齟齬不合，或爭辯累日不能相下，亦不相病也。君急於進取，每省試報罷，輒鬱悒臥病不能起，自謂不得科名，無以繩祖武。嘗責嗣復曰：君困躓屢矣，猶澹然，豈志士與？嗣復曰：仕進者，期以達所學也，君所學果足爲世用乎？抑猶未也？無所可用，而急於求用，時政所以敝也。世所重於文定者，功業也，豈位望之謂乎？春如曰：不然。天下無公是非久矣，自公卿以至氓庶，其所向背，惟視其人之顯晦耳。凡吾所行皆是也，而人以爲非；非非吾之行也，非吾之貧賤耳。苟富貴矣，則前之以爲非者，必又以爲是，而則效之。凡吾所以亟亟於進取者，亦非有用世之具也，欲以顯晦戲人耳！其玩世不恭類如此。

粵匪洪秀全犯金陵，嗣復與君皆被擄，係僞署，窘逐備至。密謀逃逸，爲賊所知覺，捕撻其背，幾無完膚，將加炮烙，禍且不測。有緩頰者，已得解矣，君夜繫二繩於屋樑，蹴嗣復曰：城陷不死，負君父多矣，勿再後時！嗣復曰：小醜跳樑，社稷無恙，吾輩非有官守者，盍留其身以有待乎！君笑應之。次早潛往母妻所羈係處，謀合室自盡，其母止之。遂佯諾而出，自投蓮花橋下溺死，時年三十三。

自僞署至君母妻所羈係處僅數里，君之歸也，自辰至酉始達。蓋徧走相識，爲嗣復謀脫身計，詭謂人曰：吾已賂守城賊，今晚當適樂土矣。管君猶拘困，諸君幸援救之！其畢命時用心猶如此，亦足令人增友誼之重矣。君一子尚在繈褓，與母妻俱陷賊中，而君竟（賫）[賫]志以沒也。悲夫！

書汪馬二秀才事

汪君星垣，性好清靜，屏居清涼寺。僧報曰：『賊至矣！』君危坐不爲動，爲賊所執。僧紿賊曰：『是吾廟中供糞除者也。』賊將釋之，君厲聲曰：『否！我秀才汪某也。』賊以戈擬其喉，僧紿賊曰：『是有心病。』君厲聲曰：『否！我無病，我秀才汪某也。』賊奇而禮之，且曰：『我視君非凡人也，髮斑白矣，猶困於諸生，方今天下大亂，豪傑有爲之時也，盍變計從我乎？』君大罵曰：『吾所以困躓者，爲不肯變計偕俗也，況肯變計從賊乎？』遂遇害。氣垂絕，猶自呼：『殉難者，上元縣秀才汪某也！』

同時又有馬秀才者，販牛爲業，素不齒於鄉里。聞城陷，慨然誓死，謂其弟曰：『吾聞功不在大。吾與若，匹夫也，殺一人而死，足以自償；若殺二人，則是爲國殺賊而死也，可謂立功矣！』因詭迎賊入，使其弟守外戶，乘賊不意，取所用屠刀潛殺之，投其尸於井。賊續至，復然。日殺四五輩以爲常。既謂其弟曰：『戮有罪而不使人知，不武。』因榜賊首於門。爲他賊所知覺，遂與其弟俱遇害。

論者謂汪秀才順受，其正矣，然不如馬秀才立功爲難。此記所謂以義爲利者也。

附錄

序跋

鄧廷楨因寄軒初集序 道光本

楨為諸生時，肄業鐘山書院，從姚姬傳先生游。先生古文爲一時宗匠，慎所許可，惟亟偁吾友異之，以為得古人雄直氣。同年陳石士侍郎亦為姚先生弟子，而異之即侍郎乙酉科所得士，侍郎每為余言，不以持節挍兩江士為榮，而以得一異之自憙也。及楨巡撫安徽，延異之為兒子師，益悉其底蘊。蓋自宋以後，言文者約有數派。司馬子長之文雄闊而淡遠，得其淡遠者歐陽廬陵也，而歸熙甫繼之。董生、劉子政之文渾噩樸茂，曾子固、朱文公取之。蘇長公取國策、莊子而參以班孟堅。明允之文，峻厲嚴切，甚侶賈生，其原出韓非、荀子。能學孟子者，惟昌黎而已。長公之學盛於南宋，而師明允者甚少。學廬陵而兼子固者，方望谿侍郎。學廬陵而兼長公者，劉海峰學博也。然皆不及熙甫。姚先生文，師廬陵而上溯子長，故與熙甫皆神似廬陵而不以貌也。異之學於姚先生，而文侶明允，其平居亦未嘗誦法宋人，獨好賈生文。不好明允而好賈生，所以能明允與師姚先生之文而不襲其派，此先生所以以文事深許與。異之為人落落寡合，而與余居凡六年，相得甚懽，不意其不至乎中壽而竟死也！異之家故貧，子又甚幼，余恐其遺藁散失，亟哀而刻之。追思八箴堂會食後，議論經史必移晷乃罷，今忽忽遂成往事，至覽其遺集，誠可悲痛，故識於簡端，以詢之侍郎陳公，以為何如也。是役也，編次爲梅伯言郎中，挍勘為金小韋副牓，皆用功甚勤，能不負死友者。道光十三年五月鄧廷楨序。

梅曾亮書後 光緒本

曾亮少好爲駢體文，異之曰：『人有喜怒哀樂者，面也，今以玉冠之，雖美，失其面矣，此駢體之病也。』予曰：『誠有是。然如哀江南賦、報楊遵彦書，其意顧不快耶，而薄之也？』異之曰：『彼其意固有限，使有孟、荀、莊周、司馬遷之意，來如雲興，聚如車屯，則雖百徐、庾之詞，不足以盡其意。』予悟，稍學爲古文詞。異之不盡謂善也，曰：『君之文病襍，一篇之中，數體駁見。甲之冠，乙之履，非全人也。』吾自信也，不如信異之之深，得一言為數日憂喜。於虖！今異之亾矣，吾得失不自知，人知之又不能為予言之，如吾異之者可貴也。異之亾，予雖於學日從事焉，茫乎不自知其可憂而可喜也，故益念異之不能忘也。異之卒於道光十一季，其明年，今巡撫安徽鄧公爲刻其遺集，命曾亮曰：『必有序。』乃書疇昔論文語於集後，以志吾悲，且以志良友之益我於不忘也。梅曾亮。

管炳奎跋 光緒本

右世父異之公所著因寄軒初集十卷、二集六卷、補遺一卷，初刻於鄧嶰筠先生，重鐫於合肥張君楚寶、同學顧君子鵬、鄧君熙之。工竣，舉板以歸，屬為經紀，以其贏贍邱嫂及嗣子，意至深厚。更數年，小有損蝕，懼遂刓敗，招剞劂氏為整理之。閒一繙閱，緬維世父與先君曉峯公並受業於雲莊胞伯，從兄小異又與炳奎共硯席中，復洊更喪亂，忽忽如昨。今先君與世父宰木已拱，從兄亦客死異壤，風木之悲與宗支凋落，悽愴悲懷，不能卒讀。尤慨世父著述尚有七經紀聞、孟子年譜、文中子考、戰國地理考、皖水詞等書，俱散(帙)[軼]，不獲以手澤遺子孫，僅載其目於府誌。而此絳雲餘燼，尚復常留天地間，諸君子之誼良可感戴，謹泐數語以誌之。至卷末所刊從兄文，原於敝簏中檢獲，此稿不忍遺棄，故乞坿於後云。光緒癸未仲夏，從子炳奎謹跋。

因寄軒文二集卷首姚鼐函

寄來文十篇，閱之極令人欣快。若以才氣論，此時殆未有出賢右者。勉力績學，成就為國一人物也。想賢今歲必是專於乂，大用功，故文進而詩退。有文若此，何必能詩哉！况後尚未可量耶！諸文體格已成就，足叢其才。所望學充力厚，則光燄十倍矣。智過於師，乃堪傳法。須立志跨越老夫，乃為豪傑耳！珎重不具，異之賢友。姚鼐頓首。

陳兆麒因寄軒文二集弁言

無所不備者，其文乎？盈天地間，號物之數有萬，而要得以氣體聲色盡之。今夫文也者，其氣有溫肅，猶露雷霜雪之變遷；其體多區別，猶禽魚草木之羣分；其采色參錯以成章，猶元黃黼黻交施以為繢繡；其疏數疾徐之節、抑揚抗墜之音，猶五聲六律之有清濁短長剛柔合止推之。夭矯若游龍，奮迅如震雹，波涌濤興如海水上潮而山立。凡人世之可喜可愕無不於文焉，徵之文之為境大矣哉！管君異之年少於余者二十，而其為古文顧多於予。當弱冠時，姬傳先師已決其能出人頭地，矧又加以二十年之功耶！今讀其文，敘述廉而潔，議論騫以閎，氣肖四時，體色萬有，鏗鏘炳耀，罔弗畢宣，其殆無所不備者乎！且夫學問之道有進機而無止境。昔蘧伯玉行年六十而六十化，未嘗不始於是之，而卒詘之以非也。未知今之所謂是之非五十九非也。夫文玉氣體聲色，其妙備矣，而備之中又自有精粗淺深之殊致。庸詎知今之所謂麤淺者非即昔之所謂精深乎？庸詎知今之所謂精深者不為後之所謂粗淺乎？異之之文膾炙人口，見者輒持去。余謂：盍鋟諸板以免散遺？而曰：不可。吾年甫逾四十，鋟之太蚤，待君之年或庶幾乎！噫！異之之不自滿。假如是，需以寬閒之歲月，積以堅彊之學力，其所造詎可為量數耶！雖然，予今老矣，二十年後能保精神耳目之不昏瞶乎哉？幸而天假以年，能保頹然尚存而序君之文乎哉？乃預為弁言以歸之。道光元年歲次辛巳仲春月，休寧門愚弟陳兆麒仰韓甫拜撰。

傳記資料

清史稿卷四百八十六梅曾亮附管同

同，字異之。少孤，母鄒以節孝聞。同善屬文，有經世之志，稱姚門高足弟子。嘗擬言風俗書、籌積貯書，爲一時傳誦。道光五年，陳用光典試江南，同中式。用光語人曰：『吾校兩江士，獨以得一異之自憙耳。』用光亦鼐弟子也。同卒，年四十七，著因寄軒集。子嗣復，字小異。能世其業，兼通算術。

鼐門下著籍者衆，惟同傳法最早。其於同里，則亟稱劉開之才。

清史列傳卷七十三梅曾亮附管同

管同，字異之，亦上元人。父文鬱，早卒。母鄒以節孝聞。同少負經世志，爲學不守章句，從姚鼐學，爲古文，鼐亟稱之。所爲風俗書及籌積貯書，皆通達政體，深切時弊。道光五年舉人，主試侍郎陳用光，亦從姚鼐受古文辭學者，語人曰：『吾不多持節校兩江士，獨以得一異之自喜。』其待同不敢以世俗門生之禮，苟有稱必曰丈。卒，年五十二。著因寄軒文集十六卷、七經紀聞、孟子年譜、文中子考、戰國地理考、皖水詞存。

子嗣復，字小異。博雅，好經術，一時耆彥方聞之士，多折行輩與之交。又研算術，窺代數微積之略，遭兵亂，死吳中。

管異之先生傳

君名同，字異之，姓管氏，江甯上元人。祖霈，潁上教諭。父文郁，早卒；母鄒氏，守節事姑，教子成學。嘉慶初，桐城姚郎中鼐主講鍾山書院，以古文倡天下，君從遊久，苦力孤詣，淹貫羣言，好爲深湛之思。姚先生少許可，獨推重君。道光乙酉，中江南鄉試舉人。主試者新城陳侍郎用光，不敢待以門生之禮。

君容端氣肅，論篤行方，遇人和易，不露圭角，而中自嚴厲，有志經世，不獲用。嘗箸擬言風俗書，其略曰：『天下之風俗，代有所敝，承其敝而善矯之，則俗美而世治且安。承其敝而不善矯之，則俗頹而世危且亂。我朝之興，承明之敝，明之時大臣專權，今則閣部、督撫率不過奉行詔命。明之時言官爭競，今則給事、御史皆不得大有論列。明之時士多講學，今則聚徒結社者渺焉無聞。明之時士持清議，今則一使事科舉，而場屋策士之文及時政者皆不録。大抵明之爲俗，官横而士驕，國家知其弊，而一切矯之。是以百數十年天下紛紛亦多事矣，顧其難皆起於田野之姦，閭巷之俠，而朝廷學校之間安且静也。』

然臣以爲明俗敝矣。其初意則主於養士氣，畜人材。今夫鑒前代者，鑒其末流，而要必觀其初意。是故三代聖王相繼，其於前世皆有革有因，不力舉而盡變之也。力舉而盡變之，則於理不得其平，而更起他禍。何者？患常出於所防，而弊每生於所矯。臣觀朝廷近年大臣無權而率以畏懦，臺諫不争而習爲緘默，門户之禍不作於時，而天下遂不言學問，清議之持無聞於下而務科第，營貨財，節義經綸之事漠然無與於其身。蓋國家之於明，鑒其末流而矯之過正，是以成爲今之風俗也。夫臣民之於君，非骨肉也，其爲情本易涣也。風俗正，然後倫理明。倫理明，然後忠義作。平居則皆知親其上而不相欺負，臨難則皆能死其長而不敢逃避，相繫相維，是以久而益固，永而彌昌也。今自公卿至庶民所懷如是，幸而承平，亦既骫法營私，無所顧戀矣。一旦有事，其爲禍安可復言？滑縣之寇，鼠竊狗盗，何足以云哉？！揭竿一呼，從者數萬，入京邑，戰宫庭，而内臣至於從賊，非狂寇之智足以大致吾人也，吾之人漠然不知有倫理，稍誘脅之，遂相從而唯恐在後焉耳。

『臣聞之：天下之安危繫乎風俗，而正風俗者必興教化。教化之事有實有文。用其文則迂而甚難，用其實則不迂，而易移風易俗，所行不過一二端。而其執遂可以化天下不爲難也。今之風俗，其敝不可以枚舉，而蔽以一言則曰：好諛而嗜利。惟嗜利，故自公卿至庶民惟利之趨，無所不至。惟好諛，故下之於上階級一分，則奔走趨承，有諂媚而無忠愛。教者，以身訓人之謂也；化者，以身率人之謂也。欲人之不嗜利，則莫若閉言利之門。欲人之不好諛，則莫若開諫争之路。今國用不足，競言生財。夫生財不外乎節用，若其他，非害政之端，卽無益之舉耳。近者，皇上憂念，庶務菲食惡衣以儉聞天下。然臣意以古較今，則猶多可省，宜講而行之，而杜口不言利事。有言利者，顯罪一二人示海内。夫如是，則天下皆知上之不好利。往者，皇上新卽大位，嘗命吏民率得上書矣。既而言無可采，遂一切罷去。夫言無可采，其故有二：一曰爵之太輕，故奇偉非常之士不至；一曰禁忌未除，故言多瞻顧依違，不敢盡其說。今宜損益前令，令言官上書，士人對策，及臣僚之議乎政令者，上自君身，下及國制，皆直論而無所忌諱，愈戇愈直者，愈加之榮。而阿附逢迎者，必加顯戮。夫如是，則天下皆知上之不好諛。夫上不好諛，則勁直敢爲之氣作。上不嗜利，則潔清自重之風起。天子，公卿之表率也。公卿者，士民之標式也。以天子而下化公卿，以公卿而下化士庶。有志之士固奮激而必興，無志之徒亦隨時而易於爲善，不出數年，而天下之風俗不變者，未之有也。天下之士囂囂然爭言改法度。夫風俗不變，則人才不出。雖有法度，誰與行也？此當今之首務也。』

又擬籌積貯書、洋貨議，皆按切時弊以立言。洋貨議者，以自中國與西洋交易，洋貨日至，皆奇巧無用，而中國之財安坐而輸於異域，其蠹國病民爲害甚深。因箸議以爲欲謀人國者，必先取無用之物，以賈其有用之財。故衷餌交關互市之事，古之人常致意焉。洋之樂與吾貨，其深情殆未可知。就令不然，而中國之困窮固由於此，則安可不爲之深慮也！先生卒後數十年，果受其敝。

君既無所用於世，遂以文名家，雄深浩達，簡嚴精邃，曲當乎法度。其詩綿情隸事，刱意造言，論者以爲得蘇、黃之朗峻。所箸因寄軒詩文集、七經紀聞、孟子年譜，俱栞行。文中子攷、戰國地理攷、皖水詞存，存於家。道光十一年先生卒，年四十有七。子嗣復，縣學生，能文，精算學。

論曰：乾、嘉中，海內學者以廣博宏通相矜放，而言古文獨推惜抱姚氏，從學知名者數十人，君實得其傳焉。然讀其風俗、積貯二書，洋貨一議，言之於數十年之前，而弊發於數十年之後，可謂識時務之俊傑。窮老不用，徒以文名，惜哉！

録自方宗誠柏堂集續編卷十二

管異之墓誌銘

管異之卒後三年，其友人桐城方東樹念異之孤貧於世，事蹟無可述，獨其文章震耀於當時，而可以不泯於後世，兼以平生游好之密，不可以不銘。乃從其孤嗣復求得其遺書，因次其世，以爲之誌。

君諱同，字異之，江甯上元人。父文郁。祖霈，官潁上教諭。君以乾隆庚子十月十六日生潁上教諭之署。年九歲，祖與父相繼沒，母鄒太孺人奉其祖母葉太孺人歸里。鄒太孺人賢，上事姑，下教子，其所以支持死喪、備極苦艱，卒成就君爲名士。嘉慶初，姚姬傳先生主鍾山書院，君與梅君伯言最受知。其後，君苦力孤詣，學日以進，名日以大，四方賢士爭欲識君矣。道光五年乙酉，新城陳侍郎用光典試江南，力拔君，得中舉人。陳固姬傳先生弟子，既得君，不敢以世俗門生之禮待君，其文字苟有稱，必曰丈。同邑中丞鄧公巡撫安徽，延君課其子。後六年，偕鄧公子入都，道卒於宿遷旅次，年五十有二。始，余自推星命不利卯年，君與姚君石甫嘗豫爲之作挽詩。嗚呼，孰知君竟先余而逝也！

乾嘉中，海內學者以廣博宏通相矜放，而言古文獨推桐城姚氏，自中朝搢紳及於鄉曲後進無異辭。君與陳侍郎久親指授，最承許與。侍郎貴仕於朝，名最顯，君以窮士在下，而與之抗，知者以爲實過之。鄧中丞暨梅君伯言爲君梓遺集，讀者亦足以知之矣。所著孟子年譜、七經紀聞、大學説、文中子考、戰國地理考、詩集、皖水詞存，俱未刻。

君娶朱氏。子一，嗣復；女子二，適某某。嗣復將以某年月日葬君於某鄉某原，樹爲之銘。銘曰：

君之行孚於人，君之學足於己，君之文足以永，君之名斯已矣！

録自方東樹儀衛軒文集卷十一

吴敏樹集

查昌國 點校

整理說明

吴敏樹（一八〇五—一八七三），字本深，號南屏，又號柈湖翁、柈湖漁叟，晚年更號樂生翁（『卒之前數歲，大病而瘉，因更號樂生翁』），巴陵銅柈湖（今岳陽縣友愛鄉）人。道光十二年（一八三二）舉于鄉，道光二十四年（一八四四）大挑二等，候補瀏陽縣教諭，道光二十八年到任〔一〕。三年後〔二〕，因『爭論聖廟祭祀事取怒於人，致誣訐之上官』，遂『即日便歸』（又與性農）。從此謝絶官場，不仕而以遊覽、交友、著述爲樂事。同治十一年（一八七二），以老病之身，受湖南省通志局之聘，纂修湖南通志與沅湘耆舊詩文集，次年病逝。

吴敏樹性閒逸，樂遊歷，廣交遊。其家建有『聽雨樓』，意在『家園兄弟之聚，期於白首，懼其或牽移於官宦，而取二蘇公舊語名樓爲志』（書聽雨樓記後）。又同堂弟吴士邁入居君山，在士邁的『九江樓』前築『鶴茗堂』、『北渚亭』，時從家駕舟載書，行九十里到此研學，著述。或獨騎毛驢，行吟於洞庭湖畔，遇可留之處，便系驢飲酒，並自譜小詞爲贈。或輾轉於新牆河、大雲山、相思山以及『嶽樓、呂亭、君山、湖上及荷塘幼年讀書之寺』之間。同治間，東南戰事結束，他棹舟金陵，沿江暢遊石鐘山、廬山、大小孤山，杭州西湖等江南名勝。借山水之助，發斯人之幽情。

吴氏交遊中亦多時賢名流。他與同輩翰林毛貴銘、晚輩舉人杜貴墀等爲至交，常一起切磋詩文並互相酬唱。與時賢明達如曾國藩、左宗棠、梅曾亮、朱琦、邵懿辰、王錫振諸人，均有較深交往。同治七年（一八六八），吴敏樹遊歷至南京，曾國藩尊爲上客，專爲題詩歎賞：『蒼天可補河可塞，惟有好懷不易開。』（贈吴南屏）吴敏樹依曾詩原韻賡和一首，不意大江南北繼其和者竟達三百餘人，海内傳爲『簁部倡和詩』，金陵詩會也爲之極盛一時。名流才俊，爭與吴氏交遊。吴敏樹雖廣交遊，但能高潔自持。咸豐、同治年間，湖湘人才輩出，曾國藩、左宗棠爲其魁傑，凡有志名業者，莫不願相倚取通顯。吴敏樹與左宗棠爲同榜舉人，與曾國藩交往亦篤，但他

『終身未嘗有所求請。文正欲寄以幕府之任，卒謝不往』（王先謙柈湖文集序）。

吳敏樹八歲入塾，啟蒙於鄉儒孫萬偉，深得孫氏器重，以爲『此眞讀書材矣』。三年後轉師鄉儒秦石畬，達十餘年，其後便『未嘗更受他師』。秦石畬通曉古今，『知古今文章各體，不專事四子書章句』，推崇秦漢以來的古詩文，認爲『俗師教人以八股爲正業，而他藝皆名爲雜學，此大謬也，人文無自而起矣』（秦石畬先生墓表）。在秦石畬影響下，吳敏樹喜經史，好古文，『研究諸子，于古文用力尤深，獨嘉明歸有光』。史家謂吳氏之文『得之自悟，沈思獨往，確有心得，不隨人俯仰，沖夷淡蕩，清縝往復，幽渺獨絕，如不用意而意境自遠，實能爲文章辟一途徑』。而其文則『詞高體潔，蘊藉夷猶，清曠自怡，肅然物外，爲古文中之逸品……詩主黃山谷，造句矜重而味醰深』〔三〕。吳敏樹古詩文在當時頗有影響，時人有『湖南二百年文章之盛，推曾文正公及君』之盛譽（吳君墓表）。

吳敏樹爲晚清著名古文家、經史學家。其主要著作有周易注義補象、詩國風原指、論語考義發、孟子考義發、大學考異別鈔、中庸考異別鈔、春秋三傳義求、孝經章句、史記別録、柈湖文録、柈湖詩録、釣者風、湖上客談年語、東遊草、鶴茗詞鈔等，還參與修纂了同治巴陵縣誌。據清人別集總目、清人詩文集總目提要、中國近代史文獻必備書目等載，吳敏樹古文作品結集爲柈湖文録與柈湖文集。詩歌結集爲柈湖詩録、柈湖詩稿、東遊草、釣者風等。詞作結集爲鶴茗詞鈔。其中東遊草一卷，爲同治七年刻成；柈湖文録八卷、柈湖詩録六卷、釣者風一卷爲同治八年刊行。柈湖文集十二卷乃其卒後由王先謙在柈湖文録的基礎上重加校訂編成。因此，吳敏樹詩文傳本情況比較單純，傳本差異主要存在於柈湖文録與柈湖文集兩書。柈湖文録有論、書後、說、序、記、書、傳狀、碑銘、哀辭、祭文等。柈湖文集有論、解、議、說、序、書後、書劄、傳狀、碑銘、記、賦、哀辭、祭文等。本次整理以光緒十九年王先謙編校、思賢講舍刻印的柈湖文集爲底本。全书按照文、詩、詞的順序排列，有關吳敏樹之碑傳附録於後。

限於水準，本書在點校過程中肯定存在不妥之處，誠乞廣大專家學者批評指正。

查昌國　二〇〇八年十一月

【注】

〔一〕見湖南通志·職官卷一百二十七。

〔二〕祭毛西垣文："校官瀏陽，三歲我羈。"

〔三〕劉聲木桐城文學淵源撰考卷一"吴敏樹"條，黄山書社一九八九年版，第七十九、八十頁。

目錄

泮湖文集卷第三

泮湖文集卷第四

柈湖文集卷第五……二七一

柈湖文集卷第六……二八九

柈湖文集卷第七

柈湖文集卷第九……三三八

柈湖文集卷第十……三六〇

柈湖文集卷第十一

柈湖文集卷第十二……四〇八

柈湖詩録序……四二二

柈湖詩録卷之一……四二三

柈湖詩錄卷之二 …… 四六五

柈湖詩錄卷之四……五一六

柈湖詩錄卷之五

五言絕句

柈湖詩録卷之六……五五一

七言絶句六言附……五五一

釣者風卷之一

鶴茗詞鈔……五九九

附錄……六二三

柈湖文集序

巴陵吳南屏先生嘗自栞所爲文曰柈湖録者，沒後二十年，思賢書局鳩貲重刻。先謙獲與校讐之役，迺爲蒐補散佚，得文如干篇，爲卷十二，而謹序其耑。曰：

自咸豐軍興，楚材輩奮，而曾文正、左文襄爲之魁。士之有志名業者，莫不走軍壘，依倚取通顯。先生與二公交密，終身未嘗有所求請。文正欲寄以幕府之任，卒謝不往。以舉人大挑司鐸瀏陽，意有不合，即自免去。

博觀載籍，洞晰精微，而於古人爲文之道，孤往冥會，意量淵然，常有以自得者。嘗往來岳州城南白鶴山之呂仙亭、君山之九江樓寓居，累月經時，樂而忘返。天容水色，晴鼂雨夕，千態萬狀，奔赴几席。時或扶筇而行，揄竿而釣，皆以發其筆墨之趣，所寄愈遠，而文亦愈高矣。始居京師，以文見推於梅郎中曾亮。時梅先生方以桐城文派之說啟導後進，其言由國朝姚、劉、方三君，上溯明歸震川氏，以嗣音唐宋，爲古文正宗。先生顧謂文必得力於古書，不當建一先生之言以自隘。其後曾公爲文敘述文派，稱引及先生，遂與友人書極論之，所以自別異甚力。蓋先生之文，詞高體潔，實能自進於古，而世俗尋聲逐影之説，無所係於其心。故觀其爲文，與其人之生平，足以壯獨行之胸，而激懦夫之氣，可不謂卓然雄俊君子與？

吾楚近日功名之塗日開，而山林遺逸，世或罕能留意。敘斯集而傳之，使知如先生之全於天者，尤可貴也。柈湖者，洞庭支流所入，俗狀而呼之曰銅柈湖，即水经·湘水注之『同拌口』也。先生居與近，因自號柈湖漁叟云。

光緒十九年夏五月，長沙王先謙撰。

柈湖文集卷第一

性論上

論語子貢曰：『夫子之言性與天道，不可得而聞也。』竊嘗思之，孔子之言『性』與『天道』，即其繫易是也。天道陰陽，而孔子贊易，言其成性，『剛』、『柔』、『健』、『順』是也，以爲人道之所從出。其直言性者，如云：『利貞者，性情也。』云：『乾道變化，各正性命。』云：『一陰一陽之謂道，繼之者善也，成之者性也。』云：『天地設位，而易行乎其中矣。成性存存，道義之門。』凡此所謂性者，皆謂陰陽之自然凝聚，其流爲人物，莫不有氣，即莫不有性，而人得其氣之至中者，所謂『(人)[民]受天地之中以生』者也。

『立天之道，曰陰與陽；立地之道，曰柔與剛；立人之道，曰仁與義。』氣兼善惡，而惡者，氣之過而反焉者也。道主善而立，故曰：『元者，善之長也。』孔子讀易而知天命，聖成於時中，發揮其旨，皆兼天道以正人事。然猶以其幽深，而不常以教學者，故子貢言『不可得聞也』。孟子言『知性』、『知天』，而未嘗一言及易。言性，以『四端』驗之，而不言其所自來者。人受天命以生，是性固出於天矣。知性則知天，豈待索之冥冥之中哉。

詩曰：『天生烝民，有物有則。』孟子亦曰：『形色，天性也。惟聖人然後可以踐形。』又曰：『耳目之官不思，而蔽於物。』『心之官則思，思則得之。』『此天之所與我者。』其言『性善』，皆實徵之形氣之中，以爲天與我以是形氣，存心養性，所以事天立命，此即孔子之贊易者，深而明之，幽而顯之也。自宋周子爲太極之圖，程、朱氏承其學，其言之微妙，皆與易·繫相發，而『性』之說，遂欲外形氣而名之。

夫所以必言人之性善者，何也？將以勸天下之爲善也。使天下知人性之果善，則爲善乃所以爲人；而爲不善者，乃人而近於禽獸。故人不可以不善也。如是則吾之爲說，必使愚夫愚婦，皆曉然知其性之果有與禽獸異者，若孟子之言『四端』，言『平旦之氣』，足以明之矣。今乃以人之有是形氣，即爲拘蔽，而失性之始，必追而求之於人之未生，而且與禽獸諸物同其大原者，此中智之所惑，而凡人之所可謝而去之也，則奚以爲哉？雖然，宋儒者之言『性命』或過也，若其發明孔孟之心，甚博且精，皆性命之實事也，而又可執是以議之哉？

性論中

中庸曰：『天命之謂性，率性之謂道，修道之謂教。』謂人之性之道之教也。今兼物言之，非其義也。而又曰：『惟天下至誠，（惟）［爲］能盡其性；能盡其性，則能盡人之性；能盡人之性，則能盡物之性；能盡物之性，則可以贊天地之化育。』此言物性，非爲物言之，乃爲人言之也。

萬物皆統於人而受治焉，皆生成之而制其用，則其性盡矣。此在天命、人性之中，故言性及物，而物猶無預也。若夫物之受性，固亦有得其善者，所不論也。且物之中，若禽獸類者，其耳目口體之能不及人；其心之知，尤不及人。蓋人具其能於身，而又合集衆人以益其能，故常以制物而有餘，荀子所謂『人能羣，彼不能羣』者，是也。

於是聖人者出，爲之耕稼以食，絲麻以衣，宮室以居；爲之夫婦、父子、君臣之倫以相處，而人道以立，天下萬世之人，無不以爲宜然而由之者，非以其心之有知，而能然乎？人道始於夫婦，而父子、兄弟從焉。其先蓋知男女焉耳，而聖人爲之制夫婦，雖有惡人，皆樂得以私其妻子，此其本與禽獸異者，非聖人强爲之也。（徙）［徒］黨既多，則推能者爲之主，有侵陵不平，則相訴；出入作息，必欲有與偕者，君臣、朋友之倫由此起。故凡人之事，皆由性善而生也，及其亂之，則又與禽獸類。

聖人以爲人之性失，則無人道；無人道，則無天地也，故先自盡其性，以及於天下。中庸之言，皆盡性之言也。其功在密微，而其事極於廣大，非是則己性有弗能盡者，而天下之人，亦無以皆由於道教之中，而不失其性也。故曰『天命之謂性，率性之謂道，修道之謂教』，言人道也。其章之卒曰『致中和，天地位焉，萬物育焉』，人道之盛也，而奚假於物哉？

性論下

休甯戴氏著孟子字義疏證之書，專詆程朱，其辨程朱以理爲性，累數千言。按，孔子繫易，言『窮理盡性以至於命』，惟理本具於性，故窮理乃可盡性，而盡性則至於命，是『天命之謂性』，性卽理也。戴氏見孟子言理義，與味、聲、色相比例，妄謂口知味，耳知聲，目知色，心知理義，一也。皆以其相接而生者，非有一物得於天而具於心也。吾請斥之。

夫孟子以口、耳、目與心並論者，就人之所易曉者言之耳。其實口、耳、目之知，皆心之知也。而心之攝乎口、耳、目，使之不逐乎味、聲、色而失其正者，以心之知理義也。味、聲、色在物者也，理義在物而非在物者也。口、耳、目但知味、聲、色，雖靈而不思，猶蠢然物也，故物交物則引之。心則能思，思則味交於口，聲交於耳，色交於目，而心思之，則理義出焉。味、聲、色自外至者也，理義何自至哉？苟以爲理義亦在物，味、聲、色之正者卽理義，不知口、耳、目之悅味、聲、色者，其心固悅之也。心既悅味、聲、色矣，而又何爲而必思，而必於其正者耶？

人心之於事理，猶權度也。物固有輕、重、長、短，而權度不在物，必加之權度，而後尺寸銖兩名焉。所謂理義者，謂其尺寸銖兩之不差者也。在心乎？在物乎？以孟子之以心與口、耳、目並言，竟分而例視之，是其言乃無人心而但有口者之言也。大抵宋儒之言，分理氣、辨理欲，皆是於混合之中，必截然離而出之。實則氣之純厚而清明者卽理也，欲之節制而不過者卽理也。

樂記之言曰：『人生而靜，天之性也；感於物而動，性之欲也。』性雖本靜，而感之而動者，性之欲，則欲未始非性矣。欲卽情之謂也。其生而靜者，乃氣之純厚而清明者也，而必不能以無動，動則易淆於物。故又曰：『物至知知，(而)[然]後好惡形焉。好惡無節於內，知誘於外，不能反躬，天理滅矣。』

所謂天理者，謂其始之純厚清明自然有文理而不亂者也。凡氣之凝聚爲物，其中莫不有理，木石肌肉皆然，此理之所由名。其凝而爲人心之純厚清明者，其理固存焉，可以達之萬事萬物而不亂者也。夫所謂『人生而靜』者，非虛靜也，是有氣焉，如水之寒而未流，如火之熱而未然。性之謂也，實也，非虛也，故曰『誠』。惟誠，而後能明。

戴震難程朱之言理，以爲『如有物』以相與者，不知理眞有物也。不誠則無物，豈復有人哉。人心之有『四端』，皆自誠而生明，非自明而生誠也。何也？乍見孺子入井，而有怵惕惻隱之心，此自誠來，不自明來，了然易知也。羞惡、辭讓、是非，亦皆然。惟聖人無乎不誠，故無乎不明；衆人則其由誠而明者，其端僅見，必由其所明，而後可反之於誠。故曰：『惟天下至誠，爲能盡其性。』又曰：『自誠明，謂之性。自明誠，謂之教。』程朱氏之言理，主其誠者，所以異於老、佛，而又懼其雜也，乃離氣與欲而名之。蓋曰氣之配乎理者，非氣乃理也；欲之當乎理者，非欲乃理也。以其別之過甚，言理之極，乃至絕乎形色之外，則欲得而反失之。

今果如戴氏所云，見孔子言『上知』、『下愚』，以爲性卽是智，如光之照物，有遠近大小。見孟子言心之悅理義，如『口之於味』，『耳之於聲』，『目之於色』，因謂心但有『神明』。其於理義，猶口、耳、目之於味、聲、色，接之而後知者也。然則『四端』止有智之一端而已足也？然則心乃空虛而理義乃外物也？是眞拾老、佛之唾，而反以老、佛詆程朱，何其悖哉！

舜避南河論上

春秋國君卽位，踰年改元，天子亦然。堯崩之後，其次年卽宜爲舜在位之元年。舜之避堯之子，不卽在堯崩之後，而待三年喪畢，何也？踰年卽位，周禮也。三年喪畢卽位，殷以前之禮也。子張問高宗『三年不言』。孔子曰：『何必高宗，古之人皆然。君薨，百官總己以聽於冢宰，三年。』是堯喪未畢以前，舜以冢宰仍前攝政，固不得避，而亦不必避也。孟子言舜、禹、益之避，皆在三年喪畢之後，卽可徵其傳之信矣。

避之事，自舜始行之，而禹、益皆踵之，以舜之處此爲盡矣。其必避之何也？傳子，法之常也，自堯以前行之，天下之所習而安也。惟堯以其子之不賢，而天下洪水之憂方大，求得聖人如舜；而舜有大功於天下，天下皆誠心歸服。堯之授舜，固已與天下明共授之，而不使舜之得以辭讓矣。天下之歸舜，直與歸堯之子無異，亦不慮其復有讓矣。而舜則以堯實有其天下，已受天下於堯，實易姓也。易姓必改號更代，以自明其先人，非嗣堯者也。故雖不得竟辭於堯，而猶欲讓焉。以爲天下之大患已久除，生民且安，衆賢人皆在於朝，而堯澤之深在人者，人固不能忘也。苟吾去，而天下幸復宗堯之子，堯之子雖不賢，或猶可持之以不敗也。然則舜胡不與天下諸侯共立堯之子而事之，而胡避爲？曰：此非舜之所能强也。堯故以其子之不賢而舍之矣，而已强立之，苟天下莫歸而且亂，非堯所以憂天下之心；若立之，而已猶代執其政，則非朱之傲者之所能安也，故莫如避之。

且夫天下之所趨而不敢違者，權勢之在也。舜之相堯而制天下久矣，雖舜不倚權勢以制天下，而天下之權勢實在於舜。舜之心以爲天下之欲歸己，己非有以致之，直以堯之以其權與勢授之己，天下向望之耳。去其權與勢，則天下將無所附，又無所畏，奚爲而不吾舍？權勢之在，後世亂賊之徒，所不能以一日不急操持之，而舜乃超然遠引而去之。避堯之子，實避天下也，而終不得避，乃之中國而踐焉。而又必去其舊都，別都以處，而以堯之子爲上賓，終不敢居堯之宫而逼其子也。

余嘗竊疑舜、禹禪代，而皆遷其都，何必煩勞更易如是？今乃知其迫於天下，而禮讓之至於此極也。故曰：『巍巍乎，舜、禹之有天下[也]，而不與焉！』

舜避南河論中

孟子論堯以天下與舜，蓋感燕噲之事而發也。燕之亂，出於子噲之妄與，而成於子之之妄受。燕，侯國也，以其世守，非子噲所能與人。而堯獨何能以天下與舜乎？堯非能以天下與舜也，天爲之也。

堯之憂天下而求巽位，堯已老矣，而時之方難，子之不肖，聖人之意，固有動於天者。方其咨四岳，而求爲天下得人也，且先以命岳，而後命之舉。及岳舉舜，而帝固已先知其人，且遂降女觀刑，從之以九男，若卽欲一朝畀之者。『天之歷數在爾躬』，聖人心與天通，有不可以常情測者，然是難與人共明之也。而堯之竟與，舜之竟受，則有顯見於天。而天之可顯見者，仍實徵之在民。

蓋舜之終有天下，以大功在民，而朝覲訟獄謳歌之歸，是眞堯之所不能與也。不然，則堯雖與之，而舜固不受之矣。雖然世之非堯而慕堯妄以與人如燕噲者，蓋僅有之也。獨懼夫專柄之臣，求爲舜之受禪，如莽、操者，欺天下而不顧，且將託之於天。孟子蓋逆慮及之，故詳言舜之避天下之歸，以信其爲天；非是，則猶無以見其果與篡者之異也。

嗚呼，周公居東之避，亦舜之志也。周公以流言之故，有疑於天下，必避之，而心始白；舜以禪受之，故有疑於一，己必避之，而心始安。避之一道，亂賊之所必不能假也。而或且疑舜、禹、益之避事，實爲未必然，不知此乃爲聖人之盡也。

舜避南河論下

古今禍亂之作，常由於不信聖人，而妄稱天命，以爲天下果可以詐力取也。及其得之，孰謂非天命者？故曹操之言曰：『(使)[若]天命在吾，吾爲周文王矣。』而丕之篡漢，亦曰：『舜、禹之事，吾知之矣。』此其悖謬之言，學者固能辨之，而其爲天命與否，則猶無以決正之也。請試論之。

孟子曰：『莫之爲而爲者，天也；莫之致而至者，命也。』中庸言舜之受命，以爲『栽者培之，傾者覆之』。蓋凡物之生成，皆各有其自至者，天實因之。人之盛者，至於受天命爲天子極矣。以其盛之極，故非人之所敢求，亦非人之所易堪也。要之，其自至者，斯天命已矣。而天亦終厚之，使之久享其盛，命之則未易以改焉矣。

觀舜之有天下，其始不以受之爲樂，其後又以讓之爲安，誠無意於天之命者。而有虞之祀，延於百世，聖帝之號，與天地無極，豈非盛與？三代之王，無論揖讓征誅，一皆聽命於天，而有天下皆數百歲，子孫受祿者千億，眞可謂天命者哉。至如莽之篡也，飾詐取名，造作符命，而及身誅夷。操能立功平亂，覩漢之衰，規取大物，自謂舜、禹、文王之事，而後嗣早殞，篡者乘之，得報彌酷。其後亂賊相尋，卒皆亡滅其宗，徒載其辱名於世耳。若是者，其得之爲福祥耶？禍殃耶？天其佑之，抑罰之耶？

夫人之衣食生養，世皆謂之祿命，亦天命也。然有力本務而得者，有工計算而得者，亦有剽奪而得者。剽奪而得，其敗不久，莽、操是也。至於席祖父之遺資則易矣，此繼世與匹夫之辨也。匹夫而有天下，非實有天命，不可有也。三代而下，若漢、唐、宋、明之初，道不足稱，而生民之功有可言。惟宋祖陳橋之事，亦出逆取，而無莽、操輩之虐，其後能削平四方而不嗜殺，故天亦與之。孟子、中庸之言猶信。

夫惟聖人宜有天下，亦惟聖人能不有天下。自周亡而帝王之道息，天亦降以求之。而孔子以聖人終窮，遂以師治，萬世宗廟之饗，子孫之保，且有逾於帝王者，天其果無意乎哉？

辨韓子對禹問

韓子作對禹問，直以孟子『天與賢』、『與子』之言，爲求其說而不得，從而爲之辭。孟子所稱舜、禹、益之避，皆有事實，又有其年與地，豈爲之辭乎？論古者，當就其事而思求古人之心，不可以一時所見，輒持一議以非之。然非代古人而處，確知其必有如是者，不能得也。

初，舜之被堯舉而登庸也，即舉禹治水，卒夷洪水之難。弼成五服，聲教訖於四海，禹之爲功於生民莫大矣。而舜之子又非賢才，故襲堯跡而禪天下於禹，無可疑者。至禹之子既賢，似可無禪矣，然禹之心，必得如舜之禪而後安也。

韓子之言曰：『禹以傳子爲慮後世。』夫受人累禪之天下，至己身而獨以與其子，曰吾以『慮後世』也。其果然乎？夫聖人之取天下也，皆不得已也。舜不得已而受之堯，禹不得已而受之舜。古也傳子，今也傳賢。謂傳子可爲世法者，亦必有不得已焉，而後反之其初，其可也。今也同朝之賢聖，幸尚有益存，而益又所與同治水，成天下之大功者，則禹之心以爲天下必當歸於益，而天之必與益以天下也。啟雖賢，固不若益，傳賢雖非正法，而有益之賢，且有大功，固不可謂傳賢之事不可復行也。以此求之，禹之必傳天下於益決矣。

雖然，吾又以知益之不受天下，較之舜、禹而又甚也。何也？堯、舜之子不賢而啟賢，則傳子可復也。益又宜知己之賢，不如舜、禹，而功亦不如舜、禹，吾意韓子所謂『慮後世』者，卽益之爲也。蓋禹之初命益，而益之辭讓，必將曰：君之子啟賢，臣又弗能任天下，請傳之啟，以爲後世法。禹固不聽，而必薦之於天，益弗能禁也。益欲去相而早避之，禹更不聽也。必又將請曰：君必授臣以天下，君之子賢，天下必不歸臣。往者，南河、陽城之避，皆去天下以讓嗣子，萬一臣不幸而當其日，請效其事。若天下自歸啟者，請令啟必受之，無以君之授臣爲辭。夫如是，啟亦不能無以許益也。何者？舜、禹之避，固欲天下之歸嗣子，而嗣子受之也。然則禹之授益，益之終讓，啟之竟立，皆有以自處矣。

蓋此事可疑議者有三焉：遞禪而無已，則覬覦必生，禍亂必起，聖人自當早爲之所，不容避嫌而長亂，一也。益見啟之賢，不能堅讓於前，而猶循舜、禹之跡，二也。啟幸天下之歸已，公違父命而立，何以爲賢能敬承父道？三也。故揣其情事，以爲必出於此，不然則皆無以解也。夫堯之求得舜而禪之，以舜之聖，固無慮其後也。舜以禹之功大而又禪之，禹又以益之在堯、舜之時，與己共功，而又欲禪之，果天下皆歸於益，益亦無可禪者矣。

古之爲天子者，必得諸侯之歸。雖禪也而成之，仍在諸侯，亦不足爲多慮也。若以『禹之傳子爲慮後世』，而無授益之事，則羿、澆之禍，卽起於再傳之後矣，又謂何哉？

范增論

古今學者，道秦漢之際，劉、項氏得失之故，皆曰：項王放弑義帝，負天下大惡；又不居關中，而都彭城，失形便；及宰割侯王，逞私背公，主天下怨。漢祖乘之，羽遂破滅。以余觀之，項氏所以暴强，與其終敗，皆范增爲之也。

項氏世楚將家，秦之滅楚，項燕復立楚，鬭秦而敗死，則項燕者，固楚國至忠之臣也。梁、籍，燕之子孫，苟未能舉事則已，舉事，必從先人之志，報君父之讎，決然無他可爲者矣。然項梁起兵渡江，未有義聲，而但擊殺景駒，則其志固不在楚矣。增誠賢者，宜稱引大義，曉譬梁、籍，幸能聽從，興復楚國可也，柰何但令立楚後爲名號而已哉？夫名者，天下之所最重，未易舉廢，而在於項氏尤甚。何者？楚之亡纔十餘歲，其故家遺民，欲復楚者何限？故項氏一呼，楚兵畢集，非獨憐懷王，而亦痛項燕之死也。增不知此指，徒借助民望思譎而用之，以孫冒祖，稱謂無稽，義帝之弑，實自於此矣。

而孫心起牧羊兒伍之中，又自英偉，有君人意度，乘項梁敗死，輒自收兵柄，用呂臣父子於內，西軍獨遣沛公，拔宋義爲大將，屈羽增其下，使北救趙。當此之時，微獨羽之雄暴忿恨其主，而增豈肯心服哉？其欲殺宋義而奪之軍決矣。然宋義留軍安陽四十餘日，羽始矯殺之，何也？義之留軍，非失策也。秦兵方盛，章邯、王離，未易卒破，而張耳、陳餘，尚能守趙，故委趙以敝秦，其本計然也。及是而宋義固進兵不久矣，羽乃强爭而矯殺之，因以聲震諸侯，鼓士卒而破秦軍，必增之謀也。藉非增謀，羽之屠義必遽，無以立名。而渡河救趙，時猶未可，而戰不亟勝也。故曰：『此增之謀也。』

羽既已破降秦軍，將驅而入關，不能拊安降卒，懼其爲變，而坑之新安。此又宜增所主謀者，何者？羽雖暴恣，至坑殺數十萬人，未有不少爲遲疑者，非增贊之，羽豈能決哉？而關中之不可都居以此矣。於是天下威權，既皆盡在於羽，將以謂天下莫難我也。而楚後之立者，至此可以無事，遂乃剖裂宇內，專封侯王，放弑義帝，而自爲『霸王』。蓋增所爲羽主畫者，於此麤就，而項氏之亡形成矣。

且夫天之亡秦，當時人皆知之，至六國之不復，則未可知也。天下豪傑叛秦者，皆爭立六國，雖漢高之起，亦資楚而集焉。假令楚帝尚存，漢高欲爲帝王，固未可也，況項氏楚之世臣，羽親燕之子孫，而乃倍君忘親，欺國人，隳家聲，而欲爲帝王豈可哉？增始說項梁，而尤陳涉。陳涉，楚之鄙人耳，增猶以其不立楚致敗。及見羽擅事，形勢在己，遂肆然變天下之大局而不疑。不知其乃爲他人便事，而己之顛倒取敗，且什百於陳王也。

或謂羽且無廢義帝，而挾以令天下，天下大定，乃徐取之，如後世篡者之爲，羽奚爲不出此？曰：增計之熟矣。羽擅事日淺，其人之親信者稀，而山東諸侯之叛者，又可逆知也。設令義帝居中，而羽用兵於外，其勢必危。故速決如此，此非增之謀而誰謀耶？高帝曰『項王有一亞父不能用』，此自謂鴻門一事耳。鴻門之不殺高帝，乃羽之善，而增之見小也。至王高帝漢中，計久閉之，毋令得馳騁，交諸侯而搖動天下，又增之所爲奇計者，而史稱『惡負約』，『巴、蜀亦關中地』者，謬辭也。義帝可弑而惡負約哉？凡增之所爲羽謀者，類皆詭祕如是。

蓋增者縱横之流，不達大誼，果不可以謀人家國。雖微漢高，定天下者，非羽也。吾故具論其本末，明項氏所以亡滅者，皆增之由。而又惜項氏以忠臣子孫，而妄欲爲帝王之事也。

淮陰侯論

吳子讀史記，至淮陰侯韓信以反誅，歎且恨。已而深求其事，得所以爲淮陰計者，而惜其不出於此，因遂申論之曰：『世皆咎漢高屠戮功臣，尤痛淮陰侯，以爲非罪。』以余觀之，高帝誠大度，非猜薄之主，而獨枉害元功之臣耶？觀諸功臣裂土王者，惟長沙以僻弱幸全，其爲侯者百餘人，自陳豨反誅外，無及身罪絶者，高帝之事蓋可知矣。韓信獨不宜爲王而已爾。

夫爲天下有勢，勢之所害，英主常急急圖之，此韓信之所以始王而卒不全者也。何者？自周末諸侯交爭，極於七國，而秦并之，天下之不復封建者，誠勢爲之。項羽時，諸侯皆已自起，羽雖擅權，莫能相廢，故遂剖封侯王，一時之事爾。高帝於是起漢中，定三秦，威征關東諸侯，而有其地。於斯時也，漢方自取天下，豈復有王他人意哉？故其遣張耳與韓信下趙，即拜張蒼爲常山守，以從其軍，其不肯以趙地復予張耳，明矣。張耳，高帝之故人，失趙國，背項氏而歸高帝，高帝不肯復予趙，即他人可知矣。然高帝非果私趙而薄張耳也。以爲得國以予人，漢雖取天下，天下不得安。而韓信已定趙、代之時，始請王張耳，高帝强而聽之，已而定齊，因又自王。且夫智如韓信，豈不知分王天下之不可爲安，而其勢之不可以長久者哉？顧自以爲漢建不世之功，足以報漢，亦欲一爲王以自快爾。

而其計又有深於是者，方滎陽之急也，楚人兵形外强，漢帝數困，信徒見陳涉以來，天下豪者，迭爲長雄，至於劉、項，而爭未有決也。信素輕項王爲人，而高帝又屢自挫敗，無尺寸之功，信之意，豈不以項羽雄健，或能勝漢者耶？然如武涉、蒯通之説，令信背漢助楚，爲三分之業，信誠不肯爲此。而使楚果勝漢，信將急乘其後，以復漢讎，誅項氏，而取天下；漢誠勝楚，信則爲漢臣無傷者。故余揣信事，疑信一時之心，有在於此。其有不然者耶？

藉曰信忠漢，決然無是。何爲漢急之時，信乃觀望殊甚，而垓下之會，且以割地至哉？信果猶未免乎此也，及是而信事日以決裂，無他可爲者矣。然則信之爲將也，宜如何？曰：毋請王張耳。矧乃自王，已定齊，使曹參、灌嬰能兵者備齊，身引兵決項氏滎陽下。天下已定，推蕭何薦己功，而居其次。如此，高帝必厚倚信，子孫與漢終始無疑矣。

嗚呼，信爲漢非甚不忠也，感漢恩未爲不亟也，計慮後禍，又未嘗不深且明也。然而卒如此者，其爲人好大而夸，而又觀變太深，慮勝太極，由欲有蔽之爾。故曰：患生於多欲。信之敗，誠以此爾，其果不然也哉。

駁侯方域燕太子丹論

侯方域著燕太子丹論，論荆軻不當爲盜，而丹刺客之計行，足以亡秦。其言曰：『秦王一旦死於匹夫之手，國必亂，天下豪傑，因以知秦之不足畏，而丹且收合六國，西向而亡秦，若沛公之入關也。』〔一〕方域文辨而有氣，世或韙其論。

余以爲失事實，而不稽於理也甚矣。且以史徵之，丹之遣刺客也，固爲其私怨而求報秦王也，而豈眞痛燕社稷之將亡哉？藉令丹無怨於秦王，必不以秦之將亡燕而欲刺秦王。秦王之遇丹而善，丹且將感念秦王之驩，而輕亡燕之禍矣。今直以睚眦刃讐之舉，而從以天下後世忿憾暴秦之心，因而譽丹，不已過乎？且丹誠痛燕社稷之亡耶，則當謀所以待秦。彼秦之强，非一人之力也。自孝公以至始皇，且七世，一君死而一君代，秦之强自若也。藉令秦王卒死於軻之手，秦大臣宗室必憤焉，恥其主之立談而見害，更置君而復燕讐，以秦之强，而加之以復讐之怒，燕之亡，豈後王翦之軍哉？

夫秦之威劫天下，豈獨以其聲哉？固以戰勝之實矣。天下之兵，亦嘗勝秦，而卒爲秦敗也。故六國不亡，秦之威不極，其强不可得而弱也。揭竿之呼，軹道之降，天道之復，人事之窮爾。今曰刺秦王死，而天下豪傑乃不畏秦，而丹且號召以入關，則是帝王之功，成於一客一劍之用，豈非兒童之見耶？蓋丹之請軻也，曰：『秦大將擅兵於外，而內有亂，則君臣相疑，以其閒諸侯得合從，其破秦必矣。』方域之論，因此爲說，不知此丹之餘論，而非其本計也。

彼其本計欲復一人之讐耳。而軻，天下之義勇士也，復私讐，不可以干於軻。故詭其辭，而假於公義以要軻，必軻之許也。苟軻事成而秦王死，丹之願固畢矣。其幸而得合一二國之交以拒秦，而少緩須臾之亡，固善；其不能，亦不過遼東之保，衍水之逃匿而已矣，而豈眞有破秦之計哉？

方域曰：儒者罪丹以『召釁』，而燕之亡，實不存乎軻之刺。『有兩人行而遇虎，其一長跪乞哀以死；其一奮臂力鬭不勝而死，而論者以乞哀爲智，以力鬭爲攖虎怒。』〔二〕應之曰：秦之强若虎，而王政非虎也。丹誠懼秦虎之食燕，率天下悉燕力以鬭秦而敗死，是鬭虎而死者也。而獨刺秦王，是無異於伺虎之睡，而欲落其一牙，曰：虎其已不能食人者也？故丹之刺秦，雖以存天下，吾不與也，而況其私乎？

然方域之論荆軻曰：『軻，勇士而感恩者，設遇嚴仲子，未必不爲用。』〔三〕吾又以爲不然。軻誠深沈好書，不屑私忿，而有不可於天下之氣，徒感燕丹之義，而發憤於天下之所共怒，非秦王孰能使刺之耶？曰：秦欺天下舊矣。奚爲欲效曹沫之盟？是殆不然。軻事之不成，其以爲燕丹解也。且傳之者妄與白衣冠以送之，且歌以悲之，其計之死已審矣。

然則軻可無盜乎？曰：奚爲其不盜也？軻之

行，固盜之術，不得以秦王異。嗟夫！軻知刺秦王之不免爲盜者，軻其不行矣哉。

【校】

〔一〕壯悔堂文集（順治增修本）卷七作：『設一旦其萬乘之君立死於匹夫之手，國有不内亂乎？天下豪傑，因以知其不足畏，而太子丹者且收合六國之餘燼以西向，而前吾恐嬴氏之亡，不待沛公之入關矣。』

〔二〕原文作：『有兩人行而遇虎者，其一惶恐拜跪而乞哀以死；其一大呼奮臂鬥不勝而死，而論者顧以乞哀爲智，以大呼奮臂爲狂佻，而攖虎之怒則何其愚且謬也。』

〔三〕原文作：『要之其人則英雄而感恩者也，設其遇嚴仲子未必不爲之用也。』

爲曾侍郎論金革無辟

古今軍旅遭喪起復之事，必取斷於戴記『金革無辟』之條。『子夏問曰：「三年之喪卒哭，金革之事無辟也者，禮與？初有司與？」孔子曰：「夏后氏三年之喪，既殯而致事，殷人既葬而致事。」記曰：「君子不奪人之親，亦不可奪親也，此之謂乎？」子夏曰：「金革之事無辟也者，非與？」孔子曰：「吾聞諸老聃曰：『昔者魯公伯禽有爲爲之也。今以三年之喪，從其利者，吾弗知也。』」』

竊詳讀此文，葢春秋大夫，卒哭從戎，習爲常事，故聖賢嚴辨而正之如此。然孔子既言其不可矣，而子夏復問，孔子復引魯公之事以荅之，何也？豈不以國家有急，而任事之人，或不得代。於此之時，君有不得不命，臣有不得不受，若魯公伯禽之事，必不得已而行之，其可也。人之賢者少，不肖者多，『金革無辟』，雖禮之變，古有行之者，而必不可以許人。聖人之意，略可於言外見之。葢有爲爲之，非從其利者，猶聖人之所許也。後世無故奪情之事，紛紛而有，而『金革無辟』，幾爲正文，動可援引，然後知聖賢防慮之深，禮之不可以幾微假借也。

今兵部侍郎湘鄉曾公，討賊江西，而遭父憂，既聞訃奔還，而以不得請終制爲疑，以書商之左郎中季高，並屬及於敏樹。先是，曾公本以母喪在籍，被朝命與辦湖南防堵，遂以募勇起軍，曾公之事，暴於天下，人皆知其有爲而爲，非從其利者。今賊固未平，軍未少息，而疊遭家故，猶望終制，葢其心誠有不能安者。曾公誠不可無是心，其有是心，而非僞言之者，人又知之。然其事固有所不能得也，所謂『君有不得不命，臣有不得不受』，非今日之謂乎？果朝旨仍命之，卽無可辭者矣。

愚聞曾公前日嘗數請於朝，乞無加官賞，奏摺中嘗以不塡官銜，致被旨責，其心事明白，實非尋常所見。左季高之論今事曰：『曾公終制不得請，宜請開兵部侍郎缺，而身討賊如故。』此論與曾公前所自處正合。愚又竊以金革者，國之變故，非吉事也。鑿凶門而出戰，勝以喪禮處之，與居憂之義，猶不甚相遠。故古人有不得已而行之，非諸奪情起復，公然爲朝官之比也。

喪禮之廢壞久矣。獨丁憂之名存，而古人居喪之實盡去，衰亦無弗墨者。曾公素講於禮，今不得已而從金革，所猶可私自盡者。哀痛之實，寢處飲食之事，視世之名爲居廬者，相去必大遠，如是亦可以無譏矣。輒不自忖，書此以質於季高，而附致之曾公焉。

三江解

余爲文記君山、九江之樓，因論洞庭之名九江，實以江水分流過之，故九水通得『江』稱，猶漢入江後之爲北江也。既又思禹貢『三江』，宜以九江當其一。禹貢於『揚州』曰『三江既入』，言其委也。故鄭康成謂岷江、中江，『左合漢爲北江，右合彭蠡爲南江』，是謂『三江』。

葢江水自西而東，而名中江者，以有南、北故。而後儒乃專於揚州域内求所謂『三江』者，諸說紛如，不知揚州他水不可以名『江』也，鄭氏中、北、南『三江』之說是矣。而彭蠡因江匯澤，非江所先合，又未可以名『南江』也。余請卽以禹貢江名，實之曰中江、北江、九江，是『三江』也。九江乃南江，非彭蠡也。『揚州』言『彭蠡既豬』矣，又言『三江既入』，亦可知彭蠡之不在江數，而九江之水，大於彭蠡，而入於揚州，宜爲『三江』之一。『荆州』曰：『九江孔殷。』又曰：『九江納錫大龜。』其言『岷山之陽，至于衡山』，與言『岷山導江』，又皆曰『過九江』。凡言『九江』，猶一江也，故可與中、北並而爲三，不言南者，以中、北即可知也。

古者主名山川、江河之名，猶天地日月之不可更易假借也。而後人亂之，呼水通曰江河，加以他水之名，曰某江、某河，名實之乖甚矣。正其名，考其實，乃知古書之文本明白不差如是。嗚呼，後世稱名之亂，可勝窮哉。

文敝

今天下學士，懵然於其所學，內不知所以治身，外不知所以治人者，豈非時文之由哉？夫時文者，習於聖人賢人之言，而附以儒者之說，其所稱非修己之實，則治國平天下之道也。然而學者日習爲之，且內不知所以治身，外不知所以治人者何耶？

今之爲時文者，非果能明於聖人賢人之心，知其事而言之者也。村塾十歲之童子，矗誦章句，操筆而學爲文，則其所言，莫非堯舜三代之故，孔子、孟子之爲人，其實衣服、飲食之事，皆無曉也。而時文以取士既久，『四子書』之言，所用以爲之題者，益亂且碎，語其種類，凡有數十。學者欲皆備之，則窮日之力而不足以給，又烏知其他？是故其師之所坐堂而講，弟子之所執卷以聽，羣居之所切劘，課試之所高下，非是無有也。其於治身、治人之道，則曰：非我事也，我不知也，我知爲聖人賢人言之爾。是故入而事其親，出而遊於其鄉，無以異於蒙不識字之人也，又恐不及焉。

及其一旦竊科第，而將入於官，乃始學爲仕宦走趨之術，一切官府之儀狀、品式，而往充位焉。而今世法令所以待夫天下之事者，皆未之聞也。是故今之天下有人曰：我將治身而爲其善，去其惡，則必歸於陰騭感應之書。有人曰：我將治人而清其獄訟，理其簿書，則必師乎刑名、幕客之輩。夫以陰騭感應之書，而尊於聖賢人之教；以刑名、幕客之輩，而傲於服習仁義之人而爲之師，然則今之學士，豈不辱孔孟，而羞儒名矣哉。故時文之敝，至今日而極矣。

嗚呼！其將何道而變之？

葛覃首章解

葛覃，后妃之女事也。其首章，則其事之思也。彼葛初生爾，有事乎？未也。未則曷爲賦之？以其賦之，知其爲思也。

夫樂其鳥也者，樂其葛也；樂其葛也者，樂其事也。葛初生，事猶未也。曷爲而樂乎？曰：思也。然則詩人之賦之也，其亦有樂於是與？豈獨詩人哉？今之讀是詩者，皆樂之矣。

柈湖文集卷第二

瀏陽學祭議

凡州縣學宮，雖甚崇飾，禮樂常不備，而瀏陽其人多富，士知學，而近尤奮於科舉，故其事獨盛焉。然其閒事類殊別，其明倫堂之前，有曰『禮器局』者，於後又有曰『樂舞局』者，皆高屋連棟，局各有董事者十許人，司先聖祭祀事。

余始至，見輒怪之，以謂祭禮事也，禮樂一也，且歲一再行，與官共之，何爲有兩局哉？及審其所由，蓋始者官辦，春秋丁祭，而瀏之士，以八月二十七日，爲先聖誕降之辰，而當鄉試年，居揭榜之前數日，乃請於官，於其日增行一祭，私置田產，以充其用，是以有禮局之設。其後議興修樂舞，樂舞繁重而費尤大，故別局焉。及樂舞既成可用，則丁祭因取用之，而八月一月之中，既當有兩祭。日近而事迫，樂局之人難之，比歲於其後祭，或罷樂不舉，兩局之人，始相詬怒有煩言。余有意欲相爲商辨，合而正之，而未發。

今年秋，有以虛名狀投請於府者。其言先聖生日一祭，見於禮部則例書，而乾隆閒，御史有請於太學，增行此祭者。高廟諭旨，斥其不應經典，不可以瀆先聖。其事得之嶽麓山長丁侍講祭議中。今瀏陽此祭，未知應行應停云云。府以其狀下縣與學，令詳議，一時聞者哄然。有來問於余者，亦且婉辭解之。

嗟乎，彼投狀者之言則是，其意則非也。果以此祭爲不宜行，瀏陽之人自行之、自已之可爾，何爲設疑而上請哉？毋乃有陰挾其黨，以爭勝敗者與？雖然，彼投狀者之意則非也，其言則是也。

夫國家州縣立學，學有先聖廟，有司以春秋仲月上丁祭者，此本古禮，春秋入學釋采之義也。生日之祭，何爲者耶？古之祭者，雖王者於其先祖，未聞以其生日祭者也，而今敢妄用之於聖人耶？余所見世俗淫巫叢祠，多稱生日，相聚會歌舞，云爲神者稱壽。蓋後世人重生日，故祠鬼者亦因之。儒者以道奉先聖，豈宜與之同也？先聖之言曰：『非其鬼而祭之，諂也。』非其鬼祭之，固諂矣。雖當祭者，非其時而數數祭之，猶諂也。先聖惡夫諂鬼者，而受人之諂哉？科名盛衰，由讀書者多少，聖靈福饗不在此，非可用祈禱也。春秋書魯郊禘，譏其僭禮，至於非時再『烝』、『壬午，猶繹』之類，所失亦小矣，猶必謹而書之。葢聖人之嚴於祭也如此，而可苟乎？

昔者御史之請，高廟斥之，正典祀之大綱，破細人之私惑，遵今準古，何嫌何疑？且瀏陽一邑之士，以祭事有爭釁，尤不可之甚者。今若輟去此祭，合兩局而一之，而通以丁祭，禮樂爲其局名，其事則縣之長者，同心而任焉，豈不善乎？然則聖誕祭名，見於頒行則例之書何也？禮官之牒，或革或行，未能一也。若執此以相難，則拘者閡於文，懦者怯於議矣。余忝爲學官於此，念是非之論，不可以兩存，且懼乖先聖謹禮重祭之義，輒爲此議。先質之明府趙侯，或可與瀏人士商定之，且以爲覆議於府之意。

余爲此議，卽持示瀏令趙君笛人。葢上札本令縣與兩學詳議。而同官教諭某，最不喜余。余商與共此，不肯從，反爲浮言以動人。時縣人主樂事者，爲邱穀十年丈，余同年生紫山之父也。禮局之人本與邱丈爲訟，因謂余以私助邱，故余之言必不可得信於人。余遂要趙君，令呼集瀏士公諭之，而趙亦竟不能也，覆議亦竟不申上。於是某又嗾貢士某，摭他事訐余。瀏東鄉有獅山書院，李生芸、王生應蘋，因元歐陽奎齋先生實產其鄉，立是院以興其學者，二生請余兼主講事。而庚戌正月遭宣宗皇帝大行之喪，二月初十日，瀏官吏成服三日後，余素服詣院爲生童上學。又先聖廟月朔行香例，止跪拜階下，而書吏先焚香於神座前，余以爲褻，乃躬升殿上香，而後降下拜。某緣此二事增辭爲罪。辛亥三月，府以訐狀下縣查覆，余乃卽日告病去官矣。葢余本以今日教官已成虛員，殆與關柝比。而余家尚有薄田自給，自到瀏後，心常不安，二年閒惟日治春秋爲事，欲待爲先人乞得一官誥乃去，已期在是年之秋矣。查狀日，縣童子已過考，將及府試，趙君欲爲余申辨，而余學中告病文書先自申上，後乃移縣。所以急急如此者，以去官則無待辨白，而余亦自得其意也。今司訓瀏陽者爲李君竹塢，楚之夙學君子，余所敬友。而聞瀏士以兩局相水火尚未已，祭事不可復正，因檢舊稿以質於竹塢，而議其事由如此。竹塢爲瀏士信向，定非余薄劣之比，或可以漸次開曉，而更定之也。咸豐七年五月自記。

行軍私議

余疏愚，不能精敏於人事，況於言兵？故自軍事十年以來，未嘗妄有獻言於當事，亦未敢私議其得失成敗，以爲局外旁觀之智。今吾從弟退菴，被督帥曾公之檄，募軍三千人，將從收復江東，以親愛之慮，不能無强言之。吾弟考論古將帥用兵之事悉矣，又身歷江南北諸行營閒，觀之甚熟。余特以今日行軍時所可臆度者，聊設議以明之。蓋雖面語深屬，猶恐不及，亦誠自忘其愚也。

議曰：今賊據安慶、江甯以抗官軍，有年歲矣。楚軍雖稍銳，然僅能埽湖北，清江西，未能奪長江而下也。本年江甯之軍又潰，賊益出陷蘇州及浙江。今曾公奉命總督兩江，帥楚軍以圖克復，雖水陸並進，其勢必陸路急趨，以衝賊腹，而拯拔東人也。計賊之禦楚軍，必更倍於前日，且主客異形，勞逸異勢，其進得毋不易乎？

曰：賊雖蔓據安、江之地，其士民固皆王人，官軍之入，隨有響應，何難進克？雖然，吾惟是之慮也。彼士民之陷於賊中者，雖望官軍，而實憚賊，雖不誠於助賊，而久爲賊之所制。聞官軍之來，則恐其以助賊爲罪，必不惜閒密以求自通於官軍；又必言賊可攻之形，以速官軍之入，而必不敢盛言賊之實，使吾反疑彼之爲賊閒阻者。至於官軍之不幸而敗，則非彼之所爲代計也。所謂持兩端以圖自全者，情勢類然也。從前官軍之入而失利者，未必非害於此。然則何爲而乃可進乎？

曰：進之權在我，而不在人；可進之機在賊，而亦在我。我之往攻也，賊固迎而備之，俟吾之進而謀覆我，且甚欲誘我。吾誠心勇，莫如形怯，且宜遠賊爲營，使賊不旦夕備，而密自約厲，旦夕以虞賊之來。賊窺我久不敢進，必且輕我。苟來犯，起而敗之，則有進機矣。或猶未可，賊恥敗，必再犯，或潛襲我後。又起而敗之，則進勢成矣。若賊但嚴備，不肯輕犯我，我益久之，俟賊之懈，乃勃然以興也。蓋休士久可以數月，進軍必令於一夕。其忍辱之甚，必至一軍皆憤，而詘笑盈於路人；而及其進也，乘其勝氣，不復問賊，可遂進不止。此兵家所謂『止如處女，起如脫兔』，行軍之至要，千古不能易也。

不識曾公今日之進，能如是乎？雖欲如是，其能以如其意乎？若吾弟之行，偏師之從令者也，余慮其進之不自主，而不暇重慎。且新出，羞怯名，亟有功也，故首論之。

吾弟之言兵，尚嚴整有威，此一定法也。而今之帥鄉勇者，多稍寬縱之，往往亦能久持有功不甚敗，吾弟大怪之，以訊余。余曰：今之募勇，與營兵異。營兵者，久食爲兵之利，以養其身家，一旦用之戰陣，雖斬殺而驅之死，不謂非宜，且兵籍在，無所逃之。今募勇，獨日得幾錢耳，甚嚴之，不過散走。而吾意亦重於用法。故今之能將者，苟與之相親倚，至於有敗，士不盡去其將，而將亦不能大令於其士。雖然若是者，是姑務相聚以支久耳，可卒與之平賊乎哉？況又有必不能以自存者耶？吾弟之言嚴者是也。其嚴也，必先嚴於其細。細者之罰不貸，而大者之誅可幸無犯也。吾寬而縱爾，使爾皆爲賊殺，爾何賴焉？爾惟吾令，則不死且有功。必使此意皆徹乎一軍之心，而軍之用命，如聞其父母之言，則嚴且恩矣。若其他之同甘苦，讓財利，凡所以得軍士心者，不足爲吾弟言之矣。

能言兵者，皆曰：今之爲兵者，患不能出奇，故亦無奇功。其然耶？否耶？以今之功，度之古人，誠疑有然者，然奇難言也。能屈伸左右、虛實變化之謂奇。余嘗問楊君芋菴以『奇』。曰：『在用閒。』吾弟亦以謂然。閒者，軍之妙用也。然是多反覆，善誤人，慎之哉。我勢勝則賊黨離，非能無事而離賊者也。賊又極狡黠，不可易誘。據其所害，必以致賊，而時其饑飽、勞逸、銳惰以制之，此平之奇者。若夫知賊之人與其情，則觀其所爲大概，亦足得之，不必其瑣瑣者矣。

兵以眾戰，我軍且未眾也，而諸將時有不同，故有以孤軍陷者，其人能出於人，則忌者思害之矣。今之分將者，或起書生，或出武夫，書生自智，武夫自勇，能皆和之爲難。吾弟頃未與行閒，而早有名，以我視人，度人觀我，亦有足懼者。素行慕高而恥卑，舉動輒有異，此最在人眼目，不可以與我同。余謂兵事之處置者，自行其意可也。其他必稍與人同，毋令人忌害我。其從行而任事者，禮而與之謀，多謀而不用，則人廢然不肯自竭，不如少與謀而時用之也。

聚古之名將事爲書，類而名之，以賢爲首，他皆有取焉，此吾弟之志意可見者。『兵之道博矣，及其用之，乃不在書。』曾公之言亦云爾。余未知武事，而稍學爲文，每屬筆，胸中有古人文思效之者，爲之輒不工。何者？其文之題事異也。今之所制爲兵，與今所遇之賊，即用武者之題事也。吾弟之讀書多且熟矣，熟而化，烏有不用？又烏測其所以用之者哉？

蒼莨谷圖說

士已出其身服官中外，或甚嚮用，駸駸可至大官，而其心不忘乎邱園之樂者，往往圖寫其故鄉山水、草木、屋廬之形狀，而爲之詩歌以寄其思，其友朋又從而賡和之，積爲長卷巨冊，若將張其事者。此近世士大夫之恒習，殆無足多道。

雖然，吾則有說焉。夫人苟酣迷於富貴之途，欣其所已得，而望其所未至，務進而已矣。語於其退，則豈其計慮之所願及者哉。古之君子則不然，其心雖不敢忘乎天下國家之故，而自服於君臣之義，不敢以自暇逸其身，而亦必有不屑屑勞苦，願於隴畝而不可得之意，時發見於其閒。功名之所立，爵祿之所取，雖足以震耀一世，猶若不得已而强就之，故其心常超然遊於昭曠之域，而視物甚輕也。雖終其身在於富貴之中，而其所爲則必能如其志者，固由乎此也。周公之明農，召公之告老，大聖居親重之任，猶欲舍而去之，豈其爲僞哉？後世賢智特達之士，一生不輟仕宦，而買田歸耕之意，獨常常見於文字之間，或疑其非情實，不知夫人之意量，所以過乎人者，識者將於是觀之。

翰林侍讀孫君芝房，以其所爲蒼莨谷圖，屬余爲文其上。君年甚蚤，文章學業甚著。今年以大考進官，方益隆起未已，而拳拳於是圖，蓋其志有異人者，故余爲之說如此云。

巴陵東陵說 此下十篇係巴陵縣志

禹平水土，主名山川，導川指山而言其所至，必其山之可物者，龍門、華陰、底柱、大伾是也。而導江曰『過九江，至于東陵』，後人皆不知其處，以九江亂之也。自知九江卽洞庭，而東陵之爲巴陵審矣。

巴陵也，曷爲而東之？對西而名之也。夷陵爲西陵，巴陵爲東陵。夷陵、西陵，後世郡縣之名也。禹時固前有郡縣名乎？非也。曰天岳名州，以其高大，東陵當卽天岳，天岳非岳州山也。曷爲東而至之乎？或曰江過九江，乃至東陵而東迆，是二江之會城陵是也。然余觀城陵皆平阜，無陵焉者，孰至乎？然則東陵孰謂？苟有目者，皆知其爲君山矣。江自西來無山，至是而陵，陵而遂止。而九江流其前，大江合其後，名而指之，萬世不能易其處。

東陵也，曷爲而巴陵？後人之所稱也。岳州之山，東、南、北皆自粵嶺來，惟湖中一山，西自巴中來，故又以云也。蓋禹時未有巴子國云，其郡縣曰巴陵，何也？羨也。吳時邸閣、巴邱戍，疑皆置之城陵，羨之曰『巴陵』也。若山經羿屠巴蛇之說〔一〕，妄哉。

【校】

〔一〕羿屠巴蛇：山海經不載。說郛卷六二宋范致明岳陽風土記：『……江記言，羿屠巴蛇於洞庭，積其骨爲陵。』

江沱說

禹貢：『岷山導江，東別爲沱，又東至於澧；過九江，至于東陵。』經文本自分明，其序導江，卽言沱之所至，後言其會而已，以明治水之績也。禹見江出峽益盛，地益平，汎濫益遠，鑿而分之爲南江，以殺其勢，而以有三江之入海，又不可以不明也。公安袁氏，生長江邊，顧誤以分江爲經流，北江爲沱。胡東樵著禹貢錐指書，從而和之。昧於古文者信之，而江流亂矣。

余嘗由西湖往江陵，出太平口，舟子下篙，灘聲碻碻然。太平口，古名『虎渡口』，酈道元所謂『枚迴洲，江水自此分爲南、北江』者也。胡氏每嗤蔡傳山脈之說，不知山斷脈連之處，非鑿而通之，何由穿其地而行哉？

今洞庭水患，始於唐世，見於白樂天之詩。近則山木敗，水土隨流，湖身日高，隄而田其旁者日增。北則江口之通於沔、漢者，隄盡塞之，非深南江而縱，北江水無由而治矣。

岳陽說

岳州稱岳陽樓曰岳陽，名於天下。而巴陵爲附郭縣，亦蒙『岳陽』之稱矣，其實古郡巴陵也。岳陽之爲郡也，自隋也，其爲縣自梁。蓋置於湘陰、玉山之閒，在天岳山之南。

今平江之西境，而屬之巴陵郡。隋廢縣，名郡岳陽，而居天岳之北。名實不相應，世莫能辨云。

巴陵田賦說

田賦，余所不能深曉。而巴陵之田，廣狹不一，略有三等賦以民糧起之。有三事：漕米、正銀、南米也。民糧，一名毛糧。廣科，五升、四升；狹者，三升有奇、三升或不及三升者。問其入，曰：五升者收十石，四升可六石，三升可四石、三石，主、佃各得其半。

而余鄉之田，有一邮而四升、三升異者，蓋田以都里分。余二都皆三升，十二都四升。居比鄰也，田相畔也，廣狹又同也，而科糧不同，其不均如此。而里各有册胥，二都人買十二都田，推糧以四，不能校也。久之，而十二都人田，無糧者多矣。康熙、乾隆閒，嘗兩次清丈，至今而弊如是。然則欲賦之均，必先均田，使廣狹丈尺若一。惟山谿閒田，少寬與之，平邮則否。盡一縣止一丈，無(閒)[問]都里，科糧無五、四、三之別，庶爲善耳。

又巴陵水鄉也，近來湖水漲大，又倍昔時。往所科民糧者，今多在水中，欲賦之無逋負，得乎？往時水災嘗不得報，報亦未能奉准。近年經亂，始准報災，朝廷屢優免之，民困以是少甦。若得清察達部，酌三年之中，以定免額，田賦其有瘳乎？余鄉人二十年前所起新屋，近水入其堂，深幾三尺，其門外之加深可知也。而墳塋之邱，自古續葬者，其上可以過船。嗚呼，此豈可不爲之計也哉。

巴陵水利説

水利無過隄防固已。而巴陵濱湖之地，向無隄垸，惟近新牆河處少有之，亦無甚利害。獨濱江與湖北連者，宜完修之耳。而山䢂塘堰，利害特著。葢水以田分，有正水，有上水，有衍水。田一䢂者，始或屬之一家，已而分之。其未分之日，雖不宜用水，亦强均之。及田分，而田者以故事用水，則不得。以此歲旱，往往殺人，其以爭鬭閧於里者，日有之也。

余嘗患之，思其善策，惟於治塘之時，按田列水，碑之塘上，存其圖策於閭。歲舉一人，司其啟閉。戽水時聽其呼召指揮，水在塘稍久足用，而人不爭。然僅可行之一家之私，而不能徧，無官令以濟之也。欲得良宰官留心民瘼者，與爲之。冬閒無事，則浚塘而厚其隄，貯水益多，以此裨荒政，息亂源，豈非因民而利之道乎？

又山木宜蓄，而無禁者不能也。往聞父老言乾隆閒，渠爲童子時，秋風起，入山，落葉塞路，一日得數擔歸。葉覆地厚尺許，土肥而不流。近則羣兒鉤取樹枝，或盜砍小樹耳。

嗚呼，豈非世變也夫。近益開墾山地，黃泥入田敗禾，又隨流下，塡淤湖身，爲害尤非人所覺。安得良宰而正告之？

巴陵積貯説

積貯者，人之大命也。而國家有南倉，里之仁者，向聞有社穀，然皆無濟，何也？南倉掌之官，其穀久虛，或假糶發，以便開除；及歲登請糴，則官持銀以入富室，而迫取之，富者不敢受銀，而又賂免，以是爲常矣。社穀可行一二十年，漸侵於司倉之手，莫問其出。惟族之有義田、義穀者，庶可久也，而苦不能徧。

巴陵鄉中，向有頭穀。頭穀者，石息三斗，春夏貸而秋收，此兩利也。蓋貸時平價千錢，收時新穀七百。此謂鄉斛，城斛大鄉斛二斗。還者計費錢九百一十，贏其本九十；收者獲息三斗，明歲則爲錢三百。歲有三分之入，而無放息之難與應官之稅。及荒歲，本息之出者，計一里中，幾且十萬，貧不餓死，穀價高，富者日益富。然質貸多用衣物被絮之屬，始夏脱棉乃質，秋則取之。後來歲儉，糶早貴，冬寒，人未還穀，求先出質，富者不肯。而岳城中有典鋪三家，新牆有二，城陵一，人貪日短而息少，爭以好衣物付典，而以麤大者質穀，以是穀衰，浸以盡亡。富者惟恃田租，十裁有其放穀之二，食緊則開倉立罄，緩則以爲錢而貸之。於是，一縣之穀，秋熟外流不禁，春夏不可以荒矣。

近上官有勸積社穀者，穀甚少而無起倉之費，派掌之人，憚後累。余嘗以告於官，欲請提補南倉，而休養浸昌之日，城中止容一典庫，餘皆禁之，並禁以穀爲錢者。官常漠然不知所謂也。嗚呼！

酒禁議

酒禁自古也，今於荒政尤要矣。然酒以養老、合歡、成禮，無之不可，於是止許燒粱，而不熬穀。蓋長沙城中如是，而他處不然。近來講荒政者，無不事此，而行之輒多礙滋弊，酒卒不禁。

余一邨之中，人戶不滿五百家，槽坊殆以四、五，其蒸熬穀數，不可詳也。里人嗜飲者，家不能多儲，日夕往取之，路過者锺飲之，大家則計日擔送，又有自他挑來販賣者，不知鄉之需酒何至是也？

余嘗思之，禁燒穀，止許燒粱，固也。而要在限置酒家，如城中四家，南門二，西一，東北一，足矣；新牆二，城陵二，鹿角一，黄沙一，楊林一，潼溪、梅溪、閣鎮、馮萬、黄岸、公田、月田、甘田、茅田之屬，隨宜置之。其開張有帖，非街市不得請帖，惟家自釀糯者聽之。以是爲常，則荒政無事矣。

巴陵風俗說

巴陵民風質實而尚氣，湖地山場，爭其族之公地，而殺人常有之；以賂免告官而破家者，又常有之。鄉知息一事而已，不他求也；官知避命案而已，不暇詳也。欲救此弊，其惟祠堂乎？近數十年，族大者皆有祠，有祠規，而不能免此，長老之無知，與力不能也。

余嘗謂莫如官爲申法，稍假其長老以權，凡有事，長老集祠下，議曰：『當如是則行，否則已。』族之好爭者，必羣少年。女子不良死，則率人立敗其婿家。葬者塋邇其門，則阻之。與人隙，服毒草以誣之。長老聞而禁之，無事矣。往沔陽黃令君之爲巴陵也，與人家法，有枷、杖之屬，破格也。人得之稍懲，彼爲一時清土匪而然，然可用也。婚娶葬埋，競華侈而亡禮意，欲乞定爲品式：婚不賀，宴賓不得過豐，喪不用樂，賻者聽。巴陵人儉而實奢，婚喪禮筵外，多用肉爲包，納之懷而去，君子恥之。今一概禁斷，則理得而事行矣。惟三年祔者，胙可也。

巴陵土產說

巴陵之產，有名者布。初，邑之山中，多作小布，幅裁尺。紅之可巾，且以張綵飾館柱；青者，以爲鞋帶。長沙有巴陵小布行，以此。其後，二、三都及冷鋪、三港觜諸處產棉。而一都人工作布，絕精勻，謂之『都布』。二、三都謂之『三都布』，男婦童穉皆紡績，布少麤而多。吳客在長沙、湘潭、益陽者，來鹿角市之。鹿角、孫塢、童橋皆有莊，莊皆吳客，蚤起收之，飯而止，歲會錢可二十萬緡。蓋巴陵之布盛矣。

其後布差僞，而巧造者，有粉石、米漿、捭機、碾石之事。收者喜之，高其價，工益窳，布不耐穿著。他鄉弗尚，莊錢減，吳客落。孫塢無一莊，而布歸新牆，客爲衡州、長沙人矣。

初產棉號『山花』，其絨鬆，千錢可卅斤。後於湖北取檢子種之，其絨緊，易紡，不及山花，廿斤千錢。棉秋薄，千錢減斤四之一。又取檢子種，手去其毛種之，則爲鐵子。其絨又鬆，買者欲之，願減斤而如價。蓋棉上者，斤三而一緎；中，三又六分之一而一；下，四而一。布精者，疋不盈五丈，闊尺四寸，重斤不盈三；麤者幾四，長闊稍加。後秋益荒，蘇花，至千錢斤十二。蘇花出太倉，後乃用洋花，錢千而斤者八矣。此其極也。

茶，巴陵故少種，而君山舊有名，雍正間入貢，歲十八斤。而余少時見近里荷塘人賣茶，春三月清明過十日，提小筐過門，其茶尚青，名曰『鍋青』。生葉過湯而焙成，價斤百數十錢。貴之，常不買。穀雨後，侵晨擔竹籠者，與之價，其人滿堂，議定畢售，一日率斤九十，二日減五，三日又減五矣。歲歲如此。家飲陳茶，新者炒而收之，爲引火氣。有陳至二十年者，以與人治火疾，大效也。四都最多茶，地稍遠，價廉於荷塘，人挑之來，或自遣人去，蓋以四五十錢取其少麤者。又老茶斤十餘錢，則臨湘來矣。

道光末，江、廣人販茶至洋，名『紅茶』。慮茶僞，專取生葉，高其值，人爭與市。而貿於本地者，名『黑茶』，乃取山中雜樹葉爲之，極有無一葉茶者。於是茶值三倍往時，苦難得。始有自種者，兵事起，岳陽設水卡，多榷茶鹽。鹽自川來，而茶出湖南也。城中買茶行，又有落地之抽，茶益昂矣。將來種茶者，必日多，惟望時事清平，稅盡除去。

君山茶以名高，督兵船過，必取以饋當路大人，斤至十二千，平價九千六百。縣官見僧多利，貢外添辦至百餘斤，官價六百，僧不敢較。近兵事少，買茶希，僧不給本，必敗茶。由此言之，利害之相倚伏，盛衰之變，詎不然哉？

書院議

書院，古之鄉、州學也。今學生猶曰『庠生』，古之遺意。古之教者，州、鄉大夫若鄉先生，而今禮聘賢士大夫去官者而爲之師，又無不同。惟今世道學不能自尊，主講者多請屬得之。

岳陽之爲書院蓋古，後於嶽麓城南不遠，故薦地也。薦者上官列其缺於首府以待求，前一歲以書至府縣，府縣以關憑文紙，書其束修之數，少致見幣，以往於求講之先生者，如是而已。余未嘗一干此，往歲有以見迎者，辭而免。而吾弟伯喬，去永綏學官十餘年，家居不出戶，不一見官長，會院無師，縣人士請於府，禮而致之，書院於是有眞師矣。而爲府者，以昔之爲師者視之，故未終席而去。縣人士又邀之，爲修志主人矣。嘗深慨歎郡文學不逮前明，而書院租奉大半去，堂宇卑陋，學舍至少；而又處城中，學生舉足涉闤闠，莫勤於業；士大夫賢者，莫肯至而主教事。古之學者爲己也，不必避名也，而又善能趨名。其得爲爲己者，如射然，失諸正鵠，反求諸其身。又如孔孟之門，其從者，豈不皆有仕之心哉？惟不愜於師，不給於食，則無何耳。

竊議若得改建書院於東門金鶚山下，而多其租入，歲延名師，課有常額，而學士不增多，人文不興，未之有也。時已有然余言者，不果爲。今雖欲爲之，未有其力也。數十年之後，當有行之者乎？余之議非私造也，聞之先輩諸君子云。

雜說三首

藥生於山，而求藥者於市，市故藥之聚也，而市者常僞以亂眞。又藥所名產之處，其人多糞種以售，故藥弗得良。而人往往採藥於山，謂之生藥，常勝市者。又有號草藥者，俗相傳取諸草名不在本草經者，以治疾，尤有奇效。

客有謂吳子，曰：『甚哉！藥之難知也。今何不盡訪諸草藥而著名之，以利人乎？』吳子曰：『不然。夫草藥唯無名，而人獨私傳之，故其用常全。今名而傳之，則人且種之，而且僞之矣。』

嗟夫！藥不可得良也，而唯無名者之求，則神農、黃帝以來，採藥之教非與？

余曩歸自都下，雇羸以行。遇同行者曰：『子之轅羸弗良，將不利行。』余曰：『幸已行數日，可强取道也。』其人曰：『是好憚艱，吾以形相知之。今行道平，又幸晴，無害，子將見之。』

一日，過一小阪，羸遽伏地，馭者痛鞭之，幾死不起。追取前行，他車羸以代，乃過焉。又一日，雨暴下，羸又然。余乃知相馬之果有術也。然余所過阪非峻阻，雨驟未濘，而羸以死拒不行，雖其形相當然，亦取苦甚矣。

山中人之市，遇雨，急市物未盡錢遽歸。途遇趨市者，誚之曰：『我方返而子則往，何也？』往者曰：『子所欲得矣，而我方求之。且子何不少避休市舍，盡子之錢，畢市所欲得？而以雨行，又且溼子之物，乃以誚我乎？』

吳子聞之，曰：『市得物而返，亦可矣。雖然非雨且迫之，彼之錢則盡矣。或乃猶盼物市中，日暮而不去也。』

說釣

余村居無事，喜釣游，釣之道未善也，亦知其趣焉。當初夏、中秋之月，蚕食後，出門而望，見村中塘水，晴碧汎然，疾理竿絲持籃而往。至乎塘岸，擇水草空處，投食其中，餌鉤而下之。蹲而視其浮子，思其動而掣之，則得大魚焉。無何，浮子寂然，則徐牽引之；仍自寂然，已而手倦足疲，倚竿於岸，游目而觀之，其寂然者如故。蓋逾時始得一動，動而掣之，則無有。余曰：『是小魚之竊食者也，魚將至矣。』又逾時，動者稍異，掣之得鯽，長可四五寸許。余曰：『魚至矣，大者可得矣。』起立而伺之，注意以取之，間乃一得，率如前之魚，無有大者。

日方午，腹飢，思食甚。余忍而不歸以釣，見村人之田者，皆畢食以出，乃收竿持魚以歸。歸而妻子勞問：『有魚乎？』余示以籃，而一相笑也。及飯後仍出，更指別塘求釣處，逮暮乃歸，其得魚與午前比。或一日得魚稍大者某所，必數數往焉，卒未嘗多得，且或無一得者。余疑釣之不善，問之常釣家，率如是。

嘻，此可以觀矣。吾嘗試求科第官祿於時矣，與吾之此釣，有以異乎哉？其始之就試有司也，是望而往，蹲而視焉者也。其數試而不遇也，是久未得魚者也。其幸而獲於學官鄉舉也，是得魚小小者也。若其進於禮部，吏於天官，是得魚之大，吾方數數釣而又未能有之者也。然而大之上有大焉，得之後有得焉。勞神僥倖之門，忍苦風塵之路，終身無滿意時，老死而不知休止。求如此之日暮歸來，而博妻孥之一笑，豈可得耶？

夫釣適事也，隱者之所游也。其趣或類於求得，終焉少繫於人之心者，不足可欲故也。吾將惟魚之求，而無他釣焉，其可哉。

漁寄說

漁寄者，柈湖漁者之所嘗寄蹤於此也。漁者不能爲漁，獨喜爲釣，釣亦不常得魚，而自號漁者，釣亦漁之類也。家近同柈湖，故以柈湖著地焉。其釣抑不必於湖，或溪、或塘，出舍門里許輒止，胡爲忽寄於此？舊嘗入郡，寓止仙亭而樂之。亭燬矣，聞有新亭，喜而復來也。

蓋漁者嘗讀書爲文章，舉進士不得。且老矣，棄其學官而退爲漁。會時用兵，有相知大人者，招令入軍中，則謹謝曰：『吾力勝一弱竿，豈能荷長戟乎？幸終爲漁足矣。』

聞昔洞庭有老漁者，中夜客舟呼問買魚，老漁答以詩，哦而去，今所傳『八十滄浪一老翁』之辭也。漁哉，漁哉，吾從子，其許我哉？

雜說一首

氣感而鳴不息者，春之蛙、秋之蟋蟀乎？然蛙之鳴也聒，蟋蟀之鳴也悲。烏用是不息者爲耶？彼其感者盛耳。氣生聲，氣盛則聲烏自而息耶？吾於蛙、蟋蟀，見春與秋之氣盛也。

夫春、秋之氣盛，而蛙、蟋蟀且見之矣。而況乎鳳凰之鳴陽，駿馬之嘶風也哉！

柈湖文集卷第三

孝經章句序

孝經與論語並重，自古然已。論語者，門弟子各記所聞。孝經，則專出曾氏，其文明見曾子矣。曾子以孝聞，而獨傳孔門之宗。後儒於其門人所出之書，獨推尊大學，謂孝經其義未深，非其至者。不知古人尤重此書，自漢以前，已列爲經，大師章句，代有承傳。近儒論出，遂不知重，致使書賈之家，竟無專刻。

敏樹幼時受讀，乃是小學行本，列在馬融忠經之後。夫論語問孝，孟懿子、武伯、子游、子夏之徒，所語皆一身一家之事。大學『老老』、『興孝』，以『平天下』。中庸『舜[其]大孝』，『武王、周公[其]达孝』，始擴言之，與孝經合。列之小學，實爲不倫。況孝實兼忠，經屢申之。馬融何人也，妄别爲經？其人事行尤醜穢，故當投之門牆之外，而乃用其書以訓童子乎？自是之後，孝經益無讀者矣。

近見湘鄉羅羅山氏，講學以救時弊，乃有西銘講義之作，始大怪之。西銘言乾父坤母，四海之人皆爲兄弟，『民吾同胞，物吾(同)[與]也』。其言似乎大矣。程子用之以教，而冒其似者，浸而爲西人天主之學。朱子慮乎其前，力持理一分殊之辨，而其本文故未有以異也。故由是而爲之，則必有呴呴爲仁持齋戒殺之事，且其爲道又無本之甚也。無本則悖，故經云：『不愛其親而愛他人者，謂之悖悳。不敬其親而敬他人者，謂之悖禮。』以其同爲人而謂之兄弟，固無所用吾愛，用吾敬，而齊父母於凡人，又悖之悖者。此大亂之所從生也。孟子曰：『君子之於物也，愛之而弗仁。於民也，仁之而弗親。親親而仁民，仁民而愛物。』又曰：『人人親其親，長其長，而天下平。』蓋天下之人，固無事於吾之親，教之以孝弟，而天下治矣。制民田產，教之樹畜，道胥由乎此也。孰與夫忘失本原，棄絕父母，以爲大道者哉？

愚今特行此經，據唐時官本，斟酌章句，頗有損益。

蓋世變之所趨，扶而正之，非徒以辨於學問之途也。其分章名目，如開宗明義等，愚所不取，今皆除去，略爲十又九章云。

論語大學中庸考異別鈔序

余讀仁和翟灝論語、大學、中庸考異之書，別鈔而論訂之。而大學，翟氏未列古本，及諸儒所考正錄未全者，竊欲補出而未卽爲。衰老多疾，怠廢日深，而湘陰郭筠仙中丞促取其書，將自官局刊行之，以質學者。迺檢校字句，謹依欽定戴記，補鈔大學，並及中庸，帙成付之。

蓋讀書者稽古也，先知古訓，源流乃明。朱子作集註，與古書參行，以備學者之采擇，卽近而二程、張子，皆存其異，而不必强與之同。蓋以爲吾心之所安在是，而不敢竟以爲必然也。自時文取士法行，功令定主集註，以一趨尚。而天下之士，或者苟就功名，不復問學，因陋就簡，論語不知有何晏舊書、釋文、三論文字之異。戴記中遂去大學、中庸之刻，其謬甚哉。

嗚虖！學者微獨不能稽古也，卽欲眞知集註之所以是，而又烏從而辨之？願勿驚吾書爲異而一讀之，則幸矣。

春秋三傳義求序

孟子曰：『王者之迹熄而詩亡，詩亡然後春秋作。晉之乘，楚之檮杌，魯之春秋，一也。其事則齊桓、晉文，其文則史。其義則孔子取之〔一〕。』竊嘗以謂春秋之學，惟孟子獨得其傳，故其言如此，惜乎其不爲書也；則又竊意孔氏之門，其受經於聖人者，必得魯史本書，與經文並傳之，聖人刪削筆正之義，可卽讀而知也。而其條目必亦無多，雖以相講授，未嘗別爲之書。孟子春秋之學，其或如此者耶？

漢時傳春秋之學五家。騶氏無書，夾氏未有書，不知騶、夾之學何如者也。其三家若公羊氏、穀梁氏，遇文說義，都若不知有本文者。左氏習於史矣，而其所得魯之舊簡，見於隱元年『費伯帥師城郎』之類，及『獲麟』後續經諸條，而詳核傳中。又似左氏所見僅在於此，而實未見其全也。此春秋之學，所以至今紛紛也。蓋嘗論之，唐以前，三傳分，而蔽於專家之説；唐以後，三傳合，而亂於鑿空之言。此經之所以難知也。往時胡氏立在學官，人皆排議而欲黜之。而矯其失者，或欲盡反唐宋人之解。或以左氏史書，信之太過，而又非也。獨桐城方侍郎所著通論、直解之書，比較經文，頗多通曉，而疏於左氏，每失事情，是欲以經知經而亦不能也。

夫三傳者，經之所自傳也。而左氏者，事之所主也。於今既莫知經義之所定取矣，則豈得簡略以爲之哉？凡經之有其文者，不可謂其無與於義而不之察也。凡傳之有其事者，不可謂其無與於經而不之詳也。詳之，察之，苟心知其故矣，則事之宜於其文者，吾則知之；而其所以異同者，吾且見之，則聖人之意，其可得言乎？雖有陳義甚高，按之事與文，而未見其果有以然者。傳者之言，學者之所熟聞也，吾猶不謂之義矣。其或微言奥旨，傳之所不言，時索而得之，卒未嘗不證之於傳，以知經之所由然，則於求義斯近之矣。

夫功令主左氏者，以其陳事之多而主於史也。其書善讀之，可以多通於經。而公羊、穀梁氏之所以言經者，人或徒辨去之，而未能得其意也。余竊不自量，而欲切究於斯。會來瀏陽爲學官，學中師弟子講習之事久廢，余愧弗能舉，用其日月，撰具是書，名曰春秋三傳義求。葢今學者而欲知春秋者，其人鮮矣。余之爲此，亦古博士文學修治章句之職云爾。然而通人達士，必當有取爾也。

【校】

〔一〕其義則孔子取之：孟子·離婁下：『孔子曰：其義則丘竊取之矣。』

周易註義補象序

易者，伏犧始作，仰觀俯察，圖畫物象。其時畋漁甫興，書契未有，葢以遠萬物之害，可以禦其不若。若今之爲符畫者，寫天地、水火、風雷、山澤之情狀，使無所避，而物不敢犯，以全生人之命。既而重出其卦，因繫之辭，爲卜筮以前民用，掌之官以決大疑，未及乎民閒也。

三代傳序，各有其書，而周易出於文王。孔子聞知文王之文，五十學易，期於寡過，而又贊焉。文王蒙難，孔子旅人，其時同也。孔子知文王之辭，示人至切，而世無傳者，決天之不喪我，顧不常以語門人，慮人之尚鬼神而好災祥也。秦火以卜官獲全書。漢世學者，聞孔子之假年，而效其業，僅通說卦之象。西晉王氏，頗知談義，微涉老、莊。以至於宋，而河圖者出，邵氏名其學，朱子用之爲啟蒙，遂有先後之天，一二之畫，方圓之圖，卦變之說，而易道亂矣。

夫朱子之爲本義是也，其圖書、卦變非也。知二體而不知互象又非也。今略用王氏，朱子則存其義。象依說卦補之，庶幾初學之善本。若夫眞知寡過，進於孔子之學，則如彖爻諸傳，絕不及象可也，然亦無事於爲之書矣。

孟子考義發序

儀徵阮文達公，集錄皇清經解，中有仁和翟氏灝四書考異。余鈔取其大學、中庸、論語可條論者，以余之所見，辨而斷之。其原書所不及，尚當採他書以爲補。至孟子書，則又有揚州焦氏循孟子正義，用漢趙氏注而作疏說。謂之『正義』者，本唐時諸經疏說之名。趙注舊有宋孫氏疏，先儒皆以爲淺陋人所僞託於孫宣公者。焦氏書則用唐人疏體，而備集我朝諸人考索異同之言，余乃更就此書鈔出而審訂之，而余之所欲有論於孟子書者，亦皆以附而入焉。

蓋孟子書，至朱子集註，發揮盛矣。趙注特此書解義之權輿，而焦氏獨宗之者，以其爲古學故也。然趙注於名物事實，皆甚疏略，則以漢儒之學詆病宋儒者，果妄也。而其注文有集註所未收，尚可紬繹者，及近人所推尋而出，凡有證於孟子書者，不得以其非切要而遺之。

夫學者之讀古書，有疑焉必求其通。苟求其通，而非敢有立異於前人之心者，則吾心之所通，使古人聞之，而固當相許者也。往余嘗爲古文之學，詳讀孟子本文，竊見孟子之書，實所自著，與論語集自門人者不同。而章閒皆有『孟子曰』字，殆不宜爾。意其爲傳書者分章所加，因試置去，別寫讀之，則見其閒文意本相連屬，而誤於斷章者，屢有之矣。然此乃在漢趙氏之前，今安得易之？雖不得易，而吾之所見爲當如是者，亦吾心之所不能以已也。況於事實之可稽，文義之可執者，吾焉得避之乎？雖然，千百世之士，能以其心意逆求古人者不少，苟皆以其私爲之，亦將何所不至哉？

今之守章句爲帖括者，聞有背集註之義，非變色則以爲無用，是猶古人專門一師之學爾，未足爲病也。若夫以考古自雄，因而詆毀先儒，以逞其私。甚者至疾宋學如世讐，此禍於人心世道極烈矣，故余於此尤兢兢。凡焦氏書所載可録者頗具此，其他略皆棄餘也。要以爲集註之藩衛，所有自出其意之說，及論議或曼衍旁出，有罪我者，亦不敢辭也。

詩國風原指序

始余讀書，竊好思議古人之事。以今事情而度之，常多有疑而不可決者，而詩·國風疑之最甚。

蓋孔子云詩三百，『蔽之，思無邪』，是該國風與雅、頌同義。而風獨多男女之言，其言或至猥褻，乃『邪』之甚者。將使讀者思而正之，是謂諷一而勸百？可疑一也。

閭巷田野之人，豈能爲詩？而風之辭婉而工，其用聲韻，十五國若一，無方音，數千年讀者尚可尋其聲部，是必學士大夫之能者爲之。而其義若僅可覘覽風俗而已？可疑二也。

詩皆以入樂，國風者，國之樂也。掌於樂官，工者歌之，是宜揚其美而諱其惡。而其先君、夫人醜穢之刺，不能除去，使布在天下。可疑三也。

詩樂皆在其國而已。左氏所稱七子之賦，不出鄭志，今其篇皆在鄭風，而他賦常不限國，則諸國通習之。傳又稱吳季子觀樂於魯，魯樂師爲徧歌諸國，其數正同，但其次稍差爾。此皆在孔子之前，孰爲定其篇章而傳之如此？可疑四也。

國以美刺而有詩，其爲之者，前後宜無算。而衛風僅自莊、桓、宣、惠，以逮文公之世；鄭亦惟武、莊、昭、文；齊則明見襄公而已。不知詩樂之作，實起一時，而前此未有之與？又何一時之事，累篇兢詠，而後此斷絕與？可疑五也。

此五疑者，余私畜之鄙衷，嘗以稽諸古志之遺。按之先儒之論，而皆未有以合也。若夫一詩之說，往時讀集傳，以校諸古序、傳、箋，多有不同，而得失短長，亦均有之，未可以定也。竊嘗欲審揣詩之時世，以求其歸，而心難之。

今年夏，余治論語義方畢，而塾有課童孫讀者，閒與論風詩，意忽有所發。乃獨臥一靜室，隨所憶之篇微諷之，又起誦之，既似有的矣。乃以其言之隱，與其時之事合之，則見夫風詩之指，全在託興寓物，遂得日月、終風之解，因以是推之，日有所出。其事皆東遷後諸國之大故，而詩者直如史官之書其事爾。今而後乃知國風之義之大，繼王迹之熄，匡諸侯之政，存人治之綱紀於橫流波靡之時。故諸國之作，可與二南、豳詩並列爲風，而以與二雅、三頌同載爲經。其一出，而當時君卿大夫歌之於禮會，學士肄之以爲業，孔子用之以爲教，而其事之與春秋相出入者，其取義未之有異也。然則其書當出於周之太史所集，諸國前後，自皆多有其詩，而此其所斷錄者也，故吳季子之請觀，通曰周樂云。

余既說邶，至檜，終豳，乃還於二南，卽皆以史志之義得之，與古之說者大異。然私以爲吾之說之者，幾其本指也。既成，以序次之，命之曰詩國風原指。

史記別鈔序

文之難爲者，莫過序事。人知其難矣，抑思其所以難乎？治絲麻爲布帛，經緯條理具焉，服其成者，必知其功。繪畫者摹故事，事頗巨者，人物以百數，工專其妙，在於措設布置，極竭以心思，非獨一人一騎神狀而已。爲文亦然。

余讀史記，竊歎古今談文章家，必推司馬氏序事之長。至其所以贊美之者，不免震於形貌，而以爲有縱橫離變之奇。及所與班書較上下者，惟在字句繁省之閒。余獨以此悲史公本志之不明，筆削之不彰。又以知後代史官文字之不相逮及者，亦由未講乎此也。故欲以己意論說史記書中語漢事者數十篇，詳究本末，發揮爲文所以然者。而首事封禪、河渠、平準三書，以謂紀述繁重，尤難於此，將以私授之學者焉。

李公蓋詩序

往時臨湘詩人李公蓋，嘗訪余於郡城南呂仙亭下，余他出不相值，公蓋和余壁間詩而去。後又嘗爲詩寄余。而余終不獲與公蓋面交。今其子道味持詩刻授余，則公蓋下世且七年矣。悲夫！

始公蓋訪余之時，在道光丁未。天下無事，而吾郡當山水雄闊處，時有一二騷人畸士，自放於詩酒。公蓋以老諸生就學政歲試，雖甚不遇，猶意氣偉然，樂尋同志。而余寓居亭下，亦方與故人游吟遺適，蓋嘗有感舊之作，爲公蓋所見和者。自後余遂外出數年。歸，而郡城兩遭盜陷，公蓋遽憂亂以病而沒。而余所寓居湖上道士之廬，今皆瓦礫荒萊，余亦不能復爲游爲詩，而且有感之不勝感者矣。

公蓋之詩，夷愉眞率。五言以古風書本事，尤落然自見其爲人。其家臨湘縣城，隔江爲監利之螺山，王子壽比部之居在焉。子壽以詩擅海內，而早與公蓋游，盛稱譽其詩，即公蓋之詩可知矣。

孫子餘古文序

文章之道一而體有分，能爲文章之人，其才或各宜於其體，兼之者難矣。子餘侍讀，自早歲名才子，從其尊人主岳陽，游君山，爲詩十餘首，岳之人皆驚。年十四，鄉舉經魁。其文深切道理，取法先輩。已而詩大鳴。及爲駢偶文，稱工。最後余遇之京師，逮還長沙，與游好日密，所言文，則皆古體之文也。而其爲古文，即與古之爲是文者，其言大同。雖有專且久於是者，子餘始爲輒勝之，稍治之益大精。蓋詩與文各極其能，而文之中又各宜其體之至善者，惟子餘然。

子餘之詩，溯漢魏，沿六朝，以至唐人，而歸宗杜陵。自杜以下，蓋未屑屑也。至爲古文，則專效歐、曾，近及明之歸氏。每所命意，獨以人事親切之說，經緯往復，而出之皆若有分刌節度，如其爲詩之聲音格法，一於唐人然者，豈規規擇而取之也哉？天地閒清和靈妙之氣，子餘偏得之，用其才情與其學力，未嘗不縱其所至，而自然成就，無過乎其物之憂，此其文章之所爲美也。

子餘官翰林，幾顯用矣。會時難，家又多故，憂病早歿，世皆惜其才不大施於時。而文章之傳，弗可以緩。友人李仲雲、郭意城二君，亟刊行其遺稿。意城書來，屬序古文，言其大略云爾。

歐陽功甫遺集序

余嘗思夫古之才士，有厄於天之年，而其文章遂傳於世。若唐之李觀、李賀其人，非獨當時爲之嗟憾。而至於今讀其書者，莫不高其才，惜其年之蚤也，則以彼其才，雖若未竟其所當至而死，而於發名成業之道，亦何不足之有？雖然，若觀、賀者，其才誠世之所稀見，亦幸而遂發於人人，不終泯沒耳。而士之才而厄於天年如彼者，今之世亦未嘗無之。

以余所見，一爲湘潭歐陽勳功甫，一爲漵浦舒燾伯魯。兩君蓋兼觀、賀之能者，而其志意則俱未可限量也。而皆近出於吾楚南之鄉，又奇矣。伯魯之死，其師上元梅伯言敘其遺集曰：『伯魯之作，未至於古人敻絕之境。若假之年，即非古人敻絕之境，無以處之。』余之於功甫亦云。然伯魯之文，雲湧飈發，而驟進於古，若春木之落其華，而將實矣。功甫始出，即深沈高悟，奧而達之，若大川之出於山，而將肆於廣壤矣。而皆以蚤死。嗟夫！如兩君者，不可謂非今世之觀、賀，而其文章烏可以不傳乎？其傳之，而人之高其才，惜其年之蚤也，又必然也。

功甫，余友篠岑之子，屬余共審存其遺稿。伯魯，亦余所知而痛惜之者。並論之，功甫所爲詩古律若干首，論、序、書、傳、銘祭之文若干首。

九日鹿角登高詩序

秋之氣清以肅，氛霧收而天高。田禾畢登，原野空曠。其季之月，清霜始降，鴻雁南來，落葉辭樹，黄菊敷榮。此遠懷高寄之士，所以必於其時，升高騁望，以寫其憂；而騷人賦客，又或喜爲感時傷物之語，以益其悲。蓋皆有樂乎是時者也。予疑夫重九之日，所以爲四時之節序者，由來殆不可曉，而古今人士，多以其日爲登高之會，亦樂其時而已。

歲在甲辰九月，毛君西垣館於余家，謂余曰：『凡古人所以樂乎時者，吾等亦願之，非欲相倣效爲名，顧其中誠有不可已者。且吾觀唐以來詩人，所爲賦重陽者，類皆違去鄉里，覩物思家之言。今吾與子幸適鄉居，又近側洞庭，易爲勝遊，其可無以爲哉？』余甚然其言。是時館中生徒，皆往郡城應官試，西垣既閒無事，而孫子由菴在鹿角，遂偕訪孫子，至於其館宿焉。其次之日爲重九，天晴雲開，風披樹有聲，因攜酒一壺，以登將臺之山。

山臨湖上，絕高而頂平。古屯軍壕塹存焉，志稱宋岳忠武擒楊太時所爲者。而湖水猶盛大，舟帆相上下，三人坐飲以觀望，如有所悵然以思者。既久各無言，余乃稱曰：『嗟夫「嫋嫋兮秋風，洞庭波兮木葉下」，茲屈子之辭云也。何其狀物之無窮，而感人情之不可聊者歟？而晉衛玠臨江歎曰：「對此茫茫，不覺百端交集。」斯言實傷於情，然不可謂無神致者。』二子曰：『然哉。然哉。』既乃各以其意爲詩，而余敘其事如此。孫子方罷鄉舉，以此故無悶然。益以見人之所以爲樂者不虛也。

毛西垣右北平詩草序

有所失於彼，有所得於此。其失與得，乃非其初意之所至。而由其後以觀之，有不以彼而易此者，蓋天下事常有然者矣。吾友毛子西原，以選貢生入都，考未入等，留都下三歲，獲舉於京兆。既會試不第，就館於豐潤鄭氏，閱歲，始得歸。余亟造其家見之，問在京五年中所爲文字，則出詩一卷授余，曰：『此皆客豐潤及往來遵化、永平閒所爲。他京中之作，無足爲吾子觀者。』噫！余是以有失得之論也。

夫西原自少習爲詩，其於詩也，誠深造而自得之。往居鄉里，與吾輩發興倡和，累牘不肯休。顧旅京數年無所作，而右北平乃獨爲一集，何哉？吾知之矣。其始入都，負其才，冀旦夕取上第，故不得已，習爲應舉之文。伏案頭窮日力作官卷書字，雖有爲詩，不過試帖排律與夫瑣屑應酬之作而已。及不遇，益困，轉客外州，棲皇無聊，前之所爲，既已都廢，而北塞風景，蒼涼目悲耳；激古時廢興爭鬬之區，名賢戰將之遺蹟，多有存者，乃大發生平之感，而亦以寫其羈棲抑鬱之思。

今讀其詩百數十餘首，大抵意氣雄傑，聲調高朗，漢魏唐宋元明之才，無乎不有，而卒非若小生摹擬之爲之者。蓋西原之爲詩，至是而盛也。向使西原幸遂成進士，官京朝，衣冠車馬，走紅塵，逐聲利，烏從獲如是之詩耶？然則西原果得矣，而亦何所爲失也哉？

奎樓聯壁詩序

岳州巴陵，古文人地也。自唐張說、賈至、李白、杜甫、韓愈、白居易，或以官此，或以過客，莫不流連賦詠。而此邦之人無聞，豈才之乏歟？抑適無人興起其事，寂然迺止耳。烏乎徵？徵於今之有奎樓聯壁詩也。

僕自少好爲詩，與吾友毛子西垣，迭相酬和，而於郡城無有。有之惟岳陽樓、慈氏塔二題，皆毛子自貴陽遥和者。往時郡城詩人先輩，若龔雲濤、余耕石，亦皆無有也。今年仁侯嚴公少韓，置局以修巴陵之志，而屬敏樹。敏樹以屬能者，會病羸愈，秋九月入城，登高呂僊之亭，諸君競爲詩和余，自此方有事矣。僕於君山捌建北渚亭，有詩。嚴侯聞之，迺喜，乃和爲之。僕又以今茲大水災田，爲雲夢吟以干於侯，侯又和爲之。自是凡有感會，皆寄於詩。伯喬卽繼余，諸君惟恐後。及鹿角浩然樓成，余爲記文與詩。劉君漢秋，固辭不能，強之，詩成迺佳。余之孫坡，愚無知者，常從余行，卽令試學。及姪孫允固，皆一爲。稍加點定，皆若可誦。余遂命鈔合爲奎樓聯壁之卷。

蓋徵文考獻，例不登見在之人，以避標榜。而仲尼舉趙孟之禮，『以爲多文辭』，舉其辭，則事亦存焉。故今別爲卷，以岳人之少文也，勃焉興詩於此時，得非其氣之自至者歟？纂志者，居文星樓。奎，文宿也。而有嚴侯好文如古張賈者，而適爲巴陵，與共茲事。絃歌學道之化，藉使聞之聖人，不當爲之莞爾耶？豈必其辭之工乎？不加擇而畢具之，所以待吾縣異日之爲志者。其禮歟？其事則與有存焉者矣。

毛西垣詩序

余既銘吾友毛西垣之墓，而言其爲詩之大概，蓋多得於行邁羈旅乖離蕭索之時，其意氣感發，不可禁制而有作者，故爲詩絶少而可傳。乃今錄其詩，而亦不能無憾其少也。余豈謂夫詩人之傳於世者，必多乎哉？顧如西垣之詩，其可喜而誦者如此，則憾其少也固宜。余又以知夫世之人，必有喜誦西垣之詩，而憾其尚少如余者，則西垣之詩雖少，不既傳矣乎？

嗟乎！余與西垣少時爲詩，亦聊以爲戲爾。已而進效於古人，而入之稍深，竊見西垣負綺黼雄宕聰明妙解之才，出而視當世之人，罕能與儷者。因相謂曰：『人生富貴貧賤，不可必知。若盡子之才，專意作爲歌詩，令必有傳述於後。如古人雖已久死，其精神意氣，面目悲笑，吾與子猶若親見而熟識之者，豈非其文章之功耶？』西垣亦頗以余言爲然。

顧自其少時，常爲人課童子，營衣食。及遨遊四方，卒未嘗一歲或離乎是事者。其平生暇日，喜從人飲酒歌呼，謔浪自恣而已，故偶有所作，稿成輒屏去，不復自省改，即又多亡失。其在黔中，以酒過得奇疾，懵不能識字。後稍愈，還家一二年，始略近筆墨。余與同游處，及同入郡宿西樓，强之有作，尤不肯應，此余所以猶憾其少也。雖然，讀其詩，眞可見其爲人，西垣於是爲不亡矣。

邱界軒時文序

時文之作久矣。前世之能爲而可稱道者，其爲文之道，與古之所爲文者，未嘗異也。蓋習於聖人、賢人之言，而講乎歷世儒者所爲發明之說，又通之乎諸書，達之乎人事，故其高者進乎古之文矣，而中者必有以自立。今之世，士惟游場屋取科第，必由乎是，而成學之士，以爲不足爲，於是文日益卑，而若前世之能爲而可稱道者無見焉。雖有能者，亦不見稱於人，而又無所遇合以終其身者，世烏從知之？

余來司訓瀏陽，孝廉邱君儷雲，以其叔父界軒君所爲文，屬余論定。余讀之，果所謂習於聖人、賢人之言而有得者，故其爲文，與前世之能者相似也，而僅僅以試童子受知於郡守。五六冠其曹，入學食餼，卒不合舉場以死。余悲之，爲抉擇其尤者，幾三十首，而歸諸邱氏。

余又聞界軒君善能爲醫。既不得志，則務精其術以求活人，今瀏人之言醫者稱之。蓋其爲人，沈力而用意深，不苟於所事如此也。

羅念生古文序

念生子之爲古文，以典雅詳明爲體，不爲議論恢肆；其辭因事而設，曲盡細微，如治絲經緯。及成，錦綺爛然。時或清省，端緒寥寥，意理至周，情味逾遠。至於俚俗輕淺，及奇澀怪僻之言，終其篇卷未之有也，是可以謂古之文矣。

余曩至湘潭，獲與念生子交，知其爲潭中老詩人，稍聞其稱禹貢、說文之學，未之詳請也。頃在會城，共事書局，兩人年皆幾六十，尤相親與。因各商平生所得，余乃始知念生子以訓詁究經義，實有出於我朝諸儒考證之外。又益健爲詩，每與人酬和，疊韻至數十不休，皆妥貼圓妙，出奇無窮，少年才人不逮也。至其爲古文又如是，余以是服念生子。

夫文字者，篇章之始也。書契作而有文，屬其文而爲辭。因以形狀萬物，紀天下之事，通生人之情，故文辭之道，雖至今可知也。苟明乎爲言之理，斟酌本末，因質而敷，繁簡廉肉惟所取之，歸於有章而已，安有乎秦漢唐宋之分哉？念生子學博而不雜，才多而不流，經義也，詩也，古文也，一也。余嘗喜學爲文，而未能識字，思從念生子求其說，當其劇論時，輒從旁詰難牴牾，用爲戲笑，而其實無以易之也。念生子之識字多矣，其爲文無戾乎古之義而甚易讀，其體則左氏、國語、漢書、韓柳氏，皆近之，學者之所當師也。

譚荔仙詩序

湘潭譚子荔仙，喜爲詩，而遊於楚軍行營，往來江漢、皖、桐之閒，其詩日多。郵其四照堂集以示余，且屬爲序。余讀而疑之，曰：『異哉譚子之爲也。』

夫今之將吾軍以與賊角拒者，久而功未有成。其才而勇者，既皆勞苦憤悶，無閒暇之情。而吾從而遊焉，不能與畫奇謀、決長策以爲之助，而何以詩干其閒爲？既而思之，古風、雅之作，皆爲詩之人，誦言其時之事，而聖人存之以爲教，爲其有所勸懲也。今譚子之詩，有所當戰勝而喜焉，有所當事急而憂焉，有所稱譽以推之前焉，有所勉厲以策其後焉。至於江山風物之思，人事古今之感，其爲言之意，無有不與此事相切屬者，其不亦有當於古詩人諷諭之義與？彼軍中之人，樂與譚子游者，得不益願有傑然可驚道之績，出於其身，而速見於譚子之詩與？則雖以謂譚子之詩，卽奇謀長策可也。

若其爲詩之善，則王比部子壽、郭編修筠仙皆有序。二君，楚南北之尤名於詩者，而皆爲譚子言之矣，鄙人則又何言？

蒼莨集詩序

明世茶陵李文正公，嘗言吾楚人多不好爲詩，能詩者莫吳越若也。而茶陵之詩，遂名於一代。近時吾楚中獨多詩人，僅吾湖湘閒，專門擅聲者，略可以十指數，其與吳越何異？當復有如茶陵之名一代者乎？

自唐以後，詩家概宗杜氏，而所以學之者，各有不同，茶陵之詩，亦學杜者也，論者稱其善學，愈於後來諸子之貌似者。然茶陵遭遇太平，少歲登朝，終身踐歷華要，遂爲名宰相。其爲詩多清和莊雅，愉佚駘蕩，信爲廟廊學士之風，其如杜之憂寫時事，足以發人忠愛感激之思者葢少矣。亦各因其時而然也。

今翰林侍讀善化孫君芝房，自髫童以才子發聲，及在詞館，遂名重天下，大考躋階，有公輔之望，迹其出身遭遇，殆甚似茶陵矣。余以公車在京師，辱與交。盡讀其前後詩集，葢自漢魏六朝以及唐人之體製，靡不倣效爲之，而歸宗於杜氏。其才又高，而詞義日益雄富，余竊意今之當名一代者必君也。而數年以來，盜起粵西一隅，遂破壞吳楚齊豫之郊，官軍困鬭，募卒率饟，天下大苦。君以文學臣驟言事，忤大臣意，引而歸，主講石鼓。來書言：『子向觀吾詩所欲爲存者，吾已都爲一集，儻能爲序之？』又言：『近有作殊勝前，甚欲令子見之也。』

嗟夫！君之詩，善學杜氏，不後於茶陵。而今天下且復有如唐杜氏之時者，則君詩之神於類杜，亦勢使之然，是茶陵之所無，抑豈君之所願有耶？而君又烏能自已也？吾湖湘閒豪傑，方從侍郎曾公，治民兵，逐勦狂賊。曾公故雄於歌詩，而今未暇也。君其益爲杜氏之作，如奉先、北征諸篇者，僕雖賤乏才，猶能隨而和之，俾天下皆知吾楚人忠義之風不薄，茶陵誠不足多也。

東遊草序

余少聞吳越山水之美，無因至而遊。比老，意未始釋之，會兵事阻絕。甲子，大軍復江甯，乃致書相國節使曾公，徼以爲言。而余又以謂遊者，所以爲樂也。幸脫兵閒不死，年又已老，何樂之敢圖？且江東殘破已甚矣，至其地，將悲哀弔憫之不暇，而又奚樂乎？以此復自遲回者數歲。

今茲戊辰二月，送先姊氏之喪甫畢，慨然於頃年兒女傷戚之多故，弗能自勝，决出以自遣之，詩所謂『駕言出遊，以寫我憂』者也。遂放舟洞庭湖上，一月抵金陵，見相國，接之甚懽，因言已上奏請巡海口，可同行也。於是歷揚州、鎮江，入丹徒口，過常州、蘇州，極於上海。中閒金、焦、惠泉、靈巖之勝處，雖遭敗廢，無不造而登覽其上。既相國由海道歸，而余還趨嘉興，以至杭州。凡三遊西湖，再叩靈隱，渡錢塘，行山陰，十日返乎杭。去杭過吳興，出太湖，上西洞庭山。所至輒幸遇親故鄉省相聞識，與爲主人，具飲饌，或以軍船護之行。西渡湖百餘里，復至無錫。伏暑病瘧，留姻家龔君官局所。月餘返金陵，以前後所得詩呈相國。相國復命會客遊玄武湖，泛青溪秦淮，乃許歸。道濡須，謁訪彭侍郎水師營次。停大通三日，望九華。及至湖口，舟入彭蠡。遊廬山，三宿山中。亦頗滯風水累日，以九月朔日還抵武昌。余之行亦久而遊亦至矣。

初余至金陵，爲詩二章，上之相國，相國卽賦長句二十韻以贈余，喜余之至也。其章之亂曰：『甯知滄桑閱百變，復此對持掌中杯。蒼天可補河可塞，惟有好懷不易開。』余深詠歎其文，不敢企公之大而師其達。故所至放意爲詩，雖所見城郭荒蕪之場，與夫亭樓廟寺夷廢之址，無不可爲傷心太息者，而余詩猶若美遊然，徒以寫憂開懷故也。相國首韻用『簁』字，結韻『部』字，中閒韻多非便逐押者。一時和者雲屬，盛有尖叉之競。相國命集其稿，將並余諸記遊詩刻之，余辭謝而別。

適杜子仲丹，以活字板摹古書行江漢閒，乃檢詩各體，凡八十四首爲卷，借印二百本，以遺親友。其箎韻和卷，實使府之盛事，鄙生多竊聲譽其閒，此草不具錄諸公之作。金陵刻行，當得以攬其全矣。

柈湖文錄序

文章名於天下，官位下於一時，此非世士之所爭有也。雖爭之，故有不能得者。而余以柈湖窮老之叟，幾幾有之，余之所懼而不敢以自輕者以此也。

始余麤別章句爲文，卽竊倣先正，師怒之，謂少年之文『當如春花鮮豔悅人而易售，何取此樸鈍者爲』？余固弗能改。久乃益喜古文，讀詩、書，至別鈔爲本，以文擬之。塾題出，不肯卽爲，而取韓柳文一篇，讀之數過，引被沈思，覺心倦欲痛卽止，又起爲之，如是者數，而文成矣。或出行畦田閒，與農父、牧子語；溪旁觀水流，一頃遽歸，而文成矣。尤不喜入場屋，如桎梏然，文字蹇澀，亦不入俗，故久乃得鄉舉，猶以落卷見收也。鄉居僻陋無名人，入都亦不識邸外人，故於當時聞見少，而孤意自行也。

甲辰都下，始見梅伯言、余小坡二君之文，驚而異之，以爲過我。因鈔取梅氏文數篇以歸，案頭用潔紙正書之。卽見其多不足者，乃日書韓文碑誌，細注而讀之；鈔孟書，評史記，文且至矣。遭艱棘罷，起爲瀏陽學官，三歲治春秋成。本壬子復入都，熟觀天下英賢今相國曾公、邵中郎位西之流，而吾文未爲薄也。旋遘亂離，避山中。閒出從人事，以其暇治論語、孟子，多爲其說，而文之事，無所事問，題而題，至與人書札，都不覺成文，且有關時事大者，蓋十數年如此矣。

年友楊君性農，語余曰：『子文何不刻而行諸？』羅念生子曰：『吳氏文已有行者矣。』蓋偶有稿本落人閒，遂傳之云。余懼夫文不足以稱論者之高也，又如韓子所云『大譽』、『大慙』者，乃錄而出之。蓋余不幸不至大官遭遇功名，而幸以閒放得縱意爲文，年老而文且多，事新而文加快矣。使世得多見吾文，則吾文尋常矣。如有譏彈者，使我得聞之，及其未死，得改定之，斯文之幸也。

泮湖詩錄序

開山帙，復鳴稿。瀏上語，鳴劍詞。寓陶吟，樂生詠。東遊草，南屏吳子所爲詩七集也。釣者風近日方有作，東遊則前行之矣。樂生以往，世蓋未之見焉。

吳子曰：『吾之爲詩，非爲世人之見也，烏可已焉而爲之？爲之則不能無爲其詞之工者，是以有然也。吾詩蓋非易而爲也，由甘入苦，出苦得甘。如是有年，章句甫脱，若意得然。書且誦之，有易者又屢寫之，數日乃已。及其定也，如其意也，而非其初草矣。如是有年，積且多，錄之以本而名之，是以至乎七也。』客有見者，詫曰：『吾不知子之能詩若此，盍行諸？』謝弗以敢，而人稍知吳子之能詩矣。

行遨四方，水流火就。投縞積篋，贈紵或稀。懷藏遂老，孤賞莫俱。悵然寡儔，以有斯刻。『君子疾沒世而名不稱』，性也，有命焉。千秋萬歲名，寂寞身後事。吾何求哉？吾何有哉？

柈湖文集卷第四

陽湖趙氏先世圖序

咸豐辛酉冬，陽湖趙烈文惠甫客湖南，余識之長沙。惠甫通敏多文，而康熙朝名臣尚書恭毅公之六世孫也，余心竊偉重之。

蓋余之生居巴陵湖鄉，少小時，即聞鄉長老往往稱昔時趙撫院者，其恩爱我人，長養教誨之，至於耕織衣食，日用生計，勤儉之務，無不周悉。我人皆信從其教，以有生聚。去之日，老少爭走官道旁，瞻望行輿，捧香跪送，有泣下者。言之若前日事，不知其已更百又幾十年也。及余長讀書，稍知公巡撫時，行省初移長沙，尚號偏沅，其大政，有剗削國初未除錢糧積弊，嚴劾州縣貪吏，及創議湖南北鄉舉分闈。雍正時，後撫竟得請行之。南省以此多士，皆自於公。於是余爲歌詩贈惠甫以別，大旨述公愛民造士之效。至今粵賊之亂，湖南士衆，趨死倡旅，以報國家，推本恭毅，以厚勉惠甫云。

今年同治戊辰，余來金陵，惠甫實居曾相國使府中，晨夕與連處，因出其先世圖像，聯爲巨卷者以示余。圖凡七，其總題曰『耕讀傳家』。而以世分目者，自恭毅上五世祖西溪公，曰『力田肇穡』； 高祖復溪公，曰『服疇貽穀』； 曾祖見瀾公，曰『莊橋施賑』； 祖元台公，曰『蓺蘭肯播』； 考止安公，曰『蓬門教授』； 而圖恭毅者，曰『振旅格苗』，末圖公子殿元侍讀裘萼君，曰『玉堂校書』。蓋公之上世，當明中葉，以服田興起其家。至公之考，始爲崇正進士，而迄顯融於公。余於是知公之學道愛人，施及天下，亦由其先人累世之教也。考公以康熙四十一年紅苗之亂，聖祖仁皇帝特命自浙移撫，師一舉而苗服。圖以始事者，帝命恩威，在於綏御荒遠，而公之聲在當時，先有以動蠻方而讋其志也。國家初興，承前明敝亂，更張整理，日有不暇，重以三孽作叛，師武誅除，朝廷方務安養黎元，一時封疆之寄，類有敦肅簡重之臣，振弊敷仁以稱明詔。公始赴湖南，覲巡駕於清江，聖祖諭以湖南民苦至悉，至則以天語徧布告之。余聞仁皇帝六十又一載，升遐之日，山谷老民，私聚哭泣，古老所傳，處處相同，其在人也如是。天祚無疆，葢於是卜之矣。而公之於湖南，又烏可不推本之也。公事具國史，沒祀賢良，余特述湖南人私公之志，以補圖之不及。

作圖者，公之孫賡西運使。當乾隆初元閒，其守在長房子孫。惠甫實完補之，而命余爲之序。趙氏在江南，世閥稱盛，在圖後者例不著。惟斯圖耕讀，實始大之，以有恭毅，仍世以衍，而惠甫當奉以貽之無窮也。恭毅本籍武進，武進後分爲陽湖。自止安公後，世居常州城中。惠甫今從居常熟。

趙悔廬先生岱頂看雲圖序

泰山之雲雨天下，著於春秋傳，尚已。余嘗論孟子稱孔子登東山，又登泰山，皆自其少適齊時，行道所經。聖人者，固無假於外，而會於所遇。亦嘗喜爲登陟覽觀，以稱其高遠無窮之懷。葢後嘗舉以語學者，以示進取之志，而孟子因稱之云。抑孟子又擬之觀海，而歸源於水之有本，以爲當以漸積臻茲，而非可驟焉幾於盛大之境也。若公羊之言『觸石而（起）［出］，膚寸而合』，其理歸有本，亦與孟子同。岱頂看雲圖者，吾友趙君惠甫之先人廉訪悔廬先生，以道光丙戌成進士，當需次縣令，還江南，道泰山下，既登而記其所見，因圖而名之。

余方推尋恭毅公康熙時巡撫湖南，教養我民之澤，以序其家先世之圖。先生於恭毅，五世孫也，竊是圖之作，其深有意乎？葢古之君子，其學之與仕一也。非有廣心浩大，求高一世之心，而未嘗其任，亦無遽爲禹稷飢溺之思。乃其勃然以興者，惟其積而已矣。先生承恭毅之世，起進士爲縣，與其祖武若一，固不屑屑於世之爭高選，以速希大官者。其有志天下，亦不方自此時始。及登乎泰山，躡雲而上之，足之所及，目與之殊，先所仰望爲難至者，已又俯之。如是非一，而後乃造乎顛頂，下視乎雲中，圖以看雲者，其有取於公羊之義與？其後先生歷爲江西崇仁、萬載、宜春諸縣，皆有聲績。避調安徽涇縣，自懷仁擢知滁州，遷山西平陽知府、江西吉南贛甯道，引見，天子記其名於屏。方命按察湖北，未上，而遽以疾卒。世皆以先生履興之跡，有似其先恭毅，而惜其才之不竟其施，年之不究其志也，而吾謂無憾焉。

竊嘗慨言三代以下，士競於功名，以遭遇顯榮相誇耀，而不知其本之在也。有如孔門諸子，其才皆任爲天下，而僅僅試於家邑之宰，或一不出其身以死，其時限於諸侯之國，卿大夫皆家其世，賢者無自而升。然方其講論杏壇，舞雩之閒，或問爲邦，或許南面，未聞旁觀譏笑，以爲望其所必不至。及漆雕使仕，不過令供小職耳，而以斯之『未[能]信』見與，此又何爲哉？用是觀之，士之抱寂當時者，誠不宜私有憤慍，惟以本之不立爲憂。而身都高位，無能下膏澤於斯人，亦一世之恥也。

先生是圖，其志具見，而事亦幾幾可盡踐，若雲然，方雨而風斷散之，人雖望澤，無如何耳。於先生之繼述恭毅奚以忝？且以視古賢之仕者，其廣狹之迹何如也？

先生諱仁基，字厚子。卒以道光辛丑，距今二十八年。惠甫所示政事、文學之詳，宜在其家志傳，余特因是圖而敘其意。

劉孟容中丞歸臥南陽圖序

周子曰：『志伊尹之所志，學顏子之所學。過則聖，及則賢，不及則亦不失於令名。』夫伊尹之志，顏子之學，一也。顏子簞瓢陋巷不改其樂，而問爲邦，與伊尹之志同。伊尹自任天下之重，而处畎畝之中，乐尧舜之道，弗视千驷，与颜子之学同。故必有颜子之学，而後可以行伊尹之志，行之則爲伊尹，不行則爲顏子。所謂『大行不加』，『窮居不損』，正如是爾。三代而下，學問衰而功名之途盛，士鮮可語此者，惟漢之諸葛武侯爲近之。

方武侯之卧南陽，豈汲汲欲有復漢之功耶？其自述於出師之表，以躬耕避亂，不求聞達，爲其身之本事，而當時天下之變，已熟量於其胸中，其才固具矣。自比管、樂，人皆奇之，余謂猶謙取之爾，乃其志其學，則伊、顏之徒也。武侯之言曰：『學須靜也，才須學也。非學無以廣才，非靜無以成學。』『非淡泊無以明志，非甯靜無以致遠。』此數言者，武侯之志學見矣。武侯惟得於此，故其馳驅之日，與其南陽之日，出處異矣，而淡泊、甯靜所固然也。其鞠躬盡瘁，於漢賊之不兩立，王業之不偏安，與伊尹之任者何異？而成都桑八百株以遺子孫資，豈非陋巷簞瓢之素也？藉令武侯不遇先主，終可以無出，而不必自恨其才之無所施。其出而或中道有所阻遏，而返於南陽之廬，直無事焉爾。其終於出師未捷以死，後之人長歌流涕而悲之，而武侯亦何不足之有？余嘗竊訝近時身任兵事諸公，動以諸葛相矜誇，爲戲笑之談，人亦或驚怪之，不知士當效伊、顔，何但諸葛，顧當問本末如何。

湘鄉劉公孟容，始從今相國曾公起軍其鄉，擊賊湖南北，旋歸家久不出，而南海駱公自長沙以師誅寇於蜀，强請與俱。至則悉平其寇，而朝廷先已知公，超用公爲四川布政使。時有言用人太驟者以指公。公遽輟視事，附疏自劾，朝旨慰留，以名臣厚勉之。於是公遂感激膺任，而時時念己遭遇之奇，慮所志之或不有成，入武侯之祠有相感發而泣下者，乃命人爲歸卧南陽之圖。旋擢憲副，撫陝西數年，功益著。會時稍異，又有誣詆之者，事皆辨白，而公連章以病乞，遂以斥職罷歸。過巴陵，邀余與遊君山，出是圖，屬爲序之。

余蚤知公自未爲諸生時，已講學自修，魁然爲湖南人士之望。及出，纔六七歲，而勦賊甄吏拯民之績甚大。今見其歸，容色夷然，無幾微不可意。方將築室衡山之阿，讀書以終老。蓋公之生平所以廣其學、成其才者，有非余之所敢量，而其本末具見於世，其致遠之略皆自甯靜來，而是圖則淡泊以明志者也。故余敢援周子、伊、顔之語，申言武侯之事，亦釋是圖之指焉。

瞻嶷遙祝圖序

湘鄉王君璞山，起諸生，以鄉軍戰賊，屢有功，朝命其官至湖北巡道加銜按察使。丁巳三月，自岳郡提軍援江西，過長沙，問敏樹之寓廬而躬拜請曰：『鑫前歲逐賊甯遠，至於舜陵下，值吾父誕生之日，不得在家，奉觴瞻望白雲於九嶷之峯上，意欲有識焉，乃取魏詩人「陟岵」之義，而爲之圖曰「瞻嶷遙祝」云者，先生當爲鑫一言。』余辭未敢，而請之至再。

察君之意，似欲與詩人相發明者。古大夫以君命行役不得奉親，而自言其憂者，『三百』中屢見之矣。而陟岵詩人，既瞻望其父母，又代爲父母所以嗟己之辭，至於憂其不反，何其意之苦而言之迫哉！軍者，志乎戰者也。公家之急也，而詩人之憂其私殆甚於公，戰之氣毋乃餒乎？是不然，聖人所以不禁人之私情者，以爲盡其私而後可歸之義也，人之情一而已。私主乎情，公主乎義。其究也，義之所在情卽至焉。泉水、載驅之女子，伸其情於詩，而卒抑之以義，不可謂其情之非其義也，陟岵之詩人亦若是已矣。

今王君以義憤起軍其家，本奉其父母之命而出，而不能自勝於堂上奉親之一日，其忠與？其孝與？豈有二者哉。余又載繹詩人之詞而更爲之説曰：詩人之代其父母之嗟己也，必曰『尚慎旃哉』。蓋戰之道，無過於慎，非故以免其身，乃以卒成其功也。孔子之『慎戰』與『齋疾』同。又曰『臨事而懼』，『好謀而成』。必慎然後知懼，必懼然後能謀。荀子之言『爲將有五無曠』，皆要之以敬。孫武書兵家之祖，其言猶多警畏，胥是道也。

余前聞人傳稱王璞山威勇名，以爲壯年果鋭者，近始知君部衆嚴整，常立於不敗以取勝。及親接，君容貌深静，言若不出口，私歎賢者不可測。君於慎之道其至矣。以此爲國家盡平羣賊，益顯榮其身，以福及其親，其未有艾乎。

仙亭倚醉圖序

同治甲子，爲余行年六十之歲。七月二十又四日，余生日也。家人黨戚將相率爲余稱壽，余乃先出行，遊於郡城南呂仙之亭。

亭新修，余所爲李道士作記文者。其高勝可接神仙之概，記具之矣。而是時秋水方盛，傍城諸山之趨南津者，皆有水帶之而滙湖深入十餘里，其外山高聳而妍秀，若碧雲數十百重，自東湧而南也。亭正面臨西全湖，大觀與岳陽樓同，而君山平横一案，恰與亭對，波煙中樹屋猶可辨。北則俯盡郡城，坊市室廬，縱横高下之勢，與夫遠樓近塔之狀，一皆絶離塵俗。余壻王子俊居郡下，獨知余所爲來。故至其日，爲余召客置酒席於亭樓之西南面。

噫嘻！以茲亭山水之美，飲酒者莫宜於是。而今寇亂將平，官軍新克復江南大城，坐客爭道其事以相慶幸，而釋其從前之憂。余賦有聞捷詩十二章，酒閒出以示。客既皆醉，解衣當風，倚檻四顧。雖湖山舊矣，若圖畫之新張者，豈非幸遇於此時耶？而余又幸之幸也。

客有李某者，爲摹是圖，而貌余其上云。

郭小雲詩序

筠仙中丞亡其良子剛基，以書來告喪。且曰：『吾兒之爲詩甚悲。吾悲之，願有文於子以塞其悲也。初，剛基爲詩以呈，吾見其語悲，戒勿爲。自是竊爲之，不令吾見也。而其友人亦謂之曰：「子家門方盛，年方少壯，何爲如此？」答言每爲詩，不知悲之何自來也。嗟乎！此所以悲吾兒也。豈其蚤死之效與？抑其不肯自懲創如此，豈達於生死近古之知命者與？」』

敏樹竊惟古詩人之旨，多發於悲傷。蓋有悲而不害者矣，未有不悲而能爲詩者也。筠仙之戒其悲，與今之徒悲其死，胡爲哉？惟恨其悲之不盡，傳其悲於無窮，乃所以悲之耳。

故序之如此。

施望雲詩序

會稽施君望雲客游武昌，從余縣杜子仲丹所得余東游詩行本，大許之，因自以所爲詩鈔爲四卷，號樂壽堂稿者，寄示於余，屬爲點定。至於題目、序、註，亦委爲斟酌繁簡去留，而又欲余爲之序，言其用意之勤如此。

余東游日，故嘗得讀望雲之詩於他人，而心識其爲工矣。今之寄屬者，又加工焉，而望雲求工其詩益甚，其可量乎？蓋仲丹亦常譏評望雲之詩，而望雲集中有三益之篇，仲丹其一人也。然則望雲非謬爲虛懷以邀譽者也，余其可以不盡心乎？抑杜少陵之言曰：『文章千古事，得失寸心知。』古今文章家苦心思、竭才力以成名於世者，其所以爲之難易疏密，是非高下，與其物色情事之相會而爲工者，固皆自審定，於其心求無憾而後已，而奚待乎人之言？

望雲之詩，余向之所見者，今其本或已無之。而在鈔者，又多自删除塗改其上，豈皆以人之言然哉？ 望雲日進其詩，其必以是取之。

楊性農家傳序

武陵楊性農喜爲古文，而數與余商定其是非。先後撰次其家事行，爲墓表、行略之文凡七篇，篇成輒以示余。余讀之則悲性農之遇，而又高其志。至其於兄弟之際，言之尤痛人，誠有感於余者。甚哉！ 文之不可以已，而身更其故如余者，其知之宜獨詳也。

性農又言己文不可遽而行世，而如是文者，不可不出而布之以請於人。余竊是之，以爲孝子仁人之用心，其有在乎此也。

胡氏族譜序

里中胡氏既修其家譜，屬余爲序之。其遷徙之所從來，支別、戶丁之多寡，固皆無俟余言矣。而余嘗以爲古氏族盛時，譜牒通於官府，學者習傳之，其事雖若甚重，大抵以辨門地數人物而已，於合族之道，未必有當也。近代族不必世而家皆有譜，官莫之問，人莫之學，而其族人自以其所從合而分者，書而世傳之。而又爲之祖祠，以聚屬其人，多用先儒程子之説，以冬至日修祀。其平時則有族眾所議行條法，長老者主之，葢實有親親之教行其閒矣。

胡氏故有譜與祠，今之譜特增爲之。然所以欲余爲之言者，豈不有意乎？族雖大，其久分遠居，而在譜者知其本同，無忽忘焉可也。至於比居共祠，則親矣。親而親之，因而整齊教戒，使皆爲良愿之人，固長老者所得爲也。力生務作，罕有奢惰，吾里風固然。必使子弟之秀者，服習於詩書，則禮讓有屬，吾所爲胡氏言者如是。若夫族之將以昌大也，亦必自此矣。

蔣氏譜序

爲譜與祠以合聚族姓，今世之所通行，而大姓其戶丁既繁，常患不相統一，則合之稍難，亦惟明其譜系，謹其祠規而已。苟大姓之人而合，勢盛而力有餘，平居以講禮讓親睦，尤易於他族，世或有變，則相率保聚捍固以全其宗，而能者或起以立功名於一時，蓋古今多有之。

吾巴陵南鄉蔣氏，大姓也。秋霞明經與余家爲姻，既增修其族譜，而語余曰：『吾蔣氏曩以衆盛之故，分爲上下兩祠，族人各以其所便附祠，非定以親疏、遠近别也。顧祠分則族之公事多不得同，久之殆若兩宗。然吾懼之，故今爲譜，與兩祠之長老務推明支系所從别，使譜與祠相輔而不散亂，此所以合吾蔣氏者也。』因出其譜，使余序之。

余徵蔣氏之譜，始自唐天復間曰朝萬者，自豫章遷來，傳十一世曰甯亞，當宋南渡初，佐岳飛平湖賊楊幺，官號懷遠將軍，其墓在湖上，至今子孫世守之。考史稱楊幺據洞庭爲賊甚劇，及岳公討破之又甚速，而將軍以土人預有功。竊意其策力所出不少矣。今逾八百歲，而墳墓猶世守不忘，可不謂遠烈矣哉！將軍之裔在巴陵者，有八族，號八蔣。而縣南紅橋，當驛道左右，聚居最盛。近時賊起，出沒湖山閒，官募鄉健爲軍逐捕，而各鄉遇警，皆號召團練。使大姓如蔣氏能合而爲禦，足以塞其一路，且安知不復有如將軍其人立功以顯名者乎？

秋霞以文學夙名縣中，爲族人所信。向因書以諗之，當以謂何如也。

徐氏族譜序

徐氏，敏樹之外族也。吾外大父母無子嗣，獨有吾母，然其族固巨，自前明以來，多有財力雄厚長者稱聞於鄉里，讀書仕宦之人，每每不絶。其族人雖衆多，未嘗聞有一二狂暴之夫爲鄉里患害者，蓋其家法嚴矣。

往余及交文學克軒君，其爲人行善好義，過絶於人。家僅中貲，飲食衣服，自儕於傭隸，而務賑施不倦，於其族人則割田二百畝，以周鰥寡及下貧者婚喪之助。設義學，立祠堂，措建具備，余甚敬慕其人，以爲吾近里中數十年所聞見，蓋未有能若此者。今文學君下世且十年矣，前年其從弟兆軒及其族弟雲衢兩太學，以族譜見示，曰：『此吾兄克軒之所未竟者，幸卒成之。子爲吾宗出，請爲之序言。』敏樹敬諾，而未及爲也。

竊獨念平生侍養先母時，每夜捧兩卮酒後，輒喜道外家諸老輩故事，嘗熟聽而識之。今披此譜，而其人其事皆在焉，得無有感動於其中者乎？而吾母尤深痛外大父母之無後，修治墳墓期令堅久。嘗攜敏樹拜哭其下，而別祀其主於家。吾母沒，而主祀如初。敏樹念此不可以久而傳也，因請於二君，願少置祀田，歸主於其宗祠，且永以墓守託焉。二君許之。按禮，無後者，得祔祭於其祖。吾母之祀，外氏也。以其親黨皆微，莫可屬祭者，故權立焉，然其義獨可盡吾母之世而已爾。今主歸於徐氏之祠，外大父母之神靈不既得所依乎？而吾母平生之所爲私憾者，亦庶幾少安已。顧非外族之有人如二君者，將焉託哉。

蓋二君能繼文學君之事，以益植其宗。其家又多才子弟，門戶將日隆起。敏樹既得所託，於今又可恃永久於後，因序茲譜，而敬誌之如此。

李氏族譜序

曩在道光二十二年之冬十月，余游縣東境大雲山，歸途過宿吾友李皋門之家。時皋門方課讀其家子弟，燈上，書聲四壁，合起鏘然。李氏舊稱藏書，余登其書樓觀之，藏甚富，多他家所未有者。皋門示以所爲書目錄，讀之而去。未久，督學來郡試，皋門親弟三人及族子一人同學者，俱試入學官弟子，邑中稱盛焉。

又後十二年，咸豐三年春正月，余在京師，皋門爲令密雲，具車馬邀余至其治所，余遂往遊白龍潭，至古北口而返。是時粵賊已躪湖南，北走長江，東陷江甯，余急歸。明年二月，賊復陷岳州，皋門第三弟六品軍功庠生春沂，以前治匪徒從賊者，賊讐執之，罵而死，即前入學三人之一也。又明年六月，賊自通城入巴陵，李氏居縣適中地，地平曠，當賊衝，倡團練以守。至是賊衆，人不能禦賊，亦卒不敢逞。李氏人雖頗有死者，而室廬尚完，書樓故無恙。余乃歎李氏之澤長，而讀書之果有效也。

及今年八月，李君康元以修族譜來屬序於余。於是楚中自長沙以北，少安且數年，人皆懲亂懼有散失，亟治譜牒以爲傳久計，李氏意亦然也。予謂古聖王之所以治天下，教人以孝弟忠信之義，傳之千萬世而不泯者，賴書之存。李氏好書，自其先世，常有仕宦名人，及籍於學官者尤衆。其族之分者，如毛田李氏居縣東，與通城界，賊之據通城，琴山大令與其里人抗賊尤力，其從弟某以戰死，從妹某姑，年十五，以烈死，皆最可紀者。詩書之道，言於多事之世，若爲少緩，而卒莫之先焉。孝弟忠信之義，不必於自全其生，而所全者大矣。況乎全其身家、鄉里，且以及天下者，卒無出於此哉。李氏讀書之效，至今表表可見者如是，其爲譜之説，亦何待人言之？

余近罕出遊，康元言余之遊大雲，過臯門之時，已爲童子，與在塾中從先生肅客奉茶酒，猶歷歷記之。康元今爲名秀才，任其家譜事，而臯門猶令畿輔，治聲久最，余時得其音問。因述此以答康元，而以序李氏之譜，且質之臯門也。

李氏族譜序

吾鄉族姓大者至一二三百户，聚則有祠堂，有譜牒，子孫祭祀飲食，相連屬不輟，此風之厚也。而各家之譜牒，類皆推本其先，上至十有餘世，其人生卒葬所，皆可據依無妄。蓋其時代約及元明之間，迄今將五百年，而人皆安於其鄉，以長子孫，以不忘其先，如是可不謂生人之幸事歟？雖然，今之爲祠與譜者，吾亦竊有怪焉，或姓氏同而宗族異，其地近人習，則謬相比附，以示衆强，於是有强同其後人之名派，而不顧其前之人，此濁其流者也。而留心訪求前世者，必求知其十餘世之上，而巧僞之徒得而中之，遂有牽引古人，選造世籍，共相承襲用爲誇美，是又亂其源者也。凡爲譜與祠，而無二者之誣，則得矣。

李君霞川，余戚也。譜李氏以示余，其始遷之祖曰應宗，凡在其譜者，皆其苗裔也。其流固已潔矣，而又出一編，曰此近得之臨湘李氏者，其書推原於李唐嗣曹王臯，而以西平王晟爲臯子道古之子，其謬妄可笑如是。果以是而加之應宗之族，李氏之源不其亂乎？余謂霞川宜急去之。天下盛姓無過李氏，所在縣邑多有巨宗，皆欲求其所自可得耶？今爲應宗後者，譜應宗之族，宜即以應宗爲始祖，而其下謹慎而詳録焉，則亦庶乎爲譜以合族之義矣。

吾聞李氏之有祠也，其家法至嚴，子弟有不率者，族長咸集祠下，責其父兄親屬，使自杖之而加訓誨焉。故李氏之族至衆大而無暴人，是亦吾鄉之美可稱道者也。

荷塘寺僧譜序

余家洞庭東岸，其南有枝湖二道，水漲時，湖之入山閒漫村落而爲浸者，各十餘里，名曰上下荷塘湖。而荷塘寺居下湖之北，在余家南僅五里許。

嘉慶乙亥，余方十一歲，隨先兄石林先生讀書寺中。寺有僧數十人，分爲八九家。余時雖幼，見僧中每自言房分親疏近遠者，怪問之。僧曰：『往時吾寺僧非若今止一徒相傳接也，常有一師而兩徒者，故有房分，而亦自有衰旺續絕，與凡人家不異。』因爲余道其世次所以然者。而僧徒有常修者，本余族人，幼養於寺，時亦童子，年與余相若，余尤親而識之。又僧於人家延請齋誦事，例有分主，謂之施主。而余族爲常修家所主，故余長大後，雖不常至寺中，而數數見常修如族中人也。常修之徒曰果明，敏慧過於其師，余又喜之。今年咸豐辛酉，果明乃疏其寺僧之世爲譜，而請序於余。於是去余之讀書寺中之時，四十七年矣。往時之僧數十人者，大都化去，其幼者，至今僅存如常修者蓋少矣，余不能以無感也。

夫人家之爲譜，所以不忘其先祖，而親近其宗族。若佛之教，則舍棄其家，而以其法相授者爲宗派。乃今之僧徒，又皆自幼乞養如人子孫，無問其法與否也。果明之譜，其猶親親之意與？余嘗喜遊僧寺，往往遇古剎而詢其所起，則其僧茫然失傳。岳州城南有塔，矗然湖上之雲中者，唐時慈氏寺塔也。累甎實土爲之，至今完固不壞，爲郡城之傑觀。而荷塘開山乃在唐高祖之年，自慈氏而分，果明之譜云然。然則其爲譜也固遠，而此寺更歷廢興凡幾矣。余之所慨於身世閒四五十年者，直不足道也。

同門賓興會序

郴州喻秀才雲程，其考靜齋君與余同年鄉舉，而君名在副車，余於年輩中未得一識君面。君卒後四年，秀才見余於長沙，出其父友武君所爲同門賓興會序示余，請更繫以言，且自述君行義甚詳。

蓋君生平孝友力行，爲學深篤，不得用於世，獨教授學徒，多所成就。既沒，而門人共追思之，相率爲會，於其生時祝誕之日祀之。又以其供祀之餘，積息錢爲同門赴試省闈者之助，此賓興會所自來。而君之教澤在人，與其立身本末足爲一世之師者，舉可見之矣。自道衰師廢，至於今日學者，但求通於帖括之文者以爲師，師易得而益輕。余謂果以古君子教人之道行之，師亦未爲不尊，而非實有聞乎聖賢人之學者，未可以强而爲也。

秀才之述君生平之言曰：『吾少時惟知學爲文藝耳，既而益讀宋儒之書，乃知吾之一身如病人然，節節患苦不可以忍，而不之治也。治之幸少差已，顧未能盡吾病也。』嗚呼！此非古之省身克己，寡過者之言與？故其教人爲有本，而人之受其教者，沒而猶嚴事之，至於如是之不忘也。今之爲科舉學者，所誦習以資其爲文，類皆宋儒之言，顧未嘗一反之於其身耳。以君之治其身，思所以教其徒者，吾知及門之士，進身場屋，以應今日有司賓興之舉，必皆有斐然儒者之風，不徒以利祿溫飽爲願矣。

岳州官救生局序

洞庭遠在京師數千里外，而湖中護險拯溺之事，國家實經制之無遺。雍正時，世宗皇帝特旨起修西湖舵桿洲，費巨帑爲中渡泊舟所。而乾隆時督撫奏置救生之船二十有八，分布湖東西，各險要處皆備。蓋博施濟衆，堯舜猶病未有若我朝列聖天仁廣大周詳已。乃歲久物敝，船或僅有存者。

及道光閒，敏樹從弟士邁，不量涓埃，倡設敦善堂於鹿角、岳城兩處，歷請於縣府及大府，皆與獎成。其事經咸豐初粵寇之擾，亦廢壞其大半。同治三年，涇縣翟侯來權巴陵，議修復官船。按前政有以此，上請未果行者。乃與郡伯陶公共申詳省府。時中丞惲公、方伯石公，實有前謀，得詳議，遂皆捐廉金，命各府縣量集其捐，稍提分岳之稅務，卽城中敦善舊堂爲官救生局。其章程備細，一取之堂而加擴。其任事人官與紳士共擇用之，無一胥隸預其閒者。行之數年，活人之功已不可算，茲可謂仰體國家生成莫大之恩，而又能通法外之意以濟之者已。翟侯去縣，復以軍興勸輸，來民習其惠，不勞而事集。將還省下，以敏樹頗知局事本末，屬序之，期以要其後也。

竊嘗以謂古今天下之治，惟吏奉法爲難爾。法常修，天下未有不長治者也。今救生局法修矣，惟府與縣實居其地，而親督程之，考其虛實，司其聽治，謀其不足，副其時宜，無人於濫衿，無假於私人，無奪於羣役，使後此數十百年常如吾今日所覩聞，則先朝利澤，垂之於無窮，而近來諸名巨公之績，與敦善堂之行於士民者，皆賴以有永也。

歸震川文別鈔序

嗚呼！自四子書之文興，而文章不及於古，豈人才固使然哉？天下能爲文章之士，必皆有聰明傑特非常之才。而是人者，自其少時，固已學爲四子書之文，而其爲文之道，亦誠有可以自盡其心，而有未易可窮之致。乃其心，固猶不安於是，則又時時習爲傳記序論之作，以追逐唐宋之能者，而與之後先。雖足以名於一時，而其氣力亦衰減矣。此予所以錄震川歸氏之文，而爲之三嘆也。

葢明朝始以四子書之文取士，而其文莫盛焉。三百年間，傳者數十家，而震川歸氏爲之雄，而明之言古文者，亦未有如歸氏者也。余觀歸氏之文，遠宗乎司馬，近跡乎歐、曾，其爲學大精博，而其意見亦絕高，豈區區甘爲帖括者？徒以老困場屋，而從遊請業之徒，舍是亦無問焉者，故出其餘而遂絕一代矣。至其古體之文，乃其所盡意以爲然，擬之古人，猶若不逮。借使歸氏不生於明，而出於唐貞元、宋慶歷之間，無分其力，而窮一生以成其文，豈在李翺、曾鞏之後哉？抑以歸氏之不遇，老而一第，終没於小官，當時大箸作，皆莫出於其手，是又可傷也。

錄凡八十首，爲卷二。葢皆余之所私喜者，而非以是爲去留也。

募建君山北渚亭湘靈廟引

余居君山聽濤閣下，一日，僧前請曰：『此故崇勝寺佛閣基也。咸豐初，寺燬於兵，夷爲瓦礫塲。會退菴居士，建設敦善堂船局，改爲洞庭龍君廟於此，吾衲徒幸得取資焉。雖然，衲也而無奉佛之宫，奚以名？且此有大鐘及巨鐵水器數事，宋時物也。寺若不復，客之游而訪古者，皆將以爲僧尤。其謂之何？先生幸在此，儻爲具一募疏，以謀復舊寺於此旁閒地，可乎？』

余曰：『子知佛之所以爲佛乎？佛者，神而善救人，故人爭事之。今以此江湖之大，有神者司其水土，而爲敦善救生之事者，嚴像而祈焉。茲其爲佛也多矣，奚必如來、迦葉之有定名乎哉？且此由唐世道者居之，見於唐人之詩。僧寺之興蓋後，而今僧徒食於他廟，亦隨世轉移耳已。雖然，吾猶有意焉。君山者，古稱湘君帝子之居是也。雖神靈本原，非人所究知，而著在山經爲最古，其秩於明祀，發揮詠歌於學士之文章尤多。蓋自洞庭神祀興，而行舟利涉之禱移。今山之東盡處，亦有湘廟，而久廢未復。而此閣中題奉君山之神，尚未足以稱明靈也。此左旁有阜，稍狹而長，草樹翳之，常披徑登望其上，則後之諸峯屏倚其前者，翼張而合其口，殆山水之聚耶？蓋楚辭云『帝子降兮北渚』，渚者，水中可居，君山其北渚矣。而山經言帝女之出入，必以飄風暴雨。飄風暴雨，非神爲之，而神以之出入。祀之不修，宜有懼焉。若亭於此阜之前，標以北渚之名，而中阜爲廟，以祀湘君、湘夫人，於以發山水之勝勢，明古神之食於茲者。客之來此，恭者盡其瞻，而雅者得其意，豈不備與？而奚以舊寺爲？且此山茶名天下，歲修茶貢，僧實承事，而官使人監之，亦宜有精潔焙治之所，又可附而爲也？』

僧聞余言，善之。遂欲以請於官，而募諸善士，因爲之引。

募修岳忠武王廟引

南宋岳忠武王，精忠炳靈，至今其祠廟在天下者，若湯陰，王之鄉里；朱仙鎮，王受詔班師地；杭州西湖，王墓所：皆赫然震耀，興發後代忠臣義士之心。而岳州洞庭，乃王誅湖賊楊太處。舊有王廟，在城南湖岸呂仙亭之前，亦頗閎鉅稱觀，居人過客，莫不瞻禮其下。

按宋史，秦檜害王後，惡聞王姓，改岳州爲純州，當時人以爲憾。夫州名與王姓同，檜賊猶聞而畏之，則王之靈爽固早奪姦人之魄矣。而當時所爲憾者，至今乃爲吾郡之光，豈不赫然矣哉。

頃年，郡下罹兵燹特甚，呂亭與王廟，俱燼爲瓦礫場。道士李智亮，募貲修亭，既復勝觀，而王廟未能就功，識者傷之。蓋王之明神，足以聳動賢士大夫，而非有威福以慴尋常男婦、行舟商販之倫也。

智亮才能幹辦，尤不妄費，故爲之引，俾持以徧叩於郡屬高明之門，庶幾王靈之託於此者，得如湯陰諸處，用以風起吾岳之人。又况今大軍平賊，一時名將帥，皆湖以南人，其閒欲效王忠義涅臂字者，往往而有。幷走請之可也。

柈湖文集卷第五

書文中子中說後

世多疑文中子王通之書，以謂隋書無通傳，而其門人皆唐初將相大臣，不應其師之賢聖如是，而沒之使不彰顯於時，則疑其書之僞作，而其人亦若未可知者。然後之言道學者，獨多其書，乃謂孟子而後，莫之能及。余取而讀之，是二說者，則皆有焉。然則其人與其書如之何而定之，余試爲之說曰：

王通，隋季之賢士也。其天資學力固迥然出於魏晉六代之人，而有志乎聖人之道。其智足以及之，遽而不能忍，故未老而著書。其所爲續詩書，作元經，雖未究極乎道，要不可謂妄作者。其中說，則通擬象、論語之書。通死，其家人與門徒，蓋高通之所爲，欲有以重其書者，乃取當世賢士大夫所嘗聞慕相及，皆附著之。門人以侈通之學之傳之顯，而通之道得以益尊。此其所以反見疑於後世也與？

余獨謂通之致疑，通誠有責焉爾。通之著書也，皆彷佛孔子之所爲，豈不曰我孔子之後一人哉。然通之死，年纔三十餘耳，其著書固已蚤矣。以孔子之聖，而曰「三十而立」，計其時未敢有所爲也。至老而不遇，乃退而有删定之事，孔子且然，況通也哉？通豈逆知己年之不永，身之不顯，而欲以其言也存其道耶？聖人之道，非言之存也，道固存焉。通果有道耶？如通之所爲，蓋孔子之所愼重不敢以易言者，則通且賢於孔子耶？通既已如此矣，又何怪傳其書者，爭附會之以尊其名，使後之論者疑其事之多虛而甚，且意通之或無是人也，其有以取之矣。

嗚呼！古之聖人先行後言，有以也哉。揚雄，文章才智之士耳。一旦默思深悟，僅乃及之，遂敢竊擬聖經，比於吳楚僭王之罪。通之書，亦雄之類與？若二子者，不妄擬於聖人，而各盡其才，以修明孔子之道者，其爲賢豈少也哉。

書孟子別鈔後上

古之傳文者曰：『文者，以明道也。』斯言也，惟孟子與韓子當之。

韓子之文，未專乎道也。專乎道者，孟子而已矣。前乎孟子者，唐虞三代以及於孔氏之門，其爲書，尚書、詩、易、禮、春秋、論語，然其時聖人在焉，道固明於天下，而聖人垂之於書，以爲道之著焉而已。故書以志其事，詩以導其情，易以盡其神，禮以秩其物，春秋以正其法，而論語者，門人記孔子之語，蓋始有論說，未暇至乎辨也。自孔子沒，至於戰國，道術大裂，天下之人承晚周之文弊，其風氣已極，而爭騁於言辭。其爲書皆能自張其說，而難敵家之論，雄奇詭博，千態萬類。今諸子之書僅有傳者，尚可見其大概，而當時固何如也？然則其時之學者，固未易決其是非之所從矣。孟子於其時，獨倡舉先聖王之道，發文著議，以曉天下之人，而天下之人，卒皆逡巡易志，喪失其所執，而惟吾道之歸。噫！孟子之道固全矣，而亦其文之功也。

余讀孟子之书，竊窺其所學，大要以性善踐形爲本，以集義養氣爲功，其推而出之，爲先王不忍人之政，本末始終，條列秩然。其於當時縱横形勢之說，堅白破碎之辨，皆未暇詰難，獨闢楊墨以正人心，黜言利好戰之徒而崇王道，其言皆關萬世之患，愈久遠而益信。然使以孟子之道，而他人爲之書，將不勝其迂苦拘閡，深眇奧極，而天下後世卒莫知其所指也。今而讀孟子之書，如家人常語然，豈不以其文之善乎？然則所謂文以明道者，必如孟子而可焉。不然，吾恐道之未足以明而或且幽之也。其不然乎？其不然乎？

自孟子外，荀卿之書最善，然文繁而理寡，去孟子固遠矣，微獨其道之多疵也。余喜學古文，古文之道由韓子，韓子推原孟子，故余於孟子之文尤盡心焉。然自宋以來，儒者益尊孟子，而近代用以課文造士，學者講而熟之，且急於諸經，以是愈不知讀孟子。余懼乎是，故别鈔爲書，而時省誦焉，其章句合幷數處微有異，章首『孟子曰』，字皆置去不在錄，意其舊當然。

書孟子別鈔後下

孔子刪正詩、書，贊易，修春秋，學者並傳之。余讀孟子，見其稱春秋者屢矣。至於易，孔子之所尤好，而以知天命者。孟子學孔子，宜所盡心焉，而卒無一言及易，何哉？其道『性善』，以『惻隱』、『羞惡』、『辭讓』、『是非』之四端，驗之人心之動，而知仁義禮智皆天之與我者。至於陰陽五行降受之際其所以然者，則未之及焉，豈孟子之智不至乎此耶？

蓋其時天下之爲異學者盛矣，其賢智之過者，好爲高妙之論，乃云『道在太極之先』，而有『生天』、『生地』之說，此正孟子之所甚憂者。故其所以語夫道者，近而指之，惟恐其不切也；反而求之，惟恐其不實也，其於知天之言，未數數然也。若夫易象之理，『陰陽』『化育』之事，蓋非常人之所能喻，而又非學者之所宜急者，而敢侈言之哉？

自宋周子傳太極之圖，邵子益以河、洛，而儒者『性命』之說益精以深。然按其歸，亦未有不與孟子合者，而其杳冥恍惚之言，固孟子之所無也。雖然，宋儒者之好言乎此者，何哉？豈不以唐之中世佛學盛矣，士大夫之高才者，貌托於儒，至所以事其身心，而自謂有得於道者，皆竊自寄於佛氏之徒何？則佛之爲說，誠有微妙而可喜者，虽韩子昌言排之，卒不能勝，以至於宋，而其風未衰也。故程子、朱子之言道，務推原於天，索之洪範、易・繫、中庸之書，得其幾微而可識者，相與剖析於毫釐之間，使夫學者知吾道之未嘗不妙，而彼之爲妙尚有不至乎吾道者。於是天下知佛之果不足學，而佛之説且衰以息矣。

然則程子、朱子之心，亦猶孟子之心也。孟子闢楊墨，以吾之平近者勝其不平近者。程朱闢佛氏，以吾之尤深遠者勝其似深遠者，此其所以同歟？然自宋至今佛說衰，而儒者又或陰同於佛，而自岐於儒，何耶？吾又不能以無疑也。孟子之不言易，有旨哉！有旨哉！余故並著之，以諗夫知道者。

書蕭相國世家

漢高葅醢韓、彭，千古痛恨。平情論之，高帝非天資刻毒人也。當劉、項急爭時，二子不免隱情觀望，此其取死之由。天下大定，封建勢難復行，楚、梁、趙、淮南、長沙諸王，皆因夙據之基，裂土分藩，坐擁大國，漢欲因此爲安，萬無其理。高帝深憂子孫，故急急除之，自其勢然也。淮陰功績無二，廢王而侯之，誠欲保全終始，乃其失志觖望，加以名重能高，異世之後，豈能無變？鐘室之事，高帝誠忍而爲之耳。不然，功臣侯者百三十餘人，自陳豨反誅外，曾無及身罪絕者，而獨虐此元功哉？後代猜薄之主，動祖漢高，究其事形，豈復相似？

史公爲蕭相世家，觀其命意，似若蕭相極意避禍，猶幾不免者。余乃以爲不然，何也？蕭何爲人，有大才而無雄志，愛惜名義，不爲奇異之行，而亦無富貴溢世之願，高帝與之遊舊，豈不確知其人？故自起事之日，獨膺內寄。及漢定三秦，何收巴蜀。漢爭天下，何守關中。腹心既委，理不致疑，所以京索之閒，數使勞苦者，高帝身當困急，恐何聞風驚懼，聊示閒暇耳。信如鮑生之說，以爲疑之云者，何果搖足，豈使命所能止哉？惟子弟從軍，藉以堅高帝屢敗不挫之志，何之所爲，或出於此。

然則益封置衛之事，非疑耶？曰此誠以淮陰故也，非帝疑何，恐何自疑也。夫大臣自疑，往往悖而爲叛，韓信本以何言，起爲大將，兩人之相與可知也。信以侯廢，居長安，兩人之相與未改也。呂后以信家人告變，召何計事，何知信不可復救，因計除之。高帝以此負信，又以負何，故意何之懼，而有異謀耳。雖然，鮑生召平之說，於事固無傷也。至於用客之言，强奪民田，欲以自汚於民，而自疑之形成矣。高帝豈不知何之恤民與其圖利之淺哉？顧忍而爲此，知其懼尤甚矣。於是怒其請，苑而囚繫之。繫之者，所以爲解也。高帝以爲吾繫相國，廷臣必有援關中之事，以明相國之忠者，吾因釋相國，相國之忠益明，疑益解矣。如曰高帝實以得民疑何，置相國而任之治民，豈欲其厲民耶？且高帝之存疑何若斯之甚也，身沒之後，呂后、太子可復任何哉？以此見高帝之果非疑何也。計何出繫之後，君臣之閒必有實相告語，明淮陰所以受誅，以終安相國之心者，但世無由傳知之耳。

嗚呼！自韓、彭、黥布、盧綰、韓王信之屬，凡爲王者皆以反叛，或死或亡。張敖，親也，亦以罪廢。蕭何又以事見繫，宜其談者紛紛矣。史遷尚不能察，余乃於數千載後起而辨之，其不妄且鑿乎？雖然，以情知事，以勢知情，吾豈欲爲漢高强解者耶。

書張耳陳餘傳

太史公引太伯延陵責備耳、餘，其言似於闊遠，究詳其旨，特欲以讓道正之耳。

當陳餘投印之時，張耳若不乘便收取，雖交分少疏，何至便相仇殺？又若常山剖符之日，能以趙歇竟辭，而身與成安等受君侯之號，捐前忿，去後嫌，賢者之風不當如是耶？而陳餘既脱身澤中，隱身漁獵，三縣之封，婉辭無受。張耳獨侈然爲王，得無内媿而投謝哉？不此之務，徒見利所在，若雞鶩爭食者然。彼以爲烈丈夫取天下之行也，而由古賢高讓之道觀之，微乎其無足道矣。

嗚呼！學者能用斯識，趣以觀古人以遊當世，安往而不得吾意乎？

自書金革無辟論後

曾侍郎之以兩次奪情爲疑也。蓋其起前喪從戎之日，嘗有事平補行心喪之請，故欲遂請終制而以問於人。答其問者，皆曰當依朝命而已。愚獨以爲未盡。

蓋記之言『君子不奪人之親』者，謂君不以事命之。『亦不可奪親』者，謂君雖命之，而亦不受也。君、父之重，一也。一故不能以相奪。今身在軍者，雖父母在，不得顧養，而必致於一死，此義人人之所曉也。君之重，可以奪人之子之養者，父不得以私其子，其義不係於其子也。若喪，則子之事也。子之義固可以辭於君，有以君重而不得自私其子者，無以君重而不得自私其父者。

然則曾公必當終制與？曰當終制。而必不得然，非獨朝命之謂也。曾公以募男起軍，於今六年，東南之事，曾公實爲之倡。兵勇將佐相隨起者，實尸主之。而江西諸郡方急，釋而去其憂，彌大假而當終制三年，其卒能自安於其心乎？始曾公在軍中聞訃，奏後遽馳歸，左郎中以其不俟朝命大非之。愚以爲江西去其家近，而軍事暫有所付，雖未盡於禮，其心可原也。奔喪之急，急在其爲子而不能無少緩於爲臣。既葬，卒哭矣，則若曾公之爲臣者，又急於其爲子也。

古者，臣有大喪，君命三年不呼其門。而記又有曰：『君既葬，王政入於国。既卒哭，而服王事。大夫士既葬，公政入於家，既卒哭，弁經帶。金革之事無辟也。』竊嘗思之，古天子諒闇三年，百官聽於冢宰之禮，自周世已不能行，而天子於諸國，及諸國君臣之所有共事者，亦必不能以終喪無與，固時勢然也。此金革無辟之所以通行，而子夏氏之所以疑也。今若曾公之事，而百日之後，復起從戎，有何嫌乎？比聞朝旨，已給假三月，且賞銀四百兩治喪，聖恩高厚，非尋常奪人親之可論。而曾公於事必不可辭，則又非奪親也。其爲子也，其爲臣也，一事而已矣。

今曾公實有終制不得之心，而余幸無他私於曾公之意。然余之議此猶懼焉。司士賁告於子游曰：『請襲於牀。』子游曰：『諾。』縣子聞之曰：『汰哉叔氏！專以禮許人。』夫禮者，固士人之所得議。襲於牀，禮也，又禮之微也，而子游以專諾蒙譏。況於喪不終制，犯禮之罪無大於此，而余何人，敢言之？故復著其說，以白於當世之知禮者。

書李翺文後

李翺之文章甚高，其自許亦至其所數自稱舉，若高愍女，楊烈婦碑，寄弟正辭書之類，余取而再四讀之，信乎其辭之能也。翺他文莫不皆然。觀翺之所以爲文，與其所自力於道者，其於自處不肯居韓子下，亦明矣。余獨悲夫翺之道不用於時，其文顯於後世。雖顯矣，卒能熟而復之者幾人哉？則翺之信於己，而必於人者，可謂艱且孤矣。然後世之人，苟能知翺文而好之者，其於文与道必深，非其深者，亦不足以知翺文而好之，翺之信於己而必於人者，果不爲虚也哉。

書李翱復性書後

學者皆曰：道學至宋而明，周子、程子始得之。吾不謂然也。

凡古今之學者，其所羣尚而趨之者，大略有時代焉，則亦有風氣焉。其變也以漸，人特就其盛者而名之爾。冬之寒也，不能一日而爲。夏之暑也，而言暑者必至乎大暑，惟其盛者爾。余觀唐之中世，古文之道既昌，儒之治經者始能脫離箋疏薄陋專家，而自求乎聖人之心。其時爲佛之徒者，方治其學益精以深，韓子舉人道之大者闢之，而歸佛者未已。李翱於是援中庸『誠明』之說，作復性〈之〉書。

翱之說，自今日視之，若恆言已爾，又未離於佛焉。然當翱之世，豈復有能爲是言者耶？翱之爲是言也有天焉，所謂時代風氣之有變者，非耶？故曰：道學始於周、程，吾不謂然也。周、程其盛爾，若曰始於李翱者，猶可也。

書孫樵書何易于後

孫樵書何易于，使有得於史官，卒易于所以傳，而炳然爲唐循吏者。樵之文也，方易于之令益昌，而考止『中上』也，豈意有文如樵者書其事而聞於後耶？則以夫天下之大，獨無賢長吏如易于而不遇其人如樵者耶？

葢以今度之，今以一行省，數千里之閒，州縣多者百餘，少亦數十，其閒能有治聲而人樂稱道者，問其實，率無若易于之爲者；不過獄訟期會，稍爲善而已。然則易于之賢固僅耶？或言今州縣之不得人，葢有由也。往者，國家用前世行取之例，州縣吏治行尤茂異者，得入爲臺省，官多遂至通顯，故雖有能有不能，而猶或勉焉。今者，選人充溢，而途又至多。上之人誠無所用之，往往讀書成進士，不得留於朝；而外吏者，則奔走監司之前，以終其身耳。其能任劇縣取美缺者，固已難矣，況累功積勞至大官耶？

余曰：不然。亦在其人而已。且如唐之世，何易于止得中上考；而麴〔一〕信陵爲望江，僅見於白居易之詩。以陽城之賢，自署下下，而其時之上考者，則督賦役擒盜，得往來達官爲好言者類耳。今官固有考，而由縣令至爲大官者，亦每有之，獨其得之不能無如樵之所歎耳。

蓋世風古與今同，而君子之仕以爲民，非由人之爲也。讀樵文，慨然識之。

【校】

〔一〕麴：底本作『鞠』，據四部叢刊白氏長慶集、康熙安慶府志、乾隆望江縣志等改。

書韓子送齐皞序〔一〕後

齊皞舉進士，有司以其宰相之弟，形迹嫌疑連枉之使不得。而韓子歎之，以爲世道之衰，上下相疑，直道不可復行，而有司者違心以避謗。余讀而思之，而疑之。唐之世，士之用於時者，皆出於世族。今觀唐書・宰相世系表，一姓之中，宰相有以十數者。而一代顯聞之人，皆著於譜系之間，其出身之途，不必皆以進士。然則齊皞雖枉於有司何害，而韓子猶歎之？

蓋以道之不公，其來有由生於私其親，成於私其身世之變而人心之薄也。若今之世，則又不然，天下郡邑之士，起家而仕於朝者，多閭巷白屋之人。其以儒業進者，非進士無由，而一家之中，累世以科第稱盛者蓋少。於是，當其一人隆貴之時，朝之碩臣皆其交友，則務私援其子弟而進之。以余所聞見，其父爲宰相尚書，其子必登進士入翰林，非其材之果可爲進士翰林者也。就使其才，而他人之才者多屈，於所遇彼之才者無屈也。當鄉試之歲，有子弟在焉，則人交指之曰：『是今茲必舉。』而已而果然。及會試又然。余所見若此者，又比比也。而國家法令所以防此者，則有迴避之例，凡舉子試者，其父兄親戚在試官，則使之避而不與於試；爲子弟者患其然，乃又爭爲速得，苟可以無避而與試者，即計取而得之。是故上下猜疑，日以益甚，法之所以待有司，有司之所以自待，與待士父兄之待其子弟，子弟之所以待其身，皆不復以人之理，而交相窺伺，趨避於其閒，肆爲負謗無顧忌之事。

嗚呼！是孰使之然哉？若齊皞以宰相之弟而連

枉於有司，吾猶以爲往古之風，而三代之直道，猶未大遠於人心者也。

【校】

〔一〕送齐皞序：全唐文作『送齐皞下第序』。

書方正學文後

古今忠烈臣被禍之慘，無如明之方正學先生，嘗讀史而痛之。及讀先生文集，乃知先生之學之大，全非徒以死忠名世者也。先生之學，以顏、孟爲必可能，伊、周爲必可行，三代爲必可復，其志氣之盛，近古未之有。比文章下筆，輒類韓、蘇，然特欲用以明道，不肯盡意於詞章，蓋所謂不肯竟學者。嗚呼！豈非人之尤偉者與？

論者每憾先生之死，湛其族至八百餘人，乃欲曲爲之計，以謂使先生僅如周是修、王叔英之死臣節，固全矣，族庶無累乎？而不知非先生之義也。

先生在建文朝，親任甚寵，討燕書檄，皆出其手，豈特王、周之比哉。王、周一死，則章章已。而先生爲之，乃類於畏誅及而蚤自盡者爾，先生其肯然乎？非正言大義，死於殿陛之閒，於道固未足也。方成祖挾叔父誅奸臣之名，兵旣渡江，朝臣皆叩馬奉迎謁孝陵而卽天子位，蓋將侈然有大居正之意，而忘其篡奪之本事矣。先生從容以一言正之，而斧鉞已加乎成祖之身。

古之爲亂賊者，未嘗不忌乎春秋之誅，而加掩覆焉。其不能掩，則其當身與其威力所及禁制之，世人終莫敢一言，未有取筆削之斷如是之甚速且厲者，而成祖安得不暴怒乎？先生豈必欲以言斥篡者之面哉？其義如是，其言亦如是，而不能有損焉，剖心抉舌所不辭也，而烏知逢禍之至於此乎？其至於此，則命也，而又何尤焉？

敏樹讀先生之文，竊窺先生之氣之盛，實孟子所謂『集義』以致『剛』『大』者。其處身之死，非獨以氣，而盡於義。敢竊稽其所由然者，以解論者之惑，毋徒爲先生痛其禍之已，甚而妄有疑也。

書西銘講義後

橫渠張子西銘之書，言乾坤稱父母，而推明事天如事親之義，其言至大。當時程子即取之以教學者，其後朱子又尊信之，西銘之書幾與孔孟之言等。

余謂張子之作，所以明儒者之學，異於老、楊而又不同於墨、佛者，而其語即不能無少過。夫所謂『民，吾同胞；物，吾與者』，不過極言其理耳。民，果吾同胞乎？物，果吾與乎？同胞者，父母天性之愛不可假也。聖人所以一視同仁者，以人皆天地之生，形體性情與吾同，推類以及之，而憂樂必與之偕耳。又以知覺之先者，有或屬之吾身，而吾不得辭耳，其實固不能以待兄弟者待之也。至於物，則吾之所裁制以爲人用者，愛而長之、節之，所以盡物之性也。鳥獸不可與同羣，而可謂斯人吾與之比乎？子貢問『博施』『濟衆』，孔子以爲堯舜猶病，而斷其可行於恕之一言。其答子路『修己』而至於『安百姓』，則難之。蓋聖人不欲與人爲廣，以爲其誠之必不至也。而孟子曰：『君子〔之〕於物〔也〕，愛之〔而〕弗仁；於民〔也〕，仁之〔而〕弗親。』弗仁、弗親，等級甚爲明白。而又有精言之者，論禹、稷、顏子而有『同室』、『鄉鄰』之喻。蓋鈞之斯世之人，自禹、稷視之，則爲『同室』；自顏子視之，則爲『鄉鄰』，以其身所處之地而情亦異焉。今皆不問，而一言之，得無過乎？竊詳張子之意，將以救學者自小自私之弊，而擴其偏而不普之心。程子、朱子意亦如是而明理一分殊之旨，以防其所流。獨龜山楊氏有兼愛之疑，實亦未爲不達也。

今世有天主邪教者，直稱天爲父，而凡人無貴賤老幼，皆爲兄弟。無父無君，而足以倡合庸人，以階禍亂。究其說，類竊西銘之似而背其本者。湘鄉羅羅山氏，乃申程朱之意，爲西銘講義。羅山講學而用世爲書之旨，蓋遠未屑一言及於今之邪教，而余窺其意亦在是。並妄議張子之言之過，世之君子，其無遽罪我而試察之。

又書西銘講義後

或曰：今之邪教，不足道也。愚民惑之，學士笑焉，是烏足與辨？余謂不然。聖人之所以立教者，使天下賢、智、愚、不肖，共由其中，若言之足以惑愚而不辨，是棄人也。且惑之甚，而賢智又恐有不免者，余有所見之。

往時，有村人傭於余家，至愚之人也，並未嘗識一字。一日，與舍中諸僮私語曰：『人莫止說有父母，天實生汝，地實長汝，日月以照汝，水火田穀百物以養汝，風以吹汝，雨以潤汝，是天地之恩至重，不可不報。』余於隔房聞其語，大驚怪之。察其所居屋中，則壁閒皆畫爲舟船、旌旗、戈甲之狀。而其人又嘗背人口中唱誦有詞，知其必爲齋匪所惑，斥之則怒，而以言相反。乃呼其家人，令以歸，約禁之，遂發狂以死。夫是人者之所言，微特僮奴聳聽之，卽令讀書麤識道理者，以一言折其非是，其將能乎？否乎？而又將有妄人自奇反信用之者。

天地之恩之於生人不待言也，而不可報也，惟王者一人爲天之所主，天下人之所聽命，故稱爲天子。而有父事天，母事地之禮，所以爲天下報也。然猶尊之而不敢親也，郊社之事與宗廟固異矣。至於聖人君子之教，則以存心存性爲事天，而他無事焉。天生人，而不失其所以爲人之理，卽曰報之，無出於此。西銘之書，亦不過發明此理，而父母兄弟之言爲邪者，容得藉口大儒以相欺誘，故竊論及之。

嗚呼！邪說之生，而足以惑人，有由矣。世教衰，父母、兄弟、宗族、鄉黨之恩薄，民窮而散，而邪者誘之，此眞學士大夫之罪也。故聖人之道主於親親，而漸推之天下，皆得自盡而無散，叛之民其道亦無俟多言矣夫。

書毛西垣黔苗竹枝詞後

故友毛西垣孝廉，客游貴陽時，取黔中苗俗事，以其族類舉之，各爲詠歌，成竹枝百首，多言男女配合可嗤笑事，而其他風習皆具焉。

竹枝體本出俚謠，善道男女、風土，亦其聲調宛轉所從生也。觀是詞者，當以謂西垣才思豔逸，雖苗俗荒惡，而稱之柔冶佚愉，其詞樸秀若天成，得古歌謠之意。又以謂荒裔生野睢盱，怪奇可喜愕之態，人所希聞見，今皆若見其人跳舞叫嘯於前，是方志所不能詳，繪畫者所不及。而觀其深者，則以歎夫詞人才士，窮老孤羈，無聊遺寄之所作。若將以爲樂，而益知其悲也。

而余竊思古風詩之篇，大半閭巷婦女謳歌，因譜以爲樂。至於桑中之期，城隅之俟，宛邱婆娑之舞，溱洧、芍藥之贈，可謂淫戲甚矣，而聖人存之於經，何哉？蓋觀其俗而知其所以治之者，誦詩聞政之道也。苗之爲俗亦各有夫婦配偶，非直禽獸然者。獨其始合，恣使自擇，而不知其所可恥。人之情欲，莫甚於男女放而習焉，固宜其狂樂益甚，無足怪者。至於親死而哀，苟人也，必有是心者，其不哭泣而反歌舞樂尸，蓋鬼道之蔽，非人情也。南方蠻夷之土，自漢後至今，盡以開闢，而其人雜居郡城之閒，顧其習猶仍不變，豈非治之者無其人與？

此詞中楊保苗，爲播酋楊應龍之後，婚喪輒如禮，不與他苗同。而他苗亦竟有禮節與漢人同者，豈非漸染變化之效與？槃瓠妻帝子之事，范史南蠻傳稱之，實荒唐之傳，非人理所宜有。彼皆人耳，即一以人之道治之，撫荒絕亂，孰先於此？漢光武時，任延錫光爲交阯、九眞郡守，初設媒聘，始知婚娶，即其事也。唐劉禹錫竹枝詞，鼎澧閒人，久傳歌之。使西垣此詞，流播黔中，官吏有心者，聞之思其俗，當有以變；而苗民通漢語稍知文字者，將引以爲戚，則此詞其猶古人風刺之用乎？奚獨與唐後詩家竹枝較短長工拙而已？詞舊有片刻，並自注語甚詳，今鈔附集末。咸豐八年孟秋月望。

詩國風原指後序

詩之道，用於邦國天下，與尚書同，其體有別爾。書者，直書其事，或述其事之言，常以一事爲一篇，多或數篇，而一事其本末皆具也。詩，則取其事播之樂歌，其辭或顯或微，而皆以抑揚反復，曲盡其事之情，書之所不能直言之所不能畢者，皆於詩見之。

蓋雅、頌之事大指章明矣，至於風則隱焉。及余竊以是說求之，乃知其多出於史氏以志其國之故，其一事爲篇，或數篇一事，尤與書同。余於周召二南，見其皆爲志文王時事之大者。於邶，柏舟、綠衣、燕燕、日月、終風、擊鼓，皆爲州吁之亂；而新臺、二子乘舟，與鄘柏舟、牆有茨、君子偕老、桑中、鶉之奔奔，皆爲宣姜。於衛，考槃、碩人，皆爲莊姜。於王，黍離、君子于役、君子陽陽，皆爲東遷；葛藟、采葛、大車，皆爲鄭伯來朝。於鄭，將仲子、兩叔于田，皆爲克段，其諸詩皆爲公子爭立。

於齊著東方之日、南山、甫田、盧令、敝笱、載驅，皆爲襄公、文姜。於魏，汾沮洳〔一〕、園有桃；唐，椒聊、杕杜，皆爲晉棄公族。而唐，蟋蟀、山樞，亦皆爲沃。於秦，蒹葭、終南、黄鳥、晨風、無衣，皆爲穆公。於陳，衡門以下八篇，皆爲靈公淫夏氏。檜之四篇，皆爲鄭桓武立國。曹之四篇，皆爲晉文公入曹。豳風，鴟鴞下六篇，爲周公東征一役之始末。以是推之，一國一公之詩，其多宜數十百篇，通諸國歷數公，多且無算，而所録者，一事必全而已。甚矣！其取之少也。

然則其在録者，蓋非獨其事義之大，抑其文詞之工，足以稱之，今之傳説者，特失其所以爲工者而不知也。若夫録詩三百之由，吾度之，蓋二雅，商周之頌，二南、七月之風，興於前世者，世宜稍見之矣。其成録之書與國風、魯頌而爲三百者，則宜一時之所出，其爲魯頌之僭而作乎？春秋僖公三十一年：『夏四月，四卜郊，不從，乃免牲。猶三望。』春秋書魯郊以譏其僭，不可悉書，書其有變故者，此始見於僖公之編，則僭郊者，僖也。

晉文嘗請隧於襄王而不許矣，魯何敢僭郊？魯舊有禘樂，成王所賜，以世祀周公者。而禘樂之用，實周之郊祀后稷以配天，宗祀文王於明堂以配上帝者，故其名曰『禘』。魯之舊用禘，其樂章無聞，蓋必有減制者。而僖公嘗從齊桓逐狄，定邢、衛，備戎戍周，及伐楚通徐以取舒，又會于淮。齊桓既沒，僖乃竊自爲功，必緣禘樂之舊，以作頌請於周，並立周廟以祀稷，而王許之，亦賄取之爾。魯遂以配稷於郊。其詩曰：『皇皇后帝！皇祖后稷！』又曰：『周公之孫，莊公之子。龍旂承祀。』僖之始郊也。是時周蓋有良太史者，傷王室之遂微，諸侯之廢法，以周公之後，而僭亂至此，故得其詩而出之，間之商周二代盛烈之中，以顯其夸大虚美之恥。其頌也，乃所以爲刺也，而又並出諸國之風，可爲法戒者。魯雖去其風，其見於齊之刺者，抑又不可掩也。是故其義公，其法平，諸侯不敢非以怨，而學者爭誦其書，遂爲一經之定本矣。

左傳文公十五年，有鄭子家賦載馳。是時國風已行於世，而魏、秦、陳之詩之時猶有在此後者，其詩後得也。蔡無風者，無得也。杞、許、邾、莒諸國，亦當有詩，不録微也。燕無風，遠也。宋風不入，有商頌也。楚大國，其人最能詩，而無風，或曰二南當之，非也。二南，周詩也。楚稱王，其詩必言王。風無楚者，亦春秋之法也。

【校】

〔一〕汾沮洳：底本作『沮洳』，據毛詩·魏風补『汾』字。

湘陰郭氏家譜跋

湘陰郭筠仙編修既成其家譜，而考論氏族源流同異之見於傳記、史策及漢唐金石之文者，並論書法義例之稽於古而通於今者，爲例言一書。其弟叔子意城助教以示余，余觀其博洽精審，信爲譜學之盛。凡譜其族者，宜視之，非獨一家之藏籍矣。

郭氏系出虢國。春秋左氏傳『虢』、『郭』異文。而公羊僖二年傳稱虞虢事，『虢』皆作『郭』，實一字爾。『莊二十四年』經文『郭公』，蓋書虢事，而脫其下文。管子書所稱『郭君』，即『虢君』也。諸侯子孫出奔他國，而以本國爲氏。顏師古急就篇注晉滅虢，虢公醜奔京師，遂姓郭氏。按左傳晉灭虢後，即有虢射爲晉大夫。是『郭』以国氏之始有明徵者，不必其文之爲郭也。編修君推原受氏斷出虢仲者，精矣。

古人所以必知其氏姓之所從者，其義蓋遠也。其初生人之別爲姬、姜、子、姒之屬，後遂皆以別子爲祖，以爲小宗、大宗，遞嬗而不窮，而氏族繁焉。然其爲姬、姜、子、姒者，故在以明其久而不相離也。今之氏猶古之姓也，宗法廢而人皆有其可譜之族，是亦宗也。

編修君之譜郭氏，斷自其居湘陰之族，而考論所及，盡乎數千年之流別，於譜法不既大全而無憾矣乎？抑其自爲譜之意，又以近日兵警遷徙，懼其散而急收之，尤仁人之所用心者，吾知其能厚於所親而推於天下未已也。

書聽雨樓記後

聽雨樓之成，居之纔一歲，雲松病瘵以亡，余遂廢此樓不居。而其情事，常不忍以言而思，思之而獨泣。今更日月盈三十載，古人所謂一世者，余老且死，殆可以無悲。

然平生所有憾於天地閒者，獨此樓之事也。當時以謂家園兄弟之聚，期於白首，懼其或牽移於官宦，而取二蘇公舊語名樓爲志，又爲之文記與詩。而後此余固長在鄉里，不爲四方之人。甲寅焚廬之寇，樓又獨免，獨吾雲松遂蚤去爾。假令雲松至今與吾皆在，此三十年所謂對牀聽雨之事，常得不失，其於人世所占福命之數，豈謂過哉？而何天之不以假人耶？

見家鄉之人，兄弟六七十而比存者，常有也。彼不知其爲幸，或乃交惡，而吾之相與如一人者，乃割而斷之。豈以其生也，衣食之有餘，又喜文史，樂閒逸，而爲是樓以居，得意之甚也，而或有奪之耶？思名樓之時，凡樓之望覽所收納，與所爲居處之故，皆可以名，而獨取於是，誠不知其計之已蚤者。而樓間揭書語，乃云『對牀風雨讀蘇州』，韋氏之詩，已成惡讖，則豈非氣之先見，命之自至者與？嗚呼！吾今殆可以無悲而忍言之矣。

適檢理舊文，得記稿，欲以其事示子孫。稍更定其文辭，而書於後。同治五年四月二十一日，是歲爲丙寅。吾弟之亡，以道光丙申，而甲午冬作樓也。

記鈔本震川文後

余既別鈔歸震川之文而序之。後三年甲辰，攜之京師，同年友武陵楊彝珍性農，從余借去。閱數日，瑞安項孝廉傅霖來訪余，蓋從性農所見此書，袖以來，而乞鈔其序目云。因爲余言京師名能古文者，有江南梅郎中曾亮其人也。又數日，余往答項君，而梅先生適來，因相見於其座。余自是始識梅先生，梅先生既見余此書，因以語朱御史琦，邵舍人懿辰，王戶部錫振，皆京師治古文學者。諸君皆來識余，皆以此書故。

蓋覩古人之文章，而錄出其尤可喜者，時手而讀之，此學者恆事也，余之別鈔歸氏之文者亦猶是，而京師之人，爭相傳語，以爲奇異，何哉？豈不以舉子在京者，皆相高以場屋之文，而言古文者，固宜性情嗜好特殊，不肯以俗學自斂者與？而今世言古文，又皆相尚以歸氏，余特未之知也。

梅先生爲余言：『歸氏之學，自桐城方靈皋氏後，姚姬傳氏得之。』梅先生蓋親受學於姚氏，而其爲文之道亦各異。又言：『王戶部自廣西來京師，過洞庭，坐船頭哦所鈔歸氏書，失手落水中，嘗記憶其處而惜之。豈知夫洞庭之傍，固亦有私喜歸氏之文，別鈔爲書如吾子其人者耶？』

嗟乎！歸氏之在當時，其輕重於世人何如也？而至於今，其名既盛以尊，學者既皆知師仰其文矣。雖心非誠好者，猶陽事之；而有私喜其文，別鈔爲書如余者，諸君子視之，若林鳥之鳴而呼其類也。蓋世常習於已成，風趨於眾慕，而當其人之時，未有不忽且笑者也，余是以尤歎之。

劉霞仙中丞遊君山詩跋

今年夏初，劉、郭兩中丞來遊君山，假僕爲山中主人。念生羅叟亦至，可云盛集。而遊事似未極暢而去，蓋兩公皆抱偉才，分處秦、粵方面，匡濟時艱，爲海內所瞻恃，而皆因同事雅故之人，意見不合，爲所排抑而去。兩公始相晤於此，曉夕之談，不能無喟然人事，而恣情山水也。然僕從旁觀，似筠公微多憤嫉，霞公特夷然。

既別數月，霞公信至，見示遊記文及詩，讀之，益信其中之果有以異者。記言：『昔遊洞庭，見君山遙矗湖心，如巨人身沒洪濤，而聳其髻，其不至汨以沈，特幸焉耳。其後數數過此，則君山屹立如故。』又言：『山之邱壑阻深，回環掩蔽，奄有重湖之勝，若巨賈富蓄萬有，入其室則虛然者。』夫若是言也，霞公故有山於其心，而又以其有之乎心者，有之乎山也。而其爲此詩尤奇，睥睨宇宙，橫洞古今，有蓋世之氣，獨立萬物之表，而惟其不憂不懼之天。云將以廣筠公之意，而實以自寫其衷也。

昔昌黎韓子，創爲『物不平則鳴』之說，以概古今之文章。而語道之士，類言平心，其義相背。吾觀於物，其平者，蓋非其盛者也。莫平於水，水之盛，至於洞庭，有風動之，則大波軒天，觀者駭焉。莫不平於山，而君山突起於瀰漫浩衍之中，又不平之盛者。故雖非甚高極大，而人尤以爲奇，必卽而遊焉。以是知人之心故不能平，而喜與不平者遇而一發之。及夫風止浪息，大鏡圓澄，舟於其中者，始樂乎其遊。而登於茲山，入其中阿，則喜其幽深荒寂，絕人宇而一無所動作於其閒，又豈果以其不平爲善者哉？然則惟不平而平者，乃可以爲平；而不平之盛者，其平亦盛。故論文與語道，非二事也。霞公之遊記與詩，吾皆以是觀之。

羅念宎所藏周忠介寒月篇便面眞蹟跋

余向得周忠介一帖，乃被逮北行日，與文文肅者。帖云：『二鼓登舟，旌旗相望於道，周生此行，亦可謂不落莫矣。朔日，已渡江，回首閶闔，不勝黯然。然日來得素患難學問，朝夕與虎狼爲伍，亦覺無入不自得也。呵呵。』末款題『湛持年丈』，下書『順昌頓首』。帖用淡黄素紙一小幅，高約六寸，闊四寸許。書雜行草，甚偉宕。後見他書集載名人尺牘者，此帖存焉。因疑後人或倣爲，未可定眞蹟。然余故珍祕之，及賊火余廬，帖亦燼，每追想恨恨也。

念宎此藏，則忠介爲詩號寒月篇，書之摺葉，以壽其縣令君，而令方擢臺官以去者。念宎從父碧泉宮詹，得之京師，大興翁覃溪學士爲題之。忠介此書，楷法高妙，而詩詞尤清寒入骨。以壽人，蓋未嘗有若是者。可見忠介爲人，胸中高潔，無纖毫塵累，而嚴凝寒厲之氣，與其時節氣候光景以俱出。夫其皎皎污朝，蒙患難而明不可息，猶可以物色想似之。而吳中有五人者，起市井而烈天壤，皆舍其生命以殉一清白之孤臣，亦若雪之於月，相助而爲光也。嗚呼，豈不異哉！

今之有重於古人者，得其楮墨，輒實之，況其文詞，如見其人與其事，若是寒月之詩乎？而余所得其患難中數行與人之牘，百世之下，誦其言可以起頑懦也。曩余在長沙，念宎見示墨蹟。茲摹刻以寄，敬記之。並記余舊藏者，將以附之不亡爾。

居善堂儲善穀施寒衣記書後

移芝翁，樂善不倦人也。始爲貧諸生，爲文章有名，館穀於他人，常厚得其奉。及爲舉人，客京師，益廣求海內能文士，無窮達，皆與爲交游，得其一長，津津稱說於人。其孤旅困乏者，時出其脯，資以振之。

予與翁舉鄉，爲同年生，親所聞見，私異其所爲，而人或譏其好名。其居身極儉陋，敝衣冠，不易。家無多口，得蓄贏，歲增其產。成進士入翰林，假歸，卽未嘗以卷牘干人，而文章名益高四方，書幣爭走其門。郡、縣吏往來語地方利病、人良否曲直，亦率言無所顧畏。於是人尤憎忌之。然予讀其文集，其閒則有歲貸、備荒田等記，皆務爲濟人事。嘗獨歎息，謂世之階高官，擁厚貲，田園邸舍無限，而行善於家鄉，自損其儲以爲久計者常少也。翁以書生筆墨之入，嗇縮之餘，而所爲若此，當何所取嫌於人？嗟乎！人忌名而惡異，固習俗然哉。而所稱賢士大夫，猶或有動於浮言，而不尋求本末者，是尤可傷也。

今年同治壬申九月，予遇翁長沙，年皆近七十，而意氣遠過於予。見予，問訊數語後，卽爲稱某君某君之文，且舉誦某篇，蓋其喜人善猶往時。又自出其文曰居善堂儲善穀施寒衣記者，以前歲貸之已散施也，更出其藏穀二千石，歲息四百石，爲極貧者市寒衣之用。翁又析其家田，以半分諸子，令勤嗇。自贍其半自給，及他用所餘，歲以增善穀之本，欲令至萬石，盡行諸事乃已。

蓋翁之志，事本自其先人訓導府君。故自其少時，卽冀得遭遇，當衣被飲食天下之民。既以翰林歸曹司，會盜躪湖南，遽歸以團伍護鄉里。卒不屑俯首就一切功動，隱身著書。年老矣，念平生所志弗就，故盡其力而爲此。此非世之齪齪求問田舍者比，抑豈多財散施者所可同論乎？古稱『樂善不倦』，翁其人與？不知世之論者，竟當謂何也。

柈湖文集卷第六

答曾侍郎書

前奉鄙議後復成書後一首，并申論起復之義之所由，然自謂於禮，意頗未甚失，而未以上達於左右。今承覆書，審度至盡，若猶以鄙議爲未免瞻徇而不肯質言之者。謹卽錄上後篇，惟幸覽裁。

蓋金革從戎，本古今絕大難行之權事，聖賢猶難言之，而況於衆人乎？苟與其議者少有依違，其得罪於天下、後世與身行之者何異？故敏樹之與此，兢兢焉懼無以自明，則執事之自疑於是，誠所宜然。然敏樹之意，所要歸者，實以執事今日在軍事勢，前世殆無其比，而其心必有得終制而又不能安者耳。然則其可行與否，亦斷於執事之心而已。喪之有制，達天下，通古今，不可易也。蓋有起復而猶可者，未有終制而反不可者。執事之心，苟用其所安，而無其所不安，則亦無待於人之言矣。觀前日自報丁憂摺中『雖主請終制，而仍有給假』一語，執事之所以及此者，其慮罪責而强言之乎？必不然也，既自請之，朝又命之，而已且悔之，殆於不可然。且曰：『兵有所付也，人有可倚也，賊之勢少衰於前日也，若餉不敷，而軍卒不振，又非我之所能爲也。』如是，而終以遂哀績請，亦奚不可少安於心者？或又且曰：『軍事不畢不安，喪事不盡不安』等不安耳，從吾一人之所獨重者，是皆義之可審者也。獨以執事今日之於君親，似不得而二之，何也？君之命在是，親之志亦在是，已之所以痛其親，而益思報其君者，亦在是。故竊以爲，但當斷以聖人言外之意，所謂有爲爲之，非從其利者，如鄙議中所陳是也。

今軍中官中之遭喪而乞留者，不肖之徒本不知有父母，上之人亦權所急而姑容之耳，是不足道也。若執事則前日官既大顯，兵事初起，人所欲苟自保全，而惟恐無辭以去。執事乃於前喪中奉朝命犯艱難以出，四五年間，百死僅生，而身未嘗進一官，家未嘗贏一錢，可謂不從於利矣。非有爲爲之，必不如是矣。今卽不自名一功，而東南數年之事，固已概歸之執事之所倡召。獨不幸連值兩喪，呼號創痛之中，眞使賢者莫能自處。愚以執事之志，必伸其罔極之哀，惟俟賊平後，委官而去，而廬墓以終其身。庶幾哉，其古今未有之奇節也！然則他人譏彈之，加意詰問，所必不能免者，且當隱受之，又安可辭乎？雖然，斯事之大，人子之所自致，非他人之所卒謀也。執事果以爲去之無害，而心可自安，則力請終制，得罪而不可悔也，而又何敢喋喋爲？

曾札中所指數近代名賢奪情事，如李文達、李文貞，皆平世無事爲大義所決不容。張江陵去留，麤有關係，然爲朝官，非金革禮中本不曾有，而江陵又忿戾無狀，其心可知。惟盧忠烈本末了然，終無可議。勸人起復，是何等不肖人事？敏樹萬不敢犯以古準今，亦似未爲無據耳。自記。

與毛西垣書

前錄寄鄙詩，欲見別後情緒，以慰遠道故人懸懸之思耳。乃蒙履韻見和，又增寄新篇，並令指擇尤者以相證驗，何其嗜好之癖不自除可憐念如此也夫？我與君之相知，固不以詩，然於爲詩相知之深，亦未有如我與君者。平生時每獨吟趣得意殊自喜，輒欲語人，人亦竟無應者。至於君之見之，我則未暇自言，君未嘗不擊節中之也，可不謂之相知者耶？以君之知我至此，我之於君雖不敢謂竟知其詩，其於一二必有愈於他人之知君者，又可自許也。嘗謂古人爲詩，尤喜論句，以杜陵之聖，而自道其爲詩之力，則曰『爲人性癖耽佳句，語不驚人死不休』。其稱李白，曰『李侯有佳句，往往似陰鏗』。及以『清新俊逸』，比之庾、鮑，皆句之云也。今之詞人動喜狂放，句之不圖，而務崇其體，使人望之龐然廓然，及取而讀之，終篇而未有得焉，終卷而未有得焉，豈其詩之固難知耶？何其與古人爲詩之道相謬也？得非競於名而眩於實者耶？欲以才貿市於人而務張之者耶？宜吾之所疑而不敢與也。

昨君來詩纔數章耳，然就而論之，非獨其篇之完善，格之高異。至於其句，皆使人誦之而知工，識之而不能忘也。豈不有異於今人，有合於古人耶？已相爲標舉，錄在別紙，皇甫湜言人作詩未有劉長卿一句，已罵宋玉爲老兵。湜好奇人也，於詩乃取長卿，其有以爾也。相去二千餘里，此如面談。

與退庵論洞庭神祀書

前自君山歸後，思新樓九江之名，極爲大雅而切當，卽欲作一記文，幸自附託於名山川之下，而念岳陽范公之記，已絕千古，如孟、杜後題詩，不能復得奇語，且止矣。既而思九江之目，尚當有所辨正，而范公憂樂先後之旨，且有可爲廣義相發明者，遂復成九江樓記一首，書以與吾弟。不審吾弟頃曾自爲文否乎？若有之，卽以示我，要是一時事實，可盡存樓閒也。

九江之說，近人尚有欲以秦漢郡國名爲據者，然必不能破山經。山經雖多詭怪，此地名決可信。又凡鬼神之事，亦非常人所可以耳目測識。古之祀五行、星辰、山川、社稷之神者，皆有人神尸之，臺駘、實沈、閼伯、重黎、句芒、柱稷之屬皆是。而水陰類也，其神爲女妃。山經言『洞庭之山』，『帝之二女居之』。此猶左傳言實沈、閼伯之居參、商云爾。帝之二女不可謂是天帝之女，以爲堯女舜妃者，近是也。余嘗論孟子書舜『卒於鳴條』，以爲天子巡狩而外崩，必無不返葬之理。舜蓋南巡崩於蒼梧，而返葬鳴條爾。而零陵、九疑，實其介弟象有庳之封，舜欲常常見象，象時往來覲舜於都，舜亦幸以時巡，而至象之國，是必加有留連恩澤之事，非他侯國比。二妃以家人之親，從來南中不足怪。而後世之人，戴仰神聖之靈，以舜崩於此，或訛指其行幸壇場處爲舜葬之冢。至於二妃之來，沿湘而返，蓋嘗從舜登乎洞庭之山。及喪，反望九疑帝崩處，而哭泣於此，尤事情所得有。其遺跡既傳在人閒，後之祀湘水者，奉二妃以爲之靈，又宜也。

山經蓋非禹作，湘君、湘夫人之祀，不知起何世，然要是周人以前也。以山經之言二女之神居『洞庭之山』，是卽洞庭之神矣。又言其『出入必以飄風暴雨』，蓋風雨晦冥之時，神靈以之出入，其飄暴者，非神爲之也。然則今爲樓於此山，而附設敦善堂救生之局，莫宜祀湘君、湘夫人於此樓中，以爲涉險者祈福，爲有合於古義焉。

又余記中所列九水，欲不盡依舊說，頗似不謬。舊說中漸、潕、辰、溆、酉五水，皆沅水上流所合。若依此以數，則湘之上流他水入者又多，何盡舍之？故余以爲九者，皆當是湖之旁近水口也。山經言『沅澧之風，交瀟湘之浦』，瀟似宜爲一水。酈道元據說文解字『瀟，水清深也』，不以爲水名〔一〕。而今零陵有瀟水，源流甚小，不容獨配湘爲稱，或瀟乃資水之本名則可，不然，竟當如說文也。水經：油水出公安，至孱陵入江。孱陵，今華容。油水入江，當是今調弦口，其通澧浦，則今華容、九都河是其道也。涔、澹二水入澧，皆近至湖中，而涔陽見楚辭；汨羅，屈子自沈處，古之名川也。水經又云：湘水『又東至長沙下雋縣［北］』，『微水從東來注之』。於今未知微水所在，以巴陵之水可名者，獨新牆河耳。而今湖東南岸，接湘陰磊石山處，名曰微湖。蓋自此以北，皆巴陵水所被及也。微，自宜爲九水之一矣。

【校】

〔一〕說文解字・水部（大徐本）：『瀟，水名。从水蕭聲。相邀切。』水經注・湘水：『瀟者，水清深也。』

與六弟

去臘盡，南昌信回，知道路尚無阻滯。入春後，無從得問，揣知必復離貴溪，昨胡繼明至，書中甚悉。

次青果欲推軍相處，吾弟度其不可而辭之是也。而前蹤亦非金陵莫可向者，但圖事實難耳。今之成軍，全用鄉勇。率勇者，必自募於其鄉，而後上下相顧，麤得其用，如吾湖南諸軍皆是也。否則須立營特招，教練經久。若驟領他軍，及新招便戰，未有不立敗者。次青御軍寬弛，亦敗而不亡。帥仲謙纔一舉旗，便至覆沒，可見也。如吾弟今日徒手而出，其勢必得鉅公特章奏薦，多與兵，優與餉，寬與程限，而後略可施爲也。然豈可以此事望之今日哉？江東督帥閒，益無相知識者，脫或有之，不過令且當一隊以試利鈍耳，固皆可以袖手去之也。必若不已，則就大帥之嚴明而師果銳者，獻其胸中料賊之畫，兵形地勢不失尺寸，使賊卒以是破，而吾不有其功與名，固古來奇士之偉節也。此之不得，則退歸而已矣。

今石逆大股，已去江右趨閩浙。此賊雖最號兇狡，然其去計，固亦困於諸軍之犄角，而規空地以騁耳，其能亦可計量也。聞閩督王公有材略，而前歲戰大勝。賊入閩不得，必圖犯杭、蘇。若上游得手，金陵賊出，當與之合，使我得悉天下兵力急而蹙之吳越濱海之區，亦盡賊之會也。吾弟以爲然耶？

煐姪今正月已試入學，場屋文字，且令同煌能輩作之。翰宗姪孫於去臘月十二日身故，其病以失血氣喘，才一月，兩世孤寡，誠可憐傷。余春來絕無意興，詩文未有一字。頃與何確庵約游荆州沙市，以古都會處在近，不可不往，亦以自遣懷也。

臨書遠想，千萬慎重。

與六弟

十月某日，高鑑歸至郡城，余適在敦善堂捐輸局中，見之驚喜。

蓋前得揚州五月來訊，知吾弟已向定遠勝帥營去。隨有傳勝帥敗，問至者，按其日月，計吾弟正達彼營，不能無生憂慮。又閱邸鈔，見勝帥奏請如常，定遠失陷，似不預彼事，亦稍爲吾弟寬之。今乃知盱眙之夜潰，彼公虛名無伎倆，眞如世人所譏笑哉。而吾弟以游客一造之間，幾以身命殉之，可勝恨耶？

今之書牛領軍戎者，雖名爲大帥，實無專柄，仰各路支給，强成其軍，日夜有不繼之憂。延一從事，量度米鹽如請門客，何能求當世奇士，與之爲所欲爲哉？吾弟始出，吾已料其無遇而返，今計惟有歸耳。江南北事勢，四面相持，久無進步，四眼狗一股不除，金陵何由得下？捻賊降者，寖復難制，今欲仰上流諸軍并力東下，恐亦未便得手。他省尚益紛然，天下之故，正如野火漫山，旋撲旋熾。湖南兵勇稱最强，本年石逆來犯，竭氣力僅乃卻之。而內政不修，吏治益壞，左季高終是局促轅駒，良可歎息。

吾弟且歸山中，更靜坐幾時。欲得立功名世間，亦不患無其日也。

十月復至君山歸與退庵

昨復至山中，游事之樂極矣。吾弟既和余前詩，又從商論杜、蘇詩，評點諸本得失之處。昔人稱高達夫五十始學爲詩，爲唐名家，以達夫之詩之才，豈當至晚而後能此耶？蓋其人豪俊喜功名，早歲故不屑意爲詩，及與李杜輩人周旋，稍稍喜爲之耳。

吾弟今年五十又二，平生志趣所宗尚，乃在道學匡世之儒，於詩之一事，尤宜非所用意。故雖交游閒多有詩人，及余之好爲詩，而吾弟未暇與之爲論議也。乃今始欲致力於此，豈不以遁跡名山大川之中，凡古今詩人過洞庭者，所見天地、日月、風雲、魚鳥、波浪，朝夕之變，日交接於吾坐卧几席之閒，皆若挾一詩之聲情態狀，以待人爲之發揮者而已；身從前所爲憤然欲除埽盜賊，清盪宇宙之事，今皆已付之白鷗浩蕩萬里之外；至其所更歷艱難憂患讒謗之故，與所聞見於當世，可爲太息痛哭流涕，又有欲隱避而不能直宣者，皆將於詩焉寄之。然則吾弟今日之欲爲詩，誠哉其宜也。

余嘗謂古今作詩之旨，實盡於虞廷『言志』之一語，而自建安以下，人始以詩名家，至唐而其體大備，宋人遂頗軼出聲律，元明漸返其流，我朝分馳唐宋，各爲派別，余謂可一切無論也。要其爲詩之善者，能自言其志而已。人之有其身於天地之閒，其所遭值於家國，各有分地，不與今世他人相同，亦竟無與古人盡合者。乃至耳目之所感觸山川草木、春秋歲序，居處行旅之所更歷，皆一人自爲一人之事，不可以相假代。而今之爲詩者，率爲衆人通同之言，鮮有能於己事深切而著明之者，是以雖力爲新異，而終歸臭腐也。若能各詩其所應有之詩，則偶然之作，無有關係，而其詩必非前人所已有，他人所共爲者。况其與於君父忠孝、身世出處之大者乎？故本此以爲詩，則無問所模倣體格何代，所依用聲調何人，要之爲其一人之詩也。

吾弟之胸中，所欲以爲之詩者固宜多，而且不同於今之人矣。諸凡細碎文義之說，奚足以入於其志哉？抑唐人承漢魏六朝之後，爲詩雖備諸體，尚皆尊重古之五言。諸家之集，此體爲多。而以開露性情，包括人事，亦莫如此體爲宜。古人中如曹子建、阮嗣宗、陶淵明，可謂善言其志者。而康樂、宣城二謝，山水清眞之趣，邈焉可懷，亦願取法在此。而波流稍逮於後人，必足以高一世而名千古也。

山中漸寒，善自愛。

與歐陽篠岑書

癸丑之秋，曾一走械左右，遂未得報。審之去人，實親入府中，而主人其時已移家入山中矣。蓋彼時賊入江西，警及貴縣故耶？

及前歲二月，下游賊復走敝郡，僕家被焚蕩略盡。幸家人已先避去，轉徙湘陰、平江閒。而湖南之軍，一敗賊於貴縣之城下，南路民始復稍甦，僕在山谷中，尚隨地自遣，適如平時。而每存想及於閣下，則意其所在之處，必衡嶽之下，穹林幽巖，岨絕奇闢，可避世如古桃源者，不得即相從以爲憾。即有奉憶小詩云：『頗訝歐陽子，連年無到書。衡峯七十二，何處入雲居？』嗟夫！僕與閣下平生深語世事，以爲歎息，而一旦遽至於此耶？

自年二十歲以來，官吏閒及鄉里風俗事，所見所聞，日不如前，往往多可驚怪者。粤西一隅小盜耳，遂令至此，果天意乎？抑人之罪也。今談者爭尤夫始萌之不翦，或云某軍失機，某帥不力，是皆固然，然無乃猶未盡其微者耶？往時聞閣下道江岷樵，以爲最有材用人。裁及二年，遂躍起軍中，爲今世雄望第一，惜其敗死太速。至於滌生侍郎，尤閣下宿所推許者。僕嘗妄意海內至大，賢人奇士，當不可悉知，而有事以來，獨閣下所稱一二人者，盡天下莫能先之。閣下之稱此一二人最蚤，非在其爲大官當任事之日也。而其效如此，僕獨心奇閣下何其知人之決，而人果爲閣下所前知也？而又怪夫人之可知者，何以適在於此，而天下之人不爲閣下所知者，何其未有聞也？閣下平生所自期待至厚，今之伏而不出，殆不欲如少年輩，藉軍事倖功名，或別有意，所未敢知。僕獨自念最無所能人，亦以蚤歲聞閣下以許文章之事，以謂不後於古之作者，僕實未嘗更受此語於他人。今老且不遇矣，又遭值世難，猶願得一安閑隱避之區，讀書著文，以期稍副閣下之所稱舉者焉。蓋閣下所知人如曾、江二公者，既皆磊落奇偉如此，雖古之所號爲人倫鑒識者，無出於閣下矣。而僕亦幸而與於不棄之末，以此愈欲自爲，不欲使閣下之知，獨謬於僕也。

敝郡不幸當湖南北之衝，民風澆惡，賊未起時，陰有連結。壬子冬，賊自長沙下，卽有晏姓者聚眾應之。以此土匪如蝗蝻種，滋不可絕。癸丑，僕旋自京師，餘黨猶旦夕倡鼓。有一富人爲之魁者，竟遠通江右之寇，爲反城應賊之事，僕陰廉知其實，義不得避。匪以故不先發，而事又旋露，官中於賄屬，誅其黨，而魁竟釋，僕家以此逢禍。而前秋閒，官軍既驅賊下，郡縣團查事急，僕又不能自外，稍有舉誅。今賊在近，而僕眷屬人移徙僅百里，稍遠益生疏，不可恃賴。思從閣下定求避地之所，謹遣兒子念謀前詣受教。如獲一所，則閣下往所命於僕者，益得朝夕親近從事，實不幸中之大幸也。徐石泉今方何作？西江陳懿叔、廣專兄弟，頗有信音否？廣專嘗欲藉人爲事，決不爲爾寂寂也。

不次，不宣。

又與篠岑

前以敝地寇逼，遣小兒走尊處，就求移家之所。果蒙高誼，爲商度令親之宅，許相讓處，感佩之私，無待言罄。而小兒歸未抵家之日，賊已入敝縣東鄉，逞（毒）[毒]殺數百人。才未至湘陰長樂鄉十餘里，長樂之人，一時呼集近萬，賊畏之而遁。弟以此地雖危近，人與賊仇，尚覺團伍可恃。兼此股賊眾，亦未遽大盛，若下路武漢之軍，不至失事，此賊或未敢復南也。以此暫懷顧望，未卽相就耳。

子壽世兄，向來觀其體氣太弱，竟以不幸，其人格性清奇，實佳士，大可痛惜。功甫乃亦久病，然大段穩實，愼醫藥，無求遽效，自不難健愈也。功甫昨寄示所爲古文詞，極是高進，體派既正，氣力復沉厚。弟觀其議論所向，頗欲與有往復，以其尚病，不欲攪之，且俟他日耳。人方銳意問學時，日夜計較短長於古今人前，此甚耗氣血，病者甚不宜之。且率意讀書，取其快適，實減疾養生之道也。詩文卷卽暫留，篆軸詩見贈，厚意甚。又見推太過，非敢當也。輒爲小詩二章，覆功甫，卽訊閣下也。

閣下寓家鄉郙數年，尚未決止居處。然今鄉中亦何處定佳，大略因時轉徙爲便耳。弟家以避寇最多，經歷苦狀，止是先人遺產田畝僅存，決不能舍而遠去。不知幾時乃得築屋數閒，安居終老也。小兒言篠丈欲待翁至時，共遊嶽後諸山，聞之使我高興勃然，他時不以家往，卽獨身赴此期也。

茲特慮閣下以相待未至，疑其猝遇他故，敢卽奉聞，伏惟鑒原。

答篠岑書

前歲小兒念謀自尊所歸，卽言功甫世兄病可憂狀，弟以功甫形質非子壽比，宜不至是。而近得來書，言已差瘉，方以爲快，不料其病之果難爲也。然則昨醫者之誤用補劑，亦未必專其罪耶。老兄之處此慘遇，蓋難矣。達者必能知命，幸無多端追悔，徒自亂其情也。

言梅里相地術，弟向未敢以爲然。然謂其葬地以致凶，又未是。當尊先公卜宅時，功甫、子壽輩人之命已早定矣，詎能爲之害耶？人生家運難得全佳。老兄近四十歲以前，無近屬期功之戚，兩眼中未經泣淚之苦，嘗以謂世人之所少。而今之有此，若反覆然。獨幸功甫、子壽雖不永其年，其材器皆足爲世人之所稱惜，是誠不薄耳。

委作誌文，義不敢辭，亦不敢緩。惟昨縣境復經賊過，弟自外歸家，書到已六七日，又一二日，始能脫稿。據弟平生所知見處，纚有情緒，足以成文，不必悉如狀中所云。功甫於古文喜道方氏義法，是宜其所取。刻成，望以搨本見寄。弟於功甫，欲別作輓語。倉卒未具，伏惟老兄以理命自抑其悲哀。近日見聞之變，何可勝道？此尚是家人安常之事，亦寬譬之一說也。

不宣。

與篠岑論文派書

承復寄示才郎功甫遺稿，令更審存，老弟前年所圈別處，今覆之，誠未免過隘。蓋使功甫而在，弟以是繩之，以持文章家論猶可也。今遺稿無幾，而多沒之，則使人不盡見其所用心，宜兄之有闕然也。研生老兄所點存，實皆足以問之當世，就以此本付刊良可。至卷首曾侍郎一序，其文甚奇縱，有偉觀，而敘述源流，皆以發功甫平生之志意。然弟於桐城宗派之論，則正往時所欲與功甫極辨而不果者，今安得不爲我兄道之？

文章藝術之有流派，此風氣大略之云爾。其間實不必皆相師效，或甚有不同。而往往自無能之人，假是名以私立門戶，震動流俗，反爲世所詬厲，而以病其所宗主之人。如江西詩派，始稱山谷、后山，而爲之圖列號傳嗣者，則呂居仁。居仁非山谷、后山之流也。今之所稱桐城文派者，始自乾隆間姚郎中姬傳，稱私淑於其鄉先輩望溪方先生之門人劉海峯，又以望溪接續明人歸震川，而爲古文詞類纂一書，直以歸、方續八家，劉氏嗣之。其意蓋以古今文章之傳繫之己也。如老弟所見，乃大不然。姚氏特呂居仁之比爾，劉氏更無所置之。其文之深淺、美惡，人自知之，不可以口舌爭也。

自來古文之家，必皆得力於古書。蓋文體壞，而後古文興。唐之韓柳，承八代之衰，而挽之於古，始有此名。柳不師韓，而與之並起。宋以後，則皆以韓爲大宗，而其爲文，所以自成就者，亦非直取之韓也。韓尚不可爲派，況後人乎？烏有建一先生之言，以爲門戶塗轍，而可自達於古人者哉？

弟生居窮鄉，少師友見聞之益，亦幸不遭聲習濡染之害。自年二十時，輒喜學，爲古文，經、子、史、漢外，惟見有八家之書，以爲文章盡於此爾。八股文獨高歸氏，已乃於邨塾古文選本中，見歸氏一二作，心獨異之。求訪其集於長沙書肆中，則無有，因託書賈購之吳中。既得其書，別鈔兩卷。甲辰入都，攜之行篋。不意都中稱文者，方相與尊尚歸文，以此，弟亦妄有名字，與在時流之末，此兄之所宿知也。又見望溪文集，亦欲鈔之，而竟未暇。蓋歸氏之文高者在神境，而稍病虛聲幾欲下。望溪之文，厚於理，深於法，而或未工於言。然此二家者，皆斷然爲一代之文，而莫能尚焉者也。其所以能爾者，皆自其心得之於古，可以發人，而非發於人者。

往時見功甫喜尋時人之論，稱劉、姚之學，以爲習於名，而未稽其實，私欲進之。其於論詩，述梅伯言之說，云：『當自荆公入，尤爲害道。』此等言議，殆皆得之陳廣專。廣專才雖高，不能爲文士，而論說多未當於人心。今侍郎序文，不過借時俗流派之語，牽涉多人，以自騁其筆墨。所稱諸人學文本末，皆大略不謬，獨弟素非喜姚氏者，未敢冒稱。而果以姚氏爲宗，桐城爲派，則侍郎之心，殊未必然。然弟豈區區以侍郎之言爲枉而急自明哉？惜乎不及與功甫究論之爾。

與楊性農書

前承委點校大文，負恃愛好，輒竭愚慮，惟無以仰稱高明之懷，而妄庸訾議是懼。不謂過蒙鑒許，以爲麤知文事，重復增寄巨稿，手教諄諭以古人居喪不廢講學之義。敏樹近以小祥在廬下，未遂輟棄文史也，而於性農深推謝之可乎？敢復妄有商訂，伏惟寬諒而覽究之，幸甚。

竊惟古文云者，非其體之殊也。所以爲之文者，古人爲言之道耳。抑非獨言之，似於古人而已，乃其見之行事，宜無有不合者焉。今性農之文，於古人之言，庶乎近矣。雖然，竊獨有所甚疑，而以爲未至於古人之爲者，則送陳吉安之序之所云也。

性農豈有求託於吉安，假光寵於吉安者？性農非有求託於吉安者，非假光寵於吉安者，其親賢善友，而欲偕之於道，素意固然也。而愚所不然者，性農學於古人，則當從孟氏之道，立身名於時。而今也，師宋鈃之餘敎，以强說爲高，行無益之謀，而滋俗人之議，甚可怪也。不觀孟子乎？孟子陳先王仁義，運天下如反掌，當世之人，苟得而用之，其利澤於人，至無窮也。然而王公卿相，非先禮焉，弗往見也。其人苟自可就見者，雖先禮焉，猶弗見也。孟子豈不欲以其道救當世之急哉？所以然者，身不重，則道不尊，雖日持道以强語於人，猶闇投夜光，而遭按劍，於世奚益？而於己甚傷，故弗爲也。

夫當世之人，稍貴達者，其庭下走趨之人必多，彼直以一世之人皆然，無有異者，故其居己甚恃，而視人也甚輕，亦勢使然也。吉安以三十之年，出翰林，守名郡，意氣故已盛矣。性農偶道長沙，與之舊識，一投刺焉其可也。至再不遇，不俟其答謁而終往造焉，則何怪他人之譏議也？性農固曰：『此吾友也，能好善者也。其官位又非驟高，不至簡禮於我，其有他故焉？未可以是罪而棄之也。』則未知彼其亦曰：『此吾友也，是其來也，將進我以善者。我之官位不足以驕此者也。』其然乎？其未必然也。然則性農待彼誠過，而所以自予，乃非君子之道矣。夫君子之行，豈一端而已？其於世人，豈能無受其非詆？要於嫌疑之際，尤有可以自處者焉。

嘗怪韓子之言道，必稱孟子。孟子不見諸侯，而韓子促數呼號於當世大官之門，求衣食焉，何哉？唐之世，士率家於官宦，無鄉里之業以資其生。爲韓子計者，不若是，則家口數十，皆將窮餓以死。韓子以爲餓而死者小道也，不足以明吾之志節，故遂往求焉。然猶大聲疾呼之，高自期許，不屑屑卑乞，豈不以其所爲若是者，且貶吾志而乏吾氣哉？然則韓子之心可謂甚苦，而其事猶可以無議焉。若夫君子將用其所學，以博濟一世之人，則必曰：『請之而後告也，求之而後與也。』道未有不出於是者矣。

故嘗試論之，今之世，朝廷設科舉以待士，士或伏處岩穴，養高名以待徵請，雖近似於古，究之於義，則未然也，何則？科舉之設，上之人固請而求之矣，雖公車十上，君臣之義，猶無害也。至於諸公貴人之交游，竊以爲不見之義，當在於此。其或窮困待館穀以活身家，則韓子之事，可擇而取焉，其他則非吾之所敢知也。性農往在京師，以親賢取善爲名，高名士爲達官者，交之殆徧，議者遂有名士經紀之目，其言徧於人人。辱相與商治古文，當以古之道相切劘者，故因送吉安序極論之。伏惟鑒其狂愚，少留意焉。

梅郎中所撰先墓表，謹錄奉覽。所諭卜地毋惑風水之說，敢不敬承？

漸寒，惟珍重。不宣。

再與性農書

忍齋教授所遞到去冬賜覆手書，及今三月十九日寄字，乃知我兄已奉尊太孺人之諱，相去一湖外，弔唁闕然。身既祥除，而前書事理，尚有須分明者。夫人有狂率如敏樹，肆爲苛議，以繩批我兄，我兄不惟重受其意，而又能愛好其文辭，此其於爲人，豈今世之所有哉！此余所以心折，尤欲終厚之也。

前書論亟謁陳吉安之非，豈不知吉安官不過一郡守，而又我兄宿交，非他達官未識面者比耶？所以嘖嘖言者，徒見兄平生雅游，以爲於古大賢之道，或有未盡合者，故藉規之云爾。且往者，兄與吉安，交相賢也。至如前歲簡禮於兄，乃其中情得毋有不相賢者與？吉安之爲人，嘗竊聞之毛君西垣，云其人溫雅純實，君子人也。兄賢之不爲過，亦以見兄之勤勤於吉安者，果無他也。然則彼之於兄，乃似有不相賢者，則何與？噫！此豈不可以知矣哉。微獨我兄，雖敏樹亦與有懼於此也。

往者癸巳、丙申之歲，會試京師，時余方詡詡挾文卷自好，私願觀覽天下英賢，以壯其意。顧獨謬妄，喜自矜重，不肯望門陳謁，以此寂無知遇。當時同鄉喜名之人，或務爲收召聯絡，欲邀致之，乃至變色相拒。所以然者，彼非有道義文章，足爲一世模楷之實，烏足走趨天下士耶？此固鄙，人素意然也。而甲辰赴選之日，攜有所鈔選歸文之本，項君几山，浙士喜學，見之兄所，首來乞錄此書。余因於彼處見梅翁伯言，與語意合，遂相往來。朱伯韓聞風好事，亟來相就；邵舍人、王戶部輩，自以類牽引耳。然而當時儕伍之閒，已有疑余階緣我兄，以獵取時名者矣。世風衰薄，士率千百人無一二能自樹立者，大都仰人氣息，以壯容顏而已耳，固宜或者之指及我也。

何太史子貞，余自重其能書，往訪不值，即無荅禮。而伯韓居臺中有聲，爲人意度灑然，又與余一面，即以事別去。南歸之後，意未能已，曾一寓書，傍緣古文之說，勉以韓歐立朝之事，遂爾寂寥，無復回問。用此觀之，人之情竟如何哉？眼前官職聲名小欲過我，便須深心避之，無得輕與酬酢，何則？彼誠有所不能忘者，而又以我爲不忘乎彼也。區區之心，尤欲切磋我兄者以此。

敏樹再拜。

答性農

未晤閒，四更歲矣。日月波馳，不足嗟惜。所恨遭時多難，不獲爲友朋閒暇之娛耳。今當安定，可期乎？

曾滌生眞是人間偉丈夫，奮於萬分艱難之中，平日親舊，略無與從事者，卒能以書生一旅，而幾李、郭之勳，豈不賢哉！ 閣下前日以便宜引歸，非無與於世者，亦既能糾合子弟，保守鄉聚矣，何不遂以此先後戎行，爲滌公之援助乎？ 至若敏樹輩人，既以不才擯棄於時，甘分老死鄉里，何能復如諸少年人，階時多事，因緣功名之路？此又與閣下所處，未可同論者也。

然自前二歲，公車罷歸，屬里中匪徒煽亂之後，餘黨四散，其桀黠者猶遠通江右之賊，陰召其徒，欲戕官反城應之。 鄉人知其事者，莫敢先發。 敏樹以大義，不敢旋避，首列之官，先期戒備，敝郡得以一時無事。 而匪蹤旋露，黨皆就執，官府中於賄屬不肯竟獄。 舍弟又以土港之役，大爲匪人所忌。 及去春賊至，而我家首被焚洗之禍，幸家人先避去之。 閣下尤愚兄弟不能素備轉徙失策者，未知其實也。

秋冬間，地方設有團局，敝里清察，較爲切實，然猶未得所以爲弭亂久安之術也。 惟是心意散漫，偷得從容，日與文字爲緣。 一切顛頓愁苦之狀，過去幾欲忘之。 前蒙寄示大箸文詩，會團務乍緊，未暇細讀。 昨以過年還舍，卽依來命，妄加評點。 凡大文之深妙，未及多贊者，知閣下之不以此相望，而欲令自盡其愚也。 故敢率其狂直，伏惟鑒諒。

不宣。

與性農

郭叔子處付到尊椷，并諸公唱和詩篇，皆勤勤見及，甚愧無似。 弟自來會城，欲寄書未得確便。 前梅一峯同年來，約作椷帶交，渠乃速去，茲並附上。 老兄所云歲中七八附書者，弟竟未曾一接到，乃歎擾擾流移之日，友朋之阻絕如此。

弟之寓此，不過以去歲崇陽、通城之近警，而敝鄉歲收又大惡，故且避徙，而家人僅攜其半，半仍住里中，此秋後當復歸，不能久居此也。 孫琴西侍講詩原韻，茲勉和奉呈。 弟素少爲趁韻詩，甚是生裂。 郭伯子近亦以滌老前年會合詩韻屬和，會合詩已成巨卷，此詩和者亦不少，倘亦一時口實耶？

承語學使張公，遍相跡覓不得，令人慙負。學使前按岳州，曾向午橋學博詢及鄙人，此閒左季高，亦以學使語見告，然實無可往謁之理，非敢妄以自高。閣下乃以與學使之賢交贊之，實不然也。

伏後能一來省下否？至八月，弟須暫歸，恐不相值也。

又與性農

弟自八月初歸里，見鄉中秋熟粗佳，寇警復遠，故身不更至長沙，令兒輩於鄉試後，即移家且歸。長兒念謀幸中鄉舉，但少學可愧耳。寓舍先寄到惠問，已辦覆。

昨又續得書，反復循審，似老兄深迫於謗言之起，而亟欲共爲申雪者。弟於老兄固幸得知其素性，及所以致人言之由，惜此時不獲與諸友面論之。然熟爲思之，又以爲不足多辨也。蓋古君子之處謗，雖極垢污之加於其身，未嘗肯以一言自明，直聽之於人而已。所以然者，事之有無虛實，吾之素行可信與疑，世必知之。物之情好爭辨謗，則謗者傷，而益求相勝，如質訟然。訴者欲直，告者益誣，此必然之理也。故君子惟益自修，不改其素，待從容而謗自息矣。

前見兄新刻文稿中，有治生一篇，竊謂其文可以不作。人之所謗於老兄者，謂其好利也。孰不好利？十人而好之者，不但九也，胡獨以此肆譏於兄哉？老兄之本計在治生，亦既獲利矣，人宜無所不服也。而以爲己之多利，獨治生取之，他人之所共爲之者未或爲，宜人之所不服也。蓋老兄之患，半在於喜名。名者，謗之招而利之對也。今有人號於衆曰『我能爲仙』，則人必責之以不食；『我能爲聖』，則人必窮之以前知。何者？其名固然也。又況於尋常形跡之閒，容有難執人口者乎？故竊爲老兄計，及今之時，建大功，發大議，立大節，卓然鎮服一世之人，俾終莫敢異言，此其上也。否則藏身泥水之閒，無輕入城市，無刊刻詩文，無與當路聲勢人多通書札，其次也。老兄以謂何如？

弟平生拙於爲人，實亦非區區自守者，顧喜直惡惡，動與物忤。從前爲瀏陽學官，以爭論聖廟祭祀事，取怒於人，致誣訐之上官，弟以遂其去計，力阻諸生之爲我憤者，即日便歸，而訐者亦自失也。近日鄉里以事變，蒙仇禍，及數執論官中弊事，爲指首。自顧力微勢危，亟避去之。而人以其徜徉無與，不足加摧挫，亦竟置之。此弟之偶幸也。老兄所處地位，故自不同鄙薄。要當以淡靜處之，内省不疚，何恤人之言？

會晤未期，甚勞懸念，惟順時保適。不宣。

京師寄曾侍郎書

自使旌行後十許日，都中即聞尊太夫人之訃。凡在士夫，無不爲公憫歎。以謂公方以差遣，復蒙聖眷，而遽有此。或又以謂江西之士，待公而舉者，蓋必有人，而公以憂去，不克與事，以謂才賢士之厄。

而敏樹之意，獨以公蒙任尊顯，而親闈以不樂迎養京師，留在湘浦，今幸以使事便假歸省，此人子之至情，所宜忻喜無已，非以爲榮鄉里而已也，況如公之賢乎？其一朝聞此變於中道也，何以堪之？然聞公已自太湖由水道抵武昌，賊警方急，覓間道歸去，不識可無艱阻否？伏惟節哀順變，爲親自重，爲國自惜。

抑聞古者有衰絰從戎之義，此忠孝權衡之至也。而其事多爲不肖人之所假，故賢者雖迫朝命，猶不肯以公而易私。今賊犯長沙，圍城月餘，官軍未能破散。即近省數百里内，山谷幽阻之區，皆當望風驚亂，不可安處。此乃家國之難並興，君親之侮交至。如賊遂猖獗，恐公亦不得伏藏苫席之下，不一倡率鄉里子弟，以摧此兇醜也？或督撫提鎮謀畫有所未周，非公孰爲之計議者？

而聞人言，今兹賊勢，與嘉慶間川楚教匪大異。賊所過，無大患害，其以防堵備賊者，賊乃殺戮之，以斷其黨。以此人不禦賊，賊得徑攻長沙。如此，則往時清野以困賊之謀，不足用矣。而官軍尾賊之後，隨路淫掠，民之走避者，畏官軍，非畏賊也。卒遺其貲，以飽過賊。如此，則何以爲哉？爲今之計，獨有急申軍令，上下嚴切誅殺，以遞及於卒伍，兵知法死，則不得畏鬭死，而必與賊戰矣。今自偏裨至提督大帥，帶兵而出，望賊即逃，爲將者非盡不欲戰，爲兵不用命故也。就使其將敢前與賊交，亦兵皆走，將獨死耳。故將不能御兵，雖有奇勇之材，未有能戰者也。大將不能用軍令，雖講計畫、識形勢、盡器械、多士馬，未有能破賊以成功名者也。公當與督師語兵事，必無先於此者。

敏樹今兹既留京未歸，近聞事急，亦無能歸而有所爲。舍弟士邁，爲湖北常撫軍奏令在岳州襄辦防堵，計可聯絡漁船，以杜入湖之口，然恐未必能有用也。因唁公，及賊事，輒縱言之。惟不罪。

上曾侍郎書

甲寅三月，敝郡湖上，倉卒分張，恨事不可復思。當時敏樹逃死，急走入山。深箐叢薄中，日躑躅咄咄。忽探頭見人，而湘潭之捷，有見告者，此天之終授先生以事也。其秋，先生驅賊敝郡，遂復武漢，軍勢甚盛，大功垂就，而潯城少北，梗塞至今，聞諸道路，先生之忠勇悲憤，幾不顧一世厭覆之憂矣。伏惟兵事反覆多端，國之無人，民之無恃，非先生孰匡此大難者？

竊以從來盗賊之禍，皆有非常飢饉爲之驅合，天之所助，非人與謀。而數年以來，賊雖未除，而風雨時調，年穀乃更豐賤。民之樂禍者，有悔於其心，而脅從者多自出，其從義之鄉，爭願奮於行間，見死而不畏沮，此豈非天之所爲耶？然則雖軍餉絀竭，萬計艱難，而時之必平，賊之必滅，其可知也。先生道義文章，高絶今世，而前日立朝之風，天下人所仰望而欣喜者，固足以樹立於千秋矣。又遂驅氛埽逆，赫然成此中興之功，釋甲解鞍，還歸廟堂，究時俗之患源，振海内之昏敝，其爲鴻名巨烈，豈三代下人常常覯見者哉！

敏樹材薄質衰，不敢圖附青雲，猶冀以寬閒無虞之日月，盡意文字閒，紀述歌謡，稍盡見聞悲喜之實。葢時之方昌，雖一二小儒文墨之氣，必不汙雜淫厲，而益有振興隆上之風，漢唐中興之時是也。願以此自效，且以仰慰於先生。先生軍書之暇，亦希有以教之。

因便附書，敬請崇安。不宣。

己未上曾侍郎

頃者恭聞先生，大軍已克景鎮、定江西，將移師防川，還駐楚境，敏樹於湖上瞻望前旌有日矣。而楚南之賊先已聞風敗遁，各路諸軍，皆將隨先生以共清皖省，圖復金陵，聞此尤爲喜躍。計先生大功之遂成，而果爲古今所未有，如敏樹所日夜禱祝於山中者也。

自湖上先後兩次奉謁以來，雖以駑怯，未獲受事於左右，其心蓋無日不若隨侍於舟中之坐。每聞傳有捷報，及憂危未免之事，無不竊竊同之，而未敢輒從人一通賀慰。蓋功名形勢之會，一世之所趨求，宜有所避，以謝於不知而妄意相與之徒，謂其獲交寵於大君子之門，而能爲之馳走者，此固先生之所不罪也。而舍甥王慶奎，前歲嘗蒙恥一求供役，竟蒙在驅使之末，銘感在心，豈勝言謝？

而茲有友人學博楊君鴻烈，乃前數歲所欲爲今世人才起見，欲一通之麾下者。此君往與芸臺、篠岑皆爲密游。兵事初起，嘗從江忠烈戰長沙、湖北間。其人名字，或亦先生之所宿聞，所以遲回而不敢遽言之者有故，篠岑已有書道之，無用申說。要之，其人自是負氣性男子，自其早歲讀書，卽喜談兵習武事，欲以雄奇功迹顯見於時。而遭時多事，諸庸愞書生皆奮興，此君獨困厄，至無聊賴以自存，豈不可歎也？今便前詣軍門，儻許加察而一試之，幸甚，幸甚。

敏樹於先生，本不宜以形迹自外，獨自恨無當世才，不能附從以自達。記往歲都門，嘗戲相比許，有歐、梅之目。先生命世大賢，何止歐公？乃敏樹於聖俞，亦未欲多讓之。頃讀宛陵集，見其閒與歐公唱酬，多至不可數，不覺廢卷歎息。蓋使敏樹得相從幕中，承講論道藝之暇，亦未必不以寒陋之姿，盛邀獎飾，非止誇今世耳目，且以炫燿將來，徼幸於無窮也。而其事與古人有異，卽兢兢不欲同之，坐此落然，不常合并，豈非命耶？

篠岑昨寄先生所爲歐陽生集序中，於鄙薄，亦許在名流之次，而妄見所疑於古人者，乃竊與篠岑論之。彼書聞已寄呈左右，使人惶懼慙愧之極。然先生此文，乃敏樹心所誠服，以爲氣力當在廬陵、震川之上也。且序中所稱文派，本近來風氣實然，將來論者亦必援爲案據，所以敏樹尤欲自別耳。

敏樹近於詩文俱罕有作，惟見阮氏所編我朝經解中，有仁和翟灝四書考異，因就加論辨，自謂頗有得處，足以破考据家之習弊，而收其一二之功。僅成學、庸、論語八卷，適官中委辦捐輸而止，俟成後，當挾以就正有道之前。

臨書神馳，不盡。

庚申上曾制府

去冬蒙賜覆教，辱與極論文事，並以近著古文一冊見示。此葢先生不棄敏樹，不斥其夙昔之妄，而更以異量待之。計今世人士，自軍事外，以文字之緣，獲幸於左右如是者，葢少也。

敏樹固厚自矜喜，而伏讀大文，則又驚駭歎絕，眞有如蘇明允之稱韓文所謂『(黿)[魚]鼉蛟龍，萬怪惶惑，而抑(遏)[絕]蔽掩，不使自露，而人(自)[望]見其淵然之光，(油)[蒼]然之色』。葢爲古文有如是之奇能者，才與學必皆過絕於人，未可以一世遇之也。往嘗於今世文章諸公，獨以此竊意先生，而自先生膺任兵事以來，又疑天之所畀或不在是，使今世有非常之事業，而文章之能，遂少置讓焉，亦不爲無憾。誠不意艱難萬變之會，而先生智勇之神，猶盡及於餘事如此，可不謂盛哉！

敏樹既幸卒業之後，卽欲作書道達此意。而自檢山野閒寂中，所嘗屬撰之作，亦欲錄爲數通，以請大教，輒自慙恧廢罷。歐篠岑之約造營前，又不果。而金陵蘇杭兵事之變，相屬有聞，天下之重，益專寄於先生，鄙儒小夫，愧不能以一策仰干，尚何敢以他端相擾？故至今未申聞問矣。

頃者，李次青按察，歸平江增募勇軍，以先生之命，來邀舍弟士邁以從事。會舍弟已自江蘇遊歸數月矣，渠於往時嘗虛辱先生之召，其意自以有初年水卡之負，欲得一當以報。見賊巢在金陵，思一出奇於彼。既見我軍在彼者，多兒戲不足爲事，故無所就而歸。至於感先生之知，誠思自効，而今事勢之亟，更甚於前日。次青來語，卽時已敬相應，然其言必得請自募一軍，數盈三千，而後敢行也。舍弟篤行氣誼，自先生所知，其才則思慮精密，能及人所不至，而氣力堅忍，足以副之。敏樹所見今之能用兵、能辦事者，或未有過焉者也。往者渠自有他意，雖兄弟閒，亦不敢限其所往，先生今能慨然任之，則敏樹亦有以藉手於先生，俟賊平之日，幸獲從東閣之末，益備聞文章之說也。

大冊謹便繳上。

辛酉上曾公

半歲閒屢聞軍中傳語，兼舍弟士邁去冬自大營謁見還，爲述先生動靜言論甚悉，不啻身預坐末時，故未敢瀆申箋候。近日賊勢，以畏撲自救之故，冒犯南岸，思逞蠆（毒）〔毒〕。先生堅駐祁門，指揮坐定，今茲進取，決不爲難。

舍弟以粗淺之材，謬蒙采用，誨益之誠，委顧之厚，渠實感激，極欲竭愚自效，不意赴本省領取軍裝餉項，竟被何人播弄，致與當事有違。山野任性之夫，未知妨忌，從前緣在事外，渠亦自忘其拙。及一試手，乃知所難。恐終負大君子破格逾量之寄，是以早求放棄。敏樹知其有所不堪，亦無以進之矣。

仍望特加察恕，不以其進退無據爲罪。幸甚。愧甚。

甲子上曾爵相

秋初審聞大軍克復江南省城，埽誅孽巢。山谷鄙生，幸獲覩此成事，復享清平之樂。伏念相公大人，自呼召楚軍以來，十有餘年，扶傷起仆，卒翦此滔天巨寇，其艱難勞苦，殆如古禹之治洪水，非從來將帥克敵之比。而今金陵之事，出中丞公之手，巍巍之烈，萃於一門，又何盛也！

敏樹於甲寅戊午之歲，兩謁旌麾於湖上。雖不克隨侍執鞭之末，其私心懸繫，未嘗不在於營幕之閒。是以當捷音之傳，躍然聳病軀，掣漁竿，而起旋舞也。輒賦小詩十二章以志其喜。平生蒙相與以文字之知，不遺陋賤，草成即欲上獻，緣無信便，故遲遲也。惟管窺蠡測，未知於事實不大差謬否？幸垂覽賜正之。

前歲，歐篠兄東下過舍，約金陵克日，當得一往。敏樹亦有拙著粗了，欲一扣轅就正。今計到明春可行，但恐台座未竟同翔江左耳。

抑思我湖南之人，自經相公倡帶義旅，畢力戎行，目今荷朝家恩寵，官勳烜赫，遍於行路。方隅小省，忽而有此，誠振古之奇事，天下之人，固高視湖南之人，而湖南之人，亦皆以自矜喜。然敏樹竊有爲湖南憂之者。蓋軍士習軼於外，人戶久敝於內也，散伍之軍，勢難還農，貪財嗜殺，所在爲患。如聞今江南荒地，多有就便立家居住，此亦銷患無形可用之便計。然流移復業，誠恐不能自直，而病彼方之人。惟無使彼方之人，忘湖南之功而有其恨，斯爲善也。至於湖南之地，本皆山區瘠壤，仰貨他鄉。自軍興供餽，筦榷四設，始既密悉，後更增加，物貴用倍，人乏資生；重以捐輸之令，曡煎膏髓。此皆名供戰士，而厚飽遊閒，請謁之。

夫惟望此時得漸除去，以蘇積年之困，而絕傍緣之累。凡此等淺見所及，豈復遺於鈞慮？聊贅言之，以藉賀忱，知當不罪也。

與左季高

承授以宜黃謝先生古文集，令相檢校。

敏樹庸陋，何足與知先生之文章？顧自以幼童子始趨學政試，卽獲望見先生之丰儀，粹然清峙，時雖無識，亦驚爲當世偉人。後稍知讀先生刊行制藝，歎其爲文，多心得獨造之言，私謂自乾隆後，時文道敝，未見有如先生之爲之者。乃今幸讀此書，益信文章之自有眞也。

蓋爲文之道在『誠其中』，中『誠』而後其氣實，其辭盡，否則矜氣而已，游辭而已。先生擬陸士衡文賦，盡言爲文者之用心，而歸於大易『修辭立誠』之旨，可謂得文之至要者。今以其文，察其辭，審其氣，信非『誠』者不能爲也。閣下每相與論文，以爲其文必其人之爲之，卽『誠』之謂也。由先生之文，以窺其爲人，有反身刻厲之功，有經世遠大之謀，有惻隱閭閻之憂，有慷慨節烈之氣。如是數者，他人之文亦時時若見之，而余以謂先生果有之者，『誠』也。『誠』，不可以僞爲之也，然則先生豈直文人而已者哉！惜其年之不假，而有者不施也。此集中綜覈名實一疏，以翰林建言，舉天下事，若網在綱，實爲中世振衰救弊之要策，可謂大文第一。性善論與姚姬傳、劉金門、吳霽峯諸書，送屠孟昭、宜黃謝氏源流序、洪稚存傳、黔游山水記，皆尤卓然者。其他莫不有眞精實力，充貫其閒。

敏樹既謬承委屬，又以愛護之私，彌欲妄自竭盡，輒敢籤識其中所疑，以質高明，幸詳講諭之。此書不可不速付刻行，非徒以不朽先生，而以爲天下學者之賜不少也。謹繳上，比日殘暑益熾，容緩奉教。不宣。

又與季高

頃省城假寓，得數預談席，每令鄙心豁然，若氛霾之埽於太空也。相知識數十年，非有此遇，不幾錯過耶？

八月之初，歸里家祭，見鄉中暫已粗安，而苦旅寓煩費，卽又爲移歸計。素爲湖濱漁釣之人，至其舊磯坐處，意又欣然，恨不得與老兄同坐其閒耳。雖然，使老兄果能同此，吾又將奔徙之不暇，豈能漁釣乎？古今人才，各有所宜，其性各有所適，事任各有所歸，隱顯之途，不能相易也。若敏樹者，意亦無以自處，徒幸有如兄之徒，支撐世宙，不令顚倒，俾得偷竊其閒，遂其魚鳥之私，誠幸之幸也。所爲日夜禱祝，願天之相我老兄，而事功日以恢大。非相爲也，聊自爲耳。

王璞山中道遂蹶，聞之頓足累日。知當局所爲痛恨如何？人功名所到有分，能者又當相繼，亦未可以此生疑阻也。

小兒念謀，僥倖中鄉試，慙愧，慙愧。老兄幸有以教之。舍弟退菴，玆復出游軍中，爲雪恥舒憤之謀，昨有序文送其行。老兄幸見教爲古文，輒附一覽。先人墓碑篆額，前已面求蒙諾，乞終賜之，爲荷無量。

此冬閒恐未復詣省下，謝敘並在來春也。適遣足迎家，附此。

又與季高

承覆。并寄示除蝗備考書，已敬領。

老兄勤心人瘼，如此姚相救世才，不獨多也，但官吏閒恐少能承行之者，如何？中丞批諭中，以『修省』厲屬，實爲天人孚召之本，誠得此道，蝗孽不復作矣。今冬無雪，自可憂。若春後多雨，蝗旱蟲，必不能生，生亦易盡。南中向來不育蝗種者，當以雨多故也。

敏樹竊思近日政令所不得已而行之者，略有二事：蓋除匪之嚴，與捐輸抽商之急也。今日地方伏匪，亦略盡矣，而重典之刑，習用不怪，至民間爭搆他事，盡以此相詰告。卽未竟辦，而所傷害必深，此不可不禁斷也。至於勸捐抽分之人，雖事屬辦公，其本意不過偷得一身之利而止，刻取以媚上，而又以營其私，勢所必然。其能以存恤爲心，廉潔自好者，蓋亦少矣。此不可不訪察也。

鄙人懵於世事，聊以愚慮所及，甚關於除蝗感應之原者，私爲老兄道之。小詩二章附寄，希覽教。老兄嘗見謂不解作詩，定何如？一笑。

柈湖文集卷第七

與梅伯言先生書

在都，於項君几山所，得見先生，既乃因緣進謁，遂蒙賜示大著文集。伏而讀之，皆若古人之作，非今世之所有者，於是乃知天下之文章，固在於先生。隨又得接侍一二次，備聞指論。覽及鄙作，亦荷許與之言。時方落第春官，意思乃復軒起，將歸而求之古人。究竟其平生所欲爲者，未敢自悲其不遇也。因竊念前此嘗兩至都下，身名孤寂，不獲一覯海内大君子而奉教焉。今乃得見先生，誠平生萬幸。而又自計南歸之日，將長侍老母，無宜復偕上計，以數望左右之清光。故遂不自忖度，冒以先人墓表爲請，而先生則已幸而許之矣。敢具述事行如狀，伏惟矜憐，而終惠賜之。其爲感戴，豈可涯量？

嘗試觀古今文章敘述之家，所傳之人，大抵歷官治行，有關於天下國家之故，則銘志之作，與史相參，不可以或遺也。至於窮賤幽隱之士，而有聞於世者，必談道著書，其人爲學者所師，否則多奇怪可喜之行，及他技能殊特，而人樂稱道之耳。然近世人尤務名，雖鄉里鄙夫，苟其錢財足用，而子孫能自達於搢紳者，往往附飾虛美，假寵於當世鉅人之文章，而有識者觀之，誠無以爲也。夫既爲鄉里之恒人矣，其平生行事，不足爲鄉之子弟所仰法，徒以氣力雄長閭伍之閒耳，則及其死也，固無流風餘思之存焉，而何銘志之爲？雖或有人焉，善爲之文辭，其鄰之厮賤，猶將笑之，况欲僥倖於無窮者耶？且夫文章之果有重於世者，何以哉？豈不以其中之存者，其至誠之積也。而求者掩飾以售欺，應者牽率以塞諾，何誠之與有？則其於文也，抑豈能以至於工耶？抑今世之有述者，其所爲善，亦多有出於其鄉人之所推舉，其善或有迹，而非出於欺者之爲。然孔子惡鄉原者，豈非不取其善也哉？今之世有能竊鄉原之似，必獲一鄉之譽，而君子宜慎取焉。若夫誠有善者，斯不然矣。其有善，如無善，雖知其善，不易知其所以善，乃其鄉之賢也，則知之矣；　其家人子孫觀於庭戶之閒，則得之矣。得而述之，不誇張，不驚詭，必有合於性情之所以然。而深明文理者，因而著之，發揮幽潛，震動耳目，世皆服其爲言，人莫不以興感。夫是故其文可傳，而其事足貴也。

今若敏樹，不肖無狀，誠不足以知其先人。然先人之沒，逮今二十年，而敏樹當時，年已二十有一矣。懷棄養之痛，追維行實，以謂必得當世大賢，爲之紀錄，乃無憾耳。抱闕至今，未敢妄求於人，今幸獲請於先生。凡所爲狀，固未敢有一言之欺，以辱高文而滋罪謗，先生其亦多諒之也。昔歐陽文忠，表應山連處士之墓，處士誠賢人，而聲光至今者，以文之爲也。先人行義，差不愧處士。先生表而章之，比於處士之遇歐，固相似也。

里人毛西垣孝廉入都，謹附書狀，屬令面呈。毛君下邑之俊才，爲詩甚有古風，先生宏獎士類，並敢以聞。臨書無任懇切遙仰之至。

與朱伯韓書

在都日，忽蒙高駕過問，一來不值，隨又再至，私心驚怪，以謂敏樹一都下寥落無聞譽之舉子耳，閣下信一二謬妄稱舉之言，何以不加考察，誤有此來？然非閣下樂善之誠至有萬於尋常者，亦何以及於此哉！敏樹庸劣，誠無所能，不當厚自欺飾，以辱大君子特達之知。然竊以謂當途之人，但得數公如閣下者，則可爲天下之士，慶幸於此時也。

閣下今方執法，行當柄用，任國家莫大無窮之事，以如是好善之心，終持之而不改，天下之士，孰不願有效於閣下？孟子所謂『輕千里而來告之以善』者，庶幾見之。其爲利益，豈獨在一世孤寒之士哉！夫士窮居而寂處，讀古人之書，忽若有得於其心，雖不得遭遇於時，亦願觀覽海內，交其一二賢豪，相講論以其業。而今之世，非工奔走善交結者，無以爲也。敏樹嘗數至京師矣，既齟齬有司，不得一當，欲勉持一刺，干謁當時聲譽之人，則愁沮萬狀，甘自晦匿而已。閣下乃見收采而先禮之，是以區區思自振勵，將盡披其愚陋，而求簡擇焉。會閣下以監試事去，而敏樹迫欲出都，不能以待，則惘惘而歸，歸而如有恨不能忘也。

夫閣下所欲以其道倡於一世者，古之文也。然古之文者，豈爲其言語殊異，特高於衆人之爲者哉？自唐韓子，文章復古，始號稱古文。至宋歐陽氏，復修其業。言古文者，必以韓、歐陽爲歸。然二公者，其持身立朝，行義風節何如哉？豈嘗有分毫畏避流俗，不以古人自處者哉？故得罪貶斥而不悔，叢謗集讒而不懼，而文章之道，故有浩然盛大者焉。今閣下方爲言官，而能不餒乎其氣，益養而充之，是閣下處韓歐之地，用韓歐之道也，而好爲韓歐之古文，其究至於韓歐也豈遠哉！夫文章之道，主乎其氣。氣竭矣，雖欲强而張之，不可得也。氣誠不餒而盛矣，雖欲强而抑之，亦不可得也。氣盛，而用之其學與其才，故其文莫高焉。閣下以才學名天下，又將以氣特聞，如是而加之以好善，則其爲道，將不止於古文。而敏樹有云者，以閣下之以文與之也而云爾。

抑猶有自許者焉，始敏樹年二十時，即有志於古文，雜以他學，用意不專。十餘年來，重以艱阻，一兄一弟，俱已亡逝，獨侍老母，身任俯仰之計。鄉居地且僻陋，人文殆絶，每有撰作，讀者莫知其意，况能相與勸勵，期至於古人乎？今年已四十，濩落無成，大者不望見用於時，猶願發揮文字，有傳於後。何則？其才之與學，雖已薄陋，而其矯厲自直之氣，差欲不後於古人。養而充之，當有所至，此其所以終報閣下者也。

前臨發閒，曾作五言一章，未獲面呈，歸途次新鄭，訪歐陽之墓，亦賦長句，今並錄紙，希賜觀覽。同里毛西垣孝廉，湻雅之士，爲詩流麗奇宕，乃非時輩所及，閣下愛樂人善，敢以奉聞。王少鶴、邵位西二君，希並致聲。

臨紙不宣。

與項几山書

今春都門，因緣文字，遂蒙賜訪，從容數面，披論坦然，雖平生雅故，何以尚之？旋迫南歸，未罄所懷，天涯雲樹，何時復有晤語事耶？

嘗以人生投分，似非偶然。其閒有與合之，不宜使之，率略便已，他日之再接於左右，必可期也。不然，閣下東甌之高士，下走南湘之散人，各遊其鄉，未易相至，何爲都門一識，以終此長念哉？

前承示以尊太孺人課稼課書之圖，並授行狀一書，令爲之詩章，將附於諸賢頌紀之末。自惟鄙賤之言，詎能發揮盛事？顧士無不可信之諾，輒勉爲二詩，稍引附古義，明其所以有然者。如辱收采之，則幸也。會友人入都，屬於梅先生所訪探消息，未知卽復在京否？卽便郵，當至浙耳。

與羅羅山書

曩在庚戌之秋，於會城旅次，獲共笑言。讀大著輿地之書，私心欽仰，以爲先生眞具體用之材，而惜其未得遂建施於時也。豈意兵事遽起，數年之閒，蔓延南北，處處破壞，而侍郎曾公倡合南湘義旅，實首恃先生，以集其事。聯翩水陸，轉戰於江西、湖南北之衝，賊遂奔挫，各路之軍，始聞風俱振。先生之勳名，與侍郎並光天壤矣。

敏樹自去瀏陽司訓後，復入京師，一二年乃歸。而家遭焚蕩，妻孥轉徙，靡所安置。去春曾謁侍郎公於湖上，自憾不能荷戈從役，徒幸託庇宇下，以圖苟活而已。每聞軍中捷書，於山谷隱伏之中，欣喜更生，捧首讙呼不已。本年正月，下路之賊，復斜出武漢，又旁闖崇、通，以動土寇，吾岳郡日以警危，而土寇遂直入吾縣鄉中，殺掠數千人，官軍僅乃驅去。已而塔軍門殞於江州，而北撫胡中丞之軍，又以譟潰。忽有傳自江西義甯逐賊而出者，衆相告曰：『羅大人來矣！賊盡走矣！』一時吾郡狂走之民，輟擔返路，如無賊然。先生之威名，所動於人者，豈其微哉！

敏樹材下，懵無一知。竊妄觀揣事勢，以爲今所與賊決者，必奪還長江一路耳。今金陵之勢在湖口，湖口之勢在武漢，至於崇、通一股，似爲賊之游軍，冀以牽制我軍者。長沙數年之備，尚足自固。各路隘口，須少兵可守，不足以是勞先生也。

跂聞大捷，傾首北風。不宣。

與何龍臣書

癸丑都門一別，先後各歸里閭。兩三歲閒，時事益潰爛不可收拾，如何！如何！

吾兄負沈毅明達之才，正爲今日所急需。聞但回旋

鄉里，爲義旅倡，不肯輕就諸公之招，此兄之至深也。然
貴鄉實爲南省險捷之徑，而崇、通之賊，屢挫於此，語其
功實，豈止捍護桑梓而已乎？

次青近領軍當湖口路，有戰功，聞之欣喜。竊獨慮
其所當之重，不知與何人共之？抑獨主之耶？

擴夫竟殉難，可痛！然故男子事也。在都門郡邸
日，相與語賊事，官軍得失，各懷憤悒，擴夫獨疾怒暴詈，
形迹若少粗者。昨來犯龍門廠，聞係賊渠僞（易）［翼］
王，衆議以勢不敵退守，固宜也。擴夫獨不肯避徙，死其
屯所，豈不異哉！又聞其手刃數賊乃死，書生有膂力如
此，又異也，可不深惜乎！

上達市聞即貴族人所居，官勇退駐於此，計吾兄必
在軍中，所與謀守禦必固，有探賊已移通城之麥園，或更
從東路以入平江，不知竟可無虞否？

弟家自前歲室廬被焚，妻孥流徙，未有定處。今茲
且寓貴縣西鄉之寺洞，而弟身爲鄉人所牽曳，仍在團伍
中，實無可爲保恃者。茲特遣足奉審事情，即候安履。
伏惟鑒察。不一。

與伯喬書

去臘閒，聞銅仁賊已犯永綏，甚相爲憂之。顧又竊
料彼賊尚未如粵盜之狂猘，永綏尚有營兵，若能城守，當
可不戰退也。昨信回，果然。惟羣苗被弁誘脅者，徐當
自定耳。

自兵事決壞以來，提兵者，大抵利出軍防禦，而陰爲
進退自便之計，軍士亦皆利其然。所以各處潰爛，莫能
以一障制賊衝者，不知從來立城守險，復何爲乎？且如
吾岳郡今日，營軍鳳凰山，而郡中絕不爲城守之計，寇
至，即官吏與軍將俱走耳。賊何所忌？而人何所恃
哉？吾弟非有城社之守，而聞率民乘城，甚勇決，且獨
爲兵民所信賴，如此即平賊立功不難矣。

愚兄今歲始得脫身團局，所以勉强爲鄉里計，亦嘗
粗盡吾心，而人莫之深省，則苟以全身遠害，固吾分也。
今且假寓平江西鄉山寺中，攜熊兒、煊姪，教之讀書，且
以稍避官中之呼召焉。武昌久跂克復，尚非旦夕期。江
右諸郡多被亂，崇、通、臨蒲閒，恆有出沒，貴州作變者，

乃書生逼迫所爲，大抵有能得其要領者，猶可以口說下耶？

相念艱難，惟一切鄭重詳審。不一。

與熊秋佩書

數歲屬閣下家居，相去非絕遠，而寇盜横作，音書不交，時從他人問訊，大略栖皇危苦，所遇正同，相爲悲憤。而近聞閣下已起官京師，意氣故尚壯耶？企望遷起，以拯時艱，爲幸如何！

癸丑之冬，閣下偕王雲湖來弔西原之喪，枉道過宿。時雖經賊之後，而敝廬尚未燬也。呼鐙命酒，相與悲語世事，慨西原之已死不作。雲湖故雄爽，脱冠，髮盡白，氣鬱勃猶不肯少衰。而今寇難日深，弟也脱走，僅存雲湖，又以病死矣。悲夫！此目前事，思之已如隔世。況十年以前，海宇清平，友朋歡聚之日乎？

雲湖之子，弟女之所許壻也。年已十五歲，勉强可令讀書。問其家計，並無田產，僅店屋數閒，皆被賊破壞，不易收拾。西垣家幸未大改，正月中，曾過問一宿。愴然賦短詩曰：『一世遂爲別，百年長獨嗟。亂離兒女在，今夜宿君家。』此辭非爲我兄誦之，莫能同此痛慨也。

兹聞邑人侍詔孫君入京，因雲湖家附椷，並拙詩長句奉屬。晤面何期？千萬惟珍重。不宣。

京師寄家人書

八月二十八日，書與念謀兄弟知之，在京師惟聞南中賊勢甚急，又聞人傳説秋禾旱傷，日夕驚憂，恐吾鄉里閒事，卽未可測。得來信，乃知吾近地被旱頗輕，郡城駐軍防堵，而鄉里安定如常。然邇者賊遂由間道趨攻長沙，此豈意料所及乎？省城未知可保與否？以勢言之，何至遂破？果遂破者，天下事尚可爲哉？

賊始自粤犯湖南，衆不過數千，官軍數萬，大帥坐擁觀望，不敢迎擊，賊得旁逸横出。又聲言無殺害平民，散鄉民防堵者之心。所入州縣，非力攻取之也，直經行莫之有阻耳。官軍隨賊尾追，以收復爲名，而因爲淫掠者，比比也。南中來者，言賊所過，官軍嘗後之一兩日，至則其地一空。人畏官軍，都不忌賊，賊以故徑千里得至於此。賊之用兵可謂狡，而亦輕脱無慮甚矣。彼其計慮閒，且以提兵大帥爲何等人乎？前程督走回長沙，長沙官吏，必大懲創，城中之人，勢不得不同命共守。而聞駱中丞捘戮姦諜頗盡，鮑提督先到，此差可恃者。惟是官兵素驕惰怯戰，所募勇軍，尤難制御，少不得意，慮反爲賊，城事特未可知耳。若賊遂破長沙，岳郡防堵之師，亦將望風駭散，能禦而覆之湖中耶？且賊又將由閒道走平江、通城，而達武昌也。雖然，賊本眾，故自無多，不過糾呼邪黨，以張聲勢，亦是未經戰陳之徒，攻城日久，外援皆至，勢必退竄。此時有能兵者，聚而殲之其隘，東南數歲之禍，可一朝息也。然如此者，豈所望於今之爲兵者哉？直保城可冀耳。

熊兒得無尚在城中？吾不爲憂疑，必能自脱也。近計與李次青偕歸，既而熟思之，歸須四十來日期，賊得勢，則湖湘道阻，歸亦何爲？否則無庸歸，兼恐道路多虞，以是中止。次青亦未果行。吾夜酒後發憤爲詩，自遣愁悶。及與人贈答，相語以賊，錄之爲鳴劍詞云。吾今年正月初四日出門時，豈意有此情事耶？噫！

答李香洲書

見鄉試錄，喜瀏士中式者多，而宿好諸君皆不與，又可惜也。瀏中科名，近來有日盛之勢，後生初試，動輒得之。如吾香洲，好古多學，乃不得與之並，場屋如此久矣，其無足怪也。

承惠手書，滔滔千百言，旨趣浩大，不可以驟窮。其於鄙人，阿好過譽，萬不敢當。然不意香洲何以勤勤切切至於如此，豈非平昔深慕古人奇節偉行，見時之人無似焉者？乃如鄙人之迂拙，亦以爲少能自異於俗，而故深許之也？嗟乎！世之人，無爲古人之所爲者，其所不爲，則必厭忌而共排之宜也。若鄙人者，既不能少有似於古人，而又欲强自異於今人，作一教官，尚不免遭詬訕，被彈射，僅自逃避而去，此獨可以終老鄉里，幸全其身命而止耳。今乃欲復入京師，以其童然垂白之老叟，與羣少年爭進於春官，此何爲哉？

香洲既厚愛我，又以他日非常之望見屬於我，非聊用相戲云爾耶？既已愧君，又自笑也。然所爲區區欲一行者，非果自意其尚有用於世而然也，又非不自知其不合於時之人，而欲僥倖於一試也。平生時讀書，頗喜用意，一二所及，欲上與古人議論，相爲發明。而又好爲詩古文辭，文章源流，上下得失之故，差謂不迷於其心。蓋京師者，非獨功名富貴者之所走趨，而學道藝術之家，亦往往在焉。如欲熟知其人，覽其所長，閒從之馳騁筆墨之林，以快吾意，而發吾之才，非久留與居遊，則未可也。若其終不偶於有司，以罷而歸，乃吾命也，庸可易乎？

因香洲愛我，聊具言之。他不悉。

與王雲湖書

僕前與西垣寓宿西樓，每語今茲鄉試，輒計君爲必舉。蓋以君平生盛壯，近來未見少衰，而文章浩然有不可抑遏之實，其年又已至，不可復爲稽待，故以人事準之天命，而竊意其當有然者，而君今又被落，其果不可知耶？豈非尚有少需於旦夕閒者，而吾與西垣之所計，固未謬耶？

雖然，人之於其親舊，其意多右之，則其所冀許之處，常有不必然者，亦烏足知夫天之事哉？而其人之當身尤甚。凡人自量命數，輒言造物者位置於我，當如是，不當如是，此妄見也。彼造物亦大矣，人之類衆矣，富貴貧賤、壽夭苦樂，萬不齊之數，莫知其稟受，而皆將各竟其分限而止。造物者豈能如人之置其室中之器，一一而與之其所哉？人之置器，恆不必定，今日置之東，明日或移之西。假令造物者果如是，是又安能予之以其所，而不自轉徙者耶？然則所謂命數者，亦其氣之自至焉耳。其可至而至者，遲速蚤晚不同，均之其至而已。麥以夏爲秋，草有夏枯者，黄菊之華，雪梅之豔，四時之候不得而限之，豈非其物之所自爲耶？

昨得君手書，憤於時命，有甚不平之心，此誠無怪其然。然僕之愚，以爲君之所自爲者，將必有其所至，故道此以爲解。貴體前染風寒，想茲大愈。聞當與西垣往華容，弔秋佩民部之憂，今便去否？僕暫未能入城，當在後月也。不宣。

是年鄉試，與雲湖試拔貢時同題。因卷文熟在人口，避之更作。或有竊錄前文見售者，雲湖薦而不遂，是以憤惋特甚，眞可謂命之窮也。後年壬子、乙卯兩科，以寇故停罷，而雲湖遂死矣。悲夫！自記。

與李次青

別久，軍事勞苦，相念甚，不可悉言。

今時有爲天下大事，如爲私家，我兄其人也。前日之代爲當道謀者多矣，數年來遂參滌老軍事，比聞獨領兵當湖口緊衝處，與賊角距，將遂奪江路而下。甚哉，兄之材勇，與人相去，何其遠哉！今從軍事者，楚材實爲天下冠，而吾岳郡恨少人，獨有傑然聳出如兄，豈得不使弟輩翹頸而望耶？今貴邑人之在行閒者，聞已數萬，而磨刃走投者不止，皆以麾下爲之望集。比聞屢戰之後，頗有損傷，而人不爲挫，是眞可用也。賊之欲力塞此路，固已，豈能終抗我兄之鼓旗哉？忍久俟釁，一朝破之，金陵之誅，全勢在此，是一世之成功，皆仰於兄也，豈不偉耶？

龍臣今歲聞已暫釋鄉軍，以彼其才，尚遲於竟出，顧其家居處，實潭省之要也。君家擴夫殉難甚烈，可痛惜。其氣足高也。

弟今寓貴邑之西曰寺洞者，寺名兆淨居，唐時之舊刹。攜兒姪讀書其中，私計尚可耐。退菴舍弟在湘陰玉笥山中，其次子過繼先孝廉二兄者，不幸夭亡。愚昆弟每相聚，輒語至我兄，未嘗不歎兄之所爲，而自慙甚也。

寺中僧有習拳技欲與營伍者，覓道走江西，因附此，冀得達。並有械上滌翁，望爲便進。不宣。

與郭筠仙

去歲高駕南歸，過敝郡，蒙見訪捐局中，適弟在鄉居不值，甚爲悵恨。自後弟以公役幸畢，即伏里舍，不復入城，而聞人言閣下歸後，已入深山中矣。今夏六月，走問令弟季子於城陵磯，乃聞新遭嫂夫人之戚。又聞近著多批解蒙莊，想其夷然曠然不爲病也。每私念閣下此歸，類古豪傑覩幾藏用之事，非尋常所測識，欲得一面語，以究悉本末，未可以筆札了達。

頃中丞毛公，以修輯忠義錄書，邀及鄙人，而閣下實任總成事，當得久共晨夕，何幸如之？ 昨以十月十二日抵省城，閣下又前以事歸，弟亦以書事方始搜訪，未可著手，當且歸度歲矣。 惟是弟既來此，修書略例，亦須早預聞知。 而訪之丁君果臣、曹君鏡初，皆云閣下於此書初擬用楚軍爲名，已而改主湖南，故今局中行採，止及湖南之人。

弟竊疑之，蓋此次軍事，自江忠烈始率鄉勇，而今督帥曾公踵而擴之，楚南之勇軍半天下，而十年來征戰之績，死事之烈，當在國史之編者不少。 大抵楚南之人也，而固有用此軍而非此鄉之人者，如塔忠武，雖名稱卓然，若不及今著錄，將來事跡，亦恐不免訛誤，况其事頗少，官不至顯，而非楚人所羣然稱道者乎？ 本所以欲爲書者，以表揚忠義，且以著明事實，卽史之義也。 若忠義事實，俱不畢見，而僅規規焉私其鄉人，則何以書爲？ 而又何以備他日史官之采錄乎？ 然聞閣下所以欲主湖南者有故，如李文恭先以討賊卒於師，常文節殉難武昌，羅文僖防守長沙與解壬子之圍。 若以楚軍爲始，嫌於前有所遺，弟則謂三公皆大臣，自有國史，固不至沒其勳節。 况今書以楚軍爲始，實應起於咸豐元年大學士賽公視師之日，此江公之所以出，楚勇之所以興。

弟之愚見，欲得一備知首尾之人，先具一紀事本末之稿，起咸豐之元，斷之今歲十二月，以應先皇帝實錄之限。 其事則首書賽公之來，而卽追敘粵賊之始事。 在道光季年者，直至江公、楚勇爲入題，而曾公起軍爲成事。 如此則前事無所不具，後事至今皆有綱領，其閒所見之人，無論官宦將帥，已死若見存者，苟事在提要，皆得具書。 此篇之後，乃用列傳之體，獨傳已死之人。 其人則先楚軍而爲湖南人，如李、常、羅三公者有焉； 用楚軍而非楚人，如塔公者有焉。 其楚人、楚軍而死事者，則以主將爲之目，而其下偏裨之死者，分附焉。 其見無可附，及死事他所，不在楚軍，而爲湖南人者，乃類登於後。 至如鄉團之抗賊被難，匹夫婦人之烈，及團練之功狀明白，其人死而事不可沒者，又可別爲一編以盡之。 如此，似於記載條理爲明，而亦不失特爲一書之體。 書成，以上史館，於義亦不倍。

閣下故史官也，弟夙承知愛，見商以文章之事，輒陳管見所及，不敢以地位自嫌，惟幸裁其可否。不宣。

筠仙得此書，辨駁數千言，自執其說。又聞其以余及左景喬、羅硯生三人之說，並質於曾公，曾公亦遷就答之。而余歸後，遂辭書事不赴局。筠仙旋起官江蘇，以書屬硯生，別斟酌爲體例，至今尚未有成書也。甲子冬十一月大雪日，柈湖老人記後。

與郭意城

前四月之末，弟以奉檄襄辦捐輸事至敝郡城中，始得閣下春閒惠椷，故此稽覆。當此軍書煩亟，籌備多端，非閣下與季高兄同在事閒，大才肆應，誠恐省府無所恃賴。乃至無所能人如弟者，亦止得暫棄漁竿，握算子，按里閭家貲，苦口以利害敦勸，是可憐也。

吾楚南以殺賊立義聲天下，今石逆乃敢妄意乘虛，且圖假路以窺川蜀，郴桂永寶數州郡，躪藉之（毐）［毒］，倍令我軍痛憤。頗聞賊眾雖多，半係新自江西脅擄者，見在扼之山險之區，無所奔騁，列城幸能自保，下流又已盡塞，情見勢絀，計當投網盡矣。惟是湘潭武陵，羣賈所聚，驚徙之閒，市釐半減。岳澧卡抽，亦差常數。勸捐事苦而獲少，惟速決此賊爲幸爾。

芝房侍讀，遂爾一病長已，可痛之甚！弟觀此君文章，實爲近時作者，而深明時事，高見遠識，著說具存，俊傑之君子，尤宜有取之。其家遺產極薄，孤寡盈門，宜何爲計？文人身後，每有如此，豈眞有造物之忌者耶？至於危篤之日，猶手書以墓表見屬，讀之涕流不禁，相知之過，大非鄙薄所任。勸捐事若粗就，當一走弔，暫修輓聯一事，敬祈爲先致之。

小兒念謀頃自京歸，說尊昆筠仙先生，尚在天津，共僧邸設防，眾稱嚴密，定成戰勢，時事未敢妄言。惟自都南抵樊城，二千餘里閒，久旱無雨，麥收十才二三。捻賊稍就撫，可憂尚深。敝郡連北境處，先皆有蝗生，幾至大起，賴甚雨數次，盡殪除之。觀此似楚中饒得天幸者。

別紙請問捐輸事宜，望悉以見教。不次，不盡。

與王子壽

自前戊午四月，獲相見於江陵，後未嘗不存想在懷。每於往來人，藉問安健，而人亦數數傳道賜訊之言，甚愧無似，不足稱副也。又承以大著漆室吟刻本見寄，憶當日舟中借讀時，遂如重晤，然又添出幾許悲痛之作矣。

幾年來，世事苦難，盼望到好處，而去夏金陵師潰，東南大局，壞不可支。及聞秋閒都門之事，益大駭人。先生以文章發憂憤之議，日月有書至此，必爲上蔡威公閉門之泣，豈特魯女然哉？

敏樹幸常避謝人事，田野閒，見聞差緩，猶復漁釣爲嬉。平時文字之業，亦以荒棄，惟檢視四子書，見我朝諸儒考據之說，與先儒互有得失，輒不自料，辨論其同異所歸，亦以維挽世教，或有在於是者。俟書成，當一質諸左右耳。小詩一首，惟垂覽。

不宣。

與方桐薌書

春初入縣謁黃侯，侯示以上臺之札，飭委官紳數人，於城陵磯口添設鹽茶關卡，所委人有敏樹名。侯云『當即來赴公所』者，退而思之，平生未有能事聲，何爲見及？殆因稅局須參用土人監察，而或者指派之耳。

方今軍餉急竭，勢不得不索及一切，而吾等當爲公家效力，義何可辭？然敏樹實有未敢輕與此事者。使其與人共相商度，而稍斟酌利害之閒耶，則有主之者，且爲之不嚴，以急抽分當有幾也？使其隨人名在事而已，則敏樹幸非有利於資斧之求，與辦公之記勞者也。是以緣疴癢外出，而未能自力以從役，望先生爲婉言之黃侯，便見置不相催召，且爲白之上臺，必舍之矣。

黃侯以清廉推來吾縣，知縣人敝苦難理，團練無實，而駐岳之軍，方以餉乏，新議減撤，因欲按籍令百戶共出一二人爲兵，而令自給食。敏樹以時勢甚難爲對，而侯決欲行之，與辨論至面赤。侯誠有才志，非他官比也。其所議爲者，以衛民，非以厲民也，果行之，縣人亦未敢不從。然人心散亂，莠民實繁，不過稍有田產之人，出錢雇人，以免罪誅，賊至，則爲兵者皆走耳。侯久未出鄉，想已停前議。然侯既已從吾等言而輟此矣，吾等又將何策以復於侯哉？此可爲歎息悵恨者也。

考棚之舉，各里率費甚簡，宜不難集。而下路武漢未克，崇、通出沒如故，無論興修之後，慮成虛費。即目前興工，須少安定爲宜。考試雖重事，以今日之岳州，得不緩此耶？

江汝舟觀察，放縱軍士，通城敗沒，宜所不免。武昌喪羅羅山，可惜哉！山中聞羅公信，輒傷而爲詩弔之，附草奉覽。

不宣。

上嚴少韓邑宰書

敏樹夜讀望溪方先生之文，愛其送馮文子序，所論州縣之爲政者，以爲『水土之政不修，而民罷死於水旱，兩造懸而不結，而民罷死於獄訟。』至哉言乎！其於時弊切矣。雖然，獄訟易知也。若水土之政，則非今爲吏者之所能盡心也。就令知之，不過大水大旱而已。至於百姓之所緩於平日，而急於臨時，甚至戕生興禍，以壞基業者比比。而爲吏者弗聞，亦由生其土習其俗者，莫爲言而聞之故也。敏樹用是悚然。

竊思吾仁侯之在吾縣，若獄訟即投狀時審問，除其黠且僞者，其准訊者，限期訊之，而民故自以不冤矣。至於大水爲灾，按其頃畝，皆與陳報於上，俾得減豁錢糧，邑民之受賜亦多矣。惟是隄垸宜早決者、早完者，相其地宜而備之於前，則又非侯之所及爲而非不知爲之者。雖然，此猶事效之已見者耳。若夫山邨塘池、溪堰之處，水有定係之田，按田而均用之，宜可以無事矣。而一遇旱年，則殺人之報於縣堂者，日常有之，而以爭鬬罵詈日閧於里閭，費錢財以鳴里人，終莫之解，而怨仇相尋者，又不知其幾也。

鄙生往嘗病此，思爲已亂之謀，莫如就平時察定，而爲之圖冊，藏於亭保之所，立碑水上，張之人人耳目，俾各知其有分而安之。蓋田有正水，有羨水，有上蔭，有自落。問之老人，按之形勢，較然可知也。嘗欲試行之，而人有異心，莫以爲急。又行之一處，而他方不同，其法必不能久。欲以告於官，而官無留心在民，下人而願聞此者，是以遲遲也。僅於敝邨設立司水之夫，俾按田收放，戽水必以告，而稽其人數，歲收少穀資之，而爲利已不少矣。今侯之爲官也，志逮乎下，不存乎上，欲利民而不專考成，故敢以私布之。侯之於吾縣，權也，又將以遷代去，此事非眞任歲月而爲之，法不能定。他日侯及他縣，憂民之災旱，而息其爭亂，殆無切於此者矣。

又鄉民搬演小戲，終歲不休，誤工作，啟淫亂，嘗以請於侯而禁之，而未徧及一縣也。卡河阻禁，留穀備荒，遂爲大害，不知高價招商之爲利深也。縻穀造酒，荒年尤忌，未暇預籌而制其例也。洋煙公行，里有呼吸，縱之則日弛，禁之又不免多擾而無益也。輕死詐嚇，族衆搶毆，獄外增獄，而莫知忌也。聚賭逞博，媒盜之階，而莫知懼也。浸淫小竊，里有罰議，而莫能竟行也。屠牛賣食，盜跡所藏，而莫能察也。惡佃抗租，據莊不出，而憚於上聞也。牧場分地，放牛無限，致成械鬬，動興大獄，而莫與之淸治其原也。此縣案之尤鉅者。牧地侵尋日久，察定實難。欲清械鬬，必重祠規，嚴軍器，而斷拳棒，方可救之。凡此皆可以方先生之意，推而得之，而莫之爲者。往年沔陽黄公，嘗伏莽閒作之時，曾頒有家法刑杖之屬，令族大者得請行之。而請者不多，官亦不督，久之便壞，殊爲可惜。

敏樹妄意及此，謹以獻於吾侯，如芻蕘可采，願留意存之。吾邑幸甚，湖以南他縣又幸甚。不宣。

與曹鏡初書

相知已來，未有音問疏絕，如近今數年者也。而蹤跡不同，亦殊甚。閣下既得官京朝，令弟年兄繼之，可云兩美。往嘗言京部從事，讀書最優，令弟宜也，兄則遲之矣。然愈於家居也，終當騰雲霄而上之耳。

弟東遊歸時，於黄州得風嗽疾，至今不愈。去春夏閒，連次殆死，胸中亦無餘戀。既而活矣，乃復有所爲作，人之自喜而不能已如是夫？通志局事，已早繳關文去，敝縣早有此舉，亦以屬人，身無他事。又復爲詩，及編排詩文各數卷，將以壽之，此於世閒何嘗有無？而筠仙向人訊病，輒云『未喪斯文』，何其過哉？向寓君山，病後遂往彼常住，閒入城中，與家弟伯喬之徒倡和，而惜麟伯之不在此也。篠老近常往來湖北，惠我關茸，副之亭聯云：『過客袛今懷北渚，名山終古屬南屏。』亦已奢矣。此生未了，惟拙書數種未刻，及尚有欲爲而未成者，不死，殆以此故，亦是世閒紙墨之災。前書攜往江南，惟江浙數子，粗有同心，欲於彼中刊發。曾公亦未之奇重，而筠仙居省局，乃欲取去行之，不能不聽從之也。

兄曾云欲治易，還其潔淨精微之體，未聞成書。弟向惟解互義，著之於書之眉，近始錄出，爲書五卷，謂易道可曉者惟此。朱子『圖書卦變』，鄭氏之『爻辰』，虞氏之『旣濟定』，皆非其本義也。詩・國風最爲通博，直是新異，非新異也，人自亡其本事耳。及吾生不可不與言者，惟閣下。而近已藏之，兄又不來讀，可悲也夫。麟伯爲敝縣第一人，亦恐不是當今第二人。兄孰之否？

因方年兄之便附此。卽候。不一。

柈湖文集卷第八

送邵位西員外奉使山東河工序

在乾隆三十有八年，壽張奸民王倫用邪教聚衆反，破縣城，連陷堂邑、陽穀，據臨清阻運河。朝廷遣大臣率禁兵往討，纔一月，平之。是時海内承平豐樂，惟西南金川方用兵，而高廟駕幸熱河，奸民妄意京輔備虚，遽相煽爲亂。國家歲漕東南粟給京師，運河梗則南北中絶，故山東河設督臣，置標兵，與江南河等，王倫雖小變，其地勢要害，實爲天下一大警云。

今賊起粤西，數年踰嶺，走兩湖，遂破（瓌）［壞］武昌，東下攻圍江甯，慓悍狂突，大兵莫能禦。河南、山東以逮畿輔，皆爲震動，京師之人惴惴然，虞賊之朝夕越江河而來也。吾謂今賊亦王倫邪教之徒耳，其凶焰浸熾至於如此者，賊先散遣其黨於各省，陰以其術誘結無賴，愚民所至，輒蟻附響應，轉鬭愈前，其衆愈多。嗚呼！世之嬉於久安爲治者，莫能以法度整齊其民非一日矣。往往姦民聚集，官吏亦稍聞知，而莫敢覺發，又不能以計轉移而消弭之，至於今日，皆將束手而無可爲矣。

今邵君自刑部郎差往山東河工，同時以河工出者多人，天子獨命偕侍講學士王君巡防河口，豈無所厚望於君乎？吾故因今賊猖獗之禍，而援臨清前事以言之。君之學與才，於今世人，蓋不多數也。又久直軍機，習知天下事。當天子初元，以粤賊宜亟誅，大發中外兵，命大學士賽公往視師，君言其不可者數事，以書告於次輔祁公。其語上聞時，命已下，難别推其人，賽公遂行。天子儻以是知君。君今急裝往矣，豈惟河工之善否所盡心哉？其循運河所至，州縣吏所以奉朝廷新令，團練民伍備豫應變者如何？君其以所知而欲爲者，皆與爲經畫，俾盡實行之，毋令王倫之徒得乘變而起也。

送孫侍讀還朝序

翰林侍讀孫君芝房既假歸，四年連喪其兩弟職方君與孝廉君。丁巳四月，起治裝奉太夫人將還朝。

湘人士於君之行也，疑之曰：『孫君前有不快於其官而歸，將以奉母著書。今連喪兩弟，而又扶母攜家以就官京師，何爲乎？其有悔於其初乎？息之久而復於動者乎？』有解之者曰：『孫君前有不快於其官而歸，將以奉母著書，是其所欲也。今連喪兩弟，而又扶母攜家以就官京師，豈其所欲哉？是乃欲舍其貴官而爲野人不得者，與之疏者烏能知之？』雖君之自稱於人也，亦如解者之云。

余謂其實故不然。不觀君之所著書乎？其自朝廷之上，天下之故，古今利害之變，當世之所尤急，莫不詳考而深計之，期以救世之窮，而定其亂灼如也。火方發，隄方決，水火大至，呼號而救者，聲千萬相亂。有人焉，逡巡而避之，相羊而四顧，徐而思其止塞之方，則既得之矣。其有不走相告語者乎？君之行其爲是也哉！其爲是也哉！

送六弟退菴往游軍中序

粵盜初起，踰嶺犯湖南，攻圍長沙，湖北巡撫衡陽常文節公計禦之洞庭上游。常公夙知吾從弟士邁之才，奏於朝，令募濱湖人爲水營扼其路。而北省提督博勒恭武重兵駐岳州，道員王公東槐主餉兼知水軍事，而以知縣李某司水營決罰。常公既上奏，乃身至岳州要吾弟。是時人始驚擾，多相扇趨亂，左官而右賊。弟以人之難用也固辭，常公强之。不得已招合勇健千人，乘冬水方落柵，斷湘陰土星港口及臨資口守之，所設守甚悉。無何，軍夜譁欲走，將斬倡者七人，王道持不可，馳請於常公，卒弗許。賊攻長沙不克，走甯鄉以下，水營遂潰去，岳州軍亦走，武昌隨陷，常公死。吾弟以此大悔憾，匿居深山中，數年坐臥念之。而湘鄉曾侍郎始倡義旅，及今北撫胡公初下時，皆走書以請，皆辭未出。

蓋弟既前懲常公事，而先叔父母塋地未定卜。乃更卜地畢葬，益讀史書，盡取古名將帥事跡，推其成敗得失所由。久之，意有自得者，於是去港口之役。又六年矣，賊橫據大江東西，官軍雖少克捷，未能破除。弟乃始束裝往游湖北江東西諸水陸軍中，冀將有所合，得從事焉。自兵興，朝廷不愛官職，以激厲天下士。士起徒步，數年致位大官、插花翎、擁名號者相望也。弟豈有羨於彼者耶？顧其中心誠憤欲一洩耳。

弟今之行，尤非他人比也。夫人莫不喜高而惡下，內自許而意輕於人。故有求而事焉者，人之所與也，挾所有以臨之，且若將爲之師者，豈人之所與哉？而我有負辱之名，彼有材勇之譽，將以圖合，不亦難乎？昔田單狃於卽墨之勝，而與馬服君論兵，獨不取其用衆，單知其一戰之長也，而不知馬服之算也。今之將帥故未有若田單之功，而未必不以所能自喜。吾弟又前無馬服之效，吾懼其爲人疑笑，而終不能以有施也。

夫士亦求行其志而已矣。必或不合則命也。管仲三戰三北，不遇桓公、鮑子，不終忍辱哉？若夫俯仰於人，以冀幸吾事之成而名其功，是益其恥也。吾知吾弟之決不爲也，於其行，敘吾兄弟閒所私相語者如此。

序意贈西垣

鄉之人，日接於余前者，皆非余之人也。而人亦皆不喜就余，以余非其人也。余之人者，西垣是也。西垣亦獨喜就余，則余亦西垣之人也。其不然哉？其不然哉？

前年，西垣歸自京師，館於余從弟伯喬之家，違余居僅數十丈許，朝夕往來相樂也。今春余往京師，還以夏六月，西垣復樂甚，而道余去後所以思余者，忽欲有所言，仰天而望之無可告語者，足將舉無所如往，輒廢然止。甚哉！西垣之思余也。往年西垣在京師蓋久矣，余思之亦如此，西垣豈知之乎？今余益家居不出，而西垣明春又當入都，別余以去，余之思又將甚也。然余今兹自京師往還，所遇知識及從來故人，與居雖相得，無若西垣者。

西垣爲人樂易善交過於余。然得如余者，豈多乎？其亦不能無思也。嗟夫！余與西垣之年，今兹各四十，古所稱强而仕者，謂其人所問學，既自有成就矣。當及其未衰，有效於吾君，有勞於斯人，未可苟以便其身而已也。今余既當侍養老親，又自料才力不能爲用於世，其身之不可復進而遂止焉。西垣其勉之哉！

若僅以其私謀也，則洞庭之濱，吾與子儕而漁之，亦樂矣。

述別贈趙惠甫黎蒓齋吴摯甫

老而別者多傷，蓋惟齊年齒道舊故者爲然。然亦鄙俗人之情態爾，彼於死生之故，未能自遣於其懷，故於別人有惄然以悲者，而於人固無所繫乎其念也。吾則不然，凡吾平生所往來於心者之人，吾亦不知其何以然，而時時念至之，如吾親屬之生而與我連者，雖其人已死而吾存，未嘗不追念之也。此古之所謂友者，非耶？顧平時書問常疏，雖念之亦不亟圖相面，面時亦不能以此情相告也。

吾今年已六十有四，所心知人存者僅矣。來江南，既見相國曾公，今且別去。曾公之處吾以友也，吾不敢自外於公，蓋逮今二十餘年矣。兵事閒未得相從，其心常常私念公也。而吾處公之府中有年，甚少於我而樂與之友者，得三君焉：曰陽湖趙惠甫，遵義黎蒓齋，桐城吴摯甫。其人也，惠甫前識之，今茲乃益深；蒓齋親我，意似過重之；摯甫不必我親，顧不以老人貌我。三君之才，各異矣。其志意與問學，則皆有以信乎我也。

今吾歸，將不復見三君，卽死亦何所爲悲？幸不卽死，自在巴陵洞庭閒爲無事老人，而時登君山之頂，見江湖東流，未嘗不以想望三君矣。於是書以諗之，爲述別。

爲守齋五叔父暨張叔母五旬雙慶之序

吾先人自前明以來，世不著，大抵農也。自吾曾祖父始讀書爲童子師。吾祖與兩叔祖皆發憤爲士子業，不成輒棄去，經營衣食以起其家，頗以微貲雄閭里閒。迨吾父與諸叔嗜書甚矣，卒困不得一庠衿。吾伯兄石林始入泮，自是爲諸生，食廩餼者相繼。而乙酉、壬辰迨今之歲甲午，二兄杰人與敏樹與夢松弟舉於鄉者，凡三捷焉。里之人僉曰：『吴氏將以詩書世其家矣。』於是夢松自長沙歌鹿鳴歸，跪捧觴爲兩親壽。

敏樹乃敬具衣冠，班子姪跪拜祝頌。遂進而稱曰：『夫科名者，士子所爲進身之階，而世所稱可喜之物也。其進而益上，則由鄉舉成進士，入詞垣，踐歷諸上下官階，任天下事，皆人意計中遭會爾。雖然，姪竊有妄言於此，凡人之所以爲祖宗光，爲父母榮，爲鄉里生氣色者，豈直以其科名與其官祿之崇寵而已哉？苟其學問足以成身，文章足以持論，功業足以施於當時，如是則爲才賢人矣。苟其學問不足以成身，文章不足以持論，功業不足以施於當時，如是則爲庸妄人矣。才賢者難爲，而庸妄者豈少也哉？今夫科名官祿之人，不至於才賢，則有至於庸妄而不止者矣。自其出而之於世也，去樸訥，趨文飾，體態變矣。厭寂寞，喜聲華，意氣異矣。體態變，意氣異，而其人之能自存者，蓋難矣。未幾而好趨承，趨承甚，昏夜求乞矣。未幾而營羨利，羨利甚，貪囊污穢矣。未幾人品心術無一存者，而盡失其所以爲人，而虧體辱親，莫大於此矣。嗚呼！豈其人之本願哉？蓋逐於一時之風尚，而不知謹者，其積靡宜使然也。今吾家自先人以來，世敦行義，而叔父大人端謹正直，無愧神明；叔母大人，敬恭慈惠，善能相助，宜其享子孫之樂，受品秩之榮。而姪竊願以斯言者，與夢松及諸兄弟共警凛之。或者大人之欲以教戒我等者，意在斯乎？意在斯乎？』

兩大人曰：『善哉！吾有望矣。然吾無多言，願爾輩唯毋忘先人之勤苦是念，儻可以終身守之者與？』

於是，敏樹與諸兄弟子姪輩敬領命，相與助夢松舉觴成禮而退。退而謹次序其語以誌焉。

趙畱餘翁七十壽序

人受命於天，禍福倚伏，窮變相反，然至所遇之極，有大不幸，其勢無可復恃，既乃徐以大轉，且甚過其初願不止，豈其所受之命固然哉？蓋其人之爲人，必有有餘而不可終窮者，用能消其害戾，而迓其休祥，則命且隨之，而氣數之往還，常厚贏於其相勝，亦其理有固然者。若畱餘趙翁是已。

始翁祖父皆無兄弟，至翁昆仲二人，獨仲有二子，翁卽子其一。家素饒，委仲經理，翁無所訾問。遨遊鄉里閒，喜自快意，曰：『吾弟有子，足矣！吾何求哉？』無何，仲公下世。二子皆已成人，相繼夭死。其一翁所子者，有遺腹子，旋又殤死，後嗣遂絕。翁乃歎曰：『吾祖父之祀，其不續乎？且吾尚有老母，可若何？』於是翁年踰五十矣，其元配夫人亦卒，乃始繼娶。旁納媵侍，纔五六年，連生九丈夫子。鄉人皆驚歎，以爲異事。而翁年益老，亦益强健。今茲盈七十，諸子森森林立。同日爲兩子長者納婦，親朋相率爲翁壽，而予將有一言以侑翁之觴。請卽以翁之所自稱號者爲說，可乎？

夫翁之自號曰『留餘』云者，蓋謂內嗇欲以保己，外饒利以公人云爾。嗇於己者，其用積；饒於人者，其道優。翁之遭家險難，卒不終阨，遂又大亨者，豈非其所自餘者之所致與？且夫人之多福壽子孫者，其於造物得其氣之有餘而已。今或有人，其行事爲世所詬厲，而所遇獨豐盈無少缺憾，彼其得於天者，殆不可以旦夕盡，其亦有時而將竭也。若夫危者易摧，微者易絕。摧之絕之，若乘而至，終以安固，反更勃發，譬之木已枯而再榮，火將熄而後炎，非其中之自有餘者而能然與？以其始之危且微也，其氣本若不足，而又有餘者，豈非其留之者之效與？然則翁之所自謂『留餘』者，吾又安知其多少之量哉？人之年壽，亦以是取之已，其餘之盛者，老而愈有少容，耳目更聰明，筋力更强固，若翁者殆將有是，非可以尋常計料也？

願以是爲祝。

何慤菴外兄壽詩序

敏樹之妻之兄二人：伯曰浣溪通判君；慤菴，仲也。

兩兄皆厚余，通判君年最長，又數宦游，故余與慤菴相處爲密。自少時往至其家，一坐起，前後不暫離。告歸，必苦要留，別若不忍狀。稍閒，則使人問，卽又自來余家。蓋數十年常如此。君長余十歲，相視如齊齒然，狎而益敬，未嘗有一言之相侮戲者。君又以其長女壻余長子念謀，季女壻余弟子煊，余又以弟女壻通判君之季子。兩家姻好日隆，羣從之交爲親者尤多也。

君雖故富家，儉於居己，而勤於爲人，與人多款密，亦不獨於余爲然。通判君既卒，鄉人尤倚重君。君不憚老，常走他家爲平處所疑爭事。值時有變，家不得安居。官府益相請召，君亦稍欲避煩，顧不得休。咸豐丁巳之春三月，余方寓居長沙城中，君棹舟就余留帀月。會多雨，日夜飲酒談人閒近事，感今昔之變速。計數鄉閭儕輩閒人，則慨然而歎。少霽，出市頭觀劇樂，聞城上兵健，習戰聲壯之，（捋）［捋］須髯，意氣爲奮揚。已，又不能無憾。蓋君年六十又二，而余亦且老矣。

九月，鄉人以歲熟，寇且遠，皆謀壽君以樂其意。敏樹亦喜而爲詩二百八十字，歌以爲侑，且序其所以然者。

孫由菴六十壽序

由菴孫君，年未三十之時，余家延之塾中，教童子句讀。連更八歲，童子皆稍知文義，而由菴爲師名益著。乃別開館余里中，里中學者多從之，其後業皆成就。每督學來按試，由菴弟子入學者，常得數人。及試上等，充舉貢者皆是。雖一縣中稱師門者，莫由菴先也。於是君年周一甲子，諸弟子與吾兒輩在門者，將相率爲君壽，而請文於余。

余嘗以謂近代以文壽人者，最不合古義，多迫於時俗應酬，故不欲爲人作。及聞由菴弟子之請，則喜甚，且有慨於余心者。蓋由菴始館余家，逮今三十有三年，余家庭朋友之聚，與由菴跡相及，至今可思念感喟者，甚多有之。而由菴近來一目失明，家尚貧如昔日，猶歲歲授徒不能輟，而余亦已老矣，可無慨哉？乃余獨喜由菴諸弟子之壽其師，眞有若家人奉事其尊長者之意，而非世俗之情也。

古者章句之師，蓋始盛於漢所稱大師。史言其弟子著錄者，多至百數十人，其有至大官者，史亦矜而書之。及學之衰，師道遂廢。至宋諸大儒出，聚徒講學之風復盛。而明以來，又不數見之。余嘗竊疑漢宋之世，師道固尊，其弟子固多賢傑之流，然其相從之遠且多，豈皆誠出於學問之途哉？得非以師名之重，亦有聲聞祿利之事出於其閒者與？今之師非有如漢儒專門之授、宋儒道學之傳也，不過教之爲四子書之文，以階場屋之進取。士亦皆就所熟近得師不難，無有涉千里而遊其業者。雖貴達聞人，無問其所師誰氏，而師亦莫能以其弟子傳業爲重，蓋時使然也。

由菴之爲師，吾不能謂其甚有異於人。顧其弟子皆師由菴之爲人，多謹重有法度，是亦無悖於漢宋儒者之教。而今諸弟子之壽於其師，非有可依附取矜重於世，獨相隨於清貧寂寞之中，烹豚治酒，博長者之一歡，其尤可貴也。由菴雖窮老，得不以是爲大樂？余未得與於斯會，而幸藉之以文。亦庶幾由菴之壽至於耆耋，歲歲爲其弟子迎侍，而余時得相從道舊，故爲樂也。

何浣溪外兄六十壽序

昔韓子送楊少尹序，文稱古鄉先生之義，盛言致仕家居者之樂，而以漢二疏爲況，其文至今學者喜讀之。然此事於今世則未難也。士大夫既皆土著其鄉，非若唐時家於官者。苟官稍達，家稍潤，年至而罷休歸者相踵也。然則楊尹之事，於今世又烏足稱耶？夫必其人名行重於一鄉，而愛利久及於鄉之人，鄉之人於其出而仕也榮之，而歸也又益喜之也，則可以稱焉耳矣。

余之妻兄浣溪何君，早歲負才，有名聞於學舍。家素饒財，君又益起之，喜爲義事利益於人，鄉之士庶咸倚焉。年四十餘，司訓長沙，旋改通判閩中，歷判興糧、石碼、行順昌、福鼎縣令事。先後在官僅十年，君甚思鄉人，遽引疾歸。閩中民挽留之不可，而鄉之人聞其來歸，父老兒童皆欣欣喜色相告也。君之初令順昌也，順昌之人樂君之政。愛君患無以報，會君之生日，相率醵錢張樂十日，且各懸鐙於門，大書『官清』、『民樂』之字，君苦禁之不能止。及在他處，其人之於君亦皆然。而自閩中來者，傳其事，鄉之人聞者，皆喜且歎曰：『是固當然。』

今歲戊申正月十九日，爲君六十生辰。於是君之歸，又四年矣。日益行善於鄉，鄉之人將以其日集觴於君之庭，而皆願有以祝君者。余則何言？惟古人酒食燕享之間，必以壽耇爲禱，而凡有將送，非壽莫稱。蓋康彊樂生者，凡人之上願，況君之聞望重於當世，名績著於遠方，而又能以惠利教戒，厚夫一鄉之人，誠無愧於古之所謂鄉先生者？鄉之人所以愛君，視閩民且有加焉，孰不願君之引年臻於耄期，以造福於無窮耶？余所以拜君而敬祝之者，非余親戚之私言也，鄉人之志也。

屠禹甸夫妻八十壽序

巴陵洞庭，天下壯區也。而吳中太湖之山，亦名『洞庭』。古志稱巴陵地道，謂君山有穴潛通吳之包山者，其語荒渺，葢難知也。余家巴陵濱湖之鄉，人工作布，而以布賈者，多吳之洞庭人家。自先大父時，頗以居布致生息，故多與吳客熟識。而鹿角市臨湖有屋一區，賃而賈者，爲吳洞庭人屠氏。屠氏業此葢數世矣。近乃輟不自賈，而更助他人。余自幼少時，見與余家往還者，屠翁禹甸，此數十年，翁歸老其鄉，其子介錫猶在鹿角。

今歲辛丑之春，來請曰：『吾父母年皆八十，念家貧無能廣賓客稱觴爲壽，乞吾子一言，將持以歸，爲老人光榮。』余以屠子之言，人子之至情也。然以余之鄙薄，名不出州里，其言奚足重？而吳又士大夫文章之林藪也。顧以數世交游，卽不敢辭，而翁之行事，余又無以悉之。憶自少時見翁爲人，恂恂長者，行步從容，不類賈肆人舉止。遇人，無少長，莫不敬禮。言惟恐傷之，其若是固宜壽。余又見洞庭人之賈吾鄉者，其生平夫妻別離之日至久也，然老則歸休，猶不忘其本。而其人久慣吾鄉，或歸而數數仍出。今翁自歸吳後，卽不更來，與其配氏偕老於家。又健甚，俱享高年，其可嘉也已。

吾聞洞庭之山，爲峯七十有二，登而瞰太湖三萬六千頃，其光景氣象，視吾岳陽之邱，宜有勝焉者。山中多奇花異果供采擷，四時而有也。晴和佳日，翁與媼扶杖偕行，鄉之父老兒童，相迎問語，笑山水閒，亦可以樂而彌永其年矣。

方君山壽序

吾巴陵之士，多樸實重厚爲行，前後輩相師，風最篤。而近所推仰學行尤高者，曰方君山先生。

先生今年八十有二，其門徒介人徵言於余以爲壽。余曰：『若先生誠可壽也。余生乙丑，前年六十時，親友或謀壽余。余曰：未可。吾縣里中先後隨從相逮者，有張笏臣，其生乙卯，長余十歲；而方君山生乙巳，長且二十，余可壽乎？』笏臣今官新化教諭，而君山先生以老貢生，猶授學里中。今年正月，余過姻家，見先生族子蔭甫，因問先生起居尚能扶杖出門遊行一二里否？蔭甫曰：『何止是。雖及一二十里，可徒步往還，無用杖也。』余大驚，信知先生之有異人也。然先生可壽者，豈以是也？

記余少時，初歲試先生，名第一。余走請其文，默誦而歸錄之，以爲深有詩書之味。其後先生雖竟不遇，文名益尊，縣之秀士，學爲文者，多歸於先生。然是猶其外之文也。余聞先生生時卽背父，母苦節，又早終。每與門徒言之，必泣下。家極貧，以館穀之入事兄，爲姪娶，縣人稱之。貌莊而氣靜，見人少言笑，溫然可敬而親也。其爲學，篤信宋儒，好小學、近思錄書，而謂實踐爲難，惡爲口說欺人者。教學徒具有條法，不專與爲文。晚尤行善於鄉。懲咸豐初年土匪附賊之禍，戒約鄉鄰子弟，禁除少年一切遊蕩、桀猾惡習事，期爲良愿民。年及五十，始有三子。兩已入庠，皆守訓兢兢。家以教讀，買田粗給逾前日，不更求饒。惟晨夕手書，如少壯時不改。

夫人之壽者，稟氣之强，與受數之多，猶尋常幸事爾。而亦未爲幸者，吾見人少自修厲，老輒頹然者矣，能持晚節之難也。程子有言：『人不學則老而衰。』老而衰者，血氣之自然年至矣，雖健猶衰也。不衰者，惟其志爾，非學莫持之也。先生之學，不邇於利，而年愈老學且益勤，故血氣無患，是宜余與笏臣輩人之所望而趨，而邑才賢士之所共師仰也。

周桂亭六十壽序

在道光末年，吾縣有姦人冒充本縣令家丁者，爲令謀賄，遍（毒）［毒］縣人。縣人恨之，并令訟之大府達於朝數年。至咸豐初，始得定讞，繫姦丁獄待決。會粵賊陷郡，丁得脱出，且爲大變，衆恟懼。有生員周瑞芝房者，憤曰：『吾叔父讐也，不可以舍，况其有他？』乘夜馳往縛之，獻於督軍道江忠烈公營門。江公立斬丁，芝房斷其一體以祭叔父。縣人皆大快之。而芝房之氣義乃聞，遂從軍剿賊。湖北巡撫胡文忠公，奏官之，俾率鄉勇入興國，遂復其州，權知州事。

余嘗與芝房接，觀其爲人，傑然有志意人也。已，又遇其尊甫桂亭君，貌朴而寡言，與商縣中人應官公事，無疑難者。而余又聞人言桂亭君之爲人也，少亦尚氣俠，精勇技，敵可數十人。後乃悔不爲，更爲溫讓，力治生課，佃蓄穀以富其家，而務施與。及賊之起，縣中鄉各爲團。團者，皆就祠廟寺觀之宇爲會聚，名曰團局。君爲其鄉團，則曰局卽吾家可也，衆尤信恃君。賊數自通城，躪縣東南殺人去，獨相戒毋犯君團，以知君父子名也。余又以知芝房之氣義，實自於君也。

今天子同治三年甲子之歲，芝房既前以當官禦賊得功，授官郡司馬，誥封君爲奉政大夫，君之配柳爲宜人。於是君與宜人年皆六十，芝房以告於僚友姻戚，縣之士夫將爲君與宜人壽，而藉文於余。其家又以君與宜人之事行來告。余按之君所爲，皆應周官『六行』者。而宜人之賢，則古賢婦人之行皆具也。

夫人之壽者，不必其爲賢，惟賢而壽者，則人以爲宜，而頌禱之以多福之辭，若君與宜人是也。抑芝房之所以壽其親者，其榮又多矣。記曰：『君子之所謂孝[也]者，國人稱願，然曰：「幸哉有子！」如此(可)[所]謂孝(矣)[也已]。』今芝房既能以官榮致於二親，縣人嘖嘖道芝房以爲君與宜人賀也，所謂『國人稱願』者，非耶？

以芝房之才，當益立功名於今時，利澤流於人，聲績登於史。他日，君與宜人年又益高，芝房又益邀朝廷寵命，以歸爲壽，縣人又益來『稱願』爲賀。吾今之爲言，且可以爲券而操之也。

柈湖文集卷第九

許孝子傳

許孝子，巴陵人，縣之學生也。名伯泰，康熙間人也。歲大疫，伯泰之父聖行，客長沙而病，伯泰馳侍疾。父病已，而聞母在家病急。時官有施藥者，其藥良，急求得之。犯風下湘，溺死洞庭中。其夕，母見伯泰來，飲己以藥，頃而汗出，病大蘇。呼伯泰，家人告未至。始言夢。已乃知伯泰死也。

吳敏樹曰：孝子之爲孝也，豈不悲哉！方其犯風泛舟，意急歸，誠不知擇。及溺以死，魂魄猶切切以母病爲急，何其孝也！而世之人子，或父母病篤，漠然若無有，彼殆與禽獸無異，而許君獨至於此耶！夫死而猶孝，而孝安窮耶？夫許君之孝，而不得生盡其孝而以死，而不可悲耶？

書杜貞女

年丈杜召亭先生，知縣山西時，以其長女議婣余從叔之家。既成言矣，未久，來告曰：『吾女向許黃氏。黃氏子不幸死，吾以未嫁適人，理無疑者。吾今年獨身官應州，遣信時，女實未知。不料女昨聞吾此言，便號泣投地，計不欲生。家人以終歸黃氏勸慰之，乃止。觀此女性行，非吾所能制也，子其爲我辭於尊叔前。』而其家又以女所致其大父書來，讀之，言詞激烈，使人敬畏，而不敢復有違言。及召亭辭官歸，女竟歸黃氏。

余惟女未嫁而守貞，猶士人未官而急公家之難，豈得謂其忠之過哉？抑余鄉俗，男女始生，而父母卽爲之定婚。夫其爲女子者，自其數歲，微有知之日，固顯然知其身之有所係屬也。而其家之吉凶事，壻雖幼，或往會焉，其相爲夫婦之道彰矣。然則杜女之守貞，其所感於其中者，豈其微哉！

女今年二十餘，而余書其事如此。以此事余知之獨詳，書之宜自余。他日傳貞行者，當取此。

業師兩先生傳

老無成學，思始授書。傳我師事，心傷苦儒。作兩先生傳。

孫先生諱萬偉，字翹楚，於敏樹爲世舅氏，實繼祖妣氏之季弟也。先生竟世爲童蒙師，自吾諸叔父、諸長兄，幼時皆從授讀。最後及敏樹與諸弟姪輩人，而先生年七十矣。

敏樹幼羸弱多疾，先大人憐之。八歲時始令入塾，塾中兒雜有族人鄰里十餘，後多爲田夫，或賤藝役去者。敏樹始讀，已頗異諸兒。先生喜曰：『此眞讀書材矣。』稍與語自堯來帝王相傳代次。第一日，敏樹問曰：『堯舜禹及周文王，其父善惡，皆有著名，湯父爲何？』先生驚而告之曰：『主癸也。』遂驟舉以語人曰：『吾幸者不爲是兒所難。』又書兩語黏壁閒曰：『莫欺此地童蒙學，中有他年翰苑人。』然敏樹資實鈍，凡三年讀，而五經未徧也。先兄石林先生，慮羣兒爭嬉壞學，乃攜入荷塘僧寺，親督課之。先生送之行，遠半里許，泣而返曰：『將我良弟子去，空我學矣。』

先生故嘗試童子高等，未得入學。老且耄，猶徒走郡城院試。先生吾家內親，又老人，數至後堂。試罷後，嘗至吾嫂房坐茶，語苦流涕，即向嫂誦其試文，曰：『是當不佳耶？』嫂故不識字，人以爲笑。蓋其迂窮可憐如是甚也。

噫嘻！一博士學生，先生窮老求之不能得，而所謂翰苑人者敏樹，又終非其人也，無乃適爲人笑哉。吾縣中在國朝二百年，入翰林者纔兩人，宜人以是名爲奇重。而先生以厚誇敏樹，豈非愛譽之尤甚也耶？

秦先生諱維城，字西臣，別字石愚，邑之名諸生也。初，敏樹從孫先生授書時，家已延石愚先生，敎諸學爲文者，爲大塾。先兄攜敏樹僧寺，猶不語以文，曰：『吾筆非穎利，毋誤汝。』其冬歸家，始令從石愚先生學。又六年，敏樹年十七，遂試爲巴陵縣學生。

先生於書多讀，通知古今文章各體，不專事四子書章句。而先兄實攻苦制藝，與先生相切厲爲文。所語學，必前明震川、陶菴、正希、大士，及本朝熊、劉、韓、方、儲、張，諸號稱家數者。敏樹從旁熟聞，因竊視其所鈔讀書，甚喜，欲效爲之。先生怪其課文有異，召詰之曰：『汝年少文字，當令生嫩秀發，奈何作如許老成狀？然字句閒，又若不可更易，是汝之能也。汝慎無遽然。』敏樹乃知戒爲文，不可妄學，而亦自此稍進矣。

先生善飲酒，飲卽喜談詩，敏樹尤願聞之。每夜飲，侍執壺旁問所語。酒至語益多。其課塾徒，止用試帖體詩，不以其所語者。敏樹獨時竊窺其案頭漢魏人詩，及陶詩，以爲奇，又欲效之。而先生又喜讀八家古文，時有論說。蓋敏樹稍知學爲詩古文辭，皆自於先生，而當時吾縣中，士以文學有聲，以至於今日，終未有與先生相類者。顧先生喜誦說古人詩文，取快意，亦不常自有所爲。與諸徒治帖括，少暇，雜取醫卜風水書，悉究其技。閒亦窺場屋墨冊，以備應試。既久阨鄉舉，憤而語敏樹曰：『吾以不悅時人之文，故未能工爲媚狀，以取投合。今欲以三年，盡屏諸書，日夜手一冊子，窮吾老力爲之，則可乎？』敏樹對曰：『卽爲江東羅秀才，奚不可者？乃爾耶？』先生爲啞然笑也。

卒時年五十五。先生又與先兄婣家，其季女爲從子光朝婦云。

方稼軒傳

嗚呼，人生朋友之合，雖人事，亦若有天數焉。至若其人近出於鄉里，年齒略均，而交識最早，其術業志趣，甚同而相得，若有聚而置之其處者然，豈不尤爲難遇而可幸哉！而年命短長，忽焉以死生斷絶，又孰爲之？此其可悲者也。余自弱冠後，稍知好學問文章，於縣中得友二人，曰毛子西垣、方子稼軒。西垣之歿，余既爲銘其墓。而回思稼軒，蓋死已十九年矣，因以余之所以交於稼軒，與所及知者，爲傳其略云。

方氏爲巴陵巨家。稼軒之先世，累爲大官，而其家甚貧。年二十，舉道光乙酉鄉試，而余從兄杰人與爲同年，余始識之。貌豐皙，秀發照人，翩然故家子也。明年正月，杰人北上，余送之至郡城，值大雪，因與稼軒並宿湖船中。與語大合，語連三日夜。謂我曰：『子他日必爲名人矣。』自是常來余家，爲畱一二日。

稼軒之居，遠余家四十里許，而其舅家張氏，余鄰也。稼軒又娶於其舅氏，故往來余家爲多。而其上春官未第，亦時時走他方，從其家之宦者。癸巳春，余入京師，稼軒自還安來，見卽高誦其詩，乃前歲之秋，聞余鄉舉而作者。其相爲欣喜如此。是年，稼軒成進士，官兵部主事。明年，考選軍機章京。又明年正月，以疾卒於京師，年僅三十。余嘗怪稼軒資厚而彊力，氣鋭以堅，不類世人凡短命者，何也？

其爲學，蚤治毛詩，力主漢以來舊說，既爲書高尺許矣。數歲乃大悔，盡毀其書，而更爲之，曰『朱子傳未可易也』。余以是服其速進，而勇於遷改之爲難。我朝治經之家亦盛矣，多能考究訓詁，而正其訛失。其後學者，習其風，往往追襲漢儒，專家一師之陋，以自名其學，反以矜異於人。其爲說愈益支離，膠固昏塞，逮死而不悟。若君之賢於人者，豈其有所厭尚趨舍哉？亦求通於其心者而已矣。

又嘗治四子書章句，破俗師之陋，其行身坐立語言，必於禮法，不少有傾倚戲笑。遇人雖凡賤，必起問。語雜細事，皆精當盡其條理。至於當世利病，尤喜聞而切究之。及在部曹，將進直樞機，益自奮厲，稱貸以售書。天下郡國方志之圖與書，求之必備，將日夜事之，以期他日爲天子、大臣，建旄節，任封疆，可更易施行者。而遽以蚤死，豈非其命也夫？其可憾也夫！

而余以少相知愛，不至於久長，又以爲終身私戚。蓋余嘗與西垣論詩，至遇稼軒，則多道經學古文。稼軒蚤死，而余終老無成，以是媿稼軒，而自悲其不幸也。

郭氏家傳

吳敏樹曰：余觀古賢士大夫，稱道其先世行事，大都皆有累積厚施，不報於其身，以遺其子孫者，不可勝數也。而春秋傳稱鄭之罕、宋之樂，皆以富能貸人，遂昌其宗。何則？利者，天之所以養人。不私天之利於其身者，天亦終利之，豈非然哉？

余交郭編修嵩燾、助教崑燾兄弟，粗聞其家世事云。郭氏爲湘陰巨族，世有科第官人，而編修之本生祖縣學優行生諱詮世，父封儒林郎、翰林院編修諱家彪，皆以行義聞。郭氏當優行君時，家最富，爲人性豪，尚氣誼然諾，一語斥千斤不惜。人以乏告，必有以應，不應不自愜也。未嘗計慮其負，日常數輩環其坐請求，雖所玩弄物，客或欲之，輒舉以贈。葢所資假以興起其業者，至數十家；其收恤存活者，不計也。縣令某貸重金而死，其家人請以兩美婢償，遽卻之，焚其券。至所寬捨於鄉里者，又多也。

往時湘陰城中，頗多富室，郭氏富不大彰，而喜施者稱郭氏。及儒林君之世，資且落矣，猶勤貸不已。無則爲人任貸於他家，數數代還其負坐。是卒困爲貧人，則益講治方書，儲善藥，以施病者。每與人藥，必躬候視病差否，與憂喜如家人。葢郭氏之世積者如此，故編修兄弟出，以才子決科，文章動天下，咸曰：『是家宜然。』其兄弟又稱優行君，始嘗以縣試第一。及學政試前一日，而母卒。衆惜君當入學，咸勸君强就試，君曰：『吾尚能試乎？』卽奔喪以歸。又數歲，始補縣學生。又言儒林君平生温温，家人不見其有怒。遇衆疑爭，常以徐語服人。因示余以曾侍郎國藩所爲儒林君及張安人表墓之文，其言尤詳。

葢儒林爲優行君長子，年長矣，以伯父子死，出爲之後。張安人奉事嚴姑，睦孀姒，厚於姑之子若壻，而儉於其子女，皆其處他人所難爲者。又言其兄弟幼少時，家已甚貧，儒林君不慮有無，常喜爲歌詩。張安人蹙縮衣食，資其兄弟讀書。語其狀，欲涕流也。優行君四子，其季家彬，舉人，候選知縣，與編修兄弟後先有名。而編修季弟候選訓導崙燾稍後起，才又相亞，時稱『三郭』。余乃掇其兩世行善大略著於篇。

贊曰：郭世有植，若農於田。父耕子種，孫子逢年。其施在人，而報自天。有欣厥後，曷觀其先。

孫劭吾先生家傳

先生孫氏，諱葆恬，字劭吾，善化人。祖諱繩武，歲貢生。考諱先振，直隸撫甯隆平知縣。本生考諱先捷，縣學生。先生之生，本生府君年且五十，一子，兄無子，以後其宗。兄卒，遺財產以與族人。先生既單子，稍長自力學，以文名，舉嘉慶二十四年鄉試。屢會試不第，爲桃源縣教諭。

學官爲虚職久矣。官以教爲名，士莫從於學。而爲是官者，其人率鈍敝無進取，益偷不自好。尤不肖者，至趨走假息縣令，賤辱過丞尉。葢少有賢可稱道者。先生之教桃源，更數令，皆以名行加敬禮，人莫敢以其得於令，一干以私。令有以事罰富人錢二十萬，置之學宫，陰欲以相資，則召諸生，使籍掌之。

而常慮求其職所以爲教，既進生之才者，勤與講學藝。尤惜其棄者。蒯生者，才無行，將黜於學使。痛責之，令自悔改，爲言而免。程生，貧無家，夜止學宫旁，日狂飲市中。試之文，能。卽置齋中，親督之學。已而逸去。每歎曰：『程生負我。』諸生數十人，訟錢糧上官，碑於縣門。令怒，將盡逮治之。先生召而數之曰：『學生干公事，大戾也。於國有法。』又益怒令：『君，無禮。且爲此者，始緣民情，抉胥役姦，稍且自蝕其中，諸生何爲者？』命亟毁碑，令亦遂已。

居桃源九年，卓薦，當謁選知縣，以親老不行。憂歸。未幾，卒。鄞縣沈道寬栗仲，以名進士令桃源，尤善先生。稱其才達於吏治，而惜其不施也。子鼎臣，翰林院侍讀。頤臣，兵部主事。觀臣，舉人。先生累贈中憲大夫。

吳敏樹曰：侍讀與余共喜爲古文辭，屬余爲中憲先生傳，他行不悉著，著其爲學官事。敏樹嘗一爲是官，慙負，念有以爲退計，卽自免去。先生乃以貧養仕，其志意皦然不誣，豈易耶？凡官者，惟其職之難也。然以時敝流失，而誣於其名者，獨是官也與哉？

黄特軒傳

黄森，字特軒，居湘陰東北鄉長樂里。長樂爲岳州走長沙古驛道，地寬平，四面倚山，羅江流其間，下入湘水。

咸豐四年，湖南起勇軍，將東下勦賊。賊復自安慶上犯，陷武昌、岳州，急趨長沙。時賊由水路掠船至羅江、新市，長樂人驚走。而其里人有先在賊中者，至是以長髮歸，脅里中率錢米輸賊。黄君爲里富室，挈家去。已而錢米大集，脅者皆自取之。眾怒曰：『此僞耳。』相與執而殺之。已殺，則又大恐。乃請豪長者謀之，皆尤，眾人莫爲計。黄君至，曰：『殺此賊，誠善。今惟有團練耳。爾等但能一心致死，何患所須錢物？無多少，從我辦之。』眾大喜，卽日戶閲壯丁，具器械，立幟於門。別揀勇力數百人，分營要隘。

是時，巨賊已率眾南上，而巴陵土賊大起，皆先在賊者，一人輒倡數百眾，劫奪村聚，無敢抗者。而楊某、陳某者，爲之渠，以千餘人，入平江北界之岑川，聞長樂獨執殺其黨，首倡團練，欲乘其未定破之。岑川西去長樂五十里。一日，以四百人，天未明而往。長樂人不意其猝至，黄君方與諸團首會食，賊已近里許矣。卽呼召所營勇，獨五十人，先往禦之。山下小村，地有長溝，楊柳蔽翳，各不相望見。突相遇小橋閒，卽刺斃賊大旗一人，連刺紅衣騎馬賊，殺之，卽其渠陳某也。因大呼，遠近皆應，羣賊遽失魄，癡立不能動。勇益集，直推刃仆之，殺百數十人。又追殺走者。賊逃還岑川，不能半，卽皆走歸巴陵。黄君旋又逐之巴陵新牆市，土賊卽時皆散。於是黄君名赫然聞數縣閒，省府盛獎其功。

其年五月，提督塔公已破賊湘潭，將收岳州，營於長樂。黄君與其團人，常爲軍導，軍進退皆依倚之。明年六月，賊帥何某，自通城以數千眾出巴陵，殺數百人，將由長樂犯長沙。黄君大集其勇，他鄉團皆爭赴之，幾二萬人。賊至巴陵關王橋，距二十里，聞礮聲大起，卽退去。

是時粵賊方與楚軍相持於湖北、江西，常以一股住崇陽、通城，窺湖南，爲衝我心腹計。我軍屢入，擊破之，旋復合聚。黄君又嘗以團勇隨官軍勦賊通城，賊先遁，長樂人自是頗輕賊。而團事既久，貲絀不給，練營亦遂停罷，但以探候約相警集而已。

又明年五月，何賊自通城乘夜入巴陵，將復犯長沙。卽捲旗輕行，走長樂，緣山嶺以入，殺牧牛兒山中，始覺之。遽出勇與鬭，而四山皆有賊出，遂驚潰，挾妻子渡水入南山。賊亦不敢逼。其明日，賊將渡水，由古驛以上。長樂水南地屬平江，與長樂合團，其人復相聚，禦之水上。賊竟日望之不敢渡，抵暮，遂縱火焚市屋，下走三十里，始渡水至新市，夜殺千餘人。而長沙已聞賊，城備完，賊乃掠東境，由醴陵、萍鄉去。

葢長樂團爲省城北蔽者且數年，至是始不振。黄君鬱鬱以爲恨，年餘，遂病疽以卒。

余因避兵，早識黄君，備知其團事始末。其人意氣灑落，異於尋常富人，倉卒立事，有非偶然者。然余有以見團練之不易爲，而今官吏一聞賊警，輒以此責望於民者，未察其實也。

當賊初起，常以誑言鼓動一世之貧民。彼貧民忌恨富民，而欲壞之久矣。皆謂害不及我，而甚有利，則孰肯出其死力，以爲富民衛？雖出錢財，莫之應也。應者，亦陰挾兩端，賊至卽迎之耳。故凡爲團兵者，必其鄉之人適然與賊角有讐讎，而後可用也。而其地必深阻易守，人必簡練，習部，分戰鬭，氣力精專，而又財用饒給。然以居賊所必經地，以與賊連歲持久，則未有能也。

若黄君之爲團，可謂能用其人，其功效卓著，非僅保全其鄉。雖及其壞散之時，賊終忌之，不能逞殘於其人，而省城猶得其一二日阻遏之力。至其所恨，亦非人之所宜加過於君者也。故余嘗謂鄉團禦賊之事，獨宜聽民之自爲，而官無多預焉。何則？彼其身家誠知自急，其形勢苟可合而有恃，固宜有能因便而用之。若將以爲法令，而驅之使集，則民苟以其名相應，而黠猾之徒，妄爲侈張，以取媚於官，而漁獵閭伍之利，因爲武斷者皆是也。此適足以餌賊而殃人，奚團練之有乎？余故紀黄君，而備論之如此。

黄君早歲讀書，當以例貢生應舉場。既棄去，以其才治家，益興其產。而甚能施，故里人尤樂從之。其爲團練也，官以軍功保奏，加五品銜，賞戴藍翎。卒時，年五十一。

太常徐先生傳

先生諱法績，字定夫，一字熙菴，涇陽人。嘉慶丁丑進士，選庶吉士，改編修，擢監察御史，轉刑科給事中，以禮科給事中主湖南鄉試。旋奉命分往東河，轉太常寺少卿。還朝未幾，移疾歸。道光二十三年，卒於里。

先生志行正直，而淡於進取。始官翰林，以親老屢告歸。十餘年，乃轉官。既爲御史，所上疏必關大體，上嘗嘉納。爲刑科給事中，稽查銀庫，同官某與庫丁共爲姦，匿雲南餉銀四十餘萬兩，先生適充禮闈同考官，及出，乃發之。其後庫大獄興，先後管庫者，以庫丁賄通姦伏法，或以失察黜官，而先生無預也。是歲爲道光壬辰。其秋，主試湖南。先生於文章主其正大明切者。副者入闈而卒，先生專其事，自房薦外，必搜取其遺者。同考官至聲詈，先生不爲動。榜出，舉者多知名士，而得於遺者六，敏樹與今陝甘總督左公宗棠與焉。

今年同治庚午，先生孫部郎某，自陝以狀來，且傳左公之言曰：『吾與吳某以遺卷獲收於先生，吾任表墓，可屬吳某爲先生傳。』嗟乎！若左公者，勳名冠世，而親至先生之里，撫其家人，雖無爲文，固不虛先生之舉矣。而敏樹何爲者也？且凡師門生云者，大都泛泛人耳。古之可道若韓退之之於陸宣公，蘇子瞻之於歐陽，以文章相授受，垂光於無窮。先生之賢，不減陸、歐陽，而敏樹窮老江湖之上，聲名不徹於朝廷，文又不足爲一家之史，以傳先生，殊自恧也。

承左公之命，而次其本末。蓋非先生藉文於敏樹，而敏樹附先生以有傳也。

徐克軒先生傳

克軒先生徐氏，諱承照，字宮月，巴陵三都人也。吾母太孺人，克軒同族，幼時每聞言外家之故，多爲佐職官於外。而克軒之祖部翁者，尤敦謹，敏樹少時見其家所書於堂屏者，皆先正名言，而傳家之要道也。

余始入嶽麓讀書，克軒年過四十，亦至，以爲急求舉也，而日與人爲奕。其往長沙以肩輿，路旁有茨而紅葚，跳下摘食之。日多步行，輿寄焉耳。至會城之明晨，攜其輿夫，自鐵佛寺，至白沙泉，城外內可觀遊處，行走殆徧，乃遣歸。所食飲與衣，皆儉陋。食惟飽其先進者。一日，見人以貸錢鬭者，遽止之，而償其負。家田不盈六百畝，以二百畝爲公田，施族之鰥寡婚喪不舉者，餘以置義學。歲儉，冬寒甚，語其弟巡檢君曰：『今日我大寒，加裘乃已。質穀者，衣物多在此，奈何？』明日卽呼鄉人與衣。明春，召還穀者，以其穀與之，凡出穀千餘石，不復質焉。

吴敏樹曰：　自吾先君子捐貸穀萬石後，繼之者惟徐君。徐君非效人爲名高者，非市恩於凡人者。　敏樹嘗見學中門斗從索錢，不與，至於爭辨也。

龔府君家傳

龔府君諱顯行，字純齋，巴陵人，余婣家智軒太守之考也。

初，府君兄弟二人，友愛甚至。弟蚤死，君痛之，日夜常哭泣。撫孤姪如子，提抱之不以離。女亦如女。弟婦感其義，數十年不求分異，以至於今。智軒得官，從弟乃求分，智軒不肯，以君之教也。好釣遊，不急爭進取，不預人事。人有得罪於君者，後有他故，慮君持之，君一以平處，其人輸服修好，君無有也。智軒所與言大者如此，他不能詳也。

噫！余於君有感矣。余之痛吾亡弟也，與君同，有孤姪同。共財三十年，近兒子輩以家口多，余當門用費大，必與姪爲分，姪多推與余產。新營屋，大爲之以處余。余有所欲，先求得以來。有疾，亟趨侍不去。兩姪女亦皆然。與君家之至今未分，家咸聽命者，亦未始不同。夫人之生於天地，自父母外，惟兄弟親耳。一世之人，皆安全無恙，而吾之一人者，獨不得與之同居處，共生死，是誠可悲也。顧非身親之者，不知耳。然則傳君，非余孰宜？

論曰：　巴陵今修縣志，人爭以家狀求書，大抵皆稱孝友。然其情僞，國人知之也。龔君之行事，人所不能假，故余爲之傳以俟焉。

方先生傳

巴陵之山，自幕阜出平江、岑川，至於巴陵沙陂，山漸平，蒼然而古色，水清而渟瀠。方氏居之。明世爲宦家，至我朝讀書者至多，矜於庠者相望也。

余所知識，曰方堃冉亭，博學，達於輿地、水道之說。而方頤肅翁，善能爲醫，不擇人而治，人多客之。余嘗訪之逆旅，案有書曰養正齋硯譜，索觀之，出其敝籠藏者，皆小硯。一面刻鸜鵒，繩繫之繞其背。其家參政啟參，宏治時賜物也。一得之臨湘市，纔費數十錢。余深嘆物聚所好，而世家之風遠也。二人皆君山先生之從昆弟。

余尤欽服先生之行義與其文章。先生少喪母，晚歲與門弟子言之，猶涕泣。有遺產田，推以與兄，而身以教讀爲生。既兄益貧，時時給之。爲姪娶婦。好近思錄、小學書，出入必由之，而不喜人言道學以爲名者。爲文章，深入理趣，而義味不薄。年八十，猶能日行二十里。就居側爲塾，待四方之來學者。日手一書，未嘗問生產。兩子生晚，教之規矩秩然，循循學校中也。

吳敏樹曰：今縣中讀書長者，余多識之，蓋未有若君山先生者也。先生遭兵亂，多地匪，約束其鄉子弟，毋爲淫暴遊酗之習。皆遵其教戒，無犯者，以是知先生非獨迂謹人也。先生名竹，卒年八十有四。

程日新先生家傳

余幼時聞諸父兄，言里中程日新先生，先輩讀書誠長者，而未及請問其行事。

近以訊之從甥程禮明。禮明曰：『我高祖也。爲老儒終鄉里，以篤行高年，鄉黨宗敬之。其言行之詳，遠矣莫能多道之也，僅一二事，識於家人，代傳之相訓厲不敢忘者。非曰奇節異行也，然固常人之所難者。祖公少讀書，而家極貧。年十六，即爲人課童子師。里胡氏請之，以歲奉八金，公諾之矣。他家聞而爭請，三胡氏之奉。或勸公遷就之，公曰：「吾貧，金多固善。顧吾已諾胡氏，且吾始出，而誘於利，利可盡乎？」竟館胡氏。主人高其義，歲增其奉。學徒益進，卒以教讀致有薄產，遺之子孫，今百餘年矣。公應試於府，列名首縣士。聞父病，不待竟後場而歸。父尤之，命復往，則已畢試矣，太守嗟異之。明歲更新守公，又試得首，以入學焉。此二事者，雖微見問，禮明固願有謁。儻蒙賜爲之文，推揚其先世之美，以永詔其後嗣，其可乎？』

余聞而稱曰：吾里中昔時讀書長者之行有如是哉！而何今者之不見乎？夫不以利傷信，而師者利之所便居也。不以名忘親，而親又甚樂其子之有名也。世之人，苟名利之在，不必其有辭。有辭焉，藉之無問矣。若先生之行，微獨吾里中不復見之，凡吾所見於今之人，皆不然也。禮明之稱其先世，約而知要，書而論之，不惟程氏之傳，亦使學者習聞舊儒之風，而信於得失之命也。

先生諱煌，日新其字。年九十一，乃卒。妻賀氏，年八十七。夫妻偕及見元孫，子孫繁盛，多能繼儒業者。

郭依永傳

湘陰郭氏剛基，字依永，縣學生，援例員外郎，中丞筠仙君之子，湘鄉曾相國之女之壻也。予聞少年人席華膴，無門戸子弟之習者，葢鮮矣。若脱身富貴，不知在其中者，未之見也。

初，筠仙君有子壻於曾氏，而未聞其一至江南也。其死也，筠仙道其行事，有鄉中密友一二人，而聞達者，無有也。錄其詩，及於當世之巨公賢豪，無有也。至廣東矣，而言其風土繁華，無有也。好書，好爲古文、爲詩，好作繪事，獨不好爲時文。好畜名馬，好整潔衣履，不好入城。以此終其身。筠仙欲余傳之，他無可道者。

吳敏樹曰：依永之志，豈不大哉！其不屑屑者，與充之以學，有天下不與，奚難焉？況於今之功名與其文章者乎？惜其死之蚤也。

郡中三詩人傳

余少時卽聞巴陵詩人龔雲濤先生者，少隨父宦江南，受業袁枚子才之門，而未嘗見其一詩。已又聞余布衣耕石名，見其詩黃鑑藕船所，暗記之。已又乞藕船，書之扇，葢七子律詩之精者。

黃秋士者，藕船兄也，實菴侍御之曾孫，才出其家。方夔卿言京師遇人他往，秋士欲寄書，倚所至店家櫃頭書之，盈數紙，四六文也，其才如此。攸陈珪蘭莊講岳陽，秋士從爲詩，耕石亦受其法。

耕石不爲科舉，歲從糧艘買木江南，易書歸。工畫，世多傳之。善草書、楷法、小歐，嘗見其自書本集於其子天船，點畫如刻本，盡錄其句藏之。

雲濤客遊，與南城曾賓谷都轉最密，詩不效子才，莊雅可誦。衡山魏篁村問余京師：『見先生集乎？』余曰：『先生以在外故，詩鄉人無傳者。』魏曰：『吾師也，有之。』余乞副本未得也。今不知何處得之，殘稿才三十章耳，伯喬并黃余稿以示余。

自三君後，郡中風流歇絶。有李布衣在菴、顧秀才雲門，及天船，僅僅嗣之，而今皆死。余寓雲門家，歲晚餞余，夜吟達曉，今猶記之。

雲濤，名立海。黄，名鎔。布衣，名昌穀。

胥府君家傳

吾里之端士胥君特夫，求余文傳其先人。其言曰：『傑之父，少學爲儒。已而爲醫，多行其藝於湖北之車灣、尺八口、朱河、華容、塔石驛諸處，獲錢歸以活家人。傑於子，季也。獨令從師學，每歲之正月初旬閒，父卽束裝北行。將行，立傑於庭而語之曰：「汝知乃父出門之早乎？今歲屬汝某先生所，汝念我，當苦讀書也。」及端午節前，則父寄錢歸，爲學資。奉師常豐於他人。及秋後，醫事閒，父始歸，必攜他方物親致之師。又治具延師，與一二同學過飲舍中焉。蓋吾父專其業於外之勞，而又自恨其不終儒，而以屬傑也。故以傑之愚，而猶粗識幾字，强爲人師。學終無成，以負吾父。而教人子弟，猶不敢怠以忽也。』又曰：『吾父性方嚴，族之父兄少年咸憚之。一歲，族衆將迎演小劇，號爲花鼓者。門外豎木架臺矣，父適歸見之，趨請族長老正責之，立徹臺罷去。至今里中盛有此戲，而吾門無敢效爲者，吾父之教也。』特夫之言云爾。

余聞特夫爲人至孝，居父喪，哀而有禮。家貧仰給教讀，畢葬，詣館所，懸父像室中，日上食哭泣。弟子咸悲感焉。喪葬費以教讀所入獨任之，不以及諸兄。又獨奉老母，今年八十餘，晨昏甚歡。待兄待諸子，皆有恩義。其教學先行後文。入其門者肅然，出則人辨識之。身爲諸生，試不高等，從之遊者歲常得數十人。蓋特夫之教以身，而其爲人之賢有自。故余夙重之，而樂道其先人如此。

特夫父名某，字裔黄。家去余舍二里所，往嘗數見之。狀岸異，遇人無言笑款曲，以是徵特夫之言爲信。又益信特夫之能孝也。

知縣張君傳

張卽山司馬之爲藍山也，當咸豐三年，粵賊雖東下，其黨匪留擾楚越間者猶無算，州縣日夜警。藍山前數被賊，城壞，官民常覘賊爲去留。張君至，則與其士紳爲守禦計。

會賊攻江藍廳，君募勇丁八百，身率之赴援。或曰：『賊幸不我卽，何自挑之？』君曰：『江藍，我脣齒也。江藍破，藍山能獨守乎？』遂進。而賊聞藍山軍來，移軍撲藍山。君還軍入城守，伺賊閒，出擊之，遂潰去。

明年冬，賊復以數萬人逼城來攻。城中兵少，君令其民登陴者，日優其餉，民爭趨城。君日周視拊勉之，賊飛礮子墮君前，不顧。時會省文報不通，而靖州儲玫躬率鄉勇勦道州，聞藍警來援，合擊之，圍解。自是賊創藍山益甚，欲敗之，而江藍理猺同知，臨武知縣，皆以賊至遁。上官才君，皆檄君兼攝其事。又明年，賊偪城如前，堅守數日夜，湘鄉王鑫新、甯江忠濟皆以鄉兵援之，圍亦解。君以其暇完城浚濠，開城中井泉十餘所。勇練益精。乃興修學校，課其士以學，而重刑其吏役猾黠者數輩，民大歡和。

七年正月，君奉調知祁陽，民遮道泣送其行。武生某，先以事被褫，至是徒步百餘里，君慰止之，乃去。在祁陽滿歲，以不合上官意罷去。後補湘潭令，未得之官，以咸豐十年七月十九日卒。藍山民哭而祀之於三忠之祠。三忠者，儲、王、江三君，時皆已死，君德其來援，捐俸立祠爲祭田，歲再享。及君卒，藍人並祀君於祠，改爲四忠云。

卽山名嗣康，道光十一年辛卯鄉舉，浙江餘姚人。十九年，英夷滋事，以學官佐軍務功，敘直隸州同知。二十六年，來湖南，歷署岳州寶慶通判，桂陽州同。後以禦賊功加府同知銜，藍翎，改補知縣。君恂恂嗜學，博涉典籍，敦尚質樸，不能諧俗。與余善，嘗爲銘其先人。君卒後十三年，子倬漢以通判需次長沙，始述君藍山事，余爲之傳。

書謝御史

謝御史者，吾楚湘鄉謝薌泉先生也。當乾隆末宰相和珅用事，權焰張，有寵奴常乘和車以出，人避之莫敢詰。先生爲御史，巡城遇之，怒，命卒曳下奴，笞之。奴曰：『汝敢笞我！我乘我主車，汝敢笞我！』先生益大怒，痛笞奴，遂焚燒其車，曰：『此車豈復堪宰相坐耶？』九衢中人聚觀讙呼曰：『此眞好御史矣！』和珅恨之，假他事削其籍以歸。

先生文章名一時。喜山水，乃偏游江浙。所至，人士爭奉笻屐迎，飲酒賦詩，名益高，天下之人皆傳稱『燒車謝御史』。和珅誅，復官部郎以卒。

及道光癸巳之歲，河南裕州知州謝興嶢以『卓異』薦入都。裕州，御史之子由翰林改官者也。引見時唱陳名貫畢，皇上問曰：『汝湖南人作京語，何也？』興嶢對曰：『臣父謝振定歷官翰林御史，臣生長京師。』上忽悟曰：『爾乃燒和珅車謝御史之子耶？』因褒奬興嶢家世勉以職事。明日，上語閣臣：『朕少時聞謝御史燒車事，心壯之。昨見其子來，甚喜。』未幾命擢興嶢敘州府知府。方裕州入見時，吾鄉人士在京師者，盛傳天語，以爲謝氏父子之至榮也。又幸薌泉先生之生於其鄉，而以相誇耀也。敏樹得知其本末知此云。

敏樹又記在都時，有郎官當推御史者，語次因舉薌泉先生之事。郎官謂曰：『薌泉負學問文章，又彼時清議尚重，故去官，而名益高，身且便。今我等人材，既弗如，而時所重者，獨官祿耳。御史言事，輕則友朋笑，重則恐觸罪一朝跌足，誰肯相顧盼耶？且家口數十，安所賴耶？余無以進之。』

嗟夫！昔之士風人情猶之今也。以裕州今日家世之榮，孰不欣羡而願其有是？孰知當薌泉先生罷官時，同朝行輩中必有相侮笑者，譏毁者，畏罪累而不敢附和者，其家人居室必不如在官之樂者。且使先生官不罷，其進取抑未可量。一遭斥逐，終以不振，獨氣節重江湖間耳！然則先生之燒車之時，亦可謂計慮之不詳盡者耶？

胥母胡氏家傳

吳敏樹曰：余觀婦人之無子而妒者，至忍絶其夫之嗣，可恨孰甚焉？而余里士胥君朝揚廷言其嫡母胡氏之賢，有足多者。

初，揚廷父興國，兄弟三人。伯，蚤卒，無子；仲，亦無子，年且老，妻死不復娶。而胡氏連產子不育，僅成一女。乃爲興國納妾周氏，生子三歲而殤，後又雙生子女，未及歲，又皆殤。於是興國年五十餘，哭曰：『吾房嗣其遂絶乎？』乃取族中兒，胡氏善誘撫之。兒輒嘑去。胡氏請興國更娶，拒不肯，曰：『吾命合無子，他人兒尚不能有，復何爲哉？』胡氏又請族戚衆勸之，更娶劉氏，遂生二子：朝及臺。朝，弱多病，胡氏親提鞠之甚苦。朝，稍長，始知身非胡出也。揚廷述其事如此。

揚廷讀書爲善士，今與其弟仲子孫滿室，微胡氏無是也。余惟古人以無子爲不孝之大，而婦人無子有出之道，蓋慮其妨嗣也。娶妻以爲先祀而妒者，婦人常病，賢者難有也。若胡氏能續其夫家兩世垂絶之緒，艱難不舍，卒成其志，可不謂賢乎？揚廷家故貧，父母勤耕織以有薄產。興國卒後，胡氏率周、劉益勤内事，傭人爲耕，俾子從師學，家業亦不墜。年八十有六乃終。

揚廷乞余文爲傳之，其孝不忘親，亦胡之善報也。

孫烈婦耿氏傳

孫烈婦耿氏，上元人。孫氏居上元方山，去金陵城南四十里，家業賈楚中。烈婦之夫，兄弟三人，時更代外出，獨其父母與三婦常共止居。

當咸豐時，粵逆踞金陵，官軍築長圍守之。賊且困，民恃官軍，走者復還聚。十年三月，賊外援至，城中賊犯圍出，官軍潰。孫兄弟皆在楚，父母語三婦：『吾兩老人，賊幸不掠殺，汝輩不可令賊得，可皆去，得前數十里遠，可免也。』又語烈婦：『汝有男子子，女孫且留此。兒森森甫斷乳，家一僕，與汝負兒行。』烈婦固不可，促之去。

時雨後，路泥水，三婦强行，裁二十里，次日至華家村，聞賊且至。烈婦急謂僕曰：『吾等止此，汝將兒疾走，投遠鄉。幸得活，畱孫氏嗣。兒衣中手縫白金簪珥數事，爲汝用。』哭而遣之。賊至，將縶三婦。烈婦好謂賊：『吾等幸將軍不殺，詎能逃走耶？』賊信，且易之。至塘岸，烈婦突躍入水死。賊遂縶兩姒以去。已而冢婦侯氏，以年長得脱還，言烈婦死事。其叔姒張，亦死賊中。

時村人少壯盡避賊，久無歸者。去烈婦之死五十餘日，姑忽夢婦來告曰：『族某某歸矣。乞令收我屍華村塘中。兒幸在，無苦，僕當以歸也。』姑驚寤。族人果至，乃往取屍，就藁葬華村。屍浮水，身腐，面如生。又一月，僕果負兒歸。

耿氏家亦業賈湖南，其本肆在巴陵鹿角湖上。先是，耿家人避常熟，孫氏亦寓句容。耿家旋由浙中走湖南，將以烈婦行。烈婦曰：『我夫在外，家有兩老人，奈何舍之去？』竟辭耿氏。其在句容，一日訛言賊至，烈婦遽投池中，水淺，救得出。後五年乃死華村也。

吴敏樹曰：耿氏所賈鹿角肆者，本賃之余家，與爲主客將百年矣。余所見耿氏曰亢宗，其子讓卿、克卿。今其存者，皆諸孫輩。余來江甯，讓卿子錞，亦以前歲自鹿角將其家來還，因以其姊孫烈婦狀請余。

烈婦，讓卿之次女。余交耿氏三世，在市賈閒，其女子之賢，乃有烈婦也。亟書之。

書李烈婦楊氏

烈婦楊氏，貴州人，不知何縣里也。余之再從子婦方氏來歸時，其家婢以楊氏。既數年，楊氏長有色，余家以屬方家，爲擇而嫁之。今一年也，家人藉藉相告語曰：『青鳳爲其夫死矣。』青鳳者，楊氏婢名也。

余聞之駭然以驚，問其事。曰：『楊氏嫁湖西李生爲妻，李生學官士，相得也。歸之四月，李生病，病三月遂死。李生將死，謂楊氏曰：「吾病必不起，子能終吾喪而去乎？」楊氏泣曰：「君如不起，妾當喪君百日，相從於地下耳。」及李生死，楊氏哭極哀。然强食飲，不言欲死事。生兄弟後以子，以葬生，楊氏亦安之。至百日，具酒饌祭生，立哭其靈前竟日。逮暮，入扃戶縊死矣。』

余因問家人以烈婦之素，皆曰：『楊氏爲婢時，主家怒之，無慍色，亦無後言。』從嫂張安人曰：『此女在我家無他異，但時與言古今女流奇節事，輒心喜欲聞之。他婢子不然也。』又聞李生前妻死，期更娶必得處子。而其母性暴，人無肯與女。及楊氏歸李生，事其姑甚驩，不聞姑之暴也。嗟乎！烈婦之爲烈也，有以哉。

又言楊氏生歲餘，而父母死，兄負之乞食。已而棄之。有王姓者，養之。稍長，復賣之。而方家官貴州，得之以來。蓋其嘗自記說如此。可謂天下女子之窮阨者，卒其所成就赫然，信乎『人之所自立』者大矣。其可感也夫？

劉姑母吴孺人傳

姑氏，吾祖石渠公之第三女也，適近里劉氏。先祖資姑夫營生利，姑氏賢，遂起其家。

蓋其治家也整，用物也精，待人也恭，自處也靜。自堂室灑埽、精潔一器之置，必當其所；廚舍薪竈，待用咸宜，此治家整也。一蔬乾鮮之食，必得其味；葅菜之甕，醃魚之甀，人不得輕啟；腐乾而糟之，或逾肉食；匙銅椀漆，數十年如新，有所置之，不易其處，此用物精也。客至具飯，不急而具；尋常往來，茶湯肅然，此待人恭也。端坐終日，無少偏倚；因事有言，聲不聞於外，此自處靜也。而身勤紡織，縫紝澣濯，無不親之。乞者至門，輟所事與之飯。所傭佃人，咸得其意，無不盡力。教子女及婦，皆有法度，此又難也。

蓋先祖有五女，所適者，長趙，次李，次即姑氏，次榮，次張。趙姑性行頗不若，不得來家。張姑蚤世。餘皆歲時迎歸，侍祖母前。敏樹幼習其閒，頗知大略。榮姑無子而寡，撫一子，蚤死。又別撫孫，孫年亦不永。又鞠曾孫，稍長，姑氏乃歿，於爲人至苦矣。而其爲家，與劉姑氏大同。世言人自發跡有立者，子女皆異人，以爲有運命，不知皆人之爲也。蓋習於見聞而然，然非其質性有過人者，亦烏能若是哉？

姑之孫，縣學生倬雲，請余爲傳，藏之家。著其大要如此。

姊氏傳

敏樹有兄弟各一人，姊一人。兄，前母子，非同產。姊，亦長敏樹十又七歲。葢吾母於是爲極苦矣。

初，母生姊後五歲，而生二姊細貞。又六歲，生兄福緣，福緣六歲而殤。當嘉慶癸亥，其歲兄神賜生。閒二歲乙丑，細貞姊十三而殤。神賜又殤。而生敏樹。其歲，姊適劉氏。又二歲，母生吾弟。當敏樹之生，吾母葢未知己之果得有子也。敏樹又最弱多病，家無傭僕，自母外，姊氏常提抱之。噫！是可痛也夫。而吾母見姊夫之歿，晚又見吾弟之亡，長甥之亡也。然母歿時，年八十有三，姊亦高壽至八十，不可謂非幸也。

而姊亡其長婦孫，其次子尚幼，姊提之以長也。三女適人皆極貧。余家分姊金錢，曰以賙女。姊不肯私有積錢，以付其家，亦不能多與女，時稍稍給之。至今而後有分也。身勤其家，一日不紡織，則不安。聲未嘗出戶外。舅姑以勞起家爲富人，舅性頗放佚，見姊必莊。姑性急，子婦有不順，撲地呼不已，獨於姊無不可意，曰：『是眞名家女也。』姑歿，舅繼娶，益酗酒爲暴，聞姊來，輒少止。吾母歿後，姊歲時猶一再來家，居之四五日。敏樹往來姊家，常以事不畱宿，宿者希矣。姊送其歸，常不忍。次子忠瀰與婦張，甚有孝道，姊卒未一月，張亦卒。後年，孫婦亡。所愛孫女適余姪孫者，又亡。而姊纔及見元孫而卒，余乃知姊之猶有幸也。

葢姊之節不登於旌，以年過三十，又以夫職當受安人、命婦故也。然其事行，足以傳矣。

先考行狀

先考研田府君既歿之二十年，不肖中子敏樹，欲有表於其墓，既以請於戶部郎中上元梅先生伯言，而許爲之文矣。謹具列里居世次，先人之性行事迹，大略如狀。

我吳氏上世，明初曰伏一公者，始自南昌徙來巴陵之南鄉。十有四傳而至府君。我高大父府君諱書泰。曾大父府君諱宅揆。大父府君諱傳經，是生先考研田府君兄弟三人。府君次居長。始，吾家故貧，先大父之世，起有貲產，爲里中富家。

府君始讀書，即篤信宋儒之學，期必行之於身。嘗扁於其塾曰『學四字』，而爲之序以自勵，取朱子湻熙入對時答人語也。爲文章，理致深厚，樸而不華。試有司，輒不利，年三十，尚困童子試中。時昆明錢公澧，爲湖南學使，待士嚴。府君當入場，人擁失履，覓履乃復入。錢公怒其遲，退之，不令入。既而召之，府君歎曰：『所以就試者，爲進其身也。豈可受辱如此哉！』竟不入。而先大父年且老，家務多，府君遂棄舉子業，佐大父治家，家益起。

初，府君年九歲，而先大母胥太孺人卒。繼大母孫太孺人，又繼大母李太孺人，府君事之，皆盡誠孝。而大父昆弟三人，仲季兩大父皆早卒，府君待諸孤弟，尤有恩禮。然自敏樹生時，府君年已五十有一，其前者皆不得見而盡知之矣。顧自其微有知識之日，日趨侍府君於家，而仰其容貌，則見其溫然以和，又儼然以莊也。其於兄弟也，與吾仲父異母以生，同居以及老，未嘗有一言之相責望也。吾季父早世，季母守節嫠居，其於府君未嘗有一事之不然於其意者也。其於子孫也，愛而教之，加意以撫之，然未敢有不敬恭於其側者也。其日接於鄉之人也，雖妄少年，未有不肅然於其坐者也。嗚乎！此其外之大略可見者也。

抑其行事，猶有能道者焉。吾鄉家有贏穀者，多積頭穀。頭穀者，人質貸其穀，加息以償，至來歲春夏閒，除其息，仍以本穀貸。而吾家所積頭穀，蓋盈萬石矣。嘉慶癸酉之秋，府君與仲父謀曰：『吾田產足可業也，而積穀又多，遂積而不已，以多財遺子孫，吾懼其爲不義也。今歲頗不登，貸者艱償，不如放之，此兩利也。』仲父以爲然，而所貸出穀萬石，盡放出，不復收。然府君平時治家纖嗇，不忍妄費一錢。人或疑其吝，及是放穀萬石，一鄉盡驚。有稱頌於府君前者，則徐應之曰：『吾年老力衰，計自逸耳。』然自後府君果益少事，唯觀覽書史自娛。尤喜鈔書，積巨冊，首尾端楷若一，無違誤者。素善飲酒，乃益召諸昆弟歡飲，未嘗至甚醉，酒後滋益恭。時時自鋤菜畦，樹瓜果，及課傭人治田，必盡其法。子孫讀書，訓課甚勤，不多望以進取。敏樹年十七時，補縣學生，訓之曰：『汝今爲學校中士人矣。士者，行義必可觀也，可不勉乎？』臨終，戒子孫曰：『願後世不失爲讀書善人，富貴非所望也。』

自府君之歿，二十年閒，鄉之人往往有嘆而言者，曰：『厚矣，夫先生之教我也！我奉其教，以有今日之安也。』又有言者曰：『某某婚喪不舉，往貸於先生，必得所求焉，不以其貧故疑難之也。某與某訟，以厚質請貸，則不得焉。又力勸諭而已之。凡先生之行，皆此類也。』又有言者曰：『昔先生之存，鄉之長者，常有所聽聞善言，以教戒其子弟。少年之爲非者，不敢肆。今不然矣。』嗚乎！此皆府君之實也。

府君諱達憓，字懷新，別自號曰研田，太學生，按察司照磨職銜，以子敏樹候補教諭，得贈修職郎。生於乾隆乙亥八月二十二日，歿以道光乙酉正月二十日，享年七十有一。卽以其年十一月初五日，葬橫板橋之新阡，直家南十里。府君元配，吾前母羅太孺人，生吾伯兄友樹，附貢生。繼配，吾母徐太孺人，生吾姊，適劉氏；次卽敏樹，道光壬辰舉人、大挑二等、候補教諭；次吾弟庭樹，縣學生。孫男八人：昌烈、昌煜、昌燿、昌輝、貽孫、慶孫、似孫、雨孫。曾孫男十二人：坦、堅、均、圭、墉、垣、垕、堂、域、坤、城、堪。

今吾伯兄與吾弟，皆已卒世。敏樹幸侍養老母，無能進取，以圖顯揚，惟思託賢人之文章，垂先型於不朽。謹狀其實，以俟文焉。

亡弟雲松事狀

亡弟諱庭樹，字雲松，別自號半圃，巴陵縣學生。以道光十六年十一月二十六日卒，年三十。明年二月初五日，葬於近里彭仙塘祖塋之傍。妻李氏。子昌煊。女二人，適本縣何氏、郭氏。孫：期壇、期埏。

先君子研田公行善於家鄉，有上元梅郎中曾亮爲表墓。子三人：長先兄石林先生，諱友樹，附貢生；次卽敏樹；亡弟季也，爲三叔父宗海公後。先兄出前母氏，年最長。而吾母爲先君子繼室，生敏樹，又最晚，弟少敏樹二歲。兄弟三人，雖異出，年相差，至相篤愛。弟名後三叔父母，皆已前卒，實無所爲異產別居者。及先兄卒，母氏念諸姪與余兄弟年相若，且指眾，或難處，乃命析產半以畀四姪，而敏樹與弟共其半焉，鄉人驚爲義事。

敏樹頗好書，不解家人生計，弟獨任之，纖毫不以相關。及有所欲物，或他有所費，無多少，則無不得者。弟又絕有幹材，處置畢，惟相與怡怡母親之側。又從余讀書爲文字。喜蓺花木，闢小園，爲樓臨之，可三里外望洞庭。花樹繞樓下，兩人讀且臥其中。名樓曰『聽雨』，取韋蘇州語也。當時兄弟相顧，以爲此樂可長有人世間，他可喜事，卽不如志，亦不足爲有無矣。

及余丙申會試歸，而弟已病，則急爲延醫遠地，又相從就醫長沙，日夜守視之。疾竟不起。敏樹蓋自是喪精失魄，茫然視天地，獨哭荒山中，凡三四年，而僅能自活也。惟時先母七旬望八之年，孤姪才二齡，而又當强其所不能，以治米鹽牛豕田穀之務，往時所欲學而爲者，中遂廢棄。春官試亦不能上，而意氣消耗，終已不可復振，凡以余弟之故。嗚呼！非敏樹之有性情，能厚於其同氣而然也。惟余弟之賢而蚤死，所以困余者，豈非其命也夫。

初，弟爲叔父後，有遺貲錢千貫，弟所當獨得，而不願有私財，乃以創爲族人義學之塾。尚有餘，病時顧我，願以積置義田，繕族人之貧者。及弟死，余檢其籍，則所與假貸，皆婣戚，不能促償，而籍首自注『所以放息，將爲義田』之語。余讀之痛，而不知所爲。先是，義塾因舊有公田，稍增益之，以起其事，乃還族人田，而自專其費。而弟所欲爲義田，繕族人者，至今未能就也。

弟之葬也，余未爲誌。其地域已隘，而余終當相就，欲別擇地而自營壙偕焉。近經兵亂不暇，而弟子孫又頗宜善，以葬家之說，意未可遷易之，遂定於此。嗚呼！亦余之命也大？咸豐丁巳之春，寓家長沙，遇孫芝房侍讀，與言吾弟爲人，及余兄弟不幸早相失所以爲憾者，侍讀文章高世，頃年罹其兩弟之戚，蓋能以類憐余而知其情者，因請表於亡弟之墓，而爲之狀如此。謹狀。

柈湖文集卷第十

二孝廟碑

岳州城南湖上有廟，曰『羅娘廟』。秦時武陵令羅君用溺水死，女與其弟求父屍不獲，偕死焉。廟祀古矣，宋元豐中，封女曰『孝烈靈妃』，弟曰『孝感侯』。

廟代有修葺，近今頹毁，巴陵謝維藩曾爲詩歎之。敏樹以聞於長江水師提督黄公，慨捐多金，巍焕茲宇。惟古稱廟曰『羅娘』，辭過質，且未該其弟也；宋封號稱妃，亦非宜，乃題曰『二孝』，而文其事於碑。其文曰：

孝哉羅女，父溺洞庭。偕弟求父，風濤冥冥。求父不獲，殞厥娉婷。弟亦隨死，家胡慘丁？風濤冥冥，倏見其形。姊弟抱父，立波亭亭。邦人感之，祀爲明靈。自秦及漢，芷蘭薦馨。大夫陸賈，使越途經。爰獻銅鼓，百神來聽。悠悠千世，東逝滄溟。屈忠同哭，湘怨兼聆。漢有曹娥，度尚所銘。蔡邕題字，黄絹晶熒。懿茲羅女，作彼先型。而況有弟，哀烏急鶺。江廟孔奕，君山對青。榜瞻二孝，過者涕零。

屈子廟碑

屈子廟於江南尤盛，於巴陵湘陰蓋古矣。巴陵新牆河，微水也，九江之一矣。屈子放於江南，蓋嘗寓居於此。當驛道有市集，古亦宜然。由微泝湘湖，入汨川，所謂『行吟澤畔』者非與？

宅，趙宋時爲太平寺，後又爲相公廟。相公俗所呼官人，卽大夫也。余今正其名榜曰『三閭故宅』，仍存寺名，僧者主之。乃爲迎送之歌，效湘君之文，俾春秋用事。其辭曰：

泛微川兮上汨羅，雲之起兮嵯峨。風寥寥兮水增波，思夫君兮奈何？邅吾道兮洞庭，渚之宫兮氛霧冥冥；不可以往兮言旋，巴陵之浦兮芳草緜緜。夫君之去兮千年，三戶之人兮爲君作堂。蘭爲柱兮桂爲梁，荷蓋兮覆宇，申椒兮塗牆。君之來兮徜徉，楝葉糭兮綵絲裏。肴芳馨兮薦左，醴泉酌兮秔蒸，君無醒兮醉我。望中流兮駕龍船，綵旗飄搖兮簫鼓填。咽君無歸兮汨淵，日將暮兮北渚。湘君出游兮幢旃，披杜若兮靈雨。風沅芷兮香川，霞光綺兮四天，君安往兮翩翩？顧我人兮鄰伍，穰我田兮禾黍。千秋萬歲兮大邦，楚君復來兮延佇。

湘靈宫碑

君山之爲君山，以湘君也。湘君、湘夫人，始見楚辭，以其繫湘爲稱，知其水神也。山經『帝之二女』，郭璞注爲『天帝［之二女］』，昌黎韓子辨之，定爲堯女舜妃。然水，陰屬也，其神爲女妃，郭璞之説奚不可通？余常論孟子『變置社稷』之義，水、穀皆有正神，有配食，山經、楚辭之云正神與配食與？吾不得而知之也，要之水神者是已。

余既考定北渚，爲亭以志，而未及爲之宫，今始剏於聽濤閣後山之左。方退菴營君山時，既爲閣於龍神廟後，余欲以祀帝子。既而思之，頗類俗所爲後殿者，故不敢。而山舊有廟，明張元忭遊覽記稱，在湘墓左，有大銀杏中空者，今其樹尚存，乃在洞庭廟西。今廢廟，在洞庭東者，非其處也。廢廟毁於兵，又敗於水，故不可復。今乃宫於此，以補退菴之闕，成君山之名。經始今年八月四日，棟宇粗完，丹堊未備，十一月四日，以寒止工。明年三月，乃可訖事。

考宫者，劉君倬雲始度之，程甥禮明卒成之，余之孫坡襄辨之。爲錢千有餘緡，皆出募貲，别書石以記其人。宫成，以崇勝柏，僧主之。宫之西堂曰『鶴茗』，又西爲室曰『漁寄』，余時來居之。有樓，因以藏書。

同治十年十一月七日。

新牆洞庭神廟碑

巴陵南驛，有市新牆。巍峩新廟，洞庭君王。君王維何，廟於茲土？福佑我人，匪今伊古。紙錢脩脯，巫歌覡舞。馮夷考鐘，雷公擊鼓。家有舟船，涉湖行賈。朝帆江陵，莫棹衡浦。安然無虞，如宿庭戶。彼商之人，萬貨雲舉。誰其濟之？惟神攸祜。

爰有市區，鱗比萬家。山珍崔崒，大貝如瓜。儻日不戒，焚如其嗟。迺有某室，突然紛拏。燄空競上，烈風驟加。倏見神人，黑衣秉杈。播爲霖雨，黕波頳霞。萬眾齊呼，止棹停車。翩然飛逝，如沒高鴉。匪神之爲，而誰此耶？

粤寇肆虐，室廬蕩如。延及神宇，空牆立墟。神胡不殛，劫造徒吁。誘曾醒塔，于彼雷湖。獲醜殲渠，訖我天誅。奔逃以還，補完卒瘏。

聿新茲廟，煥於通衢。王來此堂，鐘鼓煌煌。磬管鏘鏘，絲竹琅琅。蕙肴蘭醑，肥豬牛羊。前有平臺，干舞旄揚。妙童遞唱，姹女登場。湘君上壽，涇陽奉觴。屈君入座，羅女侍旁。王其樂此，萬歲無央。

龍旗齊駕，魚旆前颺。漢妃迎路，江叟持韁。家兒里媪，涕泣情傷。顧瞻且止，及汝秋嘗。鏡波瀲夕，朝霞爛光。萬人樂只，待我君王。

萬石岡阡碑

水經：『湘水又北過長沙，下雋縣北，微水從東來注之。』〔一〕酈道元注曰：『湘水又北得鹿角山』，又『北得萬石戍』，又『北微水注之』。〔二〕按萬石，村也。水盛，今溢爲湖。外亘長洲，行舟泊焉。其北爲九馬觜山，洞庭浪高絕險處。微水，今新牆河，源出縣東大雲之山，曰沙港。東流合油港，至三港口，龍灣水東北來注之。又東至白叟渡，涒港、犁轅港、金浦戍，入於洞庭，合於龍迴、九馬二山之間。脈山川者，咸以謂地勢所環，在於萬石之岡。

有張氏者居之，道光中，余家售諸張氏，以葬吾先伯兄石林府君，祔嫂彭其右方，故今稱石林君墓曰萬石阡。昔漢萬石君石奮以謹厚佐高祖定天下，封侯，子四人，咸至二千石，世號萬石君家。今岡名同之，亦佳兆云。

君吳氏，諱友樹，字濟川，號曰石林。考曰研田府君。祖考曰石渠府君。石渠君始興其家。研田君讀書能文章，不遂於名，散積穀萬石里中，上元梅曾亮伯言銘諸其墓。善慶之貽，垂緒在君。君年三十，始入學爲郡諸生。

初，九齡喪母，依繼母氏。讀書資苦鈍，後於仲季兩父。季父尤敏速，年差少於君，已而蚤世。仲父有聲場屋，以石渠君年老輟之，佐研田君任家。君益發憤攻苦，就課名師，久不如志。益勤，師爲聯句贈之曰：『苦心人天不負，有志者事竟成。』其歲己巳，果雋，師書以賀焉。既入學，尤篤爲文辭，宗主明名家金、陳氏及我朝方靈皋、張百川、儲禮執氏，揣摩而入之，以試輒不利，不以爲悔。於時墨弗效之，亦弗能爲也。善病，日常巾抹額，藥物不去手。晝誦經書，夜讀名人文，不倦以已。己卯試於鄉，獲房薦落，不卒舉。君歎曰：『吾年四十，無成命矣夫！將以付吾弟。』辛巳，敏樹入學。壬午，同試長沙歸，君遂舍業，援例爲附貢生，從父大人分其勞務。

大人性方嚴，君能敬以和。嫂不協於母，母顧兄特厚。劉姊氏差君十歲，敏樹差廿又六歲，季庭樹又差二歲，皆喜從於君，不知其有先後母也。乙亥，敏樹年十一，兄攜之讀於荷塘湖寺，不語以文，曰：『吾筆格非利者，無誤若。』其冬，以歸秦石畬先生於家之塾，先生教於家後高齋，君移寓南屏菴。又後年丁丑五月，先生放學歸，敏樹自爲文，走菴中請之於君。君則大喜，曰：『無論其文，乃其志可嘉也。』西山學舍成，先生就館之，君亦居館側，與石畬先生相切劘爲文。時訓戒敏樹與烈姪所爲不用心者。明歲戊寅，敏樹年十四，初試童子，三試入學。而烈姪弗得，君頗憂之。丁亥，庭樹捷告。君曰：『吾父之報也！吾可得似乎？』戊子，敏樹房薦，君深爲惜之。其冬，君遽嬰末疾，閒一歲，庚寅夏四月初四日，風忽發，不能言，遂卒，年五十有一。五月，權厝彭仙山祖塋。冬，卜來家山葬之，不吉。乙未年十一月十五日，定卜此岡，乃兆焉。

君嘗曰：『吾曹不能發名成業，先人之厚積，其不任乎？』又曰：『爲人要當不辱先人，況如吾先人者，能恍惚其事，行亦足稱矣。』又曰：『吾不汝瑕疵，汝好書，有欲取者，任自買之，他錢不可得，此不汝靳也。案上堆亂書，是汝散漫率眞處，須少整齊之。家買他家藏史一大櫃，待汝讀之。』及壬辰，敏樹舉於鄉，哭曰：『吾不及吾兄之見矣！』今兆此三十有八年，隧碑未列，伊誰之尤？本欲乞諸名人，以長姪早喪，督季姪學不終，又隨以亡，將有待以如君之志〔三〕。今幸有三孫，連在庠序，人咸曰：『伊祖苦學，是宜有然。』而敏樹且老，爲文章粗有成，或不遂腐落，用敢自述梗概，矗諸岡首。

系曰：湘水流長，徑乎茲岡。有萬其檣，萬夫之望。萬年斯祥。

同治八年九月，前瀏陽縣訓導，仲弟敏樹述。

碑陰：

曾祖考宅揆府君，妣孫氏。

祖封登仕郎按察司照磨銜石渠府君，妣孺人胥氏、孺人孫氏、孺人李氏。

考贈修職郎瀏陽縣訓導按察司照磨銜研田府君，妣贈八品孺人羅氏、贈八品孺人徐氏。

妻例贈孺人彭氏，同縣彭美東之女，卒道光十五年十月二十一日。

【校】

〔一〕水經注云：湘水『又北過，下雋縣西，微水從東來流注之。』

〔二〕水經注云：『湘水左逕鹿角山東。右逕謹亭戍西，又北合查浦，又北得萬石浦，咸湘浦也。側湘浦北有萬石戍。湘水左則沅水注之，謂之橫房口，東對微湖，世或謂之麋湖也。右屬微水，即經所謂微水經下雋者也。』

〔三〕志：底本字迹漫漶，據柈湖文錄补。

秦石畬先生墓表

同治七年夏，敏樹東遊至吳中。六月伏暑，寓於無錫。一夕，忽夢吾業師秦石畬先生，如少年受學時。於是去先生之歿，卅又四年矣。覺而念之，吾昨遊於惠泉，問秦氏之故園，過觀而歎息。豈以其姓秦也，牽引以及於吾師而夢？儻所謂因者耶？嘻！殆不然矣。吾行時，先生之季子，以墓碑久未立，屬文於我，謹諾爲之，且願自買石以刻，約歸日辦之。茲豈以促我耶？吾懼甚矣。

吾巴陵秦氏故微，自石畬先生，與其族叔山懷先生，同起入學，皆食餼爲名諸生，邑中士稱二秦，而石畬先生名最高。先生家極貧，既入學，無以爲生，乃就館於湖北。先君子聞其名，延先生課子孫讀。後與先伯兄連爲兒女姻家。歷二十餘年，纔一歲他館。敏樹侍先生於學舍盈十年，學爲文字，未嘗更受他師也。

先生曰：『俗師教人以八股爲正業，而他藝皆名爲雜學，此大謬也，人文無自而起矣。』於文章，不喜爲場屋墨體文、試帖詩，必推周秦兩漢以來古文、詩之傳，與之相接續爲道。其授讀，先取古者。或不解，曰：『但熟之，後當有用也。』喜自讀左氏傳、國策、柳州、東坡文，曹子建、陶淵明詩。敏樹時旁窺之，久而竊欲知其大意。先生夜飲酒，酒閒喜有論說。輒侍執壺，求盡其語。嘗竊依他人擬題，作閨怨落花等詩，閒以請於先生。先生頗賞其詞，而謂曰：『汝少年而爲此，汝固不解題耶？凡爲此者，乃才人年過不遇者之所寄耳。』因論古人男女之詩，多爲君臣朋友而作。邶之谷風，乃後來爲棄婦詞者之祖，遂自歌谷風一篇，從容擊節盡之。敏樹立以有悟。凡先生善讀古書，得其通解；又善啟發人，多此類。顧亦不自多爲詩文，有作，其稿不具存也。試提學，屢冠曹，而鄉舉輒躓。既不得志，亦自廢然。雜治方書、星卜、葬師之言，無不究根柢，亦不屑以自名。

道光十四年甲午，先生年五十五，復起就鄉試。在長沙寓中浴，暴感風疾，遂患偏枯。明年，猶館余家兄弟所，數月歸。六月初六日，風發而仆，遂卒。

荀卿子曰：『水深（則）[而]回，樹落[則]糞本，弟子通利則思師。』先生之道既困於其身矣，敏樹又未能以發揚大顯於世，獨以爲古文見推譽於時人，其可不明其所自乎？

先生諱維城，字綏臣，石畬其別號。卒時，以廩次當得歲貢而不及。其閏月二十四日，葬祠堂後公園。夫人吳氏前卒，合葬。三子：汝霖，汝楫，汝礪。女三人，其季爲余兄子婦。孫：承禧，承祉，承祥，承易，承祖，承蒲。曾孫：家志，家清，家陞，家美，家濤，家海，家來，家盛。先生晚始有少田，歲取佃穀二十餘石，後子孫習農，分治其田，家少饒於先生時矣。以先生之文，而不遇如是，後當有興者。

同治八年正月，門人吳敏樹表。

誥贈中憲大夫黃府君墓表

府君黃氏，諱友度，字次叔，別號磻汀。先，善化人，世出分甯雙井。明洪武時，其祖國章，自泰和來長沙，子興輔以人材舉官御史。六世，寶，成化進士，官至吏部尚書。其後，代有科宦聞人。十六傳至秉初府君之考，以儒行名於鄉，好施與，家中落。府君嗣爲諸生，不遇以終。而諸子旋起科第，府君以其仲子錫彤官得贈爲監察御史階中憲大夫。同治十一年，御史昆弟既遭其母氏余太恭人之喪，於是去府君之歿二十六年矣。太恭人別葬不以祔府君。御史述太恭人，並追述府君，請皆爲表於墓。

按狀，府君之行，人所尤難者。其兄弟析居，父獨慮其貧，命以己贍田專遺之。辭不取。而授讀所入，纔幾金，兄折於賈，又以資之。其事皆以有太恭人爲賢婦，府君得如志，語詳太恭人表中。府君一生事教學，其教，先謹行。從遊少年，有小不檢，嚴斥之。雖成名宦達，猶切勵焉。里有爭語，爲論說道理是非，懇懇然，皆聽服。有義舉，必助成。蓋可謂隱君子，爲善於家鄉者矣。而御史又稱府君善通相地術，卜先兆得吉，將自兆與太恭人偕者，視一地，力不可以得，卒時遺命葬宅居對山，今墓所也。而所不得者，今得之以葬太恭人。府君葬久，人又稱吉，故不克偕新兆云。

吴敏樹曰：葬家風水之說，其果有憑乎哉？青囊、龍經之書，人讀之，而言之又各異，彼此是非，眩惑易謬。如地之果有爲於人也，吉凶所值，固當有陰持之者，則行善得報之理信矣。世稱金坑黄氏名族，傳其先世墓地甚著。而府君又以擇地聞，談地術者，將益走徵其壠，則余請考其世積，而師其爲人。

府君卒年七十有七。先娶林氏，贈恭人，蚤卒，無子。子皆出於繼室余太恭人。其卒葬年月，墓首址子姓之詳，則前具他石。

福建候補通判何君墓表

君諱錦雲，一諱仁，字存理，號浣溪。年四十餘，以廩貢生入官，署長沙縣訓導，改福建候補通判，歷署興糧、石碼通判，順昌、福鼎知縣。在官凡十年告歸，又四年卒，年六十二。君，余妻之長兄也。故余習知君之爲人，與其在官之治。不可悉書，而知其要也。

始，君考之世，以善治生起家，富聞鄉里。君讀書爲文章有聲，出入場屋十餘年，未得志。而考年老，君每閒輟舉子業，助父任家事。及考歿，君持家且十年，家益起。余每至君家，見其坐閒鄉人之請事者恆滿，君從容酬答。至與語錢穀所往來，不持簿籍，而皆記言其數。家所使治田及行賈於外者，皆授之法以去，必詳。旋與余輩道文字得失，語古事，倍誦史書無遺字。及論世人凡所作爲，必中其要，雜以詼嘲，聞者盡樂。蓋君性通敏，精於事理，持以平恕，其喜愠皆容以緩，而力又畢給，纖悉倥傯，常若有餘。其過人如此。

君既稍厭家事，而校官其舉子時，所以事例就者。一試任，以不足爲，乃去官閩中。其在閩，治官如其治家。先自檢從人與衣服飲食之費，使無内累。其於民閒所疾苦，吏胥巧猾之變，則夙辨之矣。故所至聽斷期會，民立讙呼，以爲未有。始知順昌，民竊知其生日，將盛爲祝。君力拒之，民則自以其日，演唱戲樂，家懸一鐙於門，上書『官清』『民樂』之字。任福鼎日，屬有疾暴劇，士民爭爲設齋祈禱，疾尋愈。聞當去，走大府乞留，以格於例不得，則爲置生祠。他處皆類是。大抵君之治清明，尤尚平易，民皆樂其便，故然也。君雖不肯媚事大吏，大吏知其才，常委以事。吳文節公文鎔任巡撫，尤器君，而通判尚未眞授。

君自占命數，則喟然曰：『吾年恐不過六十上下，久此何爲？且吾宦情亦早倦矣。』即上病自免歸。已歸，不復理家事，獨與里紳共捐辦洞庭救生船局。先是，濱湖鹿角，置局曰『敦善堂』，收掩溺屍，及施與貧者棺木，君與余家所共建也。君又與余堂弟士邁，爲船救生，君所捐幾二千金。至是益廣籌其費，其他善事可施行者，君輒倡爲之。

道光三十年正月十四日，君卒。以其年某月某日，葬於黄沙街之原。君之配米安人，先以道光二十二年某月某日卒，先葬於此，君葬，乃合祔。米安人，沈静少言笑，治内事惟謹。君與篤伉儷，未偕之官。而君在閩無妾侍，亦人所難者。君祖縣學生諱燮安。祖母趙氏，父封登仕郎按察司照磨諱仕承。母熊孺人，生君兄弟二人，君長；次候補照磨，名銓。君之子七：繼瑰，從九品銜。天衢，增貢生，候補訓導。繼玢、天章，縣學生。天禧，縣學生。繼玠、天運，縣學生。孫秉倬，縣學廩生。秉□，從九銜。秉□、秉□，國學生。秉理，縣學廩生。

述□、述□、述□。曾孫裕□。

咸豐十一年九月，繼瑰始請余爲文，表君之墓。余謂今世之居官，少可稱道者，其才或不足辦其一家，安任州縣？苟才矣，又皆習爲逢迎生事，未有眞以其民爲意者也。才如君，而又能治官如治其家，何憂不治？嗚呼！若君者，豈易得哉。

歐陽府君墓表

湘潭歐陽兆熊，始葬其父國學府君，母周孺人，皆別營地以葬。既逾十年，而地皆不吉，乃改卜其縣城北薛家湖湖頭嶺之原。以咸豐七年七月十三日，遷葬合祔，而屬其友人巴陵吳敏樹表於墓。

國學君系出廬陵，世居湘潭。父樹彩，生二子。君，仲也，諱辰，字介夫，號曰麓樵。君少爲科舉學，不遂，益貧。乃輟業從賈人游，居稍饒利。君爲人故儒行者，居賈市閒，恆執持儒先所論說道理爲事可否，行止不阿俗見遷就。與人期必信，言必直，而寬厚容惡於人。所買石潭田，契者詞翻覆，欲有所匿賸田。君曰：『訟，吾費甚，人又益敝，奈何？且彼失田，當悔直少。』竟增予金。鄰侵後園地數武，君欲繚以垣，則與市其地歸，眾服君誠長者。

君惟好儒，益不喜陰陽、神怪、吉凶之說。平生不問卜，不拜神佛。有興作，唯便，不擇年月日宜忌。年四十餘，始有一子。數歲，布痘，痘醫入門，供設痘神，俗所號娘娘者，痘家迎事之極虔。君怒曰：『何神也！而供吾堂？』置之地。親眾駭慄，痘竟無患。及牛痘方傳來，人疑怪莫信。君曰：『是有驗不誣，且救人，惠莫大。』爲倡貲設局，推行之。牛痘者，來自外海，種始取之牛，以刺兒左右臂，裁數穴，痘出刺處，兒無患苦，即終身不復患痘。湖湘閒，至今施行活人，由君也。

道光二十六年正月二十日，君卒，年八十。其年十月十六日，周孺人亦卒，年八十有二。夫婦同享高壽，而偕以終，世以謂難得。周孺人，同縣處士維南之女。國學君在外，孺人持家，躬樵汲勞，姑傅太孺人足廢，扶侍動[一]起十餘年，不以一日懈。晚有子，倍憐之，不以忘教。嘗曰：『人家子不肖者，多由母縱佚壅遏，不令其父知，况父在外者，由母而已，吾不敢以是愛吾子也。』子兆熊初以廪貢生援事例得校官，署新甯教諭。道光丁酉科舉人，軍功保舉知縣。女二人，適賓氏、王氏。孫三人：勳，縣學生；熙、照。曾孫□人。

敏樹昔年遊學嶽麓，與吾友子能交深。至湘潭，升堂拜其父母，時麓樵先生、周孺人，雖老尚健。孫勳功甫，裁數歲。今湖嶺之葬，功甫夫婦及弟熙子壽左右祔焉，而余已前銘功甫矣，不能無感也。麓樵先生斥邪屏誣，何其峻厲？余所見先生，乃非氣矜者，坦夷尋常然。與言文事，及世風人情、家之生計畢盡，非誠其中，烏能不惑懼乎？周孺人奉姑教子，可爲世法，故論而著之。

咸豐八年十二月十五日。

【校】

〔一〕勳：底本字迹漫漶，據《柈湖文錄》补。

翰林院侍讀孫君墓表

咸豐九年三月十七日，翰林院侍讀芝房孫君，卒於長沙里居。卒前二日，力起爲書，告知友爲别，而及敏樹，且屬表於其墓。

先是一年，君奉母桂太恭人之喪，歸自京師。而君已病，失音，醫久不愈。自以家多不幸，兩弟，仲嘉，兵部；叔孚，孝廉，前已連喪。身又嬰疾，意必不獲壽。日夜取平生所爲書及詩，更定其稿。余輩往視，則出以相質，盡無憾乃止。及將卒，所與書詞意恬然，筆札與常日不異。嗚呼！其於死生之際乃如是，君賢矣哉！

君自幼少名神童子，即絕去尋常才士意態，默自修厲，期至於古人。性好詩歌文辭，窮究源流，探擇體要，剖析微眇，既精既嚴，然後舉其才力從之。故才益豐，文益高。及居翰林，聲譽最隆，而君未屑以文人自與也。益深考古今學術、政教、治亂所由，及鹽漕、錢幣、河渠、兵制諸大政，事實利害，而察其通變所宜，與其所不可者，爲書論數十篇。其言絕明達，適治體，屏斥小利，要歸大道。蓋古之論政事，議鹽鐵者，不能過。而君遂不及大用，以究竟其志，其待於後世者爲多云。

君諱鼎臣，字子餘，善化人。年十四爲諸生，十七舉鄉試，數年考選內閣中書舍人。道光二十五年成進士，選庶吉士，散館授編修，充己酉科鄉試貴州正考官。庚戌，今上登極，充宣宗成皇帝實錄館纂修官。咸豐二年，御試翰詹一等，擢翰林院侍讀，充順天鄉試同考官。是時，粵賊方出湖南，各路民先賊驚散，軍興動天下，朝臣並言得失，君數上疏言團練、籌餉事。而故總督琦善，自黑龍江戍所釋還，署河南巡撫，以備賊之北，君言其人不宜復用。明年，賊躪河南北，故督師大臣賽尚阿、徐廣縉並以寬旨出獄，赴軍前自效，君又言兩人前失律罪大，不誅且用之，無以申軍法，示天下罰。君論事既切深，時皆不能用，乃請假歸。賊猶出入湖南北間，君築室山中，奉親讀書。閱四年，起補故官，遭喪歸，遂卒。年四十一。

觀君之立朝，居翰林文學之官，覩時之亟，發憤犯難，風采暴露，足以信其志也。然君爲人嬴然温秀，語言徐徐，甚簡少，與人善，意色自親，無熱喜之態。他亦皆得者。然其韻度遠矣，於文章力操大雅，骨格矜重，而出之純渾流麗，人習觀之，徒驚美其才，而不知其介然甚有以自尊也。

君曾祖諱繩武，歲貢生，誥封文林郎。祖諱先振，舉人，直隸隆平知縣。父諱葆田，舉人，桃源教諭，余爲撰家傳曰『劭吾先生』者。祖父皆以君貴，累贈中憲大夫。妻唐氏，繼妻胡氏。子宗錫、宗穀、宗翰。其葬君某鄉某原，以某年月日。所著詩十卷，文十卷，畚塘芻論三卷，河防紀略四卷，總爲蒼筤集行於世。

國學生楊府君墓表

楊生崇純，館余家，教童子讀。一日，跪而請曰：『先生文章，當名世傳後，而純之大父國學君，辱與先生爲姻家，今其歿幾二十年，尚無以表於墓，願先生賜爲之文。』余曰：『吾爲人銘墓至少，僅一二鄉里親舊之賢，必以吾之所聞，見於其人之實。不然，無以爲也。子之大父國學君，吾見其行止拘束，畏若不敢邇人。家法嚴整，稱於一鄉。而聞君少時，大喜放逸狎遊，已乃驟變之，其然乎？』純曰：『誠然。』余諾爲表君。未及爲，而純又遭其大母之喪，既合葬，乃卒敘畀之。

君生六歲，父彝訓早卒。母方以一孤子憐愛之，不忍督過。家頗嬴貲。君稍長，即招呼里中少年，與飲博嬉遊。少年利其財，益誘導之。籠鳥雀提之行，從俳優場，或累月不歸。母憂之，告諸親戚長老。長老皆來勸戒君，君謬應當改，已而爲之益甚。人咸曰：『是家三世一子，母苦節，當奈何？』君顧自如。

一夕，忽大悔，痛哭，起衣待明，趨跪母牀下，告曰：『兒今日後，必爲好人矣。』遂鎖其前門，謝諸少年，不與通。躬操僕隸洒掃煩碎之役，治母膳，親進徹之。夜侍母旁，待安寢乃去。侵明，先傭佃起，處問田事。暇即閉書室中，不肯一出門。里中慶弔殆絕，人大驚怪之。君自後益爲迂異人。

子虞卿，讀書俊才。君厚延名師，專其課，不入他子弟。他家師弟子，皆禁相往來。虞卿出應試郡下，及省會城，君必偕往，守寓舍不出。人譏君視大男若嬰孺，愛之過。或言盼才郎試捷太亟。不知君自懲艾少年無父兄防，故然爾。然虞卿資沈靜，書外無嗜好，君亦不必然也。無何，虞卿年二十八早世。君廢然自恨甚，素喜提壺，行園圃閒獨飲，至是益自醉無聊，得疾不改。又八年，以道光二十七年某月日卒，年五十六。

君於治生計，不肯求饒，而賙人必自滿其意。產業無所增殖，獨多受取近親人屋舍，浮其直，以是君歿後，諸孫乃貧。治田讀書，家風肅然，皆君之教也。

君諱家菁，華池其字。夫人方氏，舅之女，甚宜其姑。君爲嚴丈夫，能尺寸守其教戒，門庭無閫内聲。子二人：世慶，虞卿也，郡學廩生，有文早死，郡士惜之。世康，章卿，亦清穎士，君歿四十日，毀卒。女二人：長適平江李氏，次爲余三男念穀婦。孫□人，曾孫□人。

君以卒之年某月日，葬其里分水橋西學堂塝之坧。方夫人卒同治五年正月初四日，其月十八日祔君墓。

文林郎山西大甯縣知縣杜君墓表

君杜氏，諱棠，字蔭南，一字召亭，吾縣人。官爲知縣，自始官至卒任，三十四年，中閒兩以病免歸，隨居父喪，終母養。通山西官所盈二十年，凡三補大甯任。前後署令懷仁、應州、岳陽、聞喜、蒲、永和，代理隰州。咸豐十年正月十一日，卒於大甯官舍，年七十二。貧不能以歸，其年從弟赤亭，往迎其喪。又年餘，始得歸。十二年二月某日乃克葬君於八仙臺山之麓。其葬也，鬻其先產以辦。

以余所聞見居官累久，而甚貧如君者，葢未嘗有也。鄉人莫不嘆君之廉，又憫其無子。而或且謂君誠廉吏，抑非州縣才，不能趨事上官。余笑曰：『孰謂趨事者愈於君耶？』往者道光之末，山左馮公桂山，求撫湖南，過岳州，問君於人：『是山西强項令，聞已歸，如何？』時君適在郡下，與相見甚驩。先是，馮公爲巡道山西，君爲聞喜，笞巡道從隸，馮公始怒，已而謝之。及察君爲人與治行，大嗟異。告諸縣爲令當如杜君也。當馮公過郡時，人藉藉傳此，交稱馮公與君之賢，而君固未嘗以此語於人也。

葢君爲人，誠信質直，以義與人，非矯氣矜名者，故上官亦每主信之。聞喜把總某，以私憾誣訐君。君得直，把總被罪去。趙城邪匪亂，殺其令，而岳陽近，令孱懦，檄君代岳陽。君請罷防兵在縣者，謂大軍已前，賊卽散耳，防兵徒張賊恐民。卽如請罷，兵將譁，君先備之，乃去。大甯有倉穀，歲歲發斂，會新令下，禁州縣無得假新陳相易輒發，滋侵耗弊，而縣頗饑，民欲得穀甚。君走請於上，竟以便宜付君自任其事。晉中民習愿朴，君治之，以不擾累，聽斷一以法，莫敢一言干者，人益無事。

在大甯日久，常閉閤坐，不用幕佐，文書自理之。公入雖薄，節縮以自養十許人，歲尚少餘。其民安君，君亦安其縣，不求遷調。赤亭之言曰：『吾往扶兄喪大甯，彼民爲言：「官在縣，恩我民，少可名者。及去，乃思之。幸其數來。」因相與太息其亡也。家人取用物於市，市家願准見供官例，受民價半。曰：「官在此多年，用物少，畱遺我多矣。」』君之久於一縣，而與其人若此，卽他政可知也。

初，君入監，中嘉慶丙子順天舉人。工場文，善楷書，人以翰林發身爲大官期君，而以大挑爲縣。又官山西，遠，且儉薄，君不以有憾羨，惟欲得行其意而已。始之官，貸於人以行，數歲有入，先償所貸，滿其息，不以情面望人。奉親友先自竭盡，人不有賒請，而實無少賸益。其家歲連大水，壞屋產幾盡，君亦不能自救。其再免歸也，迎告人吾橐中金幾錠，若干兩，人頗訝異其言。已，爲母召客稱壽，及數歲，母喪營葬，金先竭矣。其迎告人者，無以奉人，先自直之也。

咸豐初，粵賊陷郡，土寇起。賊退，里各爲團，多斂財費，益病其人。君於其里獨否，爲期集應官令而已。甲寅，賊據郡，自二月至七月，始竄去。而官征錢糧不以免，君任詣會省以請，迄留度歲，竟得請而歸，其行於鄉人又如此。

嗚呼！君宦不遂，不贏其家，而至甚貧，於君宜不以自少爾。而卒無子，何也？其晚年妾生女，巴陵之人皆以謂君之賢仁，而不報於天。而其長女蓮貞，當隨官應州日，君父奉政君委余以覓言於人，女以書告絕其祖，竟寡黄氏，余曩所爲書杜貞女。天之與人，厚薄輕重之數，其果無意乎？抑其氣之自召，其於爲人有孤直皦白之行者，常不獲其偶焉。若君之爲人而無子，而有賢女又若是，得非其氣之類者爲之與？非持世論者述而揚之，明其爲賢與可貴，世烏以信於天耶？

君之先世，自嘉魚徙籍巴陵。祖茗園，儒士。父諱宏泰，舉人，官弋陽、贛縣知縣，加同知銜，封奉政大夫。母，宜人鄧氏。兄植，以事累死謫戍，君痛之終其身。兄子煌，高才名文，舉於鄉，旋卒，君又以爲兄憾。

敏樹以年家子習君家，見奉政君罷官後，老儒清素，蕭蕭然也，君實嗣其風。叔父馥泉君，善持其家，君事之彌謹。奉政君既歿，事太宜人唯恐不盡歡，日使其貞女侍而説書。待兄子孫，如己子孫。既無子，以兄子焜爲己後。今有兩孫：貴增，貴壎。而貴墀，吾同年星如仲子，君奇愛之，今爲縣夙名士。蓋馥泉君晚乃有二子，歿以屬君，長卽赤亭，有學行，既歸君喪以葬。又五年，狀君，貴墀以來，請爲表於墓。

君之配劉孺人，先君卒。生貞女，次女適候補縣丞許欽桐。妾女適候補理問方大暉。一尚未字。

同治四年四月之望，吳敏樹表。

從叔守齋府君墓表

咸豐十 年十月二十日，從弟任臣卒。余走哭之，其伯兄伯喬哭而告余曰：『吾弟且死，遺言謂我必爲先考府君表墓，而藉文於子也。』蓋往時伯喬嘗以守齋府君墓文委余，余謂伯喬：『府君行樸而名潛，子必彰之於世，當以藉於世之顯人有文章者。』久而伯喬未有所他屬。及是，任臣又以爲遺言，其敢復辭？乃論而敘之。

謹按，誥贈修職郎國學生守齋府君，諱達泗，字會沂。敏樹先曾祖宅揆府君，生先大父石渠府君兄弟三人，府君則季大父國學生鴻書府君之次子也。母夫人李氏。鴻書府君、李夫人之卒，府君年僅十歲，依先大父以居。及長，善自持其家，課傭力治田，而身自勤事，節縮滋息，外無所爲，而家日有積蓄。於羣從中，尤嚴事先考研田府君，師效其爲人，動履必有法。先考亦獨愛重府君，每事顧慮之。敏樹猶記府君起造新居之日，先考見其屋大費多，常以爲憂。及屋成，財尚有餘，則大喜曰：『吾不意能爾也。』然府君治生，實非若世之務多殖勞苦不休者之所爲。

顧性端誠，無外嗜好。生平惟一試童子，入郡城。里有賽會、優劇，不一走觀。親戚外，不妄交游於人，故能以少事自饒，而所以樂其身心者，蓋未嘗少也。當中歲時，每晨起至午，檢理其家雜碎事，不少遺漏，亦從容以治，無急趨痡瘁之狀。午後，則出釣遊，或從兄弟閒談宴矣。晚年乃以一子主家事，使人佐之，而身與族昆誠齋翁者，一以釣爲其事。日蚤飯而出，懷一瓶酒，熟豆數掬，虽行十许里，就溪塘有魚處，不以爲遠。薄暮乃歸，雖無魚，意色未始不適。家人具膳迎之，復飲酒乃飯。稍問『今日家中某事理乎』。呼小孫前嬉弄，有頃，欲眠，則就寢矣。非風雨嚴寒日，未嘗不如是。或誠齋翁以事辭不往，府君亦輟竿，嘻且誚曰：『若今日有何要事，至廢釣魚乎？』其風趣如此。

教子方嚴，令就師讀書，不以恩假，亦不甚以進取望之。伯喬鄉舉後，頗不欲令入都。必行，亦見許，且多與行資，至得失不論也。家有賸錢數百貫，貫索且朽，親知以其家用非贏，勸出之爲居物棄取之計，府君不肯强出之。卒折其本之半，亦不以爲人尤。

道光二十年十月三十日，府君卒，年五十九。以明年二月初九日，葬於先塋檢口坵之南。其年六月三十日，府君之配張孺人卒，年六十。十月初六日，祔焉。張孺人，縣學生諱純裕之女。端厚有識，府君時或有所不許於人，孺人輒從中寬假之。治家內事精飭，爲府君助尤多。子四：道析，一名夢松，道光甲午科舉人，永綏廳教諭，候補知縣。道杰，國學生。道柱，一名鶴清，縣學附生。道杭，從九品銜。女五人。孫□人，曾孫□人。

任臣，道柱字也。能文章，以羸疾不堪用氣力，遂廢舉子業養疾，幸閒愈。曉方書，自占其疾，不可以藥，益務靜養之。疾作止有年歲，卒不愈，年四十。同治元年二月十九日，從葬守齋府君墓左。任臣於爲人最賢，處家人兄弟閒，盡善無閒言也。其卒將期，余始爲府君表墓，并附書之。

同治元年十一月二十日，從姪敏樹表。

張母許宜人墓表

長沙張雨珊孝廉，既除其母氏許宜人之喪且三年矣，以其父蔗泉先生所述宜人之行，及湘陰郭中丞銘幽之文示余，而請爲表於墓道。

拜而言曰：『祖同家雖故宦，而甚貧。父常外遊，前母子姊氏三人，祖同男子兄弟四人，多惟母氏是依。及父司訓永明，以家往，值兵亂官事多，父常被檄出，不得顧家。時又以寇警，家避徙山中，閒道歸長沙。已歸，聞少定，又往。卒又迫賊歸。其閒艱苦萬狀，母氏處定之不以累。吾父少暇，卽課祖同輩誦書，不使以嬉廢。蓋所爲以養以教，俾至於成人者，吾母實與吾父分任其勞。而展轉兵閒，屢以死誓，幸得脱且完子女。比世清平，遂不得有其安樂之日，此吾父之所痛也。而祖同蚤倖鄉舉，上公車，不得第。弟百熙之舉，吾母又不及見之。母年少父十餘歲，竟不獲偕壽，俾祖同等少以菽水雞豚爲堂上兩老人色笑之養，此又祖同之極恨也。』余聞其言，而悲之。

昔歐陽子自表其父崇公瀧岡之墓，稱其母太夫人所述其父之遺言，與其母子孤嫠之苦，至今讀其文者，皆爲之感動流涕。雨珊之所遇雖殊，而其志同也。雨珊有文章，年尚壯，不自冀他日當有如歐陽遭時之盛，光榮逮其親，乃自表述其官。而今以屬於余，余故道其所悲者，以爲之文，亦猶雨珊之志也夫？其宜人事行之詳，内外家世，卒葬月日，皆具在述誌其文，已前行於世矣。

同治十一年十有一月，巴陵吳敏樹表。

毛西垣墓誌銘

毛西垣之卒，余語其孤學敦曰：『而翁宜以詩傳者，我知之，非我孰銘而翁墓？可具石以須。』既學敦以近道兵警，不敢俟卜地以葬，乃權葬君其近居先兆之左山，而余遂誌之。

西垣爲詩，蚤得於天，而晚成愈高。自其八九歲時，父師試以詩，卽成數十章不休，其詞往往傳人口。既踰冠，余與定交。時余始好事學爲詩，喜得君邀與酬和。君詩出，未嘗不使余慚。顧君若不甚喜爲，非余之所促催，而以詩相干者，蓋僅矣。時或與別處竟歲，索其詩，輒無有。嘗獨怪歎，以謂負天才如君，而不肯盡意於文章。

及君年三十餘，北遊京師，五年乃歸，手冊子示余，曰：『我詩何如？』余視之，乃其閒最後一年會試罷，轉客京東之所爲。詩盈百首，恢奇沈雄，高壯偉麗之作，古今詩家之鉅觀，莫不皆有。而後乃知向者，鄉里平居，境隘而事常，不足以發君之才，而天之厚君以其詩，固將有其地與其所遇者，使之無聊恣肆，忽不能已，而自爲之，豈偶也哉？君歸，授徒里中數年，亦罕爲詩。復入京，屢不得第。而貴陽唐子方布政，以詩知君，厚幣招之。君遂遊秦中，歷蜀至黔。又數年，詩益加老加重，又時有別出秀妙矣。

咸豐辛亥之元，余免瀏陽校官，君已先歸。因謂君曰：『吾兩人先後在京師，未得一相偕。今且老，明歲當俱上春官。且留都中，少應接海內人士，令皆知有君，不至名字遂泯沒，而余亦附以有聞。』君以爲然。至都，君畢試不樂，復走之卽墨。會南方兵亂，鬱鬱憂家，强再就試，乃歸。而君已病，抵家，遂臥牀數月以卒。悲夫！

君與人交，苟意得，無限其能，與密無閒；遇名流才望，聲氣傾一時，君心獨輕之，不肯與多接。客授徒四方，常有賢主人，能敬禮君，君顧不肯一降意，稍不愜，卽欲委去。談諧雜俚俗事，風趣詭出，而暗於小數。尋常閒少委曲，或迷不甚分，僮隸時竊笑之。至其辨論人物，剖析事端，未嘗不洞切奧微者。

初，君年十四，入學爲諸生，有聲庠士中最久。道光丁酉，始充拔貢生，中庚子順天舉人。以君之才，人雖未能知之者，皆謂必在翰林，而卒不得進士。咸豐三年大挑，得官教諭。九月十四日，君卒，年四十九。其生以嘉慶十年乙丑歲七月，年月與余同，而君以月之初九，長余十五日。君之友，獨余最近密而久深習。觀君爲文章，無弗工者，而獨稱舉其詩，亦自以知君不欲爲一世之言也。

君本名文翰，字彦翔，西垣其別號，後更其名曰慶鴻，又更曰貴銘。世居巴陵縣南新牆里。父春林，儒士，早卒。祖以上累世多籍學官，又頗以貲豪。及君之世而貧。君娶劉氏。二子：學敦，學斌。

銘曰：我固知君不亡，人或謂我言狂。孰不有文詞？而君之爲者良。嗟夫其傳則吾知之矣，而獨悲其生世之不償。

歐陽功甫墓誌銘

功甫，歐陽氏，勳，其名，湘潭縣學生，余友篠岑子之長子也。

自功甫五六歲時，余見之其家中，驚其秀穎。稍長，學爲文辭，果傑然異於常兒。既補弟子員，名聲隆然，即欲棄去科舉，而專意爲詩古文之學。始篠岑以古學爲吾黨所推服，獨不自許，而好推譽於人。四方知名士來潭中者，爭迎主其家，與商略。功甫輒從旁能窺其所長短而取之，而西江陳懿叔、廣專兄弟，談論尤高，功甫師事之。又師湘陰郭翰林筠仙，而余以與篠岑久故，功甫亦時以所業問焉。

頃遭寇亂，奔徙蒼黄，而學不輟，益勤。前歲，余遣兒子念謀，詣君家父子，詢避亂處，將移家就之衡峯之下，功甫聞余當至，則大喜，先賦長律四章，篆書之，爲巨軸以貽余。詩工，而篆字又精奇，可貴愛。又以所著詩古文一册相示，觀其體勢皆成就，而意向有主張矣。余既未果行，而吾兒言功甫方病可憂狀，乃報書，以謂：人年力盛時，好文章，日夜期取古人所能爲已有，甚傷心氣，非病者所宜，以戒之。乃今夏五月，通城賊南出，余方轉側兵戈閒，而篠岑來書，則功甫遂死矣。篠岑痛之甚，屬余爲銘之。

悲夫！功甫之死，豈獨其父之痛哉？又豈獨余之平生深舊而爲吾友喪明之哭耶？蓋世之君子，必多爲功甫憾惜者。年短長，命也。而功甫不誠賢矣乎？篠岑有三子，皆良材。仲子子壽，清灑有氣格，工篆隸，先功甫卒。今述功甫本末以狀來者，季子實珊也。余特以素所往來自知者，誌功甫。功甫卒以咸豐六年四月初九日，年三十。以某年月日，葬某鄉某原。四子：之偉，之慶，之元，之英。之慶，爲子壽後。

銘曰：歐陽氏之才子，功甫藏於此，土其以終古。嗚呼！

文林郎澧州學正郭君墓誌銘

君諱遠樹，字百一，別字穫人，湘潭人。嘉慶戊寅舉於鄉，官澧州學正。君少讀書，能自刻苦，博學有聞。工舉子業及詩，其縣人皆推許之。爲人風裁峻整，人有非義，輒正言責之，聞者愕眙，君詞氣益厲。然其與人至爲肫篤，遇人疾苦患難，隱之若身受。家故貧，君能纖嗇治生，以有贏貲。一絲粟不肯妄費，而兄弟之貧者，必力供給之，此其尤可稱道者也。

道光戊申四月，敏樹訪歐陽子能於湘潭。學正之子傳燉，邀余過飲其家，余辭之，益堅，乃偕子能過之。門庭脩潔，雜蒔花竹，蕭野有風致。子能語余：『此學正罷歸時所營築。嘗日坐其閒，哦蘇子瞻詩。所爲詩，亦輒類蘇。』余猶想見其人。飲已，主人私於子能曰：『吾先人雖卽葬，而銘幽之文未具。子之友名能文，願介子求之，其可乎？』余已不可辭，則爲按狀次其大略。

君卒道光某年某月日，年六十四。以今年二月某日，葬湘潭二都梁管沖山之陽。君父諱某，以君官得贈修職郎。母李氏，贈孺人。娶周氏，生一女，適張氏。繼室李氏，生子男傳燉。二女，適萬氏，孫氏。

銘曰：學正其人甚吉祥，梁管之邱卜允臧，我爲此銘自歐陽。

邱小韓墓誌銘

小韓姓邱氏，名慶炎，瀏陽縣學廩生。其卒以咸豐元年三月初十日，年四十。卽以其月某日，葬於其居西鄉水圍塅之屋後山阡。前葬，其戚某以狀來請曰：『小韓且死，告其家人曰：「我死，必得學師吳先生誌我墓，我可不恨。」』予聞而傷之。

邱氏，瀏中詩書巨族，籍學官者數十人。小韓貌樸而才甚文，前二歲，始籲於學，鄉試幾得而失之。方益自精厲，不謂其遂死也。

初，小韓蚤喪父，其兄撫之成立。及兄久病三年，侍療日夕不懈，禱請無不至。兄死，人聞小韓之哭其兄者，莫不爲小韓哀之也。其處家以善忍屈己爲行，門內不傷其和。與人議，不專持論，必不同其非者。治生喜嗇，頗自殖，顧獨慎取於人。嘗教讀，卻其徒餽錢，曰：『吾於彼實未能勤教之有功。』蓋其爲人如此，可謂不誣於學矣。余又聞小韓病時，知不濟，數爲詩以自歎傷。又爲聯語，屬其家，死後揭之堂閒。其言皆絕沈痛，而又欲託銘於余，其可哀也已。

小韓父諱某。母某氏。妻鄒氏，一子，景璵。

銘曰：　死而可有憾者，其生之得年。而不可有憾者，其行身之必全。嗟若小韓，尚無恫于黃泉。

太學生餘姚張君墓誌銘

餘姚張卽山，以州同知候補湖南，與余善也。前年，卽山以繼母憂歸浙中，既復來，以書抵瀏上，告其尊人太學君之喪，且請銘曰：『不孝嗣康，違父母之養，而以官需次於此。前奔母喪歸，未至家一舍，而聞我先府君之變。號天搶地，不可爲人，不可爲子。今又奔走，不得卽居廬次，罪滋大。方謀急襄大事，而銘幽之文，願以屬之吾子。』余固辭之不獲。

按其所致太學君行述，諱志黻，字錫之，別號也泉。先世宋忠獻公浚之後，曰歡四者，始居餘姚之蘭風鄉。傳十餘世，頗微，近乃有顯者。君祖賢惠，太學生，誥贈通奉大夫。父業，附貢生，誥封通奉大夫、晉贈資政大夫，以君仲兄布政公志緒貴故也。

君初治舉子業，困童試，援例爲國子生。既以其父年老，而伯兄出後大宗，仲成進士，官京師，季亦在場屋有聲，君乃獨任家事。家指千計，產入不豐，君治之纖悉伸縮，能令有餘。時時以給族中婚喪，周鄉黨之急，及郡邑興作公事，輸錢之數，未嘗後於人，而自處衣食損約，諸豪貴家，時世風習，君無類之者。君兄官既益貴，君能又高，官吏往往造廬請見，君顧不肯數與官中往來，曰：『吾豈可涉勢家嫌乎？』道光辛丑之秋，英夷擾海上，衆洶洶，或請於大府，將決小越堰洩水以阻其來。君曰：『夷船重大，安敢入支流中行？且如決水，上流田禾立枯死，民饑且亂，何夷之憂？』即爲書遺其子舉人嗣成謁之當事，事遂已。夷卒退入海以去。邑人稔收，皆歎曰：『張翁不與人外事，今茲事始爾。微翁，吾人禍矣！』君雖以勤家棄舉子，獨益好問學。治所居室，題曰『小南軒』，志先澤也。嘗讀書賦詩其中，尤喜作畫，興至輒染墨自娛。初，資政公以精繪事名，君繼之，皆爲時寶重。

君生於乾隆壬寅五月初十日，卒道光己酉十月二十九日，年六十八。以子嗣康，例得贈儒林郎。配錢氏，例贈安人。生嗣康，道光辛卯舉人，前任黄巖訓導，歷署岳州、寶慶通判。嗣恩，縣學生。繼配錢安人，前安人之妹也。生嗣成，丁酉舉人，以官學教習期滿，候補知縣。嗣立，府學生，早卒。嗣隆、嗣封，皆縣學生。嗣肄。凡七子。女子子五，皆適士人。孫十人。曾孫二人。即山辱與余交，其爲人端直明確，議論不妄許人。所稱其先人，宜可信，故爲之序而銘。

銘曰：才不從政，家鄉之施。苟濟於人，闊狹同期。猗嗟張君，道直心夷。人非必斥，急則周之。貸而拆閱，千金若遺。其人後富，亦弗求追。允茲卓行，古人之爲。序君無略，具此銘詩。

徐伯昭墓誌銘

伯昭徐氏，名漢章。爲巴陵縣諸生，高等食餼，年甚蚤也。既能文章，工書翰，尤通敏於人事。常爲人謀，無不得其宜，人爭就之。性和易，遇人無貴賤少長，皆與懽。人有求，必應乃快，常轉貸給之，不慮其負。

當兵戰時，士多輟科舉，走趨功名，伯昭亦欲一出，父母不許之，乃不果行。余遊江東，伯昭願偕往，兒子輩以余老，幸託之伯昭。余在行，一切倚伯昭也。及歸縣中，議修志乘，余病辭不獲，則以興局，調度諸務，委伯昭專辦之，皆就理。余又於君山建北渚亭，將遂建湘靈宮，皆與商其費，於遠近之人，未卽工也。

同治九年十一月初六日，伯昭暴疾卒。卒後，所經手他人錢物，值歲盡，人有言者尚多，無簿籍，不知以與何人。有衡州寶、慶二人販木至洞庭，行資缺，遇伯昭，願以木質錢，伯昭自假敦善公錢二百千與之，不置其質。販者售木於漢，以錢來還。聞伯昭死，痛哭去。若鄉縣中歎惜其死者，幾徧於人人矣。

父國學雲衢君，止一子，痛之甚。以十年正月三十日，葬伯昭於黃漊港蛇山之舊塋，而以誌墓屬余。余固痛伯昭者，乃爲之誌。伯昭母許氏。妻尹氏。子二人：得士，得圭。三女，其季以許余姪孫期至。

銘曰：伯昭其可謂不富而能豪者耶？抑賢而不以自高者耶？何命之不長，而不稱其所宜遭者耶？嗚呼！是殆將昌其後嗣，以卒報其賢勞者耶？

湯子惠墓誌銘

君諱亦中，字子惠，長沙人。居北城，與湯蠖浯菴、其弟彝柚村，皆以布衣先後有名，時稱『三湯』。君多學，能詩，尤喜爲書，摹古篆隸，得其渾拙之氣。又喜章草，爲印畫，能倉卒急就，非其人弗與也，獨余數數得之。嘗訪余兄弟君山，天寒，行落葉中，收皁筴一筐以去。交游公卿，不妄有所依附。嘗一從曾公幕，教讀陶督家，皆重君。湖南增修通志，君典校金石文字，往衡山搜求巖壁閒，歸書未就。

同治十年五月卒，年六十有二。渴葬，不能會弔客，余亦未能走哭。夫人蕙卿女史張氏，善爲梅，余嘗題其卷，以爲『伉儷風流，趙子昂不過也』。無子。晚有妾，子纔數月，而君卒。

銘曰：生不雕其樸，而天鐫其骨。許篆之徒，漢隸其僕。吾將安放？後之人兮，當往問諸荒谷。

胡蓟門墓誌銘

君胡氏，諱錫燕，字薊門，湘潭人。祖廷弼，道光壬辰進士，官澠池知縣。父湘，南海知縣。君少從父任所，師事南海陳君澧。其學務會通漢宋儒家之説，博而益精。君嗜之，遂不屑科舉業。父欲以軍興事例，爲就一官，則辭。而請以其貲貿書，因盡羅古今諸籍，點讀必竟其部。父起官佐職至爲大縣令，素豪舉，卒無遺橐。家故居會城，君不樂人事，且慮生計，則之瀏陽山中，就僻儉讀書十餘年不出。

同治十一年春，君自瀏歸長沙，過其姻友攸縣龍君汝霖。家以貧，故謀復遊廣東。時方修輯湖南通志，諸文士集省下，龍君憫君之出，爲言主者，以志事畱處君，君既許之矣。三月某日，龍君會客飲，客故多志事人。既皆至，請君就席，而君先之外出，遺跡之不得。其日，君遂不歸。越八日，始物色得之湘渡之上游，則卽以出日投水死。其岸人見其屍洄流中，且歛埋之矣。於是，舉歸其喪。十一月，其家將葬君，龍君以屬敏樹爲誌其墓。

君遺文僅一帙，雖少，皆可見其學問之意。又嘗依顧亭林氏書，爲詩本音譜。葢嘗自言年五十後，欲有所爲書，而今死四十有八也。妻氏子以月之日葬君於縣鄉原。君之死，聞者莫不悲之。乃推求其志意，而爲之銘。

銘曰：左徒沈湘由放臣，萬古哀怨惟騷人。君胡爲哉投其身？事雖非儗志可論。平生皎潔違垢氛，遁藏讀書甘永淪。富貴脱去奚病貧，千人一出渝吾眞。徘徊躑躅江之濱，淸光動我波粼粼。一躍而入魚縱鱗，嗟哉舉世奔埃塵。汨羅之人猶爾倫，誌君墓者斯貞珉。

先妣氏墓道述

嗚呼！吾母氏之葬於此邱，二十有五年矣。初葬，權也。亦慮有世故，堅厚營之。别求地得之，將以葬，會時兵亂，久不果。而新所卜地遠，懼子孫數世祭掃或有闕，樵蘇弗禁，不如兹邱之近且安也。又連有祔者，於塋域，經久爲宜，乃定弗遷。謹述吾母氏言行大略以碣焉，而後祔者并志之。

謹按，母氏平生之教敏樹之言曰：『吾少喪父，無兄弟，依母氏居。母氏亦恃吾以生也。吾來，汝家尚儉陋，無僕御。吾分日供炊，資紡織以爲用，不能有贏以奉吾母。吾每省母，往還二十里許，步行，未敢言乏也。汝伯兄方九齡，我撫之，順於我，逾年而生汝長姊。又數歲，生汝二姊，十二歲而殤。又數歲，一男曰福緣，最聰慧，六歲殤。中又有二女，養於他家，皆殤。又一男曰神賜，汝二姊殤之歲，神賜方二歲，亦殤。而以生汝，汝又苦弱，吾誠不意其能以長成也。閒二歲，又有汝弟，付乳母乳之，而以乳乳汝。爲汝寄名於僧廟之神曰薛和尚者，亦名汝和尚，許以十二歲而髮也。每念前此諸殤，皆無甚疾病以死，譬如鷹攫雞雛，忽然去耳。吾每年爲汝兄弟作鞋，其式漸大，而吾目加昏，則且喜且歎曰：「安得見如尺許長乎？」汝年十七入學，汝弟繼之。汝又中鄉舉，吾不意其能有是事。諺云：「貧乞兒作官，誰想到者步？」汝其念哉。』

又曰：『汝父任家事勤勞，吾服事惟恐不當。汝祖父喜我之能家，繼祖母亦不我疵也。汝仲季兩父，及諸姑氏，皆安於我，然吾實苦矣，不能盡言也。』

又曰：『汝兄年及五十而歿，四子與汝共家事甚好，惟人多，一切食用，難以周悉，不如分居。俗之分者，一人必當家產一分，不計人口多寡，非其義也。今以二分斷之，以其半與汝姪，汝兄弟共有其一，俾汝弟治之，無累汝讀書，足矣。』

又曰：『汝以吾故累不赴會試。汝但往，吾不汝念也。』及甲辰大挑，敏樹一入京師，得教官以歸，而吾母病矣。

明年四月八日，母氏卒。以生之年乾隆癸未四月十六日，爲年八十有三。卒之歲十月十一日，葬來家山，即此邱也。

後祔者，孫婦何氏，煌孫之舅之女。沈靜寡言，母喜之。年三十九，以辛酉十二月十九日卒。葬以明年二月十一日。

曾孫女曰壽曾，生乙巳。吾母病之日所名以爲禱者，年十九卒。癸亥之歲七月十二日，祔其母左方，曾祖母太孺人左之左也。

孫，副榜貢生念穀，字式甫。能文章，試拔貢生不得。同治甲子中副榜，榜題曰鏡蓉。初不愜於名，將走從軍中大人，余靳之，至是乃許。行有日而疾作，丙寅十二月十一日卒，年三十五。明年二月十三日，葬於此邱，又後之左。

死之短長，時也。吾母氏之靈，顧諸子孫環侍者，庶幾無寂寂乎？是以不卒改葬。

同治八年十月，敏樹述。

培孫壙誌

期培，余之嫡長孫也。生六年，以咸豐三年十二月十四日殤，葬於此，曰大茅坡，諸殤之聚也。

余痛之，爲文以誌，未刻石。明年二月，賊復陷岳州，鄉盜起，遂焚吾廬。又二年，長男請吾文刻之，索殘紙稾中，無有，蓋燼矣。余又嘗有詩哭培，稾亦燼。今皆不能記之。方亂時，長婦復產一男，余命之曰來喜，若培之復來也，而以避徙奔走，閒不盈月，又殤。

悲夫！始培之生，日者推其命以爲佳。形體充大，數歲，嬉戲跳躍，若不可禁制。故未卽授書，試指『書』字令識之，皆不誤。而遂殤以死，今補爲之誌。且銘曰：

是南屏吳子之長孫，生六齡而死，故以識其墳。

適湘陰彭氏長女四姑墓誌銘

長女諱邵端，字曰四姑。初，余有男子子三人，而未有女子。女之生，吾妻年四十，余卅又七矣。而是年吾母太孺人，方以八十稱壽，得女孫，貴愛之逾於男。後吾妻又連產二女，其兄弟凡六人。而余兄弟之女三人，年皆長於吾女，故以伯仲次字之，爲四姑、五姑、六姑，而四姑實余之長女云。

余爲學官瀏陽，吾妻攜三女偕往。學官無事，余日課四姑、五姑誦書。四姑尤聰慧，畢四子書、毛詩、曲禮，卽授劉向列女傳，皆能言其大義，及事實不謬。誦唐人詩，以傳教兩妹。尤喜以勤，遭亂避他鄉，余戲爲三女詩五言四十韻，以自解憂，久而以問諸女，四姑舉其詞必熟。

余素不取女婦人以文字被稱說於人，或蒙譏議，召侮笑，余妻尤以爲無用。故諸女皆令早斷筆硯，習紡織澣濯之事，閒治針繡。而四姑刺諸花樣特工，又能繡摹小字，出筆意，秀婉若寫成。諸女伴爭請其法。

年十九，歸彭氏，壻曰湘陰縣學生彭原鎰，夫婦甚宜而有禮。舅姑早歿，事兄公長姒甚恭，來甯，未常有瑣屑訴私之語。母或致錢與之私用，輒求余所嗜物，及母所乏以來。歸彭氏三年，生男子聽兒。閒二年，生女謹容。又二年，生女重容。又後年同治六年九月廿一日，四姑病疫痢以卒。重容方滿歲，逾六日殤。而聽兒又病，十月一日又殤。六歲矣，與其母皆以痢暴起冷厥，藥不及治。嗚呼哀哉！

吾以爲是女也，性行之美，粹然平中，當爲閨門福壽人，而竟早夭以死耶？吾以爲女之有子聽兒也，形健而識悟，當得讀書有成就，而竟絕之，不使嗣耶？其生之所當，與歸之所遇，幸皆淑善邕諧，衆推弗如，而旬日之閒，驟焉凶隕，幾若掃迹於世者，其於受命厚薄又何也？余爲斷句詩哭女十二首，大指援佛家空無爲釋說。又手寫金剛一帙，將窆諸其墓旁。會其家以祖塋年月未利，初葬諸下道。閒一歲，己巳之春二月初五日，始克從其先姑兆側。其地當汨水入湖，荷包潭上之山。荷包潭，葢即屈潭，屈子之所自沈也。余復以淨紙更寫經，錄余詩其後，絹囊之，覆之棺上，以與之同朽，而爲之誌。且銘曰：

廿七年，人閒世。兒隨亡，不畱嗣。汝夫之仁兮，中道棄之。父母之痛兮，汝臨死記之。生誠本無兮，死何惜？陰爲野土兮，此數尺。

柈湖文集卷第十一

南屏山齋記

山齋，基山而構，甚高爽。齋前有花，後有竹，蒼苔雜草，侵軼及戶側，未嘗治也。藏書不多，六籍、子、史略具，此吾山齋之大略也。

吾讀書是齋有年矣。或晴朝晦晝，午風夜月，光景氣候，與吾意相感發，吾乃高歌長嘯，慨焉以思古人之風，而若有所遇者焉。豈非吾是齋之足樂者乎？

南屏，山名也，違余家半里許。嘉其名，取以名齋。又以自號云。

移蘭記

蘭，采之臨湘山中者，盆藝之齋之前。方春，新葉不敷，舊青減色。或言種蒔之術疏然也。余故弗知。環視而嬉，忽悟茲蘭之意，曰：『是盆者拘拘，孰若轉我於深林大山之閒，得吾宜而暢吾姿乎？』乃移而致之後山之陰，竹樹之林。既培既灑，翹生若喜。

遂再拜而祝之曰：『蘭之生兮，湘山之幽。供盆蓺而弗欣兮，不與衆品而爲儔。嗟蘭之昌兮，宜爲國香。願樂茲土之無央兮，美人兮其不爾忘。

聽雨樓記

度地不廣大，而攬納宏遠者，惟高且顯者爲然。而山村鄔集，非有平皋曠壤通川之流，而其爲山，岡阜堆複，無巖竇泉石之奇，峰嶺之秀，加以屋舍煙火之湊密，兒童雞犬之聲雜聞於耳。若此而求爲堂房林院之勝，以資讀書之暇娛者，蓋難言之。

余之居適類是，常憾之。欲別遷徙，而非可猝爲，則時取古人詩歌文字之所言，意中狀擬之；或張圖畫壁閒，坐臥如有之。然余村之西南，洞庭之別浦也。遠樹外，常見湖光，水盛時又近，而磊石之山，浮動乎其前也。東北則雲峰疊起數十百里，隱見皆可得。惜其蔽於近，無以發露之爾。

余之讀書山齋者，故基於山。山最高，其上多屋舍，而家之人析有之，地不可以敞。一日，余弟雲松指其西隅草屋數閒廝傭所居者，曰：『此可卽而爲也。用力不大勞，而得景當殊異。』余弗敢信之，且止以隘。不聽。遂鑿其垣，爲門向山閒，崇而重之，以爲之樓。斬竹木，剔土數尺，廣數丈，長竟畝，而爲之圃以當其門。圃中移蒔花木略具，而房樓連閒，疏達明潔。纔兩月，工成。

余喜而上於樓以觀，則凡湖與山之獻於欄檻，而入於窗牖者，向未知其有於此也。而村落俯近之墟，田疇之上下，山溪之曲折，耕夫、樵人之在目，抑非常見之狀。於是與雲松對設榻樓上，庋書而讀之，而名其樓『聽雨』也。

昔眉山蘇氏兄弟，少時誦唐人詩語，而有『風雨對牀』之約。其後各宦遊四方，終身吟想其語，以相歎息。二蘇公之賢，非余兄弟所敢妄擬，而其欲常聚處之意則同也。顧今方從事科舉，其或得之，將亦不能無爲四方之人，故以二公之不獲如志，私以爲戒，而名樓以爲之志，他年或敢忘諸，謂此樓何？

北莊記

言北，以有南也。吾家先世聚族之居，在此莊南五里，吾自童子至於白首居焉。今六十之年，乃移於此。曰北莊者，從舊居名之，爲相繫屬云爾。

近時吾家子姓，多出別居，自吾諸親姪諸孫輩，已別有數所，雖相去皆不過數里，然往時朝夕室中相語也，今或累月乃一見，其可無感乎？故余名此莊之前堂曰『睦親』，所以示子孫不忘同室之義。而其後堂曰『省業』，所以使各思職事，無任逸諺也。東堂曰『樂生』，老人之所佚休也。東之前爲祀堂。舊居故有親祠，歲自春秋祭享外，時節朔望，必謁奠焉。今以遠，弗能數就。鄉俗例於居堂上設神龕，甚褻，非所宜，故特營之。地居中，遠不潔也。稍狹，亦便事也。傍而東爲書塾，曰『尚論之齋』。吾頗以文章交天下士，而外出之日常少。今且老，未廢誦讀，時妄有論說於古人，取孟子之言云也。又其前爲客堂，曰『淡齋』，凡姻戚知識之來辱於吾家者，皆願相與爲君子之淡交，亦久長之道也。屋後列爲廚竈之室，周傍爲偏廈。外爲都牆，牛宮、豕柵、廩廥、碓舍之屬，略具其中。凡爲屋皆闊霤而疏窗，以取明潔。牆用土墐倍陶塼，取省費，可便營多閒也。

噫！吾家荷先世之澤，俾我子孫，治田讀書，不至一朝廢墜。而遭罹兵亂，故廬焚蕩，六七年來，出逃徙之餘，稍更葺舊基，今以處姪煊。而營此莊以處吾，長男念謀賓任其勞，而煊與共其財費焉，非易事也。嗚呼！我子孫尚克敬慎，長世於此哉。

同治甲子十二月。

樊圃記

樊圃，吾圃也。吾北莊新宅之西偏，有隙地甚廣，因圃之。雜植桂、梧、桃、李、梅、栗其中，而瓜豆之畦，居大半焉。客有觀宅者，至圃所，指之曰：『是宜爲亭，且多蓺花。』余然之。雖未卽辦，計欲終就之矣。

一日在圃，見家僮穫豆滿筐，而吾妻方命益治新畦，將布薯蕷。余乃翻然曰：『善乎此之爲圃也，吾其不亭以花矣。』乃署於圃垣之門曰『樊圃』。

客有問者曰：『詩有云：「折柳樊圃，狂夫瞿瞿。」子之圃，則既垣矣，而何以云？』

余笑曰：此用論語樊遲事爾。樊遲請學稼圃，夫子斥爲小人。夫稼圃者，生人之本務，宜賢人隱者之可託而爲也。而以謂小人，何哉？蓋衰周之世，士與農猶分，士家有田，皆在國中郭外，多不自耕，而賦人耕之以爲祿。樊遲於魯，嘗以戎右偕冉子於清之戰，其家當有官祿矣。是時魯之政壞，賦煩，民多流徙。樊氏之田不治，故欲自學善術爲之。而夫子譏其不能致人而自役，故謂小人，猶細民爾。今之士，農常不世，而多田者食於佃，猶古祿者之似。余莊之田，幸人爲耕之，愈於樊氏。吾雖嘗宦爲文學，而退儕於細人，圃在居側，而爲者，又僮指之力也。吾將以樂而老焉。

往聞長老言，昔吾先大父家既富，猶手助傭之糞圃者，曰：『將食於是，而憚不潔耶？』吾先君子既舍所貸穀萬石於里，且老無事，日行治圃閒。吾業師秦石畬先生歎之曰：『孰能散萬金手一鉏者？人如是其遠矣乎？』余既未能負荷先世之勤，又無分毫利益人之事，幸脫當世之禍亂，且新大其居矣。若又亭以花，將廢食毛之土，以蕩於而心，侈於而家，吾不敢不戒。故名吾圃，以附於樊氏之徒。人其不以鄙我也。

遊大雲山記

立吾村而東望，髣髴乎翼然有山起於雲中者，大雲山也。山祀眞武神，甚靈，遠近走禱者衆。常從之問，云：『去此可百里，仙靈之所居也。』於是有游志，蓋前此十七八年矣。而友人郭建林，喜山水，約同遊，將行矣，以風雨或以事不果者，蓋三四焉。

今月之初十日，建林自郡城來，告余曰：『新霜天幸晴，行不汗，請與子踐大雲之約矣。』明日，余與建林及從弟伯喬三人者，步而即路，一人擔行李以從。其日，至於潼溪，行四十里。明日，行四十里，至於白羊之田。山益高，水益急，望大雲益近。明日，過八百市，有路緣飛嶺以上。居人曰：『山自此登矣。』

三人者，以勇勸，猶數息乃上。已上，路緣嶺側，俯深溪，過之可怖畏。稍下，有村落，山田。已復上如前嶺，蓋上者八，而二下，此以往路皆然。過鵬灣望懸泉，自四山下伫觀之。過案山，山絕高峭立，似城堵，是大雲之曲尾，形家言謂之案山。路緣案山入，行深洞中，四五里無人家。山半巖缺處，望有七八家煙火。路益險狹，水走絕澗下，聲怒號，建林、伯喬甚怖，余差勇。循澗行，路漸高，澗漸平，亦有村聚。晚投宿於羅氏，則至峰下矣。是日計行二十五里，然路難，四十不啻焉。

明晨，飽飯往登。石崖下，聞泉淙淙然，坐聽之，其聲如松風之走萬壑也，是曰『響泉之崖』。澗側，大石如縮龜，響泉自其下出，是曰『息龜之澗』。遂緣萬松磴，磴石級，級數十，足疲甚一休，如是休者，又數十，至乎道士之宮，憩焉。遂陟乎大雲之峰。

下視萬山如走馬，如驅羊，如滾波濤，如千萬人軍，旌旗鼓戈，魚麗鵝鸛，升壇而指麾。自巴陵、臨湘、通城、平江四縣之山，咸在肘下。而西望洞庭，煙洲草渚，隱約可辨；沙川、油川，左右繞，若雙帶焉。其峰之勝者，卓筆如筆，青笠如笠，攢劍如劍，圍屏如屏。三人相顧以嘻，謂不臻於茲，安知茲山之上，有若是者耶？而今之遊，不徒勞也已。峰下有井名『聖泉』。道士之宮，背峰而列，宮凡六，余所宿宮名『永樂』。是日進香者可百許人，道士云：『八月之望，會者凡四五千人。』蓋神之盛也。余等亦禮而無祈焉。

明晨下山，下行易，惟不可望，恐欲墜，亦頓撼，苦足肚痛。至鵬灣，灣有小潭，自山來二十里之泉，咸走石溪來會。石斗削若甃，小邱臨潭，上可亭。前往時略未究，今始得之。余所得大雲之勝具此矣。

其日，仍宿白羊彭氏。白羊地屬臨湘，而大雲，巴陵地，犬牙入也。明日，至蒿坪。回望大雲，指前宵宿處，乃在天半。小雨，因過宿友人李皋門孝廉家。李氏多藏書，出書錄觀之。明日，至新牆，宿蘇州吴氏寄東書屋。又明日，與建林別，余及伯喬歸。

是行也，凡八日，得詩十有一首。凡所稱峰、崖、泉、石云者，向未有名，名之自余。以大雲之居境蓋遠矣。近縣鮮好事者，四方之人莫至，遊者自余三人始。

道光壬寅冬十月。

寬樂廬記

人之容其身於天地之閒，何適而不得？而苟必如其意欲而後安，則一身雖微，常窮天下而不足。夫一身之所存，坐則容膝，臥則容席，此爲地至少矣。而人之情，常欲有移易於東西左右之閒，以取適於目前俄頃之變，厭故而卽新，望彼而置此。故富貴者之處其身，雖極宮室臺榭、燕息遊觀之樂，乃其侈心，未嘗不思更有所營作，謀畫之不能以已。而窮櫩卑宇之士，常悵然自恨不得如其志。蓋其外之廣狹雖殊，其中之弗寬者，一也。

余之老友郭建林，自其少壯時，卽有灑然之志，不爲祿利學。家計粗足，卽不訾問。亦不遠出，獨好遨遊近鄉山水。時往寓城南呂仙之亭，從道者居，或累月不歸。余年及冠，卽喜與之遊。嘗偕寓城南，及至其家久畱。亦數數來余家山館，共晨夕言笑不倦。然彼時以爲建林雖性通少滯，亦會其身之所遇，便自散逸而然耳。

及其年過四十以後，室家多故。旋以大水漂沒其田，生產日薄。其廬舍歲歲爲水所浸蕩，牆壁穿壞皆盡。

乃去之半里許高地，爲土屋三間以居。余每念往昔遊處，憫然相爲歎息。間過其居，敝陋特甚，而灑掃自潔。雖老矣，貌不加瘠，言笑風味如曩時也。

今年春，余又過之，以其久不至余家，邀之來。於是君年七十有一，肩輿三十里，復造余山館。覩余故居，空於兵火，惟此書館僅存，謂余曰：『此與吾舍之壞於水者，何異？且吾今居，人謂不堪，吾甚宜之。室小而面南，冬陽便以暴。前有柳甚大，有陰，夏月足以涼也。至於左盼連峰，右矚大湖，氣象闊遠，吾坐而皆得之。子爲文詞，雅可讀，盍爲思所以名吾居，而記之以文，吾日覽之，以助吾樂，不亦可乎？』余曰：『子之居甚隘，而接於耳目者，則甚大矣。抑未足言也，子之心何其寬爾乎？《詩》曰「考槃在澗，碩人之寬」，言其人之心之寬，不必其室也。又曰「獨寐寤言，永矢弗諼」，言樂甚也。請今壽子爲「寬樂叟」，而題子居爲「寬樂之廬」。』叟喜而受之。

余今居燬，未能即復，顧以與叟相視爲優，而余意似有不足者。若叟賢哉！其有以示我矣。呂仙亭亦燬於兵，近有道人稍修復一二。而家弟退菴爲九江樓於君山，實從前未有之觀，余頃遊而記之。寬樂叟今健，能步行至四五里，當復爲寓遊乎？其無乃樂此廬，而不暇一往也。

新修呂仙亭記

岳州城南呂仙之亭，當南津港口，古所稱㴩湖者。水反入，爲㴩。城東南諸山之水，自南津西北趨湖，湖水起，則東南入山盡十餘里皆湖也。故山水之勝，亭兼得之。

由亭中以望，凡岳陽樓所見，無弗同者。而青蒼秀映之狀，幽賞者又宜之。至於爲月夜泛舟之遊，無風波卒然之恐，惟亭下可也。唐張說爲岳州(剌)[刺]史，與賓僚遊燕，多在南樓。及㴩湖上寺，見其詩中，『南樓』即岳陽也。寺今尚存，而亭踞其左阜稍前，相去裁數百步，寺之勝已移於亭矣。然岳陽樓之居城近，自唐以來，名賢學士，皆登而賦詩其上，播於古今盛矣。亭之興，後於樓，其去城且三里，四方之客過郡，即登樓，莫亭之問，以此不若樓之有名天下。而基高以敞，亦複其上爲樓，有連房，容飲席及臥宿，逾於岳陽；而遠市囂，少雜遊，亦處地之善也。

呂仙者，世所傳洞賓仙人，一號純陽子，唐末人。其蹤跡故事，在岳州者頗多，蓋嘗有三醉之詩，故岳陽樓塑其仙像。又有城南遇老樹精之語，則此亭所爲作，按范致明岳陽風土記『城南白鶴山，有呂仙亭。亭之始，自宋時也，後乃增大之』云。余自少時，性樂放遠，入郡多寓亭下。近更兵亂，亭燬矣，道士李智亮募貲而復之。智亮有才能，樓加其層，廣亦過舊，亭廊旁廓，歷歲克成。以余之夙於此也，求爲之記。

余惟神仙之事，茫哉孰從而知之？揚子雲曰：仙者，『無以爲也。有與無，非問也。』秦漢之君，以求仙荒遊，卒無所遇。唐世士大夫喜餌金石，多爲藥誤。小說載唐時仙者甚多，皆妄陋無稱，而純陽氏之名，獨雅而著。余觀張說岳州諸詩，屢有言神仙者。時未有純陽氏，而岳之湖上，固傳有仙人往來之語矣。得非隱人高士，出沒江湖閒，人乃目之爲仙與？抑湖上諸山，磊磊浮波面，若近而遠，令人有海上蓬萊之思乎？蓋仙者，可以不學，而意亦不能無之。若山川奇異幽遠之鄉，使出世之士，俯仰其閒，必將有恍惚從之者，果有與無，俱不足論也。

余昔在亭，見老張道人者，鍊形頗久，能以氣自動其兩耳，後竟以老死。而其徒方東谷者，不學爲仙，獨能飲酒，余至則與之皆醉。吾聞呂仙，仙於酒者。今智亮其爲仙耶？爲酒耶？余雖老，不喜入城，猶願得遊處亭下，如往時也。

同治三年甲子歲夏五月。

九江樓記

禹貢『九江』，自宋以來，儒者始說爲洞庭，後皆以爲莫易。按山海經曰：『洞庭之山』，『帝之二女居之。是常游於江淵，沅澧〔一〕之風，交瀟湘之浦〔二〕，是在九江之閒，出入必以飄風暴雨』。山經之言神怪，難可信究，而九江之爲洞庭審矣。惟經說家所指數沅、漸、潕、辰、漵、西、澧、資、湘爲九者，未可定據。蓋洞庭所納之水，以沅湘二流爲大，其上流合川甚多，無宜別擇爲九。所謂九者，當以湖旁近大小諸水口，如沅、湘、資、澧外，以水經及注所稱名，驗之今臨湖始合之水，若油，若涔，若澹，若汨，若微，計爲九自足。是水夏秋漲爲一湖，冬春派別各見，而江自江陵百里洲分流入湖，酈道元所謂『枝迴洲，江水自此分爲南北江』者，故九水通得江稱。余頗疑禹導江時，實曾因此分江，益疏治之，以洩江之怒壅，而下達於巴陵，以合江之經流，故經文紀其績曰『東別爲沱，又東至于澧；過九江至于東陵』也。

君山當岳州府治之西南，尋其地脈，實西自枝江、公安、石首、華容而來。山屢斷爲平地，江湖輒通流。及華容之斷，至此遠矣，突起爲巒阜，盤回周十里許，迫沅、湘之會而止。而九江皆聚流其前，江之經流，即在其後，經所謂『東陵』，豈即此山？未可知也。此山攬納洞庭一湖，四面臨之，其浩渺雄壯之觀，以視郡治岳陽，更爲過之。故今爲樓於此，題曰『九江』，宜也。

昔宋范文正公爲郡守，滕子京記岳陽樓，具言登臨景物，接於人而生悲喜者，而終之以『古仁人之用心』，其言大矣。夫『先天下之憂而憂，後天下之樂而樂』，文正平生之志也，以子京謫宦，將有不自聊而放浪湖山間者，因爲言之。而至今來遊岳陽，苟爲有心之人者，未嘗不以文正之言，興動其懷念。雖由古賢風流之感，亦湖山之地自有以發之。然則至乎君山，而登茲九江之樓者，宜謂何也？

余從弟退菴，平生讀書，不預試場。獨好爲濟人事，世推其豪。近又十年，出入戎旅間，志意闊略，久不獲申，將寄遁茲山，即崇勝佛寺廢基，而創斯樓。退菴，今世之有憂者，而將以樂於是。其接於朝夕之臨覽，而無以悲喜移易其心者，又宜如何也？

同治元年五月。

【校】

〔一〕沅澧：山海經·中山經作『澧沅』。

〔二〕浦：山海經·中山經作『淵』。

君山芝龜記

君山，古名洞庭之山。洞庭本山名也，後乃以名湖。

余嘗疑『洞庭』云者，豈果有仙靈洞府之居在其中耶？然吳中震澤之山，亦名『洞庭』。古又傳有『巴陵地道』自此山有穴潛通之語，尤奇怪。而山經言此山『帝之二女居之』，其爲異，固久矣。考之唐世詩文，所稱洞庭隱居者，按其地皆當在君山，而志稱山『有三十六亭』，其爲遊觀之盛如此。蓋自近代，漸以荒落，余所見寺廟數所，皆頽宇僅存。頃年又燬於兵火，土人侵暴竹樹，至問斑竹之叢，無有也。

今天子肇元同治之年春正月，余弟退菴，始以鹿角敦善救生之局，分置於山，乃構堂樓於崇勝寺之後，以奉湘君、湘夫人。始命工闢草，則獲芝一本，大如飯盂，色深紫而光，莖削以堅。其日，又掘得一龜，按其骨狀可開合，爲爾雅『攝龜』者。以告余，余乃始驚嗟而稱曰：『茲山之當爲靈館道居者，其信有以乎？』夫芝者，神仙之所餌；而龜以善息而壽，亦仙之屬也。仙者有無，若不可知，而芝之與龜，他山所不常有，而獨產於此，可不謂異與？抑以斯二物之異，君山雖有之，亦不日日見，而獨并發於今之一日，其又以示驗於人者與？余請題今所爲屋曰『芝館』，而亭於得龜之所曰『息亭』。

蓋古之爲神仙家言者，皆有託而逃乎世故之外也。漢之留侯，功名蓋世，而欲從赤松子遊，彼豈惑乎生死之故哉？以爲雖其功名之盛，尚未足身殉之以死也。況於區區未遑多道者乎？至若商山四老人，又遠矣。今吾弟十數年來，常以世變發憤，崎嶇奔走，欲爲國家之用，殆於死者數矣，而所遇輒沮壞無成。及今乃欲就休於此，雖一切謝絕，竟學辟穀，其猶古人之意耶？

神仙呂翁者，在唐末本以俠烈名，後得道不死，爲仙者宗，常往來岳陽湖上，歷世傳其蹤跡甚著。顧近代已絕不復見，何哉？今芝龜出矣，使呂翁猶在者，尚當跨鶴而來遨耶？

東山別墅記

余新居曰北莊，因舊居爲名。而郭祥庭者，余之姪女之壻也，亦爲屋於舊莊前，曰東山別墅。蓋其舊家去此，直北少西三十里，而近以水患避來。祥庭之父曰東山，君讀書不從仕，而幕於陝。今縣人之遊陝者，亟稱之。其號東山，蓋有意云。

昔謝安石未出時居東山，後嘗樂遊焉。而劉華容之居，亦曰東山草堂。余嘗問人，其堂猶存。讀李夢陽送公之歌，未嘗不神往也。余爲閒老人，祥庭來與鄰，兩家相望，一柳塘隄耳。余時時釣焉。日早飯後，行遊而至其家焉。吾姪女時提衣而澣焉。兒子讀於吾塾者，歸而飯焉。吾與子樂矣。而何劉、謝之多乎哉？迺爲之詩。詩曰：

子之居兮，在子先廬之東。匪厥考之所搆兮，曰平生之願從。東山兮東山，楊柳兮和風。子之名則爲熊兮，當有麒麟兮來夢。

君山月夜泛舟記

秋月泛湖遊之上者，未有若周君山遊者之上也。不知古人曾有是事否？而余平生以爲勝期，嘗以著之詩歌。今丁卯七月望夜，始得一爲之。

初發棹，自龍口向香鑪。月升樹端，舟入金碧。偕者二僧一客，及費甥坡孫也。南崖下漁火十數星，相接續而西，次第過之，小船撈蝦者也。開上人指危崖一樹曰：『此古樟，無慮十數圍。根抱一巨石，方丈餘。自郡城望山，見樹影獨出者，此是也。』然月下舟中仰視之，殊不甚高大，余初識之。客黎君曰：『蘇子瞻赤壁之遊，七月既望，今差一夕爾。』余顧語坡孫：『汝觀月不在斗牛閒乎？』因舉誦蘇賦十數句。

又西出香鑪峽中，少北。初發時，風東南來，至是斜背之。水益平不波，見灣碕，思可小泊，然且行，過觀音泉口，響山前也。相與論地道通吳中。或說有神人，金堂數百閒，當在此下耶？夜來月下，山水寂然，湘靈、洞庭君，恍惚如可問者。

又北入後湖，旋而東。水面對出鐙火光，岳州城也。雲起船側，水上滃滃然。平視之，已作橫長狀。稍上，乃不見。坡孫言一日晚，自沙觜見後湖雲出水，白團團若車輪，巨甕狀者十餘積，卽此處也。然則此下近山根，當有雲孔穴耶？山後無居人，有棚於坳者數家，洲人避水來者也。數客舟泊之，皆無人聲。轉南出沙觜，穿水柳中，則老廟門矣。志稱山周七里有奇，以余舟行緩，似不翅也。

既泊，乃命酒肴，以子雞、苦瓜拌之。月高中天，風起浪作，劇飲當之，各適本量。超上人守葷戒，裁少飲，噉梨數片，復入廟具茶來。夜分登岸，別超及黎。余四人循山以歸。明日記。

定香室記

湘中山，故多產蘭，山中人，以其常有也，不能奇重之。余來淨居，假一室，灑埽頗潔，而惜其無花以娛。主僧告曰：『山有蘭。』余喜，與僧偕覓之不得。有老僧知其處，而往得之，且盈十本，乃皆以瓦盆蓺之，供室中皆滿，而名其室曰『定香之室』。

余嘗聞佛之爲說，有所謂定者。余未能通曉其旨，顧以爲蘭之爲香，與諸草木異者，其香幽以遠，微而不可執。恆使靜者聞之，穆然有神明之意也。豈非以其定耶？香，浮氣也。雖有浮而若無動者，其本固不同也。余以是識之，儻可謂佛者機耶？今之室，固佛者之室也。而余老，且讀書於此，猶欲斂闔其氣，時有發聞如與靜者，期之如蘭也者，而豈果佛之說哉？蓋辨物名者，曰蘭有山澤草木之不同。今非古所謂蘭者，而今之云蘭，又有一花數花之異，乃其形類而香同者，皆蘭之屬也，可無辨？

僧又曰：『此蘭中有四時花者，葉尤狹而長者，是其種。』余又異之。淨居北去余家百里，其山以寺名曰寺洞，平江之西境。余以兵警常避家洞中江氏，因來此寺云。

咸豐六年三月既望。

半舫齋記

長沙城中地，惟巡撫察院，接連貢舉院，後牆外，最爲寬曠，其地皆菜圃，往往有方塘以灌。而察院牆內，樹木彌望。菜圃左右居人，茅瓦屋錯列，各家簷宇外，亦多有楊柳雜花樹，禽鳥飛鳴往來，幾與山中不異。

余家巴陵，遭寇焚其廬居，挈妻子避旅鄰縣百里閒。又數數警徙。而長沙自壬子完守，連數歲，賊近不敢犯。余於去丙辰歲冬，遂來假寓西城。今年二月，乃就此菜圃稅宅。宅非甚大，而地有餘，規制亦雅潔，故陳氏之居也。而右牆外偏厦爲書室，廣一深三，板壁閒之，上下皆以板。其偏鄰菜家籬，亦以板壁，列置窗格，如舟船之中窗，而獨有其一面。余題之曰『半舫之齋』，肖其狀也。

昔歐陽子在夷陵，有畫舫齋記之文，其言江湖經歷之險，與順風恬波，舟行之適，皆以寓其遇也。而又言其所取於舫以名齋之意，不過以其形似，主爲宴嬉而已。若余之取於舫，又有不得同者。余既窮賤，老鄉里，無四方之役，於舟行之險與適，宜皆無事，而宴嬉又非力所及。顧被亂奔徙數年，而今又且棲於此，其情狀危苦顛倒，若舟行遇風，叫號戰掉於巨浪之中，望一灣碕閒，有衆船泊止者，得趨而至焉。已乃沽酒息驚，以須臾得免爲大幸。而明日之行，又未敢知也。

且余嘗見附舟行者，按日計水程所當至，舟者必亟止之曰：『行船莫算也。』夫舟者慮風水而忌神明，故云爾。然斯言也，凡有行皆當然，獨舟也耶？故知舟者之言，可與知命矣。余以是爲半舫齋記。

咸豐丁巳春二月既望。

謁三忠祠記

所感於古名賢之遺跡，一亭臺館宇之細，未嘗不以興無窮之思，而於祠廟爲甚。至若忠臣義士，身捍大患以死者，則其地往往有祠，雖及數十世，孰不竦然瞻禮其下，見其氣烈之存也？而況於昨日之事，今日之人而已有若是者乎？而況於身所嘗親接其人，或嘗左右其事者乎？其悲以感，宜何如也！

余居長沙北城，楊子芋菴、湯子子惠、高子旭堂，並與余居相邇。一日偕玩春霽，行遊乎塘圃之地，遂造三忠祠謁焉。祠新建，以祀湖南提督蒙古忠武公塔齊布、安徽巡撫寶慶江忠烈公忠源、二品銜浙江甯紹台道湘鄉羅忠節公澤南。江公殉廬州，塔公歿於九江軍中，羅公戰武昌以死，皆此前數年中事。朝廷念其功，賜謚建祠。而塔公甲寅湘潭之捷，賊以不復南，南軍以大振，江、羅二公皆起鄉軍勦賊，著聲績天下，故並祀於此祠，並爲三堂，塔公、江公、羅公，自左而右。前爲大廳，門廡宏壯，地敞以潔。外有方塘，木柵圍之。祠左旁爲官吏修祀休息之所，亦頗雅飭，以縱觀者。

市里負販之人，皆知忠臣之報之速且盛，莫不瞻仰歎息。而余四人者：楊子嘗佐江公壬子長沙戰守；高子亦在焉，又與羅公爲舊；湯子前客曾侍郎軍幕，亦與三公相聞識；余嘗一謁塔公於軍，羅公所嘗與遊，獨恨未接江公，而於知交間聞慕之最蚤。三公之始末，皆纔及數年，雖不幸，未竟其討賊之志而死。死爲天下痛。朝廷加卹逾常例，又廟食隆重如此。三公爲不亡矣！

而余等尚相與棲皇四顧，而皆未知其身之所止也。各默爾不能有言而去。既久，余乃記之。

劉氏義穀記

惟不沒於利者，而後能利於人也。士苟有志閭閻，無待富貴，隨其所遇遠近大小多寡，稱吾力之所至，而皆有利於人，必不以家貧不足爲解也。

劉甥平湘，自其少時，卽有仁其族人之願。中歲兄弟三人分產以居，平湘不善爲謀，家稍落矣。廼悵然念曰：『吾有所嗣父母，而吾受其成貲，不一有述焉，何以爲人子乎？』廼集族之長老告之，纔出穀五十石付之，俾司其貸收，歲儲其贏。閱二歲，則百石矣。益之五十石，又二歲，廼三百矣。益之數如前，於是及乎四百。乃以施族之鰥寡與其下貧者，婚喪之不舉者，稍資之。又數歲會之，除其已費者，猶八百石。於是議生童赴試之贈，與其試捷之資。今且千有餘石矣。余義其事，欲爲文而記之，甥弗敢也，今乃卒爲之。

古之君子之利於天下也，必先其近者，故始自其族，而後以及人。族且弗逮，鄰何望焉？況其遠者乎？其得爲一官，宰一邑，爲其民興利，頒其式，冀垂諸久遠，而天下慕爲之，故有常平，有義倉，有社倉，亦若是已矣。假如平湘少時，稍顧慮其家之不贍，則是穀不可得而積也。毅然爲之，穀贏矣，而家亦未遂竟落也。故吾願世之效爲之。假如一縣爲之，則一縣無飢人矣。天下爲之，則天下無飢人矣。孟子曰：『人人親其親，長其長，而天下平。』『道在邇而求諸遠，事在易而求諸難。』井田之不復，而民之貧富懸，不有君子，其孰與收族而生民哉？

同治八年冬十月。

劉平湘，好善人也。出繼，家分，而奉母甚孝，視食飲衣被必周。三妹適人，皆家貧，爲息錢時給之。兄喪，盡哀。族有請者，必往。與平處，無爭人。乞者至門，速與飯，不以稽久。里有公務，不辭任其勞者。喪本生母，廬墓下三年，不茹葷。多識治急方，時以語人。善呪水以治骨節傷損，至不飲人一茶。其爲人也如此。因記義穀事，附識之。

浩然樓記

矗乎鹿角之巔，而盡洞庭之觀者，浩然樓也。

初，余從弟退菴作堂敦善，於茲集事，四十許年，登覽之娛，未暇以爲。劉君漢秋，捨家輔義，睇茲渺瀰，崇而有之。度地半弓，取勢千里。柈湖逸叟，欣然登斯。就爲之名，以張卓爾。君子曰：『岳陽樓也，巋然此邦舊矣。希文子京之志事，旦暮遇之。』雖然，得無不廉於取乎？蓋君子之於物也，無所累而已。浩然者，其中也則亦莫非浩然者，而況乎其地之有也。

洞庭漫漫，四無際也。大波軒天，風猛厲也。彼嗟者子，胡然戲也？呼號禱求，莫之致也。有彼岸焉，如其意也。援而上之，生我賜也。收其裝載，無失一也。斯樓之觀，非面勢也。睇彼漁舟，無怠棄也。出死入生，生吾義也。灑然在衷，天之意也。於是引客置酒，爲浩然之歌：

山爲鹿兮觜爲馬，洞庭波兮不可下。公無渡河公渡河，萬石之湖兮泊斯駕。朝武漢兮暮湘潭，此樓中立何眈眈？陽侯虐兮風伯怒，湘君來兮亦何有？慈爲航兮普爲渡，蛟室龍堆毁其舊。客再拜謝生我恩，客生有命非等閒。主人有言謙不足，我盡我心公莫錄。生涯到處浮復浮，江湖天地一扁舟。浩然上下與同流，樓乎萬歲而千秋。

山陰尉職思居記

古周官　書，官各言其職掌，自六官長貳，以及百有司之細，其位自卿上中下，大夫以及三等之士，貴賤大小、佚勞難易各殊，其於分職任官一也。官各勤其職，以自效於上。愼思而無越，亦無弗盡，所以合而成盛王之治，而垂爲後王之典法，故周官曰周禮云。

今之設官，其品有九，凡爲等差十八。而尤卑者，縣有典史，舊稱尉者，乃居流外，不預等列。其職主佐縣捕盜管獄，非才智端謹之士，亦莫能勝之。官雖微，而其居廨常在縣側，與令比密，常得請藉其事，所處縣士民視之，固官也。而又易近，或不得於令，則惟尉之屬，故尉之任反劇於丞簿，士之略於就官者，亦不恥爲之。至其騖財利，不自愛惜，則專媚於令，甚且匿其門子私人以自取重於外。其職之獄與盜，亦不暇詳也。

余以遊至山陰，吾邑人李君儀甫，適尉於此。儀甫之甥謝編修譽伯，余宿友，故余徑主儀甫。儀甫亦極喜重余。是時兵後，廨署盡毀，修復之塗工未畢而余至，處余其前西軒敞潔處。暇與行視廳室，謂余：『此前堂舊扁大雅，其來久，仍之弗敢當也。欲自扁後室，爲職思之居，子以爲何如？』余既粗悉儀甫之所以爲尉者，於是竊歎儀甫之志，雖以盡居天下之官可也，獨尉乎哉？

請言其一事。先是，同治四年夏五月，山陰大雨彌旬，三江閘壅，水暴漲，沒民田。比退，禾盡壞，須更插。上虞民多蒔秧以待，山陰買秧者成市，猾者牙之，緡錢至萬。君聞，亟告令曰：『民此時尚容儈剝耶？』令委君驗取。君至，立禁斷之。而以其人來，謂令：『當重治，無縱。』而以其錢畀諸紳士，令募通三江爲後備。令弗從而罷。嗟夫！此非君職之所及，徒以見聞，不忍於民，而能爲思而善謀之如此，其於尉也何有？

顧君雖才任治民，素習公法，憚越職，有投狀弗受，委事不以求請。郡守至，特簡屬之，而君尤以其職盜獄。兵後多盜發，有非君力所及禁者，欲亟自解去。山陰尉，於缺次稱美，人爭欲爲之，而君居之乃如此，此其所以爲賢也。

君所處余西軒者，方擬植梅，以梅目軒，因以自號。漢梅福嘗尉南昌，後隱去，人傳爲仙。今人習稱以豔尉。山陰有梅里，則福之隱所也。

同治七年夏五月。

蒲圻西門外劉公亭記

湘鄉劉蓉孟容，手授余以曾少司馬所爲君弟季霞銘墓之文，曰：『吾弟以戰死蒲圻西門外，事實具銘文。而吾弟死後，有相知令蒲圻者李君，封土其戰處，而亭其上，人呼曰「劉公亭」。子幸爲記之，吾將以藏於家，以示子孫。』

敏樹既得讀曾公之文，壯季霞之烈，而頗未知孟容欲爲記亭事之意。蓋以孟容之賢，與曾公共起軍其鄉，以逐誅悍賊，聲名動天下。季霞其親弟，有死事之烈，而又重之以曾公親所表暴之文章，其光灼後代何疑？而何取於他人之言？若以亭事宜爲戰地之志，則宜張之於彼，而何爲其家？吾思之矣，孟容豈非深痛其弟，而亭之事不忍以無傳，又不欲苟以爲名於一時者與？

夫忠孝奇偉之行，近者之可驚，猶未若遠者之可思而慕也。使季霞之烈既久且遠，而人多能追而道之，因推論吾湘人今日父兄子弟，相與勉厲憤慨之意，湘之儒生秀民，皆有義勇，能戰鬬趨死而無悔也。雖亭或壞，封土或夷，猶當想象彷彿其處，發志士之悲。季霞之烈，不當炳炳於無窮耶？惜乎吾之爲文，未能與曾公相上下也。

始，孟容從曾公，季霞侍父其家。其死戰也，以往問孟容南康，而道值孟容與羅忠節公，引軍來攻賊蒲圻。季霞隨兄後督戰，戰方亟，我軍小卻，季霞見賊將乘我，即棄所乘馬，步帥卒趨之。手槍斃兩賊，亦中賊伏槍仆地。而軍遂堅鬬，死傷連屬，益進不止。卒大破賊，火其柵，拔蒲圻城。季霞舁還營中，其夕死。事在咸豐五年十二月二十一日。

曾公銘季霞，稱其人循循子弟之行，遇人渾渾愔愔然。及戰陣，乃能如是。孟容亦爲余言季霞：『神静而識明，其才己所不及也。』嗟夫！季霞之死，可痛可壯，而又其才可惜，不得使用吾楚師，竟其功於天下也。

季霞，名蕃，以死事得追贈知縣。死時，年二十有五。

胥氏祠堂記

胥氏自晉胥臣臼季，名春秋。其後有甲父，當趙盾時，放於衛，克嗣立。至童，佐厲公誅强卿，以亡其宗。蓋晉之公族也，自後無聞達者。趙宋時，僑居湖南，爲大官，與歐陽公爲親，今湘陰巴陵，獨多胥氏，蓋自此也。

聞胥氏亦自江西來。明時，文相，進士，有文學，作君山記，知柳州。孫焯，舉人，知縣鄱陽。又有葉者，亦榜人。皆不知何胥也。而以爲出自谷泉高之祖，有胥明與二者，皆近胥。余先大母，胥高人也。先君子言文相實居郡城。特夫秀才，二孫也。亦言麻塘胥氏，數漁戶耳。而譜牒甚明，胥户部墓在其里，明世宦者多城居，則郡城審矣，往時城中猶有其人。

惟吾里之胥，特爲巨族，冠巾者實多。舊有譜，未能祠。嘉慶時，高之孫步瀛者，與族人少集錢積之，歷歲祠成。將入主，特夫謂其族晴川曰：『吾氏幸非劉李滋他族，此皆宗也。雖然，祖不可以二，請以高祖谷泉。而吾二也，與明也，非高親昆弟也，分於下不可，而合於上未宜，請以高祖谷泉，二明並高，其上各虛二主。』於是乃定，族以大和。請其文於余三年矣，余世姻，又新鄰也，承先人教，言不可諼。

祠興自江西，宋時最多名人，家集藏祠中，今江西書賈爲盛。文相能文，宜有集，而無傳焉，殆未有祠故也。後有賢者，必藏所著書祠中，則代書春秋矣。

湘鄉黃氏訓眞塾記

以君子之心爲儒者之學，則可以升於此堂，入於此室矣。

初，黃氏自醴陵遷家鎮遠，考觀察府君，始成塾以教其子孫，爲言曰『立志爲名儒』云者，書而懸諸楹。及寢疾，顧諸孫而告之曰：『名非訓也，得無非其眞乎？』乃更以『眞』之一字。於後子壽編修遷宅湘鄉，復其塾扁，題之曰『訓眞』。

敏樹爲之發揮其義曰：論語孔子謂子夏曰：『女爲君子儒，無爲小人儒。』儒而名入於小人矣。今之謂古名儒云者，從後人名之，而非古人之本志也。更之宜哉！世之父兄，孰不以名望其子弟？始入之塾，即語之以干祿之事。子弟才者，知之，手其業曰：『此可以取諸生、舉人，成進士，而至大官矣，吾何以幾之乎？』父兄且喜之曰：『女能如是，何爲而不可乎？』儒之名莫尊矣。苟能爲儒，天下之善，孰不可有諸其身？而利之大者，皆緣名以致之，世安得有眞儒哉？

孔門之教，其辨君子、小人至詳非一，曰：『君子求諸己，小人求諸人。』他語多類此。『君子疾沒世而名不稱』，亦欲其不虛是名而已。子夏之學，宋之儒者稱其篤實。黃氏之子孫，其念之哉。

同治八年八月記。

鶴茗堂記

余既考湘靈之宮，因念僧人延客當有茶坐。而茶産君山，名天下，充上貢焉。故客之至者，欲啜茶君山滋甚。昔之錄茶者，有灉湖之白鶴翎，葉有白毫茸茸然，故以名山與寺與井，後茶廢。至國朝，君山始名。雍正間，始入貢，眞鶴翎品也。而近時僧病茶最甚。貢斤才十八，而官吏之索數十倍之。不足，拘僧而撻之。監造之官親號，師爺者，又以供應因之，若遂不止，僧必掘茶根而走矣。

故余名此堂，欲使嗜飲者，味茶之美，將慮其絕也。爲言於守土吏與上官，俾僧止辦貢斤，其餘饋獻所須，一以實價買之，庶幾合浦之珠再還，零陵之乳復出。天下後世之嗜茶者，皆有清風兩腋之樂，而無渴死不得一啜之憂。余之此堂，其與有功乎哉。

恬園遊記

恬園，長沙朱氏之山莊也。地名塘坡，去會城東北六十餘里古驛道旁。岡嶺回復，數轉乃入。至則柴關矮屋，甫見竹樹間，遊輿且停，客驚而問：『不意所稱恬園者之在此也。』

朱氏故有邸居在會城西，主人字恬，箬舲昆仲，豪俊喜賓客，通冠蓋遊。邸有『心遠樓』，李申夫方伯所題，登之可盡嶽麓、湘江之勝，名於是邦矣。去歲初夏，友人馮君樹堂介余造焉，而又言恬園林館之美，春秋花時，里親友爲會其閒。余欣然願之。主人以菊開期，其九月，樹堂外出，余辭未赴。

今春，又爲期牡丹。三月十四日，乃偕郭筠公、樗叟龍皡臣、張笠臣、曹鏡初往遊。天晴風柔，雜花香路，春郊遠行，則已大樂。及門，樹堂先在坐。少頃，主人導客行循步廊，入山閒，上下坡嶺，皆園也。時又小雨，望烟景甚富，軒而憑，亭而佇，樓臺而登，以臨池渠，而曲折以歷，無非花樹中者。其一館，前張油幕，花光照豔，則牡丹也。晚飲，席閒客皆揖花，而杯酹之以祝主人，皆歡醉宿園中。明日，尋昨所至，及所未至，遊且息，遂以逮暮。其園之館曰『富春樓』，曰『湧翠臺』，曰『皡清軒』，曰『鏡觀亭』，曰『納月』，池中亭者曰『宛沚』，屋如舟者曰『定舫』，菊之圃曰『黄中』，竹之坡曰『碧天』，舊有名及新題者，筠公、樗叟皆爲書之。明日，樹堂以前負就園，以酒謝。又明日，歸。

蓋觀遊、居處之事，爲之山中，則可以極意，而徧得高曠幽遠之情，顧患獨樂，而無以公之人人，宇恬昆弟之志，意誠豪矣哉。余頃年遊吴越閒，見兵殘尤甚，求所聞向時園林有名者，蕩爲荒墟，未嘗不歎息，疑其有以然。而吾湖南習俗樸厚，其人幸有氣力，自完其疆；又能出爲國家平時之難，乃今長沙都邑，雄富壯觀，其人新鶩華靡，駸駸乎前日淮海之風矣。

恬園主人雖稱豪，顧喜爲山中之樂，無金玉錦繡優伶歌舞之習。樹堂之倡其里會，用古蜡社醵飲之法，以儉持之，庶幾詩人蟋蟀之義。余是以願從其遊，並記恬園以爲雅道也。

君山示遊客

袁中郎記西洞庭山，略言天下山之與水，常不相遇，湘君洞庭遇矣。而荒寂絶人煙，竹樹空疏，石枯土頽。中郎之意，欲推吴中洞庭爲海内第一，故其説云爾。余謂洞庭本山名也，山經言『洞庭之山』，『帝之二女居之』，而地志稱『巴陵地道』，以謂君山有穴通吴之包山〔一〕。此兩地之山，同以洞庭名，殆非尋常所能究竟。今吴中獨以洞庭爲山，而此移之湖，自楚騷之辭則然，亦未可曉已。

乃吾觀唐世詩人，送人歸洞庭隱居，及所稱洞庭南館若別業之屬，按其文，皆指君山。彼時湖水蓋尚不如今之盛漲，今君山後湖，自秋末逮夏初，水落未長時，洲地平闊，廣袤數十里。彼時蓋皆爲稼蓺之壤，故棲遁流寓之士，多就家其閒。舊邑志至有三十六亭，其名具存，則山旁附聚居落，計亦略如今吳中，而勝賞則又過之。蓋自宋元至明世，華容、監利益多起隄垸，荆江塞諸口穴，西水大浸，山後地盡爲湖，獨山中閒高地不沒，資山僧寺廟而已，不容居人。故中郎以謂荒寂，不若吳洞庭，至云『竹樹空疏，石枯土頹』，直由諸亭臺廢壞，覺其然爾。

山水之形色，窮古今不易，其所會合於人與否，亦時爲之也。余從弟退菴，以同治初元壬戌之歲，始營福園於此，建九江之樓、聽濤之閣以臨其面勢，君山之觀，遂越岳樓、呂亭而上之，未知吳洞庭能有是否？若夫以蒼然一島，泊浮於煙雲波濤，杳冥蕩潏之中，而邱壑窈深，洞府之藏，久窺之而不可悉，則茲山之自名於天地，非可以古今荒闕長短云也。退菴居此數歲，有當事知其能兵，强之復出。而余攜一孫讀書於此。蓋退菴有宿憤，而亦不自忍其才。余特幸無才，最爲世閒人。而前冬喪弟三子，居家不歡，因以來。東坡先生有言：『江山風月，本無常主，閒者便是主人。』余非能爲園樓主人也，而江山風月，猶似相待，故推本此山見聞之故，以請諸通人野士之遊者。

【校】

〔一〕巴陵地道……包山：此乃郭璞江賦之語，作者誤作地志之言。

始祖公墓道記

我先祖伏一公，明初自豫章遷於茲土，蓋至今幾五百年，子孫十有九傳矣。而公之墓所，譜稱與妣楊氏合葬中觜山，一名雙沖口，在吾家稍南三里。其旁，文姓、易姓居之。蓋公與易爲姻家，二世妣則易氏也。或遷時與易姓偕來，故公夫婦與易之人，共兆於此。其後易不繁，而文族眾。又經明末之亂，地多移占，山閒纍纍，皆文氏葬。我吳氏子孫雖知公墓在此，莫得而指焉。

康熙四十一年，公之十二世興郊者，與文姓訟理，鄉鄰勸息，有兩家合約字據。其時國家舊令，非品官無許立碑碣，故莫能表識。而後之拜掃山下者，復稀至。又久而合約之事，亦無知者。當先君子世，修錄譜牒，常以不得公墓山爲憾。今年春，從弟士邁，試令族人語文姓長老曰：『吾祖墓固在若山，吾世傳甚明，若族亦宜有聞知者。今若族之葬亦夥矣，地無可更葬者，吾族願以錢助若，共修封此山。吾得祖墓所，而諸葬者塋域皆得堅久，豈不便乎？』文姓長老以爲然，遂以見許。

方議所以修封者，而興郊之曾孫昌節，忽告於眾曰：『我舍中故祖遺敝篋，有字一紙，似爲此山事者。』出之，則所謂合約者也。蓋其家已數世不識字，故莫能言。此子略辨，山名點畫，而適見之。於是族眾咸驚，以謂公之明靈所發露矣。文姓聞之，疑異盡釋。遂更立新約，易姓亦附焉。刻期集功，而我吳氏表石山下。至公之所起冢處，終莫能定指也。

按譜云『辛山乙向』，以地家羅盤較之，獨山之上段葬處爲合。士邁又決之筮占，得同人之『離』，其動在五，上卦之中。且其辭曰『先號〔咷〕，〔而〕後笑』，事實相符。同人得和，『離』象附麗。感通惟肖，可信奚疑？夫爲人子孫者，世守墳墓，事之最大。不幸以久，遂迷其處，猶幸有恍惚，顧以人情閒隔，莫得一瞻拜而想像之也，豈不恫乎？

士邁爲人，能勤力講行一切實事。近年率族人偏修諸處祖塋，而遂獲表始祖公之墓道，實吾宗之仁孝也。敏樹愧而喜之，備書以遺後之人。

記夢

丙寅五月十八日，晨寢方覺，僮人埽除。轉側未起，有夢縈余。自坐一室，思觀新書。起索於房，位西之居。余見其在，不知其亡。徑走書架，顧視端詳。乃非意取，都不抽緗。旁有堆葉，印書未裝。甫欲披看，已寤在牀。

噫！是何夢也耶？余錄存位西之詩，意懼其遭亂殉難以死，而文章散落未傳也。思以寄訊於人，茲豈以告我耶？浙杭去吾此，遠且二千里，吾前爲夢友之辭，以『巴陵地道通吳』言之，特寄爾，豈其果易至耶？杭之難以壬戌，昨乙丑五月，王壬秋乃以位西之死告我，吾前未審知其死，未嘗不思念之，而不以夢也。知其死且久，猶無夢，方假爲夢之辭，而果夢矣。非吾之心思爲之，其自來必也。

天地之閒，空虛四周，惟氣之浩然者，配道義而塞之，精靈倏見，孰知其然？君之詩鈔存余手者，語言聲狀，皆神氣也。奚必幽魂之往來乎？然則其遺書，殆已刊行，而長畱於天地亦決矣。

書義猴事

邑子阮生，言其里有弄猴者，年老無子，以猴爲生。猴脱鎖逃，弄猴者哭而追之。猴聞其呼，止蹲他道上。弄猴者向之曰：『我用汝以活我，汝走，我必不活，不如遂死。』將躍入水，猴啼，來抱之。自是益愛猴，不復加鎖。弄之又十餘年，稍積錢，自辦棺斂物，餘錢數貫，埋牀下。弄猴者有一女，早嫁，族人無近親。

一夕，弄猴者暴疾死，人莫知。侵晨，猴掩戶出，走至其女家，伏地號。女覺其異，隨來。猴舉鑰奉女，開籠取衣，抓土出錢，女乃集族人斂埋其父。棺將蓋，猴躍入棺中，伏尸足旁，叱驅之不動。衆異之，卽謂猴曰：『汝豈欲從汝主人死耶？果欲從者，可起向汝主靈位前作禮拜。』猴如言，起，三拜號，復躍入棺，遂以殉。

吳子聞而異其事，且論曰：聖賢言人之性善，異於禽獸，則禽獸之性，宜其不能善也。而時有善者，且有大善。小說家言諸物類以義名者不一，此何以然哉？有人而近禽獸者，有禽獸而近人者。禽獸而人，其能必專獨以至如猴之殉其主，其與忠臣烈女之行何異？嗟夫！忠臣烈女之行，聞者皆爲之感涕也，況乎禽獸之於人，而有若是者乎？書猴之事，將以感於人也。

柈湖文集卷第十二

釋譏

吴子晚而不第，歸將謀老。會時之亂，寇焚其廬，彷徨於鄰縣之山中數年，未卜所止。乃假館僧居，以課兒姪。抱拾燼之殘書，日臥而哦之。於時軍警猶亟，勇徒趨募，而提兵督戰者，閒多書生故人，吴子若弗聞也。

有客造焉，款緒始深，乃進曰：『竊聞先生之高義。雖然，先生非隱人也，何爲而在此？其僅以遠害而全其身乎？且吾聞之，行者必蚤息，而舟者有夜行，各就其事，不可一程。先生既老，時已多故，猶束裝載書旅於上京，將以卒成其名也。仁者以拯人爲急志，士以建功爲首。蓋竹帛之所書，非若題榜之所取，先生宜何居焉不敢遠引以溷先生閒者？新甯之江公、湘鄉之羅子，始皆筆墨之儒，山藪之族，不忍寇禍之病國家，一日奮起，而勳名赫然。江公殞於廬州，羅子蹶於武昌，然皆身都大官，號爲忠義，楚之窮山牧兒能道之，天下壯其風，而憾其死，豈非賢烈與？聞有詩而弔之甚悲可讀者，先生之作也，而先生獨何以自爲乎？田舍之求，昔雄所嗤。先生且然，鄙人是疑。』

於是吴子悚興，再拜而謝曰：『韙矣。客之責於僕者，非常人之論也。僕則安敢自解？抑又不可無言。子將見馬之駿，而忘牛之遲乎？覘鷹之疾，而欲鵲之擊乎？物有所不同，材有所不能，子何以他人之賢者，而欲僕之效耶？浮言相聞，未既厥實。僕性本鈍拙，乖謬不治。曩者挾其壞冊，以干於有司，顛倒程度，迷惑向背。態顧容而益醜，飾將潔而自塗，是衆人之所易，僕獨眩轉而不得其趨，而況於縱横奇變，兵家之術與？老而求進，意蓋有私。懼里閭之遂沒，冀竊譽於明時。家有先人薄田，妻子足以供食；書籍雖少，目覽未周；終已不遇，則退自休而已矣。豈非其宜哉？若乃緣世幸階，冒軍書，取速資，僕雖不敏，猶能恥之。今將求幽岨清曠之區，率子孫耕稼其閒，以全其生而究其年。有所寫憂，寓物之歌，子强能聽之：

北山有鳥兮南山之歸，羽翮短小兮不能高飛。風飄其巢兮鳥何依？又虞羅兮繳機。何山之樹兮翳蔚，甘果食兮不飢。哺我雛兮人莫我窺，東西飲啄兮畢身命之輕微。

歌既卒。客起，辭曰：『先生量己者哉。』

勵志賦并序

余年及冠，有志於古之作者，患才不敏，力不强，然勉而學焉。遭先君見棄，懷痛窮天，思爲顯揚計，讀書用力頗勤。無何試有司不利，意有疑焉。道光戊子之歲，游學嶽麓書院，乃更講求時俗應舉之文，斤斤惟恐尺寸之不合有司。其秋，復被黜於鄉。歸而悔之，作賦曰『勵志』。賦曰：

思吾生之擇術兮，何今是而昨非？道茫茫其未見兮，學失時而弗可爲。步康莊以馳騁兮，懼津濟之易迷。岐路隘不容足兮，乃回駕而遵之。及吾茲其旋旆兮，儻前轍猶可追。羞詭遇以獲禽兮，吾以王良爲之師。自往歲之奮志兮，中恍恍若有悟。望先哲而景行兮，笑邯鄲之學步。晝獨立以凝思兮，夜夢寐其如晤。知薄劣終少成兮，意纏綿焉何故。眾雜進以致疑兮，余掉頭而弗顧。何邇日之改途兮，匪人招而自誤。

惟先人之永逝兮，慘怛摧乎中腸。背科舉從所事兮，恐聲名之不揚。高余冠而昂首兮，綴諸生之末行。懷幽憤遂變計兮，曾不忍斯世之短長。紛瑰麗以侈態兮，更禮服以新妝。卒棄捐靡投悅兮，寂默處以增傷。人時命固有合兮，孰喜圓而惡方？徒枉己而無益兮，誰云得失之可償？謀夙夜以無忝兮，宜小宛之四章。昔英雄時未遇兮，感髀肉之既生。彼功業雖不建兮，或數年而可成。

矧學業本無窮兮，待何日乎邁征？悔過而復初兮，踐余之舊盟。指千秋與遐契兮，求可寶之令名。愧生我之深恩兮，當自待以不輕。知我者將來就兮，奚奔走而逢迎？作斯賦以勵志兮，置座右以箴銘。

羅懶農哀辭

敏樹前母羅太孺人，懶農其昆弟子也。余外家徐氏，無親人，獨親羅氏。居同邨，朝暮相往來，而懶農年大長於余，尤相愛善。初，兄力爲農，以就衣食。晚乃自暇，學文史事，亦不肯竟，故號曰『懶農老人』，由余之所爲兄目也。兄嘗爲小詩，輒工。尤喜誦古人悲哀之文，以極痛爲快。人有其親戚死而請余代爲之祭辭者，兄必求而讀之，曰：『子之文，能爲人致魂魄也。』嗚呼！今余不得哭兄之喪，不得送兄之葬於荒原墟墓之閒，長號拜辭，以盡余哀，既爲短詩數章，前致於兄之靈前。於葬也，復申之此辭。

七十有三之年，壽不爲少也。少孤而壯勞，疾又困其老也。平生獨與余親，匪姻鄰之相保也。號之曰『懶農』，余心之所寶也。昔余少之狂酣，文墨徒草草也。兄亟從之歌呼，悲哀以爲好也。及行交於四方，語相溫以貌也。還顧兄之頹然，思宿昔而如擣也。渺秋山之荒原，我足之歸道也。余不得拜兄之永辭，灑泣乎蒼昊也。

夢二友辭

咸豐壬子歲，旅寓都門，從仁和邵郎中位西索讀其詩草。詩篇章頗富，格調出入蘇、黄閒，才氣流逸，意興高朗，余喜而錄之，盈五十首。

初，余道光甲辰至都，有瑞安項君几山者，知余好治古文，有前明歸氏文選錄之本，來借去。數日，乃挾位西來，共談歸文，語亦未甚合。及壬子，余復至，位西則大喜，與往來甚密。時梅先生伯言，已歸江南，而吾鄉曾侍郎滌生，魁然盛有聞望，位西意不相下，而余皆與相得。然位西閱余文，許之常不多，或一見，輒掉頭曰：『未好。』而意色相顧，乃甚親。窺其胸中坦蕩，愛人之人也。是年粵西賊踰嶺犯湖南，岳州亂，余家人避徙山中，而余留都下未歸。其冬，賊遂陷岳，破武昌東下，家書絕。明年癸丑歲旦，余在寓館，孤客亂離之思，至不可聊。位西以家車迎余至其宅，並邀陳梁叔、伊遇羹，飲酒至夜分，仍以車送余歸。葢歲朝無設外客者，位西亦以余之有憂而然也。

遇羹，位西鄉人，博學士。而梁叔，吳門詩人之傑。位西嘗爲長篇贈余及梁叔，其詩取『巴陵洞庭通吳包山』爲意，甚奇怪可喜讀。大抵其於詩文，超悟古人神理高處，圓妙變動，不可捉執。至其語道理人事，截然尺寸，余甚親而畏之。

其春二月，位西以河工奉使山東，余買酒餞其行。三月，余入試禮闈，出則南歸，而其秋位西以賊渡河被累斥官，亦歸浙矣。後聞其一至曾公江西軍中，未久去。初，杭州一再陷賊，位西以母老，先扶避山中。既母亡，至同治改元壬戌之春，杭又陷，位西死焉。

嗚呼！余讀位西和人正氣閣之詩，其言士之就死，不以其生自迷，如去雲而見天，誠辨之早矣。是其一死，誠不足驚，而亦豈有少憾哉？獨余以其於文字友朋，相爲性命，不能無有悲於余衷也。其官部曹，充軍機章京，刑部持議大獄，皆落落有聲跡。余未詳悉事實，不能爲之傳，欲爲詩哭之，久未就。而往所錄詩五十首者，存敝篋中，得不燼兵火，因檢出，更手寫之，不知其舊草無亡失曾刻行否爾？遂作夢二友辭一篇，即用位西贈余詩，寓言荒唐之義，以梁叔並之。

位西，名懿辰，舉人。考取中書，旋取充軍機。久不第進士。補部官。梁叔，名克家，元和舉人。從金陵軍，奏官中書舍人。死庚申之難。其辭曰：

我騎湘山之竹龍絕叫山頂兮，虞舜不逢。斑斑點淚兮，弔二妃之靈蹤。忽恍惚以夢遊兮，入潛穴之旁通。初黯黕日以迷向兮，旋爣閬而發蒙。珠芒迸而貝彩兮，豈淵靈之所宫？神飇起而躡征兮，路匪遙而迅空。羲和倏穿其牖戶兮，乃出於吳山縹緲之高峯。人民雞犬無所見兮，覩一人於阜東。黃鬚記其識面兮，癯削玉而豐容。哦詩篇以詔我兮，聽酒味之語濃。遭金猴之阨歲兮，一一告余以所終。不敢弔而乃賀兮，仙之人乎何伴侶之相從。袖揮余以南轉兮，徑橫梁以濟洪。不知其何所兮，蔽芾陰其邑封。神人冠服列星兮，燦奎文之附躬。意色非傲忽不親兮，忘疇昔之我儂。豈陰陽之乖別兮？曰此境之非同。昂靑霄以得意兮，絕下土之氛雺。攬扶桑以旁拂兮，光亙亙以熊熊。初余與有少緣兮，若投火之夜蟲。鳥嗚呼而相和兮，蓋猶在乎樊籠。二仙揖余已自遠兮，弛余鬱糾之凡衷。耳大鳴之疾濤兮，驚鼓角於地中。悵焉回思不解兮，招魂之辭徧哉烏可呼是公？

唐子方先生哀辭

嗚呼！自粵賊亂徧天下，朝廷患兵不足用，餉不足供。而有識之議，獨以謂得能平賊之人，則兵與餉猶可無憂。蓋天下數十年來，一切因習頹壞，人材遂靡然不可振發，事急而求人，無可倚恃者。余竊疑夫古今才能之人，亦何世無之？或棄置不用。用矣，又或顛倒錯亂，使之卒困於無所能爲以死，則將誰咎哉？今自兵事數年，一時殉難之君子，余多未能悉知其人與其行事，若貴陽唐公子方之死，所竊悲焉。

公往以名舉人，爲縣令湖北，以才能發聞，洊陟藩翰。先皇帝末年，公被知遇最隆。未久，即引疾以去，蓋以與制府意未合云。於時天下之人，皆知公之賢，望其大用有爲，公意獨以爲難，故家居數年，將終以不出。及寇陷武昌東下，官軍旋入之，朝命起公湖北，與督撫共辦軍務。公乃聞命馳赴，以咸豐三年五月抵武昌，旋以二品銜授湖北按察使。明年正月，軍潰，公遂以死。

公之初抵武昌也，賊方在江西，而聚兵田鎮以禦。公策欲掎之湖口，督撫不可。又自請募練襄陽，亦弗許。而賊之在北路者數千人，自河南敗走楚境，公帥兵迎勦之麻城，殲之幾盡。未幾，田鎮潰。公往來戰賊江上，復黄州。以便宜退軍，遂被旨落職，仍委勦賊。當是時，朝廷所倚辦賊，實惟寶慶江忠烈公。而侍郎曾公方募勇長沙。以賊盡據長江，奪舟艦，我兵止陸路，未能制勝。乃多造礮船，盛水軍東下，約總督吳文節公及江公，俟軍集，同勦賊。俄而江公以安徽巡撫敗死於廬州，吳公與公分道出擊黄州而敗。公又獨以水軍纔數十艘，所請給，皆爲撫臣靳不與。余聞吳公之出，撫臣崇綸、學臣青麐，實交劾促迫之，則公之不得展其才用，何足怪也？此余所以歎夫有人而用之未竟，或顛倒錯亂以死，而非盡無人之患也。原公之始方被任，而決於退身，其時天下未有變，徒以事多沮撓，不如意，不肯自摧辱。及是以賊亂之亟，感憤復起，卒又困於人以死，豈非其命也耶？

初，公少時，以夢獲硯於廣州，蓋明陳忠愍公邦彥之故物。敏樹嘗承公命，作夢硯齋銘文，大意謂公文學政事，爲一時偉鉅人，前世忠賢，當藉以發揚於世，而孰知夫昔之夢者，乃授公以其死也？嗚呼！豈偶然哉？公之子，舉人炯，既獲歸公喪，以書請爲之哀辭。敏樹固嘗以文字辱公知，又在京師與公子遊久，乃爲其辭曰：

公不出兮人愁，公既死兮增憂。事難爲兮才竭，人實不足兮又重之以敗謀。氛江漢兮血流，我舊治兮邦州。騁皋滸兮余馬，主恩厚兮泯命我投。忽摧沮以死兮，天也誰尤？旗波靡兮鷁散，鼓不集兮孤舟。公昔侍父兮南海，父有夢兮硯實公收。蓋忠靈之授死兮，固有異世而相酬。開天門兮鞭駟虯，望黔陽兮下鄂渚以來游。

梅伯言先生誄辭

爲古文詞之學於今日，或曰當有所授受。蓋近代數明崑山歸太僕，我朝桐城方侍郎，於諸家爲得文體之正。侍郎之後，有劉教諭、姚郎中，名傳侍郎之學，皆桐城人，故世言古文，有桐城宗派之目。而上元梅郎中伯言，又稱得法於姚氏。

余曩在京師，見時學治古文者，必趨梅先生，以求歸、方之所傳。而余頗亦好事，顧心竊隘薄時賢，以爲文必古於詞，則自我求之古人而已，奚近時宗派之云？果若是，是文之大阨也。而余閒從梅先生語，獨有以發余意。又讀其文數十篇，知先生於文，自得於古人，而尋聲相逐者，或未之識也。余自是益求之古書。

自道光甲辰，又九年咸豐壬子，余復入都，則梅先生已去官歸金陵，而粵寇之亂大作。明年，金陵陷，聞先生得出。丁巳，余寓長沙，孫侍讀子餘告余曰：『梅先生以前二歲卒矣。』余於先生才數面，而與先生遊京師者，稱先生語，未嘗不及余。余窮老於世，今且避徙無所。而先生亦可謂不得志以死者，其才俊偉明達，固非但文人，而趣寄尤高，以進士不欲爲縣令，更求爲貲郎。及補官老矣，而歸，又逢世之亂，可傷也。乃爲之誄曰：

才何以兮不施，名何爲兮大馳？獨爲文章之人兮，世安賴而有斯？嗚呼哀哉！伯言父其文之好耶？其志之皦耶？其又以逢天之忌，而卒於顛倒者耶？

吳樗臺哀辭

吳樗臺之歿於京邸也，以庚戌四月。今年壬子，余來京師，每過長沙邸下，未嘗不悲樗臺也。

樗臺爲人，狀貌才氣，皆過絶於人。自其少年，人莫不意其飛騰，樗臺亦厚自負。既屢躓場屋，晚乃得鄉舉，猶自冀得一旦遭逢至大官，立功名，以取重於世，不知其遂窮以死也。然樗臺才實高，爲歌詩得杜骨法，縱横老健，大類元遺山，近今諸子不論也。惜其以貧故，顛倒所爲，不得一意盡力於文章，行身往往不自顧惜，蒙世之訾訴，亦不能無恨。獨其意氣豪俊，可悲也。其生平所與交遊，始皆與盡歡，後多稍疏避以去，獨余猶以故意遇之。

其歿也，余在瀏陽，既爲詩以哭之，又欲爲之銘以遺其孤，而不果。故作爲哀辭，以卒余交友之義，且見樗臺之梗概云。其辭曰：

四海來萃兮，求聞於京。客窮而死兮，萬千以羸。嗟若君之才貌兮，胡不究乎公卿？絶命旅邸兮，無人哭聲。棺斂無資兮，眾合以營。惟鄉人之仕者兮，多君與之平生。終歸君於南湘兮，翳惟君之才名。我時在於瀏陽兮，接赴使而魂驚。疑夢寐之來告兮，心恍惚而難明。思廿載之遊處兮，自嶽麓之始盟。謂君之必速飛兮，翔天路以遐征。人時命固難知兮，終溘死而無成。豈骨相之不俟兮，覩犀角之豐盈。文章之在人兮，若樹花而鳥鳴。雖吐奇以驚世兮，固豪士之所輕。我來京師兮，館舍行經。悲君之死此兮，視宿草而涕傾。已焉哉！君已死其蔑有知兮，聊此辭以當銘。

羅伯宜哀辭

近年余同輩喪子者幾人，皆頗有才，爲世惜，而能致光榮於其父母者，羅伯宜也。

初，伯宜能文章，余識之最早，以其家世宦達，意當爲翰林名貴人。已而軍事興，見之長沙，則爲五品軍官。怪之，時已從曾公江西數載矣。曾公倚之左右手，余意其當卽騰起爲大官，久之，未有聞，猶從人領軍者爲書佐。余又怪其絶意場屋中也，則丁卯猶歸湖南預鄉試，中未嘗輟。又二年己巳，則聞伯宜殉難於貴州之黃平。嗚呼哀已！伯宜名萱，以諸生保舉，官至候補道，贈太常寺卿。予祠、予廕，又榮已。其辭曰：

雲黯兮黔之陽，天慘慘兮無光。夫君兮來翔，洄瞻乎故鄉。波小聲兮瀟湘，曰有人兮緋衣、烏韠而草笠，手執其旗。裁幾時兮不歸？江邊兮石頽，火光兮迸飛。飛於念佛之林，自明朝以及今，閱二百歲而精魂相依。

嗚呼哀哉！

祭王雲湖文

嗚呼！君之文章，壯麗聲光，胡爲乎不貢君玉堂，而淹沒於此鄉耶？君之材器，大小咸治，胡爲乎不假君官位，而終身以沈棄耶？

當其悲呼命酒，高談脫冠。痛氛埃之未掃，撫雄劍而屢彈。世莫知子，瞻顧盤桓。郭焚家毁，奔走摧殘。髮日益白，心能不酸？乃嘔血而爲病，鬱憂傷之在肝。慘促離以一死，結遺恨之萬端。

余同州里，識君稍晚。笑言始交，婚媾遂縮。十餘年閒，往來繾綣。世難未夷，君胡長偃？君兒秀穎，東床義坦。我卜其昌，君後終顯。惟君長才，不獲施展。灑涕荒郊，盡哀一輓。

嗚呼尚饗。

祭毛西垣文

嗚呼！世皆並生，物喜其同。以同相結，俗交所隆。我之與子，豈惟年月？其同自天，胡可中輟？

我年十二，始學爲文。人稱子才，我驚畏聞。逾冠又二，意氣稍强。子館余族，喜躍校量。有齋西山，讀書蓺花。隔山走詩，汗僕口呀。拔筍拾菌，乞酒於家。子醉大叫，我和以譁。當時意氣，莽無際涯。不顧萬古，百年何嗟。轉馳名場，勉强跼縮。謂當高步，天衢並足。我舉於鄉，子艱未起。及子貢都，我復閭里。

五年來歸，示我以詩。幽燕慷慨，壯助厥詞。遼碣負海，在京東垂。獨客劍歌，清厲以悲。乃旋舊館，我兒就學。朝暮得從，故態猶作。既更兩載，子又入都。遂走秦蜀，黔山之區。苗蠻男女，（睢盱）〔睢盱〕百怪。跳月和歌，吹蘆大會。漏天淫雨，子愁無奈。謠爲竹枝，異俗如繪。校官瀏陽，三歲我羈。投劾自免，及子之歸。髮白齒衰，進取何求？春官偕上，且樂其儔。旅食相依，卽墨來請。送子國門，望没車影。寇禍彌天，煙塵四揚。報國不獲，言還舊鄉。孰夷世難？思詠時康。胡子遽疾？忽焉以亡。

昔子善病，往往重困。亦皆獲瘳，恃元之健。昨者病亟，吾猶謂然。人中耳長，相宜壽年。及知不濟，就與子訣。語子勿悲，子實明哲。執手謂我，短長曷論？恨不須臾，且有著存。平生詩篇，稿失不完。後死實我，責我弟昆。我雖不才，嗜音殊調。子過知之，贊其中妙。四海大矣，惟子我阿。子今已死，當如我何？

嗚呼哀哉！尚饗。

祭六弟退菴文

嗚呼！退菴，而遂死耶？吾親從兄弟六人，得年稍多者惟吾與子。而子之體氣最爲精彊，一飯加余數倍，治事一兩夕不寐，不作呵欠，吾所見人彊力過人者莫如子，以爲當可至八九十。故老從戎役，遠涉西陲，而吾不爲子難。余比年多病，屢劇欲死，而尚幸有瘳，常之君山久住，計以待子歸日，更得相從數年，以瞑吾目。而子乃遂死耶！

五月中，接秦安與余書，書以四月廿六夜四鼓作。中言二月大病後，已全愈，而念余疾之未盡除。語軍中事至詳盡，楷字幾千餘，無一誤筆，且云今秋得決歸。余大喜，計日以須，孰知作此書時，距死裁十六日。而書至之日，子已前死耶。據營中隨人言，彼時病實未愈也。而猶治軍簿，至四鼓始得暇作家書。書又能如此，是子之自信其彊，以爲必不至於死也。

嗚呼！食減矣，體瘠矣，腹瀉不止，又不得臥休以養病，子豈全不自知者耶？毋乃安心歿於王事，姑以好言慰我耶？據侍病者云，歿前數日，猶手治軍書，亦微言。將死，終無他語。及將革，或以家事及敦善事問，皆不答，則子之自知其死，姑以慰我宜也。

嗚呼！子之治君山以待老，非虛言也。憤於平生之負，不能終已無出計。今茲與左季高三年之約已滿，而西事已有條緒，故不能無歸來之望，其遂死不及待，則命耳。子豈眞以好言慰我者耶？

嗚呼！子之生平，身未食國家之禄，未蒙朝廷之知，而出力既多，忍苦尤極，終以身死事，而無所恨。此其於爲人，可不謂古人之所難，而今人之所未嘗有者耶？

嗚呼！余今年已六十有六，念吾祖、吾父，壽皆止七十，余卽不便死，豈能過之？君山無吾弟在，殆不忍復居。詩文已畢刻，諸所著書皆將以次刊行，余亦可以相從於地下矣。

嗚呼尚饗。

祭姊氏文

我姊氏壽及八十而歿，前年已得有元孫，世所稱五世同堂者，而敏樹之年，亦六十有四矣，則奚以悲爲？惟念人之生世，年命短長不齊。其不幸而短，人莫不悲傷之。幸而長者，則其兄弟夫婦，與其子姓之屬，必多有短者出其間，是長者所羸之歲月，皆爲其短者哀傷之歲月也。然則短者不幸，而長者可爲幸耶？

我姊氏之歸於劉也，與姊丈偕居，十六七年耳，而寡居之日，實過倍之。後又喪吾長甥匯川，又亡長婦。計其前後持幼男女，撫孤孫而泣者，幾何日矣？其勞悴萬狀，又難言也。

而敏樹平生兄弟，未中歲而伯兄遂卒，季弟蚤世，惟有姊存，時當迎歸，獨默自思念。吾幼小時經姊氏提抱，所不能記憶之矣。顧父母兄弟並在室堂，姊方攜甥來，見之歡喜踴躍，殆不可任。而以凋殘所餘，兩人前境若夢。姊年日益高，敏樹遂已積爲白髮老人。而此一二年，敏樹亡失子女，慘戚重連，不敢更自期多算，乃至以及身未死，得送吾老姊之終，爲了願事。嗚呼，豈不痛哉！

平湘甥雖別後，顧幸常侍側，與其婦張，俱有孝道。張之亡，隨姊後才十許日，閔凶曡覯。然老姊不至生爲之痛，豈亦命之幸耶？

嗚呼尚饗。

祭彭女四姑文

嗚呼！汝今死耶，聽兒又死耶，何其慘也！何彭氏逢禍之亟，而汝命之當其尤也！嗚呼痛哉！

然汝生二十七年，自今未死之前一日，汝命殊亦不惡。生非富貴，而我家尚不貧乏，所求需物，粗亦得之，未嘗以爲戚。自歸彭氏，夫壻相得，家人上下咸宜之。來甯時，未嘗有絮訴憂抑之語。歸彭氏盈八年，有一男子、二女子。來時抱攜屬路，故宗黨姊妹閒，皆稱汝命好，吾亦謂如是足也。嗚呼，孰知汝之遂以死也？

汝初死，信聞，汝母痛哭幾絕。吾譬之曰：『渠年近三十，在世閒好日子已過矣。若命長者，此後多是愁累之日也。況病急而速化，亦未知自憂其死而死也。聽兒六歲，能讀書，又幸有是也。』嗚呼！孰知聽兒之又隨以亡也？

我往汝家哭汝，見小女病甚，余知不救，曰：『是雖隨去，亦少遺累耳。』至於聽兒，向我嘻嘻說讀書，誦風詩不休，余痛其不知母死之哀，而念汝之慈，而能教之者之無繼也。孰知我歸數日，而聞聽兒病，又數日而死也。嗚呼痛哉！何彭氏逢禍之亟，而汝命之當其尤也？然使汝與聽兒前後易日而死，則汝之死，肝腸當以寸絕，豈如未知自憂其死而死也？惟人死而鬼魂不亡，能有知，則汝見聽兒之隨汝，必大爲己痛，爲汝夫痛，爲彭氏痛。汝之窮苦幽結，不在生前，在死後也。

雖然，人生皆幻化耳。佛家之言，聖人所不肯道，而理固有之。如我思二十七年以前，何曾有汝？汝六年以前，何曾有聽兒耶？幻而有汝，又幻而有聽兒，止見其有，莫知本無，推其前，我生固幻，究其極，天地皆幻。金剛經言如來說諸微塵非微塵，是名微塵。如來說諸世界非世界，是名世界。此言大幻之理也。如四句偈所云如夢幻、泡影、露電者，世人亦盡知之，我今雖未離幻中，獨以此自解其悲，亦將以解汝魂之悲者。願爲汝手寫金剛經一部，以窖於汝之墓前，汝其可無悲，吾亦不能復爲汝悲矣。

酒饌之奠，汝宜歆之。

葆樸堂銘

葆樸堂者，郡學師長沙銘吾張君名其家之堂云爾。而屬余爲之文辭。余惟人之名其居室，輒自言其所以爲名之意，他人爲之言者亦然，凡以自警其身與示其子孫而已。今張君『葆樸』之云，其意可知也，乃爲之銘以獻。其辭曰：

桷不刻耶，楹不丹耶。以是爲葆樸之堂，其義殫耶。凡人之生，厥有其質。如木之樸，外素中實。亦有文章，有儀孔嘉。終焉葆眞，不二以差。宦場競囂，謂樸非宜。琢雕其天，以倖於時。藉曰不富，金錢睨之。吁嗟張君，守此勿移。學官淡泊，卽貴猶斯。貽之子孫，世載清規。

唐子方夢硯齋銘

歲丙午，友人毛君西垣，客於陝西按察使貴陽唐公所。書來告曰：『唐公以才能受知天子，自縣令累擢至監司。然未嘗一爲俗吏所爲，其所交識，皆天下賢士；所愛而稱者，必磊落奇偉之行，尤甚好文章。前年，其在京師，徧屬京師之能詩者，題辭其家夢硯之圖。唐公雅善余詩，是以見客，甚隆禮焉。今又以吾言，知子勤爲古文，將欲藉文於子，子今方在憂，他日當許爲之。』

其冬，西垣歸，詣余，具道唐公之意。余曰：『夢硯者，何也？』曰：『曩者，唐公隨侍其尊府公官廣東時也，入廣州市中，遇貨硯者，視其刻，雪聲堂硯也。蓋明忠臣順悳陳忠愍公邦彦之故物，其銘識可考按云。唐公厚直，得之大喜，而其時尊府公方自清遠得代。稍後來廣州，唐公捧硯，拜告之尊府公，尊府公矍然曰：「異哉！吾昨者來也，夢一丈夫古冠佩者，登吾舟，揖而言曰：『有物屬畱君家，善護之。』吾驚而覺，大疑怪之，乃此也耶？丈夫豈非陳公乎？吾猶憶其形貌頎然，而聲情甚偉。」唐公於是命工圖之，而以名於其齋曰「夢硯之齋」，以與海內士大夫題記贊詠其事，以益彰陳公之烈，蓋三十年於茲矣。』

余曰：『若此乎？信可異而稱也。夫我國家之初，明之故臣，尚扶其殘孽，崎嶇保恃嶺海之閒。陳公驟起鄉閭，捐家室，誓徒旅，蹈鋒飲血，其軍最爲雄健矣。

而肇慶、廣州，骨肉相禍，陳公力奉永明，名分尤順。天兵卽誅，以死完節，可謂無憾。今二百年，雖遺物之僅存如是硯者，英魂壯靈，未嘗不赫然與之俱。而唐公於此尤能欽想其風烈，發揮傳頌之無已。所以扶立名教，砥礪天下學士，誠有謂哉。』

今年唐公布政湖北，以書通問於敏樹，且盡致關中古石刻文字，而屬文益勤。敏樹不敢辭，則謹述其所與毛君言者，而爲其齋之銘，以獻於公。其辭曰：

晝入此齋，日烈而霜，惟硯石之英。夜入此齋，燭跋而光，惟硯石之芒。吁嗟陳公氣大剛，耿耿不死天南鄉。人汙吾硯夢授唐，非此主者誰發揚？忠賢百代扶世綱，我銘此齋意孔長。

艑山異石硯銘

謝麐伯太史游湖中，登艑山，覩大黑鳥撲入巖坳，命從人跡之，得異石於老藤下。石高六寸，廣三寸又半。下旁稍闊，幾四寸，厚裁二分。末銳殺，類刀斧鈍缺狀。近上偏左，有圓孔。面背作兩層，一旁各少許錯出。色面綠，黑點微凸，背黃綠而平。甚異之。

使人持示余，且云：『近見王比部子壽詩，有雷斧行，所稱物形模尺式，與此大類，然似荒唐，難據信。』余慙博物，無以對麐伯。獨以爲石式天成可硯，若爲銅匣盛之，注水其底，稍出圓孔爲池，尤妙也。大黑鳥豈翰林子墨之符耶？麐伯請余文記石，因爲硯銘遺之。

雷斧耶？吾不識。敢告太史，是天錫。飛翰宜用卽墨，發爲文章，光於朝家。我湖山其與有色，其爲誅姦擊邪乎？霹靂天聲，亦何限於言事之職？

石君硯銘

石君，余硯也。昔在辛卯之歲，與亡弟半圃，讀書嶽麓，以錢二萬，取之友人家。

硯體甚巨，形製古異。無他文飾，惟池旁有『停雲館』三字。驗其刻，未工。蓋謬爲文，待詔家物，以炫售者。然硯故良石也。半圃喜學書，余以硯屬之。頗貴之，未肯輕用。及亡，余痛此硯，遂廢無事。命工稍鐫治之，摩去舊刻，常供之案閒。

一日，久雨始晴，日光照書室，硯在，蓋下噴沸有聲。怪而啟之，清水盈溢。以此益知其尤，愈寶愛之，以姓號之『石君』。余既無能遭遇，發揚於世，而文字日頗有名，恐遂抱硯爲庸人役，故作爲是銘，將求善工而刻之其背。銘曰：

年可壽若老彭，吾不以墨之汁而佐彼之觥。行可贈若班牛，吾不以毫之穎而贐彼之程。匪墨之私，匪毫之愛，恐汙吾石君之生平。嗚呼石君兮，吾與君銘。

柈湖詩錄序

開山帙，復鳴稿，瀏上語，鳴劍詞，寓陶吟，樂生詠，東游草，南屏吳子所爲詩七集也，釣者風近日方有作，東游則前行之矣。樂生以往，世蓋未之見焉。

吳子曰：『吾之爲詩，非爲世人之見也，烏可已焉而爲之？爲之則不能無爲其詞之工者，是以有然也。吾詩蓋非易而爲也，由甘入苦，出苦得甘。如是有年，章句甫脫，若意得然。書且誦之，有易者又屢寫之，數日乃已。及其定也，如其意也，而非其初草矣。如是有年，積且多，錄之以本而名之，是以至乎七也。』客有見者，詫曰：『吾不知子之能詩若此，盍行諸？』謝弗以敢，而人稍知吳子之能詩矣。

行遨四方，水流火就。投縞積篋，贈紵或稀。懷藏遂老，孤賞莫俱。悵然寡儔，以有斯刻。『君子疾沒世而名不稱』，性也，有命焉。千秋萬歲名，寂寞身後事。吾何求哉？吾何有哉？

同治八年七月柈湖樂生翁自序。

柈湖詩錄卷之一

五言古體 四言附

田家四首

荷鋤出門去，東風吹我衣。老年熟農圃，且教兒孫知。日高古原上，倦卧見鳥飛。歎息人間事，紛紛多是非。

扶犁勿驚犢，我犢如小兒。老牛亦已苦，鞭驅乃何爲？今年春雨足，田功良未疲。社集莫令薄，聊可備錢貲。

今年東家田，去年西家阡。兒孫守祖業，長貧無變遷。早蔬和晚飯，我安人不憐。平生見大賈，金盡衣履穿。

秧綠算禾黃，雨足憂旱荒。天公肯憐愛，忍負官家糧。官糧當早完，縣吏莫踉蹌。踉蹌汝不苦，吾家爲汝忙。

水禊吟

東風吹飛花，花落東流水。綠波春蕩漾，含光照羅綺。阿儂住江干，結伴禊良辰。已折岸上栁，復采洲中蘭。采蘭蘭葉稀，折栁栁花飛。戀春春却去，憶郎郎不歸。多汲井底渾，多愁心上煩。持將清和節，除却儂病根。

暑行憩松下

長空赤日炎，陰落松下地。石根涼氣深，暑力不能至。風閑蟻隊定，徑遠草花媚。平生北牕人，趺坐欲成睡。

晚過荷塘寺

客行接暝途，瀟灑辭炎日。長林歸鳥遲，古寺晚鐘出。蕭然萬籟靜，徐覺孤煙畢。惆悵十二年，舊遊忽如失。

湘中怨

迢迢沅湘流，渺渺洞庭水。落日暗青楓，涼波動芳芷。誰將幽怨託？自泛孤音起。蒼梧雲不開，斑竹淚如洗。

夏夜小園坐涼

長松透涼月，清光盈我襟。蕭然萬籟靜，永懷孟浩吟。荷香發夏氣，蟲響生秋心。物候共元化，妙理誰見尋？夜久耳目息，山空形影深。持此謝塵累，煩囂詎可侵？

即事

出門眺野色，村樹森如束。數武入小園，溪風寒菜綠。此間聊可娛，乃在山水曲。徘徊方獨吟，樵歌起相續。

春曉

陰陰早雞啼，盎盎春煙曉。登山見墟落，遠樹湖光繞。晴旭下平皋，濛濛殊未了。接隴麥氣長，荷鉏人影小。指點東西村，游踪聊可表。

秋夕池上

山空草欲黃，日落雲猶赤。秋風昨有聲，殘暑如留客。晚憩逐涼移，林暗池波夕。蓼花躍游鱗，松影搖棲翮。却瞻長河橫，仰覩眾星積。火流碧天遠，露下蒼苔坼。籬根寒蛩鳴，切切何所迫？元機畏深論，襟袖生虛白。

擬康樂齋中讀書

山居幸寡營，養疴亦多暇。況當青春候，良辰詎虛謝？開牕山色至，面圃花光迓。情寬理易入，坐展琳琅架。望古揖風流，達今權變化。常懷南陽廬，屢歎平原舍。高卧氣自宏，輕行力猶假。大道諒有原，盛年斯可藉。

二月一日新晴

侵晨看天色，四體一以舒。豈非久雨故，逢晴何太娱。曈曈出雲日，照我前齋書。起視園中花，春風態有餘。如人病方好，不愁形貌癯。家雞出戶啼，飛鳥過林呼。萬族共欣悦，吾情難獨殊。憶昨苦愁悶，兀坐成腐迂。氣化易流轉，悔用長欷歔。

題劉在陽春水斷橋圖

青山一夜雨，溪流作江漲。朝來斷橋下，綠栁搖春浪。借問盪舟人，山水應無恙。

嶽麓愛晚亭

夕陽生翠岫，殘雨落青楓。好景此時足，况當秋後紅。看山三十年，吾愛江東翁。

初秋月夜寄懷歐陽曉岑

涼風中夜至，秋聲出庭梧。攬衣起開戶，月色明前除。因念同心子，別久增躊躇。今夜彈琴罷，見月意何如？

壬辰書事序

辛卯之歲，湖南北饑。其冬疫起，至壬辰，春饑益甚，疫乃大作，人死者葢三之一焉。荆沔流移尤甚，而楚猺亂江華，殘毁六七縣。余並書其事，爲詩四首。

出門何所見？饑人塞路衢。顏枯氣欲絶，且復聞長吁。大戶出行乞，哀哉亦區區。昨來剝榆皮，樹少忽已無。往聞觀音土，炊餠膏沾濡。菩薩不慈悲，結轖腸胃枯。何時人麥熟，死矣誰當餔？我忍聞此言，浩歎空踟躕。黔敖爲路食，愧吾無善圖。

乾隆戊戌年，我聞長老說。旱荒未若今，寒暑不相滅。邇來五十載，追語猶氣結。今歲况大疫，殺人甚火烈。饑寒病卽起，往往舉家絶。春晴出原野，日色慘如雪。但見新塚多，那聞哭聲熱。吾欲叫穹蒼，假力誅妖孽。世界發陽和，菽麥飽黎孑。天心倘有然，痛定翻嗚咽。

荆堤捍澤國，決塞憂無時。帝意憫其魚，苦將瘡孔醫。奈何官吏輩，辦事如兒嬉。遂使襄漢間，迫受黿鼉欺。去夏潦方盛，哀鴻日紛飛。波濤但一放，千里浩漫瀰。他鄉不得活，百萬委溝谿。至今耕種地，不見一人歸。人生天宇內，居止要有宜。禹智不世有，堯民詎長咨？三策孰爲上，蒼茫吾所思。

山猺種類薄，獸畜如猱猿。一朝駭跳躍，此豈工騰翻？提督實大帥，總兵亦高官。昨聞倉卒禍，使我心膽寒。險脫古所戒，穴掃今匪難。坐被蜂蠆毒，況當豺虎患。時平將才乏，武匿兵力孱。小醜不足誅，隱憂方未闌。孰提武岡卒，勿罪書生言。

癸巳正月四日赴都會試

湘南草已綠，薊北路方長。春風卷煙雨，遊子辭故鄉。奮志若前騁，迴心復彷徨。升堂拜慈母，欲語悲中腸。兒行雖云遠，眠食知自將。母言亦不念，但兒身匪强。客程費日月，驛旅多風霜。忍泪出登車，男子志四方。

禰衡墓

禰衡賦鸚鵡，辛苦託微軀。雖云疎放久，未忘憂患餘。當時大小兒，豪氣空九區。曹公實雄傑，二子羅横誅。而況彼黄祖，表下一庸奴。能言信爲罪，盡辭甘效愚。洲邊春草綠，行客但長吁。

到京

儒生挾文字，馳驅皇路遥。春風都門道，塵暗蘆溝橋。而我蓬蒿士，自顧安所遭？辛苦有此行，意氣徒自嘲。城中大貴人，車馬快以驕。窮賤豈不記？聳身忽雲霄。從來科舉分，未值弓旌招。但非廣川策，何以獻當朝？

南歸途中感懷二首

少爲山林客，意頗厭蓬蒿。今歲長安道，始知行旅勞。前來犯霜雪，今歸觸炎熇。黄沙眯兩眼，黑塵汙我袍。艱難慰羈旅，吟諷餘詩騷。時作燕趙聲，雜入悲風號。男兒未三十，意氣殊雄豪。要乘使者車，前騎驅旌旄。好言語僮僕，此時累汝曹。

熱車衝午日，深甑遭蒸炊。力疲神不任，漸聽車聲非。夢入北窗下，竹色涼侵肌。手持南華篇，卧信清風吹。覺來舌本强，塵土塞兩頤。夢中事何由？去歲吾所詩。歸程月餘耳，兹樂行可追。勿驚瘦馬兀，快矣南轅期。

自南陽唐河小舟至樊城

車行簸兩輪，轢石骨驚碎。紛紛逆旅舍，食宿亦多事。却來入小舟，始獲安身地。飽餐得及時，多眠補殘睡。平生滄浪人，興與清波寄。而此一葦間，已有瀟湘意。船頭晚來月，沽酒鄉心醉。一水便還家，何用郵籤計？

樊城晚晴望襄陽諸山

孤舟楚天雨，三日漢江漲。雲氣暗襄陽，水煙蔽青嶂。及兹眺晚晴，遠勢開面向。形勝空古今，賢豪久凋喪。隆中在何許？峴首遥相望。難尋墮泪文，尚識卧龍狀。此間山水區，未乏林巖想。隴耕有遺處，孟隱誠孤尚。回首中原平，極目川陸曠。戰争百代雄，意氣幾何壯？人事多反覆，江山舊無恙。長吟激清風，夕流咽奔浪。

聽雨樓

常讀二蘇詩，屢吟聽夜雨。因知對床約，爲感韋郎語。兩公天下士，早歲制科舉。譬如傾國姿，難作幽閨女。遊宦各方隅，合離盡辛苦。初傷鄭州別，中喜彭城聚。末路竟差池，前言孰追補？至今蜀江山，遺恨舊鄉土。嗟我乃何人？敢自擬前古。幸獲好弟昆，相將作儔侶。有田家可食，無能世安取？日得同君居，天其或吾許。茲樓發新搆，攬景實佳所。烟曖同柈村，波明洞庭浦。春原延綠秀，秋岸倚清佇。近緬卽花畦，繁枝灼窓戶。浮榮不人招，良計須自主。名慙囊哲高，歡儘連宵賭。每聞點滴聲，聊當更籌數。

寄方駕部稼軒五十韻

春物發湘渚，計車輳燕山。獨休旅人駕，喜奉慈母顔。伊余同志士，近列仙郎班。佇立望寥廓，何由相往還。附書問安好，絮語增憂患。念子昔鄉貢，我兄共梯攀。時維歲作噩，年少文斑斕。因緣面貌識，竊訝威儀嫻。丙正泊郡郭，午夜眠湖灣。頗得聞論議，豁然醒疎頑。便期附仙侶，高舉出塵寰。雁行忽摧翼，鶴頸悲斷顅。君亦兩翅折，歸來雙淚潸。鄉村未遙隔，姻戚兼引扳。肩輿每過從，詩酒窮晏閑。學破俗師陋，義商疑解刪。借書刮眼翳，示藥療體孱。清聲林下篠，芳臭澤中蕑。雖知會合偶，(郄)[却]喜科名慳。人事判踪跡，饑駈走江關。里儒坐尚困，羈客行何艱？白翻浙濤壯，紫曳邊墻圜。南北萬里外，奔馳三載閒。駑劣不售價，驥材仍伏閑。望雲想孤往，對月看屢彎。前年忝鳴鹿，厠隊如羣羥。都輦握言笑，肝腸失恫瘝。躡走禮闈入，駢頭號舍跧。騰光劍開匣，敗戰刀弄鐶。分袂神共黯，攬衣素成黫。未慙余抱璞，甚幸君綸綰[一]。中樞領戎駕，蕩軌夷函轘。嗣入軍機選，遠傳恩旨頒。方今播文治，釀化浹諸蠻。楛矢貢肅愼，眩人獻黎靬。馬有遊牧盛，士無堅甲擐。韜略要須講，朱紫非徒殷。君才富素蓄，珍貨聚通闤。量包物小大，智別人賢奸。尤好古經注，妙悟生迴環。理闢探象數，功勞費鳩僝。章句苦齷齪，詞章太紛媥。是皆小技藝，豈假工倕般。要當資匡濟，藉以惠寡鰥。鄙人臥江藪，洗耳聽潺湲。放意狎鷗鳥，忘機呼白鷳。懶惰戶生草，荒蕪心塞菅。已憑長者誚，那顧俚兒訕？尚懷稼軒子，擢守天門櫰。巴唱託湖棹，楚山渺烟鬟。

【校】

〔一〕綸綰：底本作「綰綸」，依韻改。

旅店夜起

夢覺旅窓明，急呼同伴起。開門月當天，滿地潑寒水。坐久雞再鳴，東方猶未啓。茅簷霜氣多，淸冷亦可喜。從來好景光，抛在睡眠裏。遠游莫嘆勞，與君換毛髓。

河南道上見竹

春風揚晴塵，瞇目不可觸。窅然大道邊，一笑此君綠。森疎半畝園，瑩淨千枝玉。雖非伏暑交，亦灑肝腸俗。北方土物殊，詩語虛淇澳。懷哉聽雨樓，莫但思食肉。

北酒

往嘗苦北酒，飲輒腸胃惡。當杯每逡巡，忍力與禁閣。今年飲量進，頗亦能數酌。短刀湊單微，醉意已不薄。家醅久絕塵，京沽亦鮮新。途中君勿擇，細味天涯春。

行人

行人喜天晴，居人望天雨。平量造物心，我客彼爲主。去秋已絕流，入冬更乾苦。麥雪不沾胎，如何得抽土？館人索錢急，客子倒囊怒。欺迫固常多，便宜恐難許。更番訊客鄉，聞言俱色憮。徬徨故園思，三歎忍羈旅。

東昌

言言東昌城，屹立青齊右。前明靖難師，於此棄戈走。孤軍終莫當，兩日亦何有？（毐）[毒]龍翻海波，天地無綱紐。烈烈銕尚書，眈眈濟南守。奇謀雖不成，英風在人口。帝王事可惜，迂士頻搔首。賢哉魯仲連，高義如山斗。

車中讀左傳十首

東周迄七國，遷延十餘世。支持强弱天，瑣瀆會盟事。當時議論徒，衰颯不可治。禍福成敗間，眩轉竟安恃？大哉聖人筆，正名嚴一字。

春秋四大國，形勢相交横。譬若一巨器，數手爭扶擎。舅齊實倡霸，姬晉久主盟。匡周存弱小，力能抗秦荆。徒言奬二伯，進退誰能明。

鄭莊實巨猾，首爲周賊臣。喜作老成語，欺弄當時人。連横東諸侯，兵戈强四鄰。左書登鄭志，譽彼齊賢仁。東遷葢已久，託始竟誰因？

南楚强天下，其事有自來。武文成穆莊，數世皆雄才。衰周無桓文，九鼎其危哉。戰國土益大，懦弱實堪哀。祖宗如烈火，後嗣如寒灰。

吾觀國大夫，才堪天下宰。是惟敏以達，作事要無悔。艱難扶蕞爾，風烈凜然在。天人神鬼間，片語了能解。同時嬰向徒，亦自多文采。

六卿擅晉權，三家專魯柄。公家如瘠軀，深淺要殊病。魯病如中溼，四體不從令。晉病如中風，卒發隕其命。可憐公子孫，累世寄他境。

少昊官紀鳥，帝舜世畜龍。禹鼎鑄神姦，變怪將安窮？古之大聖智，作事人情中。於道要有合，匪以驚愚蒙。後人苦疑怪，識見如夏蟲。

端木擅言語，磊落國士風。每於正論下，轉變多機鋒。周旋魯衛間，結駟仍高蹤。粲如五色鳳，矯若孤飛鴻。或開游説門，世變誰能窮？

漢劉紹堯後，神靈非偶然。左氏探其符，世族屢著編。春秋三傳學，公穀相後先。是書何荒晦，正有張蒼傳。自非識術力，立學當何年？

文章十二公，大略四更變。於中序事例，各國異形面。當時紀録人，已自極英彦。左公妙手筆，品藻著奇絢。好古弄鼎彝，不如一編玩。

都門雜感六首

皇居跨天地，形勢實壯哉。雙闕造層霄，雲氣扶崔巍。紅墻界中道，左右部寺臺。前門何騰騰，奔車鳴萬雷。就中馬最驕，擘路高官來。上衙應公務，下直散私懷。意氣甚閒暇，丰采非常裁。方今九重聖，永念四海灾。富貴豈易得，仗爾匡時才。

匹士貧賤交，意氣自相得。奈何長安人，公然道紅黑。紅者顏金光，黑者面墨色。一朝反覆間，去來安可詰？末俗嗜榮華，懦夫畏孤特。淸議苟不存，古道日以仄。江湖有豪俠，鄉里多親識。鄙哉翟公客，一錢眞不直。

市樓遝聲樂，梨園各部殊。京朝集同輩，置酒此爲娛。雜坐少禮數，言笑無牽拘。優伶肆嘲誚，得趣卽傾壺。中有婉孌童，顏色十五姝。出入王侯宅，羅綺香風趨。誰能買一顧，努力奉金珠。交歡豈足道？聊用樂斯須。

外官入都門，紛紛投請帖。豈爲杯酒歡，意願金錢疊。金錢苟不多，意氣何由結？誰能惜脂膏，不以飽囊篋。皇心重民瘼，召覲日三接。人情緣往來，片柬比符牒。可憐馮煖徒，亦爾彈長鋏。

御史上言事，政自工揣摩。欲爲無礙辦，又恐旁人呵。權衡輕重間，題目苦無多。偶然有誤觸，一蹶當奈何？往時湘鄉謝，燒車斥奸和。罷官江湖間，風節高嵯峨。昨者令嗣君，天語褒寵加。必當惜身家，豈不榮負荷？

薄從長安游，所願見君子。未知天下傑，當今究誰是？常人事干謁，何暇緣文史。沿門欸達官，狹路平生恥。車聲旅枕喧，客夢秋山似。落花亂鄉心，啼鳥喚行李。失第且勿悲，還家自爲喜。吾道倘有成，一笑眉軒起。

河南道上苦熱

北方翻旱熱，夏仲如三伏。火流風並燒，烟起塵相逐。嗟我小車行，何由長路促。臥裝痛烙膚，汗滴忍消肉。夜來飽蚊蚋，爪爛成瘡毒。瘦軀無佳餐，嬰此恐不足。却思枕簟淸，坐敞軒窗讀。辛苦走天涯，豈無好園屋？

西垣毛文翰吏名慶鴻後更名貴銘舉京兆報捷喜賦三十一韻

寒江雁送秋，望遠信難討。燕山飛捷書，忙手發函草。高名宛在題，妙質復加藻。幸今誠可歡，感往苦不早。髫年事科舉，積束墨文稿。廿載踏省門，宿昔朱顏老。文章豈不足，時論醜爲好。折骨學媚姿，面熱肝腸惱。狂名世爭笑，厄運天所造。百憂相續來，三歎忍多道。君時顧謂余，子命幸溫飽。流年脫雄雌，同甲異榮槁。及余忝鄉舉，君意懼難保。貪嗔眞大愚，意想故顛倒。翰林有龔蔡，振拔付清澡。當塌君山賦，走筆湖波浩。名字滿湘澤，風雲貫懷抱。貢都擬上珍，署第仍下考。京華賤館客，旅食艱錢寶。一舉破窮愁，差足增溫燠。從來利病機，大抵落常套。水滯喜驟通，時暘接恆潦。安知久茹糠，不與多餐稻。蓬萊近人間，海風引仙島。如能到彼岸，是所竊祈禱。我今卧荒郊，野性狎山獠。自嗟弟萬喪，髩髮已中皓。故人渺天北，舊迹未全掃。夜夢劇懽談，曉聰驚已杲。來茲戰勝齊，準擬宴歸鎬。相迎拜下風，不但蘇家嫂。

感事

東南海茫茫，介鱗國其外。舶浮鬭廣交，約束趨王會。押蕃使名古，通洋國初賴。云何狎波濤，頃忽飛埃壒。請爲陳所由，茲事豈無賴〔一〕？鬼奴生絕島，天性特狡獪。利源貪日開，變計乃獨最。製造殫奇巧，取用滋豪汰。我人甘彼誘，誰爲塞其兌？家懸按時鐘，戶買精筆繪。異鏡借妖淫，織毛侈冠帶。何曾備服器，但使耗金貝。近來防禁疎，毒物民生害。吹噓類巴菰，愛嗜逾炙膾。消精壯夫瘠，救急窶人丐。法令阻城狐，交通倚牙儈。泉源日倒流，立涸懼溝澮。鴻臚江西黃，發憤籌歲會。一朝伸國威，五嶺飄戎旆。洪波舞蛟鰐，兵事頗狼狽。火礮聞震天，將軍愁下瀨。或云當事初，急遽毋乃太。疾發速須醫，豈謂猶疥癩。常聞有識流，慮此如蓍蔡。中邦物力豐，供給自爲泰。何爲寶遠物，奸匪藉藏蓋。要當斷舟航，勿使翳叢薈。神兵伫掃清，前事可懲艾。聊書感歎言，一吐心滂沛。

【校】

〔一〕賴：底本原校作『奈』。

高高兩山寄懷曉岑

高高兩山，一南一北。兩山之雲，混蒸同色。山有琥珀，千歲松脂。我得此物，持將寄誰？晨興讀書，古人滿室。我獨自言，不如面質。

出門而望，我思則遙。山川悠阻，日暮長謠。

秋風篇

秋風夕起，秋蟲夜吟。幽人獨坐，其聲感心。感心如何？曾不得語。慨然永歎，空堂延佇。小人之情，但營一飽。謂我何求，我思遠道。天地長久，人生百年。烈士心悲，有時自憐。

七月十二日携兒姪慶孫似孫雨孫西郙觀穫示之以詩

人生須飽腹，農事其本根。安坐而取食，愧恥曷可言。我曹蒙祖澤，以有此田園。儒衣嚇鄉里，道義未能敦。秋成屬登稼，枷板響朝昏。閑携小兒子，觀穫前山郙。割把汗流體，打取兼勞煩。豈敢惜艱苦，顆粒天地恩。兒曹嗜果餌，粗飯意不存。那知養命主，農夫爾宜尊。古人出躬耕，立功彌乾坤。游閑了一生，不如犬與豚。

哀老婦序

族有寡婦，家貧。一子。婦老，而子死。年餘矣，穫菽于野，行哭以歸。聞而哀之也。

天地甚寥濶，其下多窮民。野有老婦哭，悲風迴路塵。家貧一兒死，惻愴猶爲人。穫菽兒耕地，但見兒墳新。古王哀煢獨，發政何其仁。孤猿三峽啼，行子爲酸辛。

兒子念謀入縣應試

論秀國大典，初階自縣庭。不蒙文字賞，子衿何由青。時俗好僥倖，嗜進無留停。始駕欲騁轡，習飛願騫翎。汝性苦懶惰，學未通一經。往從大小邁，審觀人我形。漢律試童子，籀書尊典刑。念此增余媿，載言庶心銘。

八月四日晝卧山齋忽聞木樨香往視之花已開矣

理帙晝乍疲，清夢聊引枕。稍休已復起，秋日剛午影。神還太古初，慮絶無營頃。微風木樨香，聞之可心省。

中秋夜同孫由菴觀月

命酌桂花下，仰視中天月。秋波今夕盈，皓彩散林樾。浮雲爾何意？漫滿長空黝。蔽翳固難消，光明未能歇。人間易顯晦，塵表信高揭。想見層霄間，馳暉射金闕。我願縛長帚，一掃重昏發。澄觀宇宙內，流照盡窮髮。

叔母毛太安人生日祝壽

我母今八十，叔母七十强。同堂有二老，日夕相娛康。小孫各捧杖，來往東西房。喜談先日事，勤苦不可忘。堂前有孝子，新秩中書郎。非是愛官職，要用增寵光。願得西王母，作客降我堂。並坐擘麟脯，跪進三千觴。

重九日後山登高同孫由菴羅敬業家弟退菴作

秋原肆瞻眺，四野忽已寬。茲山高未極，平望浮雲端。洞庭葉正下，瀟湘波始寒。采蘭竟誰贈？蓺菊聊可餐。中園富佳色，亦有黃與丹。豈期落帽賞，要趁新醪歡。孫子飲量薄，興來不辭乾。醉時就几睡，所羨神理完。

有傳京訊者云西園來有日矣

書來我不喜，意恐歸期遲。及此歸有信，故人忽在茲。朝旦發燕山，夕至楚水湄。所恨故人車，不及我心馳。來時會相笑，各有頷底髭。山妻幸解事，美酒速可爲。

同郭建林孫由菴家伯喬往游大雲始至山下作

兒時說名山，大雲縣東境。去舍百餘里，東望長引領。良游期屢愆，宿負心多耿。譬如仰名賢，愧未躬造請。茲辰振煙步，遐路信前騁。漸近山鬬奇，四顧目爭聱。巍峩拔數峯，氣色壓諸嶺。會盪雲海胷，將登石門頂。

上大雲峯

雲根線路盤，斗絶驚一仰。力疲足欲折，興健神復王。遂登危峯顛，逈出孤鳥上。蒼茫失前蹤，揮霍騁初望。連山走近縣，萬馬恣奔放。洞庭何微茫？片白緣邊長。天風吹積陰，白日慘不亮。俄焉混一氣，孤根泛溟漲。咄哉宇宙内，奇堤固多狀。所嗟耳目庸，未寫胸懷曠。九疑南野横，太華西關抗。當從向子游，幸免謝公謗。

至蒿坪迴望大雲

看山眼已飽，歸路興彌羨。時時一迴首，氣色遞更變。豈知山靈意，別我情繾綣。送行五十里，拱揖作奇觀。前宵眠宿處，乃在層霄半。提携兩袖雲，證悟三生案。從茲立門望，熟識非初見。眞形想内成，會染鵞溪絹。

西垣到家偕退菴往訪因畱宿

五載一爲別，儀刑想難成。及見了然是，面目增豐盈。脱帽看頭髮，幾許白莖生。同聲歎老大，未免傷中情。劇談連日夜，瑣屑時事并。雖非當世士，亦欲知京城。詩篇慷慨讀，盡變燕代聲。山川故雄莽，才氣浩縱横。富貴一朝事，文章千代名。江鷗無恙在，與子信前盟。

歲暮書懷呈西垣

窮鄉人事促，歲暮迫追求。無論貧與富，牽掣不自由。皆云年成薄，百務乖初謀。今冬布價賤，錢荒重人愁。北風攪飛雪，層雲蔽高邱。哀彼行路人，饑凍不肯休。擾擾蟻爭食，翻翻魚趁流。誰哉山中客，閉門自全修。

有客登我堂，應接少禮法。本非意氣慊，何乃言語愜。鄉鄰有來往，面熟日以狎。與談猥鄙事，議論到某甲。昔我喜結交，相知未云乏。別來音信疏，時節換裘袷。駈車望四方，世路日以狹。吾憐里中兒，願與共鋤鍤。

久便山澤游，但知耕釣情。詩書已蕪廢，面目成荒傖。故人前日歸，置酒話京城。舉杯笑謂我，子才薄公卿。子今未出山，已有文章名。翰林曾陳輩，各欲相逢迎。我云君語謬，恐令山鳥驚。一醉可千載，且復賭巨觥。

詩歌吾所愛，聊用破煩惱。故人前日歸，示我北平草。邊風助悲激，雄才況潦倒。哀笳奏急拍，病驥嘶長道。昔與君倡酬，几案積吟稿。自從別離來，停翰任枯槁。君今幸歸休，同生俱未老。相將闘豪横，肆筆欺郊島。

方桐薌學博官東安二年矣書問疎濶懷實存之擬明歲甲辰約偕會試偶檢篋中得西垣舊所贈墨面刻桐薌勝侶四字如有符契作書緘寄中之此章

我有古瑜麋，藏弆久在篋。西垣之所遺，摩研未忍狎。今晨展一圭，題字若盟歃。桐薌勝侶字，此字何乃恰。我思渺何許？其人在東安。學官冷且淡，作書勸加餐。賴有手中物，能將意裏懽。今時闈場中，文藝號曰墨。茲墨爲時用，未失古香色。翰林有主人，客卿坐其側。託爲吾黨媒，渠定許出力。明年春官試，意欲相隨行。偕乘風雲路，盡寫別離情。緘書並墨寄，目極嶷山横。

寄浣溪外兄閩中

奇鱗不游沼，逸翮不棲林。長懷浩蕩性，仰振寥廓音。夫子特達才，名場困湮沈。老從監州事，冀展平生心。閩下山水區，東南路阻深。宦游近八載，歷歷多所臨。此邦號難治，古云非自今。如何政化美，必令父老欽。演戲祝官壽，跪觴乞官斟。官來喜見日，官去愁凝陰。我聞來者言，此官何處尋？乃知古循吏，布教惟忠忱。近來洋寇至，毒火焚蒼黔。軍須務孔亟，臺使倚材任。鬼奴善反覆，和議安可諶？哀歌激壯士，中夜扣劍鐔。君眞矍鑠翁，不受白髮侵。況聞義勇奮，會見賊魁擒。君在石馬，日募練勇，民爭趨之。功名比介胄，富貴薄簪纓。

談笑却軍罷，歸來鳴素琴。

念謀上學呈西垣

淵明詩責子，枉被杜陵誚。觀其示宗武，彼我更相笑。我有長頭兒，論年近冠醮。抱之置膝上，文義苦難詔。平生拙塲屋，三黜徒自弔。殷勤語兒子，慎莫乃翁肖。君從京華來，折肱識醫療。爲我强敎渠，猛鑿頑心竅。長安諸貴人，科第皆年少。不問史漢學，盡得文章妙。迂疎計眞非，僥倖事豈料？憑君發嘲噱，俗腸熱如燎。

附西垣次韻

我游燕趙時，落拓被俗誚。狂譚走酸儒，一一以鼻笑。流年飛電過，老女竟難醮。迢迢玉堂居，寂寂金門詔。歸來作塾師，永夜蟲聲弔。煌郎好頭角，頭角與翁肖。登堂拜父執，文病要攻療。讀書古無律，我但觀其竅。西南兩秃翁，百計苦難少。譬如養桑蟲，類我不爲妙。回頭看沙彌，頑性非所料。厲者夜生兒，遽而求火燎。

讀韋集呈西垣

晝暑不可觸，偃仰讀韋詩。煩襟一以滌，悦此清妙詞。白雲流空山，舒卷皆天機。了聞鐘磬發，尋聲忽已微。我觀韋氏作，况趣類如斯。比栁似殊勝，並陶誠庶幾。唐賢盛才調，此音良已稀。持此欲相贈，非君知者誰。

有鳥

有鳥出炎海，毛羽負文章。衆禽各驚駭，相呼爲鳳皇。孤鶴從西來，矯矯雲中翔。瞥然見此鳥，下集清池旁。暮栖願比翼，朝鳴思共吭。亦知品族殊，靈質同所將。何哉鳳皇翅，摧落無輝光。竹實棄不食，原野逐飛蝗。歸來向鶴語，但乞分汝糧。一爲病鴟叫，其聲尤不祥。鳳皇爾何物，冒竊豈所量。鶴生有素侶，高翥青天長。

讀愚山詩集書後

國初盛詩流，漁洋實盤敦。後來彈射衆，取舍故相代。同時施宣城，雅調與俗背。藐姑射神人，綽約有餘態。人間俳優場，見此不能愛。遠境超獨存，清芬久堪佩。少年結吟習，盛氣看前輩。試披摘句圖，坐使羣喧廢。

感秋九首

皇天平四序，氣候遞虛盈。哀彼蟲鳥族，寒暑移其情。我年迨四十，白髮日夜生。亦如凜秋至，繁霜安可驚？登原覽百草，無復春前榮。東籬寒菊花，歲晚獨崢嶸。盛衰但常局，物性焉能平？黯陽不蒙福，氷雪將自盟。孳花無一吐，槁死何由明？

種禾既收穀，種棉亦收花。田夫事辛苦，歲功良可誇。我居田舍間，見此心長嗟。所謀竟何有，何以爲吾家？少年讀書日，意氣良已奢。富貴誤人事，騰騰奔日車。悲來撫雄劍，奈此雙鬢華。落實倘可恃，猶結秋塲瓜。

連朝作秋熱，一夕驚風至。山川變凉冷，氣化何容易？俯仰今昨殊，忽忽感人意。誰家年少郎，聰明解文字。幾年入翰林，充作皇華使。青雲路不穩，失脚落平地。向來羡慕人，歎之不能置。幽人卧江介，彷彿聞此事。榮枯頃刻間，捷於塲上戲。求名要速成，毋乃犯天忌。

我昔游京師，兩度決文戰。拙射愧虛發，思欲棄弓箭。豪沽燕市酒，痛飲劇懽忭。自知宇宙寬，未覺身名賤。歸來洞庭岸，歲月幾流電。著書久無成，入世意彌倦。故人昨謂我，未可終閑宴。子行或掇科，不然當就選。感此復三思，頑質詎能變。

我生有至悲，悲至暗中泣。有兄雖年長，亦未過五十。有弟方立年，短景亦何亟？遂令我一身，左右不遑給。家人米鹽事，瑣屑親掇拾。時從屠者言，日共村兒揖。從前團圞塲，隔世追何及？肝腸刀痛割，鬢髮霜飛集。天倫尚如此，此外安汲汲？

杜陵泣中唐，陸子悲南宋。今我乃何人，無端生毒痛？生欣際盛朝，四海一天統。西洋何小夷，蠢爾傲封貢。師征幾載勞，赦宥聊制控。豈謂曠蕩恩，未盡刑威用。番禺事可憂，臺灣地偏重。掃除他日功，驕侮此時縱。草茅知近慮，妄言愁或中。

書生不知學，妄希經世名。徒然議論快，詎有民物情？近日尤怪事，往往愛談兵。韜鈐宿將似，戈戟武庫驚。乃者楚氛惡，忍合越甲鳴。何人備籌策，幾士作干城。書生爾何意，毋乃兵氣萌。腐儒昧世務，怪此未能明。

馬周過逆旅，眼空長安人。一朝遇明主，經世作賢臣。觀其所上事，樸摯意理親。劉毅擲樗蒲，雄爽故絕倫。茲事亦偶爾，見者識其眞。及至建非常，決計無逡巡。昨者輕薄兒，厭作尋常民。放浪出奇態，逢人反眼嗔。自謂似豪傑，不識是何因。

生居窮僻鄉，恨少文墨士。同志得二三，吾意亦良喜。昨來有佳約，買舟泛湖水。洞庭中秋月，天下清無比。放舟君山頭，浩歌浪光裏。呂翁卽不來，吾屬皆仙矣。茲游信非難，言之高興起。莫令俗輩知，笑人狂不已。

甲辰正月同家伯喬歐陽曉岑入都會試

四十强而仕，大義在君親。我今方侍養，胡然邁征輪。今茲選人集，庶士被皇仁。苟邀一命及，豈獨榮其身？遵塗戒前險，渡河非故津。黃流漫以厲，喟焉傷心神。中途寄歸書，客思難具陳。游子意常樂，慎勿念風塵。

我友歐陽子，交久好彌堅。家居會面艱，一別幾十年。今茲共長道，契濶良可宣。山川展晨夕，郵驛翫風煙。宿志恥干祿，披襟常慨然。每陳古來事，以論時世賢。高歌驚旅舍，狂怪誠可憐。慙余馬力弱，追子祖生鞭。

至京晤楊性農彝珍同年

芷生沅江流，蘭發澧浦側。沅澧有合流，蘭芷不相識。芬薌本同氣，根葉乃殊色。涼風動秋波，浩露遞芳息。猗歟楊季子，秉志好正直。訪才京洛中，美士恆所得。

獨余舉同歲，形迹乖莫值。曩儕搆新知，歡愛神理極。商文劉栭儔，校韻顔謝則。乃知違俗人，終亦未孤特。我歌杕杜章，君意甚飲食。千秋其如何，自今各努力。

朱伯韓侍御琦過訪

結交長安中，貴勢自相親。誰歟車馬客，甘此寂寞人。夫君臺中妙，高志邁時倫。自握徑寸珠，廣尋家抱珍。我非聲名士，而此來何因？蓄古無片瓦，精賞將安陳？君簪漢廷筆，當路避車輪。淸霜萬物肅，霽日千花春。照世溢風采，吐詞皆璘彬。嘗聞古人教，養氣充吾眞。浩然配道義，況當言事臣。發揮文字間，一一光星辰。願君炳風烈，高與韓歐隣。

中秋前一日西垣預慮無月恐不得佳賞余謂西垣旅京數年始歸明歲又當北行今此中秋良非虚夕因茲敘意西垣不爲詩久矣宜和之

明月有情物，夜夜流淸光。我心與月好，引領遙相望。月雖不能言，對之傾一觴。自然遠塵俗，浩欲淩空翔。況我平生友，皎潔不可量。圓輝若面目，冰玉作中腸。往秋對佳月，君每不在旁。思君如望月，惟恨浮雲長。明年當此夕，恐君天各方。但應多飲酒，無月亦何妨？

爲瑞安項几山孝廉題其家課稼課書二圖序

瑞安項孝廉傅霖，字几山。與余相遇京師，爲人博學，喜古文辭；性尤樂易，一見如舊交。間出其兄霽所爲繼母林氏、生母朱氏行狀，及杭州女子顧韶所爲作課稼、課讀二圖示余，乞詩。初，孝廉父明經君卒，林氏無子，孝廉與母兄霽及他庶兄傅、梅皆幼。而前母子某，年最長，狂蕩無行，幾驟傾其家。林乃急議異財，以贏畀前子，而身挾妾子與居。又責田代爲前子償逋至數千緡。勤苦操作，家以再起。先所責田，尋盡贖還，世業不墜，家聲克荷，課稼之圖，所爲作也。母朱事嫡以禮，尤知書史，常夜課兒讀，故復圖記其事。余重孝廉爲人，必知茲事不妄，既諾其請，輒引附古義，爲詩二章，以寄之。

先疇有疆畎，世業不可捐。春秋譏璧假，取義非愛田。魯侯能復宇，奚斯頌其賢。家國雖異事，得失諒同然。項氏家中興，其母仁智全。烈焚急塗屋，狂漂賴疏川。審勢析諸子，乃非恩愛偏。儻逋斥負郭，灑泣悲所天。十年飽劬勞，復此陌與阡。新秋入莊舍，多稼屯雲煙。嫁娶幸有資，姻族誼亦聯。諸兒讀父書，芳譽若蘭荃。荷薪力誰恃？終猷志堪憐。世傳母儀盛，吾知婦節堅。所以爲未亡，豈不以此焉？京華遇季子，示圖乞題篇。表徽慙未著，踐諾庶遙傳。

右題課稼圖。

莊姜賦燕燕，仲氏稱塞淵。鬱鬱先君思，黽勉相哀憐。瑞安項氏母，與嫡俱仁賢。苦志竟成就，美節洵可傳。家政得宗主，舊物田我田。惟恨課兒書，塾師猶未專。大兒性聰敏，十齡富詩篇。小兒習句讀，脱口如流泉。孤燈照霜夜，並坐阿母前。機聲催切切，兒倦欲得眠。兩兒學既成，文譽世推先。圖中宛可識，惻愴憶當年。在晉周母李，屈身詞凜然。顗嵩大貴人，所恨不自全。項氏好兄弟，但愛文字緣。東南山水區，松柏高參天。祗今風木悲，痛結不能宣。

右題課書圖。

丁未歲湘潭畱別曉岑

昔年登君堂，長跪謁二老。秋燈觴信宿，意氣家人好。當時兩年少，妄意飛騰早。蹉跎計吏車，日遣髩絲皓。悲思湖上別，垂泪向君道。幸皆有老親，寸影桑榆保。驚風連夜急，痛哭對蒼昊。歡娛兩地空，生理一時稿。今來一何言，哽咽訴衷懊。各有塊獨身，俱爲霜後草。平生事干祿，頗不在溫飽。矧今已天窮，榮賤任顛倒。遭逢臂泉流，勿使漲行潦。令名誠可期，不辱以爲寶。

五代史馮道傳

我讀馮道傳，太息述此公。梁晉夾河戰，道也學士從。茅菴束芻卧，豈非憫君躬。諸將遺美女，受置别室中。訪而歸其夫，了有不屑風。憂歸居景城，賑粟出千鍾。脱屣富貴外，蕭然負薪翁。竊往爲人耕，事乃湯葛同。名譽自茲起，文學又宿充。奈何立朝節，飄忽隨旋蓬？浮雲滅五代，閲世位彌崇。九君未嘗諫，一諫周世宗。犯顔干明主，謬謀幸不庸。晚敍長樂老，希附達人蹤。斯人信無忌，觀者稽始終。

陳懿叔廣專兄弟相遇長沙余就其寓同止數日篠岑亦在焉已而廣專內艱信至懿叔與奔喪貴州篠岑亦還湘潭

二陳西江出，挺欲希河南。嗜道譬昌歜，淡泊饒芳甘。我從數日夕，握笑吐深談。蕭蕭佛廊下，湖海朋盍簪？雜家時間作，至理要可探。豪飲見大敵，户小吾亦堪。驚風中夜至，痛哭變歌酣。客次乃弔位，霾雲覆深菴。兩君去奔帆，歐子亦歸驂。悲歡古相續，歎息誰能參？

瀏陽答邱生景畦兼示諸學子

余生苦迂拙，所樂在詩書。詩書亦何好？聊用充吾虚。六籍閲千載，曩哲勞爬梳。譬若已墾田，但使勤犁鋤。力耕得少獲，自喜覺羸餘。尤願告儕偶，相將事菑畬。文章誠末伎，嗜好諒難除。意得輒有作，未免私蘧蘧。今來忝茲席，幸與朋類俱。良期敦本植，勿謬崇虚譽。同聲必相應，汝和倡則予。因詩訊諸子，厚意當何如？

書愁

民饑誠可惻，亦恐滋亂攘。生民失本圖，末事乃救荒。況復無此策，灾黎何所望？莫言人心惡，備豫畏不詳。去秋大雨水，高下乏倉箱。謂當數稔後，冀可資餘糧。方冬貧罄粒，入春富竭藏。索食遍邨落，草根盡充腸。山原固如此，何況湖水鄉？皇天困淫霖，苦不可降康。豆麥裁一喫，插田又少秧。近聞武陵民，掘礦三萬强。淘沙雖有獲，易穀將何方？北路灾更劇，向來習流亡。哀鴻入荒野，千里飛莫翔。吾家濱洞庭，猶半倚山岡。愁聞閭里苦，次兒來瀏陽。家人施薄粥，提携或道僵。力盡勢不給，嗟來那得將？吾避居此間，米直日見昂。忽傳遠鄉下，刦奪報縣堂。省城訊尤惡，大吏急開倉。亦少助平減，未堪多弛張。朝晴喜佳色，晚雨復淋浪。舟人話水勢，見說不可量。我聞古天下，溝洫關聖皇。旱潦曰時數，經理惟土疆。今之湖南地，利害形實彰。壅流致橫潰，大患在沅湘。誰能陳疾苦，書辭叩九閽？

李香洲芸**惠椿筍二物**

詩豪例嗜筍，殊未識椿芽。要知風味敵，須是酒人家。我常夜一壺，未半眼已花。漢書亦懶讀，徒嚼空自嗟。李君窺我病，餉此二物嘉。連瓶發香聞，精辨故可誇。學官分窮淡，菜肚一飽賒。顧驕萬錢箸，腥穢供豪奢。明當共君飲，大醉言不譁。自無羊膏膻，何用雪水茶？

歐陽左星惠蘭花

炎旱竟三伏，執熱心已摧。叩門畏客至，忽有幽香來。兩盆入我室，暑風已先迴。何當濯快雨，與子清言陪。

寓興二首

濁泥污我足，走濯清水濱。我足亦易濯，泥垢安可嗔？牢肉苦臭惡，不如菜羹新。菜羹惡更苦，棄置誰能珍？

鴻鵠下洲渚，禿鶖漫猜驚。鶖汝畏爭食，詎知息翼情？高空倏引頸，盼睨長風生。豈爲避矰弋？冥飛性所令。

生日

我之始生時，我母卌三值。有兄皆早殤，生我且慰意。遲暮故多幸，又復得吾弟。我弱病復多，提抱極勞瘁。吾父年尤尊，撫弄繞床戲。數齡頗有知，母言尚能記。每年製新鞋，大小喜量試。兒長足漸大，何時尺踏地。顧茲深遠懷，語罷更長喟。十七入縣學，婚娶更相繼。歡言盈一笑，意外獲茲事。逮冠嗟失怙，已孤惟母倚。聯翩鄉庠間，志欲騁長轡。母老躬織作，歲爲成衣被。十年走名場，未敢自捐棄。孰知天（降）[降]凶，慘禍遘予季。嚴霜凋古樹，枝葉頓顦顇。垂陰庇我身，猶得逾强仕。我母之沒年，苫塊在喪次。生日舉一女，蒿兒名以識。我生實伊蒿，萬恨將兒寄。兒今入五齡，日月何其逝？音容渺中天，想絕不能至。痛哭蓼莪篇，灑滿瀏川淚。

麻菌

麻菌亦佳物，提携滿筠籃。買之價不賤，鮮活宜用餤。和肉作羹品，薄煑裁可堪。味良亞茅柴，致足兼芳甘。從來名輩人，誰免口腹貪？乞州爲螃蟹，得祿匪石儋。我官飯不足，旁視空眈眈。酒錢幸自具，素食吾何慙？惟愁歲初熟，猶未飽丁男。詎當厭魯薄？深恐同狄惏。

告病將歸留別諸生

古賢戒自薄，思義當顧名。我官何爲者，師儒道所明。三年坐空屋，暗無求友聲。豈不眾我愛，量己實頗輕。學荒而欲教，指塗身未經。無功受餽粟，雖飽則非榮。我家有薄田，力可督兒耕。扁舟傍湖岸，煙水莽縱橫。屢欲舍此去，遲回未遄程。酣眠客夢懶，旅舍雞三鳴。（束）[東]裝敢辭遽？路遠畏宵征。兹別倘匪恝，知者諒其情。

慈氏寺塔

孤撐入混冥，影動萬象白。實相不壞身，歷刦無千百。可憐古禪寺，僧去餘破壁。惟有塔中仙，倦看湖上客。

寓郡樓日暴患熱痢李君海門藥之卽愈以蓮索詩卽書其事海門之兄在菴余舊友也因不勝今昔之感凡二十韻

避熱卽西樓，信宿方適意。暑毒先中人，腹病忽余祟。呼舟卽當歸，恐有沈疴累。李君留診之，良藥幸可試。初服勢稍平，再服豁通利。三服良宴然，裏氣不重墜。幾宵斷杯酌，已復容少醉。終我漫浪游，皆君探囊賜。君實磊落賢，餘作活人事。昔獲交難兄，賓朋遠方至。家貧愛結客，朝夕委予季。顧喜兄所爲，傾身營酒食。讙呼旬朔竟，四壁題詩字。近來各凋喪，存者惟一二。入郭每生愁，見君且含淚。人生信無常，風流盡兒戲。滔滔逝波秋，落落舊游地。今古倏眼前，神仙焉可致？君家邇樓下，回翁或交臂。倘得不死方，刀圭乞分餌。

壬子都下曾侍郎見示魯通甫一同邳州志及詩因次其詩韻

鹽車驥不稱，伯樂驟能顧。硉兀羣馬中，骨格迥然露。士方困未遭，大似泥塗污。抑塞吐文章，未譽已蒙妬。抱書走天地，良爲知己故。明允遇歐陽，一代賢不數。魯君淮海才，國士有程度。史例筆下州，班馬自來去。時危寄壯憤，殺賊作露布。莽蕩下邳愁，風雲爲呵護。揭來上春官，復不階天路。髮白燕臺邊，艱難述孤趣。偉哉侍郎公，江波縱魚泃。高文集羣彥，戶外常滿屨。龍門十倍價，一第未爲遇。銖兩褒題間，斯人當默喻。古來賢達心，道不憂沈錮。感知故不輕，在野或多倨。非懷飲食好，坐使國家誤。公今匡本朝，聲望動遐寓。他時轉鴻鈞，位置看處處。

送陳梁叔克家之河南

羇禽無靜林，孤客無安居。徘徊且休息，欲去將焉如？念子蘊奇抱，青寞絕吹噓。秋風攬敝裘，恥不一上書。幸逢平生友，居止食有魚。胡爲指梁宋，夙裝策疲驢。答云身旅食，室家仍仰余。干人豈得已，淚落重欷歔。昔在漢司馬，王門曳長裾。高文灑飛雪，千金奉佳譽。子今詞賦雄，知者其誰與？滔滔大河下，東望悲里閭。我實謬來此，閉門似郊墟。干戈暗鄉縣，衷緒迫紛如。新知令人樂，後會亦已疏。歲晚且待子，寂寞得相於。

岳郡不守賊遂攻圍武昌僅二十日城破京師震焉吾未及早歸遂羈於此感愴歲除無能自遣悲深憤發覽者諒之

弱齡遘嘉運，先皇文治初。窺編竊陳言，强欲干時譽。入都齒逮壯，龍門失飛魚。蹉跎又廿載，顏髩幾凋餘。不忍死鄉里，復來逐公車。孰知天步艱，寇禍忽淪胥。家鄉既蕩盡，何時返我廬？吞聲坐阻絕，孤窮方歲除。

丈夫生有事，未肯守妻兒。妻兒亦人情，離亂可無悲？家書斷三月，寇過吁已危。鄉民化爲賊，梃刃横相欺。雖知遷避處，意内百憂疑。可憐萬苦中，不及相攜持。夢魂多恍惚，猶然言笑癡。天幸若無傷，相見勞訴詞。

清平二百載，荒遠生類繁。奸民私黨集，乃爲禍亂源。師征無速決，兵火遂燎原。武昌荆楚會，江漢絡雄藩。昨者竟摧破，裁若踰短垣。守臣迫一死，萬眾慘號冤。吁嗟大帥誰？始望云桓桓。已矣時無人，歎聲不敢言。

終軍甚少年，請纓亦何壯？卜式牧羊兒，力能助軍餉。洪河爭捧土，勢欲大堤障。螳螂兩斧奮，勇氣固難量。我欲遂狂愚，上書說兵狀。低頭復自笑，恥謂干將相。春風漸破冰，灑淚佇南望。歸哉道路通，妻子訊無恙。

密雲新城東關外觀明萬歷紀功碑

前明中葉後，兵政弛不威。北門無固鑰，獵火焚郊畿，匡危師武力，譚戚秉軍麾。邊人匪素厲，作氣存權機。不觀整嚴教，焉知驕惰非？無譁浙東士，雨立猛可揮。戍臺亘塞起，敵馬空秋肥。鐫功柱方表，環讀爲神飛。疆埸帥誠重，帷幄謀所歸。緬思江陵相，其才振衰微。末途悲一軌，令事輒多違。無人掃今盜，感此涕横衣。

古北口

塞山絕飛鳥，長城亘山顛。關門自古壯，漁陽倚雄邊。古稱突騎樂，今時甯復然。寇騎久不犯，氈裘時嚮連。睢盱提子女，跪拜西僧前。金錢歲供費，氣力或未全。國家計深遠，邊人常宴眠。蒙古亦大好，射獵恣所便。頃聞彼渠魁，同仇誓戈鋋。優詔未渠許，吾軍思鬭堅。花門且徐待，天子制中權。南盜或北窺，爾徒可周旋。悵望兩山隘，慨思遼左年。

同郡何龍臣忠駿上舍李次青元度孝廉並惠題拙集各次韻奉答

西垣老詩流，作語必驚怪。晳顏聳冠劍，見者宜畏愛。我文淺陋邦，截補不能大。君胡並推激，坐使氣雄蓋。高才妙量物，斗筲用一概。多許勸其勤，深意吾當會。平生有孤癖，弄醜覺餘態。湛思白盈顛，吁嗟精已憊。朋儕脫拘攣，劇論少爲快。旁觀眼盡明，獨自忘我瞶。文章古一家，奚事別宗派？苦持非馬辨，欲縮三尺喙。舊交數髯李東坪同年，對壘輒心戒。近復鬭兩豪，使能乃同載。酬詩勉作氣，吾鼓已竭再。

右答何龍臣。

文章所萌芽，厥根乃深宅。極知仙靈苗，不託塵土膈。金丹求骨換，苦患皮毛隔。裹糧三十年，道遠日將夕。行遲惜勞功，得少畏孤獲。思觀寰海豪，坐使心眼闢。都門勉留夏，惟此意未釋。擾擾聲名場，直枉畏尋尺。君吾同郡士，金石忽見擲。天岳舊山巔，仰止秀高柏。論文數淵源，嘗水別泉脈。阿私故常情，嗜好豈俗格？知君磊落賢，籌略更素積。精微類洞源，健鋭直摩壁。時方國計艱，況使妖氛逼。欲扶朝右賢，傾灑天下澤。高歌長安市，千門慳一迹。但須勤過我，狂談永駒隙。

右答李次青。

哭舒伯魯燾郎中五十韻

相知七十日，忽焉千萬古。未久那遽深？肝腸早傾吐。數朝不來過，急往相探取。披衣起迎笑，少倦幸非苦。我寓去君居，隔城里計五。思君意君病，再至閽前阻。主人近卧床，咽痛藥下愈。漿粥不得下，昏迷氣絲縷。聞言惜闖入，心驚用一拊。走往告曾公：盍往覘伯魯？渠體實過羸，陰陽虛臟腑。病毒起外乘，得無中易侮。詎知卽此夕，脫去如飛羽。嗚呼實哀哉，無復斯人覩。君生稟異靈，早歲薄科舉。才華抗古傑，聲名動天宇。結交諸老間，梅叟獨師緒。絕塵奔下筆，斂按就轡組。猶求同志賢，肯爲俗流俯。我文未足稱，君詩漫多與。時時示新作，要我爲起舞。竊獨頗怪君，身地近華膴。信無豪貴風，何自悲窮語。前日忽見謂，窗竹一筍怒。大似不尋常，乞言用夸詡。隔日走詩來，自以后山許。索和韻必同，展讀意先憮。篇章豈不工？憂患中頗鉅。云干造化忌，驟長難所處。瞽眼雪霜深，相期歲寒侶。答言竹本堅，無心上雷雨。思寛遠慮懷，未取奇句賭。蒼蒼天自高，賢愚付下土。珍材世爭惜，棄置甚庸豎。或云壽命輕，長短孰虧補？顔淵不終聖，得非靳所予？倏齡畀李觀，肯自遜韓愈？干雲勢未已，那可卽斤斧？又如風帆縱，檣傾孰援汝？諸公哭同聲，奚我容悉數。似居最後人，甚欲類蛩駏。鴻篇積吾案，敝帚在君所。交借各未還，歸送當誰主？默憐棄友朋，永念傷恃怙。尊公官海壖，弟奉母湘浦。湖南近煙塵，故邱指辰漵。何時丹旐歸，直送洞庭渚。百年只瞬息，存者神不腐。雪涕書質辭，友人吳敏樹。

晚遊南壇下

南郊二壇間，積水陂池寬。中路隄石高，車馬夕照殘。遊人乘新涼，雜坐隔水觀。我亦喜來此，意思生波瀾。誰家小兒女，三五簇作團？循墻拾碎瓦，擊水看跳丸。女郎年七八，頭上雜花攢。相將呼弟妹，交作京語讙。意態了不殊，情趣焉可殫？徘徊羈孤客，對之獨長歎。

袁漱六編修蠹齋漱六喜聚書多得古善本而漢書有北宋南宋二刻及蔡註杜詩尤精絕奇寶也請余賦此詩

孤生夙所偕，頃息莫能代。未知幾量屐，每自憐其愛。袁侯官甚貧，買書累稱貸。賈人借其聲，高售眩時輩。多藏詎足誇？目錄塡瑣碎。傳來異代寶，充棟盡塵穢。漢書余頗讀，杜集誦幾背。及乎發君廚，斗覺精神在。古香出簡紙，入手透肝肺。千秋亦遠矣，太息如聞慨。時方急横矛，談士伸長喙。閉戶悄無人，忽已忘朔晦。蠹魚眞活計，滿意生涯內。從君乞吐餘，滋味或吾逮。

將出都南歸芝房邀於漱六齋中設餞有詩送行梁叔琴西皆有詩併成四首留別

翰林文章署，寂寞朱查後。孫侯起吾鄉，大雅掩羣
有。京華晚來遘，語賊對搔首。哀歌送我歸，當離不
能酒。

溧陽老東野，直講窮聖俞。梁叔詩配之，求官竟何
如？豺狼走江介，吳門今盜區。嗟君望南泣，啼絕反
哺烏。

琴西官詞曹，兩孫盛名亞。新章琢杜句，悲慨意非
假。江湖莽旌旗，白鷗飛不下。因聲寄項子，有錢酒無
價。（瑞安項几山廣文，琴西之舅也。）

多書愛袁侯，異趣博天嗜。
日讐古人文，殊勝差遣事。吾歸謀斥田，買取十三四。
衰眼便少遮，但苦無記識。

碓山

南行始入山，歷盡中原路。平生卧山客，見山卽如
故。去冬防信陽，烽火武昌樹。嗟茲淮汝間，千里走麕
顧。昨來見還師，已罷三關戍。雨過麥迎秋，碌碡轉塲
處。氛煙蔽江東，逆寇正橫踞。王師毋乃勞，道聽語多
誤。我夢猶國門，萬衆瞻露布。好在江湖邊，青山穩
家住。

甲寅春賊復自下路陷岳郡土寇作余室廬被焚挈孥走湘陰轉寓平江岑川李氏既而其地亦經寇擾匿山中僅免寇退李氏始倡衆團練據險以守余遂久寓數月不去日寫陶詩讀之覺艱危煩苦之胸豁然爲盡漫詩書所鈔帙首

暮鳥思斂翼，歸飛投故林。故林焚野火，欲止遂無
陰。翩然望四方，矰繳紛相尋。借枝亦未穩，引匹揚哀
音。自我有生來，厄路初遘今。江山莽兵氣，羣盜肆橫
侵。嗟哉先人廬，空塲瓦礫深。盡室久奔避，轉徙實難
任。何時世運泰，築屋還舊岑？兒女那知愁，嬉笑不可
禁。推遷信大化，安用勞吾心？且讀陶翁詩，村沽聊
自斟。

岑川

岑川山四圍，水口隘一門。田疇萬畝闢，桑竹美且繁。昔人避世地，豈異桃花源？塗徑既久通，澒風亦無存。吾邑習乘亂，刼奪徧諸村。遂令此中入，咄哉夫何言？懲往思戒來，操兵若雲屯。我亦竟安適，倚兹山列垣。山色況復佳，可以娱朝昏。久居意已熟，忽已似吾園。昨夜夢入湖，煙波縈我魂。覺來坐念此，雪涕望官軍。

哭西垣二首

自我失西垣，輒欲斷爲詩。所以銘祭外，久無哭君詞。今兹避地日，賦詩强自怡。敢作薄陋語，深山中哭之。君才既天與，君命亦天爲。校官不得作，文采一世奇。嗟君乃前死，不見今亂離。若使君更在，辛苦憂妻兒。

陶公樂天人，亦自責其兒。君正坐此累，每自憎兒癡。置妾頗顔紅，白頭人欲嗤。妾兒又不育，久畏令君知。嗟今復何爲？一切棄絶之。又復忍棄我，入夢來無時。平生事多同，而最同於詩。作詩以哭君，君死當告誰？

寓中無書次男熹攜沈尚書所選唐詩本時以爲問余寫陶畢因沈書抉鈔數百首稍加評語以爲兒輩學詩之的要亦余之遺日計也復題於卷

我雖不善詩，愛詠古人篇。謂此本聲樂，奇韻逾管絃。昨來避寇亂，將家寓岑川。手鈔陶集了，頗復録前賢。南風吹山雲，清陰落窗前。悠然起孤唱，得魚已忘筌。妻兒笑我勤，老矣心何堅？此事眞復樂，可用窮歲年。

李東坪學正同年輓詩

昔我友朋間，髯也頗縱横。起坐倏舞劍，輟文遂談兵。自言本將種，意恥爲書生。竟卧學官署，虚傳豪士名。有生或短長，健者忽先傾。豈伊志弗騁，故是病所萌。我今入君里，相待來耦耕。聞信忍深悲，世亂生死輕。秋風一以起，百鳥逝不鳴。將何送子歸，委化無形聲。

示忠信團諸友人序

壬子冬，賊陷郡。近里有晏姓者，聚衆應之，旋以敗散，而匪黨自此滋矣。甲寅春，賊復自下路上犯，則數十輩持械行刼，徧於縣中。其冬賊退，官令鄉士各立團保。余不得避，乃與同里十餘人，設局洞天道觀。稍清理二三兩都之爲匪者，先後錄二十人，付官行法，餘皆懲責，教戒而釋之。今年正月，武漢復被賊闖陷，分據崇陽、通城，郡警日至。余遂欲里人户操禦賊，而人猶疑之。作詩二章，示同事諸君。乙卯二月初五日。

握圖扼其吭，愚者皆弗爲。奈何乘小亂，投死懵不知？飛蛾赴明火，匪火實害之。人愚亦同此，誠哉可傷悲。我生何不幸，晚遘多亂期。鄉鄰有犯法，官令安得辭？懲往思戒來，苦口相鐫治。愧無平生信，敎勸亟難施。願我衆父老，各警早暮時。生命實可惜，念兹當在兹。

年。粵寇入我境，我境寇紛然。畏寇實召寇，於今三四焉。古人保鄉里，其道必合聯。散弱聚則强，弱侮强避前。賊來暴我里，誓與生命捐。彼皆惜生命，進退故相牽。我鉏有利刃，比户皆戈鋋。願我壯子弟，共成忠信團。

賊氛益警因與近里荷塘合六里爲局於荷塘寺此寺余幼隨先伯兄石林先生讀書其中爲嘉慶乙亥歲距今四十一年矣夜坐僧窗感懷有作

昔我齡十一，提攜伯氏從。假館寺西舍，起誦隨僧鐘。夢幻四十年，向兒今老翁。嗟兹所爲來，鄉里預兵戎。我老不足怪，感時非昔隆。地僥僧且樂，今存但貧窮。走尋讀書屋，菜圃迷西東。共嬉雛衲子，一二葉凋風。觀空悟塵刼，未覺殊禪宫。牕燈仍此夜，愴舊意難終。

寺門觀插田者

雨遲稻晚秧，勃爾青最怒。人牛相趁忙，插田時苦遽。湖波繞山入，欲上溪橋樹。遠船落帆來，知投此郵步。觀農倏象閒，卽事應情豫。歌謳斷未續，問訊賊來去。

四月八日爲先太孺人見背之辰非惟逢忌之戚兼觸遭亂之痛爲四言四章章四句

魚游廣川，驚投於淵。母氏棄我，今也十年。

母氏愛我，愛婦與孫。今也遘亂，東西轉奔。

轉奔如何，孰知安處？急則呼母，莫訴我苦。

先巢既傾，烏還哀鳴。思銜樹枝，沈雨曷明？

崇陽四十韻

崇陽本山縣，民俗非儒鄉。通城與接連，若不異土疆。道光歲辛丑，奸民閧錢糧。一呼數萬衆，縣官立見戕。遂張叛亂幟，鼓行向武昌。維時臘春交，吾郡最倉皇。刼奪起閭里，升斗難蓋藏。誅平一月了，莽伏未渠央。邇來十餘年，當車忌螳蜋。粵盜及岳鄂，土寇紛披猖。沿流十許縣，紅巾挺長鎗。旋收亦旋已，捕戮痛割瘡。惟此兩縣中，倚山走强梁。置官輒見殺，團保無周防。盡爲賊耳目，不知誰善良。乙卯今正月，下路賊轉張。北省復巢踞，乘勢況此方。巴陵遏下流，兼禦東界傍。東界曰茅田，山勢險隘當。李氏富田穀，急猝召勇彊。盡呼衆團伍，氣助官軍揚。散鬭用兒戲，一敗吁可傷。桃林別路虛，驟衝邑中央。六月酷暑風，老弱奔走僵。禾田積死人，守屋更罹殃。可憐阮家姥，九十滿百將。有兒作學官，長孫舉人行。賊來一橫斫，七口血淋浪。慘禍有如此，天心誰更量？茅田旋又破，益甚逞毒狼。來如風雨暴，日夜不可常。此賊本白徒，兵術豈所長？亦無火器用，奈何騰突狂？由來募官健，驅馭失轡韁。東逃卽西投，無意決戰塲。鄉民尤散亂，宿昔迷惑腸。有鴟雖食葚，惡聲結其吭。木心苦朽蠹，那聞枝葉香？歎息復歎息，國難何時康？努力語壯士，擒賊先擒王。

羣鼠二首

羣鼠伺客眠，作亂不肯休。高下縱騰擲，聲若走巨牛。拍床那足驚，叫暴如讒讐。宵中奮衣起，撫劍還自羞。晨興一長歎，踏汙我案頭。齧碎殘書紙，翻倒硯水流。瓜仁片片剝，食盡盞中油。後夜忽貓來，緩步四尋搜。貓來旋又去，竟夕清夢秋。乃知鼠何能，亦未工盜偷。主人養貓好，鼠輩竟何憂？

鼠有不畏貓，貓有不捕鼠。安眠一無事，彼貓眞可侮。客言閹鼠方，異術傳自古。或以巴豆飼，猛毒乃如虎。盡殲其種族，功匪一貓數。我聞實歎傷，造化豈須補？貓生有本性，殺鼠職斯主。頗復苦貪饞，聞腥嗜魚脯。主人愛養驕，裀褥資卧具。饕心及餅餌，懶氣侵爪距。畜貓道或非，用鼠不猶愈。

三女詩四十韻序

偶讀李義山驕兒詩，聊戲效之。世人謂陶公責子，義山譽兒，俱未知其趣也。余爲女兒詩，乃幸無用低昂其間耳，書寄山中，令女兒輩誦之。

我有三男子，晚得三女兒。女兒人不愛，在我趣獨奇。早歲事游學，生兒不顧啼。長大意漸殊，頗復弄兒嬉。男須驅就學，跳走輒呵譏。女兒弱可憐，且稍驕恣之。長女名劭端，生余卅七時。前此但有男，得女若珍遺。善端我中女，年僅二歲差。又二歲乙巳，余方艱棘離。四月喪吾母，七月生女嬰。其日我生日，同物誰所期？名之曰蒿兒，用以誌吾悲。三女如貫珠，六子兩行提。瀏陽作學官，妻挾三女隨。學官不敎士，課女誦毛詩。連番四句讀，兩女競口馳。摹書數字了，塗紙作花枝。忽作美人面，高髻烏雲施。幼者尚嬌抱，旁弄筆硯欹。我時撫掌笑，樂在可禁持。猜拳鬬謎語，迷藏捉復迷。都不自主張，各各問爺師。近年女亦長，頗覺減酣〔一〕癡。學母事鍼線，紡車鳴夜帷。我時卷書坐，故意加嘲嗤。刺繡點未工，引綿賭斷絲。飲閒侍執壺，伺候溫冷宜。瓜仁替抽剝，茶湯倚停卮。我嘗出門去，久近詎解思？迎歸必爭喜，但道來何遲。平生嗜吟諷，訓女豈在茲。劉傳及班誡，粗令識矩儀。每談古貞孝，聽記不復疑。寇盜今幾載，奔迫屢艱危。寄居數異縣，果餒缺所須。女兒何知憂，怪問主將誰？如何未殄賊，令兒久待爲？語兒好安居，莫用蹙爾眉。作詩自遣愁，兒試歌此詞。

【校】

〔一〕酣：底本旁校作『憨』。

丙辰歲攜熊兒煊姪住寺洞假淨居僧舍讀書答清泉上人

平生愛僧居，到寺意忘返。頗疑夙根深，終恨道機淺。荷塘假書舍，童幼隨鐘飯。號作南屏人，未識廬山遠。遭亂計久荒，息心年苦晚。舊堂湖在門，餘衆客忘〔一〕伴。迫隘時未康，推移地常轉。今來就師住，山趣覺新善。石間寒不除，竹外翠彌衍。風鳴落枕泉，雨洗當窗巘。晴鳥一何繁，殘書抱來偃。師也湯休徒，秀句碧雲剪。房前劚筍肥，松下作齋腆。知我嗜詩禪，悅味相黽勉。如今萬念非，此事三生踐。

【校】

〔一〕忘：底本校作『亡』。

古意二首

少年事富貴，游說慕蘇秦。頗學縱橫言，舌短論不伸。艱難無所遇，頭白走逡巡。却來邯鄲下，四野漲兵塵。平原方困急，謀策無一陳。談笑解紛難，魯連爾何人？

包胥何爲者？獨身興楚國。七日哭不食，天地爲昏黑。同仇賦無衣，義感壯士臆。功成逃賞去，萬古信臣職。當時楚大夫，幾人少顏色？惟有狂接輿，行歌猶自得。

游綠溪菴贈種花僧石岩

緣溪造幽盡，遂得孤寺門。誰言古驛近，有此花水源。山僧不種桃，側地置小園。窅爾丈室外，品畱香色繁。客來但看花，欲語未許煩。乃知岩師妙，說法在無言。日斜鐘廊下，欲去畱題痕。常尉五字絕，吾詩焉可存？

長沙行南城外往時寓止處不可復識矣書院僅存皆兵勇居之慨然感舊因及壬子圍城之事

南城逮其外，向非冷落區。市肆及居廛，填塞五里餘。今來盡焚撤，城壁劃溝渠。規防固宜爾，感歎將何如？前年寇自粵，一日來匪虞。高牆架大礮，密屋擁穿窬。倉卒憑堞間，壯士膽已無。壞隅忽摧陷，十萬家號呼。烈烈鄧將軍，虎躍當空虛。霜刀蜂蟻落，雨血土石俱。決河復完塞，死氣乃回蘇。百拜謝鎮兵，羊酒充街衢。天南柱不折，倚賴猶雄都。我獨弔荒莽，平生茲寓居。行迷前處所，望盡今邱墟。戈矛講院列，事急安用書？健兒但格鬬，老死勝腐儒。未晡迫門鑰，欲返增躊躇。

王立生輓詩序

立生名治模，浙江龍泉人，爲諸生，家貧，從其親友習刑家言者。來湖南，高才讀書，下筆數千字。嘗以質余，嚴削之不憚，益勤，遂與密。歸及吳門，猶以書相訊。復來居滿洲魁公廉訪幕，年止三十餘，客死寶慶。魁公意氣軒豁，君以肝膽許之。兵起，魁再守寶慶，有先後守寶錄，皆君所與籌畫。長沙丁秀才果臣，君所厚，繼在魁所。以君殯不歸，丁巳春，武昌賊退，秀才起君旅柩來長沙，遂取道身送之浙。秀才故有學術人，此事人爭難之，不顧也。

居官不知治，賓友仗刀筆。讀律未曉文，攄坐傲佔畢。越人黨徒盛，窟穴褌處蝨。脂膏罄吏俸，冀可免三黜。吾傷此已久，思欲較名實。豈知有王君，才盡儒者術。君本諸生流，阸窮常抱膝。濟時事則已，何必躬輔弼。楚南天丘州，洞庭我洋泌。尺書忽及門，著稿山崔崒。蹕與蔭庭翁，相駿用羣逸。先後寶郡略，君所筆書疾。我但聞君歸，不得何月日。閶門有書到，道遠思逾密。何時已復來，兩耳信鶊蟀。窮山竟已矣，孤魂旅啾唧。嶺盜跳險初，幕籌甚周悉。寇張君則亡，藏掩十六七。衆才今角露，品第誰甲乙？矧乃詞賦優，文采復稀匹。江湖道猶阻，蛇豕縱横出。歸喪計安從？丁子獨膠漆。青楓湘浦暮，靈舸春蕭瑟。城頭夜吹角，山鬼莫迷失。

郭雲軒編修嵩燾見示曾少司馬西江所爲會合詩并自和及湘鄉劉秀才孟容和篇屬同作勉次韻

湘鄉一袒呼，尺箠笞千里。指揮書生流，殺賊皆可喜。潯陽恨宵炬，危命輕脱屣。隻手天下援，顧重良爲此。豪哉髯絶倫，其氣不衰止。哦詩嗟喪馬，占易解亡矢。胡然浪自嘲，故人歡笑耳。劉侯起開説，羣疑失塗豕。郭侯湘上來，覿面照清泚。艱難有會合，夜幕燈光紫。星辰動九霄，蛟龍伏波底。偕爲楚人歌，孰謂南風死？昔公初下時，前事吾能紀。軍船纜洞庭，金陵期直指。寇張且返旆，是亦非料擬。泱漭湖山間，長蛇上高壘。湘潭始大戮，岳陽遂驅抵。沿江戰及漢，坦如平地履。灑掃黄鶴樓，呼酒酹江水。讒夫始欲瘖，執口屈利觜。由來兵家事，得失故相倚。百勝若可誇，一蹶或不起。大賢力負重，於道葢深矣。沈機處晦冥，忍詬受瘢痏。拔才置羣帥，奏捷委諸子。何必非臣功，終乃蒙帝祉。幾年戎旅殷，多見軍書侈。工欺盜乃熾，痛迫火燄始。我久預知遊，公甚不吾鄙。常懷莫助愛，竊恐幸緣恥。日月冀清平，優游竟殘齒。郭侯本贊謀，立朝行有俟。和詩愧雄篇，吾衰誠窳呰。

孫琴西侍讀寄詩楊性農駕部勤訊鄙人蹤跡性農和之并以見寄因次韻兩寄之

吾生習朴野，見客疎禮答。容身且近藏，焉敢效顔闔。性農書言，學使張公屢相覓不得，學使葢得余於侍讀。鄉村迫寇掠，岡嶺失重沓。茲來會城居，處静常閉閤。所嗟過春風，竟未攜野榼。歸與行早計，不待歲至匝。瀏陽昔學官，長日卧吟榻。猶嫌繫官身，甘爲退院衲。孰知奔徙愁，辱與厮傭雜。遠行膝羸脪，急走足脱靸。猿猱共攀陟，婦稚隨追遝。仰天一悲嘯，時有風來颯。楊侯苦相矜，鐫文新卷搨。自言倡勇徒，三百强弩踏。巴陵望武陵，洞庭天黕䵬。惜哉兩郡間，未覩一戰合。君才宜斗量，豈較吾龠合？何不展韜鈐，自起縛韎韐。曹忘兵馬屬，口飽湖魚嘬。我欲往從之，儲酒共傾臘。琴西翰林仙，詩幟朝簪盍。酬君兼報孫，布鼓助鞺鞳。

丁巳歲湖南補行壬子乙卯兩科鄉試余長男念謀中式述事卽勉之

文治二百載，科舉法興賢。權宜兩停試，寇盜實久延。湖南義勇奮，投筆荷戈鋋。征戰苦四出，封疆幸粗全。補科大吏請，用意非徒然。荒經士所戒，講藝道斯傳。國家運中興，衡湘氣蟠連。會見軫轄旁，熊光燭南天。吾兒頗休業，艱難累周旋。及茲遂蒙選，所得亦已偏。漢有卜大夫，家世起牧田。上書請死寇，資財輸輸助邊。甚愧我父子，容身愁屋椽。著書不周務，遺汝計何先？鄙生青紫願，末俗溫飽緣。惟望勵素修，報稱資他年。

送退菴六弟游軍中

烈夫憤仇恥，壯士完其名。苟生誠可愧，徒死亦非榮。吾弟頗挺出，好義追古英。偶然施慷慨，稍喜智縱横。封疆初禦寇，倚重望實輕。坐駈駭羣鳥，遂失横波鯨。五年匿山中，讀書淚流纓。身非晉林父，心是秦孟明。寇禍未渠已，物窮否乃傾。請爲良御復，庶知干劍成，發棹洞庭渚。寒風高雁征，吴山指顧出。楚水劃流行，攬袂不能止。徘徊愴親情，就時故疑患，恃已惟信誠。回首眺湘口，舊恨塡胸盈。丈夫愼一決，古賢有前程。

兩女吟序

思西垣也。吴子檢故篋，得西垣早歲所與短札數事，愴然有吟。

兩女昔未嫁，相共處閨房。姊也刺繡工，教妹學鴛鴦。喃喃夜深語，燈影作商量。爾時才幾何？先後各有行。歲中獲歸問，見面苦不常。室家既云異，兒女自肝腸。豈無伴侶人，別族或殊鄉。翻思未嫁日，逮老不能忘。如何姊也沒，故繡看在箱。終身無復作，有淚如翻漿。

渡湖西往荊州作

我家洞庭東，西望水天亂。有游每乘濤，所歷但沿岸。老宜斷行役，意未忘壯觀。浩然肆中流，倏爾茫無畔。驚風斗相戲，變狀出非算。鼓帆已信張，掉膽聊自按。山纔聳拳出，湖恰回頭看。計程里逾百，視景日方半。前年寇南迴，敗下勢東竄。澧朗飛燄空，岳鄂旋飈轉。所幸荆郢完，差息衡湘患。不然席上游，何以拒謀捍。茲行訪渚宫，川路出修緬。夢田想王獵，騷放跡臣怨。因知四郡偏，久自一方管。形制在兵家，慮近裨憂遠。

荆州四十韻

荆州用武國，四達實雄疆。扼蜀兼控吴，抱鄖仍拊湘。古來爭戰事，紛紛不可詳。國初肇區宇，海内完金湯。龍從既散射，虎旅爰分防。惟茲三楚要，爭覩八旗颺。豈伊私親暱，永以絶狡彊。大城分半居，街里界中央。軍民自不雜，雞犬各相將。爾來二百年，王土皆帝鄉。雖無耕屯業，頗安地著良。溯先舊邦俗，效命力戰埸。兵戈久未識，弓矢亦虚張。壞罍酒肆中，殺人官道旁。恃驕或未免，結釁滋可傷。寇盜涉江漢，東西走豺狼。偏師時閒出，奔陣凶否臧。軍供又告匱，月支頻減糧。頗聞甚貧困，毁屋撤堂房。富者能幾家，深山竄移藏。詭稱王孫氏，慮有金陵殃。情勢乃如此，何由保滋方。此城起漢末，都宅更蕭梁。池湟最深塹，樓堞森聳望。大江前建瓴，三海浩渺茫。曷不決守計，而乃自倉皇。從來室家聚，纔用塢壁當。哀哉近日禍，曾是道路僵。願得武猛將，修我軍政綱。令嚴戰目視，技練筋膂剛。惰游絶市井，忠義激肝腸。可徒圉捍固，行覩威奮揚。在昔偏安國，西夏委鞭長。上游鎮斯重，内難屢見康。今者鍾阜踞，尚賒封豕亡。北軍新奪險，南士苦裹創。頃閒麻城報，又見汝盜狂。詎使烽烟逼，不思雲霧翔。皇運初中興，國恩深莫量。請爲小戎賦，寢興不可忘。

己未春寇復自南安移陷郴桂攻圍寶慶湖南需餉驟急上官檄委鄉士勸輸余亦與焉初夏入郡逮秋暫還里舍撫懷憫事述之以詩

軍資仰榷算，計乏頻勸輸。頗懲吏胥急，符委及陋儒。南人四戰出，狂狡覬中虚。突來恃堅壁，飽士奮天誅。我本漁竿子，翻然從簡書。迫求庶吾諒，取濟用斯須。入城在初夏，執熱逮伏餘。秋田告登稼，及此暫還廬。涼風乘我懷，飛灑在輕裾。捨營慮終靜，息慕志無渝。惟愁資水上，苦寇荒耕墟。比聞師報克，獲醜當何如？

王良二首

王良把兩靷，戰車止將絕。趙孟鼓不衰，苦嘔車中血。多饒衛太子，婦人矜勇決。羅也固伏痁，敢敗良工轍。

危舟涉風濤，長年勢無讓。作色詈其曹，捩舵惟我向。岸登幸無事，議能各殊狀。奈何同舟人，競作長年謗。

辛酉冬和羅念生除夕吟念生於庚申除夕與其伯兄秋浦用東坡岐下歲暮詩韻諸公和之成卷請余繼作時在長沙忠義書局

我本邨迂子，文事豈堪佐？有如貧窶家，安所出珍貨？諸公並閎通，抗衡齊魯大。而我蝨其間，隨從樓上卧。平生甘野癖，頗畏雄談坐。力纔叱牛耕，業僅資馬磨。浮雲事變滅，仰面看已過。聊喜從君游，缶歌一相和。

老人迫歲節，默自傷年遲。少年輕日月，失去了不追。坡公歲暮詠，乃當年蚤時。我昔妄效之，預作長年悲。余少時曾效坡公作年禮、年飯、辭年、拜年諸詩，以記土風。多悲亦安用，歲歲如此辭。到今忽反此，鼓氣欲未衰。

兵興已十載，江路猶長蛇。楚軍苦攻鬭，四面勞周遮。吾儕托生活，不樂將如何。君家除夜會，爆竹聲無譁。伯昆近七十，詩鼓猶能撾。我生鴒原痛，獨影臨日斜。但當强飲食，豈復憂蹉跎。和詩君勿笑，不爲旁人誇。

主人

主人邀上客，具書禮何恭。客不惜遠來，共升華堂中。吹笙歌鹿鳴，飲酒期千鐘。豈知主人意，一客私所隆。所隆一何由？似是等級崇。嘉殽勸之飽，四坐爭趨風。逡巡起逃避，餘樽未能空。幸無投轄井，駕言從西東。

退菴近營君山將爲隱游之勝創一樓名曰九江壬戌五月十六日余與伯喬乘月棹舟往游畱山中五日乃歸爲詩記之

遠游力苦衰，况復逢世故。宇内幾名山，慨焉忍馳慕。娟娟湖面峯，宛在日瞻顧。託跡竟虚言，平生久要誤。吁嗟卅六年，歲月波流騖。舟尋今始再，巖宿緣何暮？道光丁亥九月，曾偕友人自郡城游此，不宿而返，今三十六年矣。青螺不改色，鬢髮全成素。山靈豈識吾，老少任來去。乾坤古來有，人代自匆遽。大藥雖可求，神仙渺無據。酒香漢帝悦，樹赭秦皇怒。兩君殊好事，於此竟奚預。惟有游客閑，好同山僧住。乘興便往還，卽茲欣所遇。

往來孰爲主，吾弟相迎邀。本自湖海人，豪氣披煙霄。十年奮孤劍，力欲迴斗杓。翻然拂衣歸，自號湘山樵。湘山苦經燹，竹樹空蕭條。突看一樓起，盡納九江潮。岳陽峙城角，未敵茲山椒。園林及庵亭，勝選方擬標。本非神仙願，洞賓或來要。紫芝日爭茁，靈龜瑩青瑤。我行久漫浪，及此復逍遥。窮探畢邛壑，賞會連夕朝。語舊忽悽感，悲風動林梢。太息西垣子，魂逝不可招。昔游時遲西垣未至，常以爲恨，今西垣沒且十年，與伯喬語及，深歎之。

罷飯

罷飯出屋後，人衆方趨耕。平田春雨足，塘水彌盈盈。陂陀四山緑，高下數痕成。風中細香來，雜花緣岸生。余生落閑散，常愧謝勤營。老來未分穀，裁欲問陰晴。二麥秋可俟，小饑憂且輕。於茲未忘樂，聊度陌阡行。

悵望洞庭水，東連滄海煙。旌竿翳春渚，鼓角下樓船。湘人競才武，霍霍擁旄前。懦兒跡桑孔，算緡博金錢。二者吾不能，脱身就安便。相公揔軍勞，五鼓起飯先。要令兵休罷，六合歸農田。我老幸飽腹，行歌樂天年。

劉淡山親家春林贈詩五言十七韻追道舊事兼及西垣次元韻

昔在陳庄日，聯吟吾與子。午飯屬辰瓜，行游春幾里。春游日，余吟『人家午飯炊烟熟』以屬君，君遽應聲曰『野老辰瓜穀雨栽』。後來得西垣，詩情狂欲死。跌宕杯酒場，少年多事矣。文章縱多才，於身若枝指。况無賦都作，奚貴洛陽紙？晚交涉海內，頗覺聲聞恥。世蹊走已熟，無言想桃李。却返深山居，斂形事毛髓。喧陽旦暮去，歘見冰霜履。坐凋青眼人，獨隱烏皮几。遺編少可惜，孤句清無比。零落隨山邱，忍涕爲料理。兵戈送衰老，六十遽臻此。朋舊還幾存？觀人且量己。君才更逾我，令子畢禽委。角詩追昔籌，投壺容枉矢。

竹林下作

開襟竹林下，快哉當此風。日光漏微影，蕩漾紛西東。田禾今始秀，碧波走畦中。風來止復作，遂往入無窮。耳尋聲響極，喧寂一以同。悠然坐忘久，孤賞復誰從？

晨起觀穫者

田禾競秋至，一雨催黃成。晨關掩涼卧，已聞枷板聲。起看日初上，天宇何寥清？露草濕畦岸，牛飯兒牽行。爾牛閑更飽，我人食且盈。欣聞老父言，釀開新酤輕。昨夜客過道，傳報江南平。聞官軍於六月六日克復江寧。

移居四首乙丑元日作

六十不葢屋，古言良可思。營營子孫計，迫切夫何爲？此居出兒造，非余親手治。漫云考作室，一笑落便宜。門堂幸雅潔，高下略因基。連房闢疎牖，豁朗心所怡。老人入新宅，新歲春風隨。樂事不可說，頗逐童孫嬉。

我先聚族居，此南僅五里。惟我最親屬，近日多移徙。念昔同舍中，朝暮相料理。一爲邨井別，日月會面幾？北莊今成室，題稱葢有以。繫本而名之，毋忘舊廬爾。舊廬何爲懷？親愛有根柢。緬思五百年，族姓猶同祀。

昔買北莊田，吾弟良有意。謂余居頗隘，營築擬斯地。土田雖云薄，聊欲力人事。天命奪吾賢，始願已中棄。兵災更焚室，轉徙困棲寄。完脩畀姪守，先業幸無墜。斯宅又加寬，我實慚勞費。姪也務余安，忍灑平生淚。

聖朝今中興，羣盜掃江外。人民幸蘇息，宇宙還清泰。我幸全活餘，更有屋廬大。豈惟雞犬安，實洽賓朋會。兒曹識艱難，生事警成敗。要知子孫計，但可詩書賴。吾非利名心，須拾青紫芥。所望累葉後，文史同礪帶。

君山九江樓東西數百步各爲小軒東倚楮樹曰楮屋西在竹中曰碧薖退菴有詩請余繼賦

秦皇浩刼年，此樹早蒙酷。雖同書籍焚，幸免大夫辱。落皮眞骨黑，立鐵繡花綠。捫之鱗甲生，尚恐蛟龍縮。人間經幾秦，滄海有翻覆。仙靈此焉藏，地道在其腹。息機忘生理，吐發非所欲。側蒸新紫芝，旁茁古斑竹。有客近逃名，病楮畏天獨。笑學申屠蟠，因君以爲屋。

湘山鬱天秀，窈窕中千阿。題稱古今字，吾說當未訛。余詩說，考槃『碩人之薖』，薖卽古窩字，退菴取之。幽人友木石，意在此君多。此君碧之族，名斑匪殊科。瑟愁帝女泣，碧喜天光摩。愁空喜態出，樂此山之阿。夢見古時士，冠佩紛森羅。口吟雅頌詩，聲韻偕雲和。覺來默自訝，滿耳雷笙歌。永矢弗告人，人知我如何。

謝廖伯吉士維藩**晤余郡城隨至君山再宿乃別贈詩一章答之二首並厚期焉**

翰林儲相材，初官百司右。所處文章優，實資器業厚。前明暨國朝，名輔故多有。華容獨辭職，此事今聞否？吾邑澗偉賢，文襄奇童後。謝子頃高選，推擬邦人口。老生未識君，青眼待來久。乍覯映圭璋，坐窺見山藪。言從三人師，不薄一鄉友。豈爲龍門游，乃辱馬遷走。汝南評敢私，冀北羣空取。他時爛聲烈，榮施及里叟。

軍書代館課，宧徑近已開。君尚滯周南，志不市燕臺。從來有平進，失得誠鄙懷。功名故須有，躁捷諒非才。頃傳關中信，似將席聘來。君自陝來巡撫，劉君孟容欲延余主關中書院，屬君致其言。儒名敢妄竊，聲利實可哀。巴陵有湖壤，歲熟飽婦孩。陳編出新義，快意聊可咍。昨者屬宴談，家具傾私醅。雖堪鼓瓦缶，詎足供金罍。九江一樓借，兩夕千載陪。浩蕩此心期，艱貞起雲雷。

丁卯君山次韻羅念叟來游之作序

劉孟容罷陝撫歸，先以書約郭伯琛，期集岳郡，爲君山游。伯琛亦以前年罷粵撫歸湘也。丁卯四月初，伯琛扯念叟抵岳，遣信要余，孟容亦至，遂偕游以歸，各爲詩記之。念叟詩先寄示，卽次其韻。

君山樓九江，異境實天闢。區中那有此，萬古心眼滌。湘靈若汨纍，往往覿幽魄。自爾意茫茫，莫禁情脈脈。鄙生事因人，來每借船力。常思域外觀，那計泥間跡？芝山足吾採，龜亭假我息。去冬霜落枝，遠興風摧翮。何來屐幾兩，引手强游陟。飄然江東翁，多年望煙碧。拍肩兩飛仙，涎甚酒香瀝。蓬萊澗高會，海水傾別積。未知湘嶺竹，何似蓟邛植？前瞻盡南衡，相望猶北陌。顧茲一螺青，隱映五峯赤。卧廬在何許？莫讓吾山僻。揖別約高秋，斑丈行可歷。高伯陶爲余斑杖作銘。『杖』書作『丈』。我身如孤僧，已到便停錫。浪雲送遙帆，聊謝羽衣客。投瓊賡匪報，自擊巖間石。

哭三男念穀

汝病幾一年，我常慘呻吟。汝亡今半月，悽然傷我心。不爲汝命苦，不爲汝名沈。不爲汝無子，不爲汝遺琴。爲汝運少澀，汝獨無寬襟。使汝腸糾結，令汝病難任。傷哉復傷哉，老淚空淫淫。

軍書資速化，文士競投筆。我意戒貪天，未願汝曹出。幾年苦禁汝，抑塞故多日。近方聽汝行，意謂晚成實。(朿)[束]裝輟疾作，晚景倏西畢。骨不落沙塲，恐此未爲失。傷哉復傷哉，命也吾奚質？

禹陵敬述

恭惟神禹迹，敷奠存九州。東南巖壑美，聖魄此藏幽。塗山合萬玉，會稽上羣(候)[侯]。綿封越王國，末代雄霸謀。到今松柏路，窆石橫蒼虬。漢字久磨滅，題鐫假時流。緬古成平世，聲教無遐陬。峋嶁秘奇刻，荒失在墳邱。南鎮首職方，標紀自文周。想因象鳥化，始與衡岱侔。孤生荆鄙士，九江逾浮舟。探穴史遷後，哨焉幾千秋。防風今卽戮，堯章煥垂休。陵前有康熙、乾隆兩朝御書。盛躅開腐胸，殘生搔白頭。

余前游靈隱未至韜光返自山陰楊君鶴丞趙君果軒復邀與秋樵伯昭星橋再游徑造其上還飲水心亭時戊辰五月十三日

靈隱如故人，韜光乃幽客。故人思再面，幽客竟前席。朅來武林游，頗愧筋力窄。同鄉得二妙，復此振煙策。初程憩冷泉，異境信前歷。便尋題字徑，仰拾梯雲級。靈隱側有門題曰韜光徑。迴峯出深盤，孤光上危壁。西湖落樹底，外有潮江白。神源透仙井，龍子自游覿。吐作金蓮池，寒聲下空寂。緩風趨繫舫，就飲水心碧。歸途更回望，城頭山月夕。

病瘧無錫十餘日起賦

好游在山水，無事矜囂囂。直緣耳目故，頗令膚髮焦。伏秋其病瘧，深屋常所遭。况此小舟中，急汗當炎飇。弭櫂惠山側，品泉方逍遙。那知寒熱作，更迭迷昏朝。匪獨我一身，從士及僕僚。船人亦患此，而我困不聊。幸逢仁戚在，留處細安料。脫病已半月，秋氣方蕭蕭。明當理歸帆，金陵略踐要。便期廬峯頂，五老雲中招。

柈湖詩錄卷之二

七言古體長短句附

短歌

我欲驅車，高陟崑崙。崑崙何所，于彼西垠。南風吹塵，狹路汙人。遠道獨適，嗟誰與陳？

男兒落地有此身，一生慙愧父母恩。天高地厚不可究，念此怵慄心中寒。但知飲食作生活，得非禽鳥猶爲賢？涕淚讀遺書，夜深不能眠。雞聲破朝動，惻愴摧心肝。誰能碌碌不自覺，努力事業非徒然。

種禾不種莠，荑稗生相守。難栽山上松，易植湖旁栁。丈夫千秋萬世心，紛紛俗士爭來誘。驅車策馬將遠行，折取湘蘭動盈手。美人耿耿前路遙，我欲從之肯回首。

拔劍長歎息，小時光景不復識。朝見日升，暮見月出。朝朝暮暮積歲時，到今回思無一日。人生世間無百年，百年電過旋復失。他時老大可憐傷，及爾紅顏勤愛惜。

王質觀棋畫

世間角逐爭後先，似將無盡看百年。豈知蓬萊仙人博游戲，海水一眄成桑田，何不拂衣上拍洪厓肩？畫師神理開毫素，丹青巖壑愁無路。忽然落我爛柯旁，回首蒼蒼但煙霧。左揖兩仙公，右把採樵翁。星辰散棋局，光采搖玲瓏。古來紛紛詫奇跡，宮闕金銀禽獸白。秦皇漢武帝者心，徐福欒大偷兒策。何如敝衣藍縷山谿民，柴肩即是上界身。君不見？風塵世路紛顛倒，落日歸來不可道。荒塚纍纍塞北邙，白頭省識曾孫老。且要山中手談好。

大風作

北風動地寒夜號，飛廉跋扈如天驕。老樹怒爭作龍吼，詎肯偃屈如毫毛？青燈窗戶悄相對，門外撞擊紛喧囂。盤空上徹幾千仞，玉京恍惚聲動搖。建瓴作勢更沸渭，銀河斗落驅波濤。萬物簸蕩將安逃？我今連牆覆高棟，牀上重薦身裘羔。那知他家茅屋破，兒女瑟縮聲嗷嗷。斜穿卧榻涷雨濕，短褐不得誰長袍。男兒意氣高復高，長安列第驅旌旄。蘭臺雌雄宋玉對，詞賦不應徒解嘲。嗚呼！大裘廣厦古人志，於今誰能辦此非吾曹？

檢篋得杰人二兄壬午秋送余鄉試詩淒然泣下賦以述哀

少年得意登高科，倏忽零落將奈何？夜臺寂寞呼不起，何用文章拾青紫。杰人去歲秋賦歸，錦裘快馬生光輝。名花乍開風雨妬，昨日歡喜今日悲。樓中玉笛聲消日，月裏瓊枝香斷時。昔日參差鸞鳳儔，作詩送我長沙游。相期兩鳥翼同舉，誰料一榜身卽休。哀哉雲梯中斷絕，一蹶空山歸不得。夜闌開篋照寒燈，回首人間淚沾臆。

清明日西垣偕張亨衢家弟襄臣過余書齋諧談竟日敘事言懷戲爲長句

風風雨雨清明節，張子毛生來切切。廚裏閑供陸納茶，門前喜有陳平轍。毛生胸中多甲兵，昨日詩戰戈矛横。張子將詩作和解，見我意氣猶未平。可憐肝膽向人盡，平原君去難爲名。吾家惠連才不羈，隨從數子游且嬉。春草池塘吟舊夢，名山雲物愜前期。毛生發狂歌且舞，張子低唱按宫羽。我持玉龍横口吹，差勝雷門持布鼓。人生適意良可懷，浮名俗物何爲哉？不如高卧蓬窗下，日與羊求作往來。君不見？謝安一爲蒼生出，回首東山空昔日。

端午食粽

汨羅一勺寒漣漪，下有千載忠魂悲。鄉人自古致哀弔，楝葉裹粽蟠彩絲。賈誼投書馬遷歎，行人多少痛哭辭？何況長沙父老淚，滴向波流無盡時。恨誰推墮竟沈沒，茫茫求索飲食之。江山蒼涼烟霧暗，波浪噴湧蛟龍移。湘妃鼓瑟水仙出，文魚擁駕靈旗飛。荷衣蘭佩衆香發，瑶席迎薦三閭祠。招魂天問作迎送，曲罷神去天容悲。自從秦漢故事重，豈獨荆楚遺民思？如何今人值佳節，但縱口腹忘前師？此物應關餕餘惠，當年奚啻巷祭私。江頭競渡亦非古，索錢拚命窮水嬉。子推死禁太原火，世間習俗由來癡。當食不覺三歎息，風雨蕭瑟來江湄。

廖胡子歌

廖胡子者桑植人，六十無家只一身，飄蕭白髮湖湘濱。年來嶽麓寄孤啜，細說生平真痛絕。我輩勸之不如脫身入空門，豈知胡子聞言眼怒裂。生可無家室，死可葬無穴，學道一心堅似鐵。轉愁當今天下百姓困苦多，人饑人寒救不得。側聞水旱兵戈事，坐愁行歎無人色。吁嗟乎！讀書不了眞書愚，世間萬事豈關渠。有何才技與人殊，廟堂自有公卿謨。唐衢之哭哭〔一〕到死，怪爾哀哀廖胡子。

【校】

〔一〕後『哭』字底本無，據旁校加。

昭山

昭王南游不到此，昭潭之說荒唐矣。當時荆郢盡荒服，此地羣蠻雜居耳。連山曡秀嶷衡來，湘流一（束）〔東〕清波迴，雄風獨開大楚國。屈平放逐離騷才，至今扁舟覽奇勝。湖南千里無浮埃，屈潭之名傳者眞。昭山昭潭豈其倫，芊宗大族聊可數。不知居者爲何人？江山蒼涼古形色，富貴無聞久磨滅。猶傳姓氏落人間，擊棹風前長歎息。

觀麥塲河南道上作

邨邨家家姑婦芒，田中小麥齊割黃。火風熱日乾我塲，短箠觳觫碾斜陽。新收料應無舊荒，野雀啄粒飛道旁。行人有錢盈一囊，到店惟聞炊餅香。

銅盤迎神樂歌序

銅盤神，巴陵志所稱『錢塘君』者，事出小說。銅盤，湖名，在縣南九十里，水經注作『同柈』。洞庭旁之小湖，水盛則合於洞庭。神，葢湖神也。甚靈應，里人事之甚虔，春秋迎而禱焉。余因作此歌。

蘇鉦荊爆破雲熱，蘭洲蹙浪跳春雪。寒陰鱗起黑龍文，靈飇趨送錢塘君。神羊飽齧東湖草，青津噴灑紅塵道。山邊嬌鳥學鳴騶，屋外濃桑擎翠葆。野薦羅筵八尺長，肥雞大豕燒粱香。环珓墮地晴日光，布穀飛啼生早秧。

禽言二首序

小疾多卧枕上，鳥啼，聊爲禽言二章，一葢有感而云；一以戲西垣子也。

割麥插禾，禾秧綠未齊，麥線黄未多。田家兒郎日奔波，忙中用爾催促何？今時縣中官府不勸農，嗟爾小鳥何爲朝朝暮暮叫東風。

不如歸去，此閒無遠客。汝語向誰處？惟有毛先生。廿里離家住，苦遭文字縛，何暇將汝顧？得意功名逐便來，卿家娘子教喚回。

西垣怪僕久不作詩因戲之卽索觀所爲時文

憶昔上章攝提格，春風戰詩挺雙戟。隔山郵筒汗走僕，西南倡和成一冊。鶯花侮弄天不容，魚筍酣饕神所謫。竟爾勾將憂患來，使酒論文果何益？爾來刺促走名場，唐風宋派任教荒。屈指辛壬又癸甲，禹功未了黄河黄。今茲鄉試事要緊，君知何等是文章？且令八股戰無敵，莫犯五言城尚長。來人有索君勿畏，但問且夫與嘗謂。

黄鶴樓

我家岳陽鄉土樂，縹緲飛樓郡西郭。雄觀已盡天下奇，快意今朝上黄鶴。江流呑漢抱城斜，城郭春煙十萬家。北去莫論天近遠，舉頭紅日是京華。

李東坪同年生日值寒食邀余作詩歌以贈之

李三年少髯絕倫，鄴下黄鬚安足云？抵掌坐談王霸業，亦舉進士攻時文。前年落第不得志，旅食京華好生事。詩卷猶堪乞米囊，皋比只當傭書吏。策成可惜無常何，賦就惟思覓楊意。今年遲我入都來，相逢一笑眉眼開。謂言寒食已生日，乞與作詩酬一杯。東華門外飛黄埃，五侯甲第高崔巍。身非樓護那得入，與子去上黄金臺。男兒要爲丈夫子，詎肯蹇劣如駑駘。事業千秋匪易耳，遭逢一旦何難哉？李三拔劍斫地歌莫哀，我能拔爾抑塞磊落之奇才。

苦水舖

苦水舖，甜水舖。甜苦兩名殊，行人怪其故。道旁老翁微笑言，請君自家心上論。來時進京爭狀元，出手風雲如等閑。歸時執熱汗流體，滿面塵堆何處洗？君試思量君自知，甜水來時歸苦水。

黄栗留歌

黄栗留，看我麥，桑葚熟。桑葚熟時河北行，狂風吹塵塵海傾。食葚使我雙眼明，坐念古謠心自驚。庄家男婦催割麥，麥枯穗短空顆白，黄鸝無聲送行客。鄉關路遠訛言多，路有虎狼當奈何？

送樹堂五弟入都游太學卽東西垣子

天下車書集京國，走馬紅塵爭氣色。樹堂平昔若處女，忽作燕游亦奇特。前年細寫九州圖，區府宅縣量道途。故知功名意難料，不是三家村裏儒。石經之碑觀鴻都，太學學者三千徒。賃春都養幾人在？偉節林宗何代無？結交意氣竟須講，雅士風骨尋常殊。漕船銜尾洞庭岸，楚水吳山遞迎換。江南風物是佳鄉，吾弟清才足揮翰。北行那辭塵土勞，旅食都門當自聊。邸中好伴西垣子，莫作天涯歸夢遥。

寄家芸臺兄

湘陰男子四海豪，意氣雄放傾秋濤。行年四十頭欲白，落魄江湖安所遭？憶昔嶽麓識君時，奇君呼作大耳兒。少年羣輩不挂眼，吾宗一望低人眉。爾時狂生人却走，意中曾謂吾何有？後來定交歲辛卯，當場作合好歐九。相將呼嘯生風雲，每到聞雞舞夜分。著文早摩劉向壘，投筆擬策班超勳。科第紛紛等兒戲，一紙書取安足云？時命當窮石難轉，蹉跎鄉里長貧賤。計數離羣十二年，中間幾度悲相見。我有同胞弟最賢，共君出入相後先。長沙卧病君亦在，審候醫藥何纏綿？弟死余悲意已矣，斷雁叫天呼不起。君亦遭離何恃哀，南游那復求榮仕？前歲庚子之孟冬，會城與君欣一逢。澧陽郭靑亦來到，酣歌夜飲連晨鐘。去冬吾州又獲面，因緣過我再宿從。聯牀對燭話不盡，别泪凄涼寒雨中。於今消息未知處，可能收拾浮萍蹤。人生萬事興欲慵，手摩髀肉心尚雄。公孫容貌晚絕麗，馬周火色終騰空。余當爲君勉追逐，雲霄他日蛇作龍。長吟今昔氣慷慨，欲寄且俟南飛鴻。

凱旋宴

凱旋宴，將軍平洋回，大官喜相見。肥羊千頭酒萬斛，徵優遝舞笙歌院。營卒頂戴狀虎豹，雜職鴉翎氣雷電。借問將軍功，此番經幾戰？鬼子殺盡未？海疆後無變？道旁老翁微笑言：將軍此功直金高南山。洋兒礮太猛，駭縮將軍頸。刀鎗雖可敵，不及白金餅。直須與他四百二十萬，洋兒歡喜城不打。可憐廣東人，氣結不得伸。田廬焚刼婦女辱，自起鄉兵殺一巡。豈知將軍下令不許戰，壞我和議罪爾民。倒旗投仗放聲哭，嶺南暗慘天無晨。將軍此金竟何出，大商搜括富戶貧。請君此語勿多道，狹路恐遭官長嗔。

聞洋寇陷鎮江書事

洋奴奔鯨尾橫掣，閩廣摧殘又江浙。高船駕山海水飛，巨礮轟天城壁裂。已見明州地絕煙，旋聞乍浦波流血。鎮江北固古雄州，金焦猛峙雙鼇頭。一朝失聲鐵甕破，萬里橫截銀河流。漕艘阻塞誠可慮，建業危迫能無憂？將軍胆落那堪戰？文儒舌縮誰與謀？此寇狓猖乃至爾，前明倭患猶少瘳。我聞古人兵法備，無過敵勇與鬭智。自從火器外洋來，弓矢戈矛皆可棄。何況此奴狡獪多，逞弄機關毒橫肆。雖然氣勝兵則雄，區區巧技會當窮。不見鄉民弱身手，往往怒擊成奇功。天下承平將才乏，軍威弛慢兒戲同。如聞京營官健惡，暴索蘇郡機杼空。似此眞愁駭鳥獸，何由可使如貔熊。師征幾年賊氣長，桀驁似欲無江東。腐生幽憂發深喟，慘澹秋野號悲風。

同孫由菴山園看菊示兒姪

山園爛熳多菊花，黃白紅紫紛可誇。秋風努力奪春事，異種各出爭奇葩。雖然美豔色傾國，一一靜正無妖邪。淵明嗜菊有深癖，風味終古推陶家。當時花奇未必爾，尚肯漉酒拌烏紗。我今胡爲惜杯盞，不與大醉花應嗟。前年西山種香國，亂裁遍地如蓺麻。黃泉我弟委花去，花亦痛死無萌芽。由菴好事乞鄰舍，鋤荒擁糞親手爬。弟子森森出頭角，文章粲粲披雲霞。羨君提攜出造化，一例培養功所加。呼兒讀書相黽勉，汝曹勿煩催鼓撾。

我年行

我年今年卅又八，飛霜日夜變頭髮。旁人見怪兒童驚，使我嘆息煩憂生。我憂不爲貪年壽，人生何必百年久？東家昨喪綠鬢郎，西舍長存白鬚叟。所悲平生意氣豪，夔龍堯舜猶未遭。人間萬事要人了，忍令少俊欺顛毛。黑頭江揔安足云，老子著脚風雲分。酒酣莫作衝冠怒，八十鷹揚會策勳。

高麗書箋歌

高麗綿紙世所珍，瑩肌密理耐久陳。冊頁烏欄宜小字，京都價貴乞書人。今之信箋我未見，寬幅窄疊式樣新。西翁惠意重錦段，恨我書拙草隸眞。抽毫濡墨手交戰，反覆摩挲空數巡。爲君作歌答君貺，感慨猝發非無因。我聞海東島間國，朝鮮往往能好文。采風每見使臣作，市物偏知書籍親。今時朝貢絕恭順，屬國直可郡縣隣。人參動充藥賈店，客邸不驚街路塵。茲箋勝品蚕繭比，倘灑妙翰垂千春。可憐西洋鬼奴國，但有機械無人倫。毒煙波流溟渤暗，猛礮聲裂天地震。頗聞書移絕堪笑，鶺鴒學語舌未伸。儒風焉知慕華夏，文事不曉眞介鱗。普天無外皆皇民，愚智相去理未均。願書此紙作飛檄，諭爾頑狂侵畔臣。

小琵琶行

垂楊亂撲塵沙地，北州倦客仍愁思。天涯一夕費情腸，經年不浣征衫泪。誰歟客者西家毛，去歲南歸道中事。同行得伴忘苦辛，紫薇翩翩張舍人。舍人豪邁故絕倫，黃金未惜買青春。當筵試喚琵琶婦，中有一妹年十九。謂言汝似解風情，今宵借勸毛君酒。雪花一曲寒無那，深杯放手曹騰臥。半夜燈花爆竹聲，驚見牀頭美人坐。整衣旋起略溫存，今夕聊陪長者言。嬌鶯幸是不驚打，倩女乍覺收離魂？低言問客言半聞，客容無猛宜甚文。向在京城作何事，似有失意愁如雲？聞言不覺歎聲長，此來五載離家鄉。下第無錢作歸計，依人寄硯仍他方。京城車馬貴人場，眼中誰信人才强？文章只讓翰林好，意氣無如舉子涼。蛾眉雖工妾命薄，見卿未免心憐傷。貴家宅眷卿詎識，夫壻三十侍中郎。靈橋夜夜駕烏鵲，方池旦旦眠鴛鴦。侍兒俊俏亦無比，塗抹欲學夫人粧。落花隨風亦何常？恨不飄墮繡茵旁。店前賣歌店後酒，看卿與我同低昂。語猶未了泪交續，美人滚滚秋波目。相看只顧盡情悲，幾載酸吞放聲哭。隔房舍人偏怪驚，急起分張促征軸。歸來書館舊生涯，昨夜西風髩有華。憔悴江州白司馬，我今替賦小琵琶。

曉岑寄示令子韶郎所爲文賦甚俊偉不凡欣然賦此並寄勉焉

壬辰晚秋客湘潭，歐家阿韶吾所諳。眉眼分明意態傑，父風知得十二三。昨來乃翁寄文字，韶郎矯健出人意。觀其下筆不作難，眼見崢嶸一生事。馬中驥子生絕塵，渥洼奇種非凡倫。生兒亞次那可羨，一歎自覺心情眞。湖南達者前幾人？四海盡說滄洲陳。人物風流勝他縣，後來看汝上麒麟。

甲辰都下畱別春潭伯喬兩弟

蘆溝橋上行塵起，蘆溝橋下惟流水。明朝相送至蘆溝，二子且畱吾去矣。昔年意氣來上京，赤手欲攫公與卿。已經三戰輒連敗，自顧一生何所成？匡時宇宙要有人，山林骨相原吾眞。田歌社酒自爲樂，澗草巖花未是貧。洞庭眼前煙水足，願買南津湖一曲。結茅作屋具船遊，有魚可羹書可讀。二子努力干聖朝，豈宜從我分漁樵。臨岐莫作可憐狀，看我新詩似解嘲。

新鄭城北道旁有碑題云宋太師歐陽文忠公之墓墓在旌賢鄉距此西二十餘里碑側有小菴僧亦歐氏子余與曉岑訪之因爲長句敘其事

歐公宋代儒者先，正色浩氣今千年。文章揖讓自多態，未礙風骨高摩天。夷陵早謫不自憐，斥奸扶忠性所便。旋居諫院踐清要，並韓范富稱四賢。是時慶歷盛天子，恭儉仁愛無間然。貞邪雜揉法令弛，以寬爲政其害偏。公時奏章甚激切，彈射權貴張直弦。閭閻羣盜有竊發，西北二虜仍窺邊。廟堂已上太平頌，公獨惕惕煩憂煎。晚登政府望逾重，橫得奇謗名終全。平生二亭寄神致，老傍五物歸林泉。是爲磊落天下傑，亦復瀟灑人中仙。我來下馬向新鄭，道碑城北題荒阡。旌賢之鄉地差遠，西望落日橫蒼煙。車中連日讀公集，到此感慨何窮焉。曉岑况是吉州裔，松楸遙代增畱連。茅菴老僧亦歐派，從問子姓經幾傳。尚餘村氓六七戶，世居墓下耕祠前。嗚呼！後代仰公星斗懸，光流彩被彌垓埏。韓前蘇後豈殊轍，曾續王賡詎比肩？學公文字有本末，毋爲風度矜翩翩。

郡南呂仙亭感舊示郭建林及方道人

君山洞庭壯吾州，雄觀何止稱西樓。城南亭子最高處，滬湖雲嶺清人眸。平生愛向亭下游，故人從我如相求。昨者我來君恰到，良會一笑非人謀。燈前檢點舊詩句，猛覺回頭二十秋。眼前風景略皆似，惟有道人非昔流。豈獨道人非昔流，我昔少年今白頭。近憐老方解人意，不愛丹經愛酒籌。古來神仙竟誰是？大半荒唐誤人耳。吕翁騎鶴去無還，可信蓬萊有生死。我言能酒便能仙，苦鍊形軀亦枉然。請君共我開懷飲，爛醉亭前盡百年。

故同年陳太霞遺詩

太霞狷者胸渭清，餓死不啜塵土羹。平生詞場袖手看，身後草出親朋驚。昔余丙申旋自京，迢迢襄漢同舟行。看君眼光少餘子，顧我似獨微青横。酒酣語深輒復止，余亦知君未可輕。別來幾何音問絕？奈何一病已不生。病中作詩詩苦好，濟洹之泣瓊瑰盈。嗟哉人生何爲爾？當時恨不肝膽傾。夜燈一讀一歎息，想君魂魄猶崢嶸。

王立生望海圖

海山孤樹披天風，滄波疾捲昏霾空。夫君獨立意横絕，眼色欲過扶桑東。君家浙東來楚游，飽吞九百雲夢秋。畫圖咫尺復寫此，逸興似欲凌十洲。浮槎可乘遠可到，胡爲凝望神轉愁。十年海氛壯士羞，鯨魚噴沫吹横流。欲持快劍斫鯨盡，長鬐潛遁且復休。蓬萊羣仙貪散漫，浪轉三山渠自由。金宫銀闕事酣晏，但能引却行客舟。可憐精衛苦銜石，微禽秉性誰得尤？我今行歌楚江側，坐對海圖思海國。因君試共展雙眸，日落長沙遠天色。

贈湯浯菴

浯菴丈人箋禮經，昏豁萬古瑩列星。昔賢講學頗多事，紫陽可作猶能聽。平生餘事天趣爲，三絕鄭虔稱畫師。老病未教清興滅，湘山寫盡更題詩。

瓦雀行

瓦雀趯趯嬉簷風，胡爲見羂蛛網中。蛛思弋飛驟駭此，抛絲急欲加纏蒙。我方見之笑復歎，二蟲得失意外同。雀非張羅自罹患，蛛苦倖獲難爲功。舉竿解紛亦聊爾，仇蛛恩雀吾何庸？

李烈婦楊氏序

烈婦楊氏，名青鳳，故余從姪婦之婢也。嫁爲秀才李某妻，逾七月，李病死。既百日，烈婦祭，而盡日哭之，自縊死。余既爲之書其事，復詩以嘆之。

芳蓮吐水泥池清，李家烈婦何英英？前年親見雜諸婢，忽聞一死如雷轟。生身落窮賤，善心惟婉孌。嫁作士人妻，乍可新昏宴。人間薄命等閑死，此女那能賢至此？嫁纔七月夫亡矣，葬夫已畢立後子。百日祭夫哭聲止，素絲寂寂花容萎。誓言相從病危殆，從容身赴黃泉裏。嗟哉！烈婦令我驚且傷，眼中弱穉爭三光。君山帝子淚生竹，斑管飛題名姓香。

雨水歎

六月沈沈雨不止，晝寒蕭颯窮秋似。湖波日夜沒山來，奪取深邨入湖裏。良田畝值二萬錢，眼看田上撐過船。人家倚山新作屋，於今走向山頭哭。往聞乾隆歲戊申，湖水漲大無比倫。蜀江西堤忽暴決，橫殺十萬荊州民。今茲甲子周六十，恐是運數循環因。不然雨水生萬物，天公胡此爲不仁？秋來裁得三日晴，惡風捲地昏霾橫。太陽藏匿不肯見，愁霖相續無停聲。山田有禾刈不得，秋穀盡作春秧生。刈歸火熯亦作計，柴薪又絕將何營？近湖作湖猶自可，山中變湖真殺我。堯年洪水方阻飢，后稷教稼徒爾爲。昨夜雨勢仍翻盆，東山飢蛟攪地奔。吾居閭里幸未沒，人間顛倒安可論。

長沙晤方桐薌丈時余當赴任瀏陽方自東安學官保舉入京

孫宏六十始對策，老桐視之猶少年。儒官尺水不足活，變化萬里思鵬鶱。公來我去此相逢，冷熱心情一笑中。更進蓿盤窮夜飲，酣歌與唱大江東。

三月三日游二賢祠下序

二賢祠，在瀏陽學署後山右地，祀宋待制楊文靖公，元翰林承旨歐陽文公。文靖紹聖間爲瀏令，文公則瀏產也。諸生歐陽左星，文公之裔，教讀祠旁。余坐其齋中良久，風日清霽，花木可悅，亦庶幾茲辰之適也。

今日三日天放春，風暄氣霽宜游人。試登高處望城邑，瀏水委折山嶙峋。靈祠窈然花木裏，旁有書舍筆硯陳。書聲乍止出窺客，二三童子眉眼親。龜山昔曾令茲邑，寒泉尚薦桐鄉民。豈惟善政紀遺愛，亦以名儒高等倫。朔元歐陽此人傑，地氣一洩生鳳麟。裔孫未嫌華冑遠，故宅已失流傳眞。我今儒官此匏繫，友士未足思尚論。惜哉吾才自荒劣，兩公千載爲芳隣。名賢風流世不墜，古事傳記談猶新。蘭亭陳迹未須概，賞心聊欲窮茲辰。

路仰翬少府去任惠糟蟹爲别以自造小酒答之因送其行

酒人嗜蟹自畢卓，左手一生殊爾豪。我官儒酸厭苜蓿，乃辱珍惠容餔糟。錢塘禦寇似堪願，惜君去此無繾綣。破慳漉酒贈君行，吏部與君同此情。

同李香洲游道吾山

我懷訪勝來瀏上，道吾名高心所向。去之城北廿里餘，而何兩年徒跂望？眼前可到計長緩，朋輩尤孤約難償。今朝徑喚兩兜輿，邂逅與君聊一放。初看矗立衹橫峯，恨少奇觀連疊嶂。近山稍見合沓門，攀蹬俄驚杳幽狀。泉號湍落遠可聞，松引危懸近知狀。彌高屢仰意始愁，極折未窮神更王。豈知雙崖中徑開，天半走入桃源來。田疇塢谷四通列，峯巒溪澗周縈廻。我身忽如在平地，適來登頓何有哉？吁嗟此是造化窟，世人漫擬青蓮臺。此山初開自唐代，禪宗彼法爲渠魁。當時殿閣想金碧，廢興千載令人哀。問僧讀碑了非古，一亭久已虛名裴。龍宮神物獨長在，往往請禱興風雷。君常嗜古識奇跡，欲事搜尋鏤金石。湘南奇秀如此無，淪落窮鄉殊可惜。我云天地秘密機，上動星文下泉脈。似將深護此名山，未許尋常輕蠟屐。古來遭遇信無端，山水何曾異今昔。唐宗入夢會有時，夜閃金鱗滿空赤。

思歸吟

男兒生當督八州，手提斗印封公侯。不爾扁舟漁父棹，一竿入海釣十洲。安能屈作儒酸子，閉置空齋窮欲死。我家岳陽洞庭上，浸天綠水浮春漲。昨夜烟波入夢魂，聳身飛上西樓望。百年萬事與心違，富貴神仙料盡非。白髮生愁愁更白，家幸有田胡不歸？

袁省齋院長長句贈別酬之

人生尋常笑相遇，臨別難忘是眞處。君今送我我送君，各自徘徊惜前去。時余候代，省齋先歸長沙。我昨辭官幸偶然，有如順流繫歸船。一朝便風急解纜，得不酌酒賀長年？聞君高歌調高絕，感君義重千金別。卻恨從前未盡懷，他時倘醉湖邊月。

別黎誠齋孝廉定矣

誠齊爲人信誠者，敝衣曳履翛然也。我亦平生畏修飾，朅來與子同其野。兩郎宗瀛、仲翔。不自教作文，卻令從我請業勤。佳珍累餽辭不得，心知慚負口難云。君常善病故罕出，家僮隔川動相聞。炎天披綮走過舍，縱談急論如當軍。兒童走窺僮僕怪，怪此羸叟雄骨筋。世間古直嗟已少，氣概都奕非超羣。昔年相識自嶽麓，旋在京師共塲屋。前時歡笑故人來，今此余歸君恨速。予家近住洞庭灣，東望不見道吾山。衹君門外清瀏水，流在平湖浩蕩閒。

張卽山司馬嗣康浯溪訪碑圖

昔曾榻得中興碑，摩挲心眼嗟迷離。次山文章魯公筆，千歲剝蝕精未虧。想見浯溪絕壁下，波光浮動生蛟螭。惜哉後賢誤讀此，乃以盛頌蒙貶譏。張侯訪古勞不辭，圖寫楚游茲段奇。峋嶁禹跡久茫昧，吾欲從公探會稽。

與西垣同宿岳陽樓上酒後成長短句并示冬谷道人

我昨瀏陽作學官，飲酒酣睡俱所安。惟恨醒時欲走無處向，旋轉屋内墻壁不得寬。又恨當杯雖醉乃未快，眼中伴對人，實難爲此急。歸來脱身何疑哉？江湖浩蕩舊家宅，白鷗相見猶無猜。何況今茲共君裹被宿樓上，道人老方嗜酒同疎放。萬千氣象晝夜一欄前，不知仙人游戲蓬萊復何狀？莫生世外心，且作世中語。擺落一切緣，神仙或吾許。道人間樓置小窠，强眠二客餘無多。蛟龍半夜驚風雨，奈此樓中客夢何？

邵陽黑田驛有枯杉二株宋陳簡齋先生寓邵時所嘗題詠也南邨鄧先生考識得之護以亭欄盛爲詩倡和成巨冊仲子仲權孝廉來瀏陽見示且索詩即同仲權韻

枯杉不朽矗荒驛，古賢風流渠面識。南村先生喜得之，奇異欲比岣嶁石。我聞思人愛其樹，杜老曾歌武侯柏。此杉如見簡齋翁，故與鋪張兼辨析。騷人精魂久畱寄，神物仰視誰敢逼？豈惟閲世飽風霜，亦恐晴空飛霹靂。先生文章今代雄，老矣登壇猶拔戟。詩家臭味固相感，對此高歌情不極。建炎歷載今七百，官道行人幾千億。誰知邵州落窮山，有此寓公足佳客。當時避地來去間，兩篇應題在亭壁。已無人識草堂基，但有詩存浣花格。斧斤何幸赦雙株，梁棟無煩用千尺。蠻鄉煙雨蔽虧深，遠與高賢護行跡。乃今大放瓊琚辭，一朝洗此生鐵色。從來桑梓必敬恭，况如茲樹尤可惜。甘棠勿剪又勿拜，重是召伯之所息。地書南國語或妄，近事推尋差易得。懷澤元知衆庶心，表徽亦是吾徒責。不然流俗轉滋蔓，坐令芳踪委叢棘。我讀沅湘耆舊編，鄉邦名輩集詞墨。太息從前好事無，先生宜爲主盟伯。古杉作歌猶此情，累累千言自當直。南州文獻獨賴存，平生幾許搜尋力。仲子小皋如小坡，其才清奇貌溫澤。瀏陽相訪出巨軸，蘇家俯韻今猶昔。歐陽楚國即瀏産，文字頗已遭蟫食。昨持新刻惠遺我，讀之但恐增余癖。資江峽繞著書廬，書紙十屋當可塞。和歌聊寄瞻想懷，逐韻長篇未辭迫。

鄒芝山湘僩孝廉野鶩山居圖

野鶩山連首望麓，右軍書勢山頸曲。鄒子先人屋其下，門戶遠映資江綠。君居此間貧讀書，著詩千篇家具足。天涯隨計走聲名，生恐移文到深谷。畫圖收置枕頭眠，煙樹層層夢中熟。栟邊幾日別啼鶯，蕉下何時失藏鹿。當歸未寄先自知，息壤在彼誰敢黷？都門示我乞題詩，同是離家苦棖觸。我家洞庭湖上邨，湖光倒影明山木。今年失計附北帆，迫暑深愁轉南轂。湖山想在畫不得，楚燕地遠無由縮。近聞盜賊走踰嶺，勢動蛟鼉浪翻陸。鄉書不達日夜悲，井里能無擾耕牧。何時君歸謂我俱，收取家山入雙目。但令長作太平民，君是野鶩吾野鶩。

西垣就館即墨送之

老來戰文苦自壯，伏波據鞍同一量。倒戈失意轉奔驅，跕跕飛鳶五溪上。齊年相看若臨鏡，白髮衰翁愁面向。今朝却要舍我去，各身已隻何由兩。客中送客古所悲，況我與君今別離。窮山僻海無相伴，孤館殘燈更對誰？銜塵觸熱復何道，平生四方拾行稿。走窮天地使眼寬，弔盡英雄得詩好。田單古來眞丈夫，火牛一縱燕師無。憑將深計收齊國，坐使奇才困望諸？時危壯士思荷殳，粵嶺狂盜稽天誅。君行即墨荒城裏，慷慨應懷良將圖。

黃澂卿光祿兆麟江舟詠古圖序

曩乙巳歲，西垣毛子自秦入蜀，道經定軍山武侯墓祠下，從僧人所得銅蒺藜一枚，云耕者出之土中。丁未之夏，善化黃澂卿光祿，時以翰林假歸，與西垣同舟，嘉魚江中出觀之，圖詠其事。壬子六月，光祿典試福建，臨行出圖，屬題此詩。

嘉魚江近古赤壁，孫劉共掃曹瞞迹。扁舟坐嘯周郎風，高詠却懷諸葛公。生銅土花蝕角岐，定軍山前耕出之。埋從丞相隕星日，得自詩人入蜀時。青天月色忽異狀，漢家赤火騰千丈。風流太史豫章孫，灑筆高歌最神王。仲達生爲巾幗人，汗流疾走塹且嗔。惜哉事出意料外，不及布置殲逃軍。太史幾年官列卿，使旌今向八閩行。干戈在眼論文事，會訪機權與策兵。

伯魯窗外新種竹忽茁一笋異常賦詩索和次原韻

舒侯生貴鄙食肉，宜與此君卧北牕。種植造化端在手，如老可墨隨筆長。眼中前日摩頂翠，曉來過屋出人意。本無心與凡草競，直上青霄天不忌。君不見？衛風、淇澳武公詩，想似有斐神不離。又不見？涪翁詩中善狀畫，咫尺蒼莽語奇快。知君懷抱非碌碌，放可彌天攬盈掬。偶然落筆論千年，不免驟居兒子前。此君淵中有空谷，免冠到老不曾秃。託根雖近蓄苞深，我能皮相歲寒心。

苦雨行

燕山今年無六月，淫霖浮波浸城闕。陽烏空有烈火輪，濕雲遏空不令發。牆傾屋倒家戶驚，孤鳴鬼嘯如有聲。九衢暗慘萬眾慄，高車沒馬非人行。有狂欲叫天閽訴天帝，力請亟誅豐隆罪屏翳。吁嗟近日風伯土囊閉，無復敢作掃地掀天勢。我思陽精爍爍萬古光，陰邪下聚其上終無傷。會看焦灼到雲雨，朗照四維乾九土。

聞賊行

聞賊破道州，急急不得安。聞賊住道州，徐徐心且寬。我知賊勢欲何所，但覺五内蘇驚肝。嗟哉我輩求官在京亦如此，何況湖南省中諸大官？

贈邵位西員外懿辰即題其詩集兼索所著古文

十年江湖變須髮，夢想京師豪俊窟。心知落落數公賢，今代風流未消歇。宣城梅叟老文理，吾鄉曾子近奇崛。餘惟一面記識君，意度雄偉神清發。自憐感激棄儒官，豈望聲名動金闕。相逢一笑塵土外，未把文章當脩謁。極知名重可無驚，尤喜才高能不伐？平生閉門所造車，尺寸多差懼顛蹶。思窺大匠繩墨陳，轂輻廣長到輗軏。前者乞君詩卷歸，坐讀卧觀已逾月。九天直落走風霆，萬里飛行盡溟渤。昌黎氣盛遺詞豪，坡涪語妙清入骨。亦工排比組織能，未覺恢張文句兀。力無弗逮態紆徐，趣每有餘想超忽。郎官樞直途最優，志士秋悲意如罰。錢塘潮落海門空，往往烟波夢桴筏。昔賢度世胸次高，富貴功名視黔刖。稍餘嗜好未消除，遂有篇章爭鬱勃。君尤達學善古辭，積爲敘論及碑碣。屢求不出竟爲何，豈我非人當咄咄？

老驥行

老驥一鳴萬瘖起，給事封章滿人耳。驕王膽落貴卿啼，白日雷霆動天子。風聞奏事言官制，臣職所爲誰指使？嗚呼！指使豈無人？向聞竊議街巷民。

聞粵賊圍攻長沙

大軍雄壓衡湘首，賊徒竟繞諸城後。萬狼一夜走長沙，湖南羣盜蜂午衙。長沙城頭礮聲裂，巴陵湖波沸湯熱。燕山孤客仰天悲，國恨家仇眼中血。雖然賊計大不量，高城豈不如堵墻？誰當卷甲疾趨至，殺賊舊聞徐摠制。

李皋門大令鏡瀛令密雲以事至京信宿寓中要余以重九間至其縣期游觀白龍潭古北口諸勝壯余未竟行意未嘗不勃然也先賦長句

鄉居會疎客游密，平生京洛風塵日。邸館猶然得此時，頭白相逢問衰疾。君今作官令畿縣，手抱儒書理刀筆。頗聞密雲幾萬家，各有神明在其室。薊門大帥武不文，請說論語驚未聞。提督陳公金綬，以君儒者，每見，請爲說論語，甚敬禮之。皇圖古北舊邊口，士馬氣肅繁雲屯。秋燈半夜吐寒餤，被酒深談舞雄劍。潭城蟻賊鼓長圍，離亂家園可無念？書生力弱知奈何，但有憤悒能悲歌。看君挺身腰尚壯，豈不有意先荷戈。白龍潭邊秋色多，萬山頑石爭嵯峨。黃菊花開約我去，落帽風前騎蹇騾。

釣船謠

漁翁漁婦百不憂，婦能盪槳夫放鈎。斜陽曲岸轉船頭，船中有兒啼嚶嚶。朝來拔杙牽繩收，大魚小魚若跳投。東湖西湖隨去留，水田不荒勝稻疇。兒長娶婦當何謀，添買一船家事休。

黃君歌贈黃特軒序

特軒黃君，名森，例貢生，湘陰人。居長樂鄉，善治生致富。性頗異人，人呼爲黃古董。甲寅春，余避地湘陰、平江間，過黃君，與語，愛其有意度。已而，賊千餘據岑川，去長樂五十里。聞長樂倡團練，以四百人往犯，盡爲所殺。少脱者，賊還聚巴陵之新墻。追至，遂破散。今夏六月，賊復大躪巴陵，聲言必攻長樂，雪前憾。未至三十里，聞礮發，炊熟矣，不及食而走。余家寓平江之寺洞，實倚長樂爲外蔽，亦數與黃君家往來，因歌以贈之。

黃君不能持鎗躍馬衝賊圍，又不能如書生抵掌談兵機。但聞黃君軍出聲一礮，百里道上脱棄紅巾衣。入舍炊已熟，賊走無一遺。團軍解衣坐，飽厭雞豕肥。巴陵六月腥風寒，禾田死人烏啄殘。賊來所過盡焚殺，叫呼南走長樂團，黃君何術能碎賊膽肝？去年事烈烈，一戰千賊滅。黃君身佩刀，未汙賊頭血。君能慷慨捐家錢，君能料賊計畫全。我當拜君君莫起，願得全家託君里。

丙辰寄熊秋白紹庚民部

平生西垣談老秋，傾倒肝膽無與儔。郡中俊爽有王子，劇健不復憂白頭。數君聯翩好兄弟，余亦間厠爲輩流。王子連姻城郭近，秋兄接席京華游。十年人事一朝變，兵馬紛騰滿江甸。西垣死去如遁逃，離亂生人復相見。意氣猶看王子豪，勳名恐被秋兄先。可憐半夜舞荒雞，那識寒冬集飛霰。君先過我舊草堂，轉眼嗟餘瓦礫塲。已爲妻孥悲走徙，猶關故舊愴淪亡。幾年君亦厭家鄉，繫班仍起趨曹郎。我有慘懷無處訴，開緘聊欲一同傷。

節烈錢氏殉難詩序

長沙陳爐青洪鈞同年，官新田教諭，俸滿趨省下，挈眷歸。行至桂陽州松木墟遇賊，執教諭，將殺之，繼室錢孺人遽棄幼子，前請代。賊不許，錢遂赴水死。已而，教諭及其家人卒得脱，以孺人喪歸葬。咸豐四年十一月事也。六年十月，余遇爐青長沙，聞而爲之詩。

長沙城旁逢老友，十載別顔驚執手。兵亂音蹤兩未聞，各訊室家尚安否？我方訴説焚洗愁，君更忍泪難出口。聽得悲酸復奇詫，節烈中閨幾曾有？新田學博脱儒衣，提兵却賊城解圍。鄉山相望戰未了，官俸幸滿家須歸。擔肩蕭條桂陽路，紅巾嘯突前山霧。君方遭執義無生，妻乞代夫賊不顧。代夫夫免許捐身，夫不得代身成仁。權行經守倉卒畢，碧塘野水無驚塵。松木之墟天慘惻，君竟生還恨何極？寒牀霜月返靈魂，深夜小兒啼乳食。由來大節決計成，泰山初似鴻毛輕。英雄濡忍多可惜，南八死耳千秋名。我詩今爲烈女頌，孺人卓矣君毋痛。

何愨菴銓外兄壽詩

漢有高人仲長子，不慕王公慕閑士。良田廣宅臨清流，吉日烹羊奉甘旨。亦聞平生馬少游，身騎款段行復休。平生鄉里良不惡，伏波誤矣貪封侯。愨菴之居洞庭南，青草碧引瀟湘涵。朝餐湖魚膾白雪，晚飲臘酒傾黄柑。座中賓客常四五，傭隸班分治田圃。男長持家少讀書，膝下諸孫眉秀嫵。吾家前後隔洲浦，姻連舊新親胏附。白頭正好從公游，奈何動地鳴鉦鼓。今年春雨長沙城，市頭沽酒談深更。歎我無棲家泛泊，看君雖老神崢嶸。計數朋儕嗟落木，昔時歡會今傷情。湖山動搖魚鳥駭，亟搔短髮思清平。昨者鄉人報秋熟，鼠狼不憂雞飽粟。父老提壺謁壽翁，翁亦張筵集鄰曲。我聞此語遽欣然，呼兒商量歸買船。老妻迫爲阿兄喜，婦謁姑行拜爺前。人生快意稱神仙，功名且推新少年。願得從容跨黄犢，度阡越陌長周旋。

興國方子白翊元學博自豫章來長沙過訪敝寓談竟日別去殷勤以後會爲念時興國兵警粗緩子白亟歸省母因送其行

武昌城頭漢軍幟，江州戰鼓聲猶亟。方君幾日來長沙，暑月歸舟向興國。兵戈不見老萊衣，杜陵所歎今則非。出手聊參元帥畫。動心屢返慈親闈，鄉關頭尾連吳楚，六年翻覆煙塵苦。安得民間盡買牛，乃令邨中不愁虎。儒冠頭白文章雄，筆力坐挽江流東。陳琳書檄才誰敵，行看草奏明光宮。南船北船一江風，今人古人雙眼中。他日音蹤及千里，同桴湖上問漁翁。

自荆州還至城陵磯作

我從湖西入分江，五日便出虎渡口。沙頭直作賈胡留，眺覽雄都亦何有？歸舟東下大江濤，太息資劉更走曹。壞堤破屋今安似，中酒阻風隨所遭。江別城陵轉舊磯，洞庭煙白鳥斜飛。閑身已逐游魚上，空手猶存稅吏威。昔欲扁舟訪吳越，旌旗蔽路行人絕。東望茫然空我愁，且歸坐釣桴湖月。

送曾侍郎起督浙江軍務

軍中起復古有之，先生前年何固辭？宣尼孝經貫萬事，厥道一本由親施。上書泣血告天子，臣率鄉里興南師。當時母喪僅半載，痛割苦塊今餘悲。誰無父母立天地，墨衰豈可一再爲？江西兵將粗可用，乞容臣去憐臣私。聖人孝治惻然許，後有命汝須其時。昨者浙東驟報急，天符飛下湘水湄。先生拜詔卽日起，親從數舸淩江馳。萬人讙呼擁岸看，曾帥出矣成功期。幾年南軍服教訓，勇赴決鬬如酣嬉。楚人輕窕昔所病，今皆感厲能忍饑。東陽義烏山海國，風尚勁悍當未衰。彼中義士奮欲用，豈不喜躍投旌麾。嗟哉賊狂亦太久，天道過稔無留遺。行看金陵一迴掃，盡解四海生靈危。先生天降中興輔，還山廬墓終非宜。敏樹前歲書札中云然。歸朝虎拜萬年頌，究極勳名塞兩儀。

延年讀書圖爲熊雨臚孝廉作序

雨臚名少牧，長沙人。初以優行生貢成均，時名藉甚。嘗夢至一所神廟古屋中，見楹帖『讀書延年』四字，心動而覺，因寫爲圖。已而舉京兆，冠南士，衆謂當立取高第。竟掛他事，除名以歸。余聞雨臚名。咸豐戊午秋八月，始遇之長沙，出是圖。爲慨然賦之。

富貴無成奚我娛，十年悔不早讀書。可憐豪傑悟晚暮，顧視日影謀桑榆。雨臚先生夙雄俊，聲華早溢長安衢。正當火色上騰日，恰是鐘聲猛覺初。窅然夢到有眞境，野橋徑度靈宮趨。殘金壞壁〔一〕莽零亂，闕殿巍樓森悄虛。斜陽穿屋射古漆，楹榜四字分明餘。神明胡爲急詔子，領此眞福凡人無。世人謬説文昌籍，金紫爛爛榮其軀。塵埃日月疾走箭，尺寸功名贏博盧。先生歸來已廿載，齒過耳順頭猶烏。琳琅金液飽餐服，朱墨煙雲供卷舒。山中松老茯苓長，晨誦正可療饑劬。回頭萬事夢非夢，失馬得鹿皆區區。蓬萊三山亦妄幻，海船風返今何如？波流我尚知還者，乞與殘膏潤髓枯。

【校】

〔一〕壁：底本旁校作「碧」。

辛酉八月二十三日偕劉甥清浦往湘陰彭氏女家信宿而返詩記之

同住湖邊分兩縣，青草洞庭成一片。女歸數載易往還，我未經過識門面。却來清秋呼小船，船中有酒買江天。劉甥開眼閱形勢，醉上磊石之峯顛。江東戰鼓殊未央，兵艘連下旌飛揚。湖中漁唱入浦漵，兩岸草木迷青蒼。女家鳳凰山上住，不省山名古何據？韓侯相攸匪我思，懿氏于飛是渠處。去來信宿日盈三，去風東北來西南。水程頃刻四十里，他時興起隨風帆。

子壽前以望湖吟見答并示近詩多篇秋後再寄

楚歌莫悲悲莫哭，萬古愁深湘水曲。日落孤雲斷九疑，秋風嫋嫋吹斑竹。屈原二十五離騷，泣作瓊瑰招復招。亦有滄浪舊漁父，蘆花月明撐釣舠。

長沙贈趙惠甫 烈文

百六十年誰所見，我民猶歌趙撫院。君今六世恭毅孫，來視甘棠陰處遍。國朝聖治盛康熙，大賢佐世生民嬉。當時偏沅僅分省，公謂此土非荒陲。（湖南分闈鄉舉，自公首疏發之。）江山開闢有天運，文物興起憑人基。到今努力報恩子，推本豈不由公爲？長沙十月清霜重，射堂東圃清尊共。此地風流信可追，爾來離亂能無痛？看君卓犖才軼羣，灑然意度眞名門。吾鄉文武曾制軍，行哉贊畫康時屯。

城南院長何先生子貞紹基**八月八日送其孫入舉塲後草長句疊韻詩訊念叟書局詩中語及鄙人仍邀夜飲談詩爲樂余旋里深秋之夕獨酌無聊依韻寄之并呈念叟季眉**星漁

觥船夕引秋河瀉，有酒無愁已登稼。惟嫌獨飲未成歡，兀自高歌不能罷。文章有味時自娛，著作非才已先謝。處類禪中蟣蝨微，游思海外鵾鵬化。近來書生喜軍伐，如吐苦茗爭甘蔗。學舍憂令草棘荒，廣文慮遭官長罵。紛紛今古託空言，喋喋漢宋俱昏夜。長沙昨訪何夫子，老學儒林舊名價。道州濂溪衍別流，妙高南軒聳新架。坐衙屈宋面羲之，餘事尚無人替卸。科塲送孫歸漫浪，韻句落紙掀嵩崋。仍邀客醉夜談詩，未覺更深月移榭。白頭何意事鉛槧，青眼看誰論王霸。羅翁北城領書局，李子城東敞吟舍。重陽定有好登臨，勝我窮鄉謀歲蜡。

湯子惠來訪贈之因偕至君山

霜風吹水將縮湖，故人遠涉投郗墟。問言前途欲安往？江陵漢陽兩躊躇。天寒慘憺向覊旅，歲晏饑凍憂妻孥。且因過訪我兄弟，君山有願窺蓬壺。我方去人逃空虛，君來幸留爲我娛。十年苦談戎馬際，萬事并了荒雞初。喜君肘健豪作書，兒曹截紙左右趨。草隸信手成形模，要與羲獻源流俱。退菴架構君山居，九江之樓仙可呼，題扁大字能手無？相將鼓棹入山去，揮掃煙雲一丈餘。

金陵奉和相國曾公見贈原韻

浮埃宇宙風中簁，飄落何用力與摧。消餘精實僅存幾，渣滓到盡清光來。廿年苦遭戰鬬刼，眼見烈火焚大槐。黿鼉力掀海水涸，萬雷聲震山谷隓。昏明誰側天機轉，勝敗難言人事乖。紛紛血肉只狼籍，貴賤一例無然灰。要留幾點不化碧，終古持當(无)[无]妄灾。相公千載論人傑，聲華早歲光蓬萊。湖湘一呼子弟出，踴躍婦女連童孩。艱難一身聳天柱，狂鬣反走隨驚豺。竟掃金陵洗窟穴，清凉山色還佳哉。塞天勳業已何有，曠世襟懷人不猜。文章道學望逾絕，山岳邛陵形甚隤。我生執鞭意誠慕，自顧腐草心彌哀。苦尋章句得微隙，稍覺耳目開昏霾。匆匆未嫌牛馬走，皎皎敢矜霜雪皚。亦憐活計等閑盡，賸欲傾倒琉璃盃。妄言鑿空駭無似，秘鎖忽若天緘開。風詩正變十又五，請評周召終豳邰。（余頃著詩國風原指書。）

附相國贈詩

春霖颯沓天如簁，大麥菸邑小麥摧。愁顏彌月何曾破，故人飛棹從天來。與君握別纔幾日，已見新火十鑽槐。當時酬別洞庭酒，乾坤戰伐正喧豗。沅湘義勇參差起，十事欲成九事乖。英豪半藏蜀國血，大地偏種秦時灰。即今南紀風塵靖，亂後遺黎多眚災。荒邨有骨飼狐貉，沃土無人闢蒿萊。筋力登危生理窄，斗粟誰肯易嬰孩？三里誅求五里稅，關市或逢虎與豺。謬領大藩二千里，瘡痍不救胡爲哉？羨君高卧君山頂，吞吐湖月無愁猜。世味飽諳肱三折，長吟極望天四隤。招邀軒皇論古樂，湔祓屈氏餞餘哀。談經頗折巨儒角，手攜皓日照昏霾。飄然一葉忽東下，相見各憐雙鬢皚。甯知滄桑閱百變，復此對持掌中杯。蒼天可補河可塞，惟有好懷不易開。努力且謀千日醉，高談巢燧及有邰。

金山寺觀東坡先生所畱玉帶恭讀純廟御題詩刻賦呈相侯

東坡居士人天師，腰玉偶爾塵中羈。了元禪鋒亦常語，公意似欲畱遺之。當時聲名盡天宇，未若後代風流垂。泥鴻著爪本非跡，文豹已革仍存皮。到今且更八百載，山門傳寶如鉢遺。純皇昔御寰海樂，六飛南幸春陽熙。天章爛照維揚路，宋臣並際崇文期。帶胯十三補者四，一一褒寵鐫其詞。亦憐渠腹本空洞，但欲眠耳非時宜。雕文圓匣〔一〕刻題徧，老僧捧出光華披。我今游隨相公節，船裏攜讀蘇家詩。誓言有田即歸去，江神不怪公自知。正須解帶謝（束）〔東〕縛，萬釘棄擲甯論貲？相公汾陽實流輩，文字不讓眉山爲。胸中已無八州督，眼底恰有千代奇。迂生儒冠久抛卻，輕衫作健同登茲。江南江北天四望，金山焦山神並弛。是日復登焦山，觀明楊忠愍手書寄王元美詩大幅。『焦山無意合椒山』，忠愍句也。懷憂誰測觀海意，覽古莫動還鄉思。他時上印或歸里，解衣試斫君山芝。

【校】

〔一〕圓匣：底本作『圖畫』，據旁校改。

周縵雲侍御次和相侯見贈原韻妙言盛獎酬報殊難行抵閶門復辱疊章飛遞追送東游勉有繼作仍用前韻

熟麥屑麫重羅簁，未但杵舂與磨摧。切磋言詩須律細，空空鄙夫貿貿來。漁歌一生洞庭野，夜郎自大如安槐。雷門布鼓持一過，耳聾三日聲猶豗。縵雲老翁古尊宿，摩我禿頂如兒乖。童心未除見獵喜，撩弄似撥寒爐灰。相侯初韻本通妙，火急追索枯腸灾。先生一賡乃再和，揮鋤使筆田無萊。我行吳閶追使節，似逐果餅奔啼孩。亦訪逋債徑先避，不作狼顧惟走豺。郵筒飛來忽破膽，拍掌又復呼快哉。齒牙無惜頗難受，老拳飽厭還敢猜。向風遙拜謝不敏，陟高我馬眞虺隤。昨經金山觀玉帶，覽古不復興弔哀。天文下垂瓊玖爛，碧空江路除朝霾。蘇公氣概到今代，山石磊磊還皚皚。禪宮刦殘寶鎮在，買酒正可消金杯。賤子少才句愁短，蓬窗讀集心爲開。尖叉睹盡請揚觶，險押何用窮簁郃。

入浙西舟中寄酬惠甫並呈諸君子緣和相國韻詩多及鄙人集述其盛藉自矜幸仍疊前韻

我身儘落舟船簁，勝坐室裏憂傷摧。傾河只翻兒女淚，脫然兩槳淩江來。金陵相君舊相識，語燕乍入穿庭槐。府中深嚴若山靜，側耳已失湘濤豗。清風搴幭趙君出，八年不見緣何乖。鹿角峯前送歸客，君山尚赭秦人灰。頃年家弟試新構，發秀巖谷蘇陳灾。思君便復想君至，已除蔣經芟旁萊。君還客此我忽到，細訊宅眷添啼孩。館餐同飽益私餪，白包之肉非攫豺。貴陽黎侯奇俊才蒓齋，家書贈我言富哉。妙相菴中趙君酒，四子邀論俱無猜。張嘯山、李壬叔、唐端甫、戴子高四君，皆在官書局。桐城吾宗又標勝吳摯甫，方姚文格今未隤。郎君風度而翁皆劭剛，曇章調洗吟蟬哀。諸君投壺各奇中，江天白月無纖霾。峨嵋行仙玉山碧李眉生廉訪，闤門羈叟霜容皚莫子思。東游傳海託麾蓋，每賞傑韻齊傾杯。錢塘獨往聊盡興，累月笑口還須開。待歸秋田問無恙，冒封千戶追家郃。

阻雨不得游西湖述歎卽柬秋樵

西湖風景天下無，我聞乃自兒童初。老年扁舟訪吳越，發興已欲穿菰蒲。春波始泛洞庭岸，戰甲新洗東南區。强扶衰骨入趨走，欲令生眼揩模糊。江南石城少愁色，揚州平山空遠蕪。金焦依然峙揚子，麋鹿幸已逃姑蘇。相公龍節海天濶，夷市蜃氣樓臺俱。野夫形容一蟣蝨，達官酒肉隨歌呼。頗聞父老足家計，肯復兒女悲堂隅。靈巖天平把蒼翠，越溪秀水迎縈紆。此來孤山伴靈隱，只隔近岸浮仙壺。東江西興併可指，吳峯秦望看前臚。那知閉門三日雨，坐失落手千頃湖。昨談時事足驚詫，且道郡屬堪長吁。學童無人應守試，縣令何地催民租。十年生聚定虛說，料撿殘喘皆鰥夫。我方猖狂事游興，自顧身世非良圖。兵戈偸活賸日月，藜莧況足餐朝晡。山陰返棹亦聊爾，湘上有樓方待吾。題詩三歎告許子，來朝明霽勤償逋。

浙中寄孫琴西觀察并序

曩在都門，仁和邵位西郎中與余交善，後沒於杭州壬戌之難。而瑞安孫琴西觀察初官翰林，亦於壬子、癸丑間，以文字見顧爲密。前此二歲，觀察郵示詩集，詩中道及鄙人乃有數篇，而余詩及觀察者，顧未能寄達也。聞其主杭州紫陽書院，余來浙游，擬得見之，而以起官先春入都。罾椷并詩，且述傷悼位西之意。

往在都門語文字，秋郎邵君有高契。後來又見翰林孫，飛步詩仙未凡棄。二子兩浙東西家，笑言他日尋天涯。天台雁蕩或奇導，錢塘西湖須酒賒。烽煙楚粤事方起，念我南歸戒行李。那識同憂異地人，十年了不聞生死。邵亡五載纔一傷，丙寅入夢端難詳。今年金陵視孤寄，恨不流落存他鄉。孫侯鐫詩前寄將，披讀三歎何汪洋？中多見記遠思句，野夫姓字纏名章。思見孫侯講紫陽，起官已去無門堂。畿南寇盜猶充斥，吳越扁舟空路長。

西洞庭歌

何人豔說西洞庭，海內壺嶠方仙靈。錢塘却惜西湖小，湘水欲笑浮螺青。天下水中眞好山，山水相遭如等閑。太湖三萬六千頃，青龍夭矯纏其間。我從君山來，小借杭州住。自稱洞庭叟，靈隱題佳處。吳興東來入湖中，落帆徑上縹緲峯。眼看蜿蜒六十里，浪花兩脅如穿空。東山氣鴻濛，兩島斷去隨飄風。西山復西望，不知何處煙水窮。山中傍山起邨里，對門斜巷街衢似。往往中多好屋居，隔牆深樹園廊裏。道旁老翁爲余說：『行賈湖南作家業，有錢却恨村無田。門戶高人渠亦得，湖南兵後業已微。歸來門戶累渠爲，餘家亦各有賈客。』赤體小兒隨，寡妻老翁且勿歎。世事誠艱難，不然此地仙人居之樂且寬。有石可煮芝可餐，誰復辛勤桑果園？仙無人兮但爲賈，君不見漢朝角里空名邨？

龔智軒親家前有惠山望遠用相侯贈余詩韻此來復有疊贈仍韻和之

午簷雙桂日影篩，炎暑欲作氣自摧。柈湖老翁褦襶子，執熱願涼欣此來。晝長卧引北窗枕，夜夢不到南柯槐。往往酒間語游事，劇呼聲雜山水厓。錢塘西子未迢遰，山陰巖壑初分乖。太湖一帆已徑度，俯仰陳迹隨風灰。此邦無錫漢古縣，錫則無有仍兵災。惠山寺門摧破瓦，秦氏園屋餘蒿萊。名泉拌供一日厄，買歸泥弄娛家孩。方今西北尚堅鬭，大帥鞭騎驅羣豺。相公前度出觀海，到此那得優游哉？野夫放意極吳越，流連忘反人無猜。經過況復有里戚，狂傲不復形卑隤。君詩一再句彌健，興寄今古情生哀。昨從東林講院過，太息勝國終風霾。黨魁聲氣混流俗，顧高二公霜月皚。晚涼繙史數人物，進酒未覺連深杯。監場已見好官政，憂時望眼從君開。願君樹勳如樹穡，勤用相道興周邰。

焦山詩補作

相公觀遊何匆匆，金焦不足一日供。亦多野興未忘處，藉草焦山林樹中。崑岡火焚天地刦，焦山豈與人寰絕。佛閣陰寒宿古雲，海門空遠飛潮雪。江山百代只依然，相公一度堪千年。來者題名休更逞，亦莫廟中誇古鼎。

周縵雲侍御於金陵市上獲明閣部史公牙印一方文曰督師輔臣史某某章屬同賦詩

揚州昨拜梅花嶺，二百餘年陵谷盡。祠階一礮出蕪湖，南兵鑄銜鐵花冷。近年軍人於蕪湖土中出礮，曾沅甫中丞命移置揚州祠下。礮身鑄有『崇禎十六年南京兵部大堂』史及監造官姓名。朅來金陵道，還謁周先生。先生袖出牙章看，督師輔臣鐫大名。市上千金買連城，邀我詠詩懷古英。我方病起思欲清，忽觸揚州前感生。不爲馬阮恨，那復四鎮愁？玉帶生同文信國，文寶光芒射斗牛。

爲鄧守之傳密待詔題其尊人完白先生石交圖序

懷甯鄧完白先生，石如故字。石如晚以字行，與上元梅伯言大父石居先生，布衣隱居，相得也。共爲圖於梅氏寄圃中，今相國曾公題曰『石交圖』。余游返金陵，復居相國使府。完白之子守之亦至，年七十有四，長余十年而健。過余，以家法爲余作篆字大幅，甚工也，出此圖，屬題之。

昔我知伯言，京師作合朋坐閒。今來見守之，江南相逢爲客時。伯言文章别先學，守之篆隸傳家璞。兩家父祖百年外，圖寫風神未遐邈。二石相將爲石交，隱者杖笠同逍遥。到今題卷慕高士，公侯雅意如投醪。圖中有左、李諸公題跋。守之山澤臞，我亦邨野夫。接榻同餐公府居，斯緣莫非等閑有，并作一圖君肯否？

莫子偲影山草堂圖

莫子辨作江南老寓公，金陵買屋屋裏悲秋風。問君故山之居猶在否？祇有草堂山影存圖中。當年兒童誦詩處，聰明能揭元暉句。先人見賞題堂前，豈知影山今乃然。子偲自敍云：『草堂新構時，己年方七歲，竊誦謝元暉「竹外山猶影」句，謂與草堂物色相稱，尊人猶人先生，以是名之。』何許獨山州，黔南天盡頭，莫子對圖淚長流。捍賊殺賊好猶子，猶子之子并鬬死。更有兩嫂罹此凶，一門節義高鄉里。嗟哉！君家講求忠孝知君親，經師良吏不愧君。先人推原授讀眞乃眞，草堂一炬光星辰。江南文物今孑遺，名俊交将莫子推。爲我寫贈歸來辭，知君竹牕夢回境，不是當門鍾阜影。

答魏剛己著

海内學家邵陽魏，星彩歸懸牛斗氣。平生未識嵇中散，仙鶴昂藏九皋唳。白下門邊逢早秋，斜陽草巷荒煙愁。客心已作歸飛燕，看君寄巢還此畱。隔朝走僕贈新詩，句奇墨妙兼得之。藉獎風流多齒論，自談蹤跡爲心知。江山罷戰相公喜，人物猶誇湖海士，如君臭味湘蘭芷。北方逋寇驅除已，好作頌章獻天子。

廬山謠寄高伯陶京師

去年六月大暑中，高子訪我君山宫。九江樓頭九江客，爲談廬岳奇無窮。我時心神已飛越，如見五老頭顛雪。一千里外江流東，拄杖竟掛香爐峯。翻然覺身坐樓上，洞庭白浪掀天風。明朝城陵遺書至，滿幅廬山五言字。自言避亂入山深，一年粗識山中事。東坡仙人詩語超，白龍飛出三峽橋。衹纔官道便經過，那極巖壑窮昏朝。高子詩奇奇又多，老夫興發當奈何？今春放舟下湖口，詩人又向長安走。長安不及廬山游，作官須作山中侯。莫笑東坡還笑我，草草經行殊未周。屏風九疊張清秋，殘陽壞寺明荒邛。峽橋不落祥符刻，玉淵萬古涵泓流。銀河瀑布初未倂，恐是星津清淺愁。開先一夕鳴空下，曉看滚雪穿雲頭。因觀陽明紀功壁，大文照耀穹崖幽。惜哉今無次山手，中興作頌當誰謀？我老無計能此畱，浮屠三宿且歸休。誰（挎）［捋］雙劍擲天外，揮斥乾坤隘九州。

柈湖詩錄卷之三

五言律體 排律附

齋前見落花淒然有感時杰人二兒亡後也

瞥眼成零落，容顏衹益愁。那堪埋地下，不復憶枝頭。風雨安知恨，凋殘未及秋。英華坐銷歇，世事日悠悠。

惡鴞

惡惡從天性，鴟鴞彈殺宜。不緣思美炙，休遣汙叢枝。造化容邪氣，聲音竊夜時。高岡鳳鳴處，醜物爾何知？

秋老

秋老朔風鳴，空階暗雨聲。一年寒信覺，獨夜壯心驚。日月供閑散，陰陽閱變更。慨慷歸歲暮，深見古人情。

薄病

薄病不爲惡，悠然病後情。閑多知物態，雨後看春耕。流水兼村靜，歸雲度隴晴。時從田叟話，亦聽夕禽聲。

呂仙亭

仙人向蓬島，雲水空千年。獨鶴自來往，高亭閑醉眠。聊攜袖中劍，長嘯楚南天。揮手不相待，淩風徒悵然。

松林獨坐

松色一林深，林間寂歷心。微風吹宿雨，獨坐聽山禽。故徑沒閑草，殘春送晝陰。客來無處問，童稚爲相尋。

眞文忠公祠 有諭屬縣詩碑今日湘亭一杯酒便煩散作十分春

往政幾名臣，西山學道人。帥潭如代接，遺廟幾時新。風遠詩殘碣，杯空酒似春。湘南懷古意，念我讀書身。

初入嶽麓書院示同舍

巖壑森靈麓，松篁間茂林。我來青草北，同住白雲深。地勝饒春好，花香入午吟。當擕謝(眺)[朓]句，絶頂一披襟。

山館寫懷示半圃 余弟雲松闢館前地爲花圃因自號半圃

半載名塲客，浩然歸去來。滿山黄葉雨，虚館綠窗苔。舊學荒秋草，餘愁夢古槐。藏書須早讀，未肯厭蒿萊。

山齋鋤半圃，吾弟最多情。種樹松添色，評花菊換名。書聲過院細，煙靄傍籬生。欲悟忘言者，陶家趣已成。

時節

時節過驚蟄，餘寒故作陰。柔風飄鳥語，宿雨駐花心。步屧看山色，春光幾日深。窺園輸董相，聊欲索閒吟。

春晚

青山生暮靄，冉冉遍郊扉。樹杪春星見，溪邊客路微。寺鐘催月上，村犬吠人歸。坐語藉芳草，野香都上衣。

郡南望湖樓暑憩小飲二首

出城無野馬，近水見湖鷗。落日九江色，高樓六月秋。夕波明浦樹，山影暗漁舟。茶罷仍呼酒，天南酹斗牛。

天風吹遠渚，寒爲葛衣催。波浪星河合，魚龍夜氣來。當歌無鐵板，伴月有金罍。湖海元龍在，狂游醉不回。

寄胡四

秋色來何慣，別君將及年。遙知故人意，似到洞庭船。大澤雙魚便，涼風一雁先。參差吹不得，北渚正愁煙。

蛙

春夜不宜寂，田蛙相與喧。聽令人意濕，鳴是水聲繁。雨醒田家夢，風清野寺門。忽然識天籟，翻向靜中論。

朱子樟 嶽麓書院側古樟一株相傳晦翁手植呼爲朱子樟

萬木仰一秀，大根蟠眾靈。昔賢留彷彿，茲樹見儀型。榦抱風霜黑，枝扶天地青。當年習禮處，槐市愧談經。

道林寺

名寺道林古，空山秋草荒。唐碑無刬版，梵宇自頽墻。禪破僧餘衲，經殘佛滿堂。千年金碧地，陳迹使人傷。

壬辰七月初九日赴長沙應省試午泊雲田

維舟栖樹下，日午碧陰垂。風色橫湘浦，波聲捲岳祠。水次有岳鄂王廟。魚蝦通市小，荷芰過香遲。一醉船頭酒，斜陽解纜時。

蔡忠烈墓二首

已失岳州險，長湖走毒蛇。守官餘司理，孤節殉長沙。勁草生殘血，靈風咽暮笳。如聞厲聲日，忠義賊人誇。

地下田橫客，纍纍得九人。乃公能報主，爾輩共忠臣。輿隸身軀賤，癡愚感激眞。要離墓可近，誰與鬼雄鄰？

中鄉榜追感先伯兄石林先生有述

扶病傷從試，勞薪付弟傳。伯兄平生多病，七應鄉試，屢遇疾發。壬午後，遂決棄舉子業。十年纔一舉，三載倏重泉。望甚微名外，悲深上學前。余幼從伯兄學。野苹無可薦，原上涕秋煙。

讀杜于皇詩集

大地悲歌客，前朝老逸民。才奇容自放，志大不求伸。臺省猶朋輩，江湖獨賤貧。至今餘變雅，集名變雅。流怨寄騷人。

雪中曉行

一夜一村雪，今朝猶亂飄。密添山樹豔，寒上客衣嬌。煙冷僧門閉，花迷野岸遥。何人描白本，畫我過溪橋。

赤壁癸巳

慘澹兵戈地，英雄割據場。一朝分漢鼎，三國有周郎。我唱大江去，誰知流慨長。波濤日無限，今古意茫茫。

汝陽懷古

高人黄叔度，當代比顔淵。今來汝南郡，空憶漢先賢。古色半陂水，春蕪平野煙。里名無月旦，徒是建安前。

高唐

名都聞自古，齊右接諸州。歌響無新曲，衣冠但昔游。魏志·華歆傳：「高唐爲齊名都，衣冠無不遊行市里。」風高雲過野，城静鳥登樓。北道悠悠去，寒多欲旅愁。

西山

北闕瞻天近，西山繞地長。雪猶千嶂白，煙自九州蒼。形勝爭關輔，雄風引太行。南來多壯思，斜日過良鄉。

河間

漢代河間國，儒書孝武時。賢王能好禮，博士最傳詩。大雅後誰繼？高風今在茲。多才累詞賦，轉欲歎陳思。

舊縣

舊縣方城外，殘陽瘦馬來。亂山纔楚國，孤劍失燕臺。歸路知猶遠，鄉心乍覺開。莫辜旅亭月，不寐細傾杯。

到家二首

作客幾千里，離家纔半年。老親驚欲涕，壯弟喜如顛。揀米爭炊飯，磨刀快割鮮。京都容細問，今夜且安眠。

飽識天涯味，歸來意爽然。路長欣少病，鄉遠仗多錢。兒怪爺行久，妻言母念專。平生少游語，深歎馬文淵。

書高溪釣叟詩卷引

叟劉氏，名忠墉，巴陵學生，余友毛西垣之婦翁也。爲人簡樸，而其詩獨深有情致。初，叟爲諸生，尚早歲卽棄去，不治舉子業。居高溪課讀數童子以給衣食，暇則釣於溪，因自號高溪釣叟。詩亦絕不多作，盡一生纔得近體五七言一卷耳，然皆清婉可誦者，爲題其卷端。

吾鄉詩法少，此叟擅清歌。好句三年得，離愁一卷多。風情寄花柳，心事老煙波。有壻如黃九，津梁信不訛。

久旱四首

枯旱如何訴，誰慳點滴金。土焦中戸面，禾死上農心。林鳥爭呼渴，淵魚莫避沈。平生懷潤澤，無計得爲霖。

官吏修常禱，村氓更鬧紛。乞靈喧破廟，猛望得乾雲。龍睡難尋洞，羊亡莫覓羣。欒巴酒可噀，或者救如焚。

日烈愁澆土，風狂便倒人。陰陽吁可怪，神鬼爲誰嗔。灾沴連年有，瘡痍比戶新。人心感天意，父老識其因。

近港爭微潘，喧呼每殺人。救禾誰讓畔，護命竟戕身。愚子原無計，頑心甚不仁。饑寒那可逼，念此獨逡巡。

聞方稼軒凶訃哭之四首

驚絕聞傳說，思量總未眞。語來翻有據，書斷爲何因？確耗聞官驛，歎聲滿縣人。寢門聊一哭，無計只傷神。

少日求同志，多君世胄英。談經惟愛古，論事必知情。肯負科名早，相期術業成。從今意搖落，誰與論平生。

弱植多中斷，如君苦未明。著書年滿尺，握槧夜忘更。秉厚應多壽，形銷爲損精。從前喜醫術，何不解調生？

兵政初觀日，軍機旋擢時。衆人皆意羨，惟我最心期。得第看吾子，偷榮愧俗兒。不成空一歎，私念畏人知。

哭四兒雋孙二首

頃刻人間世，誰將壽夭論？似於余有分，曾信汝爲人。靈性猶多態，荒原又一塵。小魂無伴處，來覓汝娘身。

生汝怪多子，余言實過情。成人須有福，病毒竟無名。棄乳傷慈母，移嬌到小兒。夜分燈影暗，忽自聽啼聲。

王宸畫

往時永州守，畫手麓臺孫。雜樹楚山路，孤烟湘岸村。郡齋吟頗暇，水墨靜無煩。瀟灑扁舟趣，眞從釣者論。

丙申正月六日舟發郡城

新日一湖霽，張帆始郡城。雲開天色喜，風迅水郵輕。破浪思宗子，題橋笑馬卿。猶看度年樂，那免別家情。

黃陂早行

水湧一村白，却看惟曉煙。麥晴山氣潤，春早日光鮮。古栁平橋外，人家小驛前。舊游渾得記，鄉思又新年。

汝上

汝上春何似，塵沙古道愁。直疑花種斷，乍覺栁條柔。野啄鴉欺雀，犁耕馬並牛。燒刀兼薄餅，風味異南州。俗呼燒酒爲燒刀子。北酒尤辣。

蘭陽渡河

春早黃流仄，征車喜渡河。亂沙飛突岸，壞地走驚波。已想桃花漲，曾聞瓠子歌。茭薪勞歲備，奇策待如何？

路塵二首

試說長安路，塵多便幾多。上空長作霧，滾地忽成河。換面驚僮僕，翻身羡馬騾。感懷緇素語，擁鼻作微哦。

處處虞床有，家家范甑多。慣吞知氣味，新集覺陂陀。野店燒刀酒，琵琶小婦歌。盪胸雲夢澗，一洗奈君何？

宿東明郚庄

斜陽下郚樹，行子泊煙庄。野水盈盈晚，風荷葉葉涼。開襟消濁酒，看月忘他鄉。忽被旁人問，何來觸熱忙？

郡城邀李東坪杜二如李在菴顧雲門集飲鮑鶴舟書齋醉後書壁

鮑叟能豪者，樽前意可量。自憐公幹疾，只任灌夫狂。窗影重湖入，波聲一枕涼。江山有此老，痛飲最無妨。

辛丑三月十一日新晴

簷雀喜喧夢，起來天已晴。可憐彌月雨，愁滴一春聲。時事每心警，風光初眼明。坐看空宇濶，如見海氛清。

崇陽

鄰震由來事，民狂大可危。色因談虎變，勢恐沸羹炊。時事須籌略，書生敢畏疑。防身并憂世，於此識先機。

寄懷西垣時西垣久客豐潤未歸

里閈同年友，天涯此日情。容顏忘宿昔，之子信長征。跨馬生當貴，聞雞氣尚橫。浮雲東北望，何處是開平？

蔣徑無朋過，荆樓有客登。依人時不易，懷友意難勝。離索中年感，功名後會乘。且歸饒一笑，深夜試挑燈。

寄樹堂都下

我識京華味，君今定細嘗。依人誰擇主，大度或包荒。氣勢紅塵路，侵陵白眼塲。當令會稽邸，驚看買臣章。

得郭秋湖青**靖州書**

靖州南徼地，來有故人書。爲說眠餐事，兼言患難餘。蠻江春瘴合，客况野雲如。辛苦夜郎道，詩情近有無？

湖望有懷

家就重湖近，門迎九水斜。浮雲屯極浦，秋色入長沙。落木愁心遠，搴蘭別思賒。故人曾有約，帆影意來槎。

晚望

秋原延暮色，寒望倚松關。日落煙横岸，樵歸葉下山。羣兒相逐戲，衆鳥各知還。余亦忘何事，鄰翁相對閑。

風雨

登穀田功畢，農家歲宴心。雞豚剛社逼，風雨欲秋深。種菜宜時潤，收棉畏久陰。日從田父課，自作野人吟。

定興楊椒山祠

死諫推明代，先生極得仁。報恩知熟計，效命擊奸臣。日冷祠門樹，風悲古道塵。斷碑摹諫草，千載激斯人。

自都偕曉岑南還至洞庭言別

鄉國十年別，天涯數月從。路長教語盡，客久喜歸同。我屋洞庭岸，子行湘浦風。他時相憶處，都在旅情中。

農圃

我未爲農圃，猶能說近村。有年輕債負，對客譽雞豚。社集晨趨市，隣邀夜叩門。不知風雨力，只自愛田園。

武陵別西垣

從君武陵路，君去路何長？白雲與秋色，望望入辰陽。別酒竟誰醉？愁心感歲芳。明朝各引領，千疊楚山蒼。

悶起

悶起豁愁望，斷雲開野天。春殘連榖雨，村裏入湖船。壘石輕鷗外，長沙遠樹邊。溯流從我友，孤艇破湘煙。時將訪歐陽曉岑於湘潭。

四月八日值先慈忌辰旅寓長沙泣賦

今是佛生日，余爲母忌辰。痛深提抱絕，慈斷去來因。侍疾嗟無狀，餘生尚作人。三年風裏樹，卌載夢中春。馬鬣封雖就，牛眠卜未眞。萬家無倖望，一壠冀安親。壙法傳吾友，囊經或有神。此來非浪迹，遠道試周詢。足滯長沙雨，魂孤旅館身。愴懷几筵奠，涕淚滿湘濱。

聞補官瀏陽訓導作

白髮儒冠重，功名那更論？微官清自貴，末學道難尊。地近休懷土，山深亦避喧。匡衡且隨牒，吾已愧平原。

過獅山書院山長曹西園孝廉余舊識也

愛子精廬好，憑高勝賞俱。雲間開講席，花外俯耕墟。道豫絃歌化，人知弟子殊。惟余亦齋舍，未有竹松居。曹以教習需次縣尹，故五句及之。

賦得清明無客不思家得家字五言八韻

此高季迪句也。三月十三日，值清明節，取爲題以課兒子試帖。余有感焉，故有是作。

纔到清明節，風光故里誇。幾人同作客，微我獨思家。此日新槐火，他鄉問杏花。歸心分路遠，望眼一時遮。上冢前年記，羣兒笑語譁。紙錢非故隴，旅館漫停車。惜別曾攀柳，言旋悔及瓜。屢吟高子句，書感寄吾巴。

熊谷初罍**遠來見訪偕往郡城因晤李在菴家芸臺胡湘船**士瑄**同飲岳陽樓數日言別別後却寄谷初**

硯北貧居士，湘南老寓公。門標隋智永，廡隱漢梁鴻。交分論多日，平生自古風。雲煙貽素友，意氣不衰翁。失喜家僮報，何來徑路通。笑纔盈一握，淚已墮雙瞳。往歲高軒過，吾廬樂事豐。壬辰歲，亡弟半圃曾邀谷初至家，留連彌月。人琴千古恨，夢影十年中。勝地吾州著，詩人幾輩同？名樓横醉墨，晚雨掛晴虹。余集樓記字爲聯，谷初爲書以揭楹。仙鶴狂吹笛，長蛟怒挽弓。飛揚奇語大，落拓布衣雄。縶馬情何極？歌驪興乍終。湖波聲未寂，樽酒會仍空。白社聯宗昺，丹砂訪葛洪。願君珍歲晏，莫遣滯愁窮。

懷西垣

客久况蠻方，三秋髩幾霜。應緣歸日近，翻使寄書忘。夢入五溪暗，雲横千嶺長。空齋好明月，今夜到君旁。

張小華州倅惠題拙集四律兼以送別次韻答之

詩句聊爲爾，羣兒浪自尊。不知千載外，能有幾人存？發興同春鳥，消愁共酒樽。風騷漫推激，大雅敢輕論。

我負鴒原痛，友朋多得知。文章慙軾轍，心事卽牙期。影獨行相弔，聲孤聽易悲。似君悼亡句，余首亦低垂。拙詩多傷亡弟，小華特稱之。小華悼亡，亦多感人之作。

早歲不自料，讀書期致身。儒冠今老叟，長揖向時人。燕雀非難飽，蛟龍亦未神。君才出州佐，猶自待爲眞。

滿酌籬筵酒，珠璣贈復多。新知情不淺，佳興近如何？瀏水連湘浦，寒流有去波。因書勉酬和，愧未敵高歌。

夜坐

髮白心元短，燈青眼自昏。坐因消夜久，書已信愁翻。獨客成何事？枯僧或並論。壓爐殘雪冷，惟有倒清樽。

辛亥七月八日喜雨

田家何太喜，一雨消百憂。已傾滿地澤，應有普天秋。紀鳳新元協，占魚吉夢酬。蒼梧遠多盗，計日洗兵休。

壬子都下聞粵賊事感述五首

老作燕臺客，眞成不易居。屢聞傳警報，愁未得家書。陽朔湘流首，長沙鳥過餘。風塵多計慮，留滯盍歸與？

上相軍威重，諸公策略希。頻年多殺伐，羣盜轉攻圍。阻險無奇勢，籌兵有定機。師勞愼倉卒，天子正宵衣。

疲俗驕羣飲，深憂匪一時。叢篁深蔽覆，瓜蔓忽離披。只是螳撐臂，仍防鱷鼓鬐。投戈共生活，終見定湟池。

海内輸全力，軍興事一隅。人皆效膚髮，國豈利錙銖。官吏勞深顧，公私盡可虞。普天望休息，相助挽威弧。

平世非無事，年來苦覺多。憂勞開聖主，安集急沿河。白髮慙投筆，青衿怯荷戈。挑燈呼貰酒，空自惜蹉跎。

不信

不信南中報，惟聞破縣州。極知兵亂苦，難替死亡愁。賊勢容多畏，君恩詎可偸。遲回軍國重，斧鉞未輕投。

肝膽楚人壯，公私同一仇。仍聞六月旱，復作萬方憂。天意勤初服，兵形懼發謀。未須嫠緯恤，磐固賴宗周。

讀陳后山詩悲亡友舒君伯魯二首序

陳后山集有答王直方詩云：『永懷忘年友，死矣餘令聞。』自注：『忘年友，邢居實也。』任淵注云居實死時，『年二十七』。余讀至此，廢卷益悲。吾亡友伯魯是集，乃伯魯家書。今年六月初三日，余早詣君内城寓舍，伯魯尚卧。聞余至，遽起談，閒及陳后山詩，手其集，言『已用朱藍兩過筆再閱處，似少進子。』將去，視之，意有異者，請別識示我。余自是不復與伯魯相見。蓋以是日病，又八日而死。今是書尚留余案頭，余復讀之，而得是語，爲能無悲乎？后山詩尤工五律，余與伯魯皆愛之。勉效其體，爲二章，以志焉。

非復少年事，文章取理深。屢刊古賢作，不用世人心。癖好嗟何益，羸躬已不任。忘年吾與友，書策撫遺琴。

早死邢居實，才年與子同。獨哦正字句，悲感閉門中。『令聞』供時惜，長途會數終。吾慚乏眞論，傳藁懼非公。令弟仲和欲爲訂定遺集，余未敢承也。

曾母江太夫人輓詞

誕貴宜俱貴，生賢必本賢。明無投杼惑，慈許致身專。變訃朝官歎，哀榮里母憐。南豐今代手，述痛可深鐫。

使節方歸壽，時侍郎方奉命典試江西，並許便道歸省，已行十許日矣。君恩已及泉。惟看一老健，獨愴五人前侍郎昆弟五人。雲暗嶽湘路，風悲萸菊天。如聞門寇急，要經會師騫。

答孫芝房鼎臣侍讀歲暮見簡原韻

賊勢江河決，滔天日漫流。已知無故岸，何處繫漁舟？客淚天涯盡，春風歲律周。聞君有封事，未可一言休。

元日位西比部招飲歸寓呈位西陳梁叔伊遇羹樂堯二孝廉

遠客驚身賤，新年覺鬢絲。昔人俱此感，今事獨多悲。吾本甘窮老，家今付亂離。不歸誠自謬，有恨豈專私？燕市宜沽酒，商歌尚倚詩。情眞同溺笑，生已信狂癡。風土天涯似，親鄰旅館爲。換桃容俗態，爆竹厭兒嬉。邵子中樞直，軍情幾路危。歲朝貪暇集，兵論輟文辭。羣士爭籌策，專城孰鼓鼙。長江波走血，全楚局輸棊。本倚疆臣略，翻成豎子欺。中興須李郭，鬪將必熊羆。送喜期無遠，寬憂醉不辭。萬方春氣象，天意莫深疑。

哭貴陽唐子方先生序

貴陽唐子方先生，往陳臬陝西，盡以關中石刻惠余，請爲作夢硯齋〔一〕銘。蓋公得余文於毛君西垣，而余固未始識公也。『夢硯』云者，公嘗以夢獲硯於廣州，乃明陳忠愍邦彥雪聲堂故物，圖傳其事，以名其齋，余爲文致之。暨公布政湖北，邀余往游，許之未果。公旋以病去官。近起湖北按察，辦理軍務。今年甲寅正月，賊犯武昌，軍潰，公授命矣。聞而哭之。

昔者圖遺硯，曾聞夢感精。今知波血碧，故共雪聲清。余豈高賢士，公虛飲食情。欲齎磨鏡具，江漢路難行。

【校】

〔一〕齋：底本作『齊』，據柈湖文集·唐子方夢硯齋銘改。

乙卯七月十六日往平江寺洞省視家寓夜分始達二首並示主人江淵泉秀才

入山纔幾里，路轉覺來深。避世知何計，幽居且遂心。夜過僧寺閉，月在洞門陰。兒女迎爭喜，燈前意不禁。

賃舍逢寬屋，書堂更作鄰。名家濟陽族，源水武陵人。多盜無山僻，安居賴俗湻。幾時容漫叜，竟築瀼溪濱。

淨居寺

洞名知寺古，秋意踐苔清。入院逢僧病，留茶逮雨聲。石危侵澗出，泉落過橋鳴。薄暝深郵路，山家候掩荆。

寓舍夜坐二首

客舍書燈近，涼多漸半秋。明星斜沒尾，好月早生鉤。靜喜蟲吟雜，深兼犬吠幽。連朝無外信，盜遠卽寬憂。

捷戰傳湖口，成圍在鄂州。諸公今破賊，得勢及高秋。山越爾何劇，江波不斷流。老漁洞庭岸，終待繫扁舟。

歐陽功甫秀才以大軸篆書四律見贈并附示所爲古文詩答之二首卽呈曉岑老友

新詩灑珠玉，古篆縛蛟螭。光怪驚吾目，淸揚憶子眉。藥爐湘竹爇，書卷嶽雲披。思往共幽興，全家定可移。時余與篠翁有移家相就之約。干戈驚亂日，讀古著文辭。

吾子高才妙，而翁老趣奇。舊交雲海散，時事髩毛欺。興發衡峯頂，秋風策杖隨。篠翁來書，待余同游嶽後諸山。

小圃示煊姪二首

刦火畱書屋，天憐意是非。舊山添覺好，去鳥早知歸。菊斷秋無色，蘭侵草漫肥。百回花樹下，囑爾記芳菲。

廿載空樓雨，三生對飲杯。木今如汝長，書更付誰來。滅盜猶無日，全家亦倚才。菟裘吾不惜，愁眼卽須開。

西垣之亡逾二年矣蓋少有一日不思及之以兵亂之憂亦未覺死者之可哀也詩成苦誦獨歎彌襟

狼狽烽煙地，誰看宿草墳。有生長苦寇，無淚更哀君。落葉隨寒雨，狂飈攪夜雲。悲歌聲獨絕，難遣故人聞。

翻覆人間事，猶愁子得知。兵纏家未保，妾去鬼應悲。貴賤原無問，存亡偶異期。向來身世意，辛苦費猜疑。

將帥五首

金陵古王宅，蛇豕竟憑居。一旦重城失，三年百道虛。橫江惟過鳥，深穴自游魚。老將聲名久，誰無引領吁？

必奪憑江固，樓船出上游。忽成風鷁退，未繫海鵬秋。重有熸師懼，誰量失水愁。南康一孤帥，鬢髮盡深謀。

沔口舟車會，繁華盛楚中。戰塵三載積，刦火一朝空。碎甓金錢地，孤洲錦綺叢。武昌城郭在，黄鶴泣秋風。

義幟懸湘字，由來國有儒。紛紛投筆起，草草募徒俱。尚覺書生貴，須聞壯士呼。兵家論戰勝，文武亦分途。

破富原非計，供軍實久殫。但聞輕賜級，都自强輸官。何地非經亂，諸州已半殘。方隅幸終靜，貧敝亦全安。

雖憂二首

雖憂多亂日，最喜屢豐年。山雨常隨夜，湖波恰避田。兒憎和飯豆，婦厭似雲緜。官税軍須急，農家恨少錢。

總爲豐年喜，村村嫁娶多。每妨同吉日，爭欲占班歌。曉霧鳴鉦起，斜陽醉客過。猶然太平事，無奈警愁何？

丙辰初春時家人暫還里居

乍歸兒女喜，兼度歲時新。屢見年頭雪，先看水畔春。耕田眞我事，羣盜亦吾人。戮力扶天極，諸公實苦辛。

寓居淨居寺寺有荒隙地當余所假僧舍後余率僕鋤爲圃以種瓜取山蘭列盆其間屋中織竹塗爲墻間堂之大半開後戶向圃卽事四首

生意吾憐汝，因何亟命鉏。祇愁隨地長，直是逼人蕪。免使蟲蛇伏，當令莽翳除。芳蘭如在此，可得用情疎。鋤草。

隙地應無棄，殷勤早種瓜。自須謀力食，毋久溷僧家。月下分泉潤，風中倚架斜。何能傳種美，甘苦足生涯。種瓜。

幽隱欲誰待，山中我覔君。草間迷不見，石上得先聞。硬葉方知別，奇根定自芬。屈田如可買，亦擬續騷文。覔蘭。

倚山宜轉看，後戶對前堂。且以書名屋，橫添竹作墻。稍便中置硯，亦可倒安床。夢在疎籬伴，今年穩夏涼。織竹。

寄上曾滌笙侍郎江西行營四十韻

茫昧乾坤轉，今將古可推。漢朝當厄會，唐室中興期。梧桂雖生亂，衡湘實挺奇。民愚初樂寇，義動卽成師。儒術蕭生重，勳名郭令追。孔明籌筆壯，越石枕戈悲。氣潤籠羣策，誠精落衆疑。天人終倚賴，宇宙在綱維。昔賊初狂逞，當公迫痛私。使旌迴遠驛，間道走哀衰。慘澹東郊顧，彷徨北極思。禮無金革避，志切溺焚危。杌陧狂夫阻，艱難巧婦炊。湖波飛組練，嶽色助戈旗。妙略知何算？成形亦可窺。金陵蛇作穴，夏口鰐揚鬐。不奪長江險，深愁大局離。樓船前世用，雲陣上流宜。神礮爭風猛，輕軍縱水嬉。疾雷收岳鄂，白日照城池。湓浦鋒逾銳，回谿翅却垂。岑彭亡更惜，陸遜重應持。最抱人倫鑒，偏於國士知。筆投名將出，檄走衆賢隨。人盡供軍乏，朝仍緩度支。決攻須計日，奏凱必今時。洗眼妖氛豁，關心習俗移。閭閻還儉朴，官吏去貪疲。整頓非容易，更新不在斯。患源仁者懼，大力偉人施。十載安邦畫，千秋汗簡辭。從茲文武盛，將待鑄陶司。避亂嗟身老，無才預事爲。往年迎次幕，吾郡接登陴。返旆倉皇別，深山竄伏遺。每聞騰露捷，躍舞向風披。永憶桓公坐，難陪謝傅棊。洗兵哦壯句，築屋檢殘貲。列聖遐昌祚，今皇神武姿。宗臣勞未已，獨遺鬢成絲。

寄李次青觀察軍中

李子豪無輩，前軍今獨提。唱籌彭蠡暮，飛箭霍山低。兵事甚勞苦，春禽莫亂啼。幾時東下了，千騎擁歸谿。

初夏

初夏知涼好，僧門夜未扃。樹聲山似雨，螢火屋流星。消息傳家使，煙波漲洞庭。惟餘今夕夢，瀟灑在漁汀。

似聞

稔歲猶多盜，荒飢奈若何？野田空雀粒，曲港斷魚波。習亂無懲死，防操或倒戈。似聞官吏語，猶自急催科。

長沙賃宅將暫移居三首

露壁峙江邊，橫波水戰船。兵疆一城在，客淚六年懸。保障功堪最，軍資力可憐。茫然欲投迹，天地盡風煙。僕以辛亥初元罷瀏陽學官，不至會城六年矣。

滄海流何極，深山築未成。祇知愁避地，悔不學談兵。子弟軍猶壯，妻孥計漫營。元龍吾倚爾，問舍莫相輕。謂左季高同年。

文學初投劾，朝廷始命征。罷學官日，適大學士賽公視師抵長沙。旌旗迎上相，貔虎動全營。氣勢今猶見，艱難孰早明。園葵誰敢惜，回首痛承平。

城備久嚴而湖北江西復就此募練侵晨城外鼓礮不絕

晴曉走千雷，風江急鼓催。愁心人獨警，破膽賊能來。北道仍長閉，東郊苦未開。長沙小國地，雄勝仗時才。

初移家寓宅西城將度歲作

陋非關在巷，靜亦似居山。本自無憂樂，因之斷往還。寒城一簷暖，窮臘幾人閑。鼓角聲何切，狂歌痛飲閒。

夕坐

滿月當門起，流陰院樹交。數蛙籬外水，一犬菜家茅。中酒春行盡，躬耕事可拋。城更起來密，猶自帶征鐃。

丁巳閏五月五日偕劉清浦甥往游嶽麓信宿書院得詩三首

稷下當年會，山中此日來。舊堂如故宅，新刦有殘灰。歷世身從老，傷時意獨哀。惟看古樟樹，柯幹一蒼苔。

靈麓蟠湘盡，青衿此育才。書聲連靜晝，花氣繞深隈。風景嗟同輩，江山有後來。登峯今足弱，頻上赫曦臺。

信宿緣仍在，朋知興復陪。但無嫌我老，詎敢識人才。問訊憐兵警，招呼盡酒杯。雖無游會盛，畱賞亦悠哉。院中晤甯鄉周琳仙、石門丁月台。

安鄉

敝甚安鄉縣，蕭然水澤中。市頭披葦出，歲尾待魚豐。湖漲時聊減，官徵戰亟供。道州賊憐汝，寥絕次山風。

處處

處處關津設，軍須急算錢。詎能防踴貨，且欲免攤田。征戰何當已，搜求劇可憐。莫因朝夕事，遺累及他年。

沙市

楚郢臨江近，沙頭舊市寬。風煙交峽路，鹽米上船官。幸未夷陵刦，纔收鄂渚殘。地形依水險，努力望終完。

江陵荊南書院晤王比部子壽題其近作漆室吟詩皆述兵事者

相見老翁面，聞名童子年。如何鄰邑里，曾未泛江船？楊馬才殊屈，蒓鱸興早專。此來南郡帳，初讀少陵篇。時事風騷激，軍書日月編。坐籌戎旅外，輿誦達官前。詩史名無媿，詞人目已偏。多慙郢人唱，巴曲亦因緣。子壽題余集五言古詩三首。

七月十五日作

月始新秋滿，高空一色涼。紙錢家祀鬼，稻秆屋堆塲。犬靜聞蟲急，風微覺露香。年豐兼盜遠，乘夜獨徜徉。

初秋雨後

小有連朝雨，纔知半月秋。近湖登稻早，落日響蟲幽。村店沽童走，門簷織婦休。未聞寇消息，嗟爾漫無憂。

八月十三夜月

澄碧當天月，了知秋欲中。何須後夜好，端憶昔年同。枝鵲風全定，簷蛛網并空。惟應蟾兔魄，愁照大江東。

撫軍毛公書命至舍請與文學諸公同輯咸豐中楚軍忠義事跡爲書余赴會城途次先呈同事郭筠軒編修羅研生中舍

誰道天家事，頻年涕淚中。方期軒駕返，俄痛鼎湖空。事極何多變，形危或轉功。今朝中興運，似與國初同。

義武湖湘士，咸豐戰伐年。勳名多不細，氣節盡堪傳。廟烈將垂史，軍書合並編。此時須狀上，他日恐訛湮。

中丞新使節，風力動南疆。問俗先褒勸，因時急表揚。高文舊史氏，直筆老詩狂。余本無能士，相從託慨慷。

歲逼阻雨不得歸戲柬研叟時余離書局寓鄉賈舍中在賈傅祠側

旅況向君道，不歸堪度年。市聲寒雨外，鄉語火爐邊。老懶猶呼酒，招邀況餽錢。惟依賈傅宅，多爲古人憐。

曉日 壬戌晚秋作

纔覺寒霜重，新知曉日溫。著人逾火暖，炙手試衣捫。病怯驚衰骨，因依到夕村。只慙貪重賞，未敢獻君門。

君山軒轅臺序

臺舊名軒轅，蓋以黃帝洞庭張樂故事，地志謬爲黃帝鑄鼎上仙之所，遂有鼎湖、烏號等名。安化陶文毅洞庭湖志辨之，謂宜改軒轅爲張樂，庶見名臺本意。臺久毁矣，遺址僅存。退菴將復築之，摽以斯稱，余遂爲之詩。

軒轅昔張樂，此地宜爲臺。窅窅咸池奏，沈沈終古來。元音歸洞寂，大響或雷隧。莫問湘靈瑟，無端入怨哀。

響山泉序

君山舊未聞名泉，而響山旁壑中，叢薈蒙翳，有泉眼，流甚大，稍前卽落湖中，問之土人，向呼『觀音水』，亦未詳所由。蓋山足地窪，未經修砌，故人不知重也。響山中空，人以足踏之有聲，古稱巴陵地道，穴通吴包山，或在此下，卽此泉穴也。唐陸羽論茶辨水，以山水『漫流』爲上，此泉是已。君山產名茶，復覯此泉，豈非天地間異美之鍾聚耶。

地道何人識，山空試履聲。更聞幽壑響，中注活泉鳴。來想龍宮沸，烹宜鶴茗清。水中誰第一？楊子浪知名。

追悼陳梁叔序

咸豐庚申夏，金陵師潰，吴門詩人陳君梁叔時管記張提帥所，死焉。頃長沙太守張公，梁叔故友，余因人訪其遺集，追而悼之。

健句陳梁叔，多年思暮雲。亂中聞死賊，別日語從軍。枉管元瑜記，難求孟浩文。尚憑眞酒味，遙酹一哀君。戊午，梁叔金陵寄詩云：「百年飽看無窮事，只有生前酒味眞。」

同謝廖伯君山夜坐

閣前鐘乍歇，湖外月初沈。風靜聞濤細，山空語夜深。老知江海意，詩賸短長吟。惟有西征客，孤懸北極心。時廖伯將赴陝。

附廖伯詩

叢篁山月暗，湖水夜堂清。元氣迷蛟蜃，空江長杜蘅。朝廷在北極，帆楫每南征。得共言詩叟，高歌懷濯纓。

石鍾山序

湖口游石鍾山，此山自楚軍破賊湖口，水師彭雪琴侍郎，始建昭忠祠，以祀楚軍之死事者。因旁搆樓館，彌亘竟山，游者樂焉。余至時，邑人何丹臣敦五觀察，監稅在此，與爲主人，飲於聽濤眺雨之軒。

血戰悲湖口，勳銘上石鐘。將軍名士氣，山色大姑容。老眼看江逝，殘年得酒濃。休嘲李渤陋，敲戞亦琤琮。山石多擊之有聲者，李渤之言合之東坡益明。

上海五首 時從制府相國曾公至此

上海壯哉縣，華夷此一家。蜃嘘金碧市，峰鬧水雲衙。岸落千飛艇，衢交一瞥車。客來似京洛，緇素慎風沙。

鏡畫曾看屋，今來信詭觀。入門金布地，團坐玉迴欄。奇麗王公羨，通明眾庶看。賈生書抑末，未策漢庭安。

忠信行蠻貊，聲威濼國家。中朝司馬相，神識問牛加。候謁知尊禮，隨從並寵華。弓衣繡詩去，或許老梅誇。

製器天開巧，周官佐考工。指南先授法，拱北此呈功。曼衍魚龍似，生機水火通。陋哉眩人術，東海失黃公。

正見吳蠶熟，家家競買絲。荈荼新貢後，雲雪上塲時。美利中華擅，冠裳外裔資。花銀作潮湧，輸賫任波斯。

曉渡錢塘遂至山陰

曉問西興渡，晴江撥霧深。便乘東越路，輕槳踏山陰。小船以足踏槳，行最速。峯下門臨水，橋邊市倚林。未須疲應接，方擬極攀尋。

山陰同楊生吾明府游蘭亭

招手篙添碧，鳴肩路入青。遂來蘭上里，坐想竹間亭。聖藻天垂覆，書堂地啓靈。扶輿有名傑，吾敢叩黄庭？古蘭亭在今天章寺，楊侯欲改建龍山書院於此。

洞庭西山贈梁摠戎

三吳幾戰收，水國靜貔貅。湖裏船無盜，山中果不偷。門旗風颭暑，樓角月侵秋。更有蒓鱸好，鄉關迥莫愁。

無錫東林書院

模楷李膺名，誰知黨議成。學人高氣節，俗子誤縱横。幾復聲相接，源流故自清。今看巾卷會，湖海正銷兵。

黄州赤壁

誰言非赤壁？此地重黄州。兩賦名長在，三分跡盡休。殘城新岸壘，餘浪激風流。近寇嗟横據，當盃亟雪愁。

柈湖詩錄卷之四

七言律體

讀史記三首

東南雲氣繞龍光，杖鉞函關見帝王。秦社掃除冬十月，漢朝開創法三章。金刀運接堯天遠，火井炎騰蜀地長。從古乾坤重神器，蒙恬多事築邊方。

嗚啞英雄蓋世强，眼中秦帝爾輕量。一官郎吏空奇士，百戰雄雌誤大王。戲下杯盤偏豁達，帳中粉黛不尋常。江頭慷慨烏騅逝，千載精魂動故鄉。

大澤鄉前狐夜鳴，中原鋤棘忽交横。人間遂有英雄事，壠上如聞太息聲。民去咸陽徒伍奮，天開枌社帝圖成。世家血食男兒事，六月陳王氣未平。

冬夜

淺斟杯酒供清夜，閒撥爐灰詠小詩。寒色空齋覺岑寂，少年豪態與支持。爲貪晨睡宵眠晏，愛讀奇書典籍遺。却笑風流好王湛，被人看錯已成癡。

雪

寒威何事態横斜，可伴春來亂作花。謝氏庭中飄欲斷，袁公門外冷偏加。空懷江上孤舟客，不見山陰處士家。思向何人歌郢曲，楚天迷望一長嗟。

十二月二十二日同雲松至南屏禪院

逍遥步屧踏禪林，破衲山僧出世心。小盞香茶供好客，空堂法座禮觀音。人間歲晚路途擾，佛國城高房榻深。敲罷一聲上方磬，堦前雙樹有棲禽。

西垣館余族兄家余與定交賦詩二首贈之

開眼逢君識大巫，看君意氣使人輸。文章浩浩來無主，兒子紛紛命作奴。楚澤春深香草長，柴門笛起晚風蘇。縱談未已行行別，小坐青山當舞雩。

公瑾同年頗似無（西垣與余同年生，余差少半月），文場論霸胆猶贏。馬遲枚疾憑君與，島瘦郊寒豈我徒。他日遭逢記車笠，少年詩酒滿江湖。名場角逐非豪士，莫但彎他射策弧。

學書與雲松

汝愛顔家筆力深，學書還學魯公心。眞看一代風霜骨，獨立千秋翰墨林。趙氏王孫殊媚嫵，秦時丞相已消沈。齋頭添寫祠堂記，文字風流好按尋。（余喜讀南豐撫州祠堂記，故云。）

雨後散步呈西垣

雲邊新日霽開顔，雀噪雞啼了不閒。窗外花枝三月雨，門前春色一村山。水搖新漲侵衣濕，風送餘寒着體孱。午夢欲來飯初熟，竹煙炊覆屋三間。

西垣見和散步韻因疊

東皇作意護韶顔，春在柴門處處閒。十里軟紅初洗陌，四圍濃翠欲流山。詩篇更使頭風愈，游興何辭脚力孱。不遣漁翁武陵棹，桃花流水自人間。

潙湖寺

湖寺蕭條尚可尋，城南訪古踏荒岑。殘僧揖客茶煙冷，落日敲鐘雲氣深。東嶺南湖舊時色，空山野鳥道人心。薜蘿徑沒燕公迹，可有巢由竟解纓？

由雲麓宮至嶽麓寺晚歸

不見山僧已夕曛，未妨游客最殷勤。幽巖泉靜韻穿樹，老寺鐘疎聲破雲。北海斷碑黄鶴去，南朝清梵碧松聞。亭名愛晚詠歸好，回望峯頭路不分。

清明日拜先大人墓下

漫道瀧岡欲表阡，何曾冠帶許耕田。生前志事應千載，泉下音容忽五年。幾卷遺書愁未讀，當時弱質總垂憐。兒身自有肝腸在，忍向蒼茫泣暮煙？

地藏菴

轉過囂塵又一天，若爲進步更蕭然。市頭人語斜陽散，世外香臺老樹眠。異鳥留名猶有色，粥魚銜口并無禪。摩挲石竹階前鼓，誰識經今幾百年？舊傳白鴉來巢，未之見也。木魚，其口裁有微縫。又有石鼓，作竹葉紋。

觀刈稻

野雀喧同打稻聲，黃雲到處望縱横。天憐瘠土秋成易，人說豐年酒價輕。野客愧偷田父力，糧差莫負長官清。漢南比歲流移甚，料得哀鴻已不鳴。

催花示半圃及從弟爾公

花意當春如少年，繡衣錦帶各爭妍。生逢盛事非無命，買得韶光不費錢。暫借輕寒爲醖釀，莫饒閑草太芊眠。東風昨夜傳芳訊，知在奇葩欲吐邊。

桃花二首

輕薄東風惹恨天，粧成故故使人憐。含羞半爲嬌紅雨，作態如難受碧烟。生自不言偏有淚，豔能傾國況當年？如何意蘂心香者，一見妖花却悟禪。

似風流處即神仙，枉向紅塵論宿緣。人去崔郎空有思，花開王母不知年。渡江唱過春如許，送客情深水杳然。莫道迷津無處問，漁翁知放武陵船。

春陰二首

江南春色欲漫天，何處看春不可憐？桃葉渡前三里霧，栜枝門外一痕烟。籠連碧苑日將暮，遮斷翠樓人欲眠。忽訝閒愁共飄轉，茫茫遠道正無邊。

燕子低飛鶯語遲，天涯渺渺鎮相思。全迷春草傷心地，不見嬌花映面枝。翠袖寒深簾更捲，紅顔瘦盡鏡難知。王孫歸騎今何處？又似前年送別時。

張睢陽廟

手障江淮歲月難，寶刀寸折老兵殘。糧空雀鼠城猶立，賊見鬚髯膽亦寒。一死傷心慙報主，千秋正氣激微官。於今氓俗爭祠廟，並賽南雷社鼓讙。

讀李廣傳和西垣

將軍竟少封侯相，醉尉能呵射虎人。縱有聲名邊塞下，惜無家屬掖庭親。單于不得當長臂，天子無端誤老臣。久矣勳名刀筆吏，不容頗牧掃烟塵。

吹香亭卽景兼懷伯喬弟

濟南名士今誰子，崔丈水亭無此香。春翠一塘涵嶽色，晴紅十里散花光。片雲在樹下藏寺，新日送帆輕過湘。斗憶吾家阿連俊，不來瀟灑戲仙鄉。

寄家芸臺

汝似爰居爲海鳥，今茲何處避灾風？天磨俠骨終難折，鬼愛悲歌更助窮。飽腹料嘗煎鱔味，握拳忍試鬭雞雄。江華野種跳梁甚，好脫儒冠去拓弓。

寓舍喜雨

連旬旅館熱三伏，一雨江城秋十分。急勢躍看如鼓打，歡聲先已共雷聞。新蔬巷市低園價，晚稻村田立浪紋。安得天南洗兵甲，蠻歌高唱嶺頭雲。

城陵磯

鼓棹城陵曉色開，日光遙射大江來。西源蜀國浮雲氣，東下吴天走浪堆。水驛客程心暗數，岳樓鄉思首重迴。武昌夏口蒼蒼見，取次山川感霸才。

武昌 此詩武昌誤指今省會孫氏都武昌乃在今武昌縣

武昌城郭猶雄據，孫氏當年此作都。北控上游爲勝勢，南迴建業撫雄圖。山圍故國盤黃鵠，水並流年遠赤烏。陸遜呂蒙才幾輩，東朝人士豈菰蘆？

汝甯詠懷韓碑

雪花半夜蔡州城，懸瓠池頭鵞鴨聲。曉縛賊魁迎上相，生爲將種稱西平。唐家中葉威弧正，河北驕牙斂甲輕。千載元和一片石，行軍司馬自勳名。

渡黄河

蘭陽渡口風色惡，千里吹塵走大河。濁浪東馳細雨下，中原北望寒雲多。沙頭待渡凍猶立，舟子亂流隨所過。徑問酒家村裏宿，夜來大雪吾酣歌。

鄭州驛

清波容易豁塵眸，趙北燕南古鄭州。十里小湖明酒市，半堤垂柳帶漁舟。稻田略似江鄉好，風色還吹易水愁。笑殺公孫思避世，此間容爾着高樓。

下第後得家芸臺寄書

米貴長安不易居，且擕琴劍賦歸歟。偶然去住隨朋輩，未有聲名到毀譽。慷慨歌殘燕市酒，疎狂夢入楚江漁。故人何事多相憶，天際飛來一紙書。

見說春來雨氣昏，四千里外最驚魂。已愁澤雁哀纖甸，況是河魚損故園？聖主憂深頻下詔，皇天仁濟豈忘恩？書生碌碌多私計，遠歎南湖水上村。

朱仙鎮廟

忍見南枝此地横，金牌遺憾泣精誠。英豪（束）[東]手歸冤獄，旗鼓何人更舊京。自是偏安甘棄國，不關和議誤休兵。銅駝石馬皆悲淚，豈獨當時父老情？

過尉氏

日日衝塵觸熱行，漸南風景變陰晴。亂雲急雨陳留道，軟柳低荷尉氏城。卧定看車疑小舫，夢多如水送遥程。馬鈴故故驚人覺，似作郎當誚客聲。

漢江舟中

五月襄樊送急流，流波駛盡客中愁。雲連鄂岳遥看樹，鳥下滄浪欲趁舟。曲岸忽迴山勢健，斜陽爭泊水聲遒。晚來夢裡多清興，羽服乘風上鶴樓。

初秋夜坐憶西垣

今年對月思君夜，猛憶去年秋別時。別似偶然翻到久，秋如有約不愆期。忙中歲月渾無著，病後形容未可知。二十里程難得見，始知鄉井卽天涯。

紅菊

彭澤先生帶酒痕，東籬相對兩無言。難抛野豔媚秋色，可有情香癡蝶魂。暮雨寒風枝半怯，曉霜晴日態微溫。從他桃李東園畔，遠約紅梅與共論。

牡丹

桃本非夭李未濃，藥前荼後忽相逢。兩三種色美無度，九十日春深幾重。影亦帶嬌樽底客，情如畏豔午時蜂。不知富貴從何得，莫爲花癡錯惱儂。

詠香山館芍藥盛開邀同張蘭叟羅懶農孫由菴毛西垣置酒余弟半圃琴窗伯喬同賦得闈字

鄴下春華劉庶子，禁中詩格謝元暉。此花標致雅相稱，今日風流世所稀。酒爲歡多能醉客，香因情重半沾衣。三生十里揚州路，誰記當筵金帶圍。

初夏書事

雨送春歸始放晴，風光初夏好逾明。林花過盡新生竹，院鳥啼闌乍熟櫻。自檢方書醫小疾，頗從田父看深耕。西庄勝事猶多負，開遍將離賞未成。

甲午九月長沙喜晤家芸臺徐麓樵並庚**曹識山**光照**因拉飲酒樓醉後賦此時諸君新落解**

我去長沙三百里，幾年湖水隔人來。故人久別容顏好，奇士初逢眼界開。謂識山。落葉西風歸客路，短衣孤劍定王臺。牛肥酒大村兒社，爲爾能豪醉此回。

送伯喬弟北上

草映征衫栁拂鞍，春風吹汝向長安。少年盡羡登科易，遠道新嘗作客難。山過漢陽辭楚塞，沙飛河北走桑乾。憐余每夜西堂夢，莫便逢時苦愛官。

後山書堂西北隅小屋數間因勢改搆面遠爲樓延引湖山騄成勝賞外治花圃列植名卉皆余弟半圃之所爲也余題之曰芥子山房其樓曰聽雨云

地原多勝解人難，異境初從法眼觀。與世隔塵纔屋角，爲花分國出林端。堂樓彷畫窮諸相，村舍和烟弄一丸。曾笑粗疎陳仲舉，掃除吾室自便安。

片影微茫是洞庭，同柈曾注道元經。煙中乍識孤帆白，樹外遥來遠渚青。世界衹從空處見，江山全爲主人靈。對床夜雨由來好，莫問何時儘共聽。

暮春書感

園花辭樹葉陰圓，盡日樓頭思悄然。已覺春光如曉夢，絶知風景似中年。閑愁減後心情直，幻想空時世慮堅。少日歡場生太怯，可能無意悔從前。

即事懷伯喬京師

樓角沈沈易晚寒，餞春風雨獨憑欄。鶯如舊友來何暮？花似情人去始難。不是董生園少興，誰知謝客句無端。却思走馬長安陌，舊夢多時盡落殘。

病起

自笑身輕欲似仙，亦思解脱可參禪。眼驚落木知秋半，心怯寒陰墮雨前。酒斷乍能添晚食，夢稀容易得朝眠。老親只道形顔瘦，苦把恩情着處憐。

半圃作詩頗言夏時樹色不如春日之佳拈此正之

淺夏於春大半强，莫將嘉樹錯平章。重添密葉深藏鳥，斜出新枝遠過墻。風送清聲林正寂，日移圓影晝偏長。君看好景隨時有，便到秋來喜晚黃。

乙未臘月二十七日作時理裝將北上

久託詩書願顯揚，安居何以慰高堂？自將離別心頭按，早是關河話裏長。南國春風生寸草，北游詩卷助行裝。年來人事愁難說，黽勉隨宜赴舉場。

河南道上見歸鴈

南鴈乘春向北飛，絕憐微羽識時機。橫排天半雙行正，遠入雲中一字微。路轉中州仍作客，家居遙塞自知歸。瀟湘幾日烟汀別，草輭花香可是非。

富莊驛

斜陽風定路塵微，路入交河已近畿。栁色恰宜官驛晚，馬蹄齊趁店烟飛。三年踏雪痕難識，一月離家夢乍稀。且喜長途留滯少，到時方擬減寒衣。

下第後自東華門外移寓縣館作

又別東華轉首看，自嘲辛苦爲求官。夢迴蓬島三年誤，雨打燕山四月寒。寶劍未鳴藏匣易，客金將盡買車難。故園消息傳來好，預想歸家足喜歡。

滿城車馬自奔忙，漫道平生意氣强。獻賦豈須逢得意，於人曾未見歐陽。名花無主精神瘦，客燕驚秋去住忙。歸讀舊書應不惡，他時休悔鬢毛蒼。

都下食櫻桃憶家園有感

樓下櫻桃鳥喚晨，勻圓珠顆熟鮮新。遙知細摘傾盈椀，定自分嘗憶遠人。御苑風光初夏月，玉盤恩幸幾詞臣。此時買向街頭得，慙愧天涯濩落身。

白溝河

劃斷燕雲水一方，當年遼宋此分疆。千秋形勝輸强敵，半壁河山倚大梁。漫道北門雄鎖鑰，終嗟南渡失蒼黃。只今日下天邊地，客子停車歎夕陽。

戊戌除夜吾弟半圃之亡一載餘矣

謝安丝竹斷中年，時節驚心那復然。祇是人間頻歲盡，不知地下可生前。墨痕壁賸舊春帖，酒味杯陳今夕筵。忍看孤兒如解事，呼爺學拜奉香煙。

早知天道畏多情，枉作人間好弟兄。萬事思量成昨夢，一樓風雨似前生。米鹽帳細堪腸斷，文字塵封怕眼驚。滿酌芳樽持酹汝，年年此夜亦清明。

寄何浣溪錦雲通判外兄閩中

閩海迢遙訪故枝，宦游斯地最相宜。兄家舊籍福建。荔支林下談風物，榕葉陰中聽訟辭。刀佩呂虔君遠大，瓠浮莊叟我栖遲。別懷最憶眞陽路，斜日停車立語時。

僕與歐陽曉岑別久矣近以公車久羈都下書問不至悵然有懷

名山縞紵十年歡，常是分離憶別難。楚澤歌謠人易老，燕山風雪客偏寒。文章用世長懷古，科第逢時豈愛官。滿地江湖鴻雁北，岳陽樓上望長安。

送方桐鄉宗朝之東安教諭

十載鄉園我項斯，送君官上可無詩。讀書舊已誇便腹，善射何妨屢中眉。天下衣冠儒職重，湖南山水永州奇。酒錢得了婆娑醉，莫道先生不遇時。

追輓徐熙菴法績太常師四首

迂才拙滯命難通，悲感壬辰一舉中。不是遺珠撈大海，可堪抱玉泣秋風。末科豈必千金值，盛事爭傳六子同。師以道光壬辰典試湖南，敏樹以落卷被搜取，時有六卷，左季高、楊性農、李東坪，皆與焉。今日師門何處問，楚雲秦樹淚無窮。

詞垣老宿盛才名，諫院崢嶸負直聲。當路似應憎白簡，故山聊可脫清纓。西方道遠美人沒，太華峰高正氣橫。後代表章愁冷落，終南山石可鑱銘。

痛憶都門拜謁時，眾中問訊語偏私。似聞學舍微名在，尚恨闈場得卷遲。一自東河遄夙駕，獨歸南國繫遙思。誰知竟作千秋別，絳帳曾無問字期。

歎息吾生蹭蹬場，了無時技鬭人強。十年霜鬢湖邊老，萬古雲霄醉裏狂。未遇知音偏感激，喜從直道託門墻。報恩他日天容許，矢願親耕陸氏庄。

書感二首

粵海頻年苦寇氛，客談兵事豈堪聞。朝端誰主輸平策。嶺外新傳痛哭文。落日投戈悲壯士，高秋迴馬宴將軍。承平戰伐由來少，只願全收魏絳勳。

臧霸功名舊已侯，蕭郎帬屐更堪愁。請兵漫道窮城急，殺賊誰寬聖主憂。海上鱷橫難祭遣，匣中虎出要防周。嶺南灑遍瘡痍淚，浪把官軍怨不休。

贈西垣

浣盡征衫五斗塵，重開學館作比隣。京華久客憐鄉里，海內論交愛故人。莫對春光驚老大，且搜詩句健精神。達官大半非吾輩，從古江湖有賤貧。

石田聊代上農耕，日課功夫每計程。弟子幾人傳慧業，先生早歲盛才名。文章花月春無價，湖浦煙波遠有情。閑暇卽爲行樂計，滿船沽酒白魚羹。

甲辰中秋余作詩與西垣西垣和詩甚偉中間道吾兩人年各四十尤感人也復爲律句奉酬兼懷伯喬弟都下

涼雨蕭蕭欲滿池，中秋能不惜佳時。看人飲酒已無月，與子言愁賴有詩。四十行年人易老，三千長路夢猶疑。燕關羈客誰相伴，此夜鄉園可耐思。

九日偕毛西垣孫由菴鹿角將臺山登高

何代營軍土一邱，登臨於此亦銷憂。湖波浩浩自終古，風物蕭蕭皆九秋。落葉聲中來雁遠，斜陽影外去帆收。明年此日多相憶，不醉茱萸已白頭。

偶得一聯云長年漸欲知家事倦學纔能讀古書西垣子劇爲吟賞合足成之

南屏歸客水雲居，風味無多興有餘。秋雨園林中酒後，夕陽雞犬立門初。長年漸欲知家事，倦學纔能讀古書。爲向長安貴游道，新街已署洞庭漁。

奉寄唐子方樹義方伯武昌

舊政絃歌未息聲，旬宣來愜楚人情。淵懷江漢雙流合，佳士蘭蘅七澤并。曉閣開煙官受事，夕樓登月客飛觥。武昌雲樹巴邛北，賢達風流想已傾。

聞人談海漕事慨然有述

絕境湘山獨卧春，誰傳近事欲驚人？海鷗不信忘機物，野馬愁吹滿地塵。籌國大農須至計，擁旄雄省自才臣。廿年前說陶宮保，輸轉平波未足論。

漫吟

早歲馳驅屢問津，幾年華髮滿頭新。近愁中酒常辭醉，頗欲看花恐負春。世事可忘山色好，家兒成長里姻親。漫吟緩唱無餘事，消受平生款段人。

西垣貴陽書至甚荷詩章奉答聊復戲之

積雨將晴鳥報初，友聲盈耳實欣余。竹郎祠畔春題句，木客吟邊夜讀書。不是主賢難久客，果然師逸又多譽。貴州樓好荊州比，王粲思家作賦餘。

我共君交欲似誰，樂天集裏一微之。幸皆有子令當戶，莫要多才更解詩。西蜀浣花輪里舍，東方小婦可蠻姬。黔南風物消愁甚，跳月跳年盡竹枝。西垣書言黔中土物便宜，欲作家，又欲買一妾，且方作竹枝詞，故云。

賈太傅祠

沅湘自是騷人國，天遣先生弔屈來。漢氏已非名世運，長沙偏得洛陽才。荒祠尚許尋遺宅，舊井猶看漬古苔。遷客從來亦無限，過秦年少始堪哀。

初到瀏陽官舍除夕

歲除人事每相催，天與投閑此地來。鄉縣稍遷仍薄宦，妻兒共語足銜盃。燒柴爐側千愁斷，爆竹聲中萬感回。默數平生那可說，昔年身世幾悠哉。

迎祥兆喜接春歸，宜忌休教故事違。荊楚歲時元不改，岳陽風土未全非。殘年街鼓新年入，夜色紗窗曙色微。北極朝元臣子分，例班山縣愧冠衣。

瀏陽東鄉道中

新霽閑齋鳥語溫，野情難忍不窺園。菜花茅屋春成市，雲樹煙嵐路有門。道是官身殊欲笑，即從人事未爲煩。平生風浴懷曾點，童冠吾徒試共論。

學舍早秋

離騷宋玉漫悲傷，今見秋來意轉强。小雨自驚鳴葉下，西風先透晚蟬涼。耐寒官舍初辭熱，望歲饑人乍救荒。聞說島夷新革面，海烟消盡嶺南疆。

兼講瀏東獅山書院作

前年訪友愛精廬，何意同人待我娛。千樹擁門諸子列，四山環坐一川趨。儒官少事誰禁爾，院長添名自故吾。祇是盤飧無可稱，平生傳業最疎迂。

家芸臺淮會試歿京邸聞而哭之

無著平生信若浮，茫茫人海忽沈舟。空將意氣高陳亮，枉許功名似馬周。燕市悲歌從此斷，襄陽遺草待誰求？畱皮莫恨詩名薄，富貴無聞死即休。

不因同姓縣居隣，爲是賢豪意所親。歷落寄嶔可笑，飛揚跋扈不無神。幾年日下輕餘子，此後溪南失老辛。開篋見詩難更讀，饑寒窮賤了斯人。芸臺嘗示余詩云：「窮賤疎人事，饑寒損令名。」

長沙送院試畢請便歸家途中二首

坐守瀏川一畝宮，離家三度變江楓。愁絲儘耐盈頭積，歸路纔看到眼通。計日那知冬景短，占晴却喜晚雲空。荒邨旅枕今宵夢，已在南堂北圃中。

里閭親戚話如何，逝水連年淚欲波。忍見迎門無阿買，四姪亡以前歲九月。愁將引紼送沙哥。時將送外兄何浣溪之喪。尋常離別生憂患，老大心情被折磨。碌碌抱關何所待，洞庭猶有舊漁蓑。

張卽山嗣康**司馬爲其尊公求作墓文久諾未就書來見速寄答**

高議逢人一世難，却疑青眼誤相看。自將古道論今士，不訝州民忘長官。嘗攝岳州別駕。雲外亂山書屢至，風中悲樹歲方殘。繆當金石無窮託，泚筆何由到不刊。

紀事

蕃舶金繒大不堪，先朝遺恨小民諳。强迴闔鉞憐兵苦，豈料堂餐有盜甘。天地重光元氣正，風雷一動聖威戡。孤雛腐鼠成何物？輸與閑人作快談。

西垣貴陽來書瀏上訊余自言已將辦歸資且約入都賦答

廿年挾策求官子，一墮寒氊强嘯歌。雞肋詎堪畱我住，猪肝翻笑累人多。偶思舊夢猶心壯，亦惜明時奈髩皤。愁絕看君更多病，尚應驅馬渡黃河。

君詩難避世名稱，病謝諸侯憶舊朋。出槖可能贏陸賈，求田何惜忤陳登。兒知家事才非薄，姬解蠻歌得未曾。終擬相要湖上住，蕩船沽酒亦尋僧。

投病去官畱別諸生歐陽左星李香洲王鑑湖三子

三宿浮屠戀未休，冒官幾載悔遲畱。得歸喜就重湖闊，未老還思五嶽游。風月小堂空過客，雲煙高嶺隔隣州。他時問訊能相寄，莫爲臨分欲涕流。

新化鄧仲權孝廉來瀏上惠詩次原韻仲權湘皋先生子也爲詩有原本時將以會試入都

未有文章霧豹斑，清時隨分稱投閑。此官聊可醉眠事，喜子能來空谷間。落木風前三度語，荒城人外四圍山。書生那得窮愁了，且共高歌一破顔。

君家詩律自長城，更作憂時語倍驚。正似杜陵多拙意，豈惟楚國有騷聲。湖天鴻鴈依林宿，秋日魚龍上岸行。去矣長安廷對策，欲將何論補平成？

奉贈王雲湖姻家

意氣猶能四座傾，脱冠霜雪倍峥嶸。有才自古歎無用，造物使君鳴不平。老樹城邊門獨掩，衝波湖上夢偏驚。湟池勢恐翻南極，忍待終童出請纓。

壬子都下送張曉芸家彪**助教出知馬龍**

頭白腰章欲歎君，滇南天盡馬頭雲。久居太學官忘冷，且喜邊州政易成。衙廨有山晨吏暇，蠻鄉無盜夜歌聞。時艱良牧殊難得，贈策何須悵別羣？

鄒雲階編修焌杰**悼二姬詩卷**

天與多情那得無，憐君兩淚爲雙姝。風前蝶影匆匆過，雨後花枝悄悄蘇。人世似無青盼睞，年華忍付白髭鬚。哀絃不惜旁人聽，愁絕神山十二巫。

西垣赴館卽墨五月十二日出永定門與別還寓適家書至賦此

陰雲千里入行輈，望斷萊陽海角〔一〕頭。等是未歸猶此別，獨還孤寓爲誰畱？館人忽報家書至，安字從教客淚收。却看封題踰兩月，天涯魚鴈重人愁。

【校】

〔一〕萊：底本作『菜』，據旁校改。

溆浦舒伯魯燾**往從上元梅伯言丈學因識余名相慕甚余至京來訪遂投契焉七言長歌見贈輒以四律奉答**

百種文章未費才，十年名姓早驚雷。漢郎只爲相如重，楚士難除正則哀。前夜哦詩題紙滿，深泥騎馬踏門來。結交海内皆諸老，如我何因得幸陪？

論文近代數歸方，賤子多慙入品量。舊識宛陵天下傑，近居湘水美人鄉。謂滌生侍郎。邇來三月如忘味，各有千秋可擅場。綠竹萬竿書萬卷，與君同卧北窗涼。

鄉關消息苦難通，多在紛紛寇盜中。未脱儒冠從校尉，且吟愁語學詩翁。欒園老子今誰繼？兵備家郎故自雄。嚴欒園廉訪，溆浦人。伯魯尊人蘇橋先生，現官山東兵備道。見說江南多事日，早將奇策忤元戎。

未年三十鬢微蒼，蹭蹬曾經數舉場。誰解辨文求國士，料應隨分貢明堂。風雲龍虎如相命，憂樂江湖亦未忘。孟浩不才吾豈似，白頭猶自信行藏。

次韻奉答曾滌生侍郎惠題拙集之作

廟廊忽作老漁思，八百煙波七字詩。天下文章才不吝，山中草木句多奇。虛堂坐對如山海，下士平交只等夷。我似楊雲甘寂寞，慙無元草辱深知。

同年公瑾有毛生，意氣袁絲故是兄。下筆題詩走波浪，中流横句躍蛟鯨。青山自好連湖岸，白髮相隨入帝城。狂狷是非重品目，憐才十載荷公情。十年前侍郎送西垣子歸巴陵詩有云：『歐君昔言鄉國彥，汝與吳生俱狂狷。』蓋侍郎早得余於歐陽篠岑，而余彼時尚未與識面也。

附侍郎題詩。

讀吳南屏送毛西垣之即墨長歌即題其集

十載鄉園獨爾思，眼明今日見新詩。嘗憂大雅終將絕，豈意吾儕覩此奇。木落〔一〕千山初瘦削，風迴大海乍平夷。此中眞意憑君會，持似旁人那得知？

人間骯髒一毛生，與子交期如弟兄。忽出國門騎瘦馬，去看東海掣長鯨。放歌一弔田横島，釃酒還臨樂毅城。併入先生詩句裏，干戈離别古今情。

【校】

〔一〕木落：底本作『落木要』，據旁校改。

縣邸寓居追悼亡友方稼軒兵部

往事悲思舊館前，故人風度記翩然。擬君華表三千歲，賸我春官二十年。天地論交終少味，文章垂老詎堪傳？久慙心事刊遺稿，頭白尋常每自憐。

送滁生侍郎典試江西兼假歸省覲

龍光劍氣斗牛齊，星使從天萬象低。聲望卽令雄海內，文章於古盛江西。仙韶孺子祠前下，彩筆滕王閣上題。分許歐梅吾不讓，知公試院憶羈棲。

烟塵新警羽書飛，詔許湖湘使節歸。父老百年看晝錦，高堂一月舞朝衣。主恩不獨皇華色，臣事如酬寸草暉。省府待公增倚賴，當今桀盜識天威。

得家書將避地遠徙悲憤書之

忽接家書淚滿衣，全家將逐鷺鷗飛。江湖多盜又安往，天地吾生何處歸？夢裏妻孥連夜哭，里中雞犬卽時非。他鄉無計能求食，有分還留舊釣磯。

西垣弟子唐鄂生炯**孝廉以元遺山詩注本見請因贈**

詩才正使蘇黃盡，代起遺山老筆豪。兒女情懷都自健，乾坤清氣有誰高？悲涼北調孤臣泪，辛苦南冠兩鬢毛。論世正須箋注力，春秋難免置譏褒。

尊公碩宿負文章，才子人呼小鳳凰。早自趨庭吟玉案，近從吾友得奚囊。問交未覺分張夏，縛律由來薄李王。老我縱横無氣力，看君飛步酌天漿。

次韻奉答黃子壽彭年**編修**

南翁巴曲誰堪聽，僕有一印記曰『南翁巴曲』，用杜詩語。牙曠當場耳漫傾。一代詞林須健筆，十年江夏早知名。憂時豈可無流涕，故里於今有壞城。賈誼上書君得似，老狂重爲擬歌行。僕詩老驥行，爲袁給事作，君詩及之。

癸丑開正李皋門鏡瀛**大令來都邸邀往密雲十二日道中作**

故人將我散愁拘，春首行遨佳政區。馬意喜嘶郊路雪，客心爭動野農鋤。前瞻北塞關河壯，坐想南州草木蘇。羈宦旅游同一感，煩君到處酒盈壺。

自密雲達古北口行宮數所聖駕幸熱河道也道光中先帝輟東巡宮久不治過之敬紀

灤河避暑夏徂秋，想像千峯動翠斿。一自睿皇悲上馭，終然宣廟輟巡游。行宮御宿森相接，壞石頹垣久未修。欲語太平移幸事，近來國計費深籌。

密雲還都後答孫琴西衣言編修見簡次韻

北眺關門首重回，江南誰遣庾公哀。補牢已恨亡羊晚，每飯宜思鉅鹿才。春草愁從兵裏長，杜鵑聲逐夢邊來。瀟湘夜雨西湖月，兩地何時更酒杯。

送位西比部奉使山東運河工兼防禦河口

諸公文讌恨來遲，君又征行我悵離。代草暫違樞管地，位西久值軍機處。報功何止漕催時。春風汶水前旌出，曉日蘆溝匹馬辭。慷慨論兵期宿昔，別筵那得惜情私。

過開封

大梁都會尚雄州，今古雲煙散客游。魏國賢豪須百代，宋家文物自千秋。浮屠大寺望中識，老監夷門何處求？近事前朝最堪恨，怕將殘刼問東流。

官軍敗賊於湘潭賊退據岳州復分掠常澧岳之土盜益大熾官軍未能急下因讀老杜諸將不覺放聲一哭追慨今春湖上之潰兼及去冬廬州之事時甲寅五月也

初聞一戰捷湘潭，羣盜俄驚鼠穴探。數月未能收岳郡，幾時纔見定江南？近來軍事眞難料，古有兵書不可談。愁讀杜陵諸將詠，悲歌當哭我何堪。

侍郎忠胆氣驅雲，義動孱兒解檄文。豈謂登埸都怯死，由來習戰始能軍。高麾急捲湖波黑，墨絰悲盈血泪紛。終是岳陽雄險地，莫令毛盜日成羣。

濟陽忠壯世無儔，楚產英風隼擊秋。早歲曾聞傳義俠，幾年躍起冠諸侯。晉陽忽報劉琨破，皖水重添余闕愁。太息陳鄒相並死，招魂惟擬哭廬州。陳岱雲太守、鄒叔績孝廉，俱同江忠烈廬州之難。

郡下

郡下西風滿眼涼，一年人事百年傷。湖山故是添兵壘，城郭無何在夕陽。古佛廟焚僧盡散，羽仙樓壞酒誰狂？却憐細碎黃金菊，猶作深秋野徑香。

過長樂故提軍塔公前年駐營處

三十登壇第一功，朔方名將老成風。獨奇蕭相知韓信，可羨吳王拔呂蒙。白羽憶揮營陣濶，黃巾垂了鼓旗空。九江何處秋雲斷，不盡波流恨向東。

寄羅羅山澤南**觀察**

侍郎慷慨誓元戎，觀察勳名實與同。世上書生齊吐氣，坐間國士久傾風。三年轉鬭西南楚，一矢須關左右弓。欲識行營偏得地，機籌先在著書中。僕往在長沙，讀羅山所著地理水道書，多論兵家形要。

寄何龍臣忠駿**孝廉**

何子平生文武優，餘人莫易説封侯。屢聞閫帥延名士，獨領鄉軍識老謀。龍臣以平江軍斷崇通、九嶺道。潭省今爲天下重，湖山畱與酒狂游。眼看二李俱豪俊，死義成功盡輩流。李次青戰湖口屢捷，其族兄擴夫死通城，皆龍臣里中密友。

寄周午橋郡博同年

喜令兒輩倚門墻，愁見風波撼岳陽。學子大都荒宿業，儒師翻笑著戎裝。軍聲昨屢驚班馬，歲例今還斷瘦羊。措餉勸輸皆本事，上官須代酒錢償。

避居平江西鄉靜居寺寺後山中產蘭取數盆供室中題曰定香之室

禪榻茶煙此洞林，似依雙樹宿驚禽。經危已解安心法，且老難忘結習吟。佛定本來無解説，蘭香何故絶幽深。木樨聞後忝師了，可向虛空著意尋。

哭羅山觀察序

羅山觀察與侍郎曾公同里，相友善，學行最爲鄉人推重。侍郎募義旅，多倚其力。起諸生，戰賊常身當矢石，名大著，朝命累擢至浙江巡、道，加布政使銜。武昌賊久困驟出，衝官軍，觀察躍馬前陣，遇害。僕曩辱與交識，哭之。且聞侍郎在江西亟戰，故有第二首。

天教此賊待誰平？許國如公事未成。童子皆知賢大帥，男兒休作老諸生。雲霾漢水雖空逝，日落湘山鳥盡驚。麾下萬人悲哭罷，可能收取已衝城。

消息西江昨又驚，南康持節乍登城。忽教墮鳳悲龎統，可奈聞雞失祖生。百尺有樓還卧客，謂李次青。三更傳箭急催兵。艱難自古中興代，猛士今看續請纓。

丙辰九日

交無年少登高絕，地逼兵危望遠難。九日莫嗔詩興減，三秋不爲菊花寒。但憑兒女知過節，欲別家鄉當去官。江漢混茫須即了，湖山搖動未曾安。

次青軍挫撫州貴州賊復犯界襄樊間新有他變寓中書歎二首

未下江關浪有磯，列州如霧是仍非。甲兵范老才疑拙，書記高生用豈違。楚士要爲天下寶，魯戈爭挽日斜暉。衡廬地接驚傳報，誰賦同袍更攬衣？

江山何處用丸泥，千里湖南四望迷。兵火直連襄漢北，風烟遥動夜郎西。毫分有斂軍難飽，大半無秋户盡啼。向夕徘徊問烏鵲，飛來安得定枝棲？

江漢

丁巳正月作時胡中丞已入武昌

江漢雄藩舊鬱蒼，四年三陷痛危疆。盜甯有道能攻守，師已多功或短長。刼火紅羊消幾事，仙人黃鶴去何鄉？春來官栁還堪種，陶侃威名在武昌。

和湯子惠野花

草徑榛崖爾許逢，野花情態最愁儂。永嘉水際尋常見，洧曲風光淺淡容。從古好花名亦薄，幾時移值影添重。繁華恨殺園林主，賺得春殘夢尚濃。

岳郡兵火後更修試院縣士皆爲詩同作

刼火方知未是灾，世言文運有天開。科名久愧前朝盛，奇杰常思後輩才。莫爲莠生疑地薄，試看花發喜人培。湖山勝狀今添好，記取龍門作頌來。

王璞山鑫廉訪引兵戰江西方屢捷而以病卒帥抑齋遠燡編修亦督勇敗没於撫州二君於春夏過長沙先後見訪聞此驚痛併哭以詩

翰林慷慨談傾席，廉訪沈雄氣辟人。過轍未消垂栁巷，招魂連在落楓辰。劍亡豈惜詞臣筆，星隕纔抛舉子巾。不敢尋常悲二子，獨嗟時未離風塵。

寄吴門陳梁叔克家金陵軍中

一自都中爲别日，六年湖海竟煙塵。閉門覓句知無地，草檄從軍正要人。越甲久鳴秦水岸，吴船不到楚江濱。間關便達三千里，爲報猶存刼後身。

江陵懷古

紀南休歎霸圖空，往迹人猶識渚宫。游獵近馳雲夢澤，觀兵遥踐陸渾戎。細腰貯寵矜秦女，長鬣延賓傲魯公。末代孤臣賦哀怨，猶然大國有雄風。

莽蒼江山百戰昏，興亡何只兩東門？梁家偪仄那須惜，高氏崎嶇未足論。獨許蘭成沿宋宅，思招子美合湘魂。前朝相國猶人傑，目極艱難感激存。

北撫胡潤芝中丞力革漕糧積弊余在荆州聞見其事喜而述之

三户人煙北路殘，中丞明令布新官。買牛今見農民樂，害馬初除國政寛。羣盗且聞先破膽，貪人知止亦迴肝。方州盡得如公比，賈誼何勞策治安？

芝房舊贈詩聯書後序

往歲芝房都門贈余詩聯云：『别裁定我蒼筤集，方駕何人柏梘翁。』蓋芝房嘗委余定其詩，余直以鄙意所可否於古人文章者與之。芝房不以爲妄，盡如所論。蒼筤，其集名也。柏梘翁上元梅先生伯言，古文盛有名，又余輩宿知愛者。今此聯尚懸余壁間，而芝房沒一年矣，愴然對之，卽題其側。

主客都門樽酒同，風流儒雅悵成空。君徒詩似茶陵相，余序蒼筤集，以明茶陵李文正公才遇擬君。我自文慙柏梘翁。君臨沒日，以書委余表其墓。草色已生新冢上，栁條餘愴昔年中。翰林仙謫仍歸去，泥雪虛勞認塞鴻。

辛酉開正寄王子壽

年來江漢悲吟叟，灑泪新詩想未稀。綠草東風春自是，朱旗北斗事逾非。文章舊國離騷接，教授高門著錄歸。我亦幽憂思散疾，白頭湖上隔烟霏。

九日游湖上登高飲田舍

十年兵馬無佳節，九日湖山欲放歌。有酒且從田父飲，占秋惟覺洞庭多。風高近浦帆歸岸，日落遙天鳥逝波。直北迤東俱在望，敢知憂喜事如何？

爲郭意城崑燾**舍人題萬樓觴月圖序**

萬樓，在湘潭城外。道光末，江西陳懿叔、廣専兄弟來湖南，舍人觴之此樓，圖所爲作。是年，僕亦獲與二君長沙連日游飲。今十四年矣，題此慨然。

海內交游尊俎前，西江二子一門賢。客來同醉高樓月，會散俄爲大地烟。當日酣歌惟我後，中宵起舞孰君先。披圖不爲懷人感，只是承平憶昔年。

壬戌送試長沙中秋羅念生曹鏡初丁果臣來余寓邀往又一村書局同飲是夕微雨月在雲際念生索詩

秋宵鼓吹動芳塵，鎖院風光察院鄰。來賞雨邊雲裏月，共爲場外局中人。修書定已煩公了，飲酒何妨酌我頻。却笑五經王子佩，八千文士不容身。湘潭王榮蘭子佩，錄科被擯，時在飲席。

退菴君山隱居三首

豪俠神仙兩未知，洞中樓閣忽參差。關山戎馬歸來日，湖海元龍卧覺時。坐裏棋枰飛鳥沒，欄邊星斗大江馳。斬蛟射虎才無用，衹辦殘年萬首詩。

漫說雄樓比岳陽，新名古地我能詳。九江南派中江合，五渚西來北渚長。觀水未須窮海若，濯纓眞欲少滄浪。似聞仙酒餘香在，好共回翁醉幾觴？

福地因何久寂寥，園林開闢待今朝。斑筠帝子愁須盡，叢桂王孫隱斷招。且與茶農分地主，次青自號君山茶農。儘容漁叟伴山樵。歲寒霜橘謀租課，亦抵封君千户饒。

甲子春日

算老今逢六十春，風光元是不驚人。花開草長幾年歲，水態山容無舊新。躭酒未除從小疾，讀書宜懶信閑身。惟愁烟水迷離眼，錯認江東戰伐塵。

紀歲重開甲子春，眼中時事日驚新。未論多事中原地，且縱奇觀外海人。世局誰量今古變，史書纔把見聞陳。儒生迂議須抛却，消息乾坤自有眞。

寄楊芋菴大令安邱

儒冠未脱起論兵，又復絃歌近武城。循吏已非名將健，縣衙仍是學官清。齊東山色侵琴坐，歷下詩朋入酒盟。爲說柈湖舊漁長，病來猶把一竿輕。

去歲以患腹疾廢不爲詩今春病愈紙墨遂多別起本錄之曰樂生草樂生者北庄新居東堂名也因自號樂生翁云

新居初卜便題名，自壽東堂樂我生。跨馬幽燕非昔壯，放船江海罷孤征。杖藜山下隨流水，風景村前愛晚晴。爲好吟詩添起本，頗欣篇句自然成。

劉淡山姻家生日壽之以詩

又是春風第一年，探籌重問海中仙。雖逢禁酒屋餘釀，正看分秧門插田。聞說課書東塾裏，回思聯社北山前。雞豚作賀無他意，要捉吟鞭左右旋。

道士李智亮新修復城南呂仙亭兵火之後勝觀逾昔余喜而記之以文因往信宿亭上賦此甲子七月二十又五日

眼底人間盡刼灰，亭樓今復上崔巍。湖山無恙看猶好，劍舄飛空去又來。我覺此身如老樹，客言能酒亦仙才。道人借與閑房卧，孤鶴橫江夢裏回。

李季眉星漁**六十生日自賦輓詩四律寄示索和次韻**

暑往寒來歲遍推，高人襟抱若爲開。百年便覺無多日，一飲深愁有限杯。龍虎動名雖灼爍，麒麟高塚漫崔巍。眼前好事惟强健，自把哀歌唱幾回。

傳世何須苦著文，自來名士揔紛紛。請看華屋張高宴，須勝荒原酹古墳。試墨嘗茶餘興健，觀書評畫晚窗曛。却驚絲竹聲淒切，只是山陽笛屢聞。

東城地敞豁煩憂，小檻幽軒著隱流。自喜豐林堪養鹿，豈嫌巨鼎不函牛？談詩便覺風生腋，脱帽曾無雪壓頭。我昔醉沾清夜酒，記看秋月上簾鈎。

君家華貴獨林泉，我齒齊君雅自憐。仙館且爲攜酒地，書堂未乞買山錢。無勞筮易妨身死，那更投壺問某賢。一和淵明生輓曲，夕陽寒影落平田。

北莊首春

遶舍春風鳥語譁，侵晨驚起喚窗紗。溪山畫稿添新本，鄰里炊烟似舊家。不惜衰年勤種樹，賸畱閑圃滿栽花。吾廬自愛人休訝，拄杖行吟到日斜。

三月二日邀劉淡山孫由菴毛孟仁家谷臣伯喬集飲北庄孟仁西垣之子也末韻屬之

白髮蒼顔五老人，樽前重檢少年春。細看面目原如舊，無那風光祇自新。且健幸能勝酒力，賸狂猶欲倚詩神。坐間苦憶嵇中散，昂鶴形容尚逼眞。

由菴次余三月二日韻云花前把盞幾風人迴憶流光卅六春好事難尋頭久白故交多感眼猶新此指余弟半圃道光庚寅歲山館賞花賦詩事也讀之愴然仍前韻

當年山舘詠香人，花斷連枝夢破春。亂後吾廬且非故，老來人事漫從新。求田問舍非無味，賽社觀塲亦有神。忽枉清詩雙淚落，平生難遣是情眞。

端午日王壬秋闓運**舟過巴陵枉顧**

久卧荒江學老漁，足音何意到空虛。清尊五日能畱客，妙論千秋未有書。世事豈知吾敢問，壯年將隱子何如？扁舟此去辰山遠，安得相從更卜居。壬秋言當隱辰溆間。

夜讀東坡寄孫侔詩蔣濟未能來阮籍薛宣爭欲吏朱雲忽憶十年前督帥曾公軍在江西時以書與郭翰林筠軒屬親詣余所邀請從事書有小生竟欲吏雲語昔孫正之與荆公篤交荆公當國正之避去乃以新法故若余於曾公宜出相助而偷自便以就其所爲著書爾然曾公書云可感也因次坡韻記之

勳業當今第一人，平交猶是我呼君。聲華未得從王儉，笑疾偏能許陸雲。江上旌旗存想像，山中樵牧斷知聞。兒童敝冊村師說，尚欲煩公一張軍。

戲疊前韻道作書解之意

本來漢宋有同人，未信朱翁異鄭君。摠道殘星收曉日，可教明月入層雲。世間常語今猶古，地下諸公起可聞。便是因人非碌碌，臨淮新將郭家軍。余解學、庸、論語用翟灝書，孟子用焦循書。

余讀國風得衛莊姜討州吁及許穆夫人存衛之功歎從來說詩者昧昧也遂著國風原指一書疊前韻示楊生浩臣時在余塾教童孫讀

讀詩初識兩夫人，未待成書說與君。處黑故應思見日，覩青何意遂披雲。得間定可尋眞解，不達還宜守舊聞。摠惜古來豪傑事，無人曾道此娘軍。

古風詩託興指物詩事即存焉得此意以窺風詩徵之左氏史記其事猶多可考者余爲說似新奇實本事爾周太史錄風與春秋同義四疊韻

本無箋傳與何人，不害文辭一任君。行露周南多謂露，如雲鄭女匪思雲。美鬟孰意亡眞貌，充耳須知爲有聞。王迹未消周太史，莫嗤繻葛亦能軍。

退菴約泛月中秋適余足創改期重九五用前韻

由來萬事不如人，白占湖山我共君。不趁中秋同棹月，便期九日互梯雲。神仙有酒香仍在，章句無師道可聞。約攜新著書往。世難幸平身計好，無勞重問岳家軍。退菴前募營號宗岳。

余所著書未欲即行於世因念史公言藏之名山傳之其人欲手寫定本庋之君山九江樓中亦佳話也六用前韻

龍門藏史待其人，我有名山欲附君。未必江湖紅貫月，已妨牛斗氣干雲。著書摠恨求名誤，創論眞難使客聞。桃李不言蹊自熟，令人長想漢將軍。

退菴約重陽前自君山遣舟迎余及九月連日大風雨余足疾未除欲强起一往初七日晨霽人至則退菴已於前日遣書止余且言楊性農當來須待之七用前韻

跛履殊慙似半人，扶筇未許謁湘君。不嫌九日侵風雨，只爲三秋悵水雲。佳節黃花時未過，故交白首話欣聞。登高作賦愁無敵，爲遇（楊）［揚］雄且按軍。

九日齋中與楊生小飲八用前韻

今朝風雨不愁人，拌作重陽賴有君。猶勝陶公對黄菊，恨無坡老過黎雲。弱行意懶門先閉，未飲寒生酒已聞。不作征西幕中客，誰嘲落帽孟叅軍？

性農書來云暫欲他往君山游未可必退菴命舟來余遂以十八日至山蓋不涉湖三年矣九用韻示退菴兼寄嘲性農

三年不見似懷人，面目匡廬識此君。爲愛湖西多好月，每從舍北望停雲。余北莊後山登之，即望君山。謝家春草平生夢，騷客秋風自古聞。寄語兵曹迴俗駕，任渠逃走不勾軍。

郡守廷公芳宇初莅岳書來道從前相慕許之意書辭過恭並惠遺澧人先輩潘相經峯書刻數種因商及公事敏樹久安謝避無以答也自君山便舟入城投謁奉上十疊韻

久辭長揖向時人，又到城中謁使君。亦喜車前霑好雨，不妨山外卷浮雲。書編枉及愚能讀，世事何如走未聞。爲報滕公須痛飲，江山休負岳陽軍。

家桐雲大廷**觀察來書却寄**

舊友驚迴十五年，書來閩海意茫然。軍前仕宦通仍拙，別後文章好定傳。斷嶺暮雲遲落日，長天歸鳥下遥烟。藏書二酉君家處，會許殘年看啟編。

贈家谷臣兄

愚弟賢兄更勿疑，青青須髮尚離披。自貪年暮看書進，不悔家貧愛女非。得有酒時朝去飯，自無行處坐忘機。可憐多興難收拾，醉後高吟到我詩。

羅娘廟詩序

廖伯爲古詩十餘首，名曰病言，皆感歎邑里風習。中一首言南津羅娘廟古奇孝事，而廟壞不修，他游觀近多崇飾者。余讀之，自媿未能一言及此。按岳陽風土記：孝烈靈妃、孝感侯廟，秦時武陵令羅君用因督鐵運，溺水死。其女挈弟求父屍，不獲，遂相繼赴水死。邦人哀而祀之，謂之羅娘廟。靈響日著，舟楫往還，祈之利涉。宋元豐中，勅封姊爲孝烈靈妃，弟爲孝感侯云云。巴陵志：明嘉靖間廟毁，都御史顧璘檄有司重建。國朝康熙間修之。余謂此事在曹娥前，顯晦特殊，由無文字宣揚之故。度尚之碑，中郎題字，不可得已，輒比擬倫類，思播古芬。又宋世靈妃之稱，未合名典。妃者，配偶。羅女蓋未嫁者。弟感姊悲父，至性雙絶，當時去屈子沈汨未久，而忠孝異人相續爲此，眞吾湖湘妙靈之會矣。詩同麐伯，以爲獨倡之和，俟采風焉。

越水曹娥古共悲，楚江秦女事先奇。褒神但有靈妃號，紀孝曾無幼婦碑。雲近湘山隨汨竹，風遥汨浦接芳籬。曾聞漢使留蠻鼓，落日荒津照壞祠。岳陽風土記：「漢陸賈使南越還，以銅鼓施羅娘廟。」

送高伯陶歸湖口伯陶以進士監税岳陽城陵磯口今丁卯初夏劉郭二中丞來游君山先期君所余亦造焉飲且留宿頃言别山中以十盆乞桂栽去爲余銘斑竹杖卽詩送之

下州監税爲湖山，却返匡廬彭蠡間。秋水木蘭輕櫂去，湘巒叢桂重裝還。羣仙會裏俄經散，名士官中暫得閑。珍重古銘扶老字，日西愁倚悵難攀。

伯陶求斑竹管此管名在故事而小裁盈握者絶希覓得三管命工就製羊毫以二奉伯陶爲别余自有其一連日江上北風舟停未發用前韻重送之

娥英點玉落吾山，名品湘東定此間。正有文章須筆下，故應彤煒贈君還。雨蘇病骨初迎爽，風約歸心更弄閑。相望城陵頻寄字，王孫桂樹若留攀。

江甯上曾相國二首

依然上相迴翔地，仍見南疆宅佃民。日月已扶皇極道，江山仍到客游春。古來勳業誰爭色，近代文章併洗塵。我向度遼門舊熟，轅前未敢更逡巡。

懷古金陵客漫勞，眼中多感首頻搔。歌樓洗去秦淮碧，戰壘留看幕府高。人事悲涼隨厄會，風流起發盡奇豪。岳陽湖畔登舟淚，猶向春江湧暮濤。

相國出巡海口知余舟將東下命郎同行發日賦呈二首

樓船曉日擁麾幢，側岸魚龍氣盡降。罷戰風烟清遠海，留春花鳥弄晴江。蘭橈競發軍齊伍，蓮幕從游士有雙。謂趙惠甫、黎蒓齋二君。不是琅邪朝儁意，相公侯度在安邦。

江南佳麗古游鄉，猶見青山繞建康。以我扁舟無近遠，隨公巡節遍蘇揚。陪綦謝傅情原澹，賞詠袁生趣更長。聞道西湖風景在，可能跬步不分疆。余游吳門後，將之浙，相侯當返旆矣。窺公意似悵然。

同莫子偲趙惠甫黎蒓齋游登靈巖下過無隱菴復上天平山晚歸二首

吳郡西南大好山，參差奇秀落湖灣。溪光明入青蒼裏，石色靈飛窈窕間。舊姓名園基祇在，靈巖下畢氏園已廢。古賢先墓草猶刪。范文正公先墓在天平山下。自憐老健償游債，暮鳥催人未肯還。

天平萬笏插空青，路下靈巖故小停。千磴白雲低眾岫，半天紅日墮橫屏。遙看烟水通胥浦，近覺家山接洞庭。乘興諸公莫須盡，東游還可極滄溟。

自嘉興雨日抵杭州

嘉禾城側曉風舟，磊石門邊晚雨留。只愛禦兒多賸水，不憐翁子有遺邱。朱買臣墓在嘉興城內。鏡中山向雲中出，樹裏船從畫裏游。便是行程遲較好，何須幾里問杭州？

李眉生鴻裔廉訪聞余於高伯陶金陵相遇喜甚因用相侯贈余詩韻以報高君其詩甚工爲余書之扇頭自上海別至杭賦此寄酬時廉訪方欲辭官也

眉山才子謫仙家，臺省清塵大使車。正上高官多氣色，忽思中路入烟霞。南衙席照清淮月，北海樽開茂苑花。野老幸陪冠蓋會，醉邊貪看帽簷斜。

並生相遇底緣因，累子騰箋報輔仁。偉抱只藏天下士，暮年空作眼中人。文章山谷身前句，烟月揚州夢後春。手把清風過杭越，袁舟長伴謝公隣。

杭州上李篠泉中丞

沅湘名政通偏省，江漢清風遍大疆。門過皖公山列戟，星臨越子水迴塘。隨騶白下雙瞻節，中丞過金陵，相侯偕往昭忠祠，敏樹與焉。趨府黄中再攬裳。慙愧塵衰村面眼，西湖還與照波光。

雨霽秋樵邀同李笏山觀察陶策臣大令及伯昭星橋二生爲西湖載酒之游遍歷湖中諸勝明日五月朔余復偕二生小舟渡湖步入靈隱遂至天竺晚歸併成二首

曉鏡明開西子湖，主人朋酒亟招呼。放船菱葉藕花去，過雨山容水態初。天下此邦留美在，眼前多景入詩無。六橋可惜垂楊盡，指點長堤尚姓蘇。

西湖湖上峯峯寺，難得幽尋盡叩扃。樹色排分靈隱路，日光穿透冷泉亭。人家雞犬通仙籍，天竺香花護祖庭。欲證三生無悟處，晚鐘聲近接南屏。

湘潭楊生吾恩澍方令山陰邀同游蘭亭具舟戒早發會天雨改由小雲栖寺至柯山七星巖抵暮返郭以蘭亭路須舍舟陸行十里雨中非便故也次日復雨余與儀甫少府游城北戒珠寺寺卽右軍故别業宋王十朋及朱子皆有詩蘭亭更兵後盡毁獨荒址存耳余意且欲以别業當之率示儀甫卽呈楊侯

欲訪蘭亭路滑欹，短篷煙雨别溪移。雲栖水竹自幽獨，石鑿巖池亦大奇。名躅盡空書跡在，雲栖多明季、國朝郡先達諸公所題榜帖。仙源初接佛香吹。柯山因近鑿取石，遂成岩洞。厂下水渟泓深碧，廣數畝，壁鐫大士像，題曰「小南海」。龍船簫鼓迎歸晚，似解兒童竹馬嬉。

右軍别宅想風流，也似蘭亭感禊游。一序自持名教論，三乘休向戒禪求。幸聞仁宰多佳政，難及來春預勝儔。仙尉不辭勤導我，結鄰梅里是良謀。

寄高伯陶都下用前贈别韻

行來萬壑千巖山，漁父烟波苕霅間。匡廬五老亟相待，京洛個人殊未還。秋風吾欲歸緩緩，小艇卧且行閑閑。斑丈老翁伴腰脚，雲岩與子期躋攀。僕有斑竹杖，伯陶爲鐫銘曰『斑丈』。

同韻寄謝廖伯

仙人須住蓬萊山，那可軍書旁午閒。廖伯前佐左帥幕。正有蒼生要人起，豈惟青史待君還。五湖且放菰中隱，十畝肯偷桑者閑。不是里門期駟馬，高蹤伊呂望誰攀？

回舟無錫龔智軒司馬親家畱止稅局度暑復游惠山

重來閑客春申浦，細酌名泉夏午天。鄉縣似從鄰局近，好山都落太湖邊。秦園地廢畱宸藻，吳俗家傳祀古賢。三讓永懷端委事，故城誰識闔廬前？

同鄧守之汪梅邨莫子偲伍嵩生錢子密陳嘯甫任棣香王子雲趙惠甫黎蒓齋薛叔壬吳摯甫游元武湖是日相侯命劼剛爲主人還飲昭忠祠仍泛青溪秦淮詩報劼剛卽呈相侯

未了荷花元武湖，尚聯襟袂侈通都。船穿秋葉似披徑，手摘新房更命奴。三閣誰憐金粉豔，陪京休歎瓦塼蕪。湖内五洲，明時藏黃籍處。今民間以敗塼(茸)[葺]墻，多南京工部字樣。陳後主三閣，亦故臨湖上。青溪簫瑟秦淮冷，終古從今一歎吁。

金陵將歸書局諸公餞之飛霞閣上明日畱别張嘯山李壬叔戴子高唐端甫四君子並縵雲侍御

藜火飛霞閣上然，東南文物中興年。故家緗帙須傳本，相國緇衣雅好賢。述作能兼書並就，風騷間起句皆傳。諸公不放游歸客，畱醉鍾山晚色邊。

濡須江口訪彭雪琴侍郎水師營次即呈

誰信飛騰戰伐名，江湖原作散人行。梅花定自生來共，詩句從他酒後成。便欲湘中尋澗壑，只妨朝右倚鈞衡。客游歸棹探奇了，一過龍門快此生。

贈李勉亭興銳

獅山精舍久成塵，猶見瀏東問講人。篋裏春秋空賸本，詩邊風月摠傷神。軍前報績勝登第，荒後爲官待活民。何事相逢理章句，老夫先日已迷津。

安慶

安慶城邊壘有苔，往年戰伐亦雄哉。逆成久截長江斷，勢得旋收半壁來。山色皖公原不改，波流揚子可應迴。塘頭余闕還祠墓，終古長留壯士哀。

何丹臣監稅湖口請於曾相國修理九江周子墓安置守者余同游廬山途中述贈

濂溪不是江州水，周子名之家在斯。今君乞修墳墓守，此事非關鄉國私。挽客春酣石鐘上，指山秋踐雲峯期。相將白鹿洞門過，丹桂正花香古枝。桂傳是朱子手植。

泊漢口卧病舟中風雨連日杜子仲丹方以活字書局寓晴川閣會重陽仲丹邀爲閣上登高之飲余病亦差愈喜而有詩

病肺舟中勞伏枕，歸心秋盡滯還家。先生游矣良獨苦，美人待之相顧嗟。世事紛紛擔走道，江流滾滾浪生花。莫愁風雨重陽了，待倚晴川弄晚霞。

歸帆已望洞庭濱，江漢秋風耐病身。九日難逢高賞地，百年容作減愁人。樽前便覺春回夢，眠底甯知海湧塵。可惜墻東詩老去，不欹烏帽共茲辰。王比部書局亦寓，此時還監利。

泮湖詩錄卷之五

五言絶句

過雨二首

過雨淨郊原，垂釣溪聲急。解衣栟岸深，坐對前山色。

清水一竿竹，無魚心亦閑。却憐淮上客，杖劍向人間。

聽蛙

山齋滿夜涼，竹外雨初過。田水亂蛙聲，幽人送清卧。

三月三日溪行三首

村山夾清溪，垂楊暗溪曲。三月春風長，兩岸人家緑。

溪流山下窮，側見栟陰轉。乍逢幽境深，隔壠田歌善。

栟邊春水明，村人半田畝。碧漲忽浮天，知是南湖口。

雜詠七首

鳥啼香雨曉，細細作春寒。紅到眞珠子，徘徊思上蘭。櫻桃。

花鳥傷心隊，皆爲蜀帝魂。夜深啼謝豹，枝上著新痕。杜鵑。

縷縷紅絨細，阿姨裁製工。無人曾衣著，獨自舞春風。剪春羅。

人言並菡萏，有似雙鴛鴦。高節豈無匹，同心是一房。並頭蓮。

安石丹葩種，原隨漢使來。蒲萄齊熟後，頻費蜀都才。安石榴。

可憐姊妹花，嬌豔向誰誇？記得香魂在，楊家又李家。姊妹花。

一把美人泪，殷紅墜指頭。千年生玉甲，細數故宫愁。指甲花。

銅官山

雲母欲尋石，陶煙已蔽巒。千年楚王國，遺地記銅官。

端午陳畱道上作二首

新麥作饅頭，當門祭端午。豔豔蜀葵花，小髻陳畱女。

我家住瀟湘，清酒泛蒲觴。白頭感佳節，念兒在他鄉。

漢陽江口

小舟點點飛，影似掠江燕。隔岸武昌城，煙中看不見。

大雲八勝八首

靈山百道泉，沈碧一潭萃。不逢栁司馬，鈷鉧何人記？聚泉潭。

不知泉來去，忽訝松風鳴。過客幸解事，洗耳聽此聲。響泉崖。

大龜避九江，窮澗襲幽迹。猶自厭神靈，終古化爲石。息龜澗。

危蹬躡雲上，孤盤蒼翠中。何當六月裏，來此招清風。萬松磴。

遠過結繩代，有此卓筆峯。鋪張白雲紙，揮寫天形容。卓筆峯。

聳翠覆高頂，大似青蒻笠。想在煙雨中，溟濛不勝濕。青笠峯。

上井透峯出，神之稱聖泉。人間煙火客，飲此不能仙。聖泉井。

崖石自然碑，竟無科斗字。便可刮蒼苔，鐫我游山事。可摩崖。

漢江舟夕

岸樹人家好，漁歌楚調親。多情漢江月，偏照近鄉人。

短句題僧壁二首

曉徑啼搏黍，午林響啄木。因知眾鳥情，喜鬧幽僧屋。

山僧不識禪，長日只空眠。賴有吳居士，將書捨睡緣。

亂中懷友五首

頗訝歐陽子，連年無到書。衡峯七十二，何處入雲居。

近得陳梁叔，天涯與論詩。苦須平賊報，爲有寄書時。

數面十年憶，文章老伯言。江南不可問，還道老郎存。

邵子官今斥，著書將母娛。只愁波滾地，未得住西湖。

摠道孫侯貴，華年侍禁林。干戈雙泪眼，家國一時心。

過亡友西垣家宿其書舍愴然有吟

一世遂爲別，百年長獨嗟。亂離兒女在，今夜宿君家。

丙寅立夏前一日

一春無一句，明日又辭春。莫笑詩翁老，春偏不著人。

君山芝二首

涼入樹陰坐，坡陀石作林。本無神仙意，忽見綺園心。

我從君山來，移山入我屋。獨坐悄無言，如聞紫芝曲。

自湖州渡太湖入西洞庭

小别君山路，春帆發洞庭。今來太湖裏，還見舊山青。

自家楚澤鄉，結客吳山賈。同是洞庭人，我來問無主。

湯伊谷皖城舊遊圖

離合故多感，而今浩刼餘。傷心舊游盡，不忍見君圖。

雨夜宿開先寺三首

秋堂雨夜燈，殘話兩三僧。自在廬山脚，寒雲下幾層。

昨夜栖賢月，坐聽僧打鐘。開先今夕雨，濤亂寺門松。

三峽橋門水，龍潭瀑布花。僧床秋雨夢，身上泛河槎。

泮湖詩録卷之六

七言絶句 六言附

同雲松齋前踏月

霜氣侵階夜已闌，此時月色好誰看？呼君共踏桂枝影，人自清狂不覺寒。

夜雨聯床約奈何，風流惆悵老東坡。蕭條竹柏承天寺，爭似家山月影多？

小病

乍經小病懶翻書，敲罷殘棋清夜徐。短榻輕衾燈欲暗，一窗春雨夢來初。

柹塘

柹塘水長春田雨，麥隴風香油菜花。野叟扶犁兒慣學，閒人無主我應差。

方稼軒見示湯海秋詩因索其文

人閒亦有昌黎派，詰屈横奇湯海秋。此筆能爲獲麟解，煩君寫寄破吾愁。

讀集異記所載徐卿化鶴事因題

沙苑重陽獵騎圍，秋風無恙捲旌旗。青城道士雲間鶴，早向西南帶箭飛。

贈表兄羅懶農

爲愛吟詩號懶農，春風秋月寄歡悰。於今詩思都成懶，牧犢村山倚短筇。

王昭君

塞塵飛上漢宮粧，添抹燕支飲酪漿。一代平戎兒女計，琵琶聲似怨高皇。

明皇

花鈿無復路塵香，幸蜀歸來事可傷。舊是開元天子聖，郎當何意到三郎？

虞姬

拔山夫壻自悲歌，女子無才更奈何？千古銷魂惟此別，不應長恨馬嵬坡。

冬暮偶檢文選曹顏遠思友人詩有懷吾友歐陽篠岑因錄以寄繫之短章

歲暮空堂風雨悲，檢書搔首憶君時。關心最是曹顏遠，替賦懷人五字詩。

鹿角早春

鹿角山前春正晴，鸕鷀灘外水初生。新年小市人聲鬧，學得風光似縣城。

同毛西垣孫由菴游南屏禪院路逢庵僧赤脚荷鋤自田中歸西垣指云渠是和尚幾代傳法孫耶以余嘗自署前身南屏庵僧也余笑曰故當不失家風因占一偈

栽田喫飯本來存，授記傳衣且莫論。欲問南屏老禪法，了無僧氣到兒孫。

沈石田畫晴雨風雪四景

清和風物淡中成，十里遙分幾樹晴。就裏孤舟欲無着，始知煙水即空明。

黯黮乍垂千樹黑，奔流旋作一川黃。人間六月火雲熱，輸與風軒潑墨涼。

風聲風色捲空流，一幅鵞溪特地愁。院落無人雙耳寂，忽驚黃葉四山秋。

千山萬徑白縱橫，一道寒流與雪明。蓑笠老翁人不識，只應多似沈先生。

高齋納涼

層層飛翠萬篠箊，高館迎涼小暑初。卧讀南華終一卷，且須風至替翻書。

西風

西風滿目欲深秋，望遠孤吟客自愁。小鳥作羣爭樹果，一時黃葉下溪流。

過張蘭史先生故居

先生鶴化歸何處，老輩風流盡此家。惟有西風滿園菊，飄零猶作去年花。

舟中閱陶穀清異録題二絶句

五季風流陶翰林，謄編小録綴珠金。豪華輕薄慙明主，未盡當年富貴心。

雅筆能傳碎事名，豪談野説總關情。自家一種葫蘆樣，付與詞流畫得成。

小河驛龍燈

新年燈節獅龍戲，解事家兒笑語齊。此夜爆聲山驛裏，忽驚身在楚雲西。

貞陽曉發

家山夢裏無千里，忽漫驚人聽馬蹄。茅店一燈行客去，曉星殘月汝南鷄。

杞縣

春半河南栁乍青，似迎如送短長亭。無邊野色多於水，不見煙花滿洞庭。

孤烟野水帶荒城，客思蕭蕭暮馬聲。晚市紅帘無數捲，試呼春酒壓愁生。

趙北口

何處滄浪好濯纓？北州塵土逐人行。此時一送江湖眼，浦樹烟帆無限清。

十里長堤畫裏行，江南風物觸愁生。閒情欲乞何人寫，秋栁才華一代名。

御河橋上觀釣者

御河橋上萬車馳，十數蘆竿自在絲。釣得魚兒長一寸，大家爭看脱鈎時。

琉璃河

琉璃河水最清渠，正是琉璃碧不如。瞥見一灣垂釣好，石橋溪上憶吾廬。

閱湯臨川四夢傳奇各題絶句

情生情死爲伊誰？情種由來不是癡。千古情腸齊欲斷，杜娘臨鏡寫眞時。

花下釵頭惹恨來，風流佳壻特難猜。多情只有黄衫客，莫向人閒誤愛才。

世界塵中有一柯，專城尚主樂如何？秋槐葉落眠驚覺，猶記前生事儘多。

捹作封侯夢一場，邯鄲道上走黄粱。祇今落第南歸客，尚與廬生較短長。

清明日博平作

故園今日共清明，弟姪遥應誤計程。想釋慈親游子念，不知煙雨博平城。

寄西垣都下

雨夜挑燈酒未闌，坐題書罷憶燕山。湘南春色何由寄，二月行人發故關。

春日湖上尋吕仙亭

欲往湖邊載酒行，白雲冉冉面前生。吕仙一去無消息，零落城南老樹精。

湖上春風開野花，洲邊晴日射金沙。洞賓仙人何處醉，只在城南買酒家。

余讀詩至唐風葛生之篇以謂詞意大類後人悼亡之作余乃爲亡弟一痛適清明以雨故未上冢詩以紀哀

怕說家人上冢行，荒原今日五清明。山樓夜雨無人聽，腸絕箋詩到葛生。

春晚卽事

連山好麥黃欲齊，半月新秧綠上畦。難得春晴晴透了，田家待雨要翻泥。

題畫

浮家苕霅客安往？想得當年畫裏游。烟雨一川無限事，但憑勾管到漁舟。

早春行中湖

正月中湖好踏青，早春物態最惺惺。綠茵布地施金屑，張翰黃花句未經。

小園花事落莫久矣今歲牡丹忽復盛開余未欲宴客因招西垣伯喬小飲二絕句

小園風物帶愁煙，人去花開花自憐。莫怪主人忘宴集，賞花縱酒是何年？

第一傷心聽雨樓，對床無復讀蘇州。湖山勝槩依然在，不敢陪君到上頭。

論詩六絶句

建安已後有詩家，流極唐賢體製奢。莫笑風人高格調，近來放筆只多差。

六代精華製五言，唐風從此得淵源。子昂感遇須高蹈，且可卑之莫便論。

李杜文章百代雄，韓蘇才力浩無窮。癡兒愛作豪家僕，寥落人間少古風。

天教詩運盛三唐，一代才華有主張。任取一編君細看，小家風調盡成章。

宋元何故便無詩？議論從來畏太奇。清可娛人悲可涕，一般親切是吾師。

書家劍弩故非能，詩到粗豪那可稱？我亦欲尋孟韋句，百篇吟苦竟何曾。

春收

春收豐衍到秋收，今歲鄉鄰百不憂。見說普天無水旱，洋兒好去海西頭。

盛時聞說我生前，八十村翁話可憐。衣飯不難風俗好，乾隆天子太平年。

枕上

枕上驚聞風雨號，審聽羣馬囓殘槽。呼燈起坐猶嫌早，霜色橫天北斗高。

杞縣城外環以小堤列植楊栁勻齊疎秀余雅愛之因憶癸巳曾宿此縣成二絕句

郭外環堤栁種成，淡烟晴日照人行。絕饒好事春三月，走馬垂鞭看綠城。

昔歲曾經宿此城，囊中詩卷尚攜行。爪痕消盡泥融雪，帘影分明記得清。

邯鄲

邯鄲俠少又名倡，公子翩翩意氣强。同是一場春夢盡，荒城休馬弔斜陽。

過衛輝泥溝驛

驛亭雨歇曉雲還，清漲淇流有數灣。千疊翠屏新洗出，馬頭看遍衛州山。

何山最好是蘇門，絕代風流見兩孫。爲讀考槃詩數過，此中期與碩人言。

乙巳正月十日

鴨戲池塘灑翅鳴，堰流潑潑走春聲。幽人客去無一事，日午時來伴水行。

雪後園梅

未收春雪春寒重，幾日粧成幾樹梅。綠萼紅英非一色，雪邊都作雪花開。

同西垣由資江入武陵

資江纔作一溪流，曲曲灣灣轉轉舟。前路送君天更遠，碧雲涼樹入新秋。

龍陽江岸有小集名楊閣老故明楊太傅嗣昌之墓在焉感題二絶

論才差欲過烏程，誤國同評豈重輕。寵號青山楊閣老，千秋一笑是何名？

身後焚邱也作憑，獻賊曾掘發其墓。督師殺賊可兒能。楚人未解私鄉曲，不附江陵況武陵。

郡城歲暮別李在安余天船顧雲門

欲趁先歸三日春，李侯探句得年新。南屏屋子過年去，記爾西城樓畔人。

舊時詩叟余耕石，今見船郎尚秀眉。別我一言寒不淺，梅花如雪客歸遲。

未成旅客歸何送，亦有旗亭祇郡南。虎頭夜醉探珠贈，五字寒星落曉潭。雲門得句。

觀田者治秧畦欣然詠之

十家田事及春晴，布穀聲中響水耕。盡道種秧遲不得，桐花時節過清明。

王右軍聞人以己蘭亭序方石崇金谷詩序又得人以己敵崇甚有欣色右軍豈欲爲崇者哉葢賞其豪邁此當在神氣之間耳

石家豪邁故無倫，金谷園中意氣春。誰解會稽王內史，茂林脩竹愛斯人。

西江陳君懿叔（學受）**弟廣專**（溥）**皆奇士有文章來湘潭余至潭二君去衡州讀其所爲詩古文詞有意乎其爲人也**

未往衡山從二陳，湘潭返棹意逡巡。何日洞庭湖水上，雪濤傾酒醉斯人。

寄楊性農

去歲東城酒盞騰，今年秋色別懷增。卽看湖水流沅水，只在巴陵憶武陵。

赴瀏陽學官舟中作

泛宅浮家瀏水頭，儒官風味一漁舟。嬌癡小女不解事，笑拉阿爺歸去休。

暖烘晴日轉船頭，浴水鳧鷖盡散愁。醉倒一壺兒女笑，人間何處覓封侯。

後漢三賢

飽讀奇書王仲任，論衡著就一生心。但教秘玩中郎手，何用流轉飼蠹蟫。

世上高官幾眼明，度遼風槩致崢嶸。鴈門太守奴兒看，只爲王符屣履迎。

卜居清曠樂田園，公理才高趣獨尊。何物關心論世事，千秋誰與拜昌言。

得家書表兄羅懶農下世哭之

微官隨牒在瀏陽，驚見家書字一行。相近卌年離半載，如何長別使人傷。

愛歌善哭獨情親，早暮過從喜近隣。我最少年今欲老，教公那得不陳人？

寄方道人

雲水家鄉第一州，春波生眼破春愁。呂仙亭下灉湖路，夢裏同君載酒游。

讀水經漸江注神往杭越山水之勝

武林山前明聖湖，幾朝風景冠三吳。道元點盡煙雲筆，不爲杭州著畫圖。

查浦東西五百家，列門臨水路交（乂）〔叉〕。六溪宛轉三山秀，知有風光近若耶。

王謝風流不記年，桐亭蘭里故依然。癡兒無事須人了，徑櫂山陰訪戴船。

浯菴老前歲爲余〔一〕作山水便面題云端午後四日一面書自作長句似山谷可誦也今下世七閱月適五日取扇悵然識之

不見前年詩畫翁，湖南清氣坐來空。人間蒲艾仍端午，猶有清風入掌中。

【校】

〔一〕余：底本作『宗』，意不類，今改。

暑中卽事

春秋家說日平章，倚枕抛書費晝長。驚覺夢中千古事，午風微暑一蟬涼。

豆芽點酒

下酒偏宜黃豆芽，渭川燒筍建溪茶。先生苜蓿尋常事，一笑公羊買餅家。

七月十九日待雨

熱客惱人裁已去，涼雲將雨可能來。何當今夜秋牕下，滴盡梧桐到夢回。

輓外兄何浣溪通判詩

萬方哀痛此家俱，疑侍軒轅去鼎湖。兄卒以正月十四日，是日國哀日也。却怪平生官祿少，八年閩海薦書無。

哭聲聞遍我鄉人，況是平生兄弟親。便擬歸來從執紼，山邱華屋總成塵。

回瀏陽齋署作

一年種菊煩妻女，旋共歸家不看花。猶有殘花吾獨到，却愁花下更思家。

辛亥正月初五日喜晴六言二首

纔過春風一陣，已知花事三分。雲霽天容喜悦，雪消川氣氤氲。

生事催人老境，風光還我少年。猶見山頭殘雪，滿思湖上春船。

釣前溪二首

幾年不釣前溪水，今日歸來試一竿。遷坐易投還自笑，求魚原亦似求官。

遇合從來意外新，釣魚得國苦驚人。一生閒事忙終局，渭水何曾勝棘津。

入郡寓宿西樓上方道人所晚望二絕句

萬頃平波晚自涼，漁舟破碎點金光。墨山霞色螺洲樹，奇絕樓頭看夕陽。

每一登樓思渺然，今來横榻寄高眠。道人乞與通中枕，化鶴飛空我亦仙。

消息四絕句

消息南來語失聲，長沙如沸武昌驚。制軍防堵年來苦，何處容公首鼠行。

上相專征十萬師，永安狂突竟難支。湖南已近中原路，可是全軍但尾追。

南撫城門看去人，北撫病發急抽身。楚中震蕩無安土，禾黍悲啼耕壟民。

粵西前歲輟秋科，又及湖南奈賊何。養士恩深期報國，鯨鯢血汙洞庭波。

蛙

城南積水夜深蛙，旅枕涼時鼓吹譁。似有官私無處問，公然和夢入田家。

食蟹

下酒澆愁直破圍，秋來海蟹已登肥。草間只似横行賊，憐爾雙戈未得揮。

中秋都門

故園兵馬無家信，日日逢人祇道憂。知否洞庭今夜月，更勞兒女作中秋。

日見軍書下邸抄，長沙圍裏戰鋒交。瞢騰爛醉長安月，據地猶能作虎咆。

詠古

甲帳珠簾竟請焚，東方正諫苦劘君。不須堯禹多陳説，近事書囊述孝文。

聞籌餉新例訝而歎之

老困公車不自嫌，昨聞聲價似增添。司農過計何須怪，久矣稱名誤孝廉。

九日示郡邸試京兆諸同人

功名無分掃塵埃，燕市高歌亦未才。淚落重陽詩句裏，故園花傍戰場開。

三百青銅也自豪，酒家樓上可登高。諸君若有横戈力，莫著宮袍著戰袍。

十月十三日土地廟市看菊

殘花風景逼殘年，燕市寒過小雪天。不是看花忘早到，一秋心事落愁煙。

誑人廟市太區區，贗喜童奴買戲車。猛念家山小兒女，近知安穩笑啼無。

孫琴西編修海客授經圖前充琉球教習所作

中山職貢舊來臣，入學元知慕化眞。傳與六經章句了，卽時吾道海東垠。

高才下筆杜韓親，講授餘閑句有神。他日輶軒採風土，圖中弟子盡詩人。

答西垣卽墨聞鴈二絕句時念家最甚而未知岳州之陷也

不爲人言只浪驚，南中何地莫須兵。君家音信憑誰報，海角城邊有鴈聲。

除夕

無端垂老寓京華，長路煙塵枉自嗟。莫作客中除夕看，今宵不敢更思家。

登密雲城晚望

戎馬江湖客未還，孤城寒上暮雲間。不道薊門關塞極，望中全似岳州山。

安陽

古來何處數英雄，百戰山河舊鄴中。魏帝高王人不記，碑題故里爲韓公。

孝感李家寨有竹林中立大石數十甚奇記之

風號竹林中杳冥，窺見數十猛虎形。心知竹林不藏虎，只惜無人與作亭。

題唐詩鈔卷尾

多寫兒童熟誦篇，坐消暑日遣憂煎。獨憐結習忘頭白，長憶先生夜授年。

九峯寓居

小塘涼意動寒紋，高樹陰陰鳥不聞。六月未妨三日雨，九峯旋作萬山雲。

聞官軍已自長沙下發

官軍急爲入岳州，武昌九江次第收。六月南風萬船下，一朝千里奪江流。

傷誠齋叔翁

欲把絲竿呼老魂，溪中魚亂水流渾。獨憐我是驚弦鳥，越月歸飛叫舊村。

八月中官軍屢捷賊益退下家人復還里稍葺理古屋數間居之中秋日作

避亂經時返故邨，先人老屋有遺留。中天猶是團圓月，莫爲人間憾此秋。

憶吕亭書寄郭建林

湖上亭間續舊游，建林翁老幾年休。誰言刼火消沈盡，猶有君山是岳州。

家人移居平江之寺洞遠百里冒雨去

年年花草送愁驚，怪底春風改舊情。兒女不知何地好，苦教冒雨向山行。

忽似

今年殊未暇春愁，坐放春風歸去休。忽似罷兵消息好，滿村鳴水叱耕牛。

黄芽和茗

呼童上樹摘黄芽，和茗眞宜號諫茶。時節恰同逢穀雨，絕勝秋果瀹湯加。人多用橄欖點茶。

書梅郙詩集

詞客梁朝庾信流，江南一賦古今愁。若題異代朝家事，肯比何人國史樓？

從古蛾眉易忍羞，憐才憐色苦難休。誰彈蔡女胡笳拍，零落燕支塞外秋。

從寺僧假法華讀之

人間公事誰能了，來借僧房讀佛書。惟有日長偏意昧，午眠醒倦過茶初。

鐘魚

寺裏童時燈火緣，客兒頭頂學僧圓。風塵白髮無端事，搔盡鐘魚四十年。

贈某童子

聖門有若似夫子，想見幕庭三踊時。三百宵攻非別事，果然孝弟是吾師。

膽大誰家年小郎，那知拳手敵長槍。何須變色秦王殿，待爾千秋笑武陽。

寺洞蓮花菴

巖徑秋陰茶子肥，高泉忽傍水田飛。山中竹樹蕭蕭有，何事廢菴僧不歸？

八月十二日自寺洞別家人雨中獨歸

細雨涼秋正豆花，山雲風斷忽飛斜。行人心事愁難說，道是歸家是別家。

船頭釣魚

秋水半落晴無煙，荷塘寺門繫小船。船頭垂釣船中卧，忘是人間戰伐年。

九月十日

人事匆匆忘節物，轉驚昨日是重陽。白鬚抱與孫兒捋，勝把黄花笑一場。時余弟妻攜孫福保暫歸。

山僧

山僧自種山田地，村裏尋齋施主賓。曾羡城中住持好，而今無廟更無人。

丙辰歲題淨居齋壁

纔臨小滿風成竹，漸近端陽雨送梅。猶有山中鶯不住，只無邨外客能來。

山徑濕烟啼竹雞，斜陽明在樹枝西。幽人急起隨流水，兩□三橋上下溪。

雨醉

雨醉初醒坂路風，平江山土半農功。家家薯蕷栽應遍，村鼓來朝賽謝公。國初平江令謝公，閩人，始教民種薯蕷，至今村民遍祀之。

中秋夜坐兼憶亡友西垣

旱年秋半尚驕陽，無露多風夜不涼。坐對青天看佳月，似聞寒雨送啼螿。

良會今宵數幾經，故人已死惜精靈。蚤時秀句眞堪憶，秋月何年不洞庭？西垣幼時賦洞庭秋月兩句云：『洞庭何處無秋月？秋月何年不洞庭？』

書賈傅祠壁

浪說治安意自如，且貪朝暮計無餘。漢朝四百初年盛，爭怪人讒痛哭書。

丁巳歲寓家長沙北城又一邨在巡撫署院及貢舉院後地皆菜圃稅宅亦修潔頗於鄙人野性爲宜

城郭鄉村兩院邊，紙鳶風裏菜花天。人間到處春相似，只少柈湖舊種田。

雨中東芝房侍讀時將別入都

湘城烟雨送春歸，落盡風花不見飛。惆悵山頭鷓鴣路，相逢相別把君衣。

寓宅紫薇盛開

小院紅薇朵朵霞，路人爭指問誰家。自知無夢中書省，亦喜人間看此花。

秋後歸里寄左郎中季高同年

黃梧幾樹數楓丹，細菊流香助小寒。風景江邨未蕭瑟，因君無事得歸看。

談笑軍符火急中，指揮行盡大江東。釣船猶在吾歸矣，泊向灣頭未有風。

寄退菴六弟吳門

巴陵地道志仙經，楚水吳山兩洞庭。莫爲傳書難得到，家山湖上一螺青。

紀事

江湖元自容蘇渙，官寵何妨假鄭薰。昨過灣灣蘆泊裏，水禽飛起浪花紋。

自荆州下大江歸四首

楚王舊國荒墟久，莫認章華是故臺。小雨空濛朝解纜，江流自在興悠哉。

西陵兩岸有無間，東陵客歸舟放還。一行斷續沙堤栁，數點青蒼石首山。

吳蜀當年此講婚，英雄兒女一時論。輕舟來過劉郎浦，煙鳥空江滅沒痕。

江陵才相救時功，石首華容望更崇。人物已歸前代盛，山川猶是一方雄。

書湯子惠扇六言二首

往日逢迎浯叟，近來知識惠翁。書畫一家高士，湖湘千里清風。

昨聞入蜀出蜀，笑說上灘下灘。卷裏却驚詩苦，人間別有路難。

己未晚春

焙茶時過雨初晴，三寸新秧綠漸盈。閑上山頭看村尾，夕陽多傍小湖明。

歲己未長女歸於湘陰彭氏除夜念之不已轉思八年兵事之勞爲少司馬曾公歎息義自不倫意乃相逮連有二絕句

歡喜兒童鬧歲除，鑼聲爭緊爆聲餘。眼前三女一女嫁，憐爾他家樂不如。

兒女情懷自笑迂，可憐今世幾安居。八年征戰何時了，辛苦曾公度歲除。

庚申首春仍以公事入城久雨甚寒逮清明始晴歸游鄉村中意始暢然五絕句

今年春雨作寒甚，寒過清明纔好風。村裏黃花白花路，兆輿來往亂香中。

白叟渡前春水生，黃婆墩外夕陽明。風光不是今年薄，多在鄉村未入城。

愛趁山邊與水邊，小吟初雨薄晴天。芳華媚煞看春眼，惜我不如春少年。

塘上好風吹釣絲，溪頭新水上魚時。莫問人間官事了，平生惟解作兒癡。

割肉家家祀社神，桐花風暖種秧辰。今年時節春晴晚，辛苦牛犁忙殺人。

辛酉清明日見桃花

春來兩月少逢晴，懊惱中宵聽雨聲。終是天公有時節，桃花紅樹作清明。

暮山

暮山橫靄合村前，遠陌歸鋤趁屋煙。幾日城鄉斷兵警，犬聲初在暝吟邊。

青竹祠

暮雨蕭蕭青竹祠，寒天無那泊舟時。波間一夜湘靈瑟，都遣愁儂耳得知。

忠義書局在撫署射圃東又一村中與院墻外村同一地稱不知孰爲先後也余丁巳歲寓家外村早起出尋舊賃宅已爲徐氏所買牆宇加新矣口占二絶句

平生有分在田園，城裏偏居又一村。前日賃廬今入院，就中主客不須論。

花樹依然院宇新，到來三宿認前因。誰知門外徘徊客，半舫齋中舊主人。

壬戌首春

臘雪壓年三尺强，春晴日日弄熙陽。前時樹倒屋椽折，今見溪流一道長。

湘灣曉發

岸犬猶驚吠櫓聲，啼鷄如送客船行。輕烟淡墨湘灣曉，分寫秋江一幅晴。

山頭

日日荒村傍晚游，湖光未落在山頭。不知望遠思何極？禁得西風已十秋。

同湯子惠往君山舟中口占

問弟尋山又此回，輕舟況復與君陪。君山見我眞相識，水上行行得得來。

癸亥早春

正月未過二月賒，雨晴春急是田家。小巷出牛人飯早，土墻低缺正桃花。

少日

少日看春春可愁，老來愁盡信春游。不知山下青青草，還有愁情向我不？

甲子初秋喜聞大軍克復江甯卽賦絶句十二首

西風江上捷音傳，霹靂餘聲落遠天。喜極萬方還痛哭，拔山填海一星年。

曾相深謀郭相同，湖南軍似朔方雄。莫言拙速無遲巧，都在圍棊一局中。

和張先日潰長圍，恨事旁人儘是非。聞説棘門兒戲甚，幾曾成敗在兵機。

南疆雄省古王都，賊勢公然作霸圖。虎踞龍蟠休更道，可堪蛇豕一池洿。

首奪長江礮舞船，靜移嚴壘竈横烟。東衝西突狂兇計，蹙縮終歸掌内旋。

安慶環攻未破時，力排疑論苦撐持。勢成逐逼金陵住，兄弟才難果是奇。

左督徽衢饒信間，五年千戰屹如山。已收兩浙連吴壤，坐見三江會海寰。

河南狂捻陝回驕，蠻蠢滇黔競撼搖。今日江南公事了，可容投死放頑苗？

助順洋夷亦未嫌，乘危偸利太無廉。請看天運中朝盛，莫令軍需外海添。

聖主天扶初日臨，國朝開運卽如今。賢王立聽千官肅，宫詔飛頒四海欽。

大難新除法治隆，講筵開御禮儀崇。宗臣曾拜先朝疏，歸效今皇保傅忠。

洞庭東岸舊漁人，白髮行歌六十春。笳鼓不驚秋水色，西湖釣晚吏南津。

乙丑歲北莊新居種樹四首

初營五畝少松枬，便種柔桑滿舍南。不爲童童似車蓋，安排孫婦飼春蠶。

西頭閑圃任人栽，手種成行桃李梅。稚子已欣看果熟，老人先望對花開。

屋山横額待修容，裝點眉峯未怕濃。欲保青青歲寒色，一分栽竹一分松。

種樹栽花趣亦高，可同家事付兒曹。盆蘭畦菊須料理，莫厭衰翁著手勞。

劉氏女生兒淡山親家有詩次韻

博得新詩往復回，外孫齏臼老懷開。便思接抱摩頭看，天上麒麟真個來。

雨後晚望

麥黃山碧水明村，雲外斜陽半在門。不是前宵雷雨惡，何人淨洗畫圖痕？

署守觀察廷公芳宇去郡赴永州真任走別湖上

永州淡巖天下稀，山谷句。巴陵湖水留公歸。我欲橫江化孤鶴，從公南向九疑飛。

九江樓六言二首時退菴去此南游余適至此

南嶽游人遠去，東湖漫叟來茲。曲肱九江樓下，醒眼五日午時。

我意十洲三島，神仙大抵如茲。遠游老矣無分，快睡公然爾時。

丁卯歲復題六言二首前韻

去歲偶然來到，今年定住於茲。樓臺眼底前度，兒女胸中幾時？

壯氣最憐馬援，遠征如破龜茲。去來遂有今日，爾我終期異時。

傳書井

憶昔傳書柳秀才，龍宮叩橘卽時開。如何落第長安客，奪得涇陽好婦來。

崇勝寺

古寺君山伴赭松，游人指點記前蹤。而今化作龍王廟，僧子猶敲落日鐘。

午蟬

夏日君山樹樹蟬，午涼嘶盡暑風天。寺僧過意猶嫌鬧，輸與先生送晝眠。

漁婦撈鰕

斜陽漁婦盪船過，月下無人自唱歌。撈得小鰕盈一石，明朝換酒勸翁漊。

打禾

來時家裏栽田了，住在君山看打禾。想得北莊新飯熟，喚船歸去泛秋波。

哭彭女四姑十二首

滿地江湖作淚流，暮年兒女恨難收。微塵世界原非有，只可金剛與替愁。

愛女心情苦自寬〔一〕，巽風吹汝作初緣。無端吹到還吹去，落在人間廿七年。

聽孫六歲誦風詩，汝死猶云尚有兒。誰作閻羅並〔二〕取去，我思歌利割身時。

薄命云何到聽孫，孫兒已死復何言？思量却是原無我，汝與孫兒更不論。

已空方覺觀如是，過去無何憶未來。爲汝三哥今爲汝，手書經偈當營齋。

八十旋驚老姊亡，亦知百歲等風狂。年來祇有無情別，那得生人不斷腸？

夫壻長沙試未歸，殮時無淚送衾衣。楓青月白江頭路，任汝游魂不解飛。

中年生汝汝娘劬，愛汝何論掌上珠。哭到黄泉難覓汝，夜深枕畔淚成渠。

多生辛苦記爺娘，纔把新甆一碗將。甆語爲辭非汝料，捧茶落淚不能嘗。

姊妹前時候汝歸，不歸號哭到聲微。樓頭錯把晨更打，聽得鐘殘夢已希。

紡車及蚤斷詩書，女伴爭愁繡手輪。悔把聰〔三〕明先替却，不教文字今暉如。

佛家曾說有輪迴，此事何如任主裁。殤子且從渠變現，汝身休更作人來。

【校】

〔一〕寬：底本旁校作『寃』。

〔二〕並：底本旁校作『并』。

〔三〕聽：底本作『聽』，據旁校改。

戊辰春將往游江南三月十二日至黃州風便徑泊武昌樊口宿焉明晨走尋寒溪寺遂造西山靈泉問九曲亭僅遺址觀覽慨然東坡雪堂諸跡兵後皆荒沒矣待回舟訪之

西山只爲東坡好，九曲曾無一字留。徑放扁舟趨白下，却須歸路踏黃州。

開懷放眼一帆前，三月鶯花上小船。忽見山頭吹白紙，又將老淚落江邊。

揚州五首

老年初踏揚州路，已似三生夢過餘。摠道來遲遲亦得，繁華事往莫驚吁。

好是天甯寺裏游，殘灰收拾又林邛。詩翁不作蕪城賦，無恙江淮是昔流。

一紙殘明表史公，極思純廟訓臣忠。梅花嶺畔令來拜，名將書生一輩同。武進趙烈文、遵義黎庶昌同謁，湘鄉劉方伯聯捷亦至，劉收金陵功最著。

平山三過便成虛，賸稿何須想舊圖。只爲歐蘇無覓處，斜陽城外立寒蕪。

綠楊城郭王司李，尚有紅橋指點中。一代詩人名並在，泰州還憶野人風。

嘉興四首

鴛湖煙雨濛濛裏，不見湖邊煙雨樓。晚上南城雨中望，水煙無限抱城流。

日下雲間秀水名，竹垞何處訪先生。櫂歌聲盡湖光在，二百年人照地明。

往年作令有江公，名起咸豐薦奏中。今日湖南追首事，廬州忘道秀州風。

蘇州官送枇杷果，熟到禾中價不高。難得西施玉痕李，却從市上買生桃。

孤山弔林小岩縣尉序

小岩名汝霖，侯官人。官仁和典史。咸豐十年二月，粵賊陷杭城，死事甚烈。越七年，杭人移葬之孤山和靖墓側。

孤山處士葬梅旁，後死忠魂近岳王。只道梅花不畱種，遠孫新冢一寒香。

贈山陰李少府儀甫序

余素嗜山谷詩，尤愛其題錢塘尉廨絶句云：『平湖繞舍山無盜，官事長閑俸有金。安得終身爲禦寇，不辭兒女作吴音。』適來游山陰，吾邑人李君儀甫官此，因投主其署，遽誦此詩，用相擬羡。晨起觀署後龍山，用山谷意拈一絶句，卽贈儀甫。

乘船投館縣門間，夙起先看廨後山。我欲替君爲禦寇，只愁官事未長閑。

儀甫新治廨署甫入居而余至處余其前西軒面有隙地將植花樹余謂儀甫官此縣實可膺仙尉稱而山陰有梅里傳爲子眞隱處此軒前可容梅四株我欲題軒四梅以號君可乎儀甫大喜謂然返杭州道中得二絶寄之

漢朝仙尉君今是，湖上逋翁我又來。作舍不妨人種樹，他年應道李爲梅。

難忘桑下過三宿，笑説桃源許再來。大可畱人邛有李，只妨隱市姓無梅。

楊梅

枇杷喫了到楊梅，難爲家兒覓種栽。五月吴鄉最風味，歸時多怕惹人來。

離杭州將再至吴門訪眉生聞已辭官先寄

幞裝東道回船酒，難别西湖送客山。好語辭官李廉訪，將家移向此中閑。

泊湖州城中遇雨

尋山雙屐掛船旁，行弄溪波掠晚涼。一夜雨篷聲打盡，湖州城裏夢瀟湘。

苕溪三日沒深篙，盡奪晶宮作水曹。惟有長年愁去處，城門莫是礙船高。

薛叔壬福成以文送余游匡廬甚奇率爾奉答

薛子逢人斂手輕，相公閑與對楸枰。朝來袖底毛錐脫，送我廬山頂上行。

舟中望九華二首

秋江兩岸倚蘆花，風席迎流百里賒。船裏看山山盡好，九華何處隱人家。

好山那似九華山，想見詩仙喜破顏。絕似九蓮花未放，撐開雲葉出霄間。

小孤山

彭澤中流見小孤，淩波秀削世間無。如何來去不攀上，遠落江煙望最姝。

湖口中秋六言二首

彭蠡正生秋水，匡廬晚出遙峯。小船明月杯底，大地閑人眼中。

六十四翁行客，一千餘里違家。猶然洞庭月色，供作老子生涯。

釣者風卷之一

東遊還君山寄退菴陝右軍中

余方東走狂吟日，子是西征大捷時。兄弟兩人俱老矣，聲名千載孰知之？ 遠遊歸後屋山好，苦戰功成兒女思。霜橘園林千樹長，九江樓倚暮雲垂。

題湯子惠夫人蕙卿女史畫梅冊子

和靖先生梅作偶，暗香疎影爲傳神。可惜梅花不解語，輸君自有寫眞人。

管夫人竹今猶見，想伴風流松雪翁。不及荒寒北城安，一枝香雲縮高風。

長沙楊子樓先生七旬又六與其配張夫人重宴花燭令子蓬海仁兄以先生詩及諸和章見示欣羨盛事率賦四絶

重宴瓊林與鹿鳴，同年先後亦稱榮。人生第一初婚喜，得再逢來奈此情。

誰說人無再少年，只須天福與饒顛。雙星自是年年渡，忽報銀河似昔盈。

天然邂逅當年事，今夕綢繆更(束)[束]薪。自誦子兮古風句，解嘲拈筆戲夫人。

夭夭灼灼蟠桃見，花燭光中眼未昏。奏罷關(睢)[睢]須一顧，兒孫冠帶爛盈門。

次韻答廷芳宇前郡伯惠贈詩郡伯在永州旱禱輒應永人多爲詩歌之郡伯并以見贈及羅池碑永州志

怪得三年減鬓華，詩情多似雨隨車。垂天雲斂九嶷靜，甘澤謠騰四野譁。造福與人留愛樹，課文幾郡遍栽花。瓊瑤滿贈知何報，更捧君山一碗茶。敏樹昔在君山，公方去郡，一棹至山爲別，倉卒不能具雞黍，一茶而已。

病起

病起却驚春且去，閑園陰晝坐移時。家人呼飯意傭起，聽盡鳥聲如好詩。

垂釣

垂釣風前病骨蘇，時時動起有孫扶。樵童誤喜抛閑看，趁作塘頭懶坐圖。

病後錄自著詩漫題

倦枕殘書隨卧起，病夫衰骨與支持。秋波始下洞庭葉，寒菊新香帝女祠。登穀有田雞出舍，加餐生味菜周籬。自憐未死無餘事，料檢平生幾卷詩。

亭下

龍宫長掩草離披，地道巴陵那得知？水面一山麋子國，江頭孤樹岳王祠。教軍塲在殘花捲，吹笛臺空落葉迷。老向南津覓漁釣，偶來亭下亦題詩。

雲夢吟寄前郡伯廷公卽並呈嚴明府

雲夢烟花愁裏見，岳陽風土記中知。入江草色黄陵廟，上岸波聲白馬祠。客到湘中騷有怨，地侵湖外政何施？風流舊守滕京過，憂樂樓頭空我思。

中秋夜月晚出旋雨憶曩歲甲辰與西原雨飲懷伯喬都下詩有句云看人飲酒已無月與子言愁賴有詩因舊韻悲西原卽示伯喬

燈花紅穗影缸池，冉冉樨香乍覺時。小病心情思看月，晚涼天氣坐哦詩。掃雲有帚旋揮罷，斷酒當杯欲飲疑。何處何年人已遠，洞庭秋夜可無思？西原早歲賦洞庭秋月云：「洞庭何處無秋月，秋月何年不洞庭？」

彭雪琴宫保自水師告歸過巴陵遊君山余以病不及踐宿約用前唱和原韻追寄以詩

旂常落手亦浮名，願作神僊地上行。一笑九江樓可卧，三年百戰事何成。宫保極賞九江樓之勝，而怪退菴之出也。東湖病叟方歸舍，南岳眞人已返衡。太息留侯高跡絶，近今惟覺似先生。

九日同李雲軒副將胡湘杜學博方恬臣孝廉家伯喬院長吕仙亭登高

秋深湖始寒，木葉下亭際。登高爽病骨，浩然天風厲。林開瘦石竦，雲遠危峯異。君山青更淨，一字書波媚。道香生靜室，靈氣虛檐內。慮澹語不譁，觀空物皆備。風流閱今古，興廢垂文記。陳迹付他年，初書展奇意。兵火後亭重修，余爲記，何蝯叟書，尚未刻石。黄花遲未開，白酒少猶醉。欲呼黄衫客，飛鶴從吾寄。

始建君山北渚亭

南巡帝陟遙，北渚妃登慕。竹知留淚斑，山已凝雲素。古皇望秩祀，恍惚未知處。配之以人神，外至內斯主。九江名或穩，洞庭語無誤。別沱合經流，東陵豈他據？秦爭那得取，楚徙甯隨去？居從山海經，降自離騷賦。波濤不沒髻，風雨自驚樹。瑟怨月明中，望斷瀟湘浦。葺荷屬落秋，搴杜遺下女。繽雲迎九疑，建馨竢重廡。

芋菴過訪君山即送之武昌兼簡篠岑

故人憐我問何如，飲子懷君闕報珠。多病久疎他日酒，殘年偷惜自家書。秋風樓閣涼波裏，舊雨關山落木初。若見歐陽須寄語，一竿來伴九江漁。

戲柬伯喬兼呈香杜湘蘭恬臣伯昭諸同事

伯喬愼者徒，心小眼彌大。觀空出超然，幻有一除破。揭來式講院，弟子知功課。不肯事齊王，萬鍾藐其貨。區區雁門守，可共王符坐。志得去雲浮，色斯警禽作。虛空本無塵，纖翳誰能奈。東西一牛鳴，家具五車過。文樓星方聚，徐榻日高臥。妙宰賢主人，館餐幸無唾。齊諧君勿笑，鑄錸自爲錯。道則高美矣，丑也登天懦。

奉寄筠軒郭中丞筠軒書來索拙著春秋論孟國風等書將刻之甚感其意先有此寄

生非蓬觀馬班羣，藏史名山欲附君。百里一賢推舊學，千秋三代在斯文。雲消嶽岫秋容淡，水落湘波木葉紛。敝帚自知金不直，感私惟有涕橫分。

與筠軒論通志事

巴陵舊縣岳陽軍，載考源流賴有君。何況三湘虞狩地，恐訛四郡漢書文。長沙賈傅初來客，唐代劉生最拔羣。九水三江吾有說，妄談寧可益多聞。

奉寄李中夫方伯蜀中

爲官祗似潘生拙，好飲誰參李白羣？篋啟漢封初寫記，壁張魏論喜言文。示余岱遊記甚奇，素服膺魏文典論書，而張之壁間。五溪事少停新息，三蜀鄉遙託故軍。方伯初以蜚語罷官，中丞劉公奏令領軍黔中，已而止之，遂歸。目盡天涯雲樹斷，不禁西望楚江分。

野菊書懷寄筠軒

秋霜被原野，暖日在山足。粲粲黃金花，盈盈百叢簇。何來小游蜂，喧飛滿空谷。自非香有聞，如何歆彼族。幽人似陶潛，散出遊遠目。白衣林間來，走送酒一斛。

華堂秩賓筵，秋色羅堂階。園丁百金力，培養自春來。主人富嘉客，西園撰上才。耀彼瓊玉姿，散爲風露懷。野安塍壠間，摘把私徘徊。不升君子堂，焉知有蒿萊。

林壑有本性，發生自天機。秋風一夕高，山中生彩儀。彼株者誰子？嗜好與時違。供之玉甌中，風味高賢期。陶公呼不來，白社徒爾爲。賴有延之贈，從君衡門棲。

寄呈少韓明府

正俗維風大雅遺，典刑先代考文知。初開北渚靈妃館，欲考南津孝女祠。太史高文標古誼，令君佳政待聲施。湖頭亦有疎疎栜，曾是攀條繫去思。

燈下書西原集中詩且書且讀書已題後

斷腕殘年細字書，挑燈猶記拆封初。故人蚤作千年調，應盡人間紙十車。

秋盡

秋盡江郵水作家，洞庭寒雁落無沙。不知楊葉溪流岸，猶浸霜前紅蓼花。

送何氏姪女之鄱任

鄱縣官齋足酒錢，遠從夫子上湘川。嫁衣猶似初歸好，穩抱孫兒到我前。

四妹前年化作烟，眼中孤女賸人憐。寫經第一開心事，深夜焚香禮佛前。

荷塘湖口是何家，兩兩鴛鴦對不差。秋色催人上衡岳，船人迎汝過長沙。

乘船送王女攜外孫紅生還郡城

兩姓朱陳水接連，中間一舸洞庭船。碥山過了岳州近，望見汝家門巷烟。

玉雪孫兒嬌可憐，外家四月到冬天。城中不是無糕餅，滿擔紅薯喫過年。

到岸黃昏不奈何，花襦嬌小起婆娑。街兒拍手紅船到，明月梅師橋唱歌。

小春夜月

定是無春到，燈花作麽開。夜分寒透壁，霜月上墻來。

余自爲摘句之圖王氏女以洋布半幅刺爲方格凡九成井字中央書詩品標題四向各以十餘聯環其外横斜對之亦佳式也若用湖綾繡字爲之世必多倣效之者往時長女四姑爲予繡眼鏡袋銘極精妙見者豔而詫之今不可得矣適以巾裹筆彭堉星橋見之余痛而有詩

鏡袋吾銘孰策勳？小書精楷女兒軍。三年泉下今何似，斂盡蘆芽斷繡紋。

我作家詩摘句圖，弓衣誰遣市蠻奴。無人爲弄纖纖指，白氎親書淚眼枯。

同方南浦徐蔗林彭星橋家松崖孫遊圓通寺

纔見花宫失市廛，菜畦横斷寺門前。高邱遠水三千界，破院空場十五年。初地自生人意思，經聲不斷佛香烟。禪師未必全無相，塔石猶存亂草邊。有明初無相師塔碑。

吕仙睡像

莫言僊客定知機，世界虚無是也非。三醉何年渾不記，一眠無事久慵飛。腰間騎鶴行安往，袖裏藏蛇睡不希。開眼無端看老樹，斷柯零落對斜暉。

遊遍天涯跡太奇，不如高卧等閑爲。金丹事苦無如醉，銕笛聲高已不吹。熟盡黄粱人自夢，歌殘白雪我非詩。黄衫故敝今來幾，欲問唐年那更知。

自嘲

不是官身不上衙，亦無勞事到桑麻。城中修志時參局，湖裏開堂半作家。斑竹鐫銘孫捧杖，白巾題句女欄花。近來有此閑居士，君曰何如定可耶。

招隱擬寄曾沅圃

世事匆匆日易斜，主人官退樂無涯。三更金谷園中酒，一棹水邨橋外家。曲塢多栽梁苑樹，遊人閑訪洛陽花。圍棋睹得東山墅，謝傅蒼生可問他。

十載

十載滄桑事已非，承平風景略依稀。杜陵老去詩逾細，丁令歸來鶴更肥。父老兒童邨自樂，歲時伏臘酒無幾。願攜紅葉黄花句，閑共樵人唱翠微。

仲長

達人仲長富王侯，廣宅良田樂也休。無客殺雞招近局，當門立鷺臨清流。閱書那並王充隱，倒屣肯分皇甫憂。政事才多吾不與，百年閒煞漢家秋。

思爲澧浦之遊藉訪前郡伯廷芳宇觀察兼訊郭君秋湖青適任秀才往彼附械并詩

前年過訪長沙雨，今日遙看澧浦雲。遺緤幾時逢下女，有蘭終古望夫君。兹山北渚亭初建，何處南江水始分。附爾雙魚多問訊，文山聊可挹清芬。

迭代

迭代春秋日卷舒，浮雲變幻事何如？劉郎去後桃千樹，陶令歸來栁五株。水外花源無去住，山中棋局孰贏輸，僧家勸汝侵晨起，揀地栽茶辦貢租。

漁父

斜風細雨江邊過，癡婢頑兒水上迎。小竈炊成紅米飯，滿船餐飽白魚羹。鷄豚作計愁難了，雲夢爲家懶更營。若問蘆花明月事，老夫惟解釣筒輕。

又

莫笑漁家傲已奇，滄浪一叜是吾師。江邊有蟹猶名舍，船裏無魚但有詩。汝尾得魴殊可念，荊州多鯽亦堪唵。屈原醒日此翁醉，試問湘流知不知？

亂蟬

亂蟬聲裏送斜暉，林澗無人野徑微。半嶺白雲飛鳥入，四山黃葉一僧歸。泉流隔岸初停屐，霜氣侵宵欲上衣。鄰叟不來吾已倦，柴門關上月穿扉。

吾生

吾生幾日耐人呼，三顧廬前跡已蕪。寒菜一畦爲圃了，良田萬頃學農無。周原古甸猶名禹，陽羨好山須姓蘇。若問先生分五穀，早乘春及買春鉏。

館餐

館餐四簋例權輿，晚飯晨蔬孰餉余。生喜喚人惟布穀，力能謀食祇春鉏。水三里曲浮清遠，山四圍成下綠蕪。傭佃莊兒吾看汝，黃花金散褥茵鋪。

東游補詩

不到江南不歎嗟，請君聽我說繁華。空塲已倒前朝塔，廢圃重開上相衙。纔過幾番漁子市，誰言六代帝王家。遊人走遍烏衣巷，落日寒風燕子斜。

晉殿吳宮莫問他，千年佳麗一長蛇。白門不記烏啼夜，紅樹猶呼燕子家。王府暫開官廨靜，市樓新颺酒旗斜。鐙船帶得承平影，來照秦淮舊水涯。

都會由來大段殊，近從明代遠孫吳。徐常勳業隨時有，王謝風流掃地無。春水自生桃葉渡，秋風誰泛莫愁湖？思消兒女英雄恨，惟有青山似畫圖。

江山洗滌又重新，淮水而今尚姓秦。易馬以牛殊可笑，似龍還豕竟何神？庾家有賦哀梁國，吳地無騷待楚人。曾惜東游詩不盡，南翁巴曲此添陳。

奉和明府嚴候見贈元韻

百里鳴琴永晝清，蕭然故態舊書生。佳聯佳句如相覓，好水好山俱有情。漁父扁舟從嘯傲，浪遊孤韻落滄瀛。江南賸有傷心賦，載酒從公得細傾。

自郡城夜涉洞庭至鹿角

無事此遄征，宵中一舸輕。不知何岸過，聞打別船更。湖水連山影，篷窗落雁聲。人言洞庭濶，今夕枕邊行。

郡學劉忠宣碑歌

明朝到今五百載，天下尚說劉華容。華容勳業冠山岳，華容文筆如人崇。黌宮煌煌刦不墜，草間尚見華容字。撰文者誰張元楨，作宮宏治年間事。郡城占地誰絶高，學山峩峩天頂豪。面墻少隘迫城角，擴開李守憑心遭。伯喬好事教打碑，要令兒童規矩爲。兒童最要摹碑首，忠宣姓名兒得口。城南亭子洞賓叜，一劍橫提四方走。文碑不落爲以吾，道州之書烏得無？

同人往東門外尋地藏菴兵後無有矣

我尋地藏僧，菴隨白鴉去。石竹爆空飛，木魚落何處。菴舊有石鼓，作竹葉紋，兵火碎之。木魚銜其口，聞昔有白鴉來巢，未之見也。

浩然樓詩

水落洲渚出，鹿山對沅口。吁嗟沅湘流，溟漲夏秋後。風帆占利涉，水勢增霖驟。狂飈南作盛，巨浪西來吼。乘危指泊遙，縱駛莫停守。岸人望檣側，漁子集山陡。下石何不仁，鶩財卽誰咎。有來好禮家，於此拊心久。造舟風網式，作屋雲構有。栖鶩既少安，息旅亦云取。大觀古所雄，傑閣遽難就。遂拋面勢寬，未暇登臨受。劉君秉雅姿，慧意發新臼。梯旋九曲級，窗豁萬靈牖。務閑蟋蟀戒，神化鵾鵬走。費釀仰同儕，名高出聲叜。吾生一何幸，玆宇諒多壽。九江今作家，岳陽幾番酒。浩然天地間，達者垂不朽。因詩示將來，來者勿輕某。

堪笑

堪笑先生懶有餘，好塘門近不尋魚。多年不做蘭亭本，老眼傭窺石室書。隨意頗能成點畫，平生多悔識之無。霜花滿地山禽噪，猶是晨光爛熳如。

夜起

因病在閑門，深知倚伏根。祇緣來有累，翻到去無痕。夜半除中豁，風聲覺被溫。老人貪學道，於此復何言？

寄退菴

千金投骨市燕臺，不愛封侯上將才。三顧卧龍天下雨，一鳴悲馬地中雷。雲盤隴坻排營過，水咽秦川淬劍來。迴首玉關人遠矣，酒泉軍到蚤應回。

又懷退菴

鳴鳥何時岐雍間，征人楊柳怨難攀。山中酒熟須同醉，雨後雲歸故自閑。洞口桃花人已識，江心珠影夜知還。等閑收拾乾坤了，恐有文移到北山。

朗吟亭重建題其壁

亭空樹赭似經秦，島上眠來十過春。正爲高樓延醉客，甚疑飛鳥是仙人。湖乾幾見桑生海，灰盡甯知刦有塵。賣酒舊壚無一在，就題詩處記前因。

傳書井

何貪王殿代春秋，得壻龍宫最少愁。恍惚已迷求舉士，浮沈甘作致書郵。放羊猶聽編歌好，今里俗燈歌放羊，蓋龍女之遺意。烹鯉難爲乞火謀。靈橘已枯神井活，廟僧時捧貢茶甌。

慈氏寺塔

空王古刹何年壞？欲覓殘碑斷壠橫。鈴語似言唐代塔，金仙不去岳陽城。鄉擔上市知停店，客舫投津記泊程。正是大雄無限力，勝他虛聳在蓬瀛。

灉湖寺

湖在唐朝樹裏明，何人窺此寂寥情。僧家茶盡無翎鶴，亦使空山浪得名。唐張說詩盛題寺景，蓋彼時岸湖，樹陰蔽虧，寺甚幽深。李白詩亦云：『剪落青桐枝，灉湖坐可窺。』今無樹而寺露，反不如呂亭之踞高而面勝矣。白鶴翎，灉湖茶名，故以名山，因以名寺與井。今寺前地盡爲田，無藝茶者。北港茶佳者，名白毛尖，精製而現白毫者，惟君山耳。

湘妃

二女天人式帝儀，薰絃揮曲侍無爲。如何瑟怨此終古，不是簫韶彼一時。風雨盡隨龍上下，簾帷時舞燕差池。南湘合引靈均賦，秀菊香蘭助好辭。

十一月朔日大風渡江至君山

冒冷衝湖一涉便，篷窗小卧已山前。沙頭步過足無凍，松火燒來心更然。風入雲中寒欲雪，雨鳴牕外響同船。擁衣覆被佳眠得，夜起猶餘睡味偏。

橘隱寄嘲退菴

善頌無如楚大夫，倖偷錫貢免荆湖。茶緣名品愁當戶，蝦任划船少納租。對奕可能容二叜，力生定已付千奴。可憐西去封侯客，問取家園一顆無？

軒轅故臺

何用爲臺縹緲顛，高張廣樂饗羣仙。空荒孰鼓魚龍氣，野水自鳴風雨天。誰倚夜深三弄笛，試聽空外七條絃。無人會得離騷調，知在咸池第幾篇？

次韻仲丹用東伯喬韻寄懷之作

仲丹天下士，齊擘必推大。百家校何勤，萬卷讀隨破。韓文竟誰售，市書徒自課。未知珠暗投，甚慮人于貨。相公屬何念，乃忘陸生坐。翻然拂衣歸，悵惘先民作。巴人歌下里，白雪高誰那？厚意故獨存，去之不吾過。浮雲上高樓，百尺須君卧。井渫惻不食，千里幸無唾。玉材方抱璞，豈謂嫌攻錯。報君以藥言，瞑眩未爲懦。

同胡湘杜岳州竹枝詞十六首

燕子雙雙水面飛，漁郎漁婦盡情嬉。女兒唱盡江邊竹，不唱君山斑竹枝。

郎家作布儂紡棉，棉引絲絲一縷牽。纖手與郎車上過，郎從機上看飛鳶。

椒子辛溫好點茶，輕輕風味似儂家。郎心莫似茶心淡，要是湯頭一點加。

湖裏君山好貢茶，荷塘搓手味偏嘉。手搓正要郎心肯，郎不然時味卽差。

湖邊聞說小喬墳，夫壻周郎最策勳。猶自夜深調曲誤，東風吹水更誰聞？

羅娘廟裏賽神來，雝湖寺前春早回。春水易生還易落，莫愁打槳卽時開。

君山好似青螺樣，難道湘君也畫眉。不管畫眉無用處，湖煙湖月自家知。

運漕連歲出天津，花樹揚州事事新。自從世變船停了，芍藥無花不算春。

二月初開買翠塲，白楊田畔好遊鄉。泥郎買得邊花對，不用將他寄別腸。

洞家山土種紅薯，乾了黃甜栗不如。街兒不識鄉中果，莫便逢人說與渠。

四十八洞山如何，四十八郙田幾多？看看沙港出山去，遮莫盪船人過河。

何處吳王有廟來，昭王茅屋亦堪哀。不知三國從頭事，且道孫郎帳下才。

薛家潭子白棉織，觀音洲前魚子塩。江邊堤壞冬魚足，山外人歸春草添。

放羊春早在西湖，扮得燈歌小小姑。唱到羊兒思嫩草，大家合拍一齊呼。

壘石山連鹿角山，浩然樓起好躋攀。勸君莫上樓頭望，望到汨羅沈水灣。

少小隨人唱竹枝，老來把筆和君詩。黔苗曲斷無人會，地下毛生可得知？

次韻伯喬秋栁四首

聯盡衰翁摘句圖，西風回首暮烟蕪。草荒古道垂鞭外，人遠前春送別初。搖落江潭知幾樹，蕭條門巷又啼烏。王郎年少稱詩日，計數而今歲月徂。

江邊疎影自垂垂，斜照猶臨白板扉。樹裏殘蟬偏覺冷，宵來明月未應非。近官謝事情知誤，遠客辭家夢亦稀。問訊梧桐凋幾葉，高陰落地不曾肥。

祇道王符論著潛，不薪官樹竈無烟。此身大似客巢燕，時事當爲噤口蟬。人到殘年休作宅，家臨古渡好維船。風流張緒今誰識？記得當初我亦憐。

畔兒歌罷被無香，借問溫柔作麼鄉。春到江南須著眼，秋來洛下倍回腸。飄飄花絮今安往，嫋嫋腰支誰最良？唱盡深宮三十六，不如迴向夢邊長。

和伯喬文星樓聽雨

知否吾家聽雨樓，刦灰天與後人留。卅年不聽樓頭雨，禁得人間海樣愁。

誰道州中有此樓，惠連康樂復同游。只應不上樓頭卧，莫問前生有底愁？

仲丹詩語見推太過默爾當之慮有吴楚僭王之罪復次前韻

文昌屈韓豪，魯直服蘇大。韓蘇間代人，二子窺天破。詹詹小家爾，升斗裁自課。奈何眼中花，而以看陽貨。人稱李太赤，客是陳驚坐。死則名姓疎，生非古人作。龍吟已不聞，蟬噪殊可奈。太玄勝周易，浪語甯非過？折楊調俗耳，古樂惟恐卧。夫君信爲賢，乃拾風中唾。春燈雖鄙調，世自看十錯。登場貌夫夫，立志吾已懦。

濠溝

濠溝受大江，西穿洞庭脅。東湖與接連，如車有深轍。我昔頗怪之，此非溪港列。志乘舊無聞，俚兒騰口說。默思支流導，必爲漕渠設。得非晉當陽，楊口此遺業。襄陽達巴陵，道里差可別。零桂内可通，長江險斯撇。卽今監利境，尚有楊河接。尺八既周隄，横口遂中絶。在胥荆州重，四郡資仰給。輓偸及冬春，漲落湖波歇。安行故無虞，千里若闤闠。尾流今尚爾，停舫君山側。悵然思古人，沈碑待吾揭。

已無

已無春夢猶飛蝶，頗有詩情到捕魚。划子船頭裝白菜，桙湖家裏寄紅薯。

伯喬三聯戲柬韻報之兼示諸君

我不望才高，亦不喜題大。眼前見小物，思以一失破。中之聊爾喜，否亦無人課。五雀六燕閒，銖兩甯可貨？客來方示疾，參入維摩坐。我口適懶言，我手誰能作？城中快活煞，背癢無何奈。吾宗方講藝，間暇則相過。飲酒且登樓，餘功一眠卧。此法病當瘳，藥苦正須唾。遝樓屬羣彥，休令當面錯。宗游方未窮，枚發毋吾懦。

得匏安新堤來書寄惠鹿茸却寄

斑龍老友勤將藥，白鶴故人踈餽茶。自是山中無宰相，爾來江上有漁家。晨燒栗炭寒猶淺，夜擁棉衾煖有加。病起軒然一長嘯，明年春水候桃花。

寄雪琴宫保

問訊梅花花侍者，近來消得幾寒圖？中朝有事方知子，東道無人或訪吾。更鼓長江聲自好，鄰船半夜慘無呼。明年春水愁邊長，愁盡征人淚作湖。

金眉生觀察前歲寄詩上海言余君山隱居之勝將爲楚遊而彼中既不相從此來楚矣又未見到促之

早認名山誤主人，郭雲軒以退弟君山事屬余欺之。參差吹盡不來賓。吾方張樂洞庭野，子可分羹北渚蘋。欲笑王戎爲俗物，亦知朱老是貧民。江南無此粘天水，與爾消除萬古塵。

呈嚴侯

粵秀遺規第一流，今看從政有嚴侯。誰憐下里窮巴國，願得催科拙道州。惻隱閭閻惟朴吏，提攜鰥寡在良謀。湖山不許風流減，閑上詩人舊酒樓。

幽人

幽人方飯罷，徙立有逢迎。落葉雨聲下，空亭寒水明。僧門風自掩，廟瓦日加晴。何事吾多懶，牕間紙墨横。

前九日登高本欲集圓通僧辭屋隘乃之呂亭耳適又得句惟圓通似之而後遊詩不及補之

九日欲何往？圓通近可登。山寒落葉寺，門掩誦經僧。前事語無記，後遊詩未曾。坐禪吾未得，多媿簡齋能。許簡齋逢時喜禪，嘗習静君山，半月乃出，坐圓通。一夕，僧遽辭之。

兩絶句

老人兀自不能酒，疏瀹無功與竅開。惟有金鈎脱風味，三消淺淺一分杯。

東坡居士作長齋，飽菜終年過子皆。別有渭川饞不了，街頭前日喫茅柴。茅[柴]，地秋雨生者，爲茅柴菌，爲蔬品第一。

裁消示伯喬

裁消城裏酻醨酒，不醉鄉中蜜蠟金。我已無緣猶有意，子能多飲可開襟。

銀魚寄劉甥清浦

買得銀魚寄老甥，君山無物可將情。拜年新壻雙雙到，白藕絲和白小羹。

自題湖上客談隨筆卷

不是貪書著，其如懶未成。上燈冬晷續，燒竹夜爐清。小説虞初有，鄉談郢説明。漫嫌文瑣屑，亦喜趣縱横。

謝伯喬餉潞酒

潞酒何如醞味多，亦禁小戶少摩挲。昨過冬至寒添重，已倒三杯不放他。

以乾雀報餉伯喬

黄雀肉鬆細可憐，熯修蒸擘亦披綿。岳州四月多麻炸，早勸先生辦酒錢。

伯喬和余題湖上客談卷云高閣下黄葉風寒逼歲除誰知老病叟於此著新書此四語五言三昧不減余落葉兩聯也余欲和不能別擬其意

無事山中卧，心知景物緣。驛樓殘暮雪，春寺下流泉。欲賦愁高句，斯人不可捐。紅亭開歲好，待爾詠新篇。

招郭建林

欲問建林叜，能來看我山。舊僧殘刼盡，新事早春還。地閃亭樓白，江嘘草木殷。今年七十八，吾徑已遲刪。

蚤起

鴉啼窗曙色，山客醒翻身。起坐聞僧鼓，當樓喚僕人。小寒然栗炭，廚舍劈松薪。盥漱從容畢，蕭閑信老民。

十一月廿六日聞報曾孫喜占

老人何太老，孫子又重孫。家以文爲事，兒生會可論。兒取名會文。便思鷄送酒，爭怪鵲呼門。歸日看提抱，花繻試正元。

二十九日九江樓書字

本不能書惟意作，亦知此畫有心形。遠知相國石菴似，近覺詩人梅叜曾。季子漫憐生腕拙，意公多許讀書能。季高誚余手拙意城云：『書味到抬頭，難也。』福園橘隱門邊字，留待他年乞寺僧。

浩然新作與齊稱，北渚何功補闕凴？酒後不禁千里望，病來幾負一樓登。岐陽石鼓何時有？隴右家書久未應。見說明年消息好，九江春雨夜鳴燈。

臘初三日入城別君山將歸矣

著書那是名山業，度臘偏懷古屋岑。少日來游知老計，暮年多戀記初心。人間何處非漁寄，世外有花須客吟。待過新年來看汝，渚邊亭子屐痕深。

宿文星樓示伯喬

裁倚欄干翼軫横，文光夜燭楚江明。客歌自言巴下里，史占或傳羅少卿。檮杌無書年代久，岳陽有記土風清。惠連自是吾宗美，老矣猶能擁百城。湘潭羅鴻臚典，嘉慶間主講嶽麓，喜天學，嘗言三十年後文星當在岳州。吾里張蘭史先生云，故詩第四句指之。

次嚴少韓明府岳陽樓學使宴集元韻

欲雪天寒歲晚陰，幽人清曉擁爐深。使車今日方重到，郡角名樓更一臨。山水自留名士迹，芷蘭無限美人心。宰官身現樓頭影，旌節花中丈六金。

我愛君山好五首和伯喬

我愛君山好，君山天地清。水中偏有脚，波外忽無聲。雲裏隨僧住，松間少客迎。自然多懶意，不是避人行。

我愛君山好，君山骨格眞。能欺始皇帝，祇傍舜夫人。已近知猶遠，如虛覺有神。不知松柏古，惟見鷺鷗親。

我愛君山好，君山土物新。竹多偏有淚，茶少絶無塵。落果供遊客，藏瓜乞惰民。賁然何草木，能有四時春。園中秋後除草，得數冬瓜，皆重二十餘斤。

我愛君山好，君山別品題。上泉非鑿井，多雨不生泥。寒夜鐘先發，斜陽鳥亂啼。但看横一字，都不辨東西。

我愛君山好，君山樸不華。古無徵隱士，洲有世漁家。芝出如蒸菌，龜生爲啖蛇。南屏舊詩客，終老作生涯。

有饋甲魚者絶大蓋黿也余未能獨食之招伯喬開正二日北莊小飲

客饋圓魚似笠篷，屠蘇未酌辨春葱。更無南面妨身事，食指何嫌動子公。

大婦萬氏製蒜齏甚精余嗜之遂連夜進飯

菜肚阿翁故自癯，連宵何事屢傾壺。正憐香積供廚下，元日椒花頌不如。

庚午正月十九日作

示病維摩起，西園日未斜。兒童走相報，開過早梅花。

小車

小車送行客也，鹿角簿王君將旋於蜀，吳子送之而作。

駕彼小車，其角兩岐。西山天上，安行若夷。
東洲之樹，有椒其香。誰獲斯鹿，長生未央。
有白者梅，華落而實。有娟者女，時哉宜室。
投我以梨，報之惟杏。王孫歸來，悠哉日永。

浩然樓有懷少韓明府時將別入省送之并寄訊王少鶴通政

春風湖草小青時，樓上凴欄客有思。自欲看山留不借，已妨買酒送將離。亭曾繫馬應攀樹，埠若停船會寫詩。嶺外故人如有問，爲言湖窆病棲遲。

無題

泥金牋熨紫光胎，鸞鳳啣華舞上才。美女門臨鴉舅樹，仙妃春滿鼠姑臺。如瓜歲久原非棗，似雪花開可是梅？珍重西飛有青雀，爲探佳訊五雲來。

又無題

中庭苔漬斷行綦，欲問金環事未知。井畔每添無盡綆，機中難織是游絲。花開王母三千歲，漏淺仙宮十二時。聞道扶桑有三足，夜來飛上最高枝。

有鰱

有鰱，寄姪女也。因而祝之。

有魚者鰱，游於洞庭。而斯泝流，乃上湘陰。
上湘如何？曰惟産子。産子乃歡，歸於吾里。
南衡熊熊，生氣勃發。稟命在茲，遵渚無越。
春水生矣，洞庭盈矣。歸來歸來，爾室成矣。

有木

有木，樂伯喬也。伯喬方脩縣志，六十生日，從兄南屏子歌以樂之。

有木曰檮，紫光油油。楚人杜之，書國春秋。
我懷孫叔，雲夢之渚。我思元凱，濠溝之浦。
巴蛇不饕，后羿胡戮？君子修身，天被爾祿。
庚寅以降，曰維今朝。離騷豈遠？正則非遙。

送王虛齋甥起官安慶

江上美人荷作衣，江船魚戲採蓮歸。棋元有著行來穩，環是無端轉處微。香閣舊巢春燕喜，滄洲新水遠鷗稀。調絃試理歸鴻操，公子當筵按玉徽。

寄六弟秦安

浩然樓上春眠熱，秦安城外鼓聲歇。夢回樓上有燈花〔一〕，恍惚營門乍飛越。花門不是九邊人，原是秦家兄弟親。湟池遂令翻渭水，舟子不敢通河津。緹羣山上隗囂死，聚米圖成無壠坻。夜入河州笳吹靜，曉行狄道炊烟起。涼州應得謝艾來，天水亦識姜維才。諸葛攻心爲上策，莫言九地驚天雷。三年東山思零雨，家在栭花春岸住。凱歌一聲軍士舞，宗岳人歸耕我土。

【校】

〔一〕花：底本作『光』，據旁校改。

寄懷王子壽

天涯雲樹望無窮，樓上懷人一病翁。何意中唐悲杜甫，誰令上蔡泣威公。燕山物色長歌裏，漢水風流坐講中。江水江波無限意，鯉魚應爲達詩筒。

懷呂亭寄李道人

夢入寒雲繞屋廊，鐘聲初覺是何方？道人有道看春水，樵子收樵當夕陽。坐有本來吾坐處，家知何許客家鄉。今年未到休忘我，筆跡何人爲掃墻？

奉雲軒時新喪其嗣子

玉樓天計太匆匆，半夜催人短夢中。北渚未收垂泪叟，西河豈是喪明翁。讀書眞苦勞兒輩，作達殊難慰乃公。苗秀顔淵胡可喻，稻孫今見緑叢叢。

寄麟伯京師時將考試差

巧婦葦苕可似今，中唐文綬却無心。栲雖曲製由來木，釵有横雲不待金。黼黻未施先作繪，琵琶盡洗却教琴。潮頭不用操强弩，得鹿惟聞自上林。

日夕吟

悲乎哉！日之夕也，吾何求？我欲歸乎，曷歸乎爾？于彼清都，爰有仙人。下手援我，告我以期，期于某所。千歲非遠，旦暮期之。錫我百朋，君子宜之。我欲上燈，燈幸有油。放一室之清光，燭千代之昏幽。日之夕矣，吾何求？

望雲

望雲，懷友人也。霞仙劉子歸於湘鄉，巴陵吴氏作此詩也。

君之去兮迢迢，畱余佩兮江皋。蘭青青兮杜若，懷佳期兮我心勞。

山中有兮白雲，雲朝暮兮隨君。朝餐芋兮以飽，責黄精兮夕曛。

九江漁兮得龜，甲文畫兮無辭。我諦觀之不解，望白雲兮爾思。

隴之山

隴之山，懷退菴也。于役秦涼，三年不歸，家人思之而作。

隴之山兮巀嶪，隴之水兮嗚咽。我不見兮，心魂飛越。

望明月兮千里，照見涼州營裏。思明月兮團欒，入君懷兮影寒。

楊柳陌兮青青，路長亭兮短亭。王孫遊兮不歸，孤猿啼兮洞庭。卜金錢兮歸期，門騰騰兮馬嘶。綺窗晝兮夢醒，黄鳥兮誰能汝聽？

春日浩然樓

山色自終古，江流無盡年。春風鹿角岸，人在小樓前。

清明日復往鹿角

平生多分是田園，款段閑行便出門。草碧近連鶯柳岸，花明先照雀梨邨。人煙小市樓飛影，湖埠春陽雨奪痕。正是清明好時節，老人雖嬾不忘言。

買魚

買魚辦作栽田鮓，我不栽田亦買魚。湖上人家風味好，清明栽是種秧初。

荅嚴少韓明府禊日見懷之作元韻

一樓書一卷，聊度老人年。好雨湖生水，新茶火試泉。近知觀易象，不復問人緣。仙令懷修禊，風流似晉賢。

賦得洞庭樹寄直督相國曾公

洞庭之山帝子哭，洞庭之水瀟湘曲。猿啼不斷十二時，樹色欞槮蔽空〔一〕谷。借問樹生今幾年？乃在羲皇盤古前。根蟠厚地九龍縮，枝亞高天十日懸。伶倫斲琴不到此，軒轅作臺傍枝起。刊山夏后遠經過，不入山經少名字。鳳皇飛飛時一來，陽鳥欲上猶徘徊。夜分寒風破空響，魑魅立死山精哀。九年洪水浸不倒，根下蟠桃看已老。鶴言大雪沒陵時，樹葉青青無片稿。誰張廣樂洞庭邊？誰製湘中怨女絃？蟲〔二〕吟兒語那堪聽，蚌珠開月當中天。若人作屋依樹間，手披綠字明朱顔。書纏靑鳥飛何處？五雲高捧紫微仙。

【校】

〔一〕空：底本作『容』，據旁校改。

〔二〕蟲：底本作『虫』，據旁校改。

戲作回文三絶句

春色一郵山，看花逐水源。鶯啼有密樹，燕語過疎樊。

燈上先初夜，好書新作貪。曾何忘永晝，不是任狂酣。

箋易無通學，懶身容過年。前窗小飛雨，落花隨曉烟。

二石詩

偶讀東坡仇池石倡和詩，僕有二石，奇之，未爲詩也。用坡韻，二首。

我有卵文石，平面間黃綠。誰教赤白子，摩頂深插足。誰將纍纍珠，駢攢飽其腹。奇姿既爭露，紋浪還交蹙。懷璧曾越鄉，歸荑非自牧。巧偷與豪奪，直恐棄溝瀆。余得此石於杭州會館，蓋人家園亭物，或得之而未將去。置階下溝間，不惜也。想渠遇知己，不哭卞和玉。入舟方六月，著手無三伏。艮山合小石，可以周易卜。求觀或多人，取與嫌相逐。君山有東軒，前江後巖谷。施之爲坐具，豈獨如吾欲。同儕有文松，依倚欄干曲。聊用讀道書，客來吾不速。

右卵文石。

雲壁夫如何？秀色出天綠。置之鳴球間，戛擊一夔足。想渠混沌初，空嵌在山腹。裁成殊可喜，剗削嗟已蹙。虛傳泗濱浮，徐土同九牧。孤桐竟已矣，至寶閟川瀆。禹貢『浮磬』，浮，或『桴』之借字耳。蓋以嶧陽桐枝擊之，則磬發。我非狼貪人，江海寧求玉？龔君遠貽惠，高義余所伏。湘靈古祠宮，佳地近已卜。僧鐘幸可問，半夜風中逐。遺音資怨瑟，流響入幽谷。老坡寶仇池，晉卿虎眈欲。徒存亦安用，必奪自知曲。易馬公應勞，何如去之速？

右雲壁石。

撰周易注義補象成書書此

楊花入硯何曾見，瓦雀行窗自不知。惟有浩然樓上雨，滴人春夢到醒時。

從君山僧人買取上供新茗爲斤三以二寄奉滌老相國一奉雲公中丞老岑故雅渴者更命人之山中添取八兩致之副之絶句

近日君山苦病茶，軍官買送大官家。無人爲作雲腴使，清絶江南相國衙。僕前歲東游，春蚤不及待茶，後始知，從無餽貽者。

陸羽陶家受用偏，鶴翎誰可乞親煎？湖山無此清新手，爲掃北莊門戶煙。余方求雲公書北莊諸扁聯。

老岑前歲寄關茸，活我功多感在衷。寄與新芽試嘗看，湖頭昨夜好東風。

五月初八日自長沙寓邸往遊嶽麓

作客長沙只自閑，節過端午艾蒲刪。多年不喚橘洲渡，小雨來看嶽麓山。舊院重新知處所，著書有分入門關。惟思晨夕詩窗友，老死難描向我顔。

長沙將歸別羅念安

三年不見夢魂虛，對坐湖山並著書。君又加憂衰欲甚，我經多病老何如？千秋一笑成何事？短詠長吟且倒壺。若要君山同久住，扁舟明日就菰蘆。

廿三日退菴書至

開函失喜見歸期，湖裏青山對面時。關隴故知平有日，瀟湘不恨去來遲。眼中酒熟秋將到，浦外雲歸樹自知。何况征西共攜手，桓公楊柳漢南垂。書中言左季公有同歸之約矣。

浩然樓寄伯喬

一月長沙詩興無，不如仍在小樓居。不知秉筆修書者，還有心情去看湖？

蘭房

清晨入蘭房，香氣靄然至。幽人端作書，家僮淨掃地。何來石筍屏，於此得偕憇。簷前日杲杲，殊不(千)[干]吾事。

鶴茗詞鈔

自序

僕少不為詞，曾學填一闋有云：『茶煙料理紙窗中，春去不曾相送。』亡友方稼軒駕部見之，以為詞家妙手，贈以萬紅友詞譜一書。然余終病倚聲，遂不為也。毛西原頗能此，謂亦不時作，間弄，劇謔而已。余獨喜誦古人如蘇、黄、辛幼安之作，雖小詞，聲動人心。及柳耆卿輩『曉風殘月』，亦自有旗亭、渭城之意。乃知词之一道，故不後於詩也。顧心難之，以少學未易遽為。而談詞家皆以聲律不合為病，抑又難之。

老年詩趣大闌，忽刱新調。常苦出行兜輿非便，借取劉甥小驢，試行南屏舊院，為短句詩，以餘興成詞一闋，殊助嘲笑。遂日為之，凡岳樓、呂亭、君山、湖上及荷塘、幼年讀書之寺，無不有寄。天涯故人別來情緒，家人兒女師友平生之感，與夫鄉里知遊，詩錄無題者，一切皆為小調。會兒子為母壽，其間可嗤可喜事，點綴調弄，皆有風情；歲臘故事，鄉里土風，謬聞瑣語，一一鈔取，凡得一百又二十首。此後便須停止，有作，須按此前譜行之矣。

僕意欲布之人間，俾人家兒女子學唱新聲；優樓妓館，人之箏笛。除其不合鈍直如詩，及淫放類傳奇院本者，庶幾一二存之。蓋古人成腔，本皆新造。或云聲先辭後，樂府之遺理故有之。然亦何必拘拘爾也？

同治十又一年，歲在元默涒灘，春二月朔日，巴陵柈湖老人自序。

無腔笛 自題鶴茗詞卷

茶煙花塢，惱甚闌珊風雨。短笛無腔，牧牛兒，那管春將去。　山齋路，紅藥闌干。我儂吟處，是一樣斷腸情緒，但不解敲頭點句。

博士劵 借驢與劉甥

借人乘馬，想古風今來猶可。況是蹇奴劣步，纔堪馱我。望金鑾銀鞍，一時并假，整齊貼妥。　難得兜輿方便，要游行自在。等閑乘坐，不作將軍騎大馬英雄則麽。先過南屏，後游東嶽，踏遍人間飯顆。

灞橋風 自嘲

行行且住，問前路，不知何處。僧家酒家任所之，詩人道人從君遇。莫撞著官人責伊三板打斷推敲佳句。

　怪道先生狂矣。狂則安能？是吾真趣。鶴茗堂前，岳陽樓下，蹇奴常駐。醉把梅花，問他幾生來去。

前調 自新牆歸過劉堉家早飯

街頭小住，覓來路，女兒家處。寒風細雨半迷離，曉霧炊煙相遭遇。纔過了橋頭，有如驢背，但少灞橋詩句。

　報道外公來也。寄孫起早，宛然天趣。屈子蘭花，洞庭楓樹，一時移駐。時余方新三閭廟榜，並為碑文，劉君子英又託余碑洞庭廟。欲雪天寒，飯了即時歸去。

短簿來 贈鹿角簿鄧君品卿時暫駐新牆余往畱飲因贈此詞

半世卑棲，贏得箇洞庭漁長，欲問梓湖風月事，邂逅與君同賞。鹿角山前，新牆驛畔，那有風塵來往。

三閭宅，是故老流傳，幾人知獎？香草還生，楚王何在？賴有吳翁題榜。待明公，年年賽社，秋菊春蘭無恙。

土地神 過松源村重弔西原子

校官不做，却做他地下廣文夫子。西原大挑得校官，未任而死，近有扶乩者云見作相公嶺土地神。別樣頭銜都不羨，賺得三閭名氏。山鬼奉文，湘君結珮。拌與騷家作使，錯不了君真是。

　纔過松源村裏，知是西翁門里。三尺孤墳，四山寒雨，宿草而今奚似？故人淚盡，一笑行歌歸矣。

青牛引 題洞庭瞿道士屋壁

雪殘日落，湖上與君行樂。破廟頹垣，靈宮仙館，莫厭道人茶薄。壁上青牛，田間白牯，萬事從渠躭閣。匆匆莫，休休著。　待我騎驢日子，暮暮朝朝，等閑行藥。買酒無人，尋詩少伴，也要籠鵞放鶴。閑閑臥，蘧蘧覺。

花鼓子贈張鐵臣

問張君，湖頭歲晚，作麽生涯？杜鱔仲丹嫌肥，蔡羊午葵苦瘦。爭似侯鯖送酒，庾韭添花？好趁著官人，船頭拜本，效齊兒一樣施施。借自嘲。莫愁嗟，過年花鼓，熱鬧行家。看馬頭漁戶，鯉魚燈子，君家多少兒娃？記前年，鹿角山晴，鷗灘水長，曾將小市題詩。

佛手令無題

生小識王昌，無分鴛鴦。等閑人事與梳妝，劉郎前度來時鬢已霜。蘭室玉為堂，盧家老蒼。佛手攜來親手遞清香，閣向妝臺淚滿眶。

山花豔無題

村裏作人兒，他家那得知？待得他生夫壻到，堪嗤幾曾三十問名時。夢醒起來遲，紗窗日影移。手把烏雲重整理，沉思錯過牆頭見面枝。

分明是無題

輕輕出，薄薄雲屏，似煙非霧。見人祇是不分明，一段衷情誰訴？待要分明也住，不知來去。外人傳說定何如？怕不到阿娘處。

繡人兒無題

賣繡到街頭，市兒開口饒。誰家浪子把門敲？刁調。祇要花枝一朵描。繡得女郎嬌，拚將玉面拋。那家夫壻愛嬌嬈？輕佻。祇把妻兒苦口嘲。

江南樂寄上武英相公

江南開府，是前番宰相。布衣稱數，賸喜軍民，莫愁兒女。重拜大公曾祖，問前年天津故事，一味含胡難吐。把本漢書讀了，酒須下盡，文字苦撐腸肚。幕府山前，石頭城畔，可訪後湖蓮女。還記否？金山惠泉，揚州黃浦。

磁州樂寄趙惠甫州牧

君官何處，憶亡友西原詩句。滏口山頭，一條漳水，那有高王曾住？但願買田盈一石，種秫栽秔無數。把盞呼君，持杯勸我，當作官兒同做。　憶江南落花春暮，走盡長干路。喚起莫愁，催將桃葉，青溪小姑并數。我死還生，君官未替，誤了人間情趣。堪極目，江天雲樹。

姑蘇臺寄黎蒓齋州牧

君在姑蘇官也未？勞我夢魂思想。不是要官兒，賺盡人間斤兩。燈下鈔書，花間判案，算了平生飯帳。問蒓齋，半世心情，幾年宦況？　莫老一書來也，不是詩槭，但悲長往。羊陟山岡，揚州夢裏，那令故人吟望？當門鍾阜，猶是影山堂上。

大名歸寄李勉亭太守

大名受賞，問如何拋他他去？江南樂，揚州大好，爭似黃堂朱戶？祇為箇如來佛祖說法場，中參取。　大通舊雨，記前年，九蓮入坐，一時賓主。墨卿齊到，灑盡人間塵土。報道先生好也，黃州幾死，衡州差瘉。

社公鼓寄李眉生方伯

白馬稀微，不見吳門，祇見君山道。恰有故人官大隱，雲樹迷離烟草。染黛成書，推船出峽，問訊洞庭西島。可曾也探春虎阜，看盡真娘好？　海內幾年無戰伐，袖手湖山莫便要箸書終老。社酒千壺，霜鐘一杵，打得聲聞晴昊。枚生七發，不是苦君嬦惱。君前以病聾辭官。

虎邱道寄高伯陶州牧

吳山大長，三千里，風流名賞。相憶城陵，寄詩廬阜，幾載無端惆悵。竹逸青蓮家幸近，開府參軍來往。為問達夫消息，還記否洞庭漁榜？　吾安放？名山靈異，無過天平上。擁篲鳴騶，看不足，恨不重來打槳。

君正鳴琴，霜天月夜，聽得吳閶聲響。

汝南雞 寄施望雲

刺船去，西渡橋邊，看槑無主。望雲詩：『刺船遠看梅花去，西渡橋邊臥水枝。』又『紅樹村莊看網魚』。余皆深賞之。和靖風流今欲絕，待尒孤山延佇。雪後園林，水邊籬落，才有橫枝半樹。　日斜風定鱸魚好，幾錢賒與？紅樹村莊，網得西施應許。孟博汝南，達夫塞上，一例與君儕伍。看不出，真漁戶。

奴兒慢 即事

寒起尋爐，鑽火到房中。木皮然了，照紗窗一色通紅。奴兒未醒，朦朧，喚將來走動匆匆。　渴了相如一夜，頭腦冬烘，籠東。待老子親煎活水，鶴茗家風。

木紅兒 詠木炭

名兒不准，歎觚哉木奴難認。木炭俗呼白炭。穩砌妝臺，待紅兒起來重整。聽得響蕭騷，銅壺作意號。山僧齋賺，滿籠兒，秤頭稱定。莫慢著貂袍，防他貓尾燒。

熱姻緣 詠煙紙媒

絲絲情味，生小與君同氣。春入壺中，一點天然既濟。人來否，便做箇紅娘與他和會。　生來粗淺，打到溷兒田地。玉人裁翦，弄得筆頭花媚。管人間，多少姻緣？蘭麝房中，粉身投替。

成連引 食筍乾

海上人來，包得水中青筍。柔條似豆，勁味如瓜，乾了脯修相竝。寒氣侵膚，治情沁骨，俊作由來難忍。勸先生借他燒佛，石髮江瑤都屏。　天然蝦菜和來，是何人，割亨伊尹。任家庖更深火住，黃顆碧莖初進。蟶子無官，囫郎待罪，紅線頭銜新領。瓮雲剛撥，醉倒先生不醒。

巴東野 自題湖上客談卷

三戶人家，百年生聚，萬室千村相望。古老沵傳多異事，衹增惆悵。侈說虞初，妄譚騶衍，裁算驢兒帳。湖煙鯇，一錢不買，莤供田頭饟。　安放，舊人老輩，吾家來往。亦有村兒無見識，但解草名木狀。說餅加餐，吹餳入市，抵過夢華春廠。

雞談過 寄孫由莽

山下祝雞翁，年年抱子，花冠一色鮮紅。借問羊兒肥也瘦？過年時候，猶然杯酒春風。　前日走來過我，喜譚健飯，相看七十年翁。記誦余詩頻挍字，著意魚蟲。話長甚，多惜匆匆。

仙亭夢 寄郭建林翁

猶道做郎中，俗呼醫郎中。八十春風。衹欠君山一度，從容又待明年打槳逢。　却思少日聯床，語連三夜，何曾半句填空？悝松呂仙亭下，摩船偷覷窗中。道光間，與翁同寓呂亭，日晚喜蕩小舟，往南津泊船所，手摩船頭油面為戲。亭下常泊妓船，故云。

烏有生 贈朱蘭皋

怕憶無聊一事，君山游棹，假弄湖姬。惹得腐翁尋惱，幾破頭皮。　正為朱三惡劇，年少酣嬉。今日温書種菜、教孫設客，耄矣無為。蘭皋聯云：『貧能愛客多栽菜，老喜温書欲課孫。』用之。

綠蓑翁 題君山漁寄之室

漁家傲，稅戶無監，添得幾頭銜。是南屏道者，北莊老子，也曾偷著襴衫。從今後，煙蓑雨笠，湖棹湘帆。　多喫酒，莫嫌饞。春鯿夏鯽、秋鱖冬鱵，便叫箇君山漁老。磯頭晚，肩卸柴擔。

喫貢茶 題鶴茗堂

何許靈根，天仙下種。生來頭頂茸茸，長盡靈芽思羽化，飛上青松。七椀盧仝，三生陸羽，何人消渴相從？

爐頭坐，清泉活火，與君雨腋清風。　聽得響笙鐘，石銚銀盞，會看炮鳳烹龍。相憶㴩湖，重尋上寺，何時會訪遺叢？北苑君謨殊不識，指點蒙蘢。君山鶴，有人騎了飛過湖東。

學家兒 有憶

悄地乘凉，微月何人坐下方？風傳脂語香。

白晝遞茶湯，玉腕纖柔願得嘗。偷將側面當。

玉東丁 又憶

船泊潭西江口，是箇小迷津。對面偷情相覷，知覺無人。含羞甚，低頭欲下，還送一波春。　晚來水上響東丁，喚過西鄰。本自無心學挑耳，弄假成真。夢倚小紅妝畔，沾惹春雲。

同舟渡 錯憶

錯上江船，一度偷來宛苦兒春。我且偏頭欲避，渠也精神。落却小紅巾。　祇是長干同里，不知誰氏，似晉非秦。依舊別來無一語，愁殺盪舟人。

衡山芋 寄曾沅甫爵部

功名逃避，讓阿兄去作八州抽身散地。園闢千弓，石攢萬笏，占盡長沙清氣。待儂來，與公描畫，要識神仙富貴。　君山廟，破瓦頹垣。一朝瑰異，鼓瑟湘君，甚喜蘭皋揖珮。望公來，花驂前導，徑入珠宮鋪翠。

臥廬春 寄劉霞仙中丞

築室衡山成也未？『三禮』完書，可似康成教婢。西蜀武鄉祠裡夢，猶作軍中一戲。古柏參天，秋苔涴地，可弄先生睡。　猶記，君山溝畔，湖船泊了，蚤來同醉。手摘黃芽顛子喫，諫草何人知味？霜天杳，梅花欲寄，遺誰馳駟。

寒香雪 寄彭雪琴宮保

梅花侍者，問今年，寒圖幾曾揮寫？矮屋低頭，高樓闊手，可有春情柔冶？雪後園林纔半樹，描盡寒山荒野，免不得章銜赭。　　湖上多年部曲，苦談宮保，無人能假。濡塢軍中多軼事，嚇得官兒魂歹。一字呼清，千年道俊，肯似祭遵儒雅？投壺罷，猶然走馬。

海南天寄郭筠軒中丞竝請書鶴茗堂碑帖

南湘大長，無過玉池風獎。薦士騰章，刊書被謗，多惹一番惆悵。我願與公相約戒，一紙音書來往。甘寂莫，無人賞。　　名書大字，真是一時無兩。結構精牢，不似他家雄强。敝里村莊，名山靈宇，都是先生題榜。更乞个，楷兒新樣。

袖手令寄郭意城京卿

問訊湘中㥾妄，近來書法如何？早看得天然遒逸，肯道虞戈。小字精神，莊書婀娜。人間摹本無多，黃庭許換，免尖兒，權當籠鵞。　　拾遺幕府歸來，詩添幾卷，莫是悲歌。孟博澄清，文淵骯髒，幾曾捧土填河？歎年來，湖南征戰，壯士蹉跎。

荷花長寄羅念生中舍

箸書十載，占斷荷池高會。忠錄成編，文徵堆部，也算河山礪帶。問今番國乘添修，可許于欽流輩？　　鄧先死矣，看一幟騷壇，專待江東雲澮。餘事填腔，柔情倚律，那許村兒作對？又是黃庭樂毅，右軍書聖，請用羊斟相貸。

鞾刀將寄李次青方伯

百戰書生今老矣，袖手長沙，箸作生涯到底。湘中記，酉陽編，爛熟前人名履。此事推人推不得，看一日成書，買貴三都紙。　　況是國朝先正，事略成編，已滿書坊門市。文似（楊）［揚］雄，詩如杜牧，照耀岳陽門里。餘事龍蛇應貰與，八代衰文，張我軍中一矢。

鐵先鋒與傅硯山

黃仙鶴定非北海，有人劃石偏工。祇一味添花蝯叟，是爾宗風。賣帖生涯，摹章手段，曾幾番妙奪天公？

湯翁死，楳根老矣，可惜孤踪。　曾為我先人墓道，文傳梅氏，書家左郭和同。先君墓表，雲軒書，季高篆額。　已作人間墨寶，摹遍江東。屈子忠沈，羅娘孝感，我將教誘兒童。料名家，分明勻細，肯留鶴茗堂中。

小乘禪 與許簡齋文學

請客無多，尚少箇許家風子。醉裏狂言，說向誰是？能騎馬，會參禪，早不到圓通寺。　鶴茗山堂成矣，種竹栽花，請自明年為始。齋飯粗供，蒲團小坐，和尚做他到底。待興到騎驢入市，走盡岳州城裏。

周郎顧 寄周荇農學士

京華人到，傳道金鑾學士。縞紵神通，漫把韓歐相比竝。大闡文宗，寵燕調鶯，斬蛟射虎，由來情性相同。待何時會合，與唱江東？　還憶芝房老友，芸台狂客，談笑成空。才子稱君吾不識，落落孤踪。南屏僧打晚來鐘，報道先生，江南春雨，杏花幾度惺忪。

江漢風 寄方菊人太守武昌

荆襄望久，纔看得大藩名守，佳政無儔。早傳在里中兒口，近日達官方輩起，只讓使君出手。摩殘黎，撫鰥寡，莫向上司行走。　鄉里世家文獻，祇有清門稱舊。品重尊公，學推伯子，新乘光輝前後。繼前蹤，撫川巡朔，海内蒼生同壽。

三生石 聽雨舊樓題壁

卅七年聽雨樓頭，一場灰冷，那忍重提當日事？年老情懷粗展，書籍偏存，桂花依舊。賸喜孫兒堪勉，切莫要辦作韋蘇，蒼天不肯。　算人幾等？有一般平漫行兒。暮年圓滿，福分憑差，奈此事罰人太很。我老無成，君歸已久，甚恨別來緣淺。今生盡，他生可望，早報閻羅一點。

又三生 題九江樓壁

君山少味，是退耷去後，蕭寥人氣。樓閉九江，軒閑二宇，便少神仙來意。萬卷書成吾亦老，行將逝矣。遺恨吾能補備，湘靈宮就，鶴茗堂開，更著一房漁寄。他日同遊，無復望，聊助山中故事。魂歸否？招君楚些，酒香同醉。

望郎歸 代意

考信到深閨，慌忙問報期。有人剛道自城歸，依稀教奴夢也疑。　真報到，是耶非？來朝准待見郎歸。偷窺襴衫，端的似朝衣。

待奴來 代悶

不見封侯，也要歸來散散遊。郎君莫浪愁。　待奴來，勸郎休，明年可也不遲留。明年自可，今夕得無憂。

王郎子 送王孫紅生歸城中

生來窋馨，和劉哥彭姐，一樣兒嬌。小字呼紅真箇是，畫筆難描。到外家歡喜，鎮日橫跳。　阿溥壽，齊齊拜了。整整條條，喫得年糕。飽來絲麪，果然快活逍遙。送將歸，梅師橋外，春餅初燒。

痛三郎 追悼三郎式甫

算平生三十年前，偏得男兒好。汝是三郎，不減阿兄嬌惱。及第做官俱不得，甚剛風，吹得玉樓春老。祇過眼年華，人間草草。　今歲阿娘生日，阿兄稱壽。不見汝，不見四姑，同來拜倒。喚盡嬌兒聲欲絕，汝娘雙淚，多時枯槁。祇有村兒臘鼓，猶然洞庭春早。

屈潭浪 追悼彭女四姑

女郎嬌，女郎大好，一堆春草。屈子潭邊人不見，但有漁翁漁姥。香草無魂，杜鵑有血，啼斷青楓古道。沒緣由，一腸煩惱。　今歲阿娘生日，阿爺同壽，猶然雙老。賸著箇嬌娃，便是外家奇寶。望兒歸，霜天月夜，風動簾帷人悄。

拜哥哥 戲贈伯喬

小市遊遨，城南亭子，城西岳樓。賞會連朝，比似箇學臺按部，還更逍遙。時學使按郡。柴家嶺，花廊茶壁，一例題標。竹西草，新編作序。高句風飄，謝家池草。可憐今歲今宵，拜阿哥，先拜阿嫂，享受銀絲。謂絲麵。

東坡屐 詠紅鞋

生小愛紅鞋，饋年回禮，望到倩娘家。今日老來還少，依樣添花。怕向街頭買履，一雙不借。換到絲麻，快足歸來春日斜。不結絇頭侍禁，猶然踏破江莎。

水晶鹽 詠晶頂

戴得水晶兒頂，祇是從前不肯。加銜以來未换頂戴。涅白硨磲須細認，不是軍功六品。硨磲涅白者，混水晶，人多假之。要知他奉直大夫，來頭是很。多年滿地攢紅，門限前，倒頭亂滾。往歲有里人稟事，置紅頂叩頭，蓋軍中保舉副將也。今日老來無處覓，饞腸吐水，畫个中秋月餅。中秋餅，有水晶名號。

如意圓 詠朝珠

一串念珠單八顆，彌天和尚，人人似我。不是朝天，但要胸前垂妥。那一箇籠頭束頸，不似百年兒鎖。兩手從來無著處，對人摩弄，看渠婀娜。我亦項强强不得，借人錢買，人骨穿成亦可。余前以襄辦捐輸，加銜五品。

草頭冠 自題霞素道巾

大帽紅纓，平生怕將頭頂。方山子，華陽君，撞著街頭莫問。是不過草頭名士，妝扮行頭，混喫山家齋餅。君不見？雙帶飄飄，頭銜寫盡，無非清品。若遇著吕亭道士，把住驢兒前請。還趁過圓通寺門，借取僧衣一領。

荷篠翁 自題斑竹杖

一枝黄皓，伯足題稱『斑丈』。是退莽摘向君山，與吾扶老。伯足銘成，簡齋賦就，那用鳩頭兒好。鹿角斜叉，彪文細刻，扶住先生不倒。幾曾陟巘攀崖，提攜做甚？莫是前頭麾葆，荷篠無人，誰識得開盡城中官道？斑家弟妹，專與兄翁作保。

半笏珠 題胸前丸石

是箇饅頭，三錢買。到處橫呼，掛向胸前稱煖手。煖意誰如？比似那真珠百八，似有如無。莫要將他打紙，何妨待汝磨膚？等閑摸弄一揶揄，磊塊消除幾許？

獻佛花 乾隆間新安程先生瑤田官嘉定教諭其子藍玉在都為其母壽七十求質親王書壽字大幅先生跋記其事同治初年年家子許副轉維崧得之皖中以貽余余妻以臘廿七生辰每歲除輒懸之堂中今年長男念謀將之官安徽欲為稱祝余妻以長余三歲不欲為之乃除去俗用扁字屏帳之屬命工以金摹此字於板余為之辭

夫人年長，便陳質拜來，可當姊兄想。向日人間爭上壽，例懸堂榜。辭不肯，吾安放？別有題名新樣。見說新安程氏，作官嘉定，也是腐兒門狀。寵贈親王書大字，兒祝母，天情無兩。家有行書，錄傳通藝，似借老夫標奬。金模楷，光霄壤。

碧雲天 題浩然樓壁

天上神仙無幾箇，人間富貴便如何？占得好行窩，從渠較少多。海上從來無萬戶，人間吾亦有三樓。謂岳陽、九江、浩然也。年老自無愁，朝朝樓上頭。

天花舞 再壽夫人

天公作壽，專遣雪兒送酒。六日迷離，詠絮才人幾有？開得滿園花，人誇潘令家。謂大男。元是歲寒佳偶，弄得透窗穿牖。妍媚多姿，還似少年人否？整整復斜斜，床前春也賒。

白燕樓 壽日與夫人食燕粥

燕燕海東頭，偷修小樓。啣將白小一條條，墊作銀床渠也愁。見說女兒口裏，勻成玉雪兒嬌，羹粥手親調。多勸夫人喫，著端端作禮，不怕風搖。

腰鼓兒 臘八粥

佛生當寂，是今月嘉平初吉。漢日秦年，却不數他家辰戌。凍過雲抄，攪來雪水，醞作湯兒同喫。著一點，寒槑花的。　爹娘起蚤，問安餘，盥容方畢。不要燕子窩兒，不用冰池糖顆，專一味煖和胸膝。村頭鼓打得聲聲，那知來歷？

彈丸子 食雞子作

清晨雞子，是天成補劑。裹黃包土，日嚥得一丸下口，便無飢肚。頗喜餳和，稍加鹽點，調得稀湯成鹵。除却那吳儂，任他高價，無過錢文五。　堪笑齊王啖蹠，風尚朱溫，老賊但工兒哺。黃霸郵亭，細事未堪毛數。須知得孟家仁政，五母供餐，不是養雞孳乳。

灌園公 題樊圃

吟遶西園，綠畦碧稜，先生隨處盤桓。早辨得詩箋爾雅，官饌堂餐。客來問，是不過孔門遲子歸來學圃，小隱邱樊。　相思振觸無端，最難忘晚菘冬甕。早韭春盤，嫩莧抽紅。新瓜破碧，莫教雞犬侵殘。豆棚外，除是香蘇甜薺、長椒圓葡，雜草齊刪。

小園春 擬題韭花亭

平原寫帖，向人間乞米，須問園公。庾郎風味，何消三品稱同？但移文北山，不到周家。春早猶堪，十載從容。　辨得一畦足矣。日中雨夜，和他紫薤青葱。薑兄蘇弟，蒜兒也要同功。不是花畦，猶然亭子，無愧先農。

方君子 題方竹煙筒

芝蘭臭味，元是與吾同氣。肯向那圓老胸中，憑他噓噫？頗有廉隅，未除稜角，偏得酒香山翠。叫方生，爾須同醉。　斑家兄妹，本是同根分類。為稟受扶輿，却要直方自遂。頗愧虛中，全憑實意，以此歸還大地。此竹中實。　薰爐晚，雲烟繚繞，無愧名山事。

惜字吟 題長年箸書之室

蟲魚生涽，却不管春來秋去。塗抹窗紗，沾污几席，算將來了無憑據。只長年飯帳難消，且做春情一句。三日拂塵，堆紙成包，便惜字簍中收貯。有甚新書，幾多陳本，欲覓校刊誰與？便著到十二萬年，也無行處。

墨池遊 龔智軒太守貽烏玉墨池甚佳為賦一詞將圖刻之

元女親雕，客卿未到。毛穎初招，伴著陶泓家老。龔君得寶，贈我黑衣供埽。簾櫳夜，黝容堪抱。不似瀋壺裁泚筆，新泉汲取，滿池春好。江令魂歸，米顛神到。任他終日遊遨，切莫惹右軍鵞惱。

瓦家璞 李眉生方伯貽余瓦硯刻作龜形腹中銘字為湻熙年楊誠齋作

何王臺殿，幾千年破椽生面。化作龜兒，與銅雀曹公，一時消遣。靈安在？莫須問卜，但供磨研。看銘字，是湻熙年物，鐫書圓扁。吳下官人，青蓮才子，也是未央遺甗。全無用，有南翁床腳，與他承管。

城北翁 題湯浯菴畫幅并追悼王君麗生

北城湯叟，是何年畫手初藏？贈我湘煙一幅，撥墨纚床。著箇小橋，點些雲樹，才消禿管粗裝。和詩扇，一色荒涼。重過澗槃門外，水亭花榭，不知誰氏平章？別樣風流都不記，秋堂讀畫，王郎仔細評量。而今都盡，江花江雨淋浪。

古香零 悼子惠也

司馬橋邊，羊風拐角，問他處士人家。還有一碑掛壁，室內無他。梅蕊寒消，夫人張蕙卿女史善為梅。蘭芽春動，妾初舉子。多生芳訊愁差。校書完否？可憐金石生涯。省中修志，君任校刊金石門。草字偏工晉帖，摹草欲倣秦家。隨意便能刊急就，肯為渠他。我有冰銜無數，點檢頻嗟。四香室，從今莫問，邈矣天涯。

真鹽鐵 弔龔智軒太守姻家　卒時監浙鹽稅於廣信

竟天天年，薰燒蘭謝，龔生果是吾徒。作事無成監稅戶，萬家縣，一夕驚呼。歎人間金鐵鹽鐵，只恁模糊。

錫山山下，惠泉路。幾處提壺，茶味清新消夏五。看泥孩，揀買精粗。畫槳催歸，清歌未斷，隔牆家笛咽簫嗚。

正面紅 詠宮燈

夜色向深宮，春將人影紅。華燈萬盞日曈曈，黯淡當中。

綠袖紅衣黃帶子，裝束重重。人家喜色待娘籠，春宵特地濃。

四壁花 荷鐙

藕花荷葉一盤中，花光四面逢。無風客來圍坐，春在小池東。

瑞色若乘空，參差高下逢。華星爛爛似秋中，莫教明月同。

水晶宮 琉璃鏡鐙

住得水晶宮，窗光四面通。抬頭小觸響琤瑽，玉人環珮，可是情儂？

輕煙薄霧不禁風，似隔還逢，衹嫌高燭照當中，愁將片片融。

小遊仙 擬題小鶴茗山房

小山房，也稱鶴茗，便可問君山。試看園中花樹，亭間雲夢，中為一亭，曰雲夢。迴絕人寰。騎驢晚，待尋詩人到，與話煙鬟。

要識茗芽風味，人間天上，一樣腴餐。我正懷人天末樹，音書未到，小園門戶常關。元衣使，何方遠去？寥閴無還。

江村子 即事有懷

小橋流水，楊柳漁舟，最平生快活春遊。畫出江村清也似，衹舊時年少，無處重描。

人世風波不管，光陰爛熳誰收？一壺村酒在船頭，春色無人消受。

希夷夢 岳樓憶舊

最憶岳陽樓夜，老方道士，沽酒烹魚，恰有滿樓明月。滿湖秋水，對飲同渠。

記扯西原聯宿，有來行客，愁曳塵裾。借問兩翁何事？樓前三歎，神仙竟有非虛。

尋詩路 西莊憶舊

還憶少年時事，韻香山外，春日尋詩。獨自行來行去，走過山陂。　何來小女，問客來尋甚的。說也難知。收拾詩情歸去也，猜殺嬌兒。

度金針 重題眼鏡袋銘字是四姑遺繡悽然念之

菱花久萎，薤葉如新。阿誰著手？是吾家兒女天人。今日塵埋纖指盡，那鏡兒闇慘無春。　塵匣猶存繡譜，花魂誤落芳茵。海山無岸訪何人？悽絶針神。

竹枝蠻 為孫女平安買婢作　婢貴州人取名貴來

唱竹枝唱到黔苗，聲斷也，風雨如絲。跳月何年？吹蘆那夜，幾番都上新詞。今日秋墳鬼哭，渡江桃葉誰知？謂西原事。　見說康成，泥中教婢。巧語翻詩，衹為孫兒江有汜。挑過蠻姬，夢得遺聲。鐵崖舊譜，殷勤教好做人兒。

杭州酒 憶西湖

藕花菱葉，水態山容。記前年盪槳，搖過湖東。舊恨無多，新愁欲寄，叫錢塘蘇小與唱玲瓏。　蘇家堤上春風，柳條折盡，何人解唱憐儂？記得南屏靈隱路，行處僧鐘。三生莫問，但憐湖上峯峯。予詩有云：『西湖湖上峯峯寺。』

山陰道 憶蘭亭

永和三日，可憐江左風流。右軍蹔在，蘭亭壞矣，不見人游。我意欲隨江海去，楊侯生吾李尉儀甫不知還記人不？　天章寺，是亭故處，叢竹修修。記得漁竿曾一劚，長掛行舟。兜輿來往鳴肩，十里歸夢三秋。

桂齋冷 追悼秦石愚夫子

舞勺前年，一星終歲，從師桂子山齋。花樹而今猶自老，餘事都乖。四句成吟，半篇試手。甚聰明，便道兒佳思量盡，淚滿襟懷。　西山新館又安排，添附朋儕。

夜飲壺旁多長語，大半詩裁。無錫夢回，漏銅聲斷，猶然點句添杯。唧碑不語，石頭可得深埋。事見文錄。

老學門 追悼孫高齋夫子

老學堂中，拜門受讀，八歲兒孩。四句毛詩裁上口，便商量顏閔人才。兩語書聯，三年送別，小塘橋老淚情懷。事見文錄。而今也門堂改盡，不見前齋。　道光初歲，送先生老下泉臺。白屋琴書，青山風雨，一時筆硯都埋。兩師傅，不堪重擬，白髮愁猜。

黃鶴歸 寄題呂僊亭

城南路，是東郭先生，南屏道者，少年行李。漁父行錢，街鄰盞飯，早晚待他料理。一絲掛，人間非矣。余少與郭建林寓亭下，建林匾其臥所云『一絲不掛』。盞飯，街中所收以供食者。

劫火樓臺成故事，何處歸來，一劍翩然墮履。柳宴神功，鄂王遺恨，一例從新翻洗。兩翁未死，一到城中還來作禮。

青鸞復 擬題北渚新亭

北渚何鄉，指一點君山便是。折荷作柱，削竹承簷，一月居然亭子，還飛去。愁雲壓倒，望江天，更有何人撐起？　重遇。有一輩騷人，九霄天女。幾陣靈風，埽盡淫虹酸雨。待喚起夫君，招邀同宴，重遊北渚。

武陵溪 寄蔡午葵學博並呈楊性農同年

武陵西去，問漁郎，桃花紅處。有楊子元亭，蔡侯靜者，幾番聯句。歲晚江干，望蒼茫雲樹，不知行路。博士羊兒肥瘦，先生牛犢何如？買得山田。賒來祭肉，不知飲酒還餘。子雲家近，料應寂莫成書。

玉堂師 寄麟伯

放新差，翰林先輩，准定安排。見說巴陵名士，封章初上，帝謂親裁。新榜庶常方入學，放與門才。好教他正心誠意，讀盡書來。　還該。講和議戰，一時朝論紛哈。爾是何人，吟詩作賦，也能彀拜將登臺？看他年，華夷清定，舟楫鹽梅。

部郎好 與方恬臣

喚方生，與我前來。好箇少年新進士，妙妙人才。戶部員郎，家傳世業，華容先達風裁。休煩惱，大官底子，門下堂階。　大軍機，參聞國是；小章京，代草同來。一紙甄臺揮彩筆，上諭天裁。待明年，京朝報考，早自安排。

遼東鶴 追悼方稼軒兵部

二十年前，巴陵舊館，惘惘題詩。已覺鶴遠遼東，鶯寒塞北。不堪回想，癸巳春時。何況亂後餘生，老年殘夢，到今日底用沈思？　談文史，看到新詞，贈我萬家聲譜。檀板金絲，顧曲無能。知音空賞，拚將殘本拋遺。文孫才美，無腔笛，牧安重吹。稼軒孫榮燦星伯，有雋才，適來余家，作此付之。

老農歎 追悼羅嬾農表兄

少即為農，為農偏嬾，祗因曾讀儒書。一到村兒塾外，愛聽伊吾。老便偷閑，貧還唱曲。一時田安應無。最喜悲歌大痛，哀辭祭策，一一憐余。自作新詩吟一句，大半嗚嗚。今日夕陽衰草西州路，淚洒荒墟。

海山遙 寄孫琴西觀察

曾過鷲峯，未登雁嶺，平生游跡殊疎。爰有故人京洛，聊憑書信蘇湖。官寄閩疆，家臨海嶠，論文尊酒，何處提沽？　赤壁歸來病矣，西湖路，堤柳懷蘇，未死心情還著句。梅影林逋，處士風疎。玉堂人遠，望江山不斷，千里音書。

西樓笛 寄王子壽

白螺山下，有老禪退院。朝士遺榮，海內詩人餘碩果章句縱橫。子美前身，放翁替手，金戈鐵馬飛鳴。今日風塵行靖，好拈花筆，歌詠清平。　還聞早歲耆卿，曉風殘月，多倚新聲。我似楚咻難學語，舌澁無成。亂打銅絃，偷吹玉笛，自題百二腔名。湖天杳，請翁同唱花落春城。

苜蓿香寄仲丹

大師教授，幾須漢代儒家。似比衙齋苜蓿，香味粗嘉。腹欲多眠，口惟飲酒，便堪癡絶長沙。還我歸文遷史，莫更看他。　聞說秋詞多首，蚤年句豔寒葩。何事闖開南宋室，祇樵謳漁唱，穩定生涯。看老南隨風作態，那管橫斜？

馬借無寄王壬秋

問狂奴近來狂減些無？省下盤飧都不喫，自撰權輿。顧我猶青，看人盡白，眼光如月如珠。衡陽雁，不見來書。　緣何更上京都，莫是平夷有策，要借章疏？海上興鋤，山中脫劒，幾人解貢深謨？近來驄馬多般，無力還我耕廬。

范蘇憐寄家豸君

欲覓蘭花，問雲溪驛畔，聶市橋頭。阿儂年少，新詩唱得西樓。日我希文，自矜蘇子，並生相遇無愁。君贈詩用歐陽，恨子不見文正語意。三間在，離騷繼作，先後風流。　今歲湖湘大好，搴蓉采若，水邊漢女行求。各各簪花，齊齊斂手，美人相見應羞。我住下風，洲前香遠，但看窈窕關鳩。君方為學使所賞，當得拔貢。

麥鐵生遣足往沙市買驢

借驢未穩，還要自家稱本。灰色偏多，黑衛差高一等。鞍勒須佳，障泥要緊。一例從新辦准。笑劉生，大雲從我，試試兩頭齊騁。　聞說荊州沙市，西驢最夥，行家磨粉。不將他馱著詩翁，縱飽麥麩，也妨消損。換將來，懶行緩步，蹇奴多肯。

買春行寄嚴少韓明府

絃歌舊宰，他縣風流還在。寄我書械，道為政心情不改。保甲無難，命申有示。一紙殷勤期待。君諭民勤儉，勸改惡俗，告示周至。歎今時長官教養斯人瀟灑。　吟遍湖山，岳陽樓，登臨幾載，地近南衡應更好，嶽色迎人雲滿縣衙如海，南天路，野僧行脚，但倩一壺春買。

零陵香 寄張東墅觀察　時權永州守

茂先名學，蓬觀高儒。記往年酒徒燕市，邂逅相於。吳苑難逢，長沙復去，風流惆悵奚如？歎陳琳草檄，霸才詞客，飄零身後遺書。壬子，都門於陳梁叔席間識觀察，曾以梁叔遺集見寄，詩多散失。　永泉郡，是湖南第一，山水名區。漫妄愚公來不絶，鑱巖題壁，涪翁繼者誰與？問仙姑謝仙火後，可還冰雪肌膚。

天際帆 寄曹鏡初員外

雪聰明，讀書才子，幾年旅食京華。看盡朝官無意味，依然迴棹長沙。我苦懷君薊北，君寍忘我天涯？怎湖頭風利，不泊星槎？　學易吾年誠過矣，也曾有說，不似荀家。君道精微潔靜，韋編幾絶還賒。繆解風詩，頗持新義，非君當語誰耶？春風信杳，望天邊飛雁長嗟。

憶江南 題東游倡和詩冊

開頭看，賦筵部，金陵相君天下才。一時名士，疊韻成堆，收將幾箇來。　海内無端會合，天涯多少殘杯，別離情緒惱人懷。不堪重讀，箋帖頻開。

年故事 詠小年　俗以臘二十四日為小年

何事年兒稱小，報道春來都曉。莫自怕龍鍾，年光也趁儂。　廚前磨豆腐，房中忙老鼠。嫁得丑家郎，轎花雞子裝。歲例，臘廿四日作腐。古云鼠子以是夕嫁，女喜轎，以雞子殼為之。

換花鞋 年禮

些須小意，也是當家饋歲。換到花鞋，待與兒郎添箇乖。年禮，男家送女雞肉糕餅之屬，女家以花鞋、巾回禮。　也有農家莊佃，送到隻雞情面。沒了多茶，回向籃中贈與他。佃人送雞肉者，以茶葉答之。

小紅條 年糕

買了紅糖，白粉和成作小黃。年光糕兒教你嘗。早起火爐旁，煨來熟也香。風凉教兒喫也忙。

半糍兒 詠硬頭餅

糍巴太軟，不及硬頭一半。賺得小兒眠，明朝兩箇圓。　我也清晨愛喫，當得點心兒的。不用攙糖，免得堂前避小郎。

大加餐 年飯

長年飽飯是人家第一福分無雙。況有豬兒雞子，和粉絲腐玉，合板成腔。僮僕齊登，莊傭咸御，啜來倒海排江。剛道箇三餐日喫，大甑同扛。　須及早，雞聲一動，不用催梆。聽得鄰家爆響，且莫低降。最可憐女郎新嫁，生怕鐘撞。

金蛇尾 除夜

欲去金蛇爭繫尾，怎奈他何？祇得耐煩守住，千金一刻，放爆聲鑼。爾去如新，彼來依舊，平時早晚無他。記前年此夜，也自婆娑。　高歌。驪駒送客，江干無奈春波。歲歲推人真老矣，婪尾誰呵？勸兒曹，早生打點，莫更蹉跎。

大花豬 豬頭肉

豬頭大好，最愛面前貼腦。片片紅鮮，恰是烘乾未燥。歲酒三更，大家同喫，揀選與他雙老。　街頭買得，半錢價，鹽他王腦。雖是冬烘，不要長年喫惱。留些子，待明朝冷供，和盤一埽。

團圓福 團年

大門關了，索錢人去，大家樂飲啣杯。鄉俗從來多禁忌，不要衝開。燈籠過好妨聲息，莫是人來。　團圓今夕無猜。辭年了，分付安排。老人雙健，孫子兒乖。

又是小姑未嫁，新婦初來。先生醉，分些爆竹，鑼鼓同催。

祀黄羊 除夕祭竈

主翁冠帶，主婦供齋。一盞明燈上竈臺，司命下天來。俗云竈神廿四夜上天，除夜還位。　亦有比鄰莫請，且教阿婦斟杯。上香了，主翁三拜，年年合火添柴。

好語同 貼門聯

鶯鶯燕燕，無非對對相當。莫思量，太平真富貴，春色大文章。往時人家春聯多寫此。　老儒年底匆忙，各家紅紙，難將一樣塗妝。商量改頭換尾，同字也無妨。

朝壬哥 壬申元旦

虵蟠有向，念平生與汝緣多。今日新來當第一，春日初和。命待重申，月維先甲，前頭莫更排撥。記當年，桂花香到，牛渡天河。　鵲兒報喜，喜神方，北道來麽。正是朝元時候，夾路鳴珂。歲晚江湖空極目，嗔丁娘與吾擁髻清歌。

開天門 出天行也

老天荒破，萬雷動，一陣香來。田旁雙燭，當門插作神臺。拍前門，排分兩扇，衣冠走出堂階。　出行大吉，任東西南北隨方打向不用疑猜。看天門跌蕩，一年保佑無災。吾家早，他家驚起，也放春雷。

通地道 迎土地也

人家側近，小堂皇，安箇神牌。照管雞豚，護持禾黍，人家孩子，也要安排。兩公溲齊來，作福並坐當齋。除却春秋賽社，酒壺肉塊，各各提來。冷淡日光桑柘影，照破燈臺。過年節，也來獻壽豬頭，雙筯高栽。

拜大堂 家人拜年

天行出了，阿公起早阿溲遲。老兒孫兒曾兒女兒拜箇滿堂紅，人家爆竹中。　今年元旦好，拜年須及早。孫婦早些來，孩兒不用催。

開頭飲 拜年酒

拜年喫酒，元旦家家都有。族眾歡和，是第一家風仁友。小輩苦貪茶，房中喫米花。　當頭拜過，領取糍巴一箇。隨意花糕，掙起兜兒包裹。囘去告阿娘，床邊好撿藏。

五登科 五日

問包犧，天數地數，云何皆五？此事從來無解說，參兩函三，祗待黃中作主。更貧兒乞米恨窮難送，切莫與他顏忤。大初一，他還大過，語應自古。俗以五日送窮，諺云：「五窮大過初一。」　又說竇家丹桂，兒子登科，高撐門戶。不是五行和八字，經魁誰補？看河間姹女數錢，玉纖初紐。

見新人 人日作

新年人日，人日年新。不知來得幾多春，消受東風幾陣？　題寄草堂詩了，更無情緒懷人。偷將遊冶舊南津，探取那人一信。

愁雲開 新正十二日

荆楚歲時，新年十二，曾記雲開。祗為人家道賀，霧擁塵埋。忙將十日來。　都說滿年日子，月數推來，愁雲倏已開。莫更逢人說事，飛起塵埃。鄉俗，與人有論及索錢債者，須年滿後。

喫元宵 上元夜

慶元宵，喫元宵，湯元正好挑。這是阿娘親手製，飽餵兒曹。　鄉里那來燈火，帝城可羨今宵。花爆幾錢偷買得，放過溪橋。

慶花燈 燒燈會十六日

神廟要花燈，年頭却未曾。待到元宵將近，喧騰。翦得花花貼上層。　里老迎神喫肉，排家打鼓移棚。每輪各姓，為排辦之。何曾慶過上元燈，夜紙花飛過田塍。

望獅龍貼裝獅子一具兩人弄之弄後唱歌龍燈不唱他里亦有歌者

獅子龍燈，早來送喜，多在年頭。到初三四夜，望他來擠破門樓。投紅帖，今宵准備，放羊歌唱箇嬌嬈。近日排門演戲，采茶歌，變了腔頭。搭臺辦酒，全家都被喧呶。勸君住，撮箕星眼，也自風流。裝獅面粗畧者，人以撮箕嘲之。

立春日題鶴茗詞卷

春入舊年人未知，雪花撩亂送春遲。過年故事家家有，自揀新聲造小詞。

鈔卷成復題一絶

海內交遊有幾人？新詞遍寄一家春。若得小鬟教與唱，天涯何處不東鄰？

附錄

吴君墓表

郭嵩燾

君巴陵吴氏，諱敏樹，字本深，其自號曰南屏，學者稱南屏先生。祖傳經，用貲財雄鄉里。父達德，爲善益力，歲歉，貸貧民穀逾萬石不償，有名湖湘閒。至君，自以文學起家。自少讀書常兼人，爲文章力求岸異，刮去世俗之見，見者驚歎以爲非常人。年二十九，舉壬辰科鄉試，益專力詩古文之學。

方是時，上元梅郎中曾亮，倡古文義法京師，傳其師桐城姚先生之説。唐宋以後治古文者，獨明崑山歸氏，國朝桐城方氏、劉氏相嬗爲正宗。君少習爲制藝，應科舉，獨喜應試之文崇尚歸氏，聞歸氏有古文，求得其書，擇其紀事可喜者録之，裒然成冊，不知其時尚也。游京師，有見者以聞於梅郎中，於是君能爲古文之名，日盛於京師。而君言古文顧獨不喜歸氏，以爲詩、書六藝，皆文也。其流爲司馬遷，得遷之奇者韓氏耳，歐陽公又學韓氏而得其逸。而自言爲文得歐陽氏之逸，歸氏之文同得之歐陽氏，而語其極未逮也。故於當時宗派之説，不以自居，而視明以來爲文者，得失利病之數，固無校於其心也。

凡君所得山水之奇，朋友之歡，及博觀周秦、兩漢之書，見聞所及，瑰行軼迹，以資益其文之氣勢。微吟緩步，獨喜自負。久之，以大挑選授瀏陽縣教諭，旋自免去。從弟士邁，構九江樓君山，有湖山花木之勝。君樂之，爲堂於其前，曰鶴茗堂，而建北渚亭其左。歲嘗自其家棹小舟，載書策，行九十里，至所謂九江樓者。讀書吟咏於其中，累月經時，憑闌望遠，雲煙淡碧，澄澈如鏡，或時聞風濤萬頃雷霆之聲，以發其文趣；視人世忻戚得喪，無累於其心，以自適其超遠曠逸之趣，此君文之所以獨絶於人也。

君孝友恂恂，貌溫而氣怡，惠施而博與，尤篤於故舊。所與交，盡始終之義，無相違異以所能。引逮後進，傾懷與之，必及其成乃已。曾文正公尤善君之文，欲使治幕事，辭不赴。已而，走視文正公軍中，文正公大歡，賦詩曰：『黄金可成河可塞，惟有好懷不易開。』未幾，而文正公薨。逾年，君亦病，適有復修沅湘耆舊集之役，遂卒於長沙書局。

君生於嘉慶十年乙丑歲七月二十四日，卒於同治十二年癸酉歲八月十一日，年六十有九。夫人何氏。子三人：念謀，舉人，安徽候補知縣。宏基，四川候補縣丞。鏡蓉，副榜，先君卒。女三人。所著周易注義補象、國風原指、論語考異、孟子考義發、孝經章句、史記別錄、柈湖文錄、柈湖詩錄，通若干卷。湖南二百年文章之盛，推曾文正公及君，而君意趣曠然，無忤於物，而物亦卒莫浼有得於古文人之风。夫人苟有得於其心，則常内自足焉。以無願乎其外，視外物之至，無加損益於其心也，是以樂之終身而無所歉，君之於文，其庶矣乎。然觀其爲人，益足知其文之深也，吾故表而著之，以告楚人之能爲詩古文者。

某年月日表。

吳先生傳

杜貴墀

巴陵多樸實厚重之儒。自爲縣以來，更歷千數百年，以古文名天下，而貴墀幸及親見之者葢一人焉。其姓吳氏，其諱敏樹，其字南屏，其居巴陵之銅柈湖。其官由道光壬辰舉人教諭瀏陽。其生始嘉慶乙丑，終同治癸酉。其學『六經』，其文則宋代曾、歐二氏之文，而非一世之文也。

先生幼穎悟，從師受左、國、史、漢諸書，即能通其意。稍長，爲詩與隣近毛西垣孝廉相唱和，時藝獨喜明歸氏震川。既得舉，益專意古文之學。是時，上元梅郎中曾亮，方以歸氏古文鳴京師，而朱侍御琦、邵舍人懿辰、王戶部錫振諸人，爲之先後。先生甲辰之年入都試禮部，所序歸文別鈔，爲瑞安項孝廉傳霖攜去，以達梅郎中，先生由是有古文名，鉅人多求識先生，而湘鄉曾文正公國藩與交尤篤。然先生雅自矜重，功名形埶之地，可借以收聲實者，不以自浼。嘗言『人之於古豈特效其文哉？必行誼無不與合，而後吾文從焉』。生平辭受取與，兢兢嚴尺寸，不使其身一日居於可愧。官瀏陽，小有不合即自免去。咸豐初，曾公以侍郎倡楚南義士東向擊賊，天下賢豪雲附景從。其率師下武昌也，先生與見郡西之岳陽樓，從容道故，殷殷詢兵事，堅請與俱，先生不可，即別去。終公之身，先生不以私干。

先生體肥，能飲啖。目光炯炯，若有薄膚裹其睛而外突。掌表瑩白而裏朱，著盥匜中，若朝霞之映波。接物莊而和，與言必誠，意所不可，則相對以默，其人逡巡自去。家有聽雨樓，爲兄弟觴詠之所，弟卒遂廢樓不居。於故舊終身不忘，然不苟稱許，獨喜毛孝廉詩，爲梓行之。毛孝廉既死，孑然無侶，獨常徜徉洞庭、君山及城南之呂仙亭。卒之前數歲，大病而瘉，因更號欒生翁。或貽唐製巾，忻然著之。跨小驢循行湖畔，遇可畱家，則繫驢飲酒，自譜小詞爲贈，後竟以遊，卒長沙。

當東南初定，先生棹舟金陵，因以其閒，陟石鐘、匡廬、大小孤山，遊宴西湖，迴舟泊漢渚，登余所寓晴川閣，作重九而歸，時同治戊辰歲也。其在金陵，文正公館爲上客。公幕府故多賢豪，而一時名流以公故，多客金陵，沿江諸營，亦往往而有。聞先生至，則皆相就交驩。公貽先生詩章，大江南北繼先生和者三百餘人，海內傳爲篪郃倡和詩。篪郃者，詩首尾二韻。上相吐握之勤，文人聲氣之廣，中興盛事，蓋近今僅見云。

自初識字，無一日去書，亦竟無一事累其學者。論文甚不取宗派之說，謂『當博取諸古書，烏有建一先生言以自域者』。厭薄時人以搖曳取媚爲歸體，著史記別錄以正之。詩主黃山谷，造句矜慎，而味醰深。所手定槀曰柈湖文錄，曰柈湖詩錄，曰釣者風。嘗謂貴墀：『吾槀不及吾自定，後事烏可知？』貴墀所聞吾巴陵耆舊，非無撰著，然以未及刊，故多不傳，先生是言，蓋有深痛焉。先生身不廁朝籍，無高文典冊之作，曾文正客先生金陵節署，從容爲言：『吾一旦不幸，誌銘當以屬子。』後竟不然。然近今稱古文者，必首曾文正及先生。曾文正謂先生文，『字字如履危石，落紙乃遲重絕倫也』。少與同里方稼軒兵部同治經學，頗主其說，著有論語大學中庸考義別鈔，春秋三傳義求、孟子考義發、詩國風原指及柈湖詩話、湖上客談年語諸書藏於家。

子念謀，舉人，官安徽知縣；念穀，副貢生，能文章，早卒，均不愧名父子云。